ANDR

Die K

CW01655242

GOLDMANN
Lesen erleben

Buch

Paris: Der Wiener Privatdetektiv Peter Hogart begleitet seine Freundin Elisabeth zur Versteigerung eines wertvollen Kunstwerks. Die aus Elfenbein geschnitzte Knochennadel stammt von einem geheimnisumwobenen mittelalterlichen Künstler, und im Auftrag einer Versicherung soll Elisabeth den ordnungsgemäßen Ablauf der Auktion überwachen. Doch dann verschwinden sowohl die Knochennadel als auch Elisabeth unter mysteriösen Umständen – und kurz darauf wird einer der Teilnehmer der Auktion brutal ermordet. Hogart ist sich sicher, dass ein Zusammenhang besteht, und fürchtet um Elisabeths Leben. Weil er bei der französischen Polizei kaum Unterstützung findet, beginnt er selbst zu ermitteln. Bald stellt er fest, dass er nicht der Einzige ist, der Interesse an dem Verbleib der Knochennadel hat. Als dann auch noch eine zweite Leiche auftaucht, wird aus Hogarts Ermittlungen ein Wettlauf gegen die Zeit …

Weitere Informationen zu Andreas Gruber
sowie zu lieferbaren Titeln des Autors
finden Sie am Ende des Buches.

Andreas Gruber

Die Knochennadel

Thriller

GOLDMANN

Sollte diese Publikation Links auf Webseiten Dritter enthalten, so übernehmen wir für deren Inhalte keine Haftung, da wir uns diese nicht zu eigen machen, sondern lediglich auf deren Stand zum Zeitpunkt der Erstveröffentlichung verweisen.

Dieses Buch ist auch als E-Book erhältlich.

MIX
Papier aus verantwortungsvollen Quellen
FSC® C014496
FSC
www.fsc.org

Penguin Random House Verlagsgruppe FSC® N001967

2. Auflage
Originalausgabe Oktober 2020
Wilhelm Goldmann Verlag, München,
in der Penguin Random House Verlagsgruppe GmbH

Neumarkter Str. 28, 81673 München
Ein Projekt der AVA international GmbH
Autoren- und Verlagsagentur
www.ava-international.de / www.agruber.com
Umschlaggestaltung: UNO Werbeagentur, München
Umschlagmotiv: Arcangel / Claudia Carlsen
FinePic®, München
Karte von Paris: © Peter Palm, Berlin
TH · Herstellung: kw
Satz: Buch-Werkstatt GmbH, Bad Aibling
Druck und Bindung: GGP Media GmbH, Pößneck
Printed in Germany
ISBN: 978-3-442-49071-4
www.goldmann-verlag.de

Besuchen Sie den Goldmann Verlag im Netz

für Robert Froihofer,
die Poker-Legende
von Grillenberg

»Paris ist nicht bloß die Hauptstadt von Frankreich,
sondern der ganzen zivilisierten Welt und
ist ein Sammelplatz ihrer geistigen Notabilitäten.
Versammelt ist hier alles, was groß ist
durch Liebe oder Hass,
durch Fühlen oder Denken,
durch Wissen oder Können,
durch Glück oder Unglück,
durch Zukunft oder Vergangenheit.«

Heinrich Heine, *Französische Zustände*

PROLOG

Ein dumpfes Geräusch riss Aimée aus dem Schlaf. Sie drehte sich im Bett um und tastete nach ihrem Idefix-Wecker. Der blinkte mit roten Ziffern. *00:09.*

Wieder einmal Stromausfall! Und zwar vor genau neun Minuten.

Wie spät war es wohl tatsächlich? Aimée öffnete schlaftrunken die Schublade, tastete hinein und zog ihre rote Plastik-Armbanduhr heraus.

3.27 Uhr.

Nur noch drei Stunden, dann musste sie aufstehen und sich für die Schule fertig machen. Was war das vorhin für ein Geräusch gewesen? *Egal!* Wahrscheinlich hatte sich Mutter unten in der Küche ein Glas Wasser geholt und die Kühlschranktür zu fest zuge... *Da, schon wieder! Eher dumpf. Wie von einem festen Schlag!*

Jetzt saß Aimée aufrecht im Bett. Rasch schlüpfte sie unter der Decke hervor, schlich zur Tür, öffnete sie leise und lauschte. Der Gang lag im Dunkeln, das Mondlicht erhellte nur schwach den Teppich, die Kommode und die Gemälde an den Wänden. Von unten drangen Keuchen und Schnaufen herauf.

Mit nackten Füßen und in ihrem Wollpyjama huschte Aimée zum Absatz der breiten Holztreppe, die in den unteren Stock der Villa führte. Von hier oben wirkten die mannsgroßen griechischen Statuen, die in der Vorhalle mit dem schwarz-weiß gemusterten Boden standen, fast lebendig. In nahezu jeder Ecke des Hauses waren sie zu finden. Wegen der Sammelleidenschaft ihrer Mutter wusste Aimée mit ihren neun Jahren besser über Kunststile und Kulturepochen Bescheid als all ihre Mitschülerinnen zusammen.

Da öffnete sich die Tür am Ende des Gangs auf ihrer Etage. Sanftes Mondlicht fiel aus dem Zimmer auf den Teppich, und im Türrahmen sah Aimée die Umrisse ihres sechsjährigen Bruders. Davids Haare standen struppig weg. Er hielt seinen Teddybär in der einen Hand und rieb sich mit der anderen verschlafen die Augen. Als er Aimée am Treppenabsatz erkannte, taumelte er auf sie zu. Obwohl von unten weiter das Geräusch von Schlägen und ein lautes Stöhnen heraufdrang, das nach ihrer Mutter klang, legte sie rasch die Finger über die Lippen. Er begriff sofort, schlich leise zu ihr und drückte sich an sie.

»Hast du das auch gehört?«, flüsterte er.

»Ja.«

»Was ist da unten?«

Ich weiß es nicht, wollte sie gerade sagen, als etwas laut krachte, gefolgt von einem Splittern, als wäre eine von Mutters wertvollen Porzellanvasen auf den Boden gefallen.

Aimée zuckte zusammen, und David begann zu wimmern.

Nun fielen Schatten aus dem Wohnzimmer auf den Fliesenboden der Eingangshalle. *Dort unten kämpft jemand! Mit Mutter!*

»Komm mit, aber sei leise!«, zischte Aimée. Sie packte ihren Bruder an der Hand und zerrte ihn mit sich hinunter. Die Treppe knarrte, doch bei dem Lärm da unten war das garantiert nicht zu hören.

Als sie die Zwischenetage erreichten, spürte Aimée einen kühlen Luftzug. Sie blieb stehen und sah sich um. Einer der Vorhänge in der Eingangshalle bauschte sich auf. Scherben schimmerten auf dem Boden. Jemand musste die Fensterscheibe eingeschlagen haben und ins Haus eingedrungen sein. Aber warum war die Alarmanlage nicht losgegangen?

Der Stromausfall!

Aimées Herz schlug schneller. Sie hockte sich hin, David kauerte sich neben sie. Von dieser Stelle aus konnten sie zwischen den Holzstreben des Geländers hindurch ins Wohnzimmer spähen. Nun sahen sie tatsächlich ihre Mutter. Mit offenen Haaren und in ihrem cremefarbenen Nachthemd mit den Rüschen kämpfte sie mit einem maskierten Mann in dunkler Kleidung.

Aimée unterdrückte einen Schrei. Sie spürte, wie sich David an sie klammerte. »Lauf rauf und hol Papa«, wisperte Aimée, doch David bewegte sich nicht, hockte nur starr da.

»Mach schon!«, zischte Aimée.

David hob die Hand und zeigte in die hintere Ecke des Wohnzimmers. Dort lag eine reglose Gestalt in einem hellen Morgenmantel. Die kurzen grauen Haare glänzten im Mondlicht. Jetzt wäre Aimée beinahe doch ein Schrei entfahren. *Papa!* Der fremde Mann musste ihn niedergeschlagen haben. *Bitte sei nicht tot!*

Indessen rang ihre Mutter verzweifelt mit dem Kerl. Er packte und würgte sie, hob sie dabei hoch, sodass ihre zappelnden Beine zum Teil gar nicht mehr den Boden berührten.

Mama!

Aimées Herz schien stehen zu bleiben. Was, wenn er auch sie tötete? Was, wenn er danach raufging, um nach ihnen zu suchen? Ausgerechnet in dieser Nacht waren sie allein zu Hause, da ihr *majordome*, ihr Butler und Hausmeister, frei hatte. Was suchte der Einbrecher überhaupt hier?

Aimée bemerkte, dass ihr Vater sich zu bewegen begann. Ganz langsam, zuerst die Arme, dann die Beine. *Papa ist am Leben!* Jetzt würde alles gut werden. Er würde Mama zu Hilfe eilen und den Einbrecher vertreiben.

»Schau!« David fing aufgeregt an, mit den Fingern in Richtung ihres Vaters zu wedeln, doch Aimée presste ihm rasch die Hand auf den Mund.

»Sei leise!«, zischte sie.

Ihr Vater erhob sich. Dabei drückte er die Hand gegen die Schläfe, wo der Einbrecher ihn anscheinend getroffen hatte. Er taumelte auf den Mann zu, der immer noch ihre Mutter im Würgegriff hielt.

»Keinen Schritt weiter!«, ertönte da eine fremde keuchende Stimme.

Aimée spürte, wie David sich vom Treppengeländer losreißen wollte, um hinunterzulaufen. Doch ihre Finger krallten sich in seinen Arm, hielten ihn zurück. Er schrie auf, im gleichen Moment krachte ein Schuss.

Aimées Herzschlag setzte aus.

Der Fremde ließ den Hals ihrer Mutter los. Sie wurde schlaff in seinen Armen, sank langsam auf die Knie und fiel dann wie ein nasser Sack nach vorne, wo sie liegen blieb.

Nein, nein, nein!

Aimées Blick verschwamm. Sie ließ David los, ebenso das Geländer, das sie die ganze Zeit mit der anderen Hand umklammert hatte. Sie wollte aufstehen, spürte jedoch etwas Warmes, das sich um ihre Füße ausbreitete. Es roch nach Urin. David hatte sich in die Hose gemacht. Mit weit aufgerissenen Augen und offenem Mund hockte er neben ihr und starrte auf ihre Mutter, die einfach nur dalag und sich nicht mehr bewegte.

Als Aimée endlich nach Luft schnappte und wieder klar sah, konnte sie den Blick nicht von dem Einbrecher lösen. Er und ihr Vater standen sich wortlos gegenüber. Niemand bewegte sich.

Als Nächstes wird der Mann meinen Vater töten, schrie eine Stimme in ihr. Sie fühlte sich völlig hilflos.

Bis sie merkte, dass etwas an dieser ganzen Situation nicht stimmte.

»Papa?«, murmelte sie.

Nicht der Einbrecher hielt die Waffe in der Hand, sondern ihr Vater.

Er hatte Mutter erschossen.

1. TEIL

PARIS

Fünfzehn Jahre später

Montag, 14. September

1. Kapitel

Mitten im Pariser Zentrum lag die Opéra Garnier – die Pariser Oper –, die trotz des wenigen Platzes, den man ihr zwischen den Häuserschluchten zugestanden hatte, majestätisch über der Stadt thronte.

Vor einigen Jahren hatte man ihr großes 150-jähriges Jubiläum gefeiert. Soviel Peter Hogart wusste, hatte es einige Jahre vor der ursprünglichen Eröffnung in der vorigen Oper einen Bombenanschlag gegeben, bei dem Teile des Gebäudes in Schutt und Asche gelegt worden waren. *Das gab es damals also auch schon.* Ein neues Opernhaus mit höheren Sicherheitsstandards musste her. *Klingt verdammt vertraut.* Deshalb hatte eine anonyme Ausschreibung stattgefunden, die schließlich der junge Architekt Garnier gewann.

All das, was es auch heute noch in der Oper zu sehen gab, die prunkvollen Treppen, Balkone, Säulenhallen, Rundbögen, Kronleuchter und Deckenfresken, ging auf Garniers visionäres Denken zurück. Doch so beeindruckend das auch wirkte – aus heutiger Sicht waren die Sicherheitsvorkehrungen alles andere als berauschend. Eine Tatsache, die Hogart bei seinem Besuch in der Oper sofort ins Auge gesprungen war. Das sagte ihm nicht nur seine Erfahrung als Versicherungsdetektiv, mit der er so manchen angeblich unlösbaren Fall geknackt hatte, sondern auch sein gesunder Menschenverstand. Allerdings hielt er den Mund – schließlich war er diesmal rein privat in Paris.

Die letzte deutschsprachige Führung an diesem Nachmittag war schon beinahe am Ende angelangt. Am meisten war Hogart von der riesigen Bühne beeindruckt gewesen, die weit in das Innere des Gebäudes und fünf Stockwerke tief hinunter reichte. Im Moment war noch Sommerpause, und die Handwerker arbeiteten an einem neuen Bühnenbild zur Wiedereröffnung. Außerdem hatte Hogart während der Führung den Schauspielern bei der Probe von *Les Misérables* zuhören können. *Ein Musical!* Normalerweise wurde das Haus mit Mozart oder Verdi bespielt, aber offenbar sollte das ein Special Event zur Saisoneröffnung werden. Dafür, dass die Premiere schon an diesem Samstag stattfinden sollte, sah alles noch sehr chaotisch aus.

Nachdem sie auch die Seitenpavillons, das Vestibül und das Pausenfoyer gesehen hatten, stand nun der angebliche Höhepunkt bevor.

»Dort hinten ist es«, wisperte Tatjana aufgeregt.

»Das ist doch nur ein Fake«, bremste Hogart die Euphorie seiner Nichte. »Das Phantom hat es nie gegeben, es ist bloß die Erfindung eines Schriftstellers.«

»Und was macht dich da so sicher?« Sie folgte dem jungen Mann, der die kleine Touristengruppe zu einer holzvertäfelten dunkelbraunen Tür führte. Dort breitete der Guide die Arme aus.

»Und in dieser Loge saß das berühmte Phantom der Oper, um sich die Vorstellungen anzusehen.«

Unter der Bezeichnung *6 Places 5 Louée* hing ein Schild.

»Loge du Fantôme de l'Opéra«

Darunter befand sich ein rundes Guckloch, durch das man einen Blick in die Loge erhaschen konnte.

Tatjana presste ihr Gesicht ans Glas. »Siehst du«, zischte sie.

Hogart verdrehte die Augen.

»Und den unterirdischen See gibt es auch«, beharrte sie.

»Der ist genauso eine Legende«, flüsterte Hogart. »Bei den Bauarbeiten sind sie auf Grundwasser gestoßen und haben wegen Statik und Druckausgleich eine große Eisenwanne eingebaut, die gleichzeitig als Wasserreservoir für die Feuerwehr …«

»Danke, ich habe genug Sachbücher darüber gelesen und außerdem den Film gesehen«, unterbrach sie ihn.

»Den von Walt Disney?«, fragte er trocken.

»Nein, den Klassiker von 1925.«

Obwohl Tatjana schon neunzehn war, benahm sie sich in ihrer Begeisterung manchmal wie ein Kind. Und diese junge Frau wollte wie er eine Detektivin werden!

»Durch das Musical *Das Phantom der Oper* wurde dieses Opernhaus schließlich selbst zur Kulisse eines Stücks«, sagte ihr Guide. »Und damit sind wir am Ende unserer Führung angelangt.«

Hogart blickte auf die Uhr. Es war halb fünf, die Auktion würde bald beginnen.

Nach einem kräftigen Applaus und einigen Euro Trinkgeld löste sich die Gruppe auf. Tatjana fotografierte noch die Loge des Phantoms mit ihrem Handy, knipste nebenbei auch noch den jungen Guide im Profil, und im nächsten Moment war Hogart mit ihr allein.

»Suchen wir Elisabeth?«, schlug er vor.

Tatjana nickte. Sie gingen zurück ins Vestibül und weiter in den hinteren Bereich des Gebäudes, wo die Abteilungen für Technik und Verwaltung lagen.

»Was für ein Prunk«, staunte Tatjana.

Ja, es war erschreckend. Durch die vielen Kronleuchter

und Laternen glänzte nicht nur der Marmor in Goldfarben, sondern das gesamte Interieur des Opernhauses. Man bekam den Eindruck, in einem gigantischen Schmuckkästchen zu stehen. Und trotz hunderter Besucher, die mit Fotoapparaten herumliefen, war immer noch so viel Platz. Die offene Bauweise umfasste sowohl die breiten Aufgänge als auch die Balustraden weiter oben, von denen man einen Ausblick auf die Eingangshalle hatte. Wie hatte Garnier es einst treffend formuliert? Die Oper war gebaut worden, um zu sehen und gesehen zu werden.

»Was machen wir nachher, wenn Elisabeth die Auktion beendet hat?«, fragte Tatjana.

»Zuerst einmal aus der Oper abhauen, bevor sie uns mit den anderen Besuchern rauswerfen. Um sechs machen sie hier dicht. Wir könnten auf den Eiffelturm gehen.«

»Und morgen?«

»Das Grab von Jim Morrison auf dem Père-Lachaise besuchen, Sacré-Cœur besichtigen, eine Bootsfahrt auf der Seine unternehmen oder nach Versailles fahren.«

»Oder wenn es regnet eine Vampir- und Geistertour durch die unterirdischen Katakomben von Paris machen und uns das Beinhaus anschauen«, schlug sie vor.

Hogart verzog das Gesicht. Nach diesem Besuch hatte er eigentlich genug von mühsam in Szene gesetzter Mystik. »Oder in ein Antiquariat, eine Tauschbörse oder eine nostalgische Kinovorstellung«, schlug er vor. Schon als Kind hatte er die Schulausflüge immer geschwänzt und stattdessen die Vormittagsvorstellung eines Filmtheaters besucht.

»Wie spannend!« Tatjana hielt ihr Handy hoch, verdrehte jedoch die Augen. »Die Verbindung hier ist zum Kotzen.«

Hogart hob den Blick zur Decke. »Massives Steingebäude.«

»Und wie soll ich bei diesem Funkloch bitte schön online gehen?«

»Gar nicht! Die Vorstellungen sollen ja nicht durch Handys gestört werden.«

»Und das wussten die damals schon, als sie die Oper gebaut haben?«

Hogart schüttelte nur den Kopf. Manche Dinge stellten sich eben erst im Nachhinein als sinnvoll heraus.

»Oh, jetzt geht was«, rief sie. »Haben wir ein Glück, ab morgen wird es schön.«

»Sagt wer? Deine tolle Wetter-App, die gestern schon falschgelegen ist?«

»Apps sind das Werkzeug des modernen Detektivs«, erklärte sie ihm. »Du solltest auch langsam auf ein Computersystem umsteigen.«

»Ich habe eines, das weder abstürzt noch für Viren anfällig ist.«

Sie sah ihn fragend an.

Er bewegte nur die Finger. »Papier und Bleistift.«

»Wie fortschrittlich.«

»Und außerdem arbeite ich hiermit«, er tippte sich an die Stirn, »wie die Detektive in der guten alten Zeit.«

»Auch wenn du es nicht wahrhaben willst, aber gerade *jetzt* ist die gute alte Zeit, nach der du dich in zwanzig Jahren zurücksehnen wirst.«

Klar, rede du nur!

Sie waren bis Freitagabend in Paris, ab morgen alle drei nur noch privat. Bloß heute hatte Elisabeth etwas Berufliches zu erledigen, denn an diesem Abend fand in der Opéra

Garnier unter Ausschluss der Öffentlichkeit und der Medien eine Auktion statt. Seiner Meinung nach zwar ein eher merkwürdiger Veranstaltungsort, aber er hatte schon mehrere seltsame Dinge im Lauf seines Lebens erlebt, und außerdem ging es ihn ja auch nichts an. Jedenfalls hatte die Oper den Versicherungsriesen Medeen & Lloyd mit der finanziellen Abwicklung beauftragt. Da Elisabeth für Medeen & Lloyd als Gutachterin für Kunstgegenstände arbeitete und zudem staatlich geprüfte Auktionatorin war, leitete sie die Veranstaltung. Mit französischen Wurzeln seitens einer verstorbenen Großmutter und einem exzellenten Fachwissen über französische Antiquitäten war sie wie geschaffen für diesen Job.

Hogart hatte sie begleitet und in einem Anfall von onkelhaftem Großmut Tatjana mitgenommen. Immerhin war seine Nichte im Sommer neunzehn geworden, wollte schon immer mal Paris sehen, lernte neben ihrer Ausbildung an der Polizeischule in einem Abendkurs an der Volkshochschule Französisch und hatte diese Woche noch Ferien. Ausschlaggebend war für Hogart aber gewesen, dass sie dieses Mal auf einem reinen Urlaubstrip waren und seine kleine Hobby-Detektivin keine Gelegenheit haben würde, ihn wieder mit ihrem kriminalistischen »Wissen« zu beglücken.

»Was wird eigentlich versteigert?«, fragte Tatjana.

»Keine Ahnung, bin privat hier.«

Was glatt gelogen war, denn er wusste ganz genau, was heute unter den Hammer kam: ein etwa achtzehn Zentimeter großes, aus Elfenbein geschnitztes Exponat des französischen Künstlers Biro aus dem 12. Jahrhundert, das den charmanten Namen *Die Knochennadel* trug und extrem hässlich war. Der Rufpreis lag bei 950 000 Euro, und bis gestern war die Knochennadel einen Monat lang im Louvre ausgestellt gewesen, um interessierte Käufer zu informieren. Aber das sollte Tatjana ohne ihn herausfinden. Sie war schließlich die Superdetektivin. Außerdem war er froh, sich einmal nicht den Kopf über Kunstquatsch zerbrechen zu müssen.

Sie gingen einen langen Korridor entlang und kamen in die Nähe des kleinen Auktionssaals, wo eine zwischen zwei goldverzierten Ständern gespannte Kordel den Zutritt versperrte.

Ein großer Mann in schwarzer Uniform mit rotem Bürstenhaarschnitt und vorspringendem Kinn hielt Hogart und Tatjana mit einer dezenten Handbewegung auf. Neben ihm stand eine ebenso hochgewachsene Dame in der gleichen Montur, die ihn musterte.

»L'Auction«, sagte Hogart knapp, obwohl er wusste, dass das nicht gerade sehr französisch klang, was er da von sich gab. Daher nickte er zum Auktionssaal und wedelte mit einem Flyer, auf dem die Knochennadel abgebildet war.

»Du wusstest es also doch!«, zischte Tatjana.

»Klar.«

Der Flyer reichte, damit der riesenhafte Kerl die Kordel abnahm und sie durchließ.

950 000 Euro, und die Sicherheitsvorkehrungen sind der reinste Witz!

Jeder, der rein wollte, kam auch rein.

2. Kapitel

Vor dem eigentlichen Eingang des Saals trafen sie auf Elisabeth, die in ein Gespräch mit einer älteren Dame vertieft war. Elisabeth trug ihren dunkelblauen Hosenanzug zusammen mit dem roten Schal und den roten Stöckelschuhen. Auf ihrem Blazer steckte ein Schild. *Elisabeth Domenik – commissaire-priseur.* Sie sah zwar noch sehr jung, aber unglaublich kompetent und hinreißend aus. Selbst in einem Kartoffelsack wäre sie eine Augenweide gewesen, mit ihren blonden gewellten Haaren und dem atemberaubenden Lächeln.

»Ah, hallo …« Sie bemerkte Hogart und gab ihm einen Kuss. »… mein grauer Wolf«, flüsterte sie. Eine kleine Anspielung auf sein Alter. Dann wandte sie sich an ihre Gesprächspartnerin. »Mein Lebensgefährte, Peter Hogart, und seine Nichte Tatjana«, stellte Elisabeth sie beide vor.

Hogart und Elisabeth kannten sich zwar schon seit zweieinhalb Jahren, waren aber erst seit drei Monaten ein Paar. Auch wenn es noch ein wenig früh schien, hatten sie vereinbart, einander gegenüber anderen als *Lebensgefährten* vorzustellen, weil *Freund* und *Freundin* so dämlich klang und sie, Anfang dreißig, und er mit seinen knapp fünfundvierzig Jahren schon lange über dieses Alter hinaus waren.

Hogart musste jedes Mal schmunzeln, wenn er an ihren ersten gemeinsamen romantischen Abend in ihrem Lieblingssteakhouse dachte, an dem sie ihn mit einer Rose und den Worten überrascht hatte, dass er das allein ja doch nie hinbekommen würde.

»Grins nicht so blöd«, zischte Elisabeth ihm zu, dann stellte sie ihr Gegenüber vor. »Frau Dr. Meyer-Lanski.«

»Freut mich, Sie kennenzulernen.« Die ältere Dame, die genauso groß war wie Elisabeth, hatte schulterlanges graues Haar und trug ein schwarzes Kostüm. Sie sprach fast akzentfreies Hochdeutsch mit leichtem Berliner Dialekt. Außerdem hatte sie einen festen Händedruck und funkelnde eisblaue Augen, mit deren Blick sie Hogart nun regelrecht sezierte.

»Die kulturelle Leiterin des Opernhauses«, erklärte Elisabeth.

Dachte mir schon, dass das keine normale Besucherin ist. »Angenehm.« Hogart lächelte. Bei diesem Drachen spurte das Personal vor Ort sicherlich ohne Mätzchen.

Hogart fiel auf, dass sie Tatjana etwas länger als nötig betrachtete, vor allem die wilde Mähne mit den schwarzen Rastalocken, die Doc Martens und die alte Lederjacke, die aussah, als hätte sie schon Hogarts Großvater in den 50er Jahren beim Motorradfahren getragen. Mit den Dreadlocks war Tatjana anscheinend nicht nur auf der Polizeischule ein obskurer Anblick.

Sind wir hier im Zoo, schien deren irritierter Blick jetzt zu sagen. Zum Glück blieb Meyer-Lanski Tatjanas Spinnen-Tattoo auf der Schulter verborgen.

»Wir wollten nicht stören, bloß Hallo sagen.« Hogart wollte sich schon wieder abwenden.

»Kein Problem, wir haben bereits alles besprochen.« Elisabeth klappte ihre rote Mappe zu und klemmte den Medeen & Lloyd-Kugelschreiber an die Hülle. »Wie war eure Führung?«

»Riesig.« Tatjana strahlte. »Die Bühne ist *der* Hammer!«

»Habt ihr auch den unterirdischen See gesehen?«, fragte Elisabeth.

»Wanne«, korrigierte Hogart.

»Leider nur durch ein Gitter.«

»Und die Loge des Phantoms?«, wollte Elisabeth wissen.

»Du meinst die Loge mit dem Schild? Ja, die haben wir auch gesehen«, raunte Hogart.

Tatjana stieß ihm den Ellbogen hart in die Seite. »Ja, auch die ist toll!«

Dr. Meyer-Lanski schob sich die Brille auf die Nasenspitze und blickte über den Rand. »Womöglich hat es das Phantom tatsächlich gegeben …«

Jetzt ging das wieder los!

»Siehst du«, rief Tatjana.

»Von mir aus«, gab Hogart sich geschlagen. Er hatte keine Lust, mehr Energie als nötig auf dieses Thema zu verschwenden.

»Sie glauben nicht daran?«, fragte Meyer-Lanski herausfordernd.

»Ich glaube an eine gut funktionierende Werbekampagne für Touristen.« Er dachte an die vielen Masken, Poster und Fähnchen zum Thema Phantom im Souvenirshop.

»Möglicherweise basiert Gaston Leroux' Roman ja auf wahren Begebenheiten«, bemerkte sie augenzwinkernd.

Oh, schau an, sie konnte sogar kokett sein.

»Sie meinen so wie *Dracula*, *Frankenstein* und *Jekyll & Hyde*?«, entgegnete er.

Sie seufzte. »Wären Sie nicht Elisabeth Domeniks Lebensgefährte, würde ich keine Minute an Ihre kulturelle Bildung verschwenden, doch in Ihrem Fall mache ich gern eine Ausnahme. Jetzt schließt das erste Untergeschoss leider schon bald, aber wenn Sie morgen die Sonderausstellung der Oper besuchen, werden Sie dort den Briefwechsel zwischen Gaston Leroux und Lon Chaney finden.«

Hogart horchte auf. »*Der* Lon Chaney?«, entfuhr es ihm. »Der im Stummfilm von 1925 das Phantom gespielt hat?«

Nun hob Meyer-Lanski überrascht die Augenbrauen. »Sie sind ja doch nicht so unwissend, wie Sie vorgeben.«

»Der Schein trügt. Mein Onkel liebt nur alte Schwarz-Weiß-Filme und sammelt Autogramme und Filmplakate«, erklärte Tatjana.

Hogart ignorierte den Seitenhieb. *Lon Chaney!* Das klang ja nun wirklich interessant. »Und wie sind Sie an diese Briefe gekommen?«, fragte Hogart skeptisch.

»Ich bitte Sie! Wenn jemand davon Kenntnis hat, dann wohl ich«, sagte sie ein wenig echauffiert. »Und als kulturelle Leiterin der Oper habe ich meine Methoden.«

»Und was schreibt Leroux? Dass er das Phantom mit eigenen Augen gesehen hat?«

Meyer-Lanski kniff die Augen zusammen, als fühlte sie sich ein klein wenig veräppelt. »Lesen Sie sich morgen die Briefe durch.«

»Garantiert.« Tatjanas Augen leuchteten.

Und diesmal konnte er ihr nur aus vollem Herzen zustimmen. Schon allein Lon Chaneys Signatur zu sehen wäre einen neuerlichen Opernbesuch wert.

In diesem Moment gingen einige auffällig gut gekleidete Damen und Herren an ihnen vorbei und reichten einem Angestellten eine Karte. Der öffnete die Tür zum Auktionssaal, und Hogart erhaschte einen Blick hinein. Der Raum bot für etwa siebzig Personen Platz, war aber nur zu zwei

Drittel gefüllt. Seitlich gab es eine kleine Videowand. Hogart konnte auf dem Monitor die Silhouette eines Mannes erkennen. Offenbar wurde sogar ein Interessent per Videostream live dazugeschaltet, der gegenüber den anderen Mitbietern anonym bleiben wollte.

»In wenigen Minuten geht es los«, sagte Elisabeth. »Es sind schon fast alle da.«

Fast alle?

Hogart blickte noch einmal in den Raum. »Einen Monat im Louvre ausgestellt, und dann sind nur so wenige an der Auktion interessiert?«, flüsterte er.

Elisabeth wollte etwas sagen, doch Meyer-Lanski übernahm die Antwort. »Als die Knochennadel vor einem halben Jahr überraschend aufgetaucht ist, hat das natürlich Wellen geschlagen. Dennoch ist es eine Insider-Versteigerung ohne öffentlichen Zutritt, nur mit vorheriger Anmeldung, und bei der Höhe dieses Rufpreises sind nur noch wenige renommierte Antiquitätenhändler an dem Exponat interessiert. *Qualität statt Quantität.* Sie entschuldigen mich. Ah, Monsieur Bonnet …« Sie ging zur Seite und begrüßte einen älteren, kleinen Mann mit sympathischem Blick, der mit einem deutlichen Hinken soeben den Raum betreten wollte.

»Du hättest ruhig ein wenig freundlicher zu ihr sein können!«, tadelte Elisabeth ihn.

Na klar, ich bin ja auch Mutter Teresa. »Hattest du schon öfter mit ihr zu tun?«

»Ja, warum?«, fragte Elisabeth. »Sie ist doch nett, oder?«

Hogart verzog das Gesicht. »Ich hoffe, sie hat alles im Griff.«

Elisabeth kniff die Augenbrauen zusammen. »Wie meinst du das?«

»Ach, nichts.«

»Was heißt, *ach nichts*? Diesen Blick kenne ich nur zu gut. Los, sag schon!«

»Warum muss die Auktion ausgerechnet in einer *Oper* stattfinden?«, presste er schließlich hervor. »Warum in keinem Museum oder Auktionshaus?«

Sie zuckte die Achseln. »Meyer-Lanski hat Erfahrung in solchen Dingen, und die Oper macht solche Veranstaltungen nicht zum ersten Mal. Hier kamen schon einige äußerst bedeutende Kunstgegenstände unter den Hammer.«

»Auch so wertvolle?«, fragte er.

Sie runzelte die Stirn. »Wie meinst du das?«

Hogart biss sich auf die Lippe.

»Die Sicherheitsvorkehrungen erinnern nicht gerade an Fort Knox«, antwortete Tatjana schließlich an Hogarts Stelle.

Na bitte, sogar diesem Dreikäsehoch ist es aufgefallen.

»Ach?« Elisabeth klemmte sich die Mappe vor die Brust und verschränkte die Arme. »Machen sich Detektiv Auguste Dupin und seine Assistentin etwa Sorgen?«, fragte sie spitz, aber immer noch amüsiert.

»Ich finde das nicht zum Lachen«, entgegnete Hogart ernst. »Jeder kann hier einfach so hereinmarschieren!« Er nickte zu dem Kerl mit dem roten Bürstenhaarschnitt im Gang. »Und dieser Bergtroll und seine Kollegin überprüfen nicht einmal die Personalausweise oder machen einen Securitycheck.«

»Den gab es schon, als du die Oper betreten hast.«

»Richtig, aber die zwei Eingänge bei den Seitenpavillons sind nicht bewacht.« Er deutete zur Decke. »Hier gibt es keine Überwachungskameras, der Zutritt zu den Toiletten ist nicht abgesperrt, ebenso wenig wie der Aufgang in die nächste Etage, zu den Balkonen und seitlich zu den Logen. Und der Schätzwert des Exponats ist mindestens doppelt so hoch wie der Rufpreis. Wenn es jemand klaut, dann *heute* und *hier*!«

Elisabeth beugte sich zu Hogart und senkte die Stimme. »Wir werden es sogar für über *drei* Millionen Euro versteigern.«

Tatjana riss die Augen auf.

»Es sind nicht nur Galeristen und private Sammler daran interessiert«, erklärte Elisabeth, »sondern auch internationale Museen.«

»Drei Millionen! Und das beunruhigt dich nicht?«, zischte Hogart. »Ich fasse es nicht. Du hast doch selber ständig mit Versicherungsbetrug zu tun. Normalerweise bist du viel …«

Elisabeth schmunzelte. »Ich habe alles unter Kontrolle.«

»Bin ich denn der Einzige hier, der sich Sorgen macht?« Nun war Hogart ungewollt laut geworden, sodass sogar Dr. Meyer-Lanski und Monsieur Bonnet zu ihnen herüberblickten.

»Kommt mit, ich zeige euch etwas.« Elisabeth packte Hogart am Arm und führte ihn in eine abseits gelegene Nische. Tatjana folgte ihnen neugierig.

Nachdem sich Elisabeth umgesehen hatte, ob sie auch niemand beobachtete, zog sie ein etwa zwanzig Zentimeter langes schwarzes Etui aus der Innentasche ihres Blazers und klappte es auf. In dunkelroten Samt eingebettet lag eine aus blankem Elfenbein geschnitzte und mit vielen Hohlräumen, kreisrunden Vertiefungen und filigranen Verzierungen versehene achtzehn Zentimeter lange Nadel. Hogart berührte sie. Ein wenig sah sie aus wie ein Miniaturschwert, jedenfalls hatte die Klinge die scharfe Schneide eines Messers.

»Dieses hässliche Ding ist drei Millionen wert?«, entfuhr es Tatjana mit gepresster Stimme, woraufhin sie sich sofort die Hand über den Mund schlug. »Und wem gehört das?«, wisperte sie. »Dem Louvre?«

»Nein, dort war die Nadel nur ausgestellt. Sie ist Eigentum einer privaten Sammlerin, die sich jetzt von ihr trennt.« Elisabeth setzte sich ihre Lesebrille auf, die in ihren Haaren gesteckt hatte. »Hier, unter dieser Vorwölbung erkennst du eine winzige eingravierte Prägung«, erklärte sie.

»Made in Taiwan?«, witzelte Hogart, doch im nächsten Augenblick verschlug es ihm die Sprache. Dort war tatsächlich ein Produktionshinweis, so klein, dass man ihn kaum erkennen konnte. Neben dem Wort »Duplikat« stand die UID-Nr. einer Firma. »Was soll das? Das stammt doch niemals aus dem zwölften Jahrhundert.«

»Richtig, es ist ein Duplikat aus Keramik im historischen Look, das auf meine Empfehlung hin extra für diese Auktion bis ins kleinste Detail exakt gleich angefertigt worden ist – aus Sicherheitsgründen«, flüsterte Elisabeth.

»Und im Louvre?«, wisperte Tatjana.

»Stand das Original – aber jetzt kommt diese Kopie unter einem Glassturz auf den Versteigerungstisch.«

Hogart entspannte sich ein wenig. »Wer weiß davon?«

»Nur Frau Dr. Meyer-Lanski, Helmut Rast, ich … und jetzt ihr.«

Medeen & Lloyd war keine gewöhnliche Versicherung, bei der man normale Haushaltspolicen abschloss. Im Gegenteil, dort wurden Millionenwerte versichert: Rennpferde, Diamanten, Oldtimer, barocke Gemälde, Güterzüge, Fluglinien und ganze Öltankerflotten. Die Liste der zusätzlichen Serviceleistungen war länger als das Pariser Branchenverzeichnis. Mit weltweit über zweihundertfünfzig Büros und drei Milliarden Euro Jahresumsatz zählte Medeen & Lloyd zu den Branchenriesen. Jetzt wurde Hogart klar, warum Helmut Rast, der Vorstandsdirektor und Geschäftsführer der Wiener Zweigstelle, ausgerechnet Elisabeth für diesen Job nach Paris geschickt hatte. Sie dachte an alles. »Und die echte Knochennadel?«

Elisabeths Augen leuchteten voller Faszination auf. »Befindet sich während der Auktion sicher in einem Raum hinter dem Saal in einem Tresor der Oper und wird mir erst nach der Versteigerung in einem tragbaren Safe übergeben.«

Hogart sah sie skeptisch an.

»Ich weiß, was du jetzt denkst.« Das Leuchten in Elisabeths Augen war wieder verschwunden. Sie ließ die schmale Schatulle zuschnappen und in ihrem Blazer verschwinden. »Aber für den Abtransport stehen mir zwei Leute vom Sicherheitspersonal der Oper zur Verfügung. Zufrieden?«

»Und wer sind die?«

»Du bist erst dann beruhigt, wenn du alles weißt, nicht wahr?«

»Ich habe ständig mit Mördern, Dieben und Versicherungsbetrügern zu tun«, rechtfertigte er sich und merkte gerade selbst, dass er nicht einmal im Urlaub abschalten konnte.

»Der Sicherheitsmann heißt Girard, seine Kollegin Isabelle. Sie sind auf sichere Transporte spezialisiert und tragen beide eine Waffe. Er hat außerdem einige Medaillen im Siebenkampf und kennt zwölf verschiedene Möglichkeiten, einen Menschen innerhalb von drei Sekunden mit bloßen Händen zu töten.«

»Du machst Scherze?«

»Glaubst du allen Ernstes, ich würde mir eine so billige Pointe ausdenken?« Sie zog eine Karte aus ihrer Handtasche und reichte sie ihm. »Falls du dir trotzdem Sorgen machst, hier hast du sämtliche Pariser Notfallnummern.«

Hogart blickte auf die Telefonnummern von Polizei, Feuerwehr, Rettungsdienst, Taxi, Krankenhäusern, der österreichischen Botschaft und von anderen nützlichen Kontakten. Er steckte die Karte ein und atmete tief durch. »Und wo sind diese Superhelden jetzt? Auf der Toilette, ihren Umhang anziehen?«

Elisabeth wies mit einem Kopfnicken den Gang hinunter, wo der Hüne mit dem roten Bürstenhaarschnitt stand. »Es sind der Bergtroll, wie du ihn zuvor bezeichnet hast, und seine Kollegin. Falls Diebe auftauchen, wird er sie kaltmachen.«

3. Kapitel

Nachdem sich die Tür des Auktionssaals geschlossen hatte, damit die Versteigerung pünktlich um 17 Uhr beginnen konnte, gingen Hogart und Tatjana zur Kolonnade. Dieser Gebäudeteil lag im Freien und glich einem riesigen Balkon mit Säulen und Rundbögen, der sich über dem Haupteingang befand. Von hier aus konnte man die breite Avenue kerzengerade bis zur Gebäudefront des Louvre hinunterblicken, hinter der sich die gläserne Pyramide befand. Noch weiter hinten schlängelte sich die Seine durch die Stadt.

Die Wolken, die an diesem Morgen den Pariser Himmel noch grau in grau bedeckt hatten, waren inzwischen verschwunden. Tatjanas App hatte anscheinend recht. Der Abend war sonnig, und ein milder Wind strich über den Balkon. Der September wurde vielleicht noch richtig warm.

Hogart knöpfte sein Sakko auf und lehnte sich an die Marmorbalustrade. Neben ihm zoomte Tatjana den Louvre mit ihrer Handykamera heran und machte ein Foto. Unglaublich, wie gut diese Kameras mittlerweile waren! Man konnte sogar fast die einzelnen Ziegel, Fensterkreuze und Dachschindeln sehen.

In dieser Hinsicht war Hogart wirklich noch alte Schule. Wie eigentlich in fast jeder anderen Hinsicht auch. Er liebte nicht nur Schwarz-Weiß-Klassiker, sondern auch Schallplatten von Muddy Waters, John Lee Hooker, Duke Ellington sowie den Jazz der 30er Jahre und hatte mit moderner

Technik nicht viel am Hut. Sein alter Skoda besaß nicht einmal ein Navi. Doch um Versicherungsbetrüger zu überführen, brauchte es zum Glück weder WLAN, Datenbanken noch irgendwelche Apps, sondern lediglich ein scharfes Auge, etwas Grips und Einfühlungsvermögen in die Psyche eines Kriminellen.

Und weil er darin, trotz altmodischen Vorgehens, richtig gut war, hatte Hogart kein Problem, an Aufträge zu kommen. Meist handelte es sich um größere Sachen wie Firmenbrände, außergewöhnliche Personenunfälle oder Diebstähle in großem Rahmen. Versicherungsschwindler glaubten, die perfekte Masche für den absolut glaubwürdigen Betrug gefunden zu haben, doch jeder machte irgendwann einen Fehler. Hogarts Job bestand darin, diesen aufzuspüren, und als Freelancer konnte er ohne Konkurrenzklausel für mehrere Versicherungen gleichzeitig arbeiten.

Doch jetzt hatte er endlich einmal frei, und das galt hoffentlich dann bald auch für Elisabeth. Hogart strich sich über den ergrauten Dreitagebart. Direkt unter der Kolonnade saßen Straßenmusiker auf den Treppen zum Haupteingang und spielten Gitarre, Akkordeon und Synthesizer – eine Mischung aus Chansons und französische Balladen.

»Klasse Musik, oder?«, neckte Hogart seine Nichte.

»Unglaublich.« Sie steckte sich den Finger in den Rachen und tat so, als wollte sie sich übergeben.

Obwohl Tatjana Frankreich und Paris liebte, mochte sie diese Musik überhaupt nicht. Stattdessen spielte sie unter dem Namen *Spider* – daher das Tattoo – Bass in einer Girls-Punkband, die sich *Johnny Depp* nannte. Die Mädels waren schon lange dem Status einer reinen Garagenband entwachsen, hatten bereits ihr erstes Album in einem Tonstudio aufgenommen und sogar schon die ersten Auftritte gehabt. Hatten sie früher noch auf Deutsch gesungen, so waren sie jetzt zum Englischen übergegangen und hatten ihr erstes Album völlig unbescheiden *Greatest Hits* genannt. Dieses befand sich im CD-Player von Hogarts Leihwagen, der vor ihrem Hotel am Montmartre stand. Zwar hatte es wenig mit seinem geliebten Jazz zu tun, aber man konnte es sich anhören, ohne einen Gehörschaden zu bekommen.

»Wie lange dauert so eine Versteigerung?«, fragte Tatjana jetzt, nachdem sie in alle Richtungen fotografiert hatte.

»Bei einem Rufpreis von 950 000 Euro gehen die Sprünge in Fünfundzwanzig-, danach in Fünfzigtausender-Schritten. In nicht mal zehn bis fünfzehn Minuten ist die Sache abgewickelt. Im Grunde genommen ist es ziemlich unspektakulär.«

Tatjana blickte auf die Uhr. »Dann müsste sie doch schon längst fertig sein.«

»Ich habe ihr eine SMS geschickt, dass wir hier sind. Sie wird sich bei uns melden«, beruhigte Hogart sie. »Aber es wird noch eine Weile dauern, bis sie herauskommt.« *Falls sie die SMS überhaupt empfängt.*

Tatjana spielte an ihrem Lippenpiercing und sah ihn fragend an. »Was passiert danach noch so?«

»Wenn es so ähnlich abläuft wie bei anderen Auktionen, die ich kenne, wird Elisabeth die Echtheit der Knochennadel prüfen und sie anschließend gleich mit einer Police für den Käufer versichern, damit bis zur Übergabe kein Risiko besteht.«

»Und das dauert so lange?«

»Dann wird der Kaufpreis auf das Treuhandkonto eines Notars überwiesen, der für Medeen & Lloyd arbeitet, und

Elisabeth muss für den Transport der Nadel in ein Bankschließfach sorgen, wo das Ding bis zur Übergabe an den Käufer verwahrt wird.«

»Und danach?«

Hogart zuckte die Achseln. »Wird es dem Käufer zugestellt – oder er holt es sich selbst ab. Ist nicht wirklich kompliziert«, beruhigte er sie. *Aber auf dem Weg zum Banktresor kann vieles schiefgehen.*

»Ah, hier sind Sie also!«, ertönte eine Stimme hinter ihnen.

Hogart drehte sich um. Frau Dr. Meyer-Lanski stand vor ihnen, blickte mit Sonnenbrille und gerecktem Hals zum Horizont in Richtung Louvre und sah dann Hogart an. »Frau Domenik hat mir gesagt, dass ich Sie hier finden werde.«

»Ist die Auktion zu Ende?«, fragte Hogart.

Meyer-Lanski nickte. »Frau Domenik wickelt noch das Bürokratische ab.«

»Wie vereinbart werden wir sie anschließend auf ihrer Fahrt mit Girard und seiner Kollegin zur *Banque de Paris* begleiten«, erklärte Hogart. Danach ging es ins Hotel.

»Gut, soviel ich weiß, wartet Mademoiselle Perrin von der Bank bereits dort auf sie.« Meyer-Lanski blickte auf die Armbanduhr, dann lächelte sie ihn an. »Es ist beruhigend, jemanden wie Sie beim Transport dabeizuhaben.«

Sie machte sich definitiv über ihn lustig, doch Hogart entgegnete nichts. Immerhin sparte er sich so das Taxi zum Hotel, das in der Nähe der Bank lag.

»Und zu welchem Preis wurde die Knochennadel verkauft?«, fragte Tatjana.

Meyer-Lanski sah sich um – die nächsten Touristen standen in einigen Metern Entfernung und fotografierten die Aussicht –, dann senkte sie die Stimme. »Es war spannend.«

Ganz sicher! Hogart unterdrückte ein Gähnen. Er brauchte so bald wie möglich einen starken doppelten Espresso ohne Zucker.

»Bis zuletzt, als alle anderen Interessenten schon lange abgesprungen waren, haben sich vier Händler und ein Geschäftsmann ein langes Bieterduell geliefert«, erklärte Meyer-Lanski.

»Hat sie der skandinavische Geschäftsmann schließlich ersteigert?«, fragte Hogart wie nebenbei.

Tatjana sah ihn überrascht an.

Auch Meyer-Lanski hob die Augenbrauen. »Sie sind erstaunlich gut informiert.«

»Ich habe gehört, dass er bereits im Vorfeld angekündigt hat, das Exponat um jeden Preis besitzen zu wollen«, erklärte Hogart. Tatsächlich hatte niemand etwas zuvor angekündigt – wäre ja auch schön blöd, so etwas öffentlich zu machen. In Wahrheit hatte Hogart im Flugzeug nach Paris einen Blick in Elisabeths rote Mappe geworfen, während sie neben ihm geschlafen hatte. »War das der Bieter, der live dazugeschaltet worden ist?«

»Ja, und er hat die Knochennadel tatsächlich ersteigert«, sagte sie und senkte abermals die Stimme. »Und zwar für 7,3 Millionen Euro.«

Tatjanas Mund klappte auf.

»Gratuliere.« Auch Hogart war für einen Moment baff. Deutlich mehr, als Elisabeth erwartet hatte. Das war ein fetter Deal für Medeen & Lloyd. Gewiss würde Elisabeth von ihrer Provision ein fürstliches Abendessen für sie im Restaurant auf dem Eiffelturm springen lassen.

»Ich muss los. Die Oper schließt bald für die Tagesbesucher. Ich gebe der *Le Monde* jetzt noch ein Kurzinterview, danach muss ich noch einige Vorbereitungen für die Saisoneröffnung treffen. War nett, Sie kennenzulernen.« Sie gab Hogart und Tatjana die Hand, dann verschwand sie durch die Schwingtür ins Pausenfoyer.

Le Monde, dachte Hogart besorgt. Wenn Meyer-Lanski in ihrer Euphorie rausrutschte, wer die Nadel ersteigert hatte, würden sämtliche Diebe ihr Einbrecherwerkzeug aus dem Keller kramen.

Eine Durchsage erklang über die Lautsprecher, woraufhin sich die Kolonnade innerhalb der nächsten Viertelstunde leerte. Nun blickte auch Hogart auf die Uhr. Mittlerweile dauerte es tatsächlich schon ziemlich lang. Die Versteigerung war seit mindestens einer halben Stunde zu Ende.

»Gehen wir zum Auktionssaal zurück«, sagte er schließlich. Tatjana folgte ihm.

Kurz vor 18 Uhr erreichten sie den Korridor. Die Kordel mit den vergoldeten Stehern war weg. Von Girard und seiner Kollegin war weit und breit keine Spur zu sehen.

Die Tür zum Saal stand offen, darin befand sich kein Mensch. Die Videowand war schwarz, und auf dem Teppichboden lag ein Flyer. Der Glassturz auf dem Versteigerungstisch war leer. Schließlich kam ein kleiner älterer Mann im grauen Anzug mit schief geknoteter Krawatte durch eine Tür aus dem Raum mit dem Tresor. Er hielt einige Dokumente in der Hand.

»Wissen Sie, wo Elisabeth Domenik ist?«, fragte Hogart, doch der Mann sah ihn nur verständnislos an. Erst als Tatjana ins Französische übersetzte, erhellten sich seine Augen und er antwortete wild gestikulierend.

»Die Versteigerung ist schon lange beendet«, erklärte Tatjana. »Elisabeth hat die Knochennadel in dem tragbaren Safe in Empfang genommen. Danach ist sie in Begleitung weggegangen.«

Weggegangen?

Wo zum Teufel sind die hin? Und warum hat sie uns nicht informiert?

4. Kapitel

Hogart rannte sofort in Richtung Haupteingang. Gefolgt von Tatjana hetzte er die breite Treppe hinunter, wobei sie sich hastig zwischen den Besuchern hindurchzwängen mussten, die allesamt zum Ausgang strömten.

Er zog sein Handy aus der Hosentasche und überprüfte es. *Keine Nachricht!*

»Hat Elisabeth *dir* geschrieben?«, keuchte er.

»Nein«, rief Tatjana.

Mist! Entweder hatte sie sich wirklich nicht gemeldet, oder es lag am miesen Empfang in diesem Gebäude.

»Glaubst du, es ist etwas passiert?«

»Nein«, log er. In Wirklichkeit sagte ihm sein Bauchgefühl schon den ganzen Abend, dass an der Sache etwas nicht stimmte – Sicherheitsvorkehrungen hin oder her! Warum zum Teufel hatte sich Elisabeth nicht bei ihm gemeldet?

Sie drängten durch das Vestibül und gingen auf die Türen zu, die ins Freie führten. Das Gemurmel der vorbeiströmenden Menschen erfüllte den Saal. Jedes Mal, wenn eine der Türen geöffnet wurde, hörte er die Lieder der Straßenmusikanten.

Hogart rief Elisabeth an. Mobilbox! *Mist!*

Er sah sich um. Da erkannte er Isabelle. Die hochgewachsene Dame in der schwarzen Uniform stand vor einer Tür. Erleichtert ließ Hogart die Schultern sinken. »Da ist

Isabelle«, sagte er zu Tatjana und wurde langsamer. Sie gingen auf die Sicherheitsfrau zu.

»Etwas stimmt nicht«, flüsterte Tatjana.

In diesem Moment hatte Hogart es auch bemerkt. Isabelle reckte den Hals und sah sich unruhig in alle Richtungen um.

Verfluchter Mist!

Endlich erreichten sie die Frau.

»Wo ist Elisabeth?«, platzte es sofort aus Hogart heraus.

»Das ist ihr Lebensgefährte, und ich bin seine Nichte«, erklärte Tatjana auf Französisch.

»Ich weiß«, sagte Isabelle auf Deutsch, aber mit starkem französischem Akzent. Sie blickte äußerst unglücklich drein. »Ich bin rausgegangen, um den Wagen zu holen. Madame Domenik wollte inzwischen zur Garderobe gehen.«

»Allein?«

»Nein, natürlich nicht. Mit Girard.«

Hogart blickte durch die Glastür nach draußen. Vor der Treppe stand tatsächlich eine dunkle Limousine mit der Aufschrift der Pariser Oper im Halteverbot, umzingelt von vier gelb-schwarz gestreiften Kegeln.

»Warum haben Sie sich nicht auf die Suche nach den beiden gemacht?«

»Wo hätte ich sie suchen sollen? In Richtung Garderobe?« Isabelle blickte sich immer noch um. »Dann hätten sie zu einem der anderen Ausgänge an mir vorbeilaufen können. Sehen Sie sich um! Da sind so viele Leute. Hier habe ich alles besser im Blick.«

»Haben Sie Girards Nummer?«, fragte er.

»Ja, aber die nützt Ihnen in diesem Gebäude nicht viel.«

Herrgott! Verstört sah Hogart zwischen den Marmorsäulen die weiße Treppe hinauf zur Garderobe, die sich zwischen Souvenirladen und Internet-Corner befand. Überall hingen rote Kordeln, um die Touristen auf verschiedensten Wegen aus dem Gebäude zu lotsen. Langsam leerte sich die Eingangshalle. Von Elisabeth und Girard war keine Spur zu sehen.

Er ging kurz ins Freie und checkte sein Handy. *Keine Nachricht!* Danach betrat er wieder das Gebäude. »Warten Sie hier!«, sagte er zu Isabelle und lief los.

Tatjana folgte ihm zur Garderobe. Hinter dem Tresen saß eine Frau neben einer Schale mit Münzen. Mittlerweile hingen nur noch wenige Mäntel und Jacken auf den Kleiderbügeln. In einer Ecke lagen Rucksäcke, daneben standen Einkaufstüten.

»War Elisabeth Domenik hier?«, fragte Hogart. Die Frau sah ihn verwirrt an. *Fuck! Flieg nie wieder in ein Land, dessen Sprache du nicht perfekt sprichst.*

Hogart konnte Französisch zwar einigermaßen lesen und ganz gut verstehen, wenn er konzentriert zuhörte, aber fast nicht sprechen und schon gar nicht schreiben. Dazu fehlte ihm einfach die Übung.

Während Tatjana übersetzte und der Frau Elisabeths Aussehen beschrieb, erinnerte sich Hogart an die Nummer der Marke, die Elisabeth für ihre Jacke und seinen Mantel erhalten hatte.

»*Treize*«, sagte er.

Die Frau nickte und sagte etwas.

»Elisabeth war tatsächlich hier«, übersetzte Tatjana. »Allerdings allein.«

Allein? Und wo verdammt ist Girard?

»Außerdem hat sie ihre Jacke nicht abgeholt, sondern nur danach gefragt«, sagte Tatjana verwirrt.

»Das heißt, die Jacke muss noch da sein.« Hogart reckte den Hals und deutete zur Nummer 13, wo tatsächlich immer noch Elisabeths dünne schwarze Jacke hing. Offenbar hatte sie nur etwas daraus holen wollen. Das könnte bedeuten, dass sie und Girard noch im Haus waren.

Während die Garderobenfrau die Jacke holte, beruhigte sich Hogart wieder. Schließlich legte sie ihnen die Jacke auf den Tresen. Sogleich durchsuchte er alle Taschen innen und außen. Eigentlich hatte er erwartet, dass sie leer waren, doch in der Innentasche stieß er auf etwas Hartes, Längliches, das er herauszog.

Elisabeth hat nichts aus der Jacke geholt, sondern etwas hineingesteckt!

Hogart hielt ein schwarzes Etui in der Hand. Während nun andere Gäste zum Tresen kamen, um ihre Kleidung abzuholen, drehte sich Hogart zu Tatjana und öffnete es. Gleichzeitig starrten sie hinein.

»Meine Fresse!«, entfuhr es Tatjana.

Eingebettet in rotem Samt lag die Knochennadel.

»Ist das die echte?«, flüsterte Tatjana.

»Das weiß ich noch nicht.« Behutsam drückte Hogart auf das spitze Ende der Nadel, sodass sie aus der Vertiefung sprang. Schon wollte Tatjana danach greifen, um sie umzudrehen, doch Hogart zog das Etui weg.

»Nicht anfassen!«, zischte er.

»Waaas?«, rief Tatjana.

»Fingerabdrücke«, murmelte er und hob das Etui, sodass sie einen Blick unter die Nadel werfen konnten. Dort war die Prägung zu erkennen. »Es ist nur das Duplikat.« Er ließ die Nadel wieder in die Vertiefung fallen. Offenbar hatte Elisabeth keine Verwendung mehr für die Nachbildung gehabt und sie deshalb hier verstaut.

»Und wo ist die echte?«

»Im Safe, mit dem Elisabeth verschwunden ist.« Er schloss das Etui und steckte es in die Innentasche seines Sakkos.

»Ohne Jacke?«, fragte Tatjana.

Das war ein Argument.

Nachdem die Garderobenfrau sich noch um zwei weitere Gäste gekümmert hatte, kam sie wieder zu ihnen. Hogart schob ihr Elisabeths Jacke mit einem dankbaren Nicken hin, doch bevor sie sie wieder aufhängte, blickte sie zum Internet-Corner und sagte noch einen Satz zu Tatjana. Hogart konnte sich das meiste auch ohne Übersetzung zusammenreimen. Elisabeth war in den Internet-Corner gegangen.

Was ist nur in dich gefahren? Draußen werden alle nervös, und du setzt dich mit diesem unbezahlbaren Knochenteil in ein Internet-Café? Ohne Bescheid zu geben?

»Merci beaucoup«, bedankte sich Hogart bei der Frau und lief mit Tatjana zum Internet-Corner.

Eigenartig! Er kannte Internet-Ecken nur von Hotellobbys. Doch offenbar hatte die Oper wegen des Funklochs für ihre Besucher PCs eingerichtet, die für eine schnelle Verbindung an Glasfaserkabeln hingen.

Als sie im Corner ankamen, erblickten sie nur die etwa zwölf Computerarbeitsplätze, auf denen Bildschirmschoner mit einem Bild der Pariser Oper über die Monitore flackerten. *Keine Spur, weder von Elisabeth noch von Girard!* Bloß ein junger Kerl packte soeben seine Sachen zusammen. Schließlich hatte der Internet-Corner schon vor wenigen Minuten geschlossen.

Fuck!

Tatjana ging kurz zu dem Franzosen und fragte nach. »Er sitzt leider erst seit kurzem hier und hat niemanden gesehen«, übersetzte sie danach seine Antwort.

Hogarts Unterkiefer mahlte.

Was hat sie hier verdammt nochmal gewollt? Oder hat sich die Garderobenfrau geirrt, und Elisabeth ist gar nicht hier gewesen?

Hogart wollte sich bereits abwenden und wieder zu Isabelle gehen, als ihm der Monitor des letzten PCs in der hinteren Ecke neben dem Laserdrucker auffiel. Dort lief kein Bildschirmschoner, stattdessen war eine Internetseite geöffnet.

Er kniff die Augen zusammen und ging näher. Neben der Tastatur lag ein Kugelschreiber.

»Peter?«, fragte Tatjana.

»Bin gleich wieder da.«

Auf dem Monitor war nur die Standardmaske einer Suchmaschine zu sehen. Aber der Kugelschreiber hatte das Logo von Medeen & Lloyd, das er nur zu gut kannte.

Verdammt! Sie war tatsächlich hier gewesen. Er legte die Hand auf den Stuhl. Er war noch etwas warm. Und dann sah er unter dem Tisch eine Spiegelung. *Elisabeths Lesebrille!* Hogart kniete sich unter den Tisch. Ein langes blondes Haar hing noch am Bügel.

Das wird immer gruseliger!

Er suchte den roten Teppichboden ab, doch bis auf die Brille gab es keine weiteren Spuren. Auch nicht auf dem Tisch. Keine Blutflecken, keine anderen verräterischen Hinweise. *Nichts!*

Mittlerweile stand Tatjana neben ihm.

»Zuletzt ist sie hier an diesem Platz gewesen.« Hogart sah

sich um. Neben dem Arbeitsplatz führte ein Gang zu den Toiletten. Vom anderen Ende fiel Tageslicht in den Gang. Außerdem hörte er Gemurmel. Anscheinend ging es dort zum Seitenpavillon. Und gerade jetzt kam ihnen von dort jemand entgegengelaufen, der kaum zu übersehen war mit seinen ein Meter neunzig, dem breiten Brustkorb und Bürstenhaarschnitt. *Girard!* Und zwar allein!

Hogart stand auf und richtete sein Sakko. »Wo ist Elisabeth?«, rief er.

»Sie sind Madame Domeniks Freund, richtig?«, keuchte Girard auf Deutsch mit französischem Akzent. Der Mann war ziemlich aufgebracht.

»Ja, ihr Lebensge… egal! Wo ist sie?«

»Ich weiß es nicht.«

»Was heißt, Sie wissen es nicht?«

»Madame Domenik wollte zur Garderobe und anschließend auf die Toilette, sich frisch machen.«

»Und Sie haben sie allein gelassen?«

»Nein … nur kurz. Sie sagte, ich sollte bei der Treppe auf sie warten und mich umsehen.«

»Umsehen? Das haben Sie zugelassen?«, entfuhr es Hogart.

»Sie glaubte, dass uns jemand verfolgte. Ich wollte sie nicht allein lassen, aber sie hat mir erklärt, ich soll, nachdem ich mich umgesehen habe, vor der Damentoilette auf sie warten.«

»Aber dort war sie natürlich nicht mehr!«, rief Hogart. »Sie hätten Elisabeth auf jeden Fall begleiten müssen! Mann, Sie waren dazu verpflichtet!« Aber jetzt hatte es natürlich keinen Sinn mehr, sich darüber aufzuregen.

»Und der Safe?«, fragte Tatjana.

»Den wollte ich an mich nehmen, während Madame Domenik zur Toilette ging, aber sie sagte, der unterliege *ihrer* Verantwortung.«

Das klang nun wirklich nach Elisabeth. Außerdem schien Girard nicht der plumpe Leibwächter zu sein, den Hogart in ihm vermutet hatte. Zumindest sprach er besser Deutsch als Hogart Französisch.

Hogart zog nochmal sein Handy heraus und drückte die Wahlwiederholungstaste. Er hatte gerade mal einen Balken. Die Verbindung wurde aufgebaut, es läutete. Einmal, zweimal … schließlich sprang erneut die Mobilbox an.

»Hier ist … Anschluss … Elisabeth Domenik«, knisterte und knackte ihre Stimme. »… Moment … leider nicht erreichbar. Bitte hinterlassen Sie …«

Dann verstummte die Ansage mitten im Satz. Als hätte jemand plötzlich die SIM-Karte aus Elisabeths Handy entfernt.

5. Kapitel

Girard machte ein langes Gesicht. »Ich habe bereits mit Madame Meyer-Lanski …« Er schnippte mit den Fingern, als suchte er nach dem richtigen Wort. »… gesprochen. Sie weiß auch nicht, wo Madame Domenik ist.«

Hogart blickte in den Gang. »Wohin geht es in diese Richtung?«

»Zu den Toiletten, dahinter führt eine Tür durch den Seitenpavillon nach draußen in einen kleinen Innenhof«, erklärte Girard. »Dort ist das *L'Opéra*, ein Café. Aber dort ist Madame Domenik auch nicht.«

»Ist niemand nach draußen gegangen?«

»Ich habe vom Kellner erfahren, dass vor zehn Minuten eine Besucherin mit Kreislaufproblemen ins Freie gebracht worden ist.«

»Von wem?«

Girard hob die Schultern. »Angeblich vom Opernpersonal.«

»Warum *angeblich*?«

»Unser Personal hat nichts mit dem Bistro zu tun«, erklärte Girard.

»Das war auch niemand vom Personal«, sagte Hogart. »Ich bin sicher, die Frau mit den Kreislaufproblemen war Elisabeth.«

»Aber die Dame war schwarzhaarig, und deshalb …«

»Ja und?«, unterbrach Hogart ihn. *Elisabeth ist blond.* »Trotzdem glaube ich, dass sie es war.«

Girard wurde blass. Anscheinend wurde ihm soeben bewusst, was passiert war. »Sie denken, Madame Domenik wurde entführt?«

»Ohnmächtig ist sie sicher nicht geworden«, ätzte Hogart und hob sein Handy hoch. »Jedenfalls ist sie nicht mehr erreichbar.«

»Ich könnte nach diesem angeblichen Personal suchen lassen«, schlug Girard vor.

»Vergessen Sie das«, unterbrach Hogart ihn. »Die sind längst weg.« Er blickte sich um. »Gibt es hier keine Überwachungskameras?«

»Nicht im Internet-Corner«, antwortete Girard.

»Ist das Ihr Ernst?«

»Die Kameras filmen nur die Garderobe und den Souvenirladen. Was sollte man hier schon klauen?«

Computer, Tastaturen, Drucker … die Knochennadel, antwortete Hogart in Gedanken, sagte aber nichts, sondern zog die Karte mit den Notfallnummern heraus, die Elisabeth ihm gegeben hatte, und wählte eine davon.

Ein Balken genügte.

»Wen rufen Sie an?«, fragte Girard.

»Die französische Kripo.«

6. Kapitel

Bei den Beamten, die eine halbe Stunde später anrückten, handelte es sich nicht um Ermittler der Kripo, sondern um ganz gewöhnliche Polizisten. Mittlerweile befanden sich im Vestibül nur noch einige Mitarbeiter der Oper, wodurch die Vorhalle noch größer wirkte; jedes einzelne Räuspern und Schuhklappern hallte von den Wänden wider. Das Opernhaus war endgültig für Besucher geschlossen und würde erst morgen früh wieder öffnen, wenn die nächste Ladung Touristen sowie die Schauspieler, Tänzer und Sänger zu ihren Proben eintreffen würden.

Les Misérables.

Passt!, dachte Hogart. Genauso fühlte er sich.

Während Girard und Isabelle der Polizei halfen, die Oper zu durchsuchen, standen Frau Dr. Meyer-Lanski, Tatjana, er und zwei andere Polizisten im Internet-Corner und besprachen die seltsamen Vorkommnisse an diesem Abend. Ziemlich hitzig – und die Stimmung wurde immer geladener. Denn bis auf Elisabeths Lesebrille deuteten weder Spuren noch Zeugenaussagen auf eine Entführung hin. Behaupteten zumindest die ermittelnden Beamten, nachdem einige ihrer Kollegen den vorderen Bereich der Oper und das Bistro durchsucht hatten.

Noch dazu war die Frau mit dem angeblichen Kreislaufkollaps ja schwarzhaarig gewesen. Und was die zwei Angestellten der Oper anging, die sie begleitet hatten – darauf wies zumindest die Beschreibung der Uniformen hin –, so hatte vor einer halben Stunde der Schichtwechsel stattgefunden, weswegen die beiden nicht so rasch ausfindig gemacht werden konnten.

Zum Kotzen! Im Fünf-Minuten-Takt war Hogart ins Freie gelaufen und hatte Elisabeths Nummer gewählt, doch die Verbindung zu ihrem Telefon blieb unterbrochen.

Nachdem die Beamten Hogarts und Tatjanas Zeugenaussagen aufgenommen hatten, wollten sie gehen. Hogart hielt sie auf und warf Meyer-Lanski einen hilfesuchenden Blick zu. Doch sie hob nur die Schultern. »Was soll denn *ich* Ihrer Meinung nach unternehmen?«

»Die Knochennadel ist fort, und Elisabeth ist ohne Ihre Sicherheitsleute verschwunden«, zischte er. »Fürchten Sie keinen Skandal?«

»Wenn es einen Skandal gibt, dann für Medeen & Lloyd, sicher nicht für das Opernhaus. Wir haben das Exponat völlig korrekt in einem Safe an Frau Domenik übergeben und alles ordnungsgemäß abgewickelt – und bisher liegen der Polizei weder eine Anzeige wegen Diebstahls noch die Forderungen eines Erpressers vor. Elisabeth Domenik ist vom Fach und hat so eine Auktion nicht zum ersten Mal abgewickelt. Sie weiß, was sie tut, und Sie werden sehen, alles wird sich in Wohlgefallen auflösen.« Sie wiederholte ihre Aussage auf Französisch, und die Beamten stimmten ihr zu.

Es muss immer erst etwas passieren, damit etwas passiert.

Tatjana trat an Hogarts Seite. »Ich war eben draußen und habe mit der Hotline der *Banque de Paris* telefoniert und mich zu dieser Mademoiselle Perrin durchstellen lassen«, wisperte sie. »Sie wartet immer noch auf uns, bis jetzt ist Elisabeth dort nicht aufgetaucht.«

Wunderbar! Und Girards Wagen stand immer noch draußen.

»Sie *müssen* sie suchen!«, beharrte Hogart in seinem bruchstückhaften Französisch gegenüber den Beamten.

»*Oh, non*«, murmelte eine Polizistin, blätterte in ihren Unterlagen und sprach in langsamen Sätzen, die Hogart auch ohne Übersetzung verstand. Anscheinend hatte Frau Dr. Meyer-Lanski den Polizisten zuvor von der kleinen Auseinandersetzung zwischen Hogart und Elisabeth vor dem Auktionssaal erzählt und wie Elisabeth versucht hatte, Hogart zu beruhigen.

Das wird ja immer besser!

»Möglicherweise ist das Ganze ja nur ein Missverständnis«, übersetzte Tatjana ungläubig den letzten Satz der Beamtin.

»Missverständnis?«, rief Hogart und merkte, wie seine Halsschlagadern anschwollen. »Eine Person und ein Kunstgegenstand im Wert von über sieben Millionen Euro sind verschwunden!«

»Nicht so laut!«, zischte Meyer-Lanski.

Ach, darum ging es also! In wenigen Tagen würde die Saison mit einer neuen Aufführung eröffnet werden, und anscheinend hatte sie *doch* Angst vor schlechter Presse und einem Skandal.

»Ich möchte eine Vermisstenanzeige aufgeben«, sagte Hogart schließlich.

Tatjana übersetzte die Antwort der Frau. »Die kannst du in vierundzwanzig Stunden beim Kommissariat machen.«

»In vierundzwanzig Stunden?« Hogart war kurz davor zu explodieren. Er trat an die Polizeibeamtin heran und senkte die Stimme zu einem gefährlichen Grollen. »Ihre Methoden sind ziemlich …« Er verbiss sich den Rest des Satzes.

»Morgen um diese Zeit ist Elisabeth Domenik vielleicht schon tot und die Knochennadel längst außer Landes gebracht – Tatjana, übersetz das!«

Sie schluckte und tat ihm den Gefallen, wobei sie anscheinend ein paar beschönigende Worte hinzufügte.

Die Beamtin schüttelte den Kopf und wurde nun ihrerseits ein wenig unfreundlich. Demonstrativ blickte sie auf die Uhr. »Vielleicht wollte Madame Domenik nach der Diskussion mit Ihnen einfach ein wenig Ruhe und ist ohne Sie und die Securityleute weggefahren.« Die Polizistin ließ ihren Notizblock in der Tasche verschwinden. Sie wollte sich bereits abwenden, doch Hogart hielt sie erneut auf.

»Es ist mir völlig egal, was *Sie* glauben, aber Elisabeth Domenik *wurde* entführt!«, fuhr er sie an. »Und die Knochennadel wurde gestohlen!«

»Jetzt beruhigen wir uns alle. Wenn Sie unbedingt wollen, gehen wir zuerst einmal einem möglichen Diebstahl nach.«

»Prima«, seufzte Hogart. Er dachte an Elisabeths Reisepass mit ihrem digitalen Fingerabdruck, der allerdings genauso verschwunden war wie sie selbst, ihre Handtasche und die Knochennadel. »Haben Ihre Kollegen einen tragbaren Live-Scanner im Polizeiwagen?«

Die Beamtin sah Hogart verwirrt an. *»Mais oui.«*

»Gut.« Hogart zog das Etui aus seiner Sakkotasche und öffnete es. »Nehmen Sie die Fingerabdrücke von dieser Stelle, und dann vergleichen Sie sie mit dieser Computertastatur.«

7. Kapitel

Als um 22 Uhr in der Pariser Oper absolute Dunkelheit herrschte, waren Hogart und Tatjana endlich in ihrem Hotel am Montmartre eingetroffen.

Das *Jardin*, das wohl wegen des Wintergartens mit den vielen Blumen so hieß, lag direkt am Place du Tertre, von wo man auch nachts einen tollen Ausblick auf das Künstlerviertel und die beleuchtete Sacré-Cœur hatte. Doch diese Aussicht war Hogart im Moment herzlich egal. Denn auch im Hotel war Elisabeth natürlich nicht aufgetaucht, und ihr Mietwagen befand sich nach wie vor auf dem Hotelparkplatz. Ihren Besuch in Versailles konnten sie sich abschminken, genauso wie den Rest des geplanten Urlaubs. Der erste mit Elisabeth. *Und dann passiert so etwas!*

Tatjana stand auf dem Balkon des Nebenzimmers, der von Hogarts eigenem nur optisch mit einer großen Topfpflanze abgetrennt war, die seine Nichte allerdings beiseitegeschoben hatte. So konnten sie gegenseitig ihre Zimmer betreten und hätten – wenn alles nach Plan gelaufen wäre – abends gemütlich beisammensitzen können.

Durch die geöffnete Balkontür hörte Hogart jetzt, wie Tatjana mit ihrem Vater telefonierte. Kurt, sein um drei Jahre jüngerer Bruder, Chiropraktiker mit eigener Praxis, hatte keine Ahnung von Polizei- und Detektivarbeit und regte sich noch dazu viel zu leicht auf. Dagegen war Tatjana ja noch ein Vollprofi in Sachen Ermittlungsarbeit, und darum hatte Hogart ihr eingeschärft, vorerst nichts über die Vorfälle zu erzählen, damit daheim niemand nervös wurde. Es genügte, wenn seine eigenen Nerven blank lagen.

»Tatjana!«, rief er nach draußen. »Sag deinem Vater, dass ich letzte Woche endlich seine Edgar-Wallace-VHS-Sammlung auf dem Flohmarkt verkauft habe.«

»Für wie viel?«, rief Tatjana ins Zimmer.

»Dreißig Euro.«

Es entstand eine lange Pause.

»Du bist ein Genie, soll ich dir von Papa ausrichten«, sagte Tatjana.

Ich weiß, dachte Hogart. *Hat ja schließlich nur drei Jahre gedauert.* Über eBay wäre es deutlich schneller gegangen, aber auf den digitalen Wahnsinn konnte er gern verzichten. Dann griff er zum Handy.

Nachdem er mit der österreichischen Botschaft telefoniert und einem Sekretär dort den Sachverhalt erklärt hatte, ging er zur Minibar. Er ignorierte Wein, Bier und Cognac und öffnete stattdessen eine Flasche Breezer, die er in einem Zug halb leerte. So sah also ihr nächtlicher Ausflug mit Abendessen auf dem Eiffelturm aus. Stunden zuvor hatte Hogart noch gedacht, dass Elisabeth einen fetten Deal an Land gezogen hätte. Gut, ein fetter Deal war es ja! *Fragt sich nur, für wen?*

Nachdem die Pariser Polizei erst morgen Abend etwas wegen ihres Verschwindens unternehmen würde und auch die österreichische Botschaft zurzeit nichts machen konnte, war er auf sich allein gestellt. Denn er würde ganz sicher nicht bis morgen warten und untätig herumsitzen. Er trank die Flasche aus, stellte sie auf den Tisch und wollte sich gerade erheben, da piepte sein Laptop, der über das Hotel-

WLAN mit dem Internet verbunden war. Das Skype-Symbol blinkte auf.

Ein Video-Anruf!

Tatjana hatte ihm das Programm installiert; eines seiner wenigen Zugeständnisse an die moderne Technik, weil er es enorm hilfreich fand, seinem Gegenüber bei einem Gespräch direkt in die Augen zu sehen. Jetzt schlug sein Herz augenblicklich höher. *Elisabeth?* Doch die Hoffnung währte nur kurz. Der Anruf kam von Kohlschmied – *Magister* Kohlschmied –, dem Außendienstleiter von Medeen & Lloyd, den Hogart so gut leiden konnte wie einen dicken Pickel am Arsch.

Kohlschmied war eine kleine unscheinbare Erscheinung, und auf dem Foto seines Skype-Logos sah er genauso schleimig aus, wie er in Wirklichkeit war. Im uralten Nadelstreifanzug, den heutzutage kein Mensch mehr trug, mit viel Pomade im zum Seitenscheitel gekämmten Haar und eindeutig dem falschen Stylingberater, sonst hätte er längst seine Hornbrille gegen eine andere eingetauscht. Aber das war seine typische Masche: optisches Understatement, damit andere ihn unterschätzten. In Wahrheit war er alles andere als dumm.

Hogart nahm den Anruf an. »Ja?«

»Hogart, sind Sie es?«

»Nein, Charles de Gaulle«, knurrte er.

»Sehr witzig, Hogart. Schalten Sie die Kamera ein. Ich weiß, Sie können mich nicht leiden, aber glauben Sie mir: Ich bin auch nicht gerade begeistert, mit Ihnen reden zu müssen.«

Dann sind wir ja tatsächlich zum ersten Mal einer Meinung!

Widerwillig aktivierte Hogart seine Kamera. Nach dem Desaster vor zweieinhalb Jahren im Fall der Engelsmühle, bei dem er im Zuge seiner Recherchen Elisabeth kennengelernt hatte – der einzige positive Nebeneffekt dieser Sache –, hatte er sich geschworen, nie mehr wieder für Medeen & Lloyd zu arbeiten. Zumindest solange Kohlschmied den Außendienst leitete. Allerdings munkelte man mittlerweile, dass Kohlschmied eines Tages sogar den Direktorposten übernehmen würde.

Unbewusst fuhr sich Hogart durch den Dreitagebart, den er seit damals trug, damit man die Narben in seinem Gesicht nicht sah. »Was gibt es, Kohlschmied?«, murrte er.

»Was es gibt? Ist das Ihr verdammter Ernst?« Kohlschmieds Kopf lief rot an. Nervös drückte er die Mine seines Kugelschreibers mit einem steten Klicken rein und raus. Anscheinend saß er noch in seinem Wiener Büro in dem mächtigen Glasturm, durch dessen Front Hogart die Neonreklamen und die Straßenbeleuchtung am anderen Ufer der Donau sehen konnte. Was würde er darum geben, wenn er in diesem Moment auch in Wien sein könnte – und zwar *mit* Elisabeth.

Kohlschmied hatte die Hornbrille abgenommen und massierte seine Nasenwurzel. »Ich hatte soeben ein ausführliches Gespräch mit Kommerzialrat Rast.«

Rast war der Direktor der Versicherung. Hogart kannte ihn schon, seit er selbst ein kleiner Junge gewesen war. Ein zähes, altes Schlachtross und einer der besten Freunde seines verstorbenen Vaters. »Und?«, fragte er.

»Dreimal dürfen Sie raten, mit wem Rast telefoniert hat.«

»Mit der französischen Polizei?«, vermutete Hogart in der Hoffnung, dass die doch noch etwas in der Sache unternommen hatte.

»Was? Polizei? Nein, verflucht. Mit Ole Granqvist! Ich nehme an, Sie wissen bereits, wer das ist.«

Granqvist? Nein, das wusste er nicht. Aber der Name klang nordisch. »Der skandinavische Geschäftsmann, der die Knochennadel ersteigert hat?«, vermutete Hogart.

»Verdammt richtig. Er ist Schwede.«

»Und?«

»Und?«, wiederholte Kohlschmied. »Ole Granqvist ist nicht bloß ein normaler Geschäftsmann, er ist mehrfacher Milliardär und ein äußerst renommierter Kunstsammler, lebt in Paris und Stockholm, und ich kann Ihnen sagen, dass er ziemlich außer sich ist.«

»Laufen die Geschäfte in Schweden so schlecht?«

»Witzig, Hogart. Elisabeth Domenik ist nicht erreichbar und offenbar genauso spurlos verschwunden wie die Knochennadel. Granqvist hat fünfzig Prozent vom Schätzwert der Knochennadel als Vadium auf ein Treuhandkonto unseres Notars einbezahlt. Aber solange die Auszahlungsbedingungen nicht eingetreten sind und das Zug-um-Zug-Geschäft nicht weiter abgewickelt werden kann, lässt Granqvist seinen Betrag durch den Treuhänder auf dem Konto einfrieren. Dann haben weder er noch wir Zugriff darauf.«

»Das kann er?«

»Ja, und noch viel mehr, verdammt! Er wird uns den Arsch aufreißen und unsere Reputation zerstören!«

Mein Gott! »Dann werden die Anzahlung und der Rest des Kaufpreises eben erst überwiesen, wenn der sichere Erhalt des Exponats bestätigt ist«, rief Hogart nun ebenso aufgebracht. »Das ist ja nicht das wahre Problem. Das wahre Problem ist Elisabeths Verschwinden! Die Pariser Polizei und unsere Botschaft sind bereits informiert. Ab morgen läuft die Fahndung.«

»Ach wie großartig, Hogart! Ab morgen läuft die Fahndung«, imitierte Kohlschmied Hogarts Stimme.

Du blödes Arschloch! Dabei konnte Kohlschmied froh sein, dass Hogart in der Nähe dieser dämlichen Auktion gewesen war, sonst wären mittlerweile alle Spuren verwischt gewesen, sie hätten keine einzige Zeugenaussage und wüssten nicht einmal das Wenige, das sie wussten.

»Ich sage Ihnen, was das echte Problem ist«, zischte Kohlschmied und massierte sich wieder die Nasenwurzel. »Granqvist unterstellt unserer Versicherung, dass Elisabeth die Auktionsveranstalter übers Ohr gehauen hat und mit dem Exponat untergetaucht ist. Er droht mit einer Klage.«

Hogart war für einen Moment sprachlos. *Das* waren Kohlschmieds Sorgen? »Alles wird sich aufklären«, versuchte er Kohlschmied zu beruhigen.

»Ein Scheißdreck wird sich aufklären!«, fluchte der und warf seinen Kugelschreiber so fest auf die Tischplatte, dass er in Einzelteile zersprang. Für einen Moment wackelte das Bild, und Hogart glaubte schon, Kohlschmieds Kamera hätte den Geist aufgegeben.

»Sie sind unser einziger Mann vor Ort und …«, sagte Kohlschmied.

»Ich bin nicht *Ihr* Mann!«, widersprach Hogart.

»Sie wissen, wie ich es meine«, sagte Kohlschmied nun etwas ruhiger. »Suchen Sie Domenik!«

»Was glauben Sie denn, was ich die ganze Zeit mache?«, brüllte Hogart. »Im Zimmer sitzen und Däumchen drehen?« Aus dem Augenwinkel sah er, wie Tatjana den Vorhang beiseiteschob, durch die Balkontür hereinblickte und ihm mit einer Geste zu verstehen gab, leiser zu sein.

Ja, er würde Elisabeth suchen und finden. Aber nicht

wegen Granqvist, Medeen & Lloyd oder dieser dämlichen Knochennadel, sondern weil sie seine Freundin war, die zur falschen Zeit am falschen Ort gewesen war.

»Keine Angst«, sagte Hogart. »Einige Hinweise habe ich.« Er dachte an Elisabeths Handy, ihre Brille, den Internet-Corner und die angeblich schwarzhaarige Frau, die aus dem Gebäude geschafft worden war.

»Das will ich hoffen«, fauchte Kohlschmied. »Andernfalls steht uns die Kacke bis zum Hals. In spätestens vierundzwanzig Stunden muss die Sache aufgeklärt sein, sonst bleibt uns nichts anderes übrig, als bei der Polizei eine offizielle Diebstahlanzeige zu machen.«

Diese Anzeige hatte Hogart längst gemacht. »Und das würde natürlich dem Ruf der Versicherung enorm schaden«, vollendete Hogart zynisch, dann wurde er ernst. »Ist Ihnen schon mal der Gedanke gekommen, dass es um mehr als bloß diese lausige Nadel geht? Möglicherweise kommt ja raus, dass Elisabeth entführt worden ist!« *Oder vielleicht sogar Schlimmeres* – aber daran wollte er gar nicht denken.

»Und ist Ihnen schon mal der Gedanke gekommen, dass sie vielleicht wirklich mit der Knochennadel abgehauen ist?«, konterte Kohlschmied.

»Ich fasse es nicht, was Sie für absurde Gedanken haben!«, spie Hogart aus. »Elisabeth ist Ihre beste Mitarbeiterin!«

»Ebendeshalb ist das *kein* absurder Gedanke«, widersprach Kohlschmied. »Domenik kennt die Kunstszene, die Abläufe und hat seit vielen Jahren gute Kontakte sowohl in den Nahen Osten als auch nach Russland und Asien.«

Wofür hielt dieser miese schleimige Kerl Elisabeth eigentlich? »Unterstellen Sie ihr, dass sie das Exponat gestohlen hat?«

»Möglich wäre es. Oder haben Sie eine Erklärung, weshalb der Täter sie nicht einfach bewusstlos geschlagen, beraubt und dann zurückgelassen hat – sondern sie mit der Nadel verschwunden ist?«

»Ich ...« Hogart verstummte. Nein, dafür hatte er keine Erklärung.

»Sehen Sie, ich auch nicht. Wie auch immer – Domenik hat ihren Job schon so gut wie verloren, sollte sie je wieder auftauchen.«

»Hören Sie mal ...«

Neben Kohlschmied auf dem Tisch läutete ein Handy. »Hogart, ich muss Schluss machen. Es ist Rast.« Er atmete tief durch. »Finden Sie Domenik und die Knochennadel schleunigst, bevor etwas an die Presse durchsickert. Andernfalls muss ich trotz meiner Flugangst selbst nach Paris fliegen.«

Was für ein schrecklicher Gedanke!

Hogart beendete die Skype-Sitzung. Tatjana kam ins Zimmer und wollte etwas sagen, doch in diesem Moment klopfte es an Hogarts Tür.

Er sah auf die Uhr. Es war fast halb elf.

8. Kapitel

Tatjana blickte zur Tür. »Wer ist das denn?« Ihr Gesichtsausdruck verriet, dass sie ebenso wenig wie Hogart daran glaubte, Elisabeth plötzlich im Flur zu sehen.

»Der Zimmerservice bestimmt nicht.« Hogart stand auf und ging zur Tür.

»Hast du deine Waffe mit?«, fragte Tatjana.

Sie wusste, dass er eine Glock mit siebzehn Schuss Munition besaß. »Bist du verrückt? Ich nehme doch keine Pistole mit in den Urlaub.« Außerdem hätte er die weder in den Flieger noch durch den Zoll gebracht.

Da die Hoteltüren keinen Spion besaßen, durch den man in den Gang schauen konnte, stand Hogart vor der Tür und lauschte. Es klopfte wieder.

»Wer ist da?«, fragte er.

»Machen Sie bitte auf!«, erklang eine jugendliche Männerstimme auf Deutsch mit einem starken französischen Akzent.

»Wer ist da?«, wiederholte Hogart.

»Ich möchte mit Madame Domenik sprechen.«

Das würde ich auch gern. Hogart überlegte kurz, aber nachdem der Mann allein zu sein schien und nicht sonderlich bedrohlich geklungen hatte, entschied er sich, ihm eine Chance zu geben. Vielleicht war das die erste brauchbare Spur zu Elisabeth. Er legte die Hand auf die Klinke.

»Nicht!«, presste Tatjana hervor.

»Schon in Ordnung«, sagte er. »Halt dein Handy bereit. Wenn mir etwas passiert, mach ein Foto, verschwinde über den Balkon in dein Zimmer, verriegle die Tür und ruf die Rezeption an.«

»Okay«, wisperte sie mit einem ängstlichen Ton in der Stimme.

Es klopfte wieder an der Tür, diesmal stärker.

»Ja doch.« Hogart öffnete die Tür und wollte gerade an dem hochgewachsenen jungen Mann, der davor stand, einen Blick vorbei in den Gang werfen – als plötzlich eine Faust in seinen Magen krachte.

Der Schlag war so heftig, dass er glaubte, das späte Mittagessen würde jeden Augenblick halb verdaut die Speiseröhre hochkommen. Noch dazu fehlte ihm für den Bruchteil einer Sekunde die Erinnerung, denn als er wieder klar denken konnte, lag er auf dem Boden.

Der Mann, der ihn niedergeschlagen hatte, blockierte immer noch die Tür. Ein zweiter hatte sich an ihm vorbei ins Zimmer gedrängt, war über Hogart hinweggesprungen und hatte Tatjana gepackt. Hogart hörte sie kreischen, erst lautstark, kurz darauf nur noch dumpf und halb erstickt, da ihr der Kerl den Mund zuhielt.

Jetzt kam auch der Schläger ins Zimmer, zerrte Hogart am Arm vom Eingang weg, schloss die Tür und sperrte ab.

»Sie haben ja keine Ahnung, was ich mit Ihnen mache …«, presste Hogart hervor.

»Halt's Maul!« Der Mann, der ihn geschlagen hatte, hatte kurzes blondes Haar, eine sportliche Figur und schien gerade mal ein paar Jahre älter als Tatjana. Wobei der kalte, harte Blick seiner Augen ahnen ließ, dass er schon deutlich mehr als seine Nichte erlebt hatte. Und anscheinend war er der Boss, denn der andere – ein älterer Kerl mit Glatze – sagte kein Wort. Er war dunkelhäutig, hatte die gedrungene Figur eines Ringers und ein Gesicht wie eine eingetretene Wirtshaustür. Hogart fielen seine vernarbten Handrücken auf. Mit einer Hand hielt er die zappelnde Tatjana fest im Griff, mit der anderen schlug er ihr das Telefon aus der Hand, noch bevor sie irgendetwas damit hatte anfangen können.

Der junge Blonde klappte Hogarts Laptop zu, nahm den Hörer vom Zimmertelefon, schloss die Balkontür und zog die Vorhänge zu. Dann schaltete er das TV-Gerät ein und drehte die Lautstärke gerade so weit auf, dass sich die Nachbarn nicht über den Lärm beschweren, aber auch nichts von ihrer Unterhaltung mitbekommen würden. Es sah so aus, als machte er das alles nicht zum ersten Mal.

Nachdem Hogart sich aufgerappelt hatte, bugsierte ihn der Blonde in einen Sessel. Danach durchsuchte der Mann in Windeseile das gesamte Hotelzimmer. Er durchwühlte Wandschrank und Schubladen. Sah unters Bett. Riss die Matratze weg. Ging ins Badezimmer.

Hogart hörte, wie er dort den Deckel des Spülkastens abnahm und die Abdeckung der Klimaanlage herunterschraubte. Anscheinend alles ohne Erfolg, denn anschließend kam er ins Wohnzimmer zurück, öffnete die Minibar, riss mit seinem Feuerzeug eine Flasche Breezer auf und nahm einen Schluck.

Anscheinend haben wir denselben Geschmack.

»Kommen Sie gar nicht erst auf die Idee, die Flasche untersuchen zu lassen. Die Polizei kennt meine Fingerabdrücke nicht«, sagte er.

»Warum Polizei?«, fragte Hogart. »Sie haben mich doch

nur in meinem Hotelzimmer besucht, um nett mit mir zu plaudern.«

Der Mann lächelte. »Wie wahr. Das ist doch auch das Hotelzimmer von Elisabeth Domenik?«

Hogart nickte.

»Wo ist sie?«

»Das wüsste ich selbst gern.« Er sah kurz zu dem Ringer. »Es ist nicht notwendig, dass Ihr Freund das Mädchen festhält. Ich nehme nicht an, dass sie ihn mit einem Karatekick bewusstlos schlägt.«

Der Blonde nickte dem Ringer zu, woraufhin dieser noch fester zupackte. Tatjana schrie auf. »Wo ist Elisabeth Domenik, *mon ami*?«, wiederholte er.

»Keine Ahnung.«

»Wo ist die Knochennadel?«

»Ich weiß es nicht, verdammte Scheiße!«, brüllte Hogart aufgebracht. »Und selbst wenn Sie mir in beide Knie schießen: Ich weiß es trotzdem nicht!«

Der Blonde packte die Flasche am Hals und schlug sie gegen die Kante der TV-Kommode. Alkohol und Splitter spritzten durchs Zimmer. Hogart zuckte zusammen, während Tatjana nur leise wimmerte. Schließlich zog er das Etui aus der Sakkotasche, das ihm die Polizei nach Abnahme der Fingerabdrücke wiedergegeben hatte. »Meinen Sie das?« Er klappte es auf.

Der Blonde warf einen Blick hinein, holte die Nadel heraus und wog sie in der Hand. »Netter Versuch, aber diese Kopie aus Keramik können Sie behalten. Viel zu schwer.« Er warf die Nadel aufs Bett, reichte seinem Kollegen den zersplitterten Flaschenhals und wandte sich wieder an Hogart. »Wir beide machen jetzt einen kleinen Ausflug. Ihre Nichte bleibt hier. Wenn Sie glauben, den Mutigen spielen zu müssen, wird das Gesicht Ihrer Nichte anschließend genauso hässlich aussehen wie Ihres.«

Hogart steckte das Etui wieder ein. Der blonde Mistkerl war bestens informiert. »Wer sind Sie?«

»Das werden Sie gleich erfahren. Gehen wir.« Er zerrte Hogart am Hemdkragen hoch und stieß ihn zur Tür.

Hogart sperrte auf, doch bevor er die Tür öffnete, sagte er leise: »Wenn Sie ihr etwas antun …«

»Ja, ich weiß, dann ficken Sie mich in den Arsch«, sagte der Blonde gelassen. »Aber vorher ficke ich *Sie* in den Arsch, und zwar mit der Brechstange, und jetzt Schluss mit den harten Sprüchen. Tür auf und raus!«

Hogart trat in den Gang und wollte bereits in Richtung Fahrstuhl gehen, doch der Blonde gab ihm einen Schlag auf den Hinterkopf und dirigierte ihn in die andere Richtung zum Treppenhaus.

Scheiße! So würde Hogart nicht an der Rezeption vorbeikommen, um dem Portier irgendein Zeichen geben zu können. Aber es gab noch eine andere Möglichkeit. In der Nähe des Hinterausgangs, den sie momentan ansteuerten, lag ein Restaurant. Bei diesen warmen Abendtemperaturen saßen bestimmt Gäste im Freien, und Hogart würde eine weitere Chance haben, jemanden zu verständigen.

Sie gingen die drei Etagen ins Erdgeschoss, doch als Hogart sich zum Hinterausgang wenden wollte, erhielt er den nächsten Schlag auf den Hinterkopf.

»Da entlang!«

Verdammt, was hatte der vor?

Wie befohlen ging Hogart in die andere Richtung, an einem Technikraum, einer Vorratskammer für die Küche und an der Hotelwäscherei vorbei. Sie hielten vor einer schweren Feuertür mit der Aufschrift »Sortie de secours«. *Notausgang.* Allerdings war das Schild durchgestrichen.

»Aufmachen!«, murmelte der Blonde.

Hogart drückte die Tür auf und trat ins Freie. Sie befanden sich im kleinen quadratischen Innenhof des Hotels. Wie in einer Art Schacht. Über ihnen leuchteten die Fenster der billigeren Zimmer, die direkt auf die lautstarken Klimaanlagen hinausgingen.

»Nette Gegend. Aber Sie haben die Brechstange vergessen«, meinte Hogart, doch der Blonde verzog keine Miene. Stattdessen griff der Mann in die Innentasche seines Sakkos, und Hogart machte sich schon bereit, ihm seine Waffe aus der Hand zu schlagen. Doch der Blonde holte nur ein altes Seniorenhandy mit Minidisplay und großen Tasten heraus. Er drückte auf eine davon und reichte Hogart das Telefon.

Hogart hielt es ans Ohr. Es läutete, dann hob jemand ab. Es knisterte in der Leitung, und Hogart hörte den Atem einer Person.

Elisabeth?

Nein, das konnte unmöglich sein. Vermutlich würde ihm gleich jemand verkünden, dass er Elisabeth gekidnappt habe und irgendetwas von ihm wolle.

»Hallo?«, fragte Hogart.

»Seien Sie still und hören Sie zu«, sagte eine dunkle, ältere weibliche Stimme, die etwas metallisch verzerrt klang.

»Falls das ein schlechter Scherz sein soll …«, begann Hogart, doch der Blonde trat ihm fest und ansatzlos gegen das Schienbein.

»Hören Sie gut zu, was Madame Gorgovich-Medunjan Ihnen zu sagen hat. Sie wird es nicht wiederholen, kapiert?«

»Fuck, ja.« Das hatte wirklich wehgetan.

»Sie sollten darauf hören, was mein Assistent sagt«, fuhr die Frau fort, »ich möchte nicht, dass er Ihnen sämtliche Knochen bricht.«

Das könnte lang dauern, es sind exakt zweihundertvierzehn, dachte Hogart, hielt diesmal aber besser die Klappe.

»Ich bin die Verkäuferin der Knochennadel. Wie Sie bereits wissen, ist mein Eigentum heute für 7,3 Millionen versteigert worden.«

»Ich gratuliere.« Hogart schielte zu dem Blonden, dessen Faust sich ballte, sodass die Knöchel knirschten.

»Um es kurz zu machen: Da ich nun weder mein Exponat besitze noch das Geld erhalten habe, bleibt mir nur eine Vermutung: Ich wurde von der Mitarbeiterin der Versicherung hereingelegt.«

Was für ein schlechter Witz! Die Nächste, die dachte, dass Elisabeth sich mit der Nadel aus dem Staub gemacht hatte. Hogart hob sachte die Hand, um dem Blonden zu signalisieren, dass er etwas sagen wollte. »Selbst wenn die Nadel 7,3 Millionen bei der Versteigerung erzielt hat, auf dem Schwarzmarkt ist sie nicht einmal halb so viel wert. Die Ware ist viel zu heiß. Niemand würde sie …«

»Kommt darauf an, wer sie aus welchem Grund haben möchte«, antwortete Madame mit dunkler Stimme.

»Ab morgen Abend wird die Polizei nach Elisabeth Domenik suchen«, sagte Hogart, und nun hob der Blonde die Hand, um anzudeuten, dass er endlich den Mund halten sollte.

»Die Polizei«, sagte Madame abfällig. »Meine Familie lebt zwar schon seit über zwei Jahrhunderten in Paris, hat aber eine lange osteuropäische Ahnenreihe. In meiner Heimat werden solche Angelegenheiten innerhalb der Familie geregelt – ohne Polizei.«

Familie? Was bedeutete das? Wollte sie ihn adoptieren?

»Kommen wir zum Geschäftlichen, Monsieur Hogart.« Sie machte eine Pause. »Sie werden die Knochennadel für mich wiederbeschaffen.«

»Was? Ich?«, schnaubte Hogart. »Ich bin in keiner offiziellen Funktion in Paris. Außerdem bin ich nur ein normaler Versicherungsermittler.«

»Kein *normaler* Ermittler! Sie verfügen über einen gewissen Ruf.«

Im Moment war er wirklich nicht empfänglich für Schmeicheleien. »Weshalb sollte ich mit meinen minimalen Sprachkenntnissen die Nadel schneller finden als beispielsweise ein französischer Detektiv?«

»Weil Sie Elisabeth Domenik kennen. Wenn jemand die Knochennadel findet, dann Sie, weil Sie wissen, wie Ihre Freundin tickt.«

Hogart atmete tief durch.

»Sie werden mir die Knochennadel beschaffen«, wiederholte Madame, »andernfalls werden Sie Paris nicht lebend verlassen.«

Großartig!

»Sie haben dafür zwei Tage Zeit, und zwar bis Mittwochnacht 24 Uhr«, fuhr sie fort. »Damit Ihnen die Dringlichkeit meiner Forderung klar wird, wird Ihnen mein Assistent zum Abschied noch etwas geben.« Es klackte, die Leitung war tot.

Hogart reichte dem Blonden das Telefon, das dieser in seiner Sakkotasche verschwinden ließ.

»Ich bekomme noch etwas von Ihnen«, sagte Hogart.

»Das ist richtig.«

»Zwanzigtausend Euro im Voraus für Spesen zuzüglich Tagesdiäten und Wochenendzuschlag?«, fragte Hogart.

Der Blonde lächelte. *»Adieu.«* Dann schlug er ihm ohne auszuholen noch einmal in die Magengrube. Diesmal jedoch mit voller Kraft, wie es schien, denn Hogart wurde schwarz vor Augen. Er klappte zusammen und sank zu Boden. Dort lag er, hörte das Surren der Klimaanlagen, schmeckte bitteren Gallensaft im Mund und konnte nur noch schwer nach Luft röcheln.

»Scheiße«, presste er hervor. »Wo haben Sie so zuzuschlagen gelernt? Bei der Fremdenlegion?«

Der Blonde gab keine Antwort darauf. Er griff in die Hosentasche und zog eine Visitenkarte heraus, die er neben Hogart auf den Boden schnippte. Dann griff er in die Innentasche seines Sakkos, zog eine Waffe aus dem Holster, zielte auf Hogarts Oberschenkel und drückte ab.

Hogart zuckte zusammen. Aber die Pistole gab nur ein metallenes *Klick* von sich.

»Das nächste Mal ist eine Patrone in der Kammer«, sagte der Blonde.

Verdammt! Hatte Hogart dem Kerl tatsächlich gedroht, ihn allezumachen, falls er Tatjana etwas antat? Er konnte froh sein, wenn er sich in dieser Nacht noch zum Aufzug und in sein Zimmer schleppen konnte. So deutlich hatte ihm schon lange keiner mehr klargemacht, wer den Ton angab.

»Rufen Sie diese Nummer an, sobald Sie die Knochennadel haben«, sagte der Blonde und verließ den Innenhof.

9. Kapitel

Hogart blieb noch eine Minute lang liegen, tastete seinen Magen ab, versuchte die Bauchmuskeln anzuspannen. Allerdings gab er den Versuch rasch wieder auf, weil es zu schmerzhaft war. Mit zusammengebissenen Zähnen zog er sich an der Hausmauer hoch, lehnte dann schließlich zitternd an der Wand und versuchte, langsam und flach zu atmen. *Nur zwei verfluchte Faustschläge.* Dabei hatte der Typ gar nicht ausgesehen wie Mike Tyson.

Mist, die Visitenkarte lag noch auf dem Boden. Mit zusammengepressten Lippen und angehaltenem Atem bückte sich Hogart, um die Karte aufzuheben. Die Bewegung kam ihm wie in Zeitlupe vor. Vermutlich war sie das auch.

Wie es wohl Tatjana ging? Er schleppte sich zur Feuertür, schob sich an der Wand entlang bis zum Fahrstuhl und fuhr in die dritte Etage. In der Kabine betrachtete er sich im Spiegel. Er sah gar nicht so schlimm aus. Das Hemd war an den Schultern etwas schmutzig, sonst machte er einen ganz passablen Eindruck. Hogart versuchte zu lächeln.

Finden Sie die Knochennadel!

Doch die war ihm im Moment so was von egal. Er musste Elisabeth finden. Das war das Einzige, was zählte. Und diese Madame Bogdanovich oder wie sie hieß, hatte sie schon einmal nicht entführt.

Im Licht der Kabine warf er einen Blick auf die Visitenkarte. *Madame Gorgovich-Medunjan* – na ja, fast richtig geraten – stand da in roten Lettern, darunter eine Handynummer. Mehr nicht. Der Rest der schwarz glänzenden Karte war leer, genauso wie die Rückseite.

Im Moment schien wirklich fast alles darauf hinzudeuten, dass Elisabeth tatsächlich mit der Knochennadel untergetaucht war. Dennoch bezweifelte Hogart diese Version. Warum hätte sie sonst ihre Jacke zurücklassen sollen? Was hatte sie zuvor am Computer gemacht? Und was war mit dem Kugelschreiber und ihrer Lesebrille? Damit hatte sie doch sicher keine Entführung vortäuschen wollen! Und ganz unabhängig von allen Fakten: Er kannte Elisabeth lange und gut genug, um zu wissen, dass sie unschuldig in eine böse Sache hineingeschlittert sein musste.

Der Aufzug klingelte, die Tür öffnete sich. Hogart richtete sich den Hemdkragen, wischte sich über die Schultern und verließ die Kabine.

Er wankte zu seinem Zimmer. Das TV-Gerät lief immer noch ziemlich laut, und als er die Zimmerkarte durch das Lesegerät zog und die Tür aufsprang, erwartete er für einen Moment, auf ein verwüstetes Hotelzimmer zu stoßen, in dessen Mitte Tatjana mit zerfetzter Kleidung und zerschnittenem, blutüberströmtem Gesicht lag.

Als Warnung.

Und als Motivation!

Doch zum Glück saß Tatjana unverletzt auf dem Bett. Als sie ihn sah, sprang sie sofort auf, lief auf ihn zu und schlang die Arme um ihn. »Gott sei Dank bist du wieder da.«

»Vorsichtig«, murmelte er und befreite sich aus ihrer schmerzhaft festen Umarmung. Trotzdem fiel ihm ein Stein vom Herzen. »Hat er dir etwas angetan?«, fragte er.

»Nein, nichts. Er hat nicht einmal ein Wort gesagt. Bevor

er gegangen ist, hat er mir mit einer Geste zu verstehen gegeben, mich still zu verhalten und hier auf dich zu warten.«

»Was habt ihr gemacht?«

»Wir haben auf dem Bett gesessen«, antwortete sie, »und *Dirty Dancing* gesehen.«

Wunderbar.

Und *er* hatte sich Sorgen gemacht.

Fünfzehn Jahre zuvor

Aimées Mutter lag leblos im Wohnzimmer, während der Einbrecher und ihr Vater sich völlig perplex gegenüberstanden. Die Pistole in Vaters Hand zitterte.

Er hat geschossen, fuhr es Aimée durch den Kopf.

Das konnte doch nur ein Irrtum sein – oder ein böser Traum.

Aber es war die brutale Realität. David hockte in seinem durchnässten Pyjama leise schluchzend neben ihr. Sie würde für den Rest ihres Lebens den Geruch nach Urin mit dem Anblick ihrer reglos daliegenden Mutter verbinden.

»Alles wird gut«, log Aimée, um wenigstens David zu beruhigen. Und ein bisschen in der Hoffnung, es vielleicht selbst glauben zu können. Doch sie war zu alt für Märchen.

Am liebsten wäre sie zu ihrer Mutter hinuntergelaufen. Vielleicht atmete sie ja doch noch – entgegen aller Logik –, vielleicht wollte sie noch mit ihr sprechen, oder vielleicht konnte Aimée ihr noch etwas sagen. *Mama, es tut mir leid, ich wollte die Skulptur im Esszimmer nicht umwerfen, ich wollte auch nicht den Kratzer im Parkett im Salon machen. Ich wollte dich nie belügen. Du darfst mich auch wieder schlagen, und ich werde nicht weinen. Es tut mir so leid! Bitte werde wieder gesund. Steh auf! Sag doch was.*

Doch ihre Mutter blieb stumm und reglos liegen. Genauso stumm und reglos wie ihr Vater, der nur dastand und fassungslos auf seine Frau hinuntersah.

Da löste sich der Einbrecher aus seiner Starre, machte kehrt und stürzte aus dem Wohnzimmer in den Vorraum. Hastig rannte er zur eingeschlagenen Scheibe, riss den Vorhang mitsamt der Gardinenstange beiseite, sodass diese scheppernd über die Fliesen flog, und sprang durchs offene Fenster ins Freie.

Vater! Lauf ihm nach! Du darfst ihn nicht entkommen lassen! Bitte. Fang ihn! Erschieß ihn!

Aimée saß völlig bewegungslos auf der Treppe und merkte, wie mit jedem Atemzug ihr Leben weiter auseinanderbrach.

Endlich rührte sich auch ihr Vater. Er taumelte auf ihre Mutter zu und ließ sich kraftlos vor ihr auf die Knie fallen. Die Pistole glitt aus seiner Hand. Er drehte Mutters Körper herum, zerrte sie hoch und nahm sie in die Arme. Dann vergrub er das Gesicht in ihren Haaren und heulte laut und herzzerreißend auf.

Im Mondlicht schimmerte Mutters cremefarbenes Rüschennachthemd. Ihre Haut glänzte bronzefarben, ein Träger war ihr über die Schulter gerutscht. Der Bereich um Brust und Bauch war dunkel. Immer weiter breitete sich dieser dunkle Fleck aus, wurde schwarz wie die Nacht.

Aimée umklammerte das Holzgeländer so fest, dass die Sprosse ächzte. Neben ihr jammerte David leise. Aimée legte ihm die Hand auf die Schulter. »Alles wird gut«, versprach sie ihm wieder.

Sie würde herausfinden, wer dieser Einbrecher war. Dann würde sie ihn aufspüren, eine Pistole nehmen und ihn erschießen – und dabei nicht einmal mit der Wimper zucken. Obwohl sie erst neun war, erschreckte sie diese Vorstellung nicht einmal. Im Gegenteil. In diesem Augenblick wurde ihr Herz zu Eis. Das würde ihr helfen, die nächsten

Minuten, Stunden und Jahre zu überstehen, um nicht wahnsinnig zu werden.

Aimée horchte auf.

»Es war ein Versehen … das wollte ich nicht …«, heulte ihr Vater. »… es tut mir so leid!«

Sein Schluchzen wurde immer lauter. So verzweifelt hatte Aimée ihn noch nie gesehen. Bisher war er immer stark und unerbittlich gewesen, hatte nie eine Träne vergossen, immer nur mit harter Hand seine Firma regiert und die Familie zusammengehalten. Doch jetzt brach er völlig zusammen, und je lauter er jammerte, desto gefasster wurde Aimée, als spürte sie, dass ihre Kindheit in diesen Minuten zu Ende ging und sie erwachsen werden musste.

Während sie erneut beruhigend auf David einflüsterte, bemerkte sie, wie ihr Vater nach der Waffe tastete.

Es ist noch nicht zu spät, dachte sie. *Geh raus und verfolge den Mistkerl.* Sie hatte weder eine Autotür noch einen Motor oder ein Boot an der Küste gehört. Also musste er zu Fuß geflohen sein.

Doch ihr Vater machte keine Anstalten, sich zu erheben. Er strich ihrer Mutter über das lange schwarze Haar, die Wange und die Stirn. Dann schob er sich das Ende der Waffe in den Mund, zuckte einen Moment vor der Hitze des Metalls zurück und schloss die Lippen um den Lauf.

»Nein!« David riss sich los, sprang auf und stürzte die Treppe hinunter.

Ihr Vater presste die Augen zu und drückte ab. Der Krach war so laut, dass Aimée glaubte, von nun an für immer taub zu sein.

Sie sah nicht weg.

Prägte sich stattdessen jedes Detail ein.

2. TEIL

PARIS

Dienstag, 15. September

10. Kapitel

Am frühen Morgen, noch bevor die Sonne den ersten zarten orangefarbenen Schein auf die Dächer von Paris legte, war Hogart bereits durch die Stadt gejoggt. Die Strecke zur Oper, von dort zur *Banque de Paris*, wo Elisabeth die Knochennadel hätte abgeben sollen, und zurück auf den Montmartre zum Hotel Jardin. Dabei dachte er die ganze Zeit an Elisabeth.

Durch sein kürzeres rechtes Bein war seine Hüfte schief, und wenn man genau hinsah, merkte man, dass er leicht hinkte. Die Ärzte prophezeiten ihm schon seit vielen Jahren, dass sich die Schmerzen verschlimmern würden, und er sollte orthopädische Schuheinlagen tragen, aber er hasste Ärzte genauso wie Krankenhausbesuche. Solange er täglich seine Runde lief, hielt er die Schmerzen in Schach. Aber nicht nur das, die jetzige Tour in der kühlen Morgenluft verhalf ihm auch zu einem klaren Kopf. Und den brauchte er.

Gestern Nacht, nachdem Tatjana bereits in ihrem Zimmer eingeschlafen war, hatte er sich trotz der Prügel, die er eingesteckt hatte, noch in den Mietwagen gezwängt. Er war die Strecke von der Oper bis zur Bank gefahren. Entgegen jeder Logik hatte er gehofft, dass Elisabeth diese Route mit ihrem Dickschädel aus irgendeinem Grund ohne Girard und Isabelle genommen hatte. Was natürlich nicht der Fall gewesen war.

Hogart hatte mit seinen kargen Sprachkenntnissen mehr

schlecht als recht mit Fahrern an Taxiständen gesprochen, die auf dem Weg lagen, mit Kellnern in Restaurants und mit Pennern, die ihr Nachtlager in Seitengassen aufgeschlagen hatten. Er hatte ein Selfie mit Elisabeth auf seinem Handy herumgezeigt, das sie beide auf einem Motorrad zeigte. Elisabeth ging gern tanzen, aber da Hogart ein miserabler Tänzer war und sicher keinen Tanzkurs besuchen würde, hatten sie sich auf ein anderes gemeinsames Hobby geeinigt: Elisabeth wollte den Motorradschein machen.

Ein zweites Foto zeigte sie beim Golfen, wie sie gerade mit einem Golfcart auf ihn zufuhr. Aber niemand hatte Elisabeth auf den Fotos erkannt. Und es hatte auch keinen Verkehrsunfall gegeben, in den sie verwickelt gewesen wäre. In den fünf umliegenden Krankenhäusern kannte man weder ihren Namen, noch wusste man von einer eingelieferten unbekannten Frau, auf die ihr Alter und ihre Beschreibung gepasst hätten.

Das alles hatte Hogart bisher fünfhundert Euro und einiges an Mühe gekostet. Und doch musste er sich jetzt bei seiner morgendlichen Joggingrunde eingestehen, dass er absolut keine Ansatzpunkte für seine weiteren Ermittlungen hatte.

Nach einer heißen Dusche betrat er den Frühstücksraum in Jeans, schwarzem Poloshirt und bequemen Sneakers. Krawatten, Hemden und Anzughosen hatte er vorerst in seinen Koffer verbannt. Sein Mantel hing zwar immer noch mit Elisabeths Sachen in der Garderobe der Oper, aber da der Tag heiß zu werden schien, würde er sie erst einmal dort lassen. Nachdem er Elisabeth gefunden hatte, konnte er dann alles mit ihr gemeinsam abholen und sich dabei mit Tatjana auch die Briefe von Lon Chaney ansehen. Hogart merkte, dass er sich geradezu verzweifelt an diesen Gedanken klammerte – er brauchte einfach etwas, an dem er sich festhalten konnte.

Während eines Frühstücks mit schwarzem Kaffee und Rührei mit Schinken telefonierte er mit Meyer-Lanski. Die hatte natürlich keine Neuigkeiten. Von ihr ließ er sich Girards Handynummer geben, doch auch der hatte nichts Neues von der Polizei erfahren. Elisabeth war nicht wieder aufgetaucht, und die beiden Angestellten der Oper, die gestern Abend die schwarzhaarige Frau durch das Café ins Freie gebracht hatten, waren auch nicht gefunden worden, obwohl die Polizei mit allen, die auf dem Dienstplan standen, gesprochen hatte.

Mist!

Er legte das Handy beiseite, schnappte sich die Morgenausgabe der *Le Monde* und betrachtete die Schlagzeile, während er einen Toast aß. *Knochennadel für 7,3 Millionen versteigert.*

Großartig, aber im Moment würde dieses Geld niemand bekommen. Er rührte gedankenverloren mit einem Löffel in der Tasse, fixierte den Strudel und hielt seine Gedanken in Bewegung. Was war an dieser Nadel so besonders? Warum hatte der Dieb oder Entführer sie unbedingt haben wollen? Ging es um Geld? Auch wenn das Knochending auf dem Schwarzmarkt höchstens die Hälfte der ersteigerten Summe wert war, lohnte es sich allemal. Oder hatte die Knochennadel einen ideellen Wert? Falls ja, für wen?

»*Bonjour*«, riss ihn eine Stimme aus den Gedanken.

Er sah auf. Tatjana stand vor ihm und hielt zur Begrüßung die beiden zu einem Victory-Zeichen gespreizten Finger hoch. Anscheinend hatte sie ihre Rastalocken frisch gewaschen oder gebürstet, denn die standen hoch wie eine Buschtrommel. Dazu trug sie legere Kleidung mit Turnschuhen und einen schmalen Rucksack.

Sie setzte sich mit einem Glas Karottensaft an seinen Tisch. »Gibt es was Neues über Elisabeth?«

In knappen Worten erzählte er ihr von seinen Recherchen, verheimlichte allerdings, dass mittlerweile fünfhundert Euro weniger auf seinem Konto lagen.

Nachdem er fertig war, nagte Tatjana nachdenklich an ihrer Lippe. »Glaubst du, dass sie … möglicherweise …«, druckste sie herum, »… vielleicht doch selbst dahinterstecken könnte?«

Er hatte diese oder eine ähnliche Frage bereits erwartet. »Warum hätte sie das tun sollen?«, entgegnete er. »Sie hat einen tollen Job, den sie liebt.«

Tatjana zuckte die Achseln. »Vielleicht wird sie erpresst? Menschen machen die unverständlichsten Dinge aus den verrücktesten Gründen.«

Er antwortete nichts darauf.

»Wie gut kennst du sie?«, fragte Tatjana schließlich.

»Gut genug, um zu wissen, dass sie keinen Kunstgegenstand stehlen würde. Im Gegenteil. Sie hat in ihrem Job schon enorm viele Versicherungsschwindel und Diebstähle wertvoller Exponate aufgedeckt, eben *weil* sie den Wert derartiger Stücke so schätzt. Und wenn sie sich hätte bereichern wollen, hätte sie das schon längst tun können.«

»Okay, und wie gut kennst du ihre Familie und *deren* Vergangenheit?«

Hogart atmete tief durch. Elisabeths Eltern waren früh gestorben, und sie hatte keine Verwandten mehr in Österreich. Zumindest hatte sie nie jemanden erwähnt. Ob es womöglich Angehörige in Frankreich gab? Tatsächlich kannte er auch niemanden aus ihrem französischen Familienzweig. Er wusste nur, dass ihre Großmutter in Paris aufgewachsen war und in der Nachkriegszeit einen ehemaligen deutschen Soldaten kennengelernt hatte. Dadurch hatte Elisabeth deutsch-französische Wurzeln. Aber auch diese Oma war schon seit vielen Jahren tot, irgendwo in Paris begraben – mehr wusste er nicht. Aber das wollte er Tatjana nicht unbedingt auf die Nase binden, um sie nicht noch zu weiteren Spekulationen anzustacheln. »Sie war es nicht!«, sagte er stattdessen.

»Tut mir leid, dass ich das gefragt habe«, murmelte Tatjana. Plötzlich lächelte sie, als wollte sie ihn auf andere Gedanken bringen. »Die Sonnenbrille steht dir gut.«

Er war kurz verwirrt, erinnerte sich dann aber, dass er sich die Brille in die Haare gesteckt hatte, bevor er zum Frühstücksraum heruntergelaufen war.

»Deine Klamotten sind auch cool«, fügte sie hinzu.

»Ist es dir gar nicht peinlich, so mit deinem Onkel unterwegs zu sein?«

Sie schüttelte den Kopf. »Obwohl Papa jünger ist, sieht er irgendwie älter und konservativer aus.«

Früher hatte Hogart die Haare länger getragen, jetzt waren sie kurz geschnitten, weil sie so besser zum Dreitagebart passten. Die mittlerweile grau melierten Schläfen gefielen Elisabeth besonders, zumindest hatte sie das behauptet.

»Da die Polizei übrigens erst heute Abend etwas wegen Elisabeths Verschwinden unternehmen wird, aber bis dahin alle Spuren kalt geworden sein werden«, sagte er und schob Tatjana die Zeitung über den Tisch, »muss ich mehr über dieses Ding herausfinden.«

»*Wir* müssen …«, korrigierte sie ihn, nachdem sie die Schlagzeile gelesen hatte.

Schlechte Idee. »Nach dem, was gestern Nacht passiert ist, bleibst du im Hotel.«

»Sicher, du sprichst ja so gut Französisch, dass du überall klarkommst«, entgegnete sie.

Verdammt! Sie hatte natürlich recht. »Aber du tust, was ich dir sage!«

»Ja, sicher. Also, wen besuchen wir als Erstes?«, fragte Tatjana. »Frau Dr. Meyer-Lanski?«

Hogart schüttelte den Kopf. Diese Frau war ihm gestern Abend keine große Hilfe gewesen, und sie würde es auch jetzt nicht sein. Er senkte die Stimme. »Bei Auktionen dieser Art ist es normalerweise so, dass potentielle Käufer nie persönlich in Erscheinung treten, sondern meist Antiquitätenhändler engagieren, die ein bestimmtes Exponat für sie erwerben sollen. Wir haben also keine Ahnung, wer sich wirklich dafür interessiert hat.«

»Aber dieser Millionär, der es ersteigert hat, hat direkt mitgeboten«, warf sie ein.

»Granqvist …«, überlegte Hogart. »… stimmt, der ist eine Ausnahme. Um den kümmert sich bereits Kohlschmied.«

»Also besuchen wir die Antiquitätenhändler. Aber wir kennen keinen einzigen davon.«

»Monsieur Bonnet«, sagte Hogart. Mit dem hatte Meyer-Lanski gestern Abend in ihrer Gegenwart gesprochen. Bestimmt wusste er, welche Händler sich bis zuletzt mit Granqvist ein Bieterduell geliefert hatten. Irgendjemand, der leer ausgegangen war, hatte sich vielleicht das Ding geschnappt. Oder jemand, der zwar interessiert gewesen war, aber von

Haus aus gar nicht mitgeboten hatte. Im Moment war das seine einzige Spur.

Tatjana tippte bereits auf ihrem Handy herum. »Mieses WLAN haben die in dem Hotel.« Sie trank einen Schluck Karottensaft, dann wischte sie wieder über das Display. »Laut Webseite dürfte Monsieur Bonnet ein netter alter Mann sein, der …«, sie grinste, »… sogar eine Katze hat. Besitzt einen Antiquitätenladen am Ufer der Seine, direkt vor der Pont Neuf.«

Hogart stand auf. »Wird offenbar doch noch was mit unserer Sightseeing-Tour«, sagte er und zog sich die Sonnenbrille auf die Nase.

11. Kapitel

Monsieur Bonnet stand im hinteren Bereich seines Verkaufsladens und streute Fischfutter in sein Aquarium. Die Sumatrabarben schnappten gierig danach und holten sich die Leckerbissen mit einem Ploppen von der Wasseroberfläche.

Neben ihm auf dem Boden saß Joujou, seine schwarze Perserkatze, die ihn schnurrend und mit sehnsüchtigem Blick anstarrte, obwohl sie eigentlich dringend Diät hätte halten müssen. »Das hättest du wohl gerne, Chérie.« Bonnet lächelte. Er kniete ächzend nieder und gab Joujou einen Klaps aufs Hinterteil. Sie rieb ihr Köpfchen an seinem Handrücken.

Mit ziemlicher Sicherheit war er der einzige Antiquitätenhändler von Paris, der mit einer Katze in seinem Laden lebte. Doch Joujou war so gut erzogen, dass sie auf keines der Möbelstücke sprang, wo sie ihre Haare hinterlassen könnte, sich nirgends übergab, nirgends hinpinkelte und ihre Krallen an keinem Kissen schärfte. Joujou war schon ein kleines Wunder. Als wäre sie in ihrem früheren Leben selbst eine Antiquitätenhändlerin gewesen und wüsste die einzigartigen Stücke zu schätzen, die hier ausgestellt waren.

Viele seiner Kunden kamen regelmäßig nur her, um Joujou zu besuchen. In manchen Ecken der Stadt gab es Katzencafés, aber sein Laden war das einzige Katzenantiquariat.

Immer noch auf dem Boden kniend und Joujou streichelnd, hörte er das Öffnen der Tür. »Kundschaft«, flüsterte er

Joujou zu. »Falls sie nicht dich bewundern wollen, könnte ich vielleicht ein Stück verkaufen, dann hätten wir wieder Geld für dein Futter – also benimm dich!« Ächzend erhob er sich.

Da hörte er das Klappern des *Ouvert-Fermé*-Schildes und das Rascheln der Jalousie. Schlagartig wurde es dunkler im Raum.

Was zur Hölle?

Er humpelte mit seinem lahmen Bein nach vorne in den Laden.

Nun klimperte auch noch der Schlüssel im Schloss, den er immer innen stecken ließ, solange geöffnet war.

»Hallo?«, rief er.

Er sah die Umrisse einer schlanken Frau, die schnell auf ihn zukam. Enge Hose, enger Pullover und – eine Maske.

»Was …?«, stammelte Bonnet, dann war die Frau auch schon da und schlug ihm rasch und ansatzlos ins Gesicht.

Bonnet hörte, wie seine Nase brach. Dann fehlte ihm einige Sekunden lang jegliche Erinnerung. Als er wieder klar denken konnte, lag er auf dem Boden und schmeckte Blut, das ihm von der Nase in den Mund lief.

»Das Geld ist in der Kasse«, stammelte er. Sein Herz raste. Er machte sich mehr Sorgen um Joujou als um sein eigenes Leben. »Es sind über dreitausend Euro. Sie müssen mich nicht schlagen, ich …«

Die Frau stieg über Bonnet hinweg, packte ihn am Handgelenk und schleifte ihn in den hinteren Bereich des Ladens.

»Sie können mein Geld haben!«, kreischte Bonnet, musste husten und spuckte Blut.

Er sah, dass die Frau schwarze Schnürstiefel mit dicken Sohlen trug. Dann fuhr Bonnet der Schmerz ins Handgelenk. »Sie tun mir weh!«

Die Frau ließ ihn los. Bonnet lag keuchend neben dem Aquarium auf dem Boden. Geduckt zwischen einer antiken Vase und einem Spiegeltisch kauerte Joujou in der Dunkelheit und blickte ihn mit ängstlich geweiteten Augen an.

Die Frau beugte sich zu Bonnet herunter. »Für wen sollten Sie die Knochennadel ersteigern?«

»Was?« Bonnet war verwirrt. »Sie wollen gar kein Geld? Ich …«

Die Frau schlug ihm hart ins Gesicht. »Für wen sollten Sie die Knochennadel ersteigern?«

Bonnet bemerkte die jugendliche Stimme der Frau, die zu ihrem athletischen Körperbau passte. »Ich darf die Namen meiner Klienten nicht verraten. Wenden Sie sich an die Veranstalterin, die …«

Die Frau erhob sich, machte einen Schritt zum Aquarium, holte in einer raschen Drehung mit dem Ellbogen aus und zerschmetterte das Glas. In einem Schwall schwappte der gesamte Inhalt heraus. Fische, Sand und Wasserpflanzen klatschten auf den Boden und ergossen sich in einer großen Lache über das Parkett. Der Heizstab blieb am zersplitterten Glas hängen.

Bonnet spritzte das Wasser ins Gesicht. Im nächsten Moment zerrte ihn die Frau an den Schultern hoch, packte ihn am Genick und drückte seinen Kopf ins leere Aquarium. »Den Namen!«, zischte sie.

Bonnet zögerte kurz. *Verdammt, der Name!* Im Moment konnte er keinen klaren Gedanken fassen.

Im nächsten Augenblick zog die Frau Bonnets Gurgel über die rasiermesserscharfen Glaskanten.

12. Kapitel

»Wir hätten mit der Métro fahren sollen.« Genervt blickte Tatjana aus dem Fenster.

»Dann hätte ich deine tolle CD nicht hören können.« Hogart drehte lauter. Der kleine wendige Peugeot war der einzige Leihwagen mit CD-Player gewesen, den sie am Flughafen hatten bekommen können.

»Dort ist die Pont Neuf«, sagte Tatjana. »Das ist übrigens die älteste Brücke von Paris.«

»Und?«

»Na ja – *neuf* heißt *neu*.«

Klugscheißerin!

Hogart hatte die Brücke auf dem Navi bereits gefunden und sah sich nach einem Parkplatz um.

Nachdem sie sich in einer Seitengasse zwischen zwei Lastkraftwagen reingequetscht hatten, liefen sie zur Brücke und entdeckten Bonnets Antiquitätenladen. Er bestand nur aus einer Tür und einem dunklen Schaufenster, das mit altem Kram vollgestellt war: Gemälde, Vasen, Spiegel, Barockkommoden. Allerdings zeigten die ausgeschilderten Preise, die bei dreitausend Euro begannen, dass es sich um alles andere als Gerümpel handelte.

Die Jalousie hinter der Tür war zugeklappt, sodass man nicht in den Laden sehen konnte. Ein Schild hing innen am Griff. *Fermé*. Trotzdem drückte Hogart die Klinke hinunter. Abgesperrt.

»Wir sind umsonst hergefahren«, kommentierte Tatjana und wollte bereits wieder umkehren, doch Hogart blieb stehen.

Auf dem Schild in der Auslage standen die Öffnungszeiten, Dienstag von 8 bis 12 und 15 bis 18 Uhr. Hogart warf einen Blick auf die Armbanduhr. Jetzt war es 9.30 Uhr.

»Ruf dort mal an.« Er zeigte auf die Telefonnummer unter den Öffnungszeiten.

Tatjana kramte ihr Handy hervor und wählte die Nummer. Durch die geschlossene Tür hörte Hogart das dumpfe Klingeln eines Handys. Tatjana sah ihn an und schüttelte den Kopf. »Da geht keiner ran.«

»Okay, leg auf.« Er kramte sein Pickset aus der Hosentasche und suchte einen passenden Dietrich für das Türschloss.

Tatjana bekam große Augen. »Was machst du?«

»Das ist der Grund, warum ich dich nicht dabeihaben wollte.« Er führte die Enden der beiden Stifte ins Schloss und versuchte, den Riegel zu verschieben.

»Da kommen Leute«, zischte Tatjana.

Hogart sah auf. Sie standen direkt vor der Pont Neuf, die auf die längliche Île de la Cité führte, jene Seine-Insel, auf der Notre-Dame stand. Hier kamen ständig Leute vorbei. Umso merkwürdiger war, dass der Laden geschlossen war, obwohl er offen sein sollte und das Handy des Besitzers drinnen lag und keiner ranging.

»Siehst du irgendwo ein Schild, das sagt *Urlaub* oder *Ich-komme-gleich* oder so?«, fragte er.

»Nein.«

Er werkelte am Schloss. *Scheiße!* Er bekam es nicht auf, und soeben näherten sich zwei Frauen mit Kinderwagen. Er zog den Dietrich raus und warf sich mit der Hüfte gegen den Türrahmen. Das Schloss krachte aus dem Rahmen, und Hogart wäre beinahe in den Laden gestürzt.

»Peter!«, entfuhr es Tatjana.

Wenn jetzt die Alarmanlage losging, war er im Arsch! Aber nichts passierte. Umso merkwürdiger, denn so ein Laden hatte sicher eine, und offenbar war sie ausgeschaltet.

»Bist du verrückt?«, zischte Tatjana.

»Sei still, komm rein und mach die Tür zu«, sagte Hogart.

Sogleich huschte sie rein und drückte die Tür in den Rahmen. »Du hast dich gestern schon bei der Polizei unbeliebt gemacht, und jetzt …«

»Falsch! Die Polizei hat sich bei mir unbeliebt gemacht«, korrigierte er sie. »Außerdem sagt mir mein Bauchgefühl, dass hier etwas nicht stimmt.« Er deutete zur Tür. »Siehst du, der Schlüssel steckt innen.«

Tatjana wollte hingreifen.

Hogart schlug ihr auf die Hand. »Nicht anfassen!« Er sah sich im Laden um. Der war viel größer, als es von außen schien, weil er weit nach hinten reichte. Durch das volle Schaufenster und die heruntergelassene Jalousie war es sehr dunkel. Alles war bis zur Decke mit Antiquitäten vollgestellt, nur in der Mitte hatte man einen schmalen Gang freigelassen.

»Hier sieht es aus wie in deinem Büro«, bemerkte Tatjana, während sie ihm nach hinten folgte. Das wusste sie so genau, weil sie nach der Schule regelmäßig zu ihm kam und ihn über aktuelle Fälle auszuquetschen versuchte, während sie sich gleichzeitig über sein Chaos mokierte. Tatsächlich schleppte er jede Menge Filmplakate, Aushangfotos, alte Schallplatten und VHS-Kassetten von Flohmärkten heim.

Weiter hinten im Laden trat Hogart plötzlich in eine

Wasserlache. Auf dem Boden zappelten kleine gelb-schwarz gestreifte Fische zwischen Pfützen und Glasscherben. Daneben saß eine fette schwarze Katze, die gerade schnurrend einen der Fische verschlang.

»O nein!« Sogleich kniete sich Tatjana hin und sammelte die Fische in der hohlen Hand ein.

Das sieht alles gar nicht gut aus! Hogart blickte sich um und entdeckte das gesplitterte Aquarium. An den scharfkantigen Rändern glaubte er Spuren von Blut und Hautfetzen zu erkennen. *Das sieht sogar verdammt schlecht aus.*

Während Tatjana versuchte, alle Fische zu retten, schnappte Hogart die Katze und zog sie am Genick zu sich hoch. Meine Güte, war die ein schwerer Brocken.

»Ruf die Polizei an«, sagte Hogart. »Lass dich nicht abwimmeln. Kripo und Spurensicherung sollen kommen. Und fass nichts an!«

»Aber die Fische!«

»Gib sie in irgendein Gefäß mit Wasser.« Die Katze wollte sich aus Hogarts Griff winden, doch er packte sie so fest im Genick, dass sie ihn anfauchte. Er starrte sie an und entdeckte das Halsband. »Du hattest sicher schon Frühstück, Joujou!«

Während er Tatjana nervös am Telefon herumstammeln hörte, ging er weiter nach hinten in den Laden. Nun sah er die feine Blutspur auf dem Boden, die zu einer geschlossenen Tür führte und garantiert von keinem Fisch stammte.

Verdammt, und er hatte seine Waffe nicht dabei.

Rasch sah er sich um und schnappte sich den erstbesten Gegenstand, den er in die Finger bekam. Eine alte Kaffeemühle aus Holz, die er am Eisengriff packte. Er setzte die Katze auf den Boden, die sogleich wieder zurück zum

Aquarium lief. Dann öffnete er die Tür, stieß sie mit dem Fuß nach innen auf und betrat den Raum mit erhobener Kaffeemühle.

»Monsieur Bonnet?«, fragte er. *»Je m'appelle Peter Hogart. Je suis détective privé.«*

Mehr gab es nicht zu sagen. Wenn jetzt jemand auf ihn zustürzte, würde er ihm die Mühle gegen den Schädel knallen. Aber es kam niemand.

Hogart befand sich in einem Lagerraum, der noch voller als der Verkaufsraum war. Da sah er ein paar Beine hinter einer Stellage. Auf dem Boden lag ein alter Mann mit blutender Kehle, der sich verzweifelt die Hand auf die Wunde presste. Hogart erkannte Monsieur Bonnet von der gestrigen Auktion.

»Einen Krankenwagen!«, brüllte Hogart in den Verkaufsraum. »Schnell!« Er stellte die Kaffeemühle auf ein Tischchen, kniete sich zu dem Mann hinunter, richtete ihn auf, damit er nicht so viel Blut verlor, und lehnte seinen Oberkörper vorsichtig an ein antikes Sitzkissen. Dann schnappte er sich ein Seidentuch von einer Kommode, knüllte es zusammen und presste es dem Mann auf die Wunde.

Da der Schlüssel innen gesteckt hatte, musste der Täter noch hier sein, schoss es Hogart durch den Kopf. »Wo ist der Einbrecher?«, flüsterte er in bruchstückhaftem Französisch.

Monsieur Bonnet verdrehte die Augen. Hogart sah in die Richtung. Weiter hinten im Raum gab es zwischen weiteren Stellagen anscheinend einen Hinterausgang. Die Tür war angelehnt. Durch den Spalt fiel Tageslicht.

»Alles wird gut«, flüsterte Hogart. Anscheinend war die Wunde nicht sehr tief, andernfalls wäre die Blutlache deutlich größer gewesen.

Plötzlich weiteten sich Bonnets Augen, und er starrte über Hogarts Schulter hinweg in Richtung Tür. Hogart fuhr herum.

Tatjana stand hinter ihm und hielt eine Vase in der Hand. Ihr Mund stand offen, und ihre Hände zitterten, als sie Bonnet sah. »Ich konnte fünf Fische retten …«

»Lass das nicht fallen …«, röchelte Bonnet auf Deutsch, »… es ist eine Ming-Vase.«

13. Kapitel

Nachdem Tatjana die Vase mit den Fischen vorsichtig auf den Boden gestellt hatte, lief sie nach draußen, um auf den Notarztwagen zu warten.

Indessen presste Hogart weiter das Tuch auf die Wunde. Zugleich achtete er darauf, dass Bonnets Atemwege frei blieben und er nicht das Bewusstsein verlor.

»Sie überleben das«, beruhigte Hogart ihn, obwohl die Wunde auf den zweiten Blick doch schlimmer war, als er anfangs gedacht hatte. Aber das musste der Mann ja nicht wissen. »Wenn Sie sich einen Bart wachsen lassen, sieht die Narbe kein Mensch«, fügte Hogart in einer Mischung aus Deutsch und schlechtem Französisch hinzu. »Ich spreche aus Erfahrung.«

»*Merci beaucoup*«, röchelte Bonnet, und Hogart hatte noch nie so einen dankbaren Blick in den Augen eines Menschen gesehen. Bonnet schien die Gutherzigkeit in Person zu sein.

»Wer hat Ihnen das angetan?«, fragte Hogart, auch um den alten Mann bei Bewusstsein zu halten.

»Eine Frau mit Maske …«

»Eine Frau?«

Bonnet versuchte zu nicken, doch noch mehr Blut lief aus der Wunde. »Ich hatte Glück.«

Hogart schüttelte den Kopf. Mit Glück hatte das nichts zu tun. »Die Frau wollte Sie nicht töten.« Diesmal sagte er die Wahrheit.

Bonnet öffnete weit die Augen. *Warum?*, verriet sein Blick.

»Hätte sie das vorgehabt, wären Sie bereits tot – außerdem hätte sie dann keine Maske getragen.«

Auf leisen Pfoten kam die Katze angeschlichen, geduckt und mit auf dem Boden schleifendem Bauch. Sie schnurrte laut, vermutlich mehr aus Verzweiflung als aus Wohlbehagen.

»Joujou«, krächzte Bonnet. Dankbar, dass die Katze unverletzt war, versuchte er, den Arm auszustrecken, um sie zu streicheln. Das Tier schmiegte sich an seinen Körper.

»Was wollte die Frau von Ihnen? Geld?«, fragte Hogart, obwohl er weder eine aufgebrochene Kasse noch einen geöffneten Tresor entdeckt hatte.

»Den Namen eines Kunden …«

Informationen also. Ein Schauer erfasste Hogart. Unwillkürlich musste er an Elisabeth denken. »Hatte es mit der Auktion der Knochennadel zu tun?«

Bonnet nickte zaghaft.

»Und haben Sie der Frau den Namen genannt?«

Erneut nickte Bonnet.

Klar hat er das, sonst wäre der Schnitt in seiner Gurgel deutlich tiefer als jetzt.

»Ich war gestern Abend bei der Auktion«, erklärte Hogart, nannte ihm nochmal seinen Namen und dass Elisabeth Domenik seine Lebensgefährtin war.

»Ich weiß, der Deutsche …«

»Nein, ich …« *Egal!* Für die Franzosen waren ja alle Deutschsprachigen Deutsche. Hogart nickte.

In diesem Moment ertönte die Sirene eines Rettungswagens. Hogart spürte, wie Bonnets angespannte Schultern erleichtert nach unten sanken. Auch er verspürte eine große Erleichterung, dass der Mann nicht in seinen Armen gestorben war und jetzt gleich professionelle Betreuung bekommen würde. Schon hörte er Tatjanas Stimme, die dem Notarzt und den Sanitätern den Weg nach hinten beschrieb. Diese rückten gleich mit einer fahrbaren Trage an.

Hogart dachte an die Frau mit der Maske. Bestimmt war das niemand von Madame Gorgovich-Medunjans Leuten gewesen. Die waren schließlich hinter Elisabeth und der Knochennadel her und nicht hinter einem anderen Interessenten. Es sei denn, einer von denen hatte die Nadel gestohlen.

»Wissen Sie, welche Händler bis zuletzt mitgeboten haben?«, fragte Hogart rasch, bevor die Sanitäter ins Lager stürmen würden.

Bonnet schloss für einen Moment die Augen. »Monsieur Moustache, Madame LaFayette und Herr Flickenschildt«, sagte er.

»Flickenschildt?«, wiederholte Hogart. »Ein Deutscher?«

Bonnet nickte. Anscheinend kannte man sich in der Szene ziemlich gut. Doch dann stutzte Hogart. »Aber bis zuletzt haben neben Granqvist noch *vier* Händler mitgesteigert.«

»Der vierte war ich …«, presste Bonnet hervor. Blut lief aus seinem Mund.

Notarzt und Sanitäter kamen herein. Sie drängten Hogart kurz zur Seite und übernahmen. Einer von ihnen schob die Katze ungeduldig mit dem Fuß weg, sodass diese kurz fauchte. Hogart bückte sich nach ihr und hob sie hoch. Erneut warf Bonnet ihm einen dankbaren Blick zu.

Der Notarzt und ein Sanitäter hantierten bereits mit einer Atemmaske und einer Infusion an einem Gestänge. Wie

Hogart die Lage einschätzte, würden sie jeden Moment die Narkose einleiten und Bonnet künstlich beatmen. Ihm blieb nicht mehr viel Zeit. Mit der Katze im Arm drängte er sich noch einmal näher heran. »Und wer war Ihr Auftraggeber?«

Anscheinend gingen Bonnet die gleichen Gedanken durch den Kopf wie ihm. Sein Kunde schwebte möglicherweise genauso in Lebensgefahr wie er.

»Monsieur Rousseau«, presste Bonnet heraus. »Finden Sie den Mann … und kümmern Sie sich bitte um Joujou.« Dann wurde ihm die Maske übers Gesicht gestülpt. Die Sanitäter hievten ihn auf die Trage und schnallten ihn fest.

Hogart nickte. Verdammt, jetzt hatte er auch noch eine Katze am Hals.

Während Bonnet durch den Laden zum Ausgang gerollt wurde, trat Tatjana an Hogarts Seite. »Die Polizei ist da, sie will mit dir sprechen.«

Ja, das konnte er sich gut vorstellen.

Im Verkaufsraum standen zwei uniformierte Polizisten. Hogart sah sich um, konnte aber niemanden sonst entdecken. Weder Kripobeamte noch jemanden von der Spurensicherung, so wie Tatjana gebeten hatte. Und keiner der beiden sprach Deutsch.

Das kann ja heiter werden.

Hogart zeigte ihnen seinen Reisepass, den sie sogleich per Funk überprüfen ließen. Eine Minute später wussten die Beamten, dass er bereits gestern eine Aussage bei der Polizei gemacht hatte. Aber zum Glück musste Tatjana nicht mühsam übersetzen, da er sich mit den Beamten auf Englisch unterhalten konnte.

»In der Ming-Vase sind die Fische aus dem Aquarium,

und diese Katze gehört dem Besitzer«, erklärte Hogart, während Joujou sich an seine Brust schmiegte. Langsam wurde das Vieh ganz schön schwer – aber immerhin auch etwas zutraulicher.

Der jüngere Beamte nickte seiner Kollegin zu, die Hogart das Tier abnahm und zum Handy griff, um zu telefonieren. »Mir wurde gesagt, Sie hätten die Tür eingetreten«, sagte der Beamte. »Warum?«

Hogart warf Tatjana einen unmissverständlichen Blick zu, dann wischte er sich die Katzenhaare vom Poloshirt. »Ich wollte Monsieur Bonnet besuchen, als ich einen Schrei aus dem Laden hörte«, log Hogart. »Die Tür war zu, meine Nichte rief die Polizei, und ich betrat den Laden.« Tatjana warf ihm einen seltsamen Blick zu und wandte sich sofort ab. Nun prasselten mehrere Fragen auf Hogart ein, von denen er keine einzige beantworten konnte.

»Hören Sie!«, sagte er schließlich. »Die Einbrecherin war maskiert und ist durch den Hinterausgang des Warenlagers abgehauen. Sie hat Monsieur Bonnet schwer verletzt, weil sie eine Information aus ihm herauspressen wollte. Sie hat sich für einen Monsieur Rousseau interessiert. Dorthin sollten Sie schleunigst einen Streifenwagen schicken.« Er wusste, wie dämlich das klang. In Paris gab es wahrscheinlich genauso viele Rousseaus wie in Wien Müllers und Maiers.

»François Rousseau, der Millionär?«, fragte der Beamte.

Hogart hob die Schultern. »Keine Ahnung, vermutlich, ja.« Wer hätte wohl sonst die Knochennadel ersteigern können? Ein armer Schlucker bestimmt nicht.

Der Beamte nickte. »Während meine Kollegen Monsieur Bonnet im Krankenhaus befragen, wird eine Streife zu Monsieur Rousseau fahren. Aber nochmal zurück zu Ihnen.

Warum, sagten Sie, sind Sie hergekommen?« Hogart stöhnte auf und erzählte die ganze Geschichte noch einmal.

Nachdem Tatjana und er endlich ihre Aussagen gemacht hatten, kamen doch noch Leute von Kripo und Spurensicherung, die alles absperrten, absuchten und fotografierten. Dann begann das ganze Spiel nochmal von vorne. Eine weitere Befragung, diesmal professioneller und detaillierter, aber auch die ließ Hogart über sich ergehen – allerdings mit zunehmender Ungeduld, während die Zeit unnütz verstrich.

»Darf ich meinen Reisepass wiederhaben?«, fragte Hogart schließlich geschlagene eineinhalb Stunden später.

Der Kommissar schüttelte den Kopf. »Kommen Sie morgen früh bitte noch einmal aufs Kommissariat.«

Wie bitte? Eine verschwundene Österreicherin war ihnen mehr oder weniger egal gewesen, aber jetzt, wenn es um einen Landsmann ging, wurden sie geradezu hysterisch. »Und der Pass?«, fragte er.

»Ehrlich gesagt, bezweifle ich Ihre Version, dass Sie Monsieur Bonnets Hilferufe gehört und danach die Tür eingetreten haben. Wir behalten Ihren Reisepass ein und werden bei der österreichischen Kripo anfragen, ob etwas gegen Sie vorliegt.«

Mein Gott! Was für eine fadenscheinige Begründung. Das klang nach einer ziemlich miesen Schikane.

»Und Sie dürfen Paris vorerst nicht verlassen«, fügte der Ermittler hinzu.

Gut, das hätte er sowieso nicht vorgehabt.

»Au revoir«, knurrte Hogart, blickte zu Tatjana und verließ mit ihr Bonnets Laden.

Mittlerweile brannte die Mittagssonne herunter. Hogart blickte auf die Pont Neuf. An der Kaimauer des Seine-Ufers befanden sich jede Menge Künstler mit ihren Kästen und verkauften Gemälde, Bücher und Souvenirs.

»Was jetzt?«, fragte Tatjana.

Hogart seufzte. Schweren Herzens sah er Tatjana an. »Ich möchte, dass du heimfliegst.«

»Was?« Sie bekam große Augen. »Bist du verrückt?«

»Im Gegenteil. Ich möchte, dass du nach Wien zurückkehrst, und zwar noch heute.« Da Hogart während des gesamten Verhörs die Schuld auf sich genommen hatte, hatten die Polizisten ziemlich schnell von Tatjana abgelassen und waren nur noch an ihm interessiert gewesen.

Verständnislos sah sie ihn an. Er merkte, wie Wut in ihr hochkroch. »Ohne mich bist du in dieser Stadt aufgeschmissen.«

»Ein Mann wäre beinahe ermordet worden, und weitere Verbrechen werden folgen«, sagte er völlig ruhig. »Möglicherweise ist Elisabeth schon tot …« Er atmete tief durch. »… und selbst wenn nicht, müssen wir mit Todesopfern rechnen.« Er dachte an Rousseau und an Madame Gorgovich-Medunjans Warnung. Vielleicht war er da in eine Art Krieg um Kunstgegenstände hineingeraten.

Tatjanas Blick war entsetzt. »Was redest du da?«

»In Wien bist du in Sicherheit.«

»Ich kann dir helfen«, sagte sie, »nein, lass es mich anders formulieren: *Nur ich* kann dir helfen!«

»Ich brauche keine unerfahrene und überengagierte Möchtegern-Detektivin an meiner Seite.«

»Du spinnst doch!«, fauchte sie ihn an.

Er wusste, dass das hart geklungen hatte, aber anders

würde Tatjana es nicht verstehen. Und dass sie bei ihren Eltern in Sicherheit war und in keine Scheiße hineingezogen wurde, die sie nicht einmal annähernd verstehen würde, war ihm allemal lieber, als dass er der coole Onkel blieb, zu dem sie bewundernd aufschauen konnte. »Noch ist die Kripo nicht an dir interessiert«, fügte er hinzu. »Und du hast deinen Pass noch.«

»Was vielleicht daran liegt, dass *ich* freundlich war, auf die Polizeischule gehe und eine Art Kollegin bin«, konterte sie.

Und Privatdetektive als Klugscheißer angesehen werden. »Jedenfalls kannst du Paris verlassen. Wenn das hier überstanden ist, fliege ich mit dir nochmal her.«

»Aber ich will doch gar keine Sightseeing-Tour. Du brauchst mich! Dein uralt-Smartphone hat ja nicht mal Internet.«

Hat es doch – nur kann ich nicht besonders gut damit umgehen. »Ich komme auch ohne dich zurecht.«

Sie blickte ihm fest in die Augen. »Okay, dann sage ich es klipp und klar: Ich bin neunzehn. Du kannst mich nirgendwo hinschicken!«

Seine Kiefer mahlten.

»Und jetzt sollten wir diesen François Rousseau aufsuchen«, sagte sie. »Aber ich verspreche dir: Sobald es wirklich gefährlich wird, fliege ich heim. Deal?« Sie streckte ihm die Hand entgegen.

»Deal.« Er schlug ein. »Gehen wir.« Er wollte sich bereits in Richtung Seitengasse in Bewegung setzen, wo ihr Wagen parkte, doch Tatjana blieb stehen.

Sie wedelte demonstrativ mit ihrem Smartphone. »François Rousseau ist Millionär und angesehener Kunstsammler. Auf Wikipedia gibt es sogar einen Eintrag über ihn.«

Sie deutete über die Brücke. »Wir sollten zu Fuß gehen. Er wohnt in einer Villa auf der Île de la Cité.«

Hogart atmete tief durch. *Quod erat demonstrandum.* Anscheinend brauchte er sie doch.

Aber wohl war ihm trotzdem nicht.

14. Kapitel

François Rousseau kam gerade von seinem Bankberater heim und zog neben dem Eingang die Zeitung aus dem Briefkasten. Beim Hochgehen zu seiner Villa starrte er auf die Schlagzeile. *Knochennadel für 7,3 Millionen versteigert.*

Merde!

Seit gestern Abend wusste er das bereits, trotzdem versetzte ihm die Nachricht einen Stich ins Herz – jetzt, wo er es schwarz auf weiß las. Er sperrte auf, betrat das Foyer seines Hauses und warf das Blatt auf die Kommode. Dann hängte er sein Sakko auf, schlüpfte aus den Schuhen, zog die Pantoffeln an.

Bis 6,9 Millionen war Bonnet in seinem Auftrag mitgegangen. Mehr hätte er sich nicht leisten können. Vielleicht hätte er noch irgendwie ein paar Hunderttausend Euro auftreiben können. Aber es war müßig, darüber nachzudenken, denn es war noch lange nicht gesagt, dass dieser skandinavische *crétin* bei 7,3 Millionen gestoppt hätte. Möglicherweise wäre die Summe über zehn Millionen hochgeklettert. Das wäre die Nadel allemal wert gewesen – wer zwei oder mehr Teile des Zyklus besaß, erhöhte ihren Wert um das Vielfache. Anscheinend wussten das auch die anderen Mitbieter.

Verdammt! Wie hätte er ahnen können, dass so viele daran interessiert gewesen waren, und noch dazu zu diesen Beträgen. Dass er die knapp sieben Millionen jetzt immer noch auf seinen Konten hatte, freute ihn nicht einmal. Deswegen kam er von seiner Bankfiliale. Er würde ein anderes Betätigungsfeld finden müssen, auf dem er sein Vermögen anlegen konn… Seine Gedanken stoppten jäh.

Er stand vor dem Wohnzimmer und starrte in die Dunkelheit. Jemand hatte die Vorhänge zugezogen. Nur durch einen schmalen Spalt fiel mattes Licht. *Was zum Teufel?*

Er lief zum Schrank neben dem TV-Gerät, zog eine Schublade auf und nahm die Walther PPK raus, die zwischen seinen alten Handys lag. Da hörte er ein Rascheln aus der Mitte des Raums. Mit zittrigen Fingern öffnete er eine zweite Lade, kramte nach dem Magazin und steckte es in den Griff. Sechs Schuss. Zu dem Rascheln mischte sich nun ein Knarren hinzu. Aus dem Ohrensessel, der mit dem Rücken zu ihm stand, erhob sich eine Person.

»Wer sind Sie?«, rief Rousseau. »Ich muss Sie warnen, ich bin bewaffnet!« Er entsicherte die Waffe und zog den Schlitten zurück. Die Waffe war scharf.

»*Bonjour*«, sagte eine weibliche Stimme. Sie klang jung. Nun sah er die Silhouette der Frau. Sie war schlank und sportlich.

Das ist doch alles nur ein böser Traum! Er richtete die Waffe auf sie. »Ich werde nicht zögern, auf Sie zu …« In diesem Moment läutete das Handy in seiner Tasche.

»Das wird die Polizei sein«, sagte die Frau. »Anscheinend will man Sie warnen, dass Ihr Leben in Gefahr ist.«

Während Rousseau die Frau mit der Waffe in Schach hielt, griff er mit zittrigen Fingern in die Hosentasche. »Ich werde der Polizei erklären, dass *Ihr* Leben in Gefahr ist …« Da knarrte das Parkett neben ihm. Noch bevor er den Kopf drehen konnte, traf ihn ein metallener Gegenstand am Kinn.

Rousseau schlug hart am Boden auf, das Handy polterte

über den Teppich. Der Kerl hatte ihm garantiert den Kiefer gebrochen. Dieser *crétin* musste einen Schlagring benutzt haben.

Das Handy liegt zu weit weg!

Unter großen Schmerzen wollte Rousseau die Waffe heben, doch die Frau stand schon vor ihm und trat ihm mit einem schweren Stiefel auf die Hand. Er konnte nicht einmal den Abzug betätigen.

Wenigstens ein Schuss! Die Nachbarn würden den Krach hören und die Polizei informieren.

Er biss die Zähne zusammen, krümmte den Finger, schaffte es und drückte ab. Erleichtert wollte er den Griff loslassen. Das Projektil würde über das Parkett in die gegenüberliegende Wand fahren und … doch nichts passierte!

Der Mann, der ihn geschlagen hatte, sah zu seiner Komplizin. »Siehst du, ich habe dir ja gesagt, dass das Schwein schießen wird.« Dann beugte er sich zu ihm herunter. »Ich habe das Zündhütchen der ersten Patrone aufgebohrt und das Pulver entsorgt – das hat Ihre Waffe lahmgelegt.«

»Was wollen Sie von mir?«, keuchte Rousseau.

»Mach allein weiter!«, befahl die Frau und verließ den Raum. Rousseau hörte, wie sie ins Esszimmer ging, von wo sie einen guten Blick auf die Straße hatte.

»Bitte tun Sie mir nichts«, flehte er.

»So wie Sie meiner Kollegin mit Ihrer Waffe nichts tun wollten?«, kam die spöttische Antwort.

»Meine Frau ist vor vielen Jahren gestorben. Ich habe eine junge Tochter. Ich bin alleinerziehend.« Wie zur Erklärung hob Rousseau den Kopf und blickte zur Kommode, wo ein gerahmtes Foto von ihm und Chloé stand.

»Bleiben Sie liegen und keine Bewegung!« Der Mann

ging zur Kommode, schlug das Bild aus dem Rahmen, zog es heraus und betrachtete es. Anschließend ließ er es zusammengefaltet in seiner Hosentasche verschwinden. »Ein hübscher blonder Engel. Aber *jung* ist sie nicht mehr.«

Rousseau bemerkte, dass der Mann Handschuhe trug. »Sie ist neunundzwanzig. Ich bin alles, was sie noch hat. Tun Sie mir bitte nichts.«

»Neunundzwanzig?«, wiederholte der Mann. »Dann kann sie künftig gut allein auf sich aufpassen.«

»Nein, kann sie nicht, ich …«

»Hören Sie auf, Ihre Tochter zu benutzen, Sie Heuchler, wenn Sie um Ihr Leben betteln.« Er beugte sich wieder zu ihm herunter. »Sie werden heute sterben«, sagte er in einem völlig überzeugenden und ruhigen Ton. »Es liegt an Ihnen, ob rasch und schmerzfrei oder langsam und qualvoll.«

Das ist doch nur ein böser Scherz! »Sie müssen das nicht tun. Ich gebe Ihnen alles, was Sie wollen …«

»Doch, das muss ich!« Der Mann zog hinter seinem Rücken einen langen Dolch aus dem Hosenbund hervor.

»Das ist doch …«, keuchte Rousseau. Es war der antike Dolch, der sonst im Gang zum Westflügel hing, wo die Gästezimmer lagen.

»Ja, das ist Ihrer.« Der Mann holte aus und trieb den Dolch durch Rousseaus Handrücken, sodass die Spitze im Parkett stecken blieb.

Rousseau wollte aufschreien, doch der Mann kniete sich hinter ihm auf den Boden und presste ihm die Hand auf den Mund. Rousseau roch das Leder, bekam kaum Luft und spürte die brennenden Schmerzen in der Hand. Dann kam der Mann näher und flüsterte ihm ins Ohr: »Die Kombination des Safes im Arbeitszimmer!«

Rousseau sehnte sich nach einer erlösenden Ohnmacht. Doch stattdessen bekam er jede Sekunde dieses qualvollen Augenblicks bei vollem Bewusstsein mit – ein Augenblick, der unendlich lang zu dauern schien.

»Die Safekombination!« Der Mann umfasste den Griff des Dolches und drehte ihn. Blut quoll aus dem Handrücken.

Rousseau kniff schmerzerfüllt die Augen zusammen. »Fünf-zwei-acht-sieben-drei-neun …«, presste er unter dem Handschuh hervor. »… nein … drei-*acht*-neun.« Der Schweiß stand ihm auf der Stirn. Ihm wurde übel.

Da fiel Blaulicht durch die Fenster vom Gang ins Wohnzimmer und wurde von der Decke reflektiert.

Sogleich kam die Frau mit raschen Schritten hergelaufen. »Beeil dich. Polizei!«

15. Kapitel

Es war bereits halb zwei Uhr am Nachmittag, als Hogart und Tatjana über die Île de la Cité marschierten. Die Sonne stand im Zenit und erwärmte die Luft auf Sommertemperaturen.

»An dieser Stelle wurde Paris gegründet«, erklärte Tatjana. »53 vor Christus haben Julius Cäsar und seine römischen Legionen dieses Sumpfland zwischen den Flüssen besiedelt.«

»Wie weit ist es noch?«, fragte Hogart unbeeindruckt.

»Hier ist die Straße …« Tatjana nannte einen komischen französischen Namen, den Hogart nicht einmal aussprechen konnte, und bog in eine Seitengasse ein. »Das ist eine Touristengegend, so viele Villen kann es hier also nicht geben.«

Hinter den Hausdächern waren die beiden Türme von Notre-Dame zu sehen. Jede Menge Mopeds parkten vor den Häusern, außerdem befanden sich hier einige Bistros mit Baldachinen und Rattanstühle auf den Straßen. Zwischen den Bäumen ließ es sich gemütlich Kaffee trinken.

Tatjana wischte über ihr Handy. »In einem dieser Lokale hat Sophie Marceau angeblich einmal …«

»Welche Hausnummer hat Rousseaus Villa?«

Sie sah auf. »Keine Ahnung.«

»Egal, wir müssen es nicht mehr herausfinden.« Hogart wies mit einem Kopfnicken die Straße hinunter. Vor einem villenähnlichen Altbau am Ende der Gasse standen zwei Wagen mit Blaulicht. »Ich nehme an, wir haben seinen Wohnsitz gefunden.«

Tatjana schluckte. »Du meinst, ihm ist etwas passiert?«

»Wenn das der Fall ist, fliegst du sofort heim.«

Ohne weitere Worte gingen sie auf die Villa zu. Soeben spannte ein Beamter ein Band vor das Grundstück. Hinter dem Zaun befanden sich nur Kirschlorbeerhecken und ein schmaler Rasenstreifen. Unmittelbar dahinter führte eine Treppe zum Haus. An der Fassade wuchs Efeu bis zum Dach. Ein weiterer Beamter in Zivil untersuchte den Türrahmen und nahm Fingerabdrücke von der Klinke.

Anders als bei den Nachbarhäusern steckten im Briefkasten weder Postwurfsendungen noch Zeitungen. Anscheinend hatte den heute schon jemand geleert. Das bedeutete, das Verbrechen war höchstwahrscheinlich erst nach den Morgenstunden passiert. Vielleicht sogar erst kürzlich.

»Ich muss mit dem ermittelnden Kommissar sprechen«, sagte Hogart in gebrochenem Französisch zu dem jungen Mann, der das Band spannte. »Es geht um Monsieur Rousseau.«

Der Polizist sah auf. »Kannten Sie den Mann?«

Kannten? Hogart sah kurz zu Tatjana, deren Blick seinen Verdacht bestätigte. Offenbar war Rousseau tot. Vermutlich sogar ermordet. Somit würde Hogart keine Chance bekommen, ins Haus zu gelangen, da die Kripo bestimmt gerade den Tatort untersuchte. Aber er *musste* ins Haus und herausfinden, ob es Hinweise oder wichtige Spuren gab, die ihm weiterhalfen.

»Möglicherweise kann ich Ihnen etwas über den Täter sagen.« Hogart wusste, dass er sich mit dieser Aussage weit aus dem Fenster lehnte, aber so würde man ihn zumindest nicht sofort abwimmeln.

»Was soll das?«, murrte Tatjana.

»Warte ab.«

Der Beamte ging ins Haus und holte einen hageren Mann Anfang vierzig in Jeans mit dünnem dunklem Rollkragenpullover. Es war ein anderer Ermittler als der zuvor in Monsieur Bonnets Antiquitätenladen – wahrscheinlich hatte man hier gleich die Mordkommission hinzugezogen.

Der Mann trug Latexhandschuhe. Genervt blickte er auf Hogart und Tatjana. »Ausländische Presse?«

Hogart schüttelte den Kopf. Er erklärte ihm auf Englisch, wer sie waren. Das kantige, pockennarbige Gesicht des Mannes zeigte keine Reaktion. »Okay, und *was* wissen Sie?«, fragte er auf Englisch.

»Wir waren es, die Ihren Kollegen vor zwei Stunden den Tipp gegeben haben, einen Streifenwagen zu Monsieur Rousseau zu schicken«, sagte Hogart und erklärte die weiteren Zusammenhänge.

Der Kommissar hörte sich alles geduldig an. Nur einmal neigte er den Kopf, und Hogart sah, dass er ein Tattoo am Hals hatte. »Und von Monsieur Bonnet haben Sie eine Beschreibung der Einbrecherin erhalten«, wiederholte der Mann. »*Bon.* Geben Sie meinem Kollegen Ihre Personalien und den Namen des Hotels, in dem Sie untergebracht sind. Kommen Sie morgen früh aufs Kommissariat. Dort werden wir Ihre Aussage zu Protokoll nehmen.« Er zog eine Visitenkarte heraus, die ihn als Kommissar Arland auswies.

Hogart verzog bedauernd das Gesicht. »Wir reisen heute Abend schon ab«, log er. »In wenigen Stunden geht unser Taxi zum Flughafen.«

»*Merde!*«, fluchte Arland. Stöhnend blickte er auf seine Armbanduhr. Hogart bemerkte, dass er das gleiche Tattoo am Handgelenk wie auch am Hals hatte; vermutlich zog es sich über den ganzen Arm bis nach oben.

Arland wollte etwas sagen, verstummte jedoch, als einige Reporter mit Kameras die Straße herunterkamen, gefolgt von einer Gruppe Schaulustiger. »Okay, kommen Sie mit. Aber fassen Sie nichts an!« Sie folgten ihm rasch über die Treppe zum Hauseingang. Vor dem Foyer erhielten sie Nylonhandschuhe und Überzieher für die Schuhe.

Arland gab einige Kommandos, sprach mit Kollegen und führte Hogart und Tatjana schließlich in einen Nebenraum, in dem die Spurensicherung schon fertig war. Es war eine Art Gästezimmer mit Kronleuchter, Wandschrank, Tisch, TV-Gerät, Telefonanschluss und ausziehbarer Couch. In dem Raum mit hohen Wänden und einer mit Stuckarbeiten verzierten Decke stank es nach kaltem Zigarettenrauch. Hogart schätzte die Villa auf mindestens hundertzwanzig Jahre, möglicherweise alter Familienbesitz.

Die Vorhänge waren offen, und durchs Fenster konnte man in die schmale Seitengasse sehen. Auch dort standen einige Reporter. Hogart ging vom Fenster weg. Er und Tatjana setzten sich auf die Couch, und Arland zog einen Stuhl heran.

Zunächst überprüfte er Tatjanas, dann Hogarts Personalausweis. Nahm man ihm den jetzt auch noch ab, hatte Hogart nur noch seinen Führerschein. Aber zum Glück fotografierte Arland nur beide Dokumente mit seinem Handy. Dann wiederholte Hogart seine Aussage von vorhin, nur dass Arland sie jetzt mit seinem Handy aufnahm. Danach fand Hogart endlich Gelegenheit, um dem Ermittler von der Versteigerung der Knochennadel und Elisabeths Verschwinden zu erzählen.

Arland kniff die Augenbrauen zusammen. »Und Sie glauben, das Verschwinden Ihrer Lebensgefährtin mit der Knochennadel sowie der Überfall auf Monsieur Bonnet und François Rousseaus Ermordung hängen zusammen.«

Beim Wort *Ermordung* sah Hogart zu Tatjana. Sie schluckte. Wären sie eine Stunde früher aus Bonnets Laden gekommen, wären sie dem Killer möglicherweise direkt in die Arme gelaufen. Hogart nickte. »Ich fürchte, Elisabeth Domenik schwebt in Lebensgefahr.«

»Haben Sie eine Vermisstenmeldung aufgegeben?«

»Ich …« Hogart verstummte. *Das ist der schlechteste Witz, den ich heute gehört habe!* Er schluckte seinen Ärger hinunter. »Ich habe es versucht, aber die Polizei wird erst heute Abend etwas unternehmen.«

»Bien sûr.« Arland erhob sich. »Warten Sie hier! Rühren Sie nichts an. Ich werde Ihre Aussagen überprüfen.«

Arland verschwand durch eine Verbindungstür in den Nebenraum, um mit einem Kollegen zu sprechen. Kurz darauf hörte Hogart ihn telefonieren. Indessen behielt der Kollege sie durch den Türspalt im Blick. Ohne sich zu bewegen, saßen Hogart und Tatjana auf der Couch. Im Nebenzimmer tummelten sich jede Menge Leute in weißen Overalls von der Spurensicherung. Ständig erhellte Blitzlicht den Raum. Lauter werdendes Gemurmel drang heraus und überlagerte sich.

»Kannst du was verstehen?«, flüsterte Hogart.

Tatjana legte den Zeigefinger auf die Lippen und hielt den Kopf schief. »Rousseau wurde anscheinend mit einem Dolch die Kehle durchgeschnitten …«, sagte sie nach einer Weile, »… im Haus scheint nichts zu fehlen … nur der Wandsafe wurde geöffnet.«

Dann verstummte das Gemurmel. Blitzlicht flackerte auf. Hogart starrte durch den Türspalt. Der Beamte, der sie offenbar im Auge behalten sollte, bekam soeben einen Anruf auf sein Handy. Er ging ran und drehte ihnen kurz den Rücken zu. Hogart hörte mehrmals das Wort *Chérie* – es klang privat.

Hogart sprang auf, schnappte sich den Hörer vom Telefonapparat und drückte trotz der Handschuhe mit dem Fingerknöchel auf die Taste mit dem Buchstaben R. Obwohl er sich nicht mehr genau erinnern konnte, wofür das R stand – *rappel* oder *renumérotation* –, wusste er doch, dass es die Wahlwiederholung war.

»Was tust du?«, zischte Tatjana.

Hogart lauschte. Er hörte das Freizeichen. Dann hielt er Tatjana den Hörer ans Ohr. »Ich möchte wissen, wer rangeht.« Er wartete, bis er eine verzerrte Stimme aus dem Apparat hörte.

Tatjana blickte zu ihm hoch. »Der Anrufbeantworter von Monsieur Bonnet.«

Hogart legte den Hörer wieder auf. Sie waren also beim richtigen Rousseau. In diesem Moment kam Arland wieder ins Zimmer. Hogart drehte sich ihm zu, bog den Rücken durch und streckte stöhnend die Arme von sich.

»Monsieur Hogart«, sagte Arland, wobei es wie *Misjö 'Ogard* klang. »Sie müssen Ihren Rückflug stornieren. Wir müssen Sie hierbehalten.«

»Wie bitte?«

Tatjana fuhr von der Couch hoch. »Was?«

Arland wischte über sein Handy. »Ich habe mir Ihre gestrige Aussage in der Oper, Ihre heutige Aussage in Monsieur Bonnets Laden und die Akte über Ihre Lebensgefährtin schicken lassen.« Er sah auf. »Hier am Tatort wurden dieselben Fingerabdrücke gefunden wie in Monsieur Bonnets Laden.«

Dann handelt es sich bei dem Einbrecher und dem Mörder um dieselbe Person, dachte Hogart. *Und zwar um eine Frau!*

»Meine Kollegen haben die Fingerabdrücke bereits durch das System gejagt«, sagte Arland.

Ein übles Gefühl breitete sich in Hogarts Magen aus. Er ahnte, was jetzt gleich kommen würde.

Arland räusperte sich. »Es sind die Fingerabdrücke von Elisabeth Domenik.«

16. Kapitel

»So ein Blödsinn!« Hogart wurde zornig. »Elisabeth ist keine Mörderin! Sie wurde entführt. Oder jemand zwingt sie mitzuspielen.«

»Bedaure.« Arland schüttelte den Kopf. Sein Unterkiefer mahlte. »Die Kollegen haben gestern das Duplikat der Knochennadel untersucht, Fingerabdrücke davon genommen und ein teilverwertbares Fragment von Madame Domeniks Daumen gefunden. Es stimmt mit den Spuren hier vor Ort überein.«

»Sie sagen es selbst: *teilverwertbar*!«, konterte Hogart. »Das ist doch kein Beweis!«

»*Mais oui!*« Arland hob bedauernd die Schultern. »Bei 85 Prozent Übereinstimmung … das wäre ein zu großer Zufall.«

Verdammt! Er selbst hatte das den Beamten gestern mit den Fingerabdrücken vorgeschlagen, und jetzt hätte er sich am liebsten geohrfeigt.

»Vielleicht hat das Duplikat ja zuletzt jemand anderes angefasst«, versuchte Hogart es ein weiteres Mal.

»Aber Sie selbst haben zu Protokoll gegeben, dass Madame Domenik es als Letzte in der Hand gehalten hat.«

Vielleicht hatte er sich ja geirrt. Aber wer sonst hätte es angefasst haben sollen? Wo lag sein Denkfehler? Er konnte einfach nicht glauben, dass Elisabeth eine Mörderin sein sollte. Doch wenn sie tatsächlich hier gewesen war, was hatte sie in dieser Villa gewollt? Und wer hatte den Mord an Rousseau begangen? War Elisabeth womöglich in eine gefährliche Sache hineingeraten, erpresst worden und am Ende tatsächlich mit der Knochennadel abgehauen?

Arland zog die Augenbrauen zusammen. »Ich sehe an Ihrem Gesichtsausdruck, dass wir mit Madame Domenik eine brauchbare Verdächtige haben.«

Hogart antwortete nicht. Er sah zu Tatjana, die auf der Couch immer kleiner wurde und betrübt zwischen dem Kommissar und Hogart hin- und herblickte.

So eine Riesenscheiße!

»Setzen Sie sich wieder!«, forderte Arland ihn auf. »Kann es sein, dass Sie vielleicht deshalb hergekommen sind, um zu erfahren, was wir herausgefunden haben?«

Hogart blieb stehen. »Was wollen Sie damit andeuten?«

»Es ist mein Beruf, Sachen zu hinterfragen. Möglicherweise wissen Sie mehr, als Sie vorgeben. Hören Sie auf, den Dummen zu spielen!«

Ist das zu fassen? Nun wurde er sogar selbst verdächtigt? Er wollte schon explodieren, als es an der Tür klopfte und ein Polizist eine junge Frau hereinbrachte. Sie trug einen dunkelblauen Hosenanzug, Stöckelschuhe und hatte langes blondes Haar. Sie hatte einen Trolley dabei, passend zur Farbe ihrer Kleidung. Hogart schätzte sie auf Ende zwanzig, Anfang dreißig. Sie trug eine schmale Brille mit dünnem Stahlrahmen, ihre Augen waren gerötet. Ganz offensichtlich war sie keine Ermittlerin, sondern wirkte eher wie eine Angehörige des Toten. »Chloé Rousseau«, sagte sie und gab Arland die Hand.

Nachdem der Polizist, der sie hereingebracht hatte, wieder verschwunden war, unterhielten sich die beiden auf Französisch. Hogart verstand nur so viel, dass es sich bei der Frau um Rousseaus Tochter handeln musste. Anscheinend kam sie gerade von einer Geschäftsreise zurück. Irgendwann fiel Elisabeths Name, und einmal deutete der Kommissar auf Hogart.

Nach einem weiteren Gespräch drehte sie sich schließlich zu Hogart. »Ihre Bekannte hat also meinen Vater ermordet?«, stellte sie in nahezu akzentfreiem Deutsch fest. Ziemlich kühl und ohne offensichtliche Emotionen.

Überrascht hob Hogart die Augenbrauen. »Nein, hat sie nicht«, widersprach er. »Das habe ich bereits versucht Kommissar Arland zu erklären. Aber möglicherweise kennt sie den Mörder oder ist sogar von ihm entführt worden, was ich eher glaube.«

Chloé runzelte die Stirn und betrachtete Hogart genauer. Sie hatte ein schlankes Gesicht, hohe Wangenknochen und lange Wimpern. Für eine Frau, die gerade erfahren hatte, dass ihr Vater ermordet worden war, sah sie bis auf die geröteten Augen ziemlich gefasst aus. Aber jeder Mensch reagierte schließlich anders auf einen Schock. Wahrscheinlich würde sie später zusammenbrechen.

»Der Tod Ihres Vaters tut mir leid«, versuchte Hogart es jetzt versöhnlich. Mit dieser Frau hatte er einen denkbar schlechten Start gehabt. »Peter Hogart.« Vielleicht konnten sie einfach von vorne anfangen.

»Bonjour.« Sie gab ihm die Hand. »Chloé«, stellte sie sich vor und nickte Tatjana kurz zu. »Eigentlich war er nicht mein leiblicher, sondern nur mein Stiefvater.«

»Ich muss Sie bitten, vorerst in diesem Raum zu bleiben, bis wir mit der Vernehmung fertig sind«, unterbrach Arland sie. »Der Zugang zu allen anderen Räumen ist bis auf weiteres gesperrt.«

Chloé wollte widersprechen, doch Arland wehrte ab. Er wollte noch etwas sagen, als jemand nach ihm rief. Also ließ er sie mit der Ankündigung, gleich wiederzukommen und sich dann um sie zu kümmern, allein. Hogart war das nur recht. Zumindest hatten Tatjana und er nun Gelegenheit, einen Moment ungestört mit Chloé zu sprechen. Irgendwie musste er das Missverständnis aufklären, Elisabeth hätte etwas mit dem Mord zu tun. Dazu blieb ihm aber nichts anderes übrig, als letztlich den wahren Mörder zu finden und das Motiv der Tat herauszubekommen. Und diese Frau konnte ihm vielleicht sogar dabei helfen.

Sobald der Kommissar das Zimmer verlassen hatte, wollte Chloé es ihm durch den Seitenausgang gleichtun; allerdings stand dort ein Beamter im weißen Overall und pinselte den Türstock ein.

»O mon Dieu!« Genervt sah sie Hogart an. »Mein zweiter Koffer ist noch im Auto. Eigentlich wollte ich mich nach dem Flug duschen und umziehen.«

Wenn das ihre eigentliche Sorge war … Besonders nahe schien ihr die Sache wirklich nicht zu gehen. Da sah ja Tatjana mitgenommener aus.

»Weshalb sprechen Sie so gut Deutsch?«, fragte er neugierig.

Sie kramte im Blazer herum, als suchte sie nach einer Zigarettenpackung. »Ich habe in Frankfurt studiert und arbeite dort für eine Securityfirma. *OPS. Observierung – Personenschutz – Sicherheit.* Ich komme gerade aus Frankfurt. François hat Geburtstag … ah, verdammt … hätte Geburtstag gehabt. *O merde!* Das wirft alle meine Pläne durcheinander. Beerdigung, Nachlass, diese Villa. O Gott, ich darf gar nicht daran denken.«

Tatjanas Mund stand offen. Sie war so baff, dass sie keinen Ton herausbrachte. Chloé bemerkte wohl Tatjanas Gesichtsausdruck. »Entschuldigen Sie bitte, ich muss wie ein Ekel auf Sie wirken.«

»Jeder geht anders mit seiner Trauer um«, sagte Hogart pflichtschuldig, obwohl er eigentlich kaum Verständnis für diese Reaktion hatte.

»Wie gesagt, François war nur mein Stiefvater … seit ich fünf war. Meine Mutter ist bereits lange tot. Er hat sie mit seiner egoistischen Art ins Grab gebracht. Seit ich erwachsen bin, sehe ich ihn bloß einmal im Jahr, an seinem Geburtstag. Und selbst das hat mir schon gereicht.«

Das hat sich ja nun erledigt.

»Hören Sie«, sagte Hogart. »Ich arbeite in einer ähnlichen Branche wie Sie. Ich bin Versicherungsdetektiv in Wien. Meine Lebensgefährtin hat die gestrige Auktion der Knochennadel abgewickelt.«

»Ach, die Knochennadel …«, Chloés Blick erhellte sich für einen Moment, »… François hat sie erwähnt. Hat er sie ersteigert?«

Hogart schüttelte den Kopf. »Den Zuschlag hat ein Schwede erhalten. Wissen Sie, warum Ihr Va… Stiefvater daran interessiert war?«

Ratlos hob sie die Schultern. »Kunst hat mich nie interessiert. Aber ich meine, dass er bereits ein ähnliches Stück besaß. Er hat für diese Dinge geschwärmt.«

Ein ähnliches Stück? »Wie sieht dieses andere Exemplar denn aus?«

Sie atmete tief durch und dachte nach. »Ein vermutlich aus Elfenbein geschnitztes Objekt. Angeblich ziemlich wertvoll. Etwa zwanzig Zentimeter groß.« Sie spreizte die Finger.

»Hat es die Form einer Nadel?«, fragte Hogart einer plötzlichen Eingebung folgend.

Sie schüttelte den Kopf. »Nein, eher die eines Tieres. Ich hörte ihn einmal von einem *Knochenpferd* reden.«

»Stammt es aus dem zwölften Jahrhundert?«, fragte Hogart weiter. Möglicherweise gab es ja mehrere Werke desselben Mannes. »Vielleicht von einem Künstler namens Bíro?«

»Ja, kann sein.«

Nun räusperte Tatjana sich zum ersten Mal. »Hat es Ihr Vater in seinem Safe aufbewahrt?«

»Vermutlich … warum?«

Tatjana warf Hogart einen wissenden Blick zu. *Anscheinend geht es um dieses Knochenpferd!*

Chloé sah Hogart an. »Sie beide wissen offenbar eine ganze Menge über diesen Bíro.«

»Nicht wirklich eine Menge – und auch erst seit gestern, nachdem Elisabeth spurlos verschwunden ist. Genauso wie die Knochennadel.« Hogart presste die Lippen aufeinander.

Sie sahen sich eine Weile stumm an. Der Fall nahm langsam eine bestimmte Kontur an. Die Frage war, ob er versuchen sollte, gemeinsam mit Arland und der Kripo zu ermitteln, oder nicht. Doch selbst wenn diese doppelt so kooperativ waren wie die Wiener Polizei – was er stark bezweifelte –, würden sie ihn nicht einmal in die Nähe eines Ermittlungsprotokolls lassen.

Jedenfalls musste er Girard anrufen. Vielleicht konnte er ihn überzeugen, ihm eine Waffe zu besorgen, ohne das gleich an die große Glocke zu hängen.

»Peter …?« Tatjana sah ihn besorgt an.

Doch dann kam ihm plötzlich eine andere Idee, die vermutlich schneller und effektiver war. Er sah Chloé an. »Sie sagten, Sie arbeiten für eine Securityfirma.« Er rieb sich den Stoppelbart am Kinn. »Wenn ich Elisabeths Spur folge, finde ich garantiert auch den Mörder Ihres Vaters.«

Chloé sah ihn fragend an. »Und?«

»Ich weiß, wir kennen uns erst seit zehn Minuten, aber Sie sind die Einzige, die mir helfen kann.«

»Wobei?«

Hogart senkte die Stimme. »Können Sie mir eine Waffe beschaffen?«

»Peter!«, entfuhr es Tatjana.

Doch Chloé betrachtete ihn mit festem Blick und ohne jegliche Irritation, als hörte sie eine solche Bitte tagtäglich. Sie nagte an der Unterlippe. »Woher weiß ich, ob ich Ihnen vertrauen kann? Dürfen Sie überhaupt eine Waffe tragen?«

Er sah sie nur an, ohne zu antworten. Im Moment war er ihrer Gunst völlig ausgeliefert. »Hier.« Er zeigte ihr seinen Waffenschein.

Sie prüfte die Karte. »Nun gut, möglicherweise. Wo wohnen Sie?«

»Im Jardin beim …«

»Ja, das kenne ich. Sobald uns Kommissar Arland hier rauslässt, geben Sie mir eine Stunde. Dann treffen wir uns dort und …«

Sie wollte noch etwas sagen, doch in dem Moment flog die Tür auf und Arland kam in Begleitung zweier Kollegen ins Zimmer. Nun würde das richtige Verhör beginnen.

17. Kapitel

Um halb fünf fuhr Hogart endlich mit seinem Mietwagen wieder auf den Parkplatz hinter dem Hotel Jardin.

Arland und seine Kollegen waren alles andere als dämlich und hatten seine Aussagen auf Herz und Nieren geprüft. Im Endeffekt durften Tatjana und er zwar gehen, aber er musste in Paris bleiben. Nach wie vor. Die Nummer mit dem Rückflug heute Abend hatte Arland ihm sowieso nicht abgenommen. Er hatte nur herausfinden wollen, warum Hogart unbedingt in die Villa wollte.

Schließlich hatte Arland kurz vor der Verabschiedung seine Fingerabdrücke gescannt und ihm doch noch den Personalausweis abgenommen, damit er auf keinen Fall heimfliegen konnte. *Die nächste Schikane!* Nun saß er in Paris fest oder hätte höchstens mit dem Auto oder Zug heimfahren können. Aber das hatte er ohnehin nicht vor.

Unterm Strich sah die Sache jetzt so aus, dass wegen Diebstahls, Einbruchs, schwerer Körperverletzung und Mordes nach Elisabeth gefahndet wurde. Eine Vermisstenanzeige konnte er sich somit sparen, sie hatte es auch ohne ihn geschafft, dass massiv nach ihr gesucht wurde. Und er konnte nur hoffen, dass er sie vor der Polizei fand, denn die hatte sicherlich kein Kaffeekränzchen mit ihr vor.

Zumindest hatte das Verhör auch etwas Gutes gehabt: Tatjana drängte inzwischen nicht mehr darauf, um jeden Preis in Paris bleiben zu dürfen. Falls er es schaffte, dass

Chloé ihm bei seinen Recherchen half und für ihn übersetzen würde, konnte er Tatjana endlich heimschicken.

Sie stiegen aus dem Peugeot, und Hogart bemerkte, dass Tatjanas Knie zitterten. Auch blickte sie gar nicht zu dem Künstlerplatz des Montmartre hinüber, der sie sonst so faszinierte, oder zu Sacré-Cœur hinauf. Stattdessen sah sie aus, als hätte sie sich am liebsten ins Bett verkrümelt, eine Schlaftablette eingeworfen und alles vergessen.

Hogarts Handy läutete. Instinktiv dachte er bei dem Klingeln an Elisabeth. Aber es war Kohlschmied. Diesen Schreibtischdackel hatte er glatt vergessen. Hogart blieb stehen und nahm den Anruf entgegen.

»Ich gehe inzwischen rauf und pack meinen Koffer«, bedeutete Tatjana ihm leise.

Hogart nickte. »Und ruf das Reisebüro an. Die sollen deinen Flug umbuchen«, rief er ihr nach. Sie winkte. Dann widmete er sich dem Anruf. »Kohlschmied?«

»Ich dachte schon, Ihr Akku wäre leer, Sie hätten Ihr Handy verloren oder wären selbst spurlos verschwunden. Warum melden Sie sich nicht? Wie ist das Wetter in Paris? Angenehm? Schmecken die Schnecken?«

Hogart blickte jetzt selbst zu Sacré-Cœur hinauf und begann unbewusst, die Fenster unter den Kuppeln zu zählen. »Kohlschmied, können Sie zum Punkt kommen?«

»Ja, der Punkt ist der, dass die vierundzwanzig Stunden bald um sind und Medeen & Lloyd eine Anzeige bei der Polizei erstatten muss. Wo ist die Knochennadel?«

»Sie können sich die Anzeige sparen, die Polizei ist bereits am Fall dran.«

»Oh, großartig!« Es klang zynisch. »Und wo ist das Exponat?«

Hogart ignorierte die Frage. Während er über den Parkplatz ging, sah er, dass eine Hochzeitsgesellschaft gerade im Begriff war, ins Hotel zu marschieren. Einige Autos auf dem Parkplatz waren mit Blumen und weißen Bändern geschmückt. Wehmütig schaute er zu dem Brautpaar – er selbst hatte sich sein Wochenende auch ein wenig romantischer vorgestellt. »Bisher gibt es in dieser Sache einen Überfall mit Körperverletzung und einen Toten.«

»Herrgott, ich habe es geahnt, dass alles schiefgeht, sobald Sie involviert sind. Jedes Mal das Gleiche!«, brauste Kohlschmied auf. »Einige Kollegen hier in Wien sind zwar der Auffassung, dass uns nichts Besseres passieren konnte, als dass wir Sie vor Ort haben, aber ich sehe das anders.«

»Es gab einen Mord!«, versuchte Hogart es noch einmal. Aus Richtung des Hotels erklang ein mehrstimmiger Chor. Reis und Papierschlangen wurden geworfen.

»Wir sind weder Kripo, Staatsanwaltschaft noch Gericht – das interessiert mich nicht«, blaffte Kohlschmied. »Ich möchte nur wissen, wo die Knochennadel ist, die wir für über sieben Millionen Euro versichert haben!«

Mühsam widerstand Hogart der Versuchung, das Handy durch das Kanalgitter in den Schacht zu treten. Zum ersten Mal seit Jahren spürte er den Nikotinentzug. Kohlschmied schaffte es noch, dass er wieder zum Raucher wurde.

Dann schien der Schreibtischhengst genug Dampf abgelassen zu haben und war endlich bereit, ihm zuzuhören. Hogart erklärte ihm in knappen Worten, was vorgefallen war, verschwieg jedoch, dass die Polizisten Spuren am Tatort sichergestellt hatten, die von Elisabeth stammen könnten. Kohlschmied war ohnehin schon extrem nervös, außerdem wollte Hogart Rasts Herz schonen.

»Gut, es reicht«, schnaufte Kohlschmied, »ich komme morgen nach Paris.«

»Tun Sie das«, murrte Hogart, der ihn ohnehin nicht davon abhalten konnte. »Ich bin im Hotel Jardin untergebracht.« Er dachte an Tatjana. *Ab morgen ist sowieso ein Zimmer frei. Nur blöd, dass dieses Zimmer ausgerechnet neben meinem liegt.* »Kohlschmied, schnarchen Sie?«

»Bis morgen.« Kohlschmied legte auf.

Bis morgen. Hogart steckte das Handy ein und drängte sich zwischen den Hochzeitsgästen zum Hoteleingang durch. Statt den Lift zu nehmen, lief er in die dritte Etage. Er öffnete seine Zimmertür – und prallte geschockt zurück. Sein Schrank stand offen, alle Schubladen waren herausgezogen. Seine und Elisabeths Wäsche lag verstreut auf dem Boden, der aufgerissene Koffer neben der Kommode. Matratze und Lattenrost waren herausgerissen und sogar die Bilder über dem Bett abgenommen worden.

Vorsichtig ging Hogart durchs Zimmer und griff instinktiv zum Handy. Er hatte die internationale Notrufnummer gleich am Anfang seines Adressverzeichnisses abgespeichert, damit es im Notfall noch schneller ging. Sein Finger lag bereits auf der Taste.

Die Balkontür war offen, der Vorhang zugezogen. Ein leichter Windzug streifte durchs Zimmer und bauschte den Stoff. Mit dem Schuh schob Hogart die Schiebetür zum Badezimmer auf. Um keine Fingerabdrücke zu verwischen, betätigte er mit dem Ellbogen den Lichtschalter. Die Lampe im Bad sprang mit einem Zucken an. Auch hier war alles durchwühlt worden. Zweifellos hatte der Einbrecher nach der Knochennadel gesucht.

Tatjana! Wenn sie die Einbrecher gestört hat!

Hogart wollte sich bereits umdrehen, um über den Balkon zu ihrem Zimmer zu laufen, als er aus dem Augenwinkel im Badezimmerspiegel jemanden hinter sich bemerkte. Eine maskierte Gestalt. Er konnte gerade noch den Arm hochreißen, als ihn ein harter Schlag an der Schläfe traf.

Während Hogart schwarz vor Augen wurde und er versuchte, sich noch irgendwo festzuhalten, hörte er vom Balkon Tatjanas erstickten Schrei.

Dann sank er zu Boden.

18. Kapitel

Hogart erwachte zwischen Badezimmer und Bett. Zuerst schmeckte er verkrustetes Blut auf den Lippen, dann spürte er die Schmerzen. Noch auf dem Teppichboden liegend, schob er den Kiefer vorsichtig hin und her. Anscheinend war nichts gebrochen.

Er rappelte sich auf und setzte sich mit weichen Knien und zitternden Händen aufs Bett. Ihm war schwindelig und außerdem kotzübel. Bestimmt hatte er eine Gehirnerschütterung.

Er stand auf, wankte ins Bad, kramte ein Aspirin aus der Tasche und trank einen Schluck Wasser dazu, um dann beides sofort wieder zu erbrechen. *Verdammt!* Galle lief ihm aus dem Mundwinkel. Er starrte sein Spiegelbild an. *Kein schöner Anblick*. Mit einem nassen Handtuch wusch er sich erst einmal das Blut aus dem Gesicht, befeuchtete seine Stirn und schluckte noch eine Tablette. Diesmal ohne Wasser.

Tatjana!

Er stolperte auf den Balkon und ging zu ihrem Zimmer. Zum Glück war ihre Balkontür offen. Er schob den Vorhang beiseite und trat ein. Auch hier war alles verwüstet worden. Von Tatjana fehlte jede Spur.

Er griff in die Hosentasche – immerhin war sein Handy noch da. Damit wählte er Tatjanas Nummer. Sobald die Verbindung stand, hörte er unter einem Berg aus Wäsche das erstickte Läuten ihres Telefons. Mit dem Klingelton eines ihrer Songs. Sofort unterbrach er die Verbindung.

Ihr Telefon war da – sie nicht.

Jetzt wurde die Sache so richtig persönlich. Was bedeutete, dass er diesen verdammten Fall erst recht lösen musste. Und zwar ohne Polizei. Das ging rascher und unbürokratischer.

Er öffnete Tatjanas Zimmertür und hängte ein Schild draußen an die Klinke: *Prière de ne pas déranger – Do not disturb*. Vorerst sollte niemand vom Personal bemerken, was hier vorgefallen war. Anschließend sperrte er das Zimmer von innen ab und trat wieder auf den Balkon.

Eine Schar Hochzeitsnachzügler lief lärmend über den Parkplatz und strömte zum Hoteleingang. Vom Flur hörte er ebenfalls lautes Lachen. *Ja, amüsiert euch nur alle prächtig!* In diesem Tohuwabohu war Tatjana bestimmt unauffällig aus dem Hotel gebracht worden – und bestimmt konnte sich niemand an eine junge Frau erinnern, deren auffällige schwarze Dreadlocks womöglich unter einer Mütze verschwunden waren.

Für einen Moment stützte er sich am Geländer ab. Am Ende des Parkplatzes sah er seinen Mietwagen. Auf dem Asphalt glitzerten Scherben, die Seitenscheibe war eingeschlagen worden. Es hatte ihnen also nicht gereicht, beide Zimmer zu durchwühlen, sie hatten auch gewusst, welches Auto er fuhr. Das sagte ihm, dass sie entweder gut über ihn informiert waren oder ihn genau beobachtet hatten.

Wer wohl dahintersteckte? Madame Gorgovich-Medunjans Schläger schien ihm geglaubt zu haben, dass er keine Ahnung hatte, wo die Knochennadel war. Wer kam noch in Frage – Granqvist? Oder hatte der Zeitungsartikel zu viel Staub aufgewirbelt, und jetzt hängte sich irgendein Trittbrettfahrer dran und wollte sich die Knochennadel unter den Nagel reißen?

Hogart würde es herausfinden.

Er betrat sein Zimmer und schloss die Balkontür. Hier herrschte ein Chaos, als wäre ein Taifun durchgejagt – trotzdem fand er auf dem Boden seine drei Jahre alte originalverschlossene Packung Stuyvesant für Notfälle. Obwohl er sich sicher war, dass die schon so fad wie getrocknetes Gras schmecken würden, bückte er sich danach. In dem Moment spürte er, wie ihm die Kopfschmerzen den Schädel zu sprengen drohten. Er drehte die Schachtel zwischen den Fingern. *Nein, dich öffne ich noch nicht. Da muss schon mehr passieren.*

Rasch wollte er sie in der Brusttasche seines Poloshirts verschwinden lassen, als er dort einen zusammengefalteten Zettel fand. Neugierig öffnete er das Papier. Es war eine handschriftliche Nachricht in schlechtem Deutsch.

Freitag Mitternacht treibt Leiche von Nichte in Seine – oder Knochennadel ist da! Kein Polizei!

Beinahe hätte er lauthals aufgelacht. Die nächste Frist, die ihm jemand setzte! *Das ist doch alles ein schlechter Scherz!* Wie sollte er etwas herausrücken, das er nicht besaß? Oder etwas beschaffen, von dem er nicht wusste, wo es war?

Scheiß drauf, du kannst es sowieso nicht allen recht machen.

Aus welchem Grund meinten diese Typen eigentlich, dass er als Ausländer die Knochennadel in Frankreich schneller finden konnte als irgendjemand anders? *Weil sie offenbar glauben, dass Elisabeth hinter der Sache steckt und du sie besser kennst als alle anderen!*, gab er sich selbst die Antwort.

Aber was, wenn sie tatsächlich damit untergetaucht ist, sagte eine Stimme tief in ihm drinnen, die er eigentlich gar nicht hören wollte. Tatjana hatte ihm diesen Floh ins Ohr gesetzt.

Wenn jetzt auch er anfing, an Elisabeths Unschuld zu zweifeln, konnte er gleich alles hinschmeißen und die Polizei machen lassen. Rasch verdrängte er den Gedanken wieder. Um Tatjanas Leben zu retten, hatte er nur eine Chance: Er musste herausfinden, was während der Auktion passiert war, wo Elisabeth steckte und wer die Knochennadel besaß.

Doch zuerst brauchst du eine Waffe!

Noch einmal würde er sich nicht niederschlagen lassen.

In diesem Moment klopfte es an seiner Tür. Sonderbarerweise war sein Puls im Moment ziemlich weit unten. Er sah sich konzentriert im Zimmer um, packte eine volle Mineralwasserflasche am Hals und öffnete die Tür.

Im Gang stand Chloé. Sie hatte sich umgezogen und trug jetzt Jeans, einen schwarzen Pullover und feste Turnschuhe. Über ihrer Schulter hing eine braune Umhängetasche.

»*Bonjour*«, sagte er, packte sie rasch an der Hand und zog sie ins Zimmer.

»*Mon Dieu!*«, entfuhr es ihr. »Was ist denn hier passiert?«

Er schloss die Tür und stellte die Flasche ab. »Tatjanas und mein Zimmer wurden durchsucht, unser Mietwagen aufgebrochen.«

Sie starrte immer noch entsetzt auf die Unordnung. »Sie müssen die Polizei einschalten. Am besten gleich Kommissar Arland.«

Kommentarlos reichte Hogart ihr den Zettel aus seiner Brusttasche.

»*Merde*«, fluchte sie, nachdem sie die Nachricht gelesen hatte. »Und was haben Sie jetzt vor?«

»Falls ich damit zur Polizei gehe und eine Anzeige wegen Einbruchs und Entführung erstatte, würden mich Arlands Kollegen stundenlang verhören und mich möglicherweise sogar observieren. Dann wären mir für die nächsten Tage die Hände gebunden.«

Sie betrachtete ihn eindringlich, und obwohl er eigentlich ganz andere Sorgen hatte, fiel ihm auf, wie attraktiv sie in der legeren Kleidung und mit den langen blonden Haaren aussah, die sie nun offen trug. »Und was haben Sie stattdessen vor?« Ihre Stimme klang angespannt.

Er schwieg, da er nicht hundertprozentig wusste, ob es eine gute Idee war, sie in seine Pläne einzuweihen. »Ich habe bei Elisabeth Domeniks Verschwinden bemerkt, dass es nichts bringt, die Polizei mit einzubeziehen«, sagte er vorsichtig. »Außerdem wird Elisabeth mittlerweile wegen Mordverdachts gesucht. Mit der ganzen Polizeiaktion würde ich darüber hinaus nur Tatjanas Leben gefährden.«

Chloé nickte. »Was mich wieder zu der Frage führt, was Sie vorhaben.«

Er presste die Lippen aufeinander. »Wie ich schon sagte, sind Sie im Moment die einzige Person in Paris, die mir helfen kann.«

Stöhnend presste sie die Luft aus der Lunge. »Ich habe zurzeit wegen François' Tod so viele andere Sachen um die Ohren.«

»Ja, ich weiß, das tut mir auch außerordentlich leid, aber …«, er zögerte, »… haben Sie mir das besorgt, worum ich Sie gebeten habe?«

Sie griff in ihre Umhängetasche und holte eine Handfeuerwaffe heraus.

»Einfach so?«, fragte er überrascht, ohne nach der Waffe zu greifen.

»Nicht *einfach so*! Ich habe mich natürlich über Sie informiert. Sie haben einen guten Ruf als freiberuflicher Versicherungsdetektiv.«

»Und woher wissen Sie das?«

Sie zuckte die Achseln. »Ich arbeite beim Sicherheitsdienst in Deutschland. Aber trotzdem ...«, sie hob die Hand, »... wenn Sie mich verarschen oder mich hintergehen, werden Sie es bereuen.«

»Alles klar. Ich gebe mir Mühe.«

Sie drückte ihm die Waffe in die Hand.

»Eine SIG Sauer, neun mal neunzehn Millimeter«, sagte Hogart erstaunt. *Kein Damenpistölchen, sondern eine Waffe mit mannstoppendem Kaliber.* Er ließ das Magazin rausgleiten – zwölf Schuss – und rammte es anschließend wieder rein. Zog den Schlitten durch, hörte das Klicken, mit dem die erste Patrone in den Lauf fuhr. Dann zog er das Magazin wieder heraus, warf die Patrone aus und drückte sie ins Magazin zurück. Die Pistole hörte sich gut an. »Woher haben Sie die?«

»Einer meiner Freunde besitzt ein ... nun ja ... Waffengeschäft in einem Vorort von Paris.«

»Keine Formulare, kein Bürokram?«

Sie schüttelte den Kopf. »Nicht bei mir.«

Also illegal. Er nickte. »*Merci.* Wie viel bekommen Sie dafür?«

»Sagen wir so: Mein Freund hat mir einen Gefallen geschuldet – und jetzt schulden *Sie mir* einen.«

Daher wehte also der Wind. Er sah sie fragend an. »Okay ... und welchen?«

»Ich habe mich auch über Kommissar Arland erkundigt. Er ist nicht gerade die hellste Kerze auf der Torte. Aber wenn Sie den Mörder meines Stiefvaters finden und es tatsächlich Ihre Freundin war, möchte ich das wissen.«

Er runzelte die Stirn. »Vorhin haben Sie noch so gewirkt, als wäre Ihnen sein Tod gleichgültig.«

»Ist er auch. François und ich haben uns nie sehr nahegestanden, zudem haben wir uns im Lauf der Jahre mehr und mehr entfremdet. Er war egoistisch und hat in erster Linie nur auf sein eigenes Wohl geachtet.« Sie machte eine Pause. »Aber der Mörder ist in seinen Safe eingebrochen und hat etwas gestohlen, das mehrere Millionen wert ist, wie ich jetzt weiß.«

»Das Knochenpferd?«

Sie nickte nachdenklich, sagte aber nichts.

»Es ist das Einzige, das in seiner Villa fehlt, richtig?« Hogart wartete keine Antwort ab. »Das ist der Grund, weshalb er ermordet wurde.«

Nun sah sie auf. »Also, haben wir einen Deal?«

Hogart dachte kurz darüber nach. *Elisabeth war es aber nicht – und ich werde ihre Unschuld beweisen!* »Deal«, sagte er nur, fügte dann jedoch einen Satz hinzu: »Wir könnten aber auch zusammenarbeiten.«

Sie verzog das Gesicht. Der Vorschlag schien ihr nicht besonders zu gefallen.

»Ich helfe Ihnen, den Mord an Ihrem Vater aufzuklären«, schlug er vor, »sowie das Knochenpferd wiederzubeschaffen, wenn Sie mir im Gegenzug dabei helfen, Tatjana, Elisabeth und die Knochennadel zu finden.«

Stumm griff sie in die Tasche und holte eine zweite Pistole heraus. Eine Glock mit schwarzen Griffschalen, Fingerrillen und längerem Lauf. Sie hatte dasselbe Kaliber wie seine SIG Sauer, mit dem kleinen Unterschied, dass sie über 17 Schuss Munition verfügte.

»Das ist meine private Waffe aus meinem Zimmer in François' Haus. Die Polizei hat sie bei der Durchsuchung zwar gefunden, aber nicht konfisziert, weil ich einen europäischen Feuerwaffenpass besitze.«

»Wegen Ihres Securityjobs?«

Sie nickte.

»Was haben Sie damit vor?«, fragte er.

Sie wartete eine Weile mit der Antwort. »Das Gleiche wie Sie«, sagte sie schließlich.

»Tun Sie das nicht allein«, bat er sie. »Wir könnten zusammenarbeiten.«

»Haben Sie eine Spur?«

»Die habe ich. Kommen Sie.« Er schlüpfte in sein Sakko, stopfte sich die SIG Sauer hinten in den Hosenbund. Dann drängte er sie durch die Zimmertür auf den Flur. Bevor er die Tür verschloss, hängte er ein Schild draußen an die Klinke.

Prière de ne pas déranger.

19. Kapitel

Da Hogarts Mietwagen nun unbrauchbar war und man ohnehin mit dem eigenen Auto oder einem Taxi bei der abendlichen Rushhour zu lange gebraucht hätte, entschieden sie sich, lieber die Métro zu nehmen.

Es war bereits kurz vor halb sieben Uhr abends. Während sie am Pigalle unter dem kunstvoll geschmiedeten Métropolitain-Schild die Treppe zur Station hinunterliefen, erzählte Hogart Chloé, was er von Monsieur Bonnet erfahren hatte. Vor allem, dass Madame LaFayette und die beiden Herren Flickenschildt und Moustache die anderen Antiquitätenhändler gewesen waren, die beim Wettbieten um die Knochennadel bis zuletzt mitgehalten hatten.

Chloé checkte sogleich die Namen auf ihrem Handy. »Flickenschildt und Moustache haben ihren Laden jeweils außerhalb von Paris, aber Madame LaFayettes befindet sich in der Nähe – beim Arc de Triomphe.«

Hogart blickte auf die Uhr. »Wahrscheinlich ist er um diese Zeit schon geschlossen.«

»Nicht vor neunzehn Uhr.« Chloé warf einen Blick auf den Plan mit den Linien. Insgesamt neun Stationen bis zum Arc de Triomphe, ohne umzusteigen.

Kurz darauf standen sie dicht an dicht mit unzähligen Menschen in einem überfüllten Waggon und wurden ordentlich durchgeschüttelt.

»Wir sollten Arland bitten, ob er für Granqvist und die

drei Händler Personenschutz organisiert«, schlug Hogart vor. »Immerhin ist Monsieur Bonnet überfallen und fast getötet worden.«

»Sie haben recht, trotzdem wird er nicht begeistert sein, wenn sich Privatpersonen in seine Arbeit einmischen.« Chloé zog ihr Handy aus der Umhängetasche und hielt es Hogart hin. »Wollen Sie mit ihm sprechen?«

Hogart verzog das Gesicht. *»Non, merci.«* Er reichte ihr Arlands Visitenkarte. »Auf Sie ist er sicher besser zu sprechen.«

Chloé speicherte Arlands Nummer in ihr Handy, dann rief sie ihn an. Mit der anderen Hand schirmte sie abwechselnd ihren Mund ab oder hielt sich das andere Ohr zu. Hogart hörte sie eine Weile sprechen, dann legte sich die Métro in eine Kurve, und die Leute stolperten allesamt in eine Richtung. Mit der freien Hand fing er Chloé an der Taille auf, sodass sie nicht stürzte. Das Deckenlicht flackerte für einen Moment. Als die Fahrt wieder ruhiger verlief, nahm Hogart die Hand weg.

Chloé nickte ihm dankbar zu und sprach konzentriert weiter. Schließlich steckte sie das Handy ein. »Das war einer von Arlands Kollegen. Er ist im Moment nicht zu sprechen, wird aber zurückrufen.«

Schließlich kamen sie an der Station Charles de Gaulle an. Hogart hätte sich angesichts der Vielzahl an möglichen Ausgängen und Rolltreppen heillos verirrt, doch Chloé fand problemlos den Weg. Sie marschierten seitlich an dem vielspurigen Autowahnsinn auf dem Place Charles de Gaulle rund um den Arc de Triomphe vorbei und bogen von einer der sternförmig vom riesigen Kreisverkehr wegführenden Avenues in eine kleine Seitengasse ein. Die holprige Gasse mit Kopfsteinpflaster, in der sich viele Bäume, Cafés, Bistros und Läden aneinanderreihten, blieb wegen ihrer Enge vom abendlichen Verkehrsstau verschont. Zwischen den Häusern blinzelte die Abendsonne durch und legte einen orangefarbenen Schimmer auf die Straße.

Von weitem sah Hogart bereits das verzierte schmiedeeiserne Schild, das auf Madame LaFayettes Antiquitätengeschäft hinwies. Der Laden war mindestens dreimal so groß wie der von Monsieur Bonnet, bestand aus zwei Etagen, und das Schaufenster erstreckte sich über die ganze Hausbreite. Eine gusseiserne Treppe mit Geländer führte in den Keller zum Eingang hinunter.

Während Chloé hinunterstieg, blieb Hogart stehen und blickte einem heranfahrenden Taxi entgegen, das langsamer wurde und direkt vor dem Antiquitätenladen hielt.

»Es ist geschlossen«, rief Chloé herauf.

»Wäre jetzt normalerweise offen?«, fragte Hogart, ohne den Blick vom Taxi zu nehmen.

»Ja.«

Die hintere Tür des Wagens öffnete sich. Eine ältere elegante Dame schob mühsam die Beine heraus und versuchte, sich dabei auf einer Krücke aufzustützen. Bevor der Taxifahrer aussteigen konnte, um ihr zu helfen, war Hogart bereits da. Er nahm der Dame die Krücke ab und reichte ihr stattdessen seinen Arm.

»Oh, merci beaucoup …«, sagte sie. Ihr Griff war fest. Den Rest des Satzes verstand er nicht mehr.

Dunkel konnte sich Hogart daran erinnern, die Frau gestern bei der Auktion gesehen zu haben. Bei näherer Betrachtung war sie gar nicht so alt, wie sie im ersten Moment gewirkt hatte. Vielleicht erst Ende sechzig. Aber sie hatte einen schlimmen Bluterguss unter dem Auge, einen bandagierten Arm und sah insgesamt etwas mitgenommen aus.

»Madame LaFayette?«, fragte er.

Sie nickte. Dann sprudelte sie drauflos. Hogart verstand nur die Worte *Polizei* und *Journalisten*.

»Sprechen Sie Englisch?«, unterbrach er sie mit einem Lächeln.

Sie nickte wieder. »Worum geht es?«

»Ich bin weder von der Presse noch von der Polizei. Ich möchte Sie nur etwas zur gestrigen Auktion fragen … zur Knochennadel.«

Madame LaFayettes Augen weiteten sich, dann trat sie einen Schritt zurück und warf einen hilfesuchenden Blick zum Taxifahrer. »Ich weiß von nichts. Ich komme gerade aus dem Krankenhaus und muss dringend etwas trinken und mich hinlegen.«

Auch Hogart blickte zum Taxifahrer. *»Pas de problème!«*, sagte er rasch und wandte sich wieder an Madame LaFayette. »Ich war gestern auch bei der Versteigerung. Ich bin Elisabeth Domeniks Lebensgefährte. Vielleicht haben Sie mich bemerkt.«

Ihr Blick wurde ein wenig klarer, als könnte sie sich tatsächlich schwach erinnern.

»Neben mir stand eine junge Frau mit schwarzen Rastalocken, meine Nichte«, erklärte er schnell.

»Ah!« Ihr skeptischer Blick wich der Erinnerung. »Der Begleiter der bezaubernden Auktionsleiterin. Sie haben mit Madame Meyer-Lanski gesprochen.«

»Ja, unter anderem.« Er betrachtete Madame LaFayettes Verletzungen, die alle ganz frisch wirkten. Ein dumpfes Gefühl breitete sich in seinem Magen aus. Womöglich hatte sie bereits Besuch von derselben Person bekommen, die Monsieur Bonnet fast die Kehle durchgeschnitten hatte. Und die diesmal deutlich rascher ans Ziel und an ihre Informationen gekommen war.

Nun trat auch Chloé vorsichtig zu ihnen, die sich bis jetzt im Hintergrund gehalten und mitgehört hatte. Während Chloé das Gespräch auf Französisch übernahm und der Frau noch einmal erklärte, warum sie mit ihr sprechen wollten, beugte sich der Taxifahrer zum Fenster heraus.

»Ist alles in Ordnung?«, rief er.

»Ja, ich kenne den Herrn, vielen Dank«, antwortete Madame LaFayette. Hogart schlug die hintere Autotür zu, das Taxi fuhr los. Indessen beendete Chloé ihre Erklärung.

Madame LaFayettes Blick wurde zuerst nachdenklich, danach neugierig. »Den alten Bonnet hat es also auch noch erwischt«, sagte sie wieder auf Englisch, sodass Hogart es verstehen konnte. Diesmal jedoch mit keinerlei Spur von Angst oder Misstrauen.

»Auch *noch*?«, fragte Hogart.

Madame LaFayette humpelte auf ihrer Krücke mühsam Stufe um Stufe die Treppe zum Eingang ihres Ladens hinunter. Hogart stützte sie an der anderen Hand. »Ich und zwei weitere Händler, die gestern bei der Versteigerung in der Opéra anwesend waren, wurden überfallen.« Sie erreichte die untere Etage und sperrte ihren Laden auf.

»Von einer maskierten Frau?«, hakte Hogart vorsichtig nach.

Sie schüttelte entschieden den Kopf. »Das war bestimmt keine Frau. Ein großer und kräftiger Mann.«

Verdammt! Das passte nicht ins Schema. Andererseits hatte Tatjana in ihrem Zimmer aufgeschrien, während er zur gleichen Zeit niedergeschlagen worden war. Also mussten auch bei dem Einbruch in die Hotelzimmer zwei Personen zusammengearbeitet haben – es konnten also von Anfang an ein Mann und eine Frau beteiligt gewesen sein.

»Konnten Sie irgendetwas erkennen?«, fragte Hogart. »Eine Haarfarbe, ein Muttermal, einen Akzent?«

Sie schüttelte den Kopf.

»Wer waren die anderen beiden Händler?«, fragte er schließlich.

Madame LaFayette wollte bereits zu einer Antwort ansetzen, doch in diesem Moment läutete Chloés Handy. »Es ist Arland«, erklärte sie rasch und ging ran.

Sie sprach eine Weile. Hogart glaubte mehrmals, das französische Wort für Personenschutz herauszuhören. Anscheinend wollte sie Arland davon überzeugen, dass möglicherweise mehr hinter den bisherigen Überfällen steckte. Schließlich nahm Chloé das Handy herunter. »Die Händler Flickenschildt und Moustache sind ebenfalls überfallen worden.«

Madame LaFayette nickte. »So wie ich – gestern Nacht.«

Chloé betrachtete Madame LaFayettes bandagierten Arm. »Anscheinend sind Sie noch recht gut davongekommen.«

Madame LaFayette öffnete ihre Ladentür. »Soviel ich erfahren habe, wurde Moustache brutal verprügelt und liegt auf der Intensivstation in künstlichem Tiefschlaf. Mehr haben mir die Ärzte nicht gesagt.«

Chloé sah betrübt drein. »Und Flickenschildt ist soeben im Krankenhaus an den Folgen innerer Verletzungen gestorben.«

20. Kapitel

»Arland ist nicht gerade sehr gesprächig gewesen«, erklärte Chloé.

»Wer hat es schon gern, wenn sich jemand in Ermittlungen einmischt?«, fragte Hogart.

»Stimmt.« Chloé lächelte. »Aber ich kenne jemanden bei der Kripo. Zwar nicht direkt im Zentrum, sondern im zwölften Arrondissement, aber die sind ja untereinander vernetzt.« Sie zog ihr Handy heraus. »Entschuldigen Sie mich bitte einen Moment.« Sie ging nach draußen vor den Laden, um in Ruhe zu telefonieren.

Hogart blieb inzwischen im Geschäft bei Madame LaFayette. Während sie sich auf eine Couch legte, die von hohen dunklen Gemälden in breiten barocken Rahmen umgeben war, holte Hogart Aspirin und ein Glas Wasser aus der Küche weiter hinten im Laden. Außerdem fand er ein Geschirrtuch, das er mit kaltem Wasser tränkte.

»Sie sind nett«, murmelte Madame LaFayette. Ihre Augenlider flatterten.

»Danke, dass Sie sich überhaupt die Zeit nehmen, um mit uns zu sprechen«, entgegnete er. »Wenn Sie wollen, könnte ich in der Küche nachsehen, ob ich auch etwas zu essen für Sie finde.«

»Nein, danke …«, sie versuchte zu lächeln, »… mein Sohn kommt heute Abend noch vorbei. Der wird sich um mich kümmern.«

Nachdem sie einen Schluck getrunken hatte, legte Hogart ihr das kalte Tuch auf die Stirn. »Darf ich Sie noch etwas fragen? Etwas Wichtiges?«

Sie nickte erschöpft. Hogart zog sich einen Stuhl heran. »Hat der Mann, der Sie überfallen hat, etwas gestohlen?«

»Nein.«

»Ich nehme an, er wollte nur Informationen.«

Sie nickte wieder.

»Für wen Sie die Knochennadel ersteigern sollten, nehme ich an«, vermutete Hogart.

»Ja.«

»Darf ich fragen, wer das gewesen ist?«

»Oh, Monsieur Hogart …«, sie lächelte mit geschlossenen Augen, »… das unterliegt der Verschwiegenheitspflicht. Sie sehen ja selbst, was notwendig war, um mich zum Sprechen zu bringen.«

»Ja, und das tut mir außerordentlich leid, aber die Auftraggeber sind in großer Gefahr. So wie Monsieur Rousseau, der heute Morgen ermordet wurde.«

»Ermordet, sagen Sie?« Sie versuchte sich aufzusetzen, sank aber sofort wieder auf die Couch. »Wie schrecklich.«

»Ich möchte diejenigen finden, die dahinterstecken.«

»Trotzdem kann ich den Namen nicht preisgeben, sie ist eine meiner besten Kundinnen.«

Eine Frau also! »Aber wenn ihr etwas zustößt, weil Sie geschwiegen haben – werden Sie sich das jemals verzeihen können?«

Sie schnaufte tief durch, sodass sich ihr Busen hob und senkte. »Ich würde gegen meine Verschwiegenheitspflicht verstoßen, würde ich Ihnen verraten, dass Mimi Trebitsch eine meiner langjährigen treuen Kundinnen ist.«

Mimi Trebitsch?

»Danke.« Hogart lächelte. »Ist sie Deutsche?«

»Ihre Vorfahren, ja, aber ihre Familie lebt schon lange in Frankreich – in einem der schönsten Landhäuser, die es in Versailles gibt. Die Pariser kannten und bewunderten Mimi als eine der besten Bühnenschauspielerinnen ihrer Zeit. Sie ist eine echte Grande Dame des Theaters – aber *oh, là, là* …« Sie wedelte mit der Hand, als wollte sie andeuten, dass Trebitsch einen gewissen Ruf hatte.

»Wissen Sie zufällig, für wen die Herren Flickenschildt und Moustache geboten haben?«

»Von Flickenschildt weiß ich es nicht, er war ein richtiger Gentleman, der sich immer bedeckt hielt und über seine Kundschaft schwieg wie ein Grab – und nun ist er selbst …« Sie sprach den Satz nicht zu Ende. »Aber Moustache hat es mir gestern Abend verraten.«

Moustache – Schnurrbart – seltsamer Name. Vielleicht eine Art Künstlername in diesem Metier? »Und?« Hogart rückte näher.

»*Das* kann ich Ihnen beim besten Willen nun wirklich nicht sagen.«

»Aber Moustache liegt im künstlichen Koma!«, drängte Hogart. »Sein Kunde wird sich sowieso einen neuen Händler suchen müssen.«

Erneut seufzte sie. »Also schön, dieser Moustache ist ohnehin ein schmieriger Kerl mit fragwürdiger Klientel.« Sie schob das feuchte Tuch beiseite und blickte Hogart an. »Er hat immer wieder Stücke für Victor César ersteigert, eine ebenso zwielichtige Gestalt, die in Le Havre in merkwürdige Geschäfte verwickelt ist. Ich bin wirklich froh, dass *ich* mit solchen Leuten nichts zu tun habe.« Für einen Moment fielen ihr die Augen zu.

»Vielen Dank.« Hogart erhob sich. »Brauchen Sie noch irgendetwas, das ich Ihnen bringen kann?«

Sie schüttelte den Kopf. »Mein Sohn kommt gleich … gegen sieben.«

»Nochmals vielen Dank, *au revoir*«, verabschiedete er sich und wollte bereits gehen, als sie noch einmal tief Atem holte.

»Eine nette Begleiterin haben Sie …« Jetzt fielen ihr doch die Augen zu. »… geben Sie gut auf sie acht.«

Offenbar hatte man ihr im Krankenhaus ein starkes Beruhigungsmittel verabreicht.

»Ja, das werde ich. Das ist übrigens François Rousseaus Tochter.«

»Chloé?«, murmelte sie. »Die ist …«

»Was?«, fragte er.

Im nächsten Augenblick schlief sie tief und fest.

21. Kapitel

Hogart schloss die Tür zum Laden und sah zu Chloé, die oben auf der Straße stand und soeben ihr Telefonat beendete.

»Die Frau schläft.« Unsicher blieb er vor der Eingangstür stehen, die zwar geschlossen, aber nicht versperrt war. »Wir können jetzt nicht einfach so gehen.«

»Sie meinen, falls der Einbrecher noch einmal kommt oder jemand anderes den Laden überfällt?«

»Genau. Ihr Sohn kommt gleich, warten wir so lange«, schlug er vor.

»In Ordnung.« Chloé lehnte sich an das Eisengitter.

Hogart stieg die Treppe zur Gasse hoch. »Madame LaFayette kennt Sie anscheinend.«

»Mich? Echt? Woher? Ich habe diese Frau noch nie zuvor gesehen.«

»Sie hat Sie zumindest erwähnt, aber dann ist sie eingeschlafen.«

Chloé runzelte die Stirn. »Möglicherweise hat mein Vater sie gekannt – bei dem Zeugs, das in seinem Haus herumsteht, würde mich das nicht wundern. Vielleicht hat er ja mal mit ihr über mich geplaudert – oder sich vielmehr über mich beschwert.« Sie verzog das Gesicht. »Er ist nie wirklich einverstanden damit gewesen, dass ich nach Deutschland gegangen bin.«

Vielleicht wollte Madame LaFayette ihm ja gerade das

sagen. *Chloé? Die ist doch in Deutschland!* Er sah sie wieder an. »Was haben Sie in der Zwischenzeit über Ihren Kontakt herausgefunden?«

Sie senkte die Stimme. »Moustache und Flickenschildt wurden genauso zusammengeschlagen wie Bonnet und LaFayette, damit sie die Namen und Adressen ihrer Auftraggeber preisgeben, die …«

»… bei der Auktion die Knochennadel ersteigern wollten«, vollendete Hogart den Satz. »Das wissen wir bereits. Madame LaFayette wurde von einer gewissen Mimi Trebitsch beauftragt.«

»Trebitsch, die Schauspielerin?«

Hogart nickte. »Und Moustache wohl von Victor César.«

Chloés Mund klappte auf. »Dem Kriminellen?«

»Was wissen Sie über ihn?«

»Das, was alle Franzosen über ihn wissen. Dass er ein Unterweltboss ist, den die Staatsanwaltschaft seit Jahren vergeblich versucht anzuklagen. Soviel ich weiß, wohnt er irgendwo an der Atlantikküste.«

Hogart nickte. »In der Normandie, in Le Havre. Und Trebitsch wohnt in Versailles. Das ist zwar näher, aber auch ein schönes Stück entfernt. Leider konnte ich nicht herausfinden, in wessen Namen Flickenschildt geboten hat – und der ist leider tot.«

Lächelnd wedelte sie mit dem Handy. »Aber ich.«

»Ihr Kontaktmann hat Ihnen das so einfach verraten?«

»Meine Kontakt*frau.*« Sie schmunzelte. »Mein Vater war ein hoch angesehener Kunstsammler in Paris. Er hatte viele Freunde.«

Aber auch einen Feind! »Und wer hat Flickenschildt beauftragt?«

»Er ist ähnlich wie Trebitsch, César oder mein Vater reich und kann es sich leisten, ein paar Millionen einfach so lockerzumachen.«

Hogart blickte sie fragend an.

»Raphaël Pelletier«, sagte sie. »Wohnt in Paris, ehemals Ausbilder bei einer Spezialabteilung der Pariser Kripo, der jetzt im Ruhestand ist und ein Café führt.«

»Und der kann einige Millionen lockermachen?«

»Hat massenhaft geerbt.«

In diesem Moment kam ein Moped die Straße heruntergefahren und hielt vor dem Laden. Ein übergewichtiger, knapp vierzigjähriger Mann mit Dreitagebart, Holzfällerhemd und aufgekrempelten Ärmeln saß darauf. Er nahm den Helm ab und schüttelte seine schon leicht ergraute Mähne aus.

Er stellte sich als Madame LaFayettes Sohn vor, und Chloé erklärte ihm, dass seine Mutter drinnen auf ihn wartete, allerdings schon schlief; dann verabschiedeten sie sich von ihm.

Auf dieses Bürschchen ist Madame LaFayette bestimmt besonders stolz, dachte Hogart. So fein die Dame war, so plump wirkte ihr Junge.

Hogart sah dem Mann nach, wie er im Laden verschwand, dann gingen sie in Richtung Arc de Triomphe.

»Haben Sie eine Ahnung, wo genau dieser Pelletier wohnt?«

»Meine Kontaktfrau wusste es. In der Nähe des Place de la Bastille.«

Hogart sah sie fragend an.

»Östlich von Notre-Dame geht von der Seine ein Kanal mit einem Jachthafen weg. Der Canal Saint-Martin, der zum Place de la Bastille führt.«

»Dann ist es nicht weit weg.« Hogart beschleunigte seine Schritte. »Wir müssen unbedingt mit ihm reden. Er kann uns bestimmt verraten, was so Besonderes an dieser Knochennadel ist.«

Chloé nickte. »Bei diesem Verkehr sind wir mit der Métro immer noch schneller.«

»Und die Polizei muss Trebitsch, César und Pelletier unter Personenschutz stellen.« Er sah Chloé auffordernd an. »Dringend!«

»Bei César kann ich mir das nur schwer vorstellen – den würden sie am liebsten tot sehen –, aber Sie haben recht.« Chloé griff zum Handy und wählte erneut Kommissar Arlands Nummer.

22. Kapitel

Raphaël Pelletier ließ sich einen Espresso aus der Maschine, kippte einen Spritzer Rum in die Tasse und stellte sie auf das Tablett an seinem Rollstuhl. Dann fuhr er aus der Küche, durchs Wohnzimmer zum Fenster und steckte sich eine Pfeife an. Hector folgte ihm. Sein mittlerweile grau gewordener deutscher Schäferhund war nun schon fast vierzehn Jahre lang an seiner Seite. Also seit er im Rollstuhl saß.

Pelletier zog an der Pfeife und blickte aus dem Fenster auf den Kanal mit den Booten. Unter ihm war der Baldachin seines Cafés rausgekurbelt. Hell leuchtend und in den Farben der französischen Nationalfahne: Blau, Weiß und Rot – das Markenzeichen des *Chez Pelletier.* Ganz in der Nähe gab es einen der Eingänge zu *Les Bains Douches*, eine geheime Diskothek für Promis und Supermodels. Mitten in der Nacht hatte Pelletier schon mal die eine oder andere Berühmtheit durch die Gasse wanken und eine Koksspur hinter sich herziehen sehen.

Jetzt war es aber erst knapp nach 20 Uhr, die Lichter der Stadt gingen gerade an und legten einen funkelnden Glanz auf die Straßen.

Durch das gekippte Fenster hörte Pelletier das Lachen seiner Gäste und das Klirren der Teller und Gläser. Wenn er selbst schon an den Rollstuhl gefesselt war und nicht arbeiten konnte, so sorgte er doch von hier oben dafür, dass seine

Mitarbeiter den Laden in Schwung hielten. Und das Café lief prächtig.

Nachdem seine Beine bei jenem Autounfall mit einem Lieferwagen zerschmettert worden waren, bei dem auch seine Frau ums Leben gekommen war, hatte er seinen Dienst als Ausbilder bei der Kripo nicht mehr ausüben können. Er war in den Ruhestand getreten und hatte sich mit der Schmerzensgeldzahlung, der Lebensversicherung seiner Frau und einem Teil ihres Erbes seinen Traum erfüllt: ein eigenes Café. Und nebenbei führte er die Kunstsammlung seiner Frau mit deren Vermögen weiter. Das war er Christine schuldig. Sie hätte es so gewollt. Ihre weniger wertvollen Gemälde der französischen Art-déco-Bewegung der 20er und 30er Jahre hingen im Café, wohingegen das wirklich teure, nahezu unbezahlbare Glanzstück der Sammlung im Safe seiner Wohnung lag. Beinahe hätte er gestern Christines restliches Vermögen ausgegeben, um ein zweites Stück zu kaufen, aber so ein skandinavischer Mistkerl, der angeblich in Paris lebte, hatte ihn überboten.

»Trotzdem, Hector, wir haben das Beste aus allem gemacht, nicht wahr?«, grummelte er mit rauer Stimme und nippte an der Tasse. Dann warf er Hector einen Hundekuchen hin, den das Tier im Flug schnappte und sogleich zerkaute.

»Du hättest Christine kennenlernen müssen …« Er blickte zu einem gerahmten Foto auf der Kommode. »… sie hätte dir gefallen. Eine stolze Frau. Sie mochte Hunde, aber ihr wärt trotzdem nicht gut miteinander ausgekommen.« Er lächelte. »Sie hatte eine Tierhaarallergie, und du hättest sie ständig zum Niesen gebracht.«

Hector spitzte die Ohren, obwohl er die Geschichte

bestimmt schon hundertmal gehört hatte. Pelletier wollte weitersprechen, doch der Hund drehte den Kopf, den Körper auf einmal stocksteif angespannt. Für einen Moment schien das Tier sogar den Atem anzuhalten. Es blickte durch den Korridor zur Eingangstür.

»Was ist los, alter Junge?« Pelletier streichelte Hectors Kopf, doch das Tier reagierte nicht darauf. Stattdessen zog es langsam die Lefzen zurück, ein tiefes Knurren erklang in seiner Kehle.

Pelletier legte die Pfeife aufs Fensterbrett, drehte den Rollstuhl und blickte ebenfalls zur Tür. Hector kannte die Geräusche sämtlicher Bewohner in diesem Haus. Er knurrte nur, wenn jemand Fremdes die Treppe hochkam – und das passierte so gut wie nie.

Von seinen ehemaligen Kollegen bei der Kripo hatte Pelletier heute Morgen erfahren, dass gestern mitten in der Nacht sein Kunsthändler überfallen worden war. Den alten Flickenschildt, dieses robuste deutsche Schlachtross, das kaum unterzukriegen war, hatte es ganz schön erwischt. Er war schwer verletzt ins Krankenhaus gebracht worden und schließlich auf der Intensivstation gestorben. Die ganzen Umstände des Überfalls waren eher rätselhaft – vor allem, da der Scheißkerl, der Flickenschildt in einer Seitengasse vor seinem Laden zusammengeschlagen hatte, sich nach Pelletier erkundigt hatte. Doch wozu? Schließlich hatte er die Knochennadel gar nicht ersteigert.

Trotzdem machte Pelletier sich keine Sorgen. Seit heute Morgen stand sicherheitshalber ein ziviler Streifenwagen der Polizei vor dem Café und passte auf ihn auf. Außerdem lag auf der anderen Seite des Kanals das Polizeikommissariat des vierten Arrondissements. Diese Gegend war mehr als sicher.

Und dann gab es ja auch noch Hector. Wer immer sich für ihn und seine Geschäfte interessierte, und sei es ein noch so brutaler Totschläger – sein treuer Hund würde ihn in der Luft zerfetzen. Im Lauf seiner vielen Dienstjahre hatte Pelletier so viele Morddrohungen erhalten, dass er diese gar nicht mehr ernst nahm. Schließlich war er immer noch da.

Das Bellen riss ihn aus den Gedanken. Sein Hund schlug an. Jemand stand vor seiner Wohnungstür, und zwischen dem Gebell hörte Pelletier, wie jemand im Schloss herumfummelte.

Obwohl nur *er* für diese Tür einen Schlüssel besaß.

»Los!«, befahl er.

Hector lief zur Tür, wo er mit angelegten Ohren knurrend stehen blieb. Zum Sprung bereit.

Pelletier wendete den Rollstuhl und fuhr zum Wohnzimmertisch. Dort lag sein Handy. Zu hastig griff er danach, stieß dabei die Kaffeetasse um, die über den Teppich kullerte. *Egal.* Während er die Tastensperre löste, hörte er, wie sich die Wohnungstür einen Spalt öffnete.

Hector knurrte bedrohlich, bellte kurz – und jaulte im nächsten Moment erbärmlich auf.

23. Kapitel

»Dort ist das Café«, sagte Chloé und beschleunigte automatisch ihre Schritte.

Es dunkelte bereits. Sie erreichten eine winzige Gasse, die in der Mitte einen leichten Knick machte. Von weitem sah Hogart auf der gegenüberliegenden Straßenseite den dreifarbigen Baldachin mit der Aufschrift *Chez Pelletier*. Die Korbstühle auf dem Gehweg neben der Straße waren fast alle besetzt. »Aber dort wohnt er doch nicht, oder?«

»Möglich, aber dann wohnt er zumindest nicht weit von hier entfernt«, antwortete sie. »Vor einigen Jahren brachte *Le Monde* einen Bericht über ihn. Er sitzt im Rollstuhl und lebt sehr zurückgezogen.«

»Beeilen wir uns.« Hogart beschleunigte ebenfalls seine Schritte, nur um plötzlich wieder langsamer zu werden. Vor ihm stand ein roter Renault neben dem Randstein. Die Fenster waren offen. Drinnen saß ein Mann hinter dem Steuer, mit geschlossenen Augen und dem Kopf an der Nackenstütze. Normalerweise wäre Hogart weitergelaufen, aber auf dem Beifahrersitz lag eine Kamera mit Teleobjektiv. Nur zu leicht hätte die jemand durchs offene Fenster klauen können.

Hogart blieb stehen und warf einen genaueren Blick in den Wagen. Schlief der Mann? Sein Sakko war ausgebeult wie von einem Schulterholster.

»Was ist?« Chloé wollte bereits über die Straße laufen.

»Warten Sie noch einen Moment.« Hogart ging zur

Fahrerseite. »Monsieur?«, fragte er. Der Mann reagierte nicht. Es gab keine Anzeichen einer Atmung, keine Schnarchgeräusche, kein Zucken eines Augenlids.

Gar nicht gut!

Hogart griff in den Wagen und legte dem Mann die Finger an die Halsschlagader. Der Kerl reagierte nicht. *Kein Puls.* Hogart schob das Sakko des Mannes beiseite. Tatsächlich trug er ein Schulterholster mit einer Pistole. Eine alte robuste MAC-50, wie Hogart am Griff erkannte. Die Waffe, die das französische Militär früher verwendet hatte.

Nun war Chloé bei ihm. »Was ist? Sie brauchen sich nicht nach dem Weg zu erkundigen.« Sie deutete über ihre Schulter. »Wir sind hier richtig …«

»Der Mann ist tot«, sagte Hogart.

Chloé blickte zuerst in das schlaffe Gesicht des Toten, dann auf das Holster und die Kamera. »Französisches Militär?« Sie drehte sich um. Wenn man durch die Windschutzscheibe sah, lag das *Chez Pelletier* genau im Blickfeld. Soeben kamen einige Passanten vorbei. Hogart tastete sicherheitshalber nochmal nach der Halsschlagader und bemerkte dabei den winzigen geröteten Einstich wie von einer Nadel.

Chloé hatte bereits ihr Handy aus der Tasche gezogen und auf Wahlwiederholung gedrückt. »Ich verständige die Polizei«, erklärte sie. »Finden Sie inzwischen Pelletier …«

Er lief über die Straße, als sie ihm nachrief und er sich noch einmal umdrehte. »… und – Peter!« Zum ersten Mal sprach sie ihn mit seinem Vornamen an. »Seien Sie vorsichtig. Im Zweifelsfall … Sie wissen schon.« Sie nickte zu seinem Hosenbund, wo die SIG Sauer steckte.

Alles klar! Er hatte nicht vor, sich töten zu lassen. »Bleiben Sie am Handy erreichbar!« Dann lief er los.

Vor einem hupenden Wagen überquerte er die Straße und rannte zum Café. Eilig zwängte er sich auf der Suche nach einem Kellner zwischen den eng gestellten Tischen hindurch. Drinnen roch es nach Kaffee, Bier und Baguettes. An den Wänden hingen seltsame Gemälde und große Schwarz-Weiß-Fotografien von Yves Montand, Jean-Paul Belmondo und anderen französischen Schauspielern. Eine französisch-arabische Coverversion eines Hits von France Gall übertönte die Gespräche der Gäste.

Schließlich fand er einen Garçon, der mit einem leeren Tablett in Richtung Küche unterwegs war. Er lief ihm nach und packte ihn an der Schulter. »Monsieur Pelletier?«, rief er außer Atem.

Der Mann sah Hogart zunächst irritiert an, bemerkte dann anscheinend seinen drängenden Gesichtsausdruck und deutete zu den Toiletten und nickte nach oben. »Zweiter Stock«, sagte der Garçon auf Französisch.

Hogart sah, dass hinter den Toiletten eine Tür ins Treppenhaus führte. *»Merci.«* Er lief los.

»Nehmen Sie sich vor dem Hund in acht«, rief ihm der Kellner nach.

Hogart rannte an den Toiletten vorbei und stieß die Tür vollends auf. Im Treppenhaus war die Musik aus dem Café nur noch dumpf zu hören. Es roch nach Kalk und altem Holz. Hogart sah sich um. Es gab weder einen Keller noch einen Fahrstuhl. Nur eine Marmortreppe, die im Halbkreis nach oben führte. Allerdings befand sich an der Mauer eine Vorrichtung, die er von der Praxis seines Bruders kannte. Mit diesem Lift konnte jemand mit einem Rollstuhl die Treppe rauf- und runterfahren.

Hogart lief ins zweite Stockwerk hinauf. Dort stand die

Plattform des Rollstuhllifts. In dieser Etage gab es drei Türen.

»Monsieur Pelletier?«, rief er.

Nehmen Sie sich vor dem Hund in acht.

Welcher Hund? Hogart rief noch einmal. Spätestens jetzt hätte das Tier anschlagen müssen, doch es blieb ruhig.

Vor zwei der Türen lag jeweils eine Fußmatte. *Bienvenue* lautete der Willkommensspruch. Vor der dritten war nur ein abgewetztes Bodenpaneel zu sehen, als würde hier schon seit vielen Jahren ein Rollstuhl drüberfahren. Noch dazu stand diese Tür einen Spaltbreit offen.

Hogart griff in die Tasche und schaltete sein Handy auf lautlos, dann schob er die Tür langsam mit dem Schuh auf. Dahinter auf dem Boden lag ein Schäferhund. Seine Hinterbeine zuckten.

O nein!

Hogart kniete sich neben das Tier und berührte sein Fell. Er sah weder Blut noch einen Einstich, roch aber verbranntes Haar. Außerdem lag der Hund in einer Urinlache. An seiner Brust und seitlich war das Fell verbrannt.

Derselbe Scheißkerl, der den Mann im Auto mit einer Spritze in den Hals getötet hatte, musste den Hund mit einem Elektroschocker ausgeschaltet haben. Aber das Tier lebte noch. Es winselte. »Alles wird gut, Junge«, flüsterte Hogart und strich ihm über den Kopf. Dann zog er die SIG Sauer aus dem Hosenbund. Während er sich wieder aufrichtete, entsicherte er die Waffe. Mit der Pistole im Anschlag ging er den Korridor entlang ins Innere der Wohnung.

Nach dem Badezimmer, der großen Küche, einem Salon und dem Schlafzimmer kam er ins Wohnzimmer. Die Vorhänge waren zur Seite geschoben. Von draußen fiel der

Schein der Straßenbeleuchtung in den sonst dunklen Raum. An der gegenüberliegenden Wand thronten die dunklen Umrisse eines wuchtigen Kamins, in dem allerdings kein Feuer brannte. Es roch nach Pfeifentabak. Das Gelächter der Lokalgäste drang ins Zimmer. Auf dem Fensterbrett lag eine rötlich glimmende Pfeife. Daneben saß ein Mann im Rollstuhl, der ihm den Rücken zukehrte.

»Monsieur Pelletier?« Hogart schluckte. Er sah sich im Zimmer um. Bis auf ihn und den Mann befand sich hier niemand. Sicherheitshalber checkte er trotzdem noch einmal alle dunklen Ecken, um nicht wieder – wie in seinem Hotelzimmer – böse überrascht zu werden.

Dann ging er näher.

Instinktiv wusste er, dass er zu spät gekommen war und der Mann im Rollstuhl nicht mehr zu retten war. Aber vielleicht bestand ja doch noch eine Chance. Der Einbrecher konnte noch nicht lange weg sein. Hogart erreichte den Rollstuhl. Das Licht der Straßenlaternen fiel auf ein starres graues Gesicht. Die glasigen Augen waren aufgerissen, ebenso der Mund. Die Zunge hing heraus und schimmerte leicht bläulich im Licht.

Der Mann trug Hemd und Weste. Seine Kehle klaffte weit auf, bis zur Halsschlagader. An den äußeren Enden der Wunde steckten zwei scharfkantige Gegenstände, die aussahen wie die Tonscherben einer Vase. Der Mann war tot – dazu brauchte er keinen ärztlichen Befund.

Pelletiers Blut musste bis an die Fensterscheibe gespritzt sein, denn jedes Mal, wenn ein Auto vorbeifuhr, wurden sein Gesicht und die schreckliche Wunde darunter durch das Licht der Scheinwerfer in eine dunkelrot gesprenkelten Maske verwandelt. Da das Ganze in seiner Abscheulichkeit etwas geradezu Hypnotisches hatte, bemerkte Hogart erst nach einer Weile, dass er bereits ziemlich lange hier gestanden und die Leiche angestarrt haben musste. Er riss sich von dem Anblick los, sank mit weichen Knien an der Wand neben dem Fenster zu Boden und zog die Beine an. Dann legte er den kühlen Lauf der Waffe an seine Stirn und Schläfe.

Verdammt! Verdammt! Verdammt!

Wohin er kam, gab es Tote. Eine Kälte umfasste sein Herz. Er dachte an Elisabeth und Tatjana. Beinahe bekam er keine Luft mehr. Dabei musste er ziemlich nah an der Wahrheit dran sein, schließlich kam er immer nur um wenige Minuten zu spät.

Denk nach! Wie, verdammt noch mal, hängt das alles zusammen?

Plötzlich fiel ihm der Hund ein. Mit zittrigen Fingern griff er nach seinem Handy und wählte die Notrufnummer. Chloé hatte bestimmt schon dafür gesorgt, dass jeden Moment Polizei, Kripo und Spurensicherung antanzen würden – aber sie brauchten auch einen Tierarzt.

Jemand hob ab, und Hogart gab mit krächzender Stimme Pelletiers Namen und Adresse durch und forderte dringend einen Tierarzt an. Dann sank er mit dem Hinterkopf an die Mauer und starrte durch die Dunkelheit in den Raum.

Neben ihm tropfte Pelletiers Blut hörbar auf den Boden und bildete eine Lache. Hogart sah quer durch den Raum. An der gegenüberliegenden Wand war ein Gemälde abgenommen worden. Dahinter stand eine Tresortür offen.

Als endlich Blaulicht auf der Straße aufleuchtete und ins Zimmer fiel, sah Hogart, dass der Safe leer war.

24. Kapitel

Hogart schob sich an der Wand entlang hinauf und stand mit immer noch zitternden Knien neben der Leiche. Er konnte nicht einfach abhauen, zu viele Leute hatten ihn gesehen. Aber was würde die Polizei wohl denken, wenn sie ihn hier fand?

Da er die Eingangstür mit dem Schuh aufgeschoben hatte, hatte er zumindest keine Fingerabdrücke in der Wohnung hinterlassen. Doch sobald sie seine Pistole sahen, würden sie ihn wegen unerlaubten Waffenbesitzes im Ausland drankriegen. Da nutzte es nichts, wenn er ihnen seinen österreichischen Waffenpass zeigte.

Von der Straße klang das Knallen zuschlagender Autotüren herauf. Im nächsten Moment hörte er Schritte im Treppenhaus. Irgendjemand rief so etwas Ähnliches wie *Bleiben Sie in der Wohnung, hier gibt es nichts zu sehen.* Dann hörte er, wie jemand den Flur betrat und stehen blieb. Offenbar kümmerten sich die Polizisten um den Hund.

Hogart hielt immer noch die Waffe in der Hand. Er sah aus dem Fenster. Weiter unten in der Straße stand der rote Renault mit der Leiche hinterm Lenkrad. Von Chloé war nichts zu sehen, aber Hogart glaubte einen hageren Mann im dunklen Rollkragenpullover zu erkennen. *Arland!* Er und seine Kollegen sperrten soeben den Platz um den Wagen ab.

Hogart drückte mit der Schulter das gekippte Fenster zu und schob mit dem Ellbogen den Griff in die Waagerechte.

Der Luftzug ließ das Fenster einen Spaltbreit aufschwingen. Mit einer raschen Bewegung warf er die Pistole aus dem Fenster. Sie landete auf dem Baldachin und rutschte bis zur Kante nach vorne. Im nächsten Moment kamen drei uniformierte Polizisten ins Wohnzimmer. Einer schaltete das Licht ein. Als sie ihn sahen, zogen sie sofort ihre Pistolen.

Hogart hob die Arme, deutete auf die Leiche, danach auf sein Handy, um zu signalisieren, dass er und Chloé die Polizei verständigt hatten.

»Peter Hogart?«, fragte einer der Beamten.

Er nickte.

Sofort drängten sie ihn von der Leiche weg, durchsuchten ihn nach Waffen und überprüften seinen Führerschein sogar mit einer UV-Lampe auf Echtheit. *Die Kerle sind bestens ausgerüstet.*

Nachdem sie herausgefunden hatten, dass der Führerschein echt war, bekam er ihn zurück. Dann nahmen sie seine Fingerabdrücke mit einem Live-Scanner und legten ihm Handschellen an. Zuletzt gaben sie ihm zu verstehen, dass er sich in die Ecke stellen und nichts anfassen sollte. Im nächsten Augenblick kamen Männer und Frauen in Zivil herein. Anscheinend Arlands Kollegen, denn an einen Mann mit Dreitagebart konnte er sich aus Rousseaus Villa erinnern.

Einer der Leute untersuchte die Leiche. Es wurde fotografiert, telefoniert und wild durcheinandergeredet. Da wurde Hogart so richtig bewusst, dass Raphaël Pelletier nicht irgendein beliebiger Caféhausbesitzer gewesen war, sondern ehemaliger Ausbilder der Kripo. Hogart sah in die entsetzten Gesichter vieler Kollegen, die Pelletier anscheinend gekannt hatten.

So hektisch die Ermittlungen in der Wohnung, dem Haus und auf der Straße auch abliefen, so wenig schien man sich für ihn zu interessieren. Er musste nur ruhig in der Ecke stehen, durfte nichts sagen, nichts berühren und wurde hauptsächlich ignoriert. Bloß einmal fragte man ihn, ob er Französisch spreche. Er hob nur die Schultern und antwortete: *»Un petit peu.«*

Nach einer Weile kam zu den uniformierten Polizisten noch eine Gruppe weiterer Ermittler hinzu. Diese wirkten ruhiger und strahlten deutlich mehr Kompetenz aus. Vor allem fiel Hogart auf, dass die anderen Beamten ordentlich Respekt vor ihnen zu haben schienen. Allerdings verstand er zu wenig von dem, was sie untereinander sprachen, um wirklich mitzubekommen, um wen es sich handelte.

Schließlich rief irgendjemand »Sabatier« und zeigte anschließend auf Hogart. Eine Frau in schwarzen Jeans und dunkler offener Windjacke drängte sich zwischen den Leuten durch. Seitlich an ihrem Gürtel hing ein Ausweis. Zuerst betrachtete sie die Leiche, dann presste sie kurz die Augen zu und atmete tief durch. Offenbar hatte auch sie Pelletier gut gekannt. Dann kam sie auf Hogart zu. »Mir wurde gesagt, Sie sprechen kein Französisch«, sagte sie auf Deutsch.

Hogart nickte. Vermutlich hatte man ihn deshalb so lange hier stehen lassen, weil man auf diese Frau gewartet hatte.

»Liv Sabatier«, sagte sie, ohne ihm die Hand zu reichen. Sie hatte ein hübsches Gesicht, aber harte, verbitterte Züge. Ihr feuerrotes Haar war zu einem langen Zopf geflochten, der ihr über die Schulter nach vorne fiel.

»Französische Kripo?«, fragte er.

»So ähnlich.« Mehr sagte sie nicht. »Sie haben den Mann

im Wagen gefunden, Kommissar Arland informiert, den Toten entdeckt und einen Tierarzt angefordert?«

Eigentlich hatte Chloé die Polizei angerufen, aber Hogart nickte nur, um es nicht zu kompliziert zu machen. »Wer ist der Tote im Wagen?«, fragte er.

»Das müssen Sie nicht wissen.«

»Okay, klar … und wie geht es dem Hund?«

»Hector …« Sie sah kurz in den Gang und presste die Lippen aufeinander. Plötzlich wurde sie gesprächig. »… Hector war früher ein Polizeihund. Drogenfahndung. Nachdem er sich die Pfote gebrochen hatte, war er für den Dienst untauglich und hätte eingeschläfert werden sollen. Doch Raphaël hat ihn zu sich genommen. Sie waren unzertrennlich.«

»Ich nehme an, er ist mit einem Elektroschocker betäubt worden. Wird er es überstehen?«

»Den Angriff schon, aber ich fürchte, ohne Raphaël wird er zugrunde gehen.«

Für einen Augenblick dachte Hogart an Joujou, Monsieur Bonnets Katze. Wenigstens hatte Bonnet überlebt. »Kannten Sie Pelletier gut?«

»*Monsieur* Pelletier«, korrigierte sie ihn. »Er war mein Ausbilder – und die Hälfte aller hier Anwesenden kannte ihn.«

»Sein Tod tut mir leid.«

Sabatier nickte.

»Könnten Sie mir die Handschellen abnehmen?«

»Vorerst nicht.«

Das läuft ja super. Hogart schätzte die Frau auf Ende dreißig. Sie hatte lange Wimpern, grüne Augen und die Wangen voller Sommersprossen. Unter der Windjacke trug sie ein schwarzes Rippshirt. Eigentlich war sie sehr attraktiv, und wenn sie – wie so viele der Französinnen, die Hogart bisher gesehen hatte – mehr Interesse an ihrem Äußeren gehabt hätte, wäre sie eine wirkliche Schönheit gewesen. Doch anscheinend gab sie nichts drauf, oder sie hatte gelernt, dass sie das in ihrem Beruf nicht weiterbrachte.

»Kommissar Arland hat …«, begann Hogart, wurde aber von Sabatier mit einer abrupten Handbewegung unterbrochen.

»Der hat nichts mehr mit dem Fall zu tun. Ab sofort übernehmen wir die Ermittlungen.«

»Wer ist *wir*?«, fragte Hogart.

»Das hat Sie nicht zu interessieren. Sie müssen nur so viel wissen, dass es in der französischen Polizei hochrangige Leute gibt, die Monsieur Pelletiers Tod sehr …« Sie schnippte mit den Fingern, als suchte sie nach dem richtigen Wort. »… persönlich nehmen.«

»Spezialabteilung?«, ließ Hogart nicht locker. »Sûreté oder Sécurité?«

Lächelnd schüttelte sie den Kopf. »Nein, mit dem Geheimdienst haben wir nichts zu tun, aber Sie sind nah dran. Section d'intervention – aber vergessen Sie den Namen wieder. Sie werden nicht viel darüber finden, falls Sie danach googeln.«

»Und …?«

»Nichts *und*!«, unterbrach sie ihn. »Ich bin jetzt dran mit Fragen stellen. Einverstanden?« Es klang nicht danach, als erwartete sie eine Antwort.

Sie gingen in einen Nebenraum, mit dem die Spurensicherung mittlerweile fertig geworden war. Hier konnten sie einigermaßen ungestört reden, wenn man von den Kollegen absah, die zwischendurch immer wieder hereinkamen, um

Sabatier etwas zu fragen. Trotz ihrer relativ jungen Jahre leitete anscheinend tatsächlich sie den Einsatz. Und schon kurz nach Beginn des Verhörs wurde Hogart auch der Grund klar. Die Frau wirkte ungemein kompetent und fokussiert, mit den Instinkten eines Spürhundes. Jemanden wie sie anzulügen schien ihm äußerst unklug, denn sie würde sicher in kürzester Zeit herausfinden, ob er die Wahrheit sagte oder nicht.

Also beschloss er, gleich von Anfang an mit offenen Karten zu spielen. Bloß den Besuch von Madame Gorgovich-Medunjans Schlägern und Tatjanas Entführung behielt er für sich. Zumindest vorerst, bis er einschätzen konnte, wie gut Sabatier wirklich war und wie sehr er ihr vertrauen konnte.

Das Verhör dauerte insgesamt eineinhalb Stunden, und je mehr Zeit verging, desto größer wurde Hogarts Anspannung, weil er nicht von hier wegkam und wertvolle Zeit verlor, während Tatjana irgendwo gefangen gehalten wurde. »Was halten Sie nun von der ganzen Sache?«, fragte Hogart schließlich, nachdem er geduldig alle Fragen beantwortet hatte.

»Sie stecken tief in der Scheiße, das ist meine Meinung.« Sie winkte einen Kollegen herbei, der Hogart endlich die Handschellen abnahm. »Mittlerweile weiß ich von Arland, dass wir bereits Ihre Fingerabdrücke, Ihren Reisepass, Personalausweis, Ihre Hoteladresse, Handynummer und zwei Protokolle haben.«

Er rieb sich die Handgelenke und runzelte die Stirn. »Zwei?«

»Von Monsieur Bonnets Überfall und Monsieur Rousseaus Ermordung.«

»Und die Diebstahlanzeige der Knochennadel in der Opéra Garnier«, ergänzte er.

»Ja, stimmt, die gibt es auch noch.«

»Die und Elisabeths Verschwinden sind das Wichtigste!«, drängte er.

»Für Sie vielleicht«, sagte Sabatier. »Wo ist übrigens Ihre Nichte?«

Hogart versuchte, sich nichts anmerken zu lassen. »Im Hotel. Ihr geht es gut.«

Sabatier nickte. »Darf ich Ihren Führerschein sehen?«

»Wenn Sie mir den auch noch wegnehmen, kann ich mich gar nicht mehr ausweisen.«

Sie streckte die Hand aus. »Ich mache nur ein Foto davon.«

»Der wurde bereits überprüft.«

Kommentarlos hielt sie die Hand weiterhin ausgestreckt. Seufzend gab er ihr die Plastikkarte, sie fotografierte sie mit dem Handy und gab sie ihm dann zurück. »Sie haben auch den Lkw- und Motorradschein?«, stellte sie erstaunt fest.

»Ist das so ungewöhnlich?«

Sie antwortete nicht. »Ich habe bemerkt, dass Sie ein wenig hinken. Motorradunfall?«, fragte sie stattdessen.

Ungewöhnlich, dass ihr das nur aufgrund seiner wenigen Schritte vom Wohnzimmer in den Nebenraum aufgefallen war. Doch anscheinend war sie gut darin trainiert, auf jedes Detail zu achten. »Eine schiefe Hüfte«, erklärte er. »Von Geburt an. Ein Bein ist um eineinhalb Zentimeter …«

»Und was ist mit Ihrer Augenbraue passiert?«

Er lächelte. Diese Frage kam normalerweise zuerst, wenn er jemanden kennenlernte. »Ich habe mich als Kind mit dem Feuerzeug meines Vaters verbrannt.« Er fuhr sich über die Braue, wo eine kahle Stelle war.

»Absichtlich?«

»Natürlich, ich wollte cool aussehen.« Er machte eine Pause, aber sie lächelte nicht. Anscheinend verstand sie den Witz nicht. »Nein, ich wollte im Holzschuppen meines Vaters heimlich eine Zigarette rauchen. An der Stelle sind die Haare nie nachgewachsen.«

»Rauchen ist gefährlich«, stellte sie fest. »Genauso, wie sich in polizeiliche Ermittlungen einzumischen.«

Ich habe mich in keine polizeilichen Ermittlungen eingemischt!, wollte er lauthals widersprechen. *Durch mich sind sie erst in Gang gekommen.* Doch er sagte nichts, atmete nur tief durch, da es keinen Sinn hatte, den Klugscheißer zu spielen. »Was halten Sie nun von der ganzen Sache?«

»Möglicherweise sind die ganzen Bezüge zur Kunstszene – Knochennadel, Auktion, Überfälle auf die Händler und alles andere, was Sie erwähnt haben – falsche Spuren, die jemand für uns gelegt hat, um die wahren Hintergründe zu verschleiern.«

Hogart beugte sich nach vorne. »Die da wären?«

»Der Mord an Raphaël Pelletier.«

»Kommen Sie, das ist doch Schwachsinn.«

Sie funkelte ihn an. »Warum?«

»Wie passt dann sein ermordeter Händler ins Bild?«

»Kein Mord. Körperverletzung mit Todesfolge. Flickenschildt ist erst im Krankenhaus gestorben.«

»Von mir aus«, sagte Hogart. »Aber der Mord an François Rousseau? Auch nur Ablenkung und falsche Spur? Das wäre ein ziemlich großer Aufwand.«

»Warum nicht? Monsieur Pelletier war nicht unbedeutend. Er hatte viele Feinde. Sein Mörder muss wissen, dass wir ihn gnadenlos jagen werden. Was wäre besser, als uns in eine vollkommen falsche Richtungen ermitteln zu lassen?«

»Okay.« Hogart fuhr sich übers Gesicht. »Angenommen, Sie haben recht. Warum jetzt? Vierzehn Jahre nach seinem Dienstaustritt?« Darauf hatte auch Sabatier keine Antwort.

»Es *muss* mit der Kunstszene zu tun haben«, beharrte er. »Aus Rousseaus Safe wurde ein Artefakt aus Elfenbein gestohlen. Das Knochenpferd. Und hier …«, er deutete zum Wohnzimmer, »… wurde auch ein Safe geöffnet.«

»Spuren, die ziemlich deutlich in eine bestimmte Richtung weisen. Das ist zu offensichtlich, um echt zu sein, finden Sie nicht auch?«

»Der Schlüssel zu allem ist Elisabeth Domenik«, versuchte er es erneut. »Wenn wir sie gefunden haben …«

»Nach ihr wird bereits gefahndet«, unterbrach sie ihn. »Wir sind hier fertig. Haben Sie noch etwas zu sagen?«

Hogart atmete tief durch. *Meine Nichte ist entführt worden, und man droht mir, sie zu töten, wenn ich die Knochennadel nicht finde.* Er presste die Lippen aufeinander. Sabatier glaubte ohnehin nicht an eine Verbindung zu den Artefakten. Wenn er das mit Tatjana erzählte, würde er nur ihr Leben gefährden, und Sabatier würde höchstens behaupten, dass Elisabeth und Tatjana vielleicht unter einer Decke steckten und auch das möglicherweise falsch gelegte Spuren waren. *Aber Pelletiers Mörder müsste schon verdammt raffiniert sein, um das alles so zu inszenieren.*

»Also?«, hakte sie nach.

»Nein, nichts.«

Offensichtlich glaubte sie ihm nicht, doch sie sagte nichts. Stattdessen stand sie auf und begleitete ihn zur Tür. »Nach Ihnen!«

Er ging voraus, sie folgte ihm über den abgesteckten Trampelpfad, den die Leute von der Spurensicherung mittlerweile mit durch die Wohnung gespannten Schnüren gekennzeichnet hatten. Pelletiers Leiche saß immer noch genauso wie zuvor im Rollstuhl am Fenster. Inzwischen stank es nach Kot und Urin – Folgeerscheinungen des Todes.

Im Moment waren die Beamten damit beschäftigt, Spuren und Fingerabdrücke von dem Safe zu nehmen. Alles war mit Scheinwerfern hell ausgeleuchtet. Einer der Ermittler stand mit seinem Laptop an einem zusammenklappbaren Tischchen. Für einen Augenblick fiel Hogarts Blick auf den Monitor. Er kannte das Fingerprint-Programm. Elisabeths Passfoto schien seitlich am Bildschirm auf. Sein Herzschlag setzte für eine Sekunde aus.

Hogart drehte sich zu Sabatier um. »Haben Sie wieder das Fragment von Elisabeth Domeniks Fingerabdruck in der Wohnung gefunden?«

Sabatier legte ihm die Hand auf die Schulter. »Gehen Sie weiter! Nichts anfassen!«

Hogarts Weg führte am Safe vorbei. Darin lag ein rotes Samttuch, auf dem sich sechs münzgroße Abdrücke in exakter Form eines Hexagramms befanden wie von einer Miniatur. Als Nächstes ging er am Kamin vorbei. Nun sah er, dass der Sims mit Fotografien vollgestellt war, die Pelletier mit einer schwarzhaarigen Frau, vielen Gemälden und einem merkwürdigen Kunstgegenstand zeigten.

Hogart blieb stehen. »Darf ich telefonieren?«

»Nicht hier. Gehen Sie weiter!«, drängte Sabatier in einem mittlerweile ungeduldigen Ton. Hogart warf noch einen Blick auf die Bilder, dann ging er weiter in Richtung Ausgang.

»Verlassen Sie bis auf weiteres nicht die Pariser Innenstadt und bleiben Sie am Handy erreichbar«, sagte sie zum

Abschied und drückte ihm ihre Visitenkarte in die Hand, auf der sich nur ihr Name, eine siebenstellige Nummer und die Abkürzung *SDI* befanden – sonst nichts. »Falls Ihnen noch etwas einfällt, rufen Sie mich an. Falls ich nicht erreichbar bin, genügt es, Kommissar Arland zu verständigen. Er wird mir berichten … und noch etwas, Hogart.«

Er sah sie neugierig an.

Sie presste die Lippen aufeinander. Was immer es war, anscheinend fiel es ihr schwer, das zu sagen. »Danke, dass Sie den Tierarzt verständigt haben.«

Die erste emotionale und halbwegs freundliche Reaktion, die er bei dieser Frau mitbekommen hatte. »War doch selbstverständlich.« Er nickte ihr zu und lief über die Treppe an den Beamten von der Spurensicherung vorbei.

Na klar haben die hier auch Elisabeths Fingerabdrücke gefunden.

Aber wie kann das sein?

Wäre Elisabeth tatsächlich so unvorsichtig gewesen?

Offenbar. Schließlich hatte sie nicht damit gerechnet, dass die Polizei einen Vergleichsabdruck vom Duplikat der Nadel nehmen würde. Aber warum hätte Elisabeth das tun sollen? *All die Folter und Morde!* Ein Leben mit einem interessanten und gut bezahlten Job aufgeben wegen ein paar lumpiger Millionen?

Mittlerweile zweifelte er immer stärker daran, ob er sie wirklich so gut kannte, wie er gedacht hatte.

Vor dem Lokal wimmelte es von Polizisten. Die Gäste wurden immer noch verhört. Da die Straße auf Höhe des roten Renaults noch abgesperrt war, musste Hogart in die andere Richtung gehen. Er deaktivierte den Lautlos-Modus seines

Handys und wählte Chloés Nummer. Da sah er, dass sie mittlerweile fünfmal versucht hatte, ihn zu erreichen.

Sie ging sofort ran. »Hat man Sie erst jetzt rausgelassen?«

»Ja, eine gewisse Liv Sabatier hat mich verhört. Sagt Ihnen der Name etwas?«

»Nein.«

»Und der Begriff Section d'intervention?«

»Oh«, antwortete sie nur. »Die sind also jetzt dran. Ich habe mich schon gewundert, warum Kommissar Arland nicht ins Haus gegangen ist. Das erklärt auch die Militärwaffe. Ich erzähle Ihnen später mehr darüber.«

»In Ordnung«, sagte Hogart. Die Sache schien kompliziert zu werden. »Wo waren Sie die ganze Zeit?«

»Draußen bei der Kripo. Arland war mit seinen Kollegen da. Die haben mich vernommen. Die Polizei hat mich nicht zu Ihnen ins Haus gelassen. Halb so schlimm. Jedenfalls habe ich mitbekommen, dass der Tote im Wagen ein Polizist war. Pelletier *hatte* nämlich bereits Personenschutz! Vermutlich ein Kollege von der Section d'intervention.«

Hogart hörte Stimmen und Gelächter im Hintergrund. »Wo sind Sie jetzt?«

»In einem Restaurant. Ich bin gerade mit Vaters Anwalt und unserem Versicherungsvertreter die Liste durchgegangen, was im Haus alles fehlt oder beschädigt worden ist. Zum Glück nicht viel.«

Hogart blickte auf die Uhr. *Kurz vor zehn.* »Haben Sie Zeit, dass wir uns jetzt noch treffen?«

»Eigentlich …«

»Nur kurz«, drängte Hogart.

Chloé schwieg eine Weile. »Ja, warum nicht? Wir sind hier ohnehin gleich fertig.« Es raschelte, als bewegte sie sich und schirmte dabei das Telefon mit der Hand ab. »Klingt so, als hätten Sie eine neue Spur.«

»Die habe ich.«

»Okay, in zwanzig Minuten im Restaurant auf dem Eiffelturm. Kommen Sie rauf.« Sie beendete die Verbindung.

Hogart erreichte das Ufer der Seine. Die Nacht war sternenklar und mild. Nur ein wenig Feuchtigkeit zog vom Fluss herauf. Nicht weit entfernt leuchtete der Eiffelturm in der Nacht.

Er dachte an die sechs münzgroßen Abdrücke im Safe und die Fotos auf Pelletiers Kaminsims.

Ja, er hatte tatsächlich eine Spur.

Auf einem der Bilder waren Pelletier und die schwarzhaarige Frau mit einem Artefakt zu sehen. Elfenbeinweiß und mit sechs leicht gebogenen Beinen, die ihn an etwas Spinnenartiges erinnerten. Das Artefakt sah aus wie ein Thron – *ein Knochenthron.*

25. Kapitel

Das Kerzenlicht im Glas flackerte und warf seinen Schein auf den gedeckten Tisch. Chloé trank ein Glas Pernod, Hogart Pepsi. Dazu aß er ein warmes Baguette. Dreißig Euro das Stück, aber dafür saß man in einem Sternerestaurant von Alain Ducasse. Billiger wurde es um diese Uhrzeit auf dem Eiffelturm nicht. Den anderen Gästen – vermutlich alles Touristen und kaum Pariser – schien das egal zu sein.

Das Lokal Jules Verne war gesteckt voll. Deshalb hatte Chloé dem Chefkellner ein ordentliches Trinkgeld zugesteckt, und nun konnten sie den reservierten Tisch direkt an der Balustrade auch für den Rest des Abends haben. Andernfalls hätten sie in die dritte Etage zur Champagnerbar hinauffahren und dort ihr Glück versuchen müssen.

Da es auf der zweiten Plattform diese Woche noch eine Sonderausstellung über Jules Verne gab, hatte das Lokal bis 23 Uhr geöffnet. *De la Terre à la Lune* – Von der Erde zum Mond – mit Originalmanuskripten und unterschiedlichsten antiquarischen Buchausgaben. Hogart hatte sich die Stücke kurz angesehen. Nun blickte er zum Nachthimmel. Der Mond war nur als schmale Sichel zu sehen, die in den nächsten Tagen komplett verschwinden würde.

Aus einer Höhe von über hundert Metern hatten sie eine großartige Aussicht über die Stadt. Direkt vor ihnen lag der *Parc du Champ de Mars*, das Marsfeld mit den Kastanienbäumen und der beleuchteten Umrandung, und auf der anderen

Seite die Seine mit dem Trocadéro. Der dunkle Fluss zog sich mit seinen beleuchteten Uferstreifen wie ein geschwungenes Band durch Paris. Die Lichter spiegelten sich im Wasser. Die Brücken glänzten ebenso hell, und jetzt in der Nacht sah man anhand der Laternen deutlich, wie kerzengerade die Straßen durch die Stadt verliefen.

Trotz der geradezu surrealen Schönheit vor seinen Augen kam ihm alles an dieser Situation falsch vor. Eigentlich hätte er mit Elisabeth und Tatjana hier sitzen wollen. Stattdessen aß er mit einer fast völlig Fremden zu Abend, während die beiden Frauen weiß Gott wo waren.

Neben der Kerze lagen Handy, Brieftasche und sein Zimmerschlüssel. Das war ein Tick von ihm. Er hasste es, mit vollen Taschen irgendwo zu sitzen. Leise Musik drang aus dem Restaurant. Ein kühler Wind strich über die Balustrade. Wäre neben ihnen kein Gitter, hätte Hogart die rote Serviette vom Tisch wehen lassen, um zu sehen, wie sie davonflatterte und in der Dunkelheit verschwand.

»Wie ist Ihr Gespräch mit der Versicherung verlaufen?«, fragte er.

Sie lächelte. »Die übernehmen anstandslos die Kosten für den entstandenen Schaden im Haus und für die Beerdigung, dafür habe ich die Rechnung fürs Essen bezahlt.« Sie beugte sich nach vorn. »Und welche Spur haben Sie?«

Nachdem er Chloé von seiner Vermutung erzählt hatte, dass aus Pelletiers Safe ein ähnliches Stück gestohlen worden war wie aus dem Tresor ihres Vaters, sahen sie sich lange an. Chloés Blick, das Rümpfen der Nase und wie das Heben einer Augenbraue dazu führte, dass sich ihre Stirn in leichte Falten legte, all das erinnerte ihn an Elisabeth. Er hatte sie wegen dieser Geste oft aufgezogen, und dann hatte sie einen ihrer Witze gemacht. *Ich weiß, in dreißig Jahren sehe ich aus wie ein Akkordeon.* Dabei hatte er jede ihrer kleinen süßen Falten geliebt.

»Was haben Sie?«, fragte Chloé.

»Nichts«, log er.

»Okay«, sagte sie, und er merkte, dass sie ihm zwar nicht glaubte, aber nicht weiter in ihn dringen wollte. »Haben Sie schon versucht, mehr über diesen Bíro herauszufinden?«

»Auf dem Weg hierher habe ich mit einer Freundin in Prag telefoniert – einer Detektivkollegin –, und die hat ein wenig für mich gegoogelt. Aber sie hat nur ein paar kurze Einträge über Bíro gefunden – allerdings kann sie kein Französisch. Leider scheint es außerhalb Frankreichs nicht wirklich viele Infos über ihn zu geben.«

»Gut, betrachten Sie das als abgehakt, ich kümmere mich darum.«

»Scheint jedenfalls eine mysteriöse Figur der französischen Kunstgeschichte gewesen zu sein, die nur wenige Werke geschaffen hat. Zu jener Zeit haben Künstler ihre Werke noch nicht signiert, weil es als aufdringlich galt. Deshalb gibt es anscheinend auch kein Werkverzeichnis.«

Sie sah ihn überrascht an.

Er zuckte mit den Achseln. »Ich weiß das auch nur deshalb, weil ich mich von Berufs wegen mit solchen Dingen beschäftige und Leute kenne, die das wissen.«

»Aber Sie vermuten, dass es noch weitere Stücke wie die Knochennadel und das Knochenpferd geben muss?«, fragte sie.

»Vielleicht … dann wäre das, was gerade geschieht, nur der Anfang.«

Nachdenklich starrte Chloé in die Nacht. »Dabei ist das, was gerade passiert, schon erschreckend genug.«

Hogart betrachtete die Rückseite der Menükarte, auf die er während des Essens eine kleine Zusammenfassung gemalt hatte, um nicht den Überblick zu verlieren. Die französischen Namen hatte er dabei fett nachgezogen.

Monsieur Bonnet
Händler an der Pont Neuf, überfallen
bot im Auftrag von
François Rousseau
Île de la Cité, ermordet, Dolch

Monsieur Flickenschildt
Händler außerhalb von Paris, überfallen,
im Krankenhaus gestorben
bot im Auftrag von
Raphaël Pelletier
ehemaliger Polizei-Ausbilder, Kanal an der Seine,
ermordet, Tonscherben

Madame LaFayette
Händlerin beim Arc de Triomphe, überfallen
bot im Auftrag von
Mimi Trebitsch
Theaterschauspielerin, wohnt in Versailles

Monsieur Moustache
Händler außerhalb von Paris, überfallen, liegt im Koma
bot im Auftrag von
Victor César
Unterweltganove, wohnt in Le Havre

Ole Granqvist
Käufer der Knochennadel
wohnt in Paris und Stockholm

Madame Gorgovich-Medunjan
Verkäuferin der Knochennadel
beschäftigt zwei Schläger

In dieser Zusammenstellung fiel deutlich auf, dass das Leben von Trebitsch, César und Granqvist am seidenen Faden hing, ihr Tod eigentlich nur noch eine Frage der Zeit war. Wenn das Muster so weiterging.

Es sei denn, überlegte Hogart, *dass einer der noch lebenden Auftraggeber der Mörder ist und seinen eigenen Händler zur Ablenkung überfallen hat.* Begann er schon genauso kompliziert zu denken wie Liv Sabatier?

Chloé blickte nun ebenfalls auf Hogarts Notizen. »Ich nehme an, dass all diese Verbrechen, sobald die Medien darüber berichten, die Pariser Kunstszene heftig erschüttern werden.«

»Laut Sabatier hat es womöglich nichts damit zu tun.«

»Und das glauben Sie?«

Hogart schüttelte den Kopf. »Was hat es denn mit dieser Section d'intervention auf sich?«

Sie lächelte. »Ich weiß das auch nur deshalb, weil ich mich im Rahmen meines Berufes mit solchen Dingen beschäftige.« Gedankenverloren drehte sie die Messerspitze auf der Serviette. »Diese Section ist eine Spezialabteilung des französischen Polizeiapparats. Angeblich befindet sich das Hauptquartier in der Kaserne Mortier im zwanzigsten Arrondissement und andere Teile im Stadtteil La Défense.«

»Warum *angeblich*?«

»Weil dort auch die Sécurité sitzt.« Sie hob die Arme. »Hochsicherheitszone – und damit weiß niemand so genau, was dort wirklich passiert.«

»Aha. Und was machen die?«

»Alles.« Sie zuckte die Achseln. »Die Section ist ein inoffizielles Bindeglied zwischen der Kriminalpolizei, dem Nachrichtendienst, der Terrorbekämpfung und der Wirtschafts- und Industriespionage.«

»Inoffiziell?«

»Diese Abteilung wurde anlässlich der verheerenden Terroranschläge der letzten Jahre gegründet – eine Art schnelle Eingreiftruppe. Sie ist direkt dem Premierminister und dem Verteidigungsministerium unterstellt und hat besondere Vollmachten.«

Ach du Scheiße!

Hogart wiegte den Kopf. Damit gingen die Ermittlungen in eine ganz andere Richtung. »Das würde erklären, warum Sabatier so paranoid ist, um so viele Ecken herum denkt und glaubt, dass alles falsche Spuren sein könnten … dabei ist die Lösung doch viel naheliegender.« Er wedelte mit der Menükarte.

»Sie haben recht.« Chloé scrollte durch ihr Handy. »Ich habe eine Telefonnummer von Mimi Trebitsch gefunden …« Sie zeigte ihm die Nummer auf ihrem Handydisplay. »… und auch eine von Victor César.«

»Sie haben die Handynummer des Verbrecherkönigs gefunden?«

Chloé lächelte. »Schön wäre es. Nein, die Nummer einer seiner Firmen.« Sie sah kurz auf. »Den erreiche ich schon irgendwie.«

»Ich bin nicht sicher, ob die Polizei in dieser Sache genug unternimmt«, gab Hogart zu bedenken. »Sie müssen beide unbedingt vor einem wahnsinnigen Mörder warnen. Sicherheitshalber!« *Oder einer wahnsinnigen Mörderin!*, fügte er in Gedanken hinzu.

»Mache ich gleich morgen früh.«

»Am besten noch heute Nacht.«

»Okay, ich verspreche es – auch auf die Gefahr hin, dass mich Césars Schläger und Kleinganoven fragen, ob ich noch alle Tassen im Schrank habe.« Sie lächelte, dann runzelte sie die Stirn. »Aber ich kann nirgends einen Kontakt zu einem Ole Granqvist finden.«

»Lebt angeblich in Stockholm und Paris. Ich finde seine Nummer heraus.«

»In Ordnung.« Chloé sah ihn lange an, schließlich räusperte sie sich. »Wie lange kennen Sie …«, sie schnippte mit den Fingern, »… schon?«

»Elisabeth Domenik?«

Sie nickte.

Er sog die Luft tief ein. »Eigentlich schon lange … seit fast zweieinhalb Jahren.«

»Zweieinhalb Jahre sind nicht *lange*.«

Um was? Eine Frau zu kennen? Er nickte. Zumal sie ja noch viel weniger lange ein Paar waren. »Seit drei Monaten sind wir zusammen – das wäre unser erster gemeinsamer Urlaub gewesen.«

»Oh.« Sie hob die Augenbrauen.

Er wusste, wie das klang und was sie dachte. Aber sie hatte unrecht. Er war davon überzeugt, dass Elisabeth die Richtige für ihn war. Drei intensive Monate reichten aus, um einen Menschen wirklich kennenzulernen, ihn zu verstehen und seine kleinen Ticks und Macken lieben zu lernen.

Und wenn du dich irrst?

Wenn du dich wieder einmal in einer Frau getäuscht hast? Wäre ja nicht das erste Mal.

Er dachte an Eva, die ihn für den Vertriebsleiter von Coca-Cola verlassen hatte – einen älteren grauhaarigen Mann im Nadelstreif. Seitdem hatte er sich angewöhnt, Pepsi zu trinken. Seit dreieinhalb Jahren hatte er keine längere Beziehung mehr gehabt. Bis auf jetzt … mit Elisabeth. Sogar Tatjana hatte sie gemocht – und das Mädchen besaß eine gute Menschenkenntnis.

Hogart griff nach seinem Handy und scrollte durch die Fotos. Dann schob er es zu Chloé über den Tisch. »Das sind Elisabeth und ich beim Motorradfahren. Eine kleine Spritztour um Wien herum … ihre erste.« Und es hatte sich so gut und richtig angefühlt, als sie hinter ihm gesessen, sich an ihn gedrückt und sich in blindem Vertrauen mit ihm in jede Kurve gelegt hatte.

»Darf ich?« Chloé klickte zum nächsten Foto. »*O mon Dieu!* Golf! Was für ein langweiliger Sport. Und das …«, sie klickte weiter und bekam große Augen, »… ist ein prächtiges Pferd. Western-Reitstil?«

Hogart nickte. Elisabeth teilte sich mit zwei Freundinnen ein Pferd in einem Reitstall südlich von Wien. *H & D Quarter Horses* – eine weitläufige Western-Ranch. Würde Elisabeth das alles tatsächlich zurücklassen, abhauen und untertauchen? Nun, ein Pferd konnte man ersetzen. Ansonsten war sie nur einmal kurz verheiratet gewesen und kinderlos geschieden worden. Was also hielt sie in Österreich? Der Job? Hogarts Kochkünste und seine Jazz-Plattensammlung?

Je länger er darüber nachdachte, desto größer wurden seine Zweifel. Elisabeth hatte Wirtschaft studiert, beherrschte drei Fremdsprachen und besaß – wie Kohlschmied es kürzlich formuliert hatte – viele gute Kontakte ins Ausland. Eine Kosmopolitin wie Elisabeth würde sich problemlos durchschlagen.

»Motorradfahren, Golfen und Reiten sind zeitintensive und … *teure* Hobbys«, stellte Chloé fest, als hätte sie seine Gedanken erraten. Sie gab ihm das Handy zurück.

Teure Hobbys, für die man das nötige Kleingeld braucht. Viel Kleingeld! Elisabeth hatte immer schon einen extravaganten Geschmack gehabt. Teure Kleider, exotische Fernreisen, schicke Restaurants. Nun erinnerte er sich, wie ihre Augen beim Gedanken an die echte Knochennadel geleuchtet hatten.

Wie gut kennst du sie wirklich?

Hogarts Kiefermuskeln mahlten. Wenn es tatsächlich so war, dass sie den alten Bonnet überfallen und Rousseau und Pelletier ermordet haben sollte, woraufhin jemand Tatjana entführt hatte, würde er Elisabeth und alle ihre Helfer höchstpersönlich in den Knast bringen.

»Entschuldigung«, sagte Chloé, die anscheinend merkte, welche Zweifel sie mit ihrer Frage ausgelöst hatte. Sie nahm ihre Umhängetasche. »Sie entschuldigen mich kurz. Ich muss mal wohin.« Sie stand auf und verließ den Tisch.

Hogart schüttelte die Gedanken ab, griff zum Handy und tippte eine SMS an Kohlschmied.

Brauche die Telefonnummer von Ole Granqvist. Dringend!

Da Kommerzialrat Rast mit Granqvist telefoniert hatte, musste Medeen & Lloyd die Kontaktdaten haben.

Anscheinend saß Kohlschmied immer noch im Büro,

denn eine Minute später kam seine Antwort mit der Nummer. Außerdem hatte er noch hinzugefügt: *Wäre nett, wenn Sie mich über den Fortschritt der Ermittlungen informieren würden.*

»Tatjana entführt, vier Menschen überfallen, davon einer tot, einer im Koma, zwei andere ermordet … weitere folgen in Kürze«, murmelte Hogart, während er Granqvists Nummer auf eine Serviette abschrieb. Danach wollte er das Handy ausschalten, ohne Kohlschmied zu antworten. Morgen würde *Mister Pomade* ohnehin in Paris landen, und dann war immer noch Zeit für ein langes klärendes Gespräch. Doch da läutete sein Telefon.

Hogart stöhnte auf, aber es war gar nicht Kohlschmied, der anrief. Das Display zeigte die Nummer von Hogarts Bruder Kurt.

»Oh, verdammt«, knurrte er. *Auch nicht besser!* Widerwillig nahm er das Gespräch entgegen.

»Hallo, Peter, sorry, dass ich noch so spät anrufe, aber ich kann Tatjana schon den ganzen Abend nicht erreichen«, sprudelte Kurt los. »Wo ist sie? Wie geht's ihr?«

Kohlschmied würde morgen antanzen, und Hogart hatte keine Lust, dass sich jetzt auch noch Kurt und Sabina in den nächsten Flieger nach Paris setzten. Er brauchte Ruhe, um konzentriert nachzudenken, und niemanden, der ihm ständig in den Ohren lag. Auch wenn es fürchterlich tragisch war, dass er im Moment keine Ahnung hatte, wo Tatjana war. Zumindest hatte er bis Freitag Zeit, sie zu finden. Umso ungestörter musste er jetzt arbeiten können.

»Alles in Ordnung«, sagte er daher. »Bei einer Sightseeing-Tour auf der Seine ist ihr das Handy aus der Handtasche ge…«

»Handtasche?«, wiederholte Kurt.

Fuck! »… aus der Hand gefallen und über die Reling ins Wasser gerutscht«, korrigierte er sich rasch. »Wir müssen ihr erst ein neues kaufen. Du kennst sie ja. Sie weigert sich, mit meinem *old-school-Handy* zu telefonieren.«

»Wie gefällt euch Paris?«

»Wahnsinn! Das ist eine tolle Stadt. Die Leute sind alle total freundlich und hilfsbereit, und wir haben schon viel gesehen. Die Oper, die Pont Neuf, den Arc de Triomphe, den Eiffelturm und die Île de la Cité mit Notre-Dame.«

»Die Leute sind … *freundlich*?«, fragte Kurt misstrauisch.

»Ja, viele sprechen sogar Deutsch.«

»Und du bist sicher, ihr seid in Paris?«

Hogart sah, wie Chloé aus dem Restaurant kam. »Du, ich muss Schluss machen. Elisabeth kommt gerade aus der Dusche. Liebe Grüße.« Er legte auf und schaltete das Handy aus.

Mit geschmeidigen Bewegungen kam Chloé zwischen den Tischen auf ihn zu. Merkwürdigerweise hatte sie ihn – im Gegensatz zur kühlen und rational denkenden Liv Sabatier – bisher nicht danach gefragt, warum er leicht humpelte oder ihm ein Teil der Augenbraue fehlte, obwohl diese Fragen normalerweise immer kamen, wenn er jemanden kennenlernte. Entweder war ihr das bisher nicht aufgefallen, was er sich kaum vorstellen konnte, oder es interessierte sie einfach nicht. Womöglich ging ihr der Tod ihres Vaters doch mehr an die Nieren, als sie sich selbst eingestehen wollte.

Chloé setzte sich wieder an den Tisch. »Wir haben noch eine Viertelstunde, dann werfen sie uns aus dem Lokal.« Sie winkte den Garçon herbei und bestellte noch einen Pernod mit Eis.

Diesmal bestellte Hogart auch einen. Im Moment sah er keinen Sinn darin, vollkommen nüchtern zu bleiben.

Dann beugte sie sich zu ihm über den Tisch. »Was war Ihr bisher merkwürdigster Fall?«

Der angebliche Gemäldebrand in der Prager Nationalgalerie und die Ereignisse in der Engelsmühle in der Nähe von Wien kamen ihm sogleich in den Sinn. *Zweimal knapp dem Tod entronnen!* Aber ihr das zu erklären würde zu lange dauern. Stattdessen sagte er: »Eine vierzigjährige Friseurin hat ihren Vater ermordet, um das Erbe und die Lebensversicherung zu kassieren.«

»Die zahlt bei Mord?«

Lachend schüttelte er den Kopf. »Nein. Und beinahe wäre ich auch nicht dahintergekommen, dass es Mord war.«

»Wie hat sie ihn getötet?«

Was für eine Frage angesichts der drei Morde, die heute passiert waren. Aber vielleicht tat es gut, einfach nur einmal zu plaudern – wenn auch über so makabre Dinge – und sich nicht den Kopf über den aktuellen Fall zu zerbrechen. Er lehnte sich entspannt zurück und blickte zum Nachthimmel. »Ihr Vater hat in ihrem Haus gelebt. Sie hat die Haare aus seinem elektrischen Rasierapparat gesammelt und ihm monatelang ins Essen gestreut.«

Chloé zog die Augenbrauen hoch. »Der menschliche Magen verdaut keine Haare.«

»Richtig, und sie werden auch nicht ausgeschieden«, erklärte Hogart. »Sie setzen sich in Magen und Darm fest und perforieren die Organe. Nach Monaten stirbt das Opfer qualvoll an inneren Blutungen.«

»Wahnsinn!« Chloés Augen weiteten sich. »Wie sind Sie dahintergekommen?«

»Nur eine Woche nach dem Tod ihres Vaters hatte ihr Mann einen Unfall.«

»*Oh, merde!*«, entfuhr es Chloé.

»Er hat sich beim Holzhacken mit dem Beil zwei Finger abgetrennt. Bei zwanzig Prozent Invalidität bedeutete das in diesem Fall eine Versicherungssumme von knapp zweihunderttausend Euro.«

Chloé zog die Brauen zusammen. »Und die ganze Sache kam Ihnen merkwürdig vor?«

Hogart nickte. »Die Schnittfläche der abgetrennten Finger sah nicht so aus, als hätte er Holz gehackt.« Er hielt zwei Finger hoch und zeigte ihr den Verlauf. »Wenn Menschen einen so drastischen Versicherungsbetrug begehen, kneifen sie meist die Augen zusammen und schlagen dann zu. Ein gerichtlich beeideter Sachverständiger hat das schließlich bestätigt. Und daraufhin ordnete ich eine Obduktion des toten Vaters an.«

»Wow! Und wofür das Ganze?«

»Die Frau und ihr Mann brauchten Geld für die Chemotherapie ihrer Tochter im Ausland.«

Chloé sah plötzlich betroffen drein. »Der Großvater tot, die Mutter wegen Mordes und der Vater verstümmelt wegen Versicherungsbetrugs im Knast – und die Tochter hat Krebs?«

»Eine traurige Geschichte.« War vielleicht doch kein so gutes Thema gewesen, jetzt, wo er darüber nachdachte.

Ihre Getränke wurden serviert. Hogart nippte am Pernod und verzog das Gesicht. *Was für ein Gesöff!* »Und was war *Ihr* kuriosester Fall?«, röchelte er.

Sie dachte eine Weile nach. »*OPS* bietet ja nicht nur Observierungen und Personenschutz an, sondern auch Sicherheitssysteme für Firmen. Einer meiner Kunden, eine Chemie-Holding mit Sitz in Strasbourg, hatte unter anderem eine Fabrik in Frankfurt. Dort erhitzte sich der Akku einer unserer Überwachungskameras. Daraufhin brannte die Lagerhalle völlig nieder. Bei der Begutachtung des Schadens habe ich Reste eines Brandbeschleunigers entdeckt, wie man ihn beim Grillen verwendet.«

Hogart schmunzelte. »Sie wären eine gute Versicherungsdetektivin.«

Sie lächelte. »Danke.«

»Und warum das Ganze? Um die Brandversicherung zu kassieren?«

»Nicht nur.« Sie beugte sich nach vorne und senkte die Stimme. »Die Niederlassung in Frankfurt hätte seit drei Jahren giftige Chemikalien für viel Geld entsorgen müssen. Tatsächlich haben sie die in dieser Halle gebunkert, um die Kosten zu sparen.«

»Und als die voll war, haben sie sie angezündet, um alles zu vertuschen.« Hogart nickte. Tatsächlich kannte er ähnliche Geschichten, bei denen ein Unfall inszeniert worden war – beispielsweise mit einem abgerissenen Panzerschlauch unter einem Waschbecken –, um mit diesem fingierten Wasserschaden einen anderen Schaden zu überdecken. Manche Leute waren schon ziemlich raffiniert.

Er blickte auf die Uhr. »Langsam sollten wir gehen. Darf ich die Rechnung übernehmen?«

»Kommt gar nicht in Frage, ich zahle.« Sie lächelte. »Sie haben mir über einen traurigen und deprimierenden Tag hinweggeholfen.«

Er hatte es geahnt. »Der Tod Ihres Vaters geht Ihnen doch näher, als Sie zugeben wollen.«

Sie kaute an der Unterlippe, blinzelte und wischte sich rasch eine Träne weg. Schließlich nickte sie. »Vermutlich.«

»Das macht Sie nur menschlich. Wir finden seinen Mörder«, tröstete er sie.

Sie atmete tief durch. »Das hoffe ich.«

Mir bleibt gar nichts anderes übrig, dachte er. »Sie haben doch bestimmt Möglichkeiten und Kontakte in dieser Stadt.«

Sie runzelte die Stirn. »Was brauchen Sie?«

»Eine Datenrückverfolgung. In welchen Telefonmasten war Elisabeths Handy zuletzt eingeloggt, bevor jemand die SIM-Karte entfernt hat?« Er schob ihr eine Serviette über den Tisch, auf die er Elisabeths Nummer notiert hatte.

»Okay, das lässt sich machen ... und von wem ist die zweite Nummer?«

»Von Ole Granqvist. Mein Französisch ist nicht besonders. Rufen Sie ihn bitte an, um ihn zu warnen.«

»Und wenn *er* hinter allem steckt?«

»Dann merken wir das womöglich an seiner Reaktion.«

Sie ließ die Serviette in die Tasche gleiten.

»Danke.« Er faltete die Menükarte mit seinen Notizen zusammen und steckte sie ein.

Sie klemmte einen großen Euroschein unter den Teller und stand auf. »Was haben Sie jetzt vor? Ab ins Hotel?«

Er wiegte den Kopf. »Ich muss noch etwas erledigen.«

»Um diese Uhrzeit?«

Er nickte. Jetzt war die richtige Zeit dafür.

26. Kapitel

Kurz vor Mitternacht stand Hogart wieder vor dem *Chez Pelletier.* Alle Fenster glänzten schwarz und spiegelten den Schein der Straßenlaternen wider. Bestimmt würde das Café so schnell nicht wieder öffnen. Quer über die Eingangstür hing ein Absperrband der Polizei. Sicherheitshalber hatte die gleich alles dichtgemacht.

Doch jetzt waren keine Polizisten mehr da. Die Straße war wie leergefegt. Irgendwo kläffte ein Hund. Das Bellen hallte einsam über das Kopfsteinpflaster. Eine rollige Katze miaute; es klang wie der herzzerreißende Schrei eines Kindes.

Hogart ging über die Straße zum Café. Anscheinend hatte nach dem Mord niemand daran gedacht, den Baldachin einzurollen. Zum Glück. Die Korbstühle und Tische standen zwar immer noch darunter, waren jetzt aber mit Ketten zusammengehängt, sodass keiner sie klauen konnte.

Nachdem er sich vergewissert hatte, dass sich niemand auf der Straße befand, schob er einen Stuhl und einen Tisch zur Seite, so weit es die Kette zuließ. Dann kletterte er darauf, griff zum Baldachin und tastete über den Stoffbezug. Dort lag immer noch seine SIG Sauer. Rasch ließ er sie im Hosenbund verschwinden.

Während er zu seinem Hotel lief, dachte er an Tatjana. Wie es ihr wohl erging?

27. Kapitel

Der verdammte Bus war immer noch unterwegs. Oder was immer es war, in dem sie lag. *Ist auch egal! Jedenfalls schaukeln die mich schon seit einer Ewigkeit hier rum!*

Tatjana versuchte sich herumzuwälzen. Ihre Hände waren an den Gelenken eng mit Kabelbindern verschnürt und an eine Stange montiert. Auch an ihren Fußgelenken schnitt etwas aus Hartplastik ins Fleisch ein, und ihre Beine waren ebenfalls irgendwo fixiert.

Sie lag ausgestreckt auf einer Matratze, und durch die Federn spürte sie jede Bodenwelle und jede Kurve, durch die der Wagen fuhr. Ein wenig roch es nach Fleisch, kaltem Blut und Scheuermittel. Ein bisschen wie in einer Metzgerei … vielleicht war sie in einer Art Lieferwagen? Irritierend fand sie nur, dass über allem anderen auch noch ein zarter, süßlicher Geruch lag. Außerdem spürte sie die Vibration an der Blechwand. Es klang nach einem schweren Motor mit Automatikgetriebe. Mehr bekam sie schon nicht mehr mit. In ihrem Mund steckte ein Knebel, und über ihrem Kopf befand sich ein juckender Sack. Anfangs hatte sie noch ein wenig Lichtschein sehen können, doch mittlerweile war es stockdunkel.

Seit die maskierte Frau sie im Hotelzimmer überfallen und mit einer Injektionsnadel außer Gefecht gesetzt hatte, konnten weiß Gott wie viele Stunden vergangen sein. Zwischendurch hatte sie eine weitere Injektion in den Oberschenkel erhalten, und jedes Mal erwachte sie mit noch schrecklicheren Kopfschmerzen.

Wie spät es jetzt wohl ist?

Ihr knurrte zwar der Magen, aber immerhin musste sie noch nicht ganz furchtbar dringend aufs Klo. Möglicherweise war es bereits neun oder zehn Uhr nachts. Vielleicht auch später. Und dieser verdammte Wagen wollte einfach nicht anhalten. Was hieß, dass sie schon längst außerhalb von Paris sein mussten.

Kein Hupen, kein hörbarer Gegenverkehr! Die Fahrt schien über einsame Landstraßen zu führen, über Hügel und ratternde Holzbrücken. Seit vielen, vielen Kilometern. In irgendeine Richtung. Nach Belgien, in die Bretagne, Richtung Deutschland oder nach Süden zum Mittelmeer?

Je länger sie darüber nachdachte und sich sämtliche Schreckensszenarien ausmalte, wo sie landen würde, desto panischer wurde sie. Durch den Würgereflex wegen des Stoffknäuels im Mund musste sie zudem ständig schlucken. Und sie konnte nur flach durch die Nase atmen. Nicht zu heftig, sonst saugte sich der Sack an, der Jutestoff kratzte noch mehr, und sie bekam für einige Sekunden keine Luft.

Bleib ruhig, schärfte sie sich ein. *Denk nach!*

Wohin geht die Reise?

Was haben die mit dir vor?

Wollte man sie noch mehr unter Drogen setzen? In ein Bordell stecken? Organe entnehmen? In ihrer Fantasie malte sie sich die wildesten Szenarien aus und bekam die nächste Panikattacke. Dann versteifte sich ihr Körper, und sie konnte nur noch stoßweise durch die Nase atmen.

Entspann dich!

Tränen liefen ihr über die Schläfen. Fast wünschte sie sich

jetzt eine weitere Spritze herbei, damit sie zumindest wegdösen konnte und ihr Geist endlich zur Ruhe kam. Aber im Moment war sie hellwach. Absolute Schwärze hüllte sie ein. Keine Autoscheinwerfer, kein Laternenlicht. *Doch! Da ist etwas.* Abseits des Motorengetöses hörte sie Geräusche. Das Schlagen von Kirchenglocken. Konzentriert zählte sie mit. *Drei ... vier ... fünf ... sechs ... sieben ...* aber dann war der Wagen schon wieder zu weit weg. *Mist!*

Als Nächstes hörte sie Geräusche wie aus einem Autoradio. Anscheinend liefen gerade Nachrichten. Es musste die volle Stunde sein. *Aber welche?*

Nach einigen Minuten wurde das Radio ausgeschaltet. Ein Handy läutete. Die Melodie der *Marseillaise*, der französischen Nationalhymne, erklang. Nach dem zweiten Läuten ging jemand ran. Es musste der Fahrer sein. Sie hörte seine Stimme durch die Blechwand. Vor ihr. In Fahrtrichtung. Sie musste aus dem Führerhaus kommen.

Tatjana hielt den Atem an und lauschte. Es war eine französische Stimme. Die eines Mannes. Dunkel, tief und ein wenig heiser. Aber zu leise, um Details oder einzelne Wortfetzen herauszuhören. Sie neigte den Kopf, um das Ohr in Richtung des Geräuschs zu drehen.

Konzentrier dich!

Vielleicht hilft dir etwas weiter!

Und dann verstand sie etwas.

»... bien sûr que oui ... oui, naturellement ... oui, Madame! Merci.«

Aus!

Das Gespräch war offenbar zu Ende.

Tatjana rollte unfreiwillig zur Seite. Es ging in eine weitere Kurve und dann leicht bergauf.

Oui, Madame!

Der Mann hatte also Anweisungen von einer Frau erhalten. Der Frau, die sie im Hotel betäubt hatte? Bestimmt hatte ihre Entführung mit der Knochennadel und Elisabeths Verschwinden zu tun. Welchen Grund sollte es sonst geben?

Elisabeths Fingerabdruck war in Monsieur Bonnets Antiquitätenladen gefunden worden, erinnerte sie sich. Eigentlich konnte das gar nicht sein. Aber er war auch in der Villa des ermordeten Monsieur Rousseau gefunden worden.

Mit wem hatte der Fahrer gesprochen?

Plötzlich wusste sie, woran der zarte Geruch im Wagen sie erinnerte. Aber der Gedanke war zu absurd und zu schrecklich, als dass sie ihn glauben wollte.

Elisabeths Parfüm.

Zehn Jahre zuvor

Aimée war vierzehn. Schon seit vier Jahren besuchte sie die Élite Mondaine, *das* Elite-Sportinternat in Paris, ein riesiges, trostloses und einsames Gemäuer, scheinbar unendlich weit von zu Hause entfernt. Während sie sich hier mit Latein, Französisch, Mathematik, Physik, Chemie und Biologie abquälen musste, wurden sowohl Grundstück als auch Vermögen ihrer Eltern von einem gerichtlichen Vormund verwaltet.

Sie konnte es kaum erwarten, endlich das Abitur, das *Baccalauréat*, zu machen und das Erbe ihrer Eltern anzutreten. Danach würde sie dann den ganzen überflüssigen Quatsch, den sie hier lernte, vergessen und das studieren, was sie wirklich faszinierte. Denn Literatur, Kunstgeschichte und Bildnerische Erziehung waren die einzigen Fächer, die sie liebte. In dieser Hinsicht geriet sie völlig nach ihrer Mutter. Das Einzige, was sie von ihrem Vater geerbt hatte, war ihre Begeisterung für den Sport. Der Rest, den sie an der Élite Mondaine lernte, ließ sie völlig kalt. Darunter war nichts, was sie zum Leben brauchte, was ihr weiterhalf oder sie interessierte.

Im Gegensatz zu ihren gleichaltrigen Mitschülerinnen war sie bereits erwachsen – war sogar schon mit zehn Jahren erwachsen ans Internat gekommen. Seitdem hatte sich nicht viel geändert. Während die albernen Ziegen sich gegenseitig endlose Textnachrichten schickten und sinnbefreit kicherten, wenn Jungs auf dem Sportplatz vorbeiliefen, trainierte Aimée hart, las Bücher über Malerei, Architektur, Bildhauerei, Musik und Handfeuerwaffen. Ungeduldig wartete sie darauf, mit neunzehn endlich den Waffenschein machen zu können.

Heute, als Aimée in der Turnhalle noch einmal den Basketball in den Korb pfefferte, sodass das Gestänge laut aufächzte, gingen die anderen Mädels vom Platz, ohne sie eines Blickes zu würdigen. Viele von ihnen hatten blaue Flecken an Oberarmen und Beinen von den Pässen, die Aimée ihnen knallhart hinübergespielt hatte. Wer den Ball nicht fangen konnte, musste ihn spüren. *Meine Philosophie!* So einfach war das! Rücksicht kannte sie nicht. Am liebsten hätte sie die ganzen Zicken eine nach der anderen vom Platz geschossen.

»Aimée!«

»Waaas?« Sie blieb stehen und ließ den Basketball hin und her springen, während ihre Turnlehrerin auf sie zukam.

»Ich weiß, du hasst die anderen wie die Pest«, sagte Madame Voclain, eine groß gewachsene, schlanke, durchtrainierte Frau um die vierzig, die vor zehn Jahren noch aktiv im nationalen Schwimmteam gewesen war. »Du bist die Beste, die die Schule jemals im Siebenkampf hervorgebracht hat, aber beim Sport geht es nicht nur um Härte und Kampfgeist, sondern auch um Teamfähigkeit.«

Scheiß aufs Team! Genau deshalb hatte sie sich schließlich für Siebenkampf entschieden, eben weil es dabei *keine* Mannschaft gab und sie ihr Ding allein durchziehen konnte.

»Ich weiß, was du jetzt denkst«, sprach Madame Voclain weiter, »aber es ist wichtig, was ich dir zu sagen habe.«

Aimée verdrehte die Augen. »Bitte, wenn es sein muss.«

»Aimée!« Madame Voclains Stimme wurde streng. »Ich

sage dir das nicht, weil ich dich rügen will, sondern weil ich dir *helfen* will! Verstehst du den Unterschied?«

»Ja.«

»Ich habe dich jetzt schon lange beobachtet. Du bist blitzgescheit und hochbegabt, kapierst Dinge viel schneller als andere und wirst sicher gerade auch deshalb von den anderen oft wie eine Außenseiterin behandelt.«

Außenseiterin war charmant untertrieben. Tatsächlich behandelten die anderen sie wie ein Alien aus einer anderen Galaxie – doch das beruhte schließlich auf Gegenseitigkeit und kümmerte Aimée nicht die Bohne. Vielmehr nervte sie, dass die restlichen Lehrer mit ihr überfordert zu sein schienen.

»Okay, mehr Teamgeist«, sagte Aimée, in der Hoffnung, das Gespräch endlich beenden zu können. Schon seit Wochen hatte Aimée gemerkt, wie es in Madame Voclain brodelte.

»Nein, darum geht es nicht. Es fehlt dir an Empathie. Du bist innerlich so furchtbar kalt – du musst endlich auftauen.«

»Wenn Sie wüssten …«

»Ich weiß, was deiner Familie zugestoßen ist. Aber du bist nicht die einzige Waise an dieser Schule. Integrier dich mehr, lerne, Freundschaften zu schließen. Außerdem musst du lernen, dir selbst zu verzeihen.«

»Okay, ich verzeihe mir, kann ich jetzt gehen?«

»Aimée, du solltest das ernst nehmen!«

Das tat sie doch! Aber ihr Verhalten hatte nichts mit dem Tod ihrer Eltern zu tun – sie hatte schon immer gespürt, dass sie anders war. Möglicherweise hatte der Tod ihrer Mutter das ja noch verstärkt, aber ihre Mutter war auch die einzige Erwachsene gewesen, zu der sie eine enge Beziehung gehabt hatte. Genau ein solcher Mensch fehlte ihr jetzt. Aimée hatte die Härte ihrer Mutter immer bewundert, mit der diese es so weit gebracht hatte. Sie war zwar nie besonders beliebt gewesen, aber man hatte sie überall geachtet. Für wen sollte sie jetzt bitte schön dieses ach so tolle Empathievermögen aufbringen? Für die Idioten von Lehrern, die bis auf Madame Voclain keine Ahnung davon hatten, wie sie mit einem kaltherzigen Genie umgehen sollten?

»Warum machst du nicht im Malkurs mit? Oder in der Theatergruppe? Dort suchen sie noch jemanden für eine Nebenrolle.«

Theatergruppe. Aimée verzog das Gesicht. Theaterspielen musste sie nicht lernen. Sich zu verstellen, das hatte sie schon früh bei ihrer Mutter gelernt; dort war es überlebenswichtig gewesen. Und Mutters Art ihr gegenüber war zwar kühl und grausam gewesen, aber zumindest war sie immer für sie da gewesen. Im Gegensatz zu ihrem Vater, der sich ständig auf Geschäftsreisen herumgetrieben hatte und – wenn er tatsächlich mal zu Hause gewesen war – nur Zeit für David gehabt hatte. »Danke, ich überlege es mir«, murmelte sie.

»Aimée, ich weiß, du fühlst dich schon ziemlich erwachsen«, sagte Madame Voclain. »Aber zum Erwachsenwerden gehört auch Verantwortung.«

»Jede dieser Zicken ist für sich selbst verantwortlich.«

»Ich rede nicht von denen, sondern von deinem Bruder!«

Für einen Moment schoss Aimée die Hitze zu Kopf. David war elf und gerade das erste Jahr an der Élite Mondaine. Trotz seines sehnigen, kräftigen Körperbaus war er ungemein feinfühlig, schüchtern und ruhig – und damit das genaue Gegenteil von Aimée. Sie sah auf. »Wie meinen Sie das?«

Madame Voclain seufzte. »Dein Bruder hängt an dir.«

Aimée sparte sich die Frage, woher sie das wusste. Sie kannte die Antwort. Madame Voclains Mann unterrichtete die Jungs im Bubentrakt der Élite Mondaine. Aimée war Monsieur Voclain bisher zwar noch nie begegnet, kannte aber seinen Ruf, ein brutales Arschloch zu sein und schon mehr als den einen oder anderen Jungen zum Heulen gebracht zu haben – und zwar nicht nur durch Worte. Schläge waren offiziell an der Élite Mondaine verboten – doch solange die schulischen Ziele erreicht wurden, kümmerte draußen niemanden, was innerhalb der Mauern dieses Internats passierte. Und die *wurden* erreicht, dafür sorgten die Lehrer. Angeblich schickten manche Eltern ihre Kinder sogar genau aus diesem Grund an die Élite Mondaine, weil sie dort nicht nur verhätschelt und gelobt wurden.

Aimée litt nicht so sehr darunter wie andere, denn sie wusste, dass auch ihre Mutter dieses Vorgehen gutgeheißen hätte. Und abgesehen davon, dass ihre Zeit hier sowieso schon halb vorbei war, hatte der Drill Aimée nicht gebrochen, sondern nur härter gemacht, hart wie blanken Stahl, der Tag für Tag in den Öfen der Schulklassen neu geschmiedet wurde.

Allerdings fürchtete sie um David. Er war anders als sie, weicher, empfindsamer. Es würden lange, harte Schuljahre für ihn werden, und möglicherweise würde er daran zerbrechen.

»Du musst dich besser um deinen Bruder kümmern. Sei für ihn da und gib ihm Stabilität, sonst übersteht er die Zeit hier nicht«, sagte jetzt auch Madame Voclain. Anscheinend wusste sie, wie hart ihr Mann David rannahm. Aber da sie nie etwas gegen ihn unternehmen würde, blieb es an Aimée hängen. Und wenn sogar Madame Voclain sich Sorgen machte, musste es wirklich ernst sein.

»In Ordnung«, sagte Aimée. Abgesehen vom Hausverwalter der elterlichen Villa, ihrem *majordome*, war David der Einzige, der ihr von der Familie geblieben war. Er hatte das gleiche Schicksal durchlitten wie sie, und ja, sie musste sich um ihn kümmern. Jetzt mehr denn je. Er war zwar körperlich stark, aber emotional viel schwächer als sie. »In Ordnung«, wiederholte sie.

Madame Voclain lächelte. »Und Mädchen, lass dir die Haare wachsen. Diese schönen pechschwarzen Haare passen so gut zu deinen braunen Augen und den dunklen Brauen. Aber die burschikose Pagenfrisur steht dir nicht. Lass sie wachsen.«

Aimée sah auf. Sie war verwirrt. »Warum?«

»Warum?«, wiederholte Madame Voclain. Sie strich ihr über den Oberarm. Die Berührung hatte etwas Verstörendes, aber zugleich auch etwas Intimes. »Die Jungs stehen drauf. Und schau nicht immer so ernst. Lächle mal. Du bist hübsch, wenn du lachst.«

Pfeif auf die Jungs! Die waren noch dämlicher als die Zicken in ihrer Klasse.

»Ich überleg es mir.« Sie versuchte zu lächeln, spürte aber selbst, dass es misslang. »Mir ist kalt. Kann ich jetzt bitte duschen gehen?«

»Ja, geh.« Madame Voclain strich ihr übers Haar, und für einen Moment wünschte sich Aimée, ihre Mutter hätte sie nur einmal so berührt.

Während der Mond in ihr Viererzimmer schien und die anderen Mädchen schon längst leise atmend schliefen, lag

Aimée immer noch wach auf dem Rücken. Sie starrte auf Lattenrost und Matratze des Stockbetts über ihr und dachte an Madame Voclains Worte.

Am Nachmittag hatte Aimée ihrem Bruder eine SMS geschickt.

Lass dich von den Arschlöchern nicht unterkriegen, Blauauge! Wir stehen das gemeinsam durch – wie bisher auch. Bin immer für dich da.

Die Antwort war nur wenige Minuten später gekommen.

Hast recht, die können mich mal!

Aimée hatte gegrinst. Doch dann hatte sie von ihren Mitschülerinnen erfahren, dass Monsieur Voclain beim Nachmittagssport David vor allen anderen so zur Sau gemacht hatte wie noch nie zuvor. Dieser Arsch hasste ihren Bruder, warum auch immer – vielleicht hatte er ja früher mal privat mit ihrem Vater zu tun gehabt oder war neidisch auf Davids gutes Aussehen? –, und seitdem hatte sie nichts mehr von ihrem Bruder gehört.

Während sie nun wach lag und zum Bett über ihr starrte, hörte sie plötzlich leise Schritte im Gang, die vor ihrer Tür hielten. Sie drehte den Kopf. Langsam drückte jemand von außen die Klinke nieder, die Tür wurde aufgezogen, Licht fiel vom Gang ins Zimmer. Und dann sah Aimée Davids Umrisse.

Wie damals in der Nacht, als unsere Eltern gestorben sind.

»Aimée?«, hörte sie sein Flüstern.

»Ja«, wisperte sie.

Er schloss die Tür und schlich barfuß in der Dunkelheit durch den Raum. Sekunden später spürte sie seine Anwesenheit. Er stand vor ihrem Bett.

»Bist du verrückt?«, flüsterte sie.

»Die Mauer war kein Problem, und das Fenster zur Wäscherei stand offen.« Lautlos hob er die Decke und schlüpfte zu ihr ins Warme. Sie trug nur ihr Oberteil und ein Höschen, und auch David hatte nur T-Shirt und Shorts an. Seine Haut war kalt, ihre hingegen glühte. Sie nahm ihn in die Arme, er drückte sich an sie und schluchzte leise.

Über ihr räkelte sich ihre Zimmergenossin im Bett. »Was ist …?«, murmelte sie müde.

»Halt die Klappe und schlaf weiter«, zischte Aimée. Sie umarmte David und berührte dabei seinen Oberarm. Unwillkürlich zuckte er zusammen. Anscheinend hatte Monsieur Voclain ihn kräftig verprügelt.

»Schscht …«, flüsterte sie.

Er hörte auf zu weinen, drückte sich noch enger an sie, und sie spürte seinen Atem, seine Wärme, fühlte, dass er Schutz, Geborgenheit und ihre Nähe brauchte. Sie mussten nicht viel miteinander reden – eigentlich gar nichts. Zwischen ihnen hatte es schon immer dieses unsichtbare Band gegeben, das auch ohne Worte funktionierte.

David schob sein Knie zwischen ihre Beine, und sie rieben ihre Körper aneinander. Diese Art der Nähe war neu, hatte etwas Ungewohntes, Beunruhigendes – und trotzdem spürte sie, dass dieser Moment wichtig für sie beide war. Ob richtig oder nicht, war ihr in diesem Augenblick völlig egal.

Sie umarmte David fester, und als sie bereits glaubte, er wäre eingeschlafen, spürte sie etwas Hartes. Seinen erigierten Penis. Sie sagte nichts, schwieg weiter, akzeptierte seine Erregung, genoss seine Wärme und dieses Gefühl der Obhut, Nestwärme und Sicherheit, diesen intimen kleinen Kosmos, in dem sie sich beide befanden. Nur sie beide, ihre eigene kleine Welt, zu der niemand anders je Zutritt haben würde.

Als er sich dann wieder zu bewegen und heftiger zu atmen anfing, schwieg sie. Ebenso, als sich plötzlich etwas Warmes, Klebriges auf ihren Oberschenkel ergoss. Sie zuckte nicht zurück, ließ es zu. Beide blieben sie stumm, sagten kein Wort.

Stattdessen nahm sie seine warme Hand, legte sie auf ihre Hüfte und dann weiter auf ihren Po, schob sich näher an ihn und spürte seinen Bauch auf ihrem Bauch. Sie rieb sich sanft an ihm und musste auf ihre Lippen beißen, um ein Seufzen zu unterdrücken. Ein wohliges Kribbeln durchlief sie bis zu den Zehenspitzen.

Eng umschlungen schliefen sie ein.

3. TEIL

VERSAILLES

Mittwoch, 16. September

28. Kapitel

Hogart hatte kaum schlafen können. Jedes Mal, wenn er mitten in der Nacht in seinem Hotelzimmer erwachte, griff er automatisch nach der SIG Sauer, die neben ihm auf dem Kopfkissen lag. Dann war sein erster Gedanke, dass Tatjana und Elisabeth nicht hier waren. Weder in diesem Zimmer noch im Zimmer daneben.

Elisabeth würde ihn nicht wie bisher mit einem Kuss wecken, danach ihre Morgengymnastik machen und sich einen Orangensaft aufs Zimmer bestellen. Frischgepressten Saft trank sie auch daheim, während Hogart das Frühstück zubereitete. Sie war nicht gerade die weltbeste Köchin – im Grunde genommen war sie sogar eine fürchterlich miserable. Darum hatte er vorgehabt, ihr ein paar einfache Rezepte beizubringen. Schließlich hatte er eine wunderbar große Küche, wo gemeinschaftliches Kochen richtig Spaß machen konnte. Doch das alles – die Erinnerungen und ihre gemeinsamen Pläne – erschien ihm jetzt so deprimierend fern.

Und dann kamen auch noch seine Sorgen um Tatjana dazu. Ihn erfasste eine innere Leere, während das rote Licht des SAT-Receivers unter dem TV-Gerät einsam und nervtötend in der Dunkelheit blinkte. Wenig später sah er durch den schmalen Spalt des zugezogenen Vorhangs das erste Morgengrauen. Mittwoch – der Tag, an dem um Mitternacht Madame Gorgovich-Medunjans Ultimatum ablaufen würde. Wenn er bis dahin die Knochennadel nicht für sie gefunden hatte, würde er Paris nicht lebend verlassen. Wobei ihn das momentan herzlich wenig kümmerte, zumindest weniger als das Schicksal der beiden Frauen.

Tatjana würde am Freitag tot in der Seine treiben – und dass diese Drohung ernst zu nehmen war, daran bestand nach den bisherigen Todesfällen kein Zweifel. Was Elisabeth betraf, konnte er nicht einmal sagen, was ihm lieber war: dass *sie* hinter den Morden steckte und es ihr gut ging oder dass sie unschuldig war, aber irgendwo gefangen gehalten wurde. Es war wie die Entscheidung zwischen Pest und Cholera. Zum Glück musste er sie nicht fällen – bloß herausfinden, was der Wahrheit entsprach.

Als er es angesichts seiner allgemeinen Hilflosigkeit in seinem Zimmer nicht länger aushielt, ging er laufen. Die Joggingrunde durch das erwachende Paris half ihm, die Spannung abzubauen. Nach einer heißen Dusche schlüpfte er in Jeans, Poloshirt und Sakko, räumte das verwüstete Zimmer notdürftig auf und hängte wieder das *Prière de ne pas déranger*-Schild vor die Tür.

Der Kaffee im Frühstücksraum schmeckte grässlich, was aber bestimmt nicht an der Kaffeemaschine lag, sondern an seiner Laune. Sämtliche Tageszeitungen brachten die Schlagzeilen von dem brutalen Mord an Monsieur Rousseau. Von Flickenschildt, Pelletiers Händler, und Pelletier selbst stand allerdings kein Wort in den Blättern – zumindest konnte er keinen dieser Namen in den Artikeln entdecken. Anscheinend hielt die Section d'intervention diese Info noch unter Verschluss.

Hogart würgte ein Croissant hinunter und trat vor dem Hotel auf die Straße. Jetzt war es an der Zeit, seine Notfallpackung aufzureißen. *Wann, wenn nicht jetzt?* Er schüttelte eine Zigarette aus der Schachtel und bat einen Taxifahrer, der vor dem Hotel stand, um Feuer. Nach dem zweiten Zug wurde ihm noch übler von dem abgestandenen faulen Geschmack. Er musste dringend den Mund ausspülen. Dass er dieses Zeug jemals regelmäßig geraucht hatte!

Da vibrierte sein Handy in der Hosentasche. Eine SMS von Chloé.

Bin auf dem Weg zu Ihnen. Sind Sie im Hotel?

Während er mit einem knappen *Ja* antwortete, ging er über den Hotelparkplatz zu seinem Mietauto. Aus der Nähe konnte er erkennen, dass die zwei Fremden gestern ganze Arbeit geleistet hatten. Außer der eingeschlagenen Scheibe war der Kofferraumdeckel ordentlich verbeult – wahrscheinlich hatten sie das Schloss aufgebrochen –, und der Wagen hatte hinten zwei Platte. Erstaunlich, dass das niemand bei der Rezeption gemeldet hatte. *Na ja, Paris halt.* Hier passierte so was wohl öfter.

Die Rezeption. Natürlich!

Hogart drehte sich um. Diejenigen, die sein Zimmer durchwühlt und Tatjana entführt hatten, hatten sich möglicherweise nach seiner Autonummer erkundigt. Er zertrat die Zigarette auf dem Boden und lief zurück ins Hotel. Dort fand er den Rezeptionisten, der auch schon gestern Dienst gehabt hatte. Zum Glück sprach der Mann Deutsch.

»Hat sich gestern jemand nach meinem Wagen erkundigt?«

Der Mann sah Hogart verwirrt an.

»Der Peugeot am hintersten Stellplatz«, fügte er hinzu.

Der Mann schüttelte den Kopf. »*Non, Monsieur.* Ist etwas nicht in Ordnung?«

»Nein, alles okay«, log Hogart. Aus dem Augenwinkel sah er, dass gerade ein gelber Mini-Cooper mit zurückgeklapptem Verdeck vor der Hotellobby hielt. Chloé saß hinter dem Steuer.

»Danke.« Hogart ging vors Hotel.

Chloé war gerade fertig damit, sich ihr langes blondes Haar zu einem Zopf zu binden, und winkte ihm zu. Sie trug ähnlich legere Kleidung wie am gestrigen Abend – Jeans und Pulli. »*Bonjour*, gut geschlafen?«

Hogart gab keine Antwort. »Haben Sie schon ein Ergebnis für die Datenrückverfolgung?«

»Kriege ich heute Abend.« Hinter Chloé stand ein Mercedes, dessen Fahrer ungeduldig hupte. Die Straßen hier waren nicht gerade breit, aber Chloé schien das nicht zu kümmern. Sie hob nur die Hand und streckte, ohne sich umzudrehen, den Mittelfinger aus. »Ich habe übrigens gestern Nacht noch Mimi Trebitsch und einen von Monsieur Césars ›Assistenten‹ erreicht.« Sie zeichnete Gänsefüßchen in die Luft. »Beide wurden bereits von der Polizei informiert. Also alles bestens.«

Okay, die sind also noch am Leben. »Und Granqvist?«

Sie verzog den Mund. In ihren Wangen entstanden Grübchen. »Sind Sie sicher, dass Sie mir die richtige Nummer gegeben haben?«

»Ja.« *Es sei denn, Kohlschmied hat sich geirrt.*

»Dann hat Granqvist sein Telefon ausgeschaltet. Jedenfalls kann ich ihn nicht erreichen.«

Shit!

»Konnten Sie etwas über Bíro herausfinden?«, fragte er.

»Ehrlich gesagt, hatte ich gestern Nacht noch einige andere Dinge zu tun, und danach habe ich eine Schlaftablette genommen.«

»Ja, Sie haben recht, tut mir leid.« *Ich bin ein Affe*, dachte er. Gestern war ihr Vater ermordet worden, und sie hatte bestimmt Wichtigeres zu tun, als für ihn Recherchen zu betreiben.

Hinter ihnen hupte es wieder.

»Schon gut.« Sie winkte ab. »Aber heute beim Frühstück habe ich danach gesucht.« Sie zog die Schultern hoch. »Doch leider nichts gefunden. Nur merkwürdige Legenden, nichts Handfestes. Angeblich hat Bíro von 1113 bis 1167 gelebt. Sein Knochenzyklus – Schnitzwerke aus Elfenbein – umfasst anscheinend mehrere Teile.«

Für eine *angebliche* Legende waren das ziemlich konkrete Jahresangaben. »Danke, dass Sie es zumindest versucht haben.«

»Kann ich Sie irgendwohin mitnehmen?«, fragte Chloé. Hinter ihr hupte der Fahrer erneut. Sie rollte genervt mit den Augen, woraufhin der Wagen dichter auffuhr und beinahe ihre Stoßstange berührte.

»Soll ich ihn für Sie erschießen?«, fragte Hogart.

Sie lächelte. »Das würden Sie wirklich tun?«

»Klar.« Er grinste. »Und danke für das Angebot. Ja, bitte. Mein Mietwagen ist nicht mehr wirklich fahrtauglich.«

Sie beugte sich zur Beifahrerseite hinüber und öffnete ihm die Tür. »Zum Kommissariat?«

Er schüttelte den Kopf. Zwar musste er tatsächlich zu Arland, um seine Aussagen zum Überfall auf Monsieur Bonnet und zu den Morden an Rousseau und Pelletier zu machen und die Protokolle zu unterschreiben – doch was sollte er Arland und Sabatier noch Neues erzählen? Dieser Quatsch würde ihn nur aufhalten. Was er dringender brauchte, waren Informationen – und die würde er auf dem Kommissariat nicht erhalten.

Er kletterte zu Chloé in den Wagen und zog die Tür zu. Nachdem er mit dem Sitz nach hinten gefahren war, hatte er genug Platz für die Beine. »Haben Sie die Adresse von Madame Trebitsch?«

»Ja, in einer Nobelgegend von Versailles. Warum? Wollen Sie mit ihr reden?«

»Nicht nur reden, möglicherweise ist ja auch ihr Leben in Gefahr.« Hogart hob die Augenbrauen. »Könnten Sie mich hinbringen?«

Sie nickte in Richtung Hotel. »Haben Sie alles mit, was Sie brauchen?«

»Alles dabei! Geld, Waffe, Führerschein … und meine Festplatte.« Hogart tippte sich an die Stirn.

»Ah bon, cher collègue.« Chloé legte den Gang ein und trat aufs Gas. Rasch griff Hogart zum Gurt und schnallte sich an. Liv Sabatier hatte ihm zwar verboten, die Innenstadt zu verlassen, doch Versailles lag ja gerade mal einen Steinwurf von Paris entfernt, wenn man es nicht so genau nahm.

Während Chloé sich in den Verkehr einfädelte, blickte Hogart angespannt aus dem Fenster.

»Nervös?«

»Sie nicht?«, fragte er. »Könnten Sie Madame Trebitsch noch mal anrufen? Ich möchte nur sichergehen, dass …«

»Oui, pas de problème!« Sie tippte auf ihr Handy, das in einer Halterung in der Mittelkonsole hing. Gestern hatte sie noch nicht so viel Französisch mit ihm gesprochen. Anscheinend war sie da geistig noch halb bei ihrem Job in Frankfurt gewesen, aber je länger sie sich wieder in ihrer Heimatstadt aufhielt, desto öfter griff sie wieder auf ihre Muttersprache zurück.

Über die Freisprechanlage hörte Hogart das Klingelzeichen. Doch es hob niemand ab. Als Nächstes tippte Chloé eine Adresse mit der Postleitzahl von Versailles in ihr Navi. Das Gerät berechnete eine Fahrtzeit von fünfzig Minuten.

Fast eine Stunde!

Es klingelte immer noch. Niemand ging ran.

Verdammt!

»Wir sollten uns beeilen«, sagte er. »Ich habe ein ganz mieses Gefühl.«

29. Kapitel

Mimi Trebitsch stand in der Küche und blickte auf die Anzeige der Mikrowelle. *9.40 Uhr.*

Zwanzig vor Bourbon.

Sie goss sich das Glas fast randvoll, warf zwei Minzblätter und eine Zitronenscheibe in den Drink und rührte mit dem Finger um. Auf die Eiswürfel verzichtete sie. *Pur* war das einzig Wahre.

»Wollen Sie auch ein Glas?«, rief sie ins Wohnzimmer.

»Nein, danke, nicht im Dienst«, antwortete der junge Polizist.

Sein Vorgänger von der Nachtschicht war auch schon süß gewesen, aber der jetzt war noch viel schnuckeliger. Die knappe Uniform passte ihm wirklich gut. Bei Gott, sie hätte locker seine Großmutter sein können. Aber sie bezweifelte, dass er je so eine sexy *grand-mère* gesehen, geschweige denn im Bett gehabt hatte.

Sie ging zweimal pro Woche ins Fitnessstudio – Bauch, Bein, Po –, machte zusätzlich einmal Pilates und einmal Yoga. Den Rest ihrer Zeit verbrachte sie mit Gesichtspackungen, auf der Massageliege, im Solarium und vor ihrer Hausbar. Wie überall im Leben kam es auf Prioritäten und die richtige Mischung an.

»Dann eben nicht.« Sie kippte die Hälfte ihres Glases in einem Zug runter. »Rockmusik?«, fragte sie.

»Wenn es sein muss, Madame.«

Ja, das muss es, Kleiner!

»Chérie!«, rief sie, woraufhin sich die sprachgesteuerte kleine Box in der Küche aktivierte und einmal aufblinkte. »Spiel uns etwas von den Doors. Wir haben einen Kulturauftrag zu erfüllen.«

»*Queen of Hollywood?*«, fragte Chérie mit sanfter Computerstimme.

»Willst du mich verarschen? Ich sagte von den *Doors,* nicht von den *Corrs*!«

»Ich habe diesen Befehl leider nicht verstanden.«

»Kann ich mir denken«, grummelte sie. »Wie wäre es mit *Light my Fire* oder *Roadhouse Blues*?«

»Einverstanden, gute Wahl.«

»Das meine ich auch.« Trebitsch leerte den Rest des Glases. Aus den Lautsprecherboxen drangen harte Gitarrenklänge.

Der Polizist warf einen besorgten Blick in die Küche. Sie wiegte die Hüften und lächelte ihm zu. Mein Gott, was waren das für Zeiten gewesen, als sie noch auf der Bühne gestanden und in allen großen Theatern Frankreichs gespielt hatte. Die heutige Jugend, die mit dem Finger schneller ein Smartphone bedienen konnte als den G-Punkt einer Frau finden, kannte sie und ihre Generation gar nicht mehr. Vermutlich konnte sich sogar die Mutter dieses Polizisten gerade noch so an sie und ihre Auftritte erinnern.

Und, Herr im Himmel, damals hatte sie wirklich nichts anbrennen lassen. Die sogenannte Besetzungscouch hatte es schon immer gegeben – damals noch ärger als heute. Jetzt waren ja alle so prüde, so gendermäßig perfekt und politisch korrekt. Lass einen fahren, und du erntest einen digitalen Shitstorm. Was war bloß sozial an diesen sogenannten sozialen Medien? Damals hatte man sich ein paar Drogen in den Drink gemixt, war cool und easy gewesen und hatte vor der Vorstellung gevögelt, damit man auf der Bühne richtig locker war.

Sag, was du meinst – und meine, was du sagst, war schon immer ihr Credo gewesen. Inklusive ihrer ganz persönlichen Ergänzung. *Tu, was du magst – und mag, was du tust.* Sie wiegte immer noch die Hüften, drehte das leere Glas über ihrem Kopf und bewegte sich in Richtung Esszimmer.

Die Polizei hatte ihr erklärt, dass ihre Kunsthändlerin in der Nacht von Montag auf Dienstag von einem maskierten Mann in ihrem Laden überfallen worden war. *Mon Dieu!* Sie sah es förmlich vor sich, wie die alte Madame LaFayette hysterisch losgekreischt hatte. Und ihr nichtsnutziger Sohn war wieder mal nicht im Geschäft gewesen, um ihr zu helfen. Womöglich hatte er sie sogar selbst überfallen, um an ein wenig Geld für sein Moped zu kommen. Für einen Pkw-Führerschein hatte seine Intelligenz nicht mehr gereicht.

Und was sollte das alles mit ihr zu tun haben? Schon seit Jahren interessierte sich niemand mehr für sie. Na ja, so war sie zumindest zu der Gesellschaft dieses jungen Burschen gekommen, der anscheinend gerade sein erstes Jahr auf der Polizeischule absolviert hatte. Jesus, was würde sie dem beibringen können, wäre er doch ein wenig lockerer. Aber bald würde sie ihn sicher so weit haben, dass er ein Gläschen mit ihr trank. *Und dann gnade ihm Gott!*

Die Doors verstummten für einen Moment, und sie hörte, wie er im Wohnzimmer telefonierte. An der Art, wie er sprach, erkannte sie, dass er mit einer Frau redete. *Seine Freundin? Seine Vorgesetzte? Scheißegal!*

Chérie spielte den nächsten Song.

Wenigstens würde der Junge bei ihr ein bisschen Kultur mitbekommen.

Sie verließ das Esszimmer und ging beschwingt den Gang hinunter zum Ankleideraum. Es wurde Zeit, dass sie aus ihrem Morgenmantel kam. Schwarze Strümpfe, ein knapper Rock, eine enge Bluse mit raffiniertem Dekolleté. Sie musste es so einrichten, dass er einen Blick auf sie erhaschte, und würde sich beim Ankleiden extra Zeit lassen.

Sie lächelte. Eigentlich gab es für ihn kein Entkommen. *Der Arme!* Das Kommissariat hatte ihn für sie abgestellt. Als Personenschutz. Er war für die nächsten zwölf Stunden ihr persönlicher Bodyguard. Und wo immer sie hinging, er würde sie begleiten müssen. *Und wenn es das Schlafzimmer ist.* Sie öffnete den Schrank, blickte in Richtung Wohnzimmer, wo er immer noch saß, und griff zu den Kleiderhaken. Da fiel ihr etwas großes Schweres aus dem Schrank entgegen.

Sie taumelte zurück, und während sie stürzte, fiel ihr das Glas aus der Hand.

Merde! Was zum Teufel?

Ihr Herz pochte bis zum Hals. Sie lag rücklings auf dem Boden und auf ihr ein halbnackter Mann. Ein paar trübe tote Augen starrten sie an. Sein Mund war offen, es roch merkwürdig. Aus einer tiefen Wunde an der Schläfe tropfte noch ein bisschen Blut.

Ein Toter!

In meinem Schrank?

Dieses Gesicht kenne ich doch!

Sie wollte nach dem Polizisten rufen, brachte aber nur ein Krächzen hervor. Und dann begriff sie, dass es der Polizist aus der vorherigen Schicht war, der nun auf ihr drauflag – wenn auch ganz anders, als sie sich das gewünscht hatte.

Verdammt!

Ihre Fingernägel krallten sich in den Teppichboden. Sie versuchte sich hochzurappeln. Panik schnürte ihre Kehle zu.

»Es wird Zeit, dass wir uns unterhalten, Madame Trebitsch …«

Aus dem Augenwinkel sah sie, dass der Junge in der Uniform soeben sein Handy wegsteckte und mit langsamen Schritten auf sie zukam.

»Was … wollen Sie?«, keuchte sie.

Er grinste. »Chérie, spiel bitte lauter! Viel lauter!«

»Jawohl, lauter.«

30. Kapitel

Um 9.45 Uhr bog Chloé in die Gasse ein, in der Mimi Trebitsch wohnte. Weite Felder, dazwischen lagen Landhäuser. Zumindest war das die Adresse, an die man sich offiziell wegen eines Autogramms wenden konnte.

»Dort vorne ist es.« Hogart zeigte zum Ende der Straße. Hinter einer Reihe von Bäumen schimmerte die hohe Mauer einer Grundstücksbegrenzung durch. Davor stand ein Polizeiwagen.

Im ersten Moment schlug Hogarts Herz bis zum Hals. *Nicht schon wieder!* Er hatte keine Lust, eine weitere Leiche zu entdecken. Aber da kein Blaulicht leuchtete und keine Polizisten die Straße abriegelten, war dieser Wagen sicher nur zum Personenschutz da.

»Ich habe Ihnen ja gesagt, alles okay«, beruhigte Chloé ihn. »Die Polizei ist schon da.« Sie parkte hinter dem Streifenwagen.

Aus dem Autoradio ertönten die Zehn-Uhr-Nachrichten. Hogart blickte auf die Anzeige in den Armaturen. »Ihre Uhr geht nach.«

»Ja, ich weiß, um eine Viertelstunde.« Sie stieg aus.

Hogart quälte sich ebenfalls aus dem Mini Cooper und streckte das Kreuz durch. Indessen ging Chloé zum Eingangstor und drückte auf die Klingel. Zögerlich näherte sich Hogart dem Polizeiwagen und blickte hinein. Das Auto war leer.

Chloé spähte misstrauisch zu ihm herüber. »Ist etwas?«

Er zuckte die Achseln. »Nichts, nur … Sabatier meinte, ich sollte die Innenstadt nicht verlassen.«

Chloé beschwichtigte ihn mit einer Geste. »Kein Problem, überlassen Sie das Reden mir.« Sie nickte zu dem Polizeiwagen. »Der Kerl weiß garantiert nicht einmal, wer Sie sind …« Sie drückte noch einmal auf die Klingel. »… aber im Moment sieht es sowieso nicht danach aus, als würde uns jemand reinlassen.«

Hogart spähte zwischen den Gitterstäben auf das Grundstück. Eine breite Auffahrt mit riesigen Blumentöpfen führte zu einem prächtigen Landhaus. Wer hier wohnte, hatte garantiert Geld genug, um bei einer Auktion in Millionenhöhe mitzusteigern. Chloé drückte noch einmal auf die Klingel.

Indessen lehnte sich Hogart gegen das Gitter. Eine Hälfte des Tors schwang auf. »Ich glaube, man hat uns soeben hereingebeten.«

Er ging weiter und lief die Auffahrt rauf. Chloé folgte ihm. Die Stille kam ihm merkwürdig vor. Wenn jemand dreimal am Tor läutete und sich danach zwei Personen unangemeldet dem Haus näherten, müssten bei dem Polizisten doch alle Alarmglocken schrillen.

Das taten sie jedenfalls bei Hogart. Er beschleunigte seine Schritte, und als er über die Treppe die Eingangstür erreichte, sah er auch schon die dunkelrot gesprenkelten Fliesen vor dem Türstock. *Verdammt!* Instinktiv zog er die SIG Sauer aus dem Hosenbund.

»Ist das so eine gute Idee?«, fragte Chloé unmittelbar hinter ihm. »Wenn Sie der Polizist mit der Waffe sieht, dann …«

»Dann übernehmen Sie das Reden.« Hogart drückte die

Klinke hinunter. Es war nicht abgesperrt. Er öffnete die Tür und trat in den Vorraum. *Keine aktive Alarmanlage!* Stattdessen dröhnte *L. A. Woman* von den Doors aus dem Haus.

Möglicherweise hatte man ihr Läuten gar nicht gehört. Allerdings bezweifelte er, dass es hier noch einen Polizisten mit guten Reaktionen und Reflexen gab. Hogart sah plötzlich das Bild des toten Beamten im roten Renault vor sich.

»Madame Trebitsch?« Er warf einen Blick ins Wohnzimmer, lief weiter und gelangte in ein Esszimmer, von wo eine Tür in die Küche führte. Mit der Waffe im Anschlag ging er weiter. »Madame Trebitsch?«

Plötzlich blieb er stehen. Vor einem offenen Schrank lag ein Mann in Unterwäsche und Socken. Seine Schuhe standen im Schrank. Auf einer Stirnwunde klebte getrocknetes Blut. Hogart trat näher. Die Wundränder sahen verbrannt aus, als hätte ihm jemand den Lauf der Waffe direkt an den Kopf gepresst und abgedrückt. Am verkrusteten Blut klebten noch Stoffreste und Federn, wie von einem Kopfkissen, das jemand als Schalldämpfer verwendet hatte.

Shit!

In diesem Moment verstummte die Musik. Eine bedrückende Stille legte sich über das Haus. Chloé kam aus der Küche. »Ich habe die Musik …«

»Wir sind zu spät«, sagte Hogart.

Chloé starrte auf den Toten. Automatisch zog sie ihre Waffe aus dem Holster und lud sie durch. Das Knacken der Glock beruhigte Hogart. Wenigstens waren sie zu zweit.

»Das Blut ist noch frisch«, flüsterte er.

Sie nickte.

Dicht hintereinander gingen sie von einem Raum in den

nächsten. Es gab keine Verwüstung, keine Anzeichen für einen Kampf, keinen geöffneten Safe – bis auf die Leiche sah alles absolut normal aus. Schließlich gelangten sie zu einer offenen Tür, hinter der eine Treppe in den Keller hinunterführte. Unten brannte Licht. Ein dunkelroter Schein.

»Wollen Sie da etwa hinunter?«, flüsterte Chloé.

»Bleiben Sie hier«, sagte er. »Holen Sie die Polizei.«

»Nichts da, ich gehe mit.«

Hintereinander schritten sie die Treppe hinunter. Sie führte tiefer hinab als in einen normalen Keller. Es roch modrig, wurde kühl und feucht. Die Betonwände gingen in Ziegelwände über, dann machte die Treppe eine Biegung. Anscheinend handelte es sich um ein altes Gewölbe, über dem später das Landhaus errichtet worden war.

Hogart nahm einen Geruch nach Holz und gegorenem Wein wahr.

»Ein Weinkeller«, flüsterte Chloé.

Es wurde heller, aber Hogarts Augen hatten sich bereits an das Dämmerlicht gewöhnt. Irgendwo brannten nackte Glühbirnen, die ihren Schimmer an die roten Ziegelwände warfen. Vor ihnen breitete sich ein Gewölbe mit Rundbögen aus. Es war tatsächlich ein Weinkeller, allerdings nicht mit Regalen, sondern mit richtigen Weinfässern. Dazwischen hingen alte Theaterplakate und ehemalige Bühnenrequisiten – Helme, Trinkbecher, Masken und Revolver –, für die Hogart sich normalerweise interessiert hätte.

Er musste an die anderen Tatorte mit Elisabeths Fingerabdrücken denken. Irgendwie schlich sich ein völlig absurdes Bild in sein Bewusstsein, wie Elisabeth plötzlich vor ihm stand mit einer Waffe in der Hand und einer gealterten Bühnenschauspielerin zu ihren Füßen, der sie mit einer Tonscherbe von hinten die Kehle aufschlitzte oder mit einem Dolch noch viel schlimmere Dinge antat.

O Gott, jetzt stellst du dir das sogar schon vor!

Doch dann wurde er abrupt in die Realität zurückgeholt: Am Ende des Gewölbes stand tatsächlich die Grande Dame des Theaters. Nur mit einem Nachthemd bekleidet und mit weit von sich gespreizten Armen und Beinen. In den Handflächen und Waden steckten Degen, die sie an zwei hinter ihr befindlichen Weinfässern festnagelten. Etwa seitlich aus ihrer Mitte – ihrem Herzen – ragte ein weiterer Degen. Er musste mit so viel Kraft und Gewalt hineingetrieben worden sein, dass er den Rücken der Frau durchstoßen hatte und in das Fass eingedrungen war.

Hogart sah zur Seite. Unter den Glühlampen ragten leere Halterungen aus den Wänden. Anscheinend hatten die Degen hier gehangen. Er starrte wieder auf die Frau. Ihre Leiche wirkte wie der Höhepunkt einer Theatervorstellung direkt aus der Hölle – aus dem teuflischen Stück eines verrückten Geisteskranken.

Chloé röchelte. »Mir wird schlecht …«

Hogart ging näher und legte der Frau die Finger auf die Halsschlagader. Kein Puls. Kein Atem. Mit der anderen Hand umklammerte er den Griff der Pistole, bis seine Knöchel knackten.

Sie waren um verdammte fünf oder zehn Minuten zu spät gekommen. Wer immer hier unten gewesen war, war schon längst abgehauen. Hatte sie womöglich vom Grundstück aus beobachtet, gewartet, bis sie ins Haus gegangen waren, und hatte dann das Weite gesucht.

Wenn das wirklich Elisabeths Werk war, dann musste sie einen Komplizen haben. Einen mit einer kranken Fantasie.

Chloé legte ihm die Hand auf die Schulter. »Wir sollten gehen«, flüsterte sie.

»Gleich …« Er starrte in die Augen der Toten.

Warum haben – abgesehen vom armen Flickenschildt – alle Händler überlebt und sind lediglich überfallen worden? Und aus welchem Grund mussten ihre Auftraggeber gleich so brutal sterben?

Rousseau mit einem Dolch.

Pelletier mit zwei Scherben.

Trebitsch mit fünf Degen.

»Hogart …«

»Ja.« Er wandte sich ab. »Rufen Sie die Polizei an. Die Mordkommission.« Er winkte ab. »Besser, Kommissar Arland … nein, rufen Sie gleich Liv Sabatier an.« Er gab ihr die Visitenkarte, die er gestern von Sabatier erhalten hatte.

Es wurde Zeit, dass Sabatiers Section d'intervention aufhörte, Dorfpolizisten als Personenschutz zu versenden, und endlich hart durchgriff.

Denn das Morden würde weitergehen.

31. Kapitel

Während Chloé auf der Treppe nach oben mit Sabatier telefonierte, stand Hogart immer noch im Weinkeller.

Kurz zuvor hatte sich die Harnblase der Leiche entleert und unter ihr eine Lache gebildet. *Warum die Mühe und das Risiko eingehen, die Frau nach unten in den Weinkeller zu zerren und dabei entdeckt zu werden?* Genauso gut hätte der Einbrecher sie gleich oben im Schlafzimmer oder in einem der anderen Räume ermorden können.

Hogart sah sich um. Es fehlte ein wesentliches Detail, das es an den anderen Tatorten gegeben hatte. *Ein offener Safe!*

Chloé sprach immer noch am Telefon. Die französischen Worte drangen dumpf an Hogarts Ohr. Und da sah er es. Ein Weinfass mitsamt Gestell war zur Seite geschoben worden. Die Schleifspuren auf dem Steinboden waren deutlich zu sehen – aber nur für jemanden, der wusste, wonach er suchte. Die dahinterliegende Wand war jetzt frei. Und wie Hogart am Schatten erkannte, befand sich dort eine Vertiefung im Mauerwerk.

Er kam näher, zog das Handy raus und leuchtete mit der Taschenlampe die Stelle ab. Einige Ziegel fehlten. Dahinter war ein Hohlraum von der Größe eines durchschnittlichen Tresors. Nur dass es hier anstelle des Tresors eben ein staubiges Versteck gab. Und das war leer.

Hogart leuchtete die Winkel aus und achtete darauf, dass er keine Spuren verwischte und selbst keine Fingerabdrücke hinterließ. Etwas war aus dem Loch genommen worden. Der Abdruck mit der staubigen Umrandung ließ auf ein längliches, etwa zwanzig mal fünf Zentimeter großes Objekt schließen. Eine Schachtel vielleicht. Und er wettete, dass sich darin ein knöchernes Artefakt befunden hatte. Aber welches?

Was immer es gewesen war, bestimmt war es der einzige Gegenstand, der aus diesem Landhaus gestohlen worden war, denn oben hatten weder Chloé noch er bei ihrer raschen Durchsuchung der Räume etwas festgestellt. Dabei gab es vieles, das man hätte klauen können.

»Die Polizei aus Versailles ist gleich da«, rief Chloé herunter. »Sabatier kommt in ungefähr einer halben Stunde. Wir sollen nichts anfassen …«

Klar!

»… und Sie sollen sich in der Zwischenzeit einen guten Grund überlegen, warum Sie Paris verlassen haben.«

Sabatier war sogar schon etwas früher da. Sie musste sämtliche rote Ampeln ignoriert haben und wie der Teufel gerast sein.

Hogart saß in der Küche auf einem Hocker, mit Kabelbindern um die Handgelenke und von einem uniformierten Polizisten bewacht wie ein Schwerverbrecher. *Anweisung von Sabatier.* Völlig überzogen und unnötig.

Natürlich hatten sie ihn und Chloé gefilzt, aber Chloé und er hatten zuvor noch Zeit gehabt, ihre Glock und seine SIG Sauer zu verstecken. Chloé besaß zwar einen Waffenschein, aber um keine unnötigen Fragen aufzuwerfen und nicht noch mehr Zeit zu verlieren, hatte Chloé auch die Glock sicherheitshalber in den Kofferraum ihres

Mini Coopers legen wollen. Doch Hogart war klar, dass die Polizisten den Wagen durchsuchen würden. Also hatten sie beide Waffen auf den Boden unter dem Auto an der Innenseite der Reifen gelegt. Aus Erfahrung wusste er, dass dort nie jemand nachsah. Und offenbar hatte er recht behalten, denn sonst wäre es nicht nur bei den Kabelbindern geblieben.

Als Hogart ein tiefes gutturales Hundebellen hörte, sah er aus dem Fenster. Liv Sabatier stieg aus ihrem Wagen, einem großen, dunklen Dodge. Sie hatte einen Schäferhund dabei und band die Leine gerade an das Holzspalier einer Rosenhecke. Ein Polizist brachte eine Schüssel Wasser. Dann betrat sie das Haus, sprach im Vorraum ein paar Minuten mit einem Kollegen und ging danach direkt in die Küche. Ohne Kommentar baute sie sich vor Hogart auf und betrachtete ihn von oben herab. »Ich habe ein Déjà-vu«, seufzte sie. Ihre roten Haare waren wieder zu einem straffen Zopf geflochten.

»Wie geht es Hector?«, fragte er.

Sie gab keine Antwort.

»Offenbar hat er den Elektroschock gut überwunden. Kümmern Sie sich jetzt um ihn?«

Durchs gekippte Fenster hörte er, wie der Hund draußen winselte.

Sie stemmte die Hände in die Hüften. »Was ist daran so schwer zu verstehen, wenn ich sage, Sie sollen die Innenstadt nicht verlassen?«

»Sie haben auch gesagt, ich soll telefonisch erreichbar bleiben – das war ich, aber Sie haben mich nicht angerufen.«

»Sehr witzig.« Sie verzog angewidert das Gesicht. »Und versuchen Sie nicht, mit mir zu flirten. Das bringt Sie in nur noch größere Schwierigkeiten.« Sie schlüpfte in Latexhandschuhe und deutete durch den Raum. »Was ist Ihrer Meinung nach hier passiert?«

Merkwürdige Frage. Bestimmt wusste sie das schon und wollte ihn nur testen.

Hogart nickte zur Eingangstür. »Auf den Fliesen vor der Eingangstür sind Blutspritzer. Ihr Kollege ist offenbar vor dem Haus betäubt und danach erschossen worden. War in dem Kissen Chloroform?«

Sie nickte. »Und es war ein deutsche Waffe, vermutlich eine Heckler & Koch.«

Wozu verriet sie ihm das? Sollte das auf Elisabeth als Täterin hindeuten?

»Danach hineingezerrt, entkleidet und in den Wandschrank gesteckt worden«, fuhr Hogart unbeirrt fort. »Anscheinend hatte sich der Mörder gegenüber Madame Trebitsch als Polizist ausgegeben und so getan, als hätte er seinen Vorgänger abgelöst.«

»Und wozu?«

»Um diesmal vielleicht ohne Folter an Informationen heranzukommen?«

Sabatier wiegte den Kopf. »Und Madame Trebitsch sind weder der Mord noch der Personentausch aufgefallen?«

»Sie hat vielleicht noch geschlafen. Mit einer Schlafmaske, Ohropax und einem Glas Whisky auf dem Nachtkästchen«, schlug Hogart vor.

»Bourbon«, präzisierte Sabatier und nickte. »Sie sind gar nicht so dumm – was sehr gefährlich für Sie werden kann.«

»Glauben Sie immer noch, dass die Spuren zur Kunstszene falsch sind?«, fragte Hogart.

Sabatier antwortete nicht, blickte ihn nur prüfend an.

Hogart hob die Arme. »Können Sie mir die abnehmen? Ihre Kollegen haben die ganz schön fest zugezogen.«

»Die Kollegen haben das auf meine Anweisung hin gemacht.« Sabatier schüttelte mit falschem Bedauern den Kopf.

Sie ließ ihn kurz mit dem Beamten allein in der Küche zurück und unterhielt sich draußen mit ihren Kollegen. Während ein anderer Ermittler Chloé in die Mangel nahm, kam Sabatier zurück und führte ihr Verhör mit Hogart fort. Nach einer halben Stunde hatte Hogart offenbar sämtliche Fragen zufriedenstellend beantwortet, denn Sabatier zog ein Multifunktions-Taschenmesser aus der Hosentasche und durchtrennte die Kabelbinder. Ziemlich ruppig und nicht ohne seine Haut leicht aufzuritzen.

Wunderbar! Er rieb sich die Handgelenke. Er hatte schon befürchtet, noch mehr Zeit unnütz hier verbringen zu müssen.

Chloé, mit der die Kollegen anscheinend auch schon fertig waren, warf einen Blick in die Küche. »Kann ich jetzt gehen?«

Sabatier wandte sich um. »Haben wir Ihre Daten aufgenommen?«

»Ja, schon gestern. Kommissar Arland hat mich im Haus meines Vaters vernommen.«

Sabatier nickte. »Ihr Verlust tut mir leid.« Es klang nicht gerade mitfühlend.

»Danke.«

Sabatier nickte zur Straße. »Ist der gelbe Mini Cooper Ihr Wagen?«

Chloé nickte. »Ein Mietwagen vom Flughafen. Ich bin gestern von Frankfurt angereist. Ich wollte meinen Vater besuchen und dann …«

Sabatier nickte wieder. »Okay, Sie können gehen.«

Hogart wollte sich ebenfalls erheben, doch Sabatier stoppte ihn mit einer knappen Geste. »*Sie* bleiben hier.«

»Was? Warum? Ich dachte, wir sind …«

»Ich muss Sie vorläufig festnehmen.«

»Ist das Ihr Ernst?«

»Ist das *Ihr* Ernst?« Sabatiers Augen funkelten, und ihr Gesichtsausdruck zeigte, dass sie keinerlei Spaß machte. »Elisabeth Domeniks Fingerabdrücke konnten mittlerweile an den Tatorten aller *drei* Morde sichergestellt werden.«

Hogart runzelte die Stirn. »Hier auch?«

»Wundert Sie das?«

»Einen Moment!«, widersprach er. »Sie kennen nur das Fragment ihres Daumens und können nicht von *Abdrücken* sprechen. Außerdem ist gar nicht bestätigt, dass Elisabeth tatsächlich das Duplikat der Nadel als Letzte angefasst hat.« Dann wurde er stutzig. »Ist es eigentlich immer dasselbe Fragment des Daumens?«

Sabatier verdrehte die Augen. »Sie glauben wohl, dass Sie es hier mit Dorfpolizisten zu tun haben, oder? Wen interessiert das Fragment auf der Nadel? Bei der Einreise nach Frankreich wurde Madame Domeniks Reisepass gescannt. Er hat einen digitalen Fingerabdruck. Mittlerweile haben wir uns den von der Pass-Servicestelle des …« Sie wedelte mit der Hand.

»… Magistratischen Bezirksamtes in Wien«, half Hogart ihr mit einem Seufzen weiter.

»… schicken lassen. Danke. Und hier haben wir drei saubere Abdrücke von ihr gefunden.«

Verfluchte Kacke!

»Außerdem tauchen Sie selbst immer dort auf, wo ein

Verbrechen stattfindet …«, zählte sie einen weiteren Punkt an den Fingern auf.

Und Chloé. Der einzige Mensch, der bereit war, ihm zu helfen. »Den Grund habe ich Ihnen doch erklärt!«

»… klar, Sie informieren immer die Polizei. Das gibt ein Alibi und liefert zugleich einen guten Grund, falls wir Ihre Spuren am Tatort finden. Und deshalb stehen Sie genauso unter Verdacht wie Elisabeth Domenik. Zudem kennen Sie sich gut.«

»Herrgott!«, brauste Hogart auf. »Wenn ich tatsächlich ihr Komplize wäre, warum sollte ich dann von Anfang an mit einer Vermisstenanzeige die Aufmerksamkeit auf sie lenken?«

»Möglicherweise treiben Sie ein besonders raffiniertes Spiel«, antwortete Sabatier.

Das wäre aber sehr verhaltenskreativ!

Hogart warf Chloé, die immer noch im Türrahmen stand und völlig perplex zugehört hatte, einen hilfesuchenden Blick zu. Chloé nickte nur knapp und griff in die Hosentasche. *»Au revoir.«*

»Au revoir«, sagte Sabatier, ohne sich umzudrehen.

Ehe Chloé verschwand, legte sie ihren Autoschlüssel auf den Küchenschrank. Irritiert starrte Hogart darauf – dann begriff er.

»Außerdem schnüffeln Sie in einer laufenden Ermittlung herum«, fuhr Sabatier fort.

»Ich weiß, in Österreich ist das genauso strafbar«, sagte er einsichtig, »aber Ihnen ist doch klar, dass Sie mir keine andere Wahl lassen. Sie sehen ja selbst, dass ich Ihnen meist einen Schritt voraus bin. Außerdem können Sie mich sowieso nur achtundvierzig Stunden festhalten. Wozu also überhaupt?« Mittlerweile hatte er die Nase wirklich gestrichen voll.

Sie lächelte kalt. »Das mag in Ihrer Heimat so sein, aber sobald die Section d'intervention involviert ist, gelten andere Regeln!«

»Nach achtundvierzig Stunden müssen Sie mich wieder freilassen«, beharrte er.

»Ich muss gar nichts.« Sie kam näher heran und blickte ihm fest in die Augen. »Ich kann Sie vier Tage in einer Einzelzelle schmoren lassen, ohne dass Sie ein einziges Telefonat oder Gespräch mit dem Haftrichter führen. Und genau das habe ich vor, falls *Sie* vorhaben, mir weiterhin in die Quere zu kommen.« Sie griff nach hinten an ihren Gürtel und holte ein Paar Handschellen hervor, das sie vor seinen Augen runterbaumeln ließ.

In Frankreich war offenbar vieles anders. Hogart wurde schlecht. »Was soll das?«

»Nur damit Ihnen klar wird, in welcher Situation Sie sich befinden: Wenn es mir gefällt, könnte ich Sie auch wegen Terrorverdachts festnehmen lassen. Wir stecken mutmaßliche Terroristen eine Woche lang ohne Anklage in Einzelhaft, und kein Hahn kräht nach denen.«

Die tut das wirklich! Egal, ob er Hector gerettet hatte oder nicht.

»Aber ich lasse Sie zunächst auf mein Revier bringen. La Défense wird Ihnen gefallen. Ein Neubau. Glas, Kunststoff und Beton. Meine Kollegen werden Sie dort intensiv befragen – und es ist mir scheißegal, wie lange die dafür brauchen. Hauptsache, Sie sind uns nicht mehr im Weg.«

Das konnte mehrere Tage dauern, und damit wären die Ermittlungen für ihn gelaufen. Er dachte an Tatjana, die dann keine Überlebenschance mehr hatte. Außerdem würden ihn Madame Gorgovich-Medunjans Leute fertigmachen, sobald er wieder frei war. *Zieht eine Nummer und stellt euch hinten an.* Und ausgerechnet heute kam Kohlschmied nach Paris. *Prima!*

Ihm blieb keine andere Wahl. »Ich muss Ihnen etwas zeigen.« Langsam griff er in die Hosentasche und holte die Nachricht heraus, die Tatjanas Entführer ihm hinterlassen hatten. »Meine Nichte wurde gestern aus dem Hotel entführt.« Er reichte Sabatier den Zettel.

»Ein neuer Trick von Ihnen?« Widerwillig nahm sie das Papier, las es aufmerksam, dann blies sie sich eine Haarsträhne aus der Stirn. »Soll das ein Witz sein?«

»Sehe ich so aus, als machte ich Witze?«

»Und damit kommen Sie zu mir? Was haben denn die Kollegen unternommen?«

Er hob die Schultern. »Ich war noch nicht bei der Polizei.«

»*Wie bitte?* Und warum sagen Sie *mir* das? Und warum erst *jetzt*?«

Er nickte zu dem Zettel. »*Freitag Mitternacht treibt Tatjanas Leiche in der Seine*«, gab er den Inhalt der Nachricht wieder und sah sie eindringlich an. »*Kein Polizei!*«

»*O mon Dieu!* Darum wird sich eine Abteilung der Kripo kümmern müssen.«

»Ja, am besten ein paar Polizeianwärter in Ausbildung.« Hogart knirschte mit den Zähnen. »Sehen Sie denn nicht, dass das alles zusammenhängt?«

»Entführungen sind nicht meine Baustelle.«

»Und deshalb wird eine unabhängige Abteilung involviert, die von nichts eine Ahnung hat und erst einmal hundert nutzlosen Spuren nachgeht?«

Sie wedelte mit dem Zettel. »Sie hätten diese Nachricht wenigstens in eine Klarsichtfolie packen können, *Monsieur Détective.*« Sie steckte das Blatt in eine Tüte. »Ich gebe das den Kollegen.«

Er schnaubte nur, sagte jedoch nichts. Wenn so viele Büros unterschiedlicher Behörden daran arbeiteten, würde niemand die Zusammenhänge sehen.

Sabatier betrachtete ihn. »Ich gebe ja zu, dass das zusammenhängen könnte – und falls ja, werden wir die Zusammenhänge finden«, sagte sie einsichtig, »trotzdem bleibt mir keine andere Wahl. Ich muss Sie vorerst festnehmen!«

Er schielte zu Chloés Autoschlüssel.

Wie da rankommen?

Eine Flucht würde ihn zwar erst recht verdächtig machen, aber Sabatier ließ ihm keine andere Wahl.

In diesem Moment begann Hector wie wild zu bellen. Einige Polizisten schrien durch die Gegend. Sabatier sah durchs Fenster. »*Merde!*«

Hogart sah ebenfalls hinaus. Der Hund hatte sich losgerissen und rannte völlig aufgebracht über das Grundstück. Die Beamten jagten hinter ihm her. Laut fluchend rannte Sabatier aus der Tür. Falls sie sich fragte, wie sich das Tier hatte befreien können – Hogart kannte die Antwort. Chloé hatte nachgeholfen.

Er blickte auf die Handschellen, die auf dem Tisch lagen, dann sah er zum Autoschlüssel. Im nächsten Moment schnappte er sich beides und lief zum Fenster. Von hier waren es nur zwei Meter auf eine begrünte Böschung hinab, die zum Garten hinunterführte. Er wartete, bis alle Beamten um die Hausecke gelaufen waren, dann öffnete er das Fenster, kletterte aufs Sims und sprang.

Der Aufprall presste ihm die Luft aus der Lunge. Er rollte ab. Seine Schulter schmerzte, aber das war jetzt egal. Falls sie ihn erwischten und an der Flucht hinderten, würde er noch viel größere Schmerzen erleiden.

Nachdem er sich aufgerichtet hatte, ging er zügig die Auffahrt zum Eingangstor hinunter. Laufen wäre zu auffällig gewesen. Trotzdem musste er sich zusammennehmen, um nicht einfach loszurennen. Nach jedem Schritt fürchtete er, Sabatiers aufgebrachte Stimme hinter ihm zu hören …

Stehen bleiben, 'Ogard!

… gefolgt von einem Warnschuss.

Doch nichts passierte.

Er erreichte die Mauer am Anfang des Grundstücks und huschte durch das Tor um die Ecke. Da standen mehrere Polizei- und Zivilfahrzeuge, ein Auto der Spurensicherung, der Kombi des Rechtsmediziners und ein Leichenwagen. Dazwischen parkte Chloés gelber Mini Cooper. Von ihr selbst war weit und breit nichts zu sehen. Er neigte etwas den Kopf und sah unter den Wagen. Dort glänzte etwas Silbernes. *Die Waffen sind noch da.* Ohne lange zu überlegen, betätigte er den Funkschlüssel. Die Blinker leuchteten auf.

Er bückte sich neben dem Wagen, als wollte er die Schnürsenkel der Sneakers zubinden, schnappte sich die Waffen und warf sie in den Kofferraum. Dann klemmte er sich hinter das Lenkrad, schob den Sitz nach hinten, startete und fuhr los. Es blieb ruhig – bis auf Hogarts wild pochendes Herz.

Während er die Straße entlangfuhr, blickte er öfter in den Rückspiegel als geradeaus. Niemand stürzte auf die Straße, niemand fuchtelte wild herum, niemand verfolgte ihn, niemand schoss auf ihn.

Alter, du hast mehr Glück als Verstand!

Erst jetzt atmete er die angehaltene Luft aus. Seine Hände zitterten. *Du hast dich soeben einer geplanten Festnahme widersetzt und bist mit einer nicht registrierten Waffe abgehauen. Und das im Ausland!*

Ab jetzt steckte er so richtig tief in der Scheiße. Und es gab keinen Weg mehr raus. Er hatte ja versucht, mit den Behörden zusammenzuarbeiten, aber er hatte nicht vor, in einer Zelle mit Einwegspiegel und Mikrofonen an der Decke zu verrotten, während Elisabeth verschwunden blieb, womöglich weitermordete und Tatjanas Lebenszeit wie eine brennende Zündschnur immer kürzer wurde. Von nun an gab es nur noch den Weg nach vorne.

Als er nach mehreren Abzweigungen die Hauptstraße erreichte, bemerkte er Chloé. Sie war bis hierher zu Fuß gelaufen. Als sie ihn sah, strahlte sie übers ganze Gesicht. *Wenn das mal nicht nur von kurzer Dauer ist!* Er parkte den Wagen hinter einem Lkw-Anhänger am Straßenrand und stieg aus.

Chloé lief zu ihm. »Haben Sie meine Pistole?«

»Liegen beide im Kofferraum.«

Erleichtert ließ sie die Schultern sinken. Sogleich klemmte sie sich hinter das Steuer. »Wohin soll ich Sie bringen?«

»Unsere Wege trennen sich hier.«

»Was?« Sie sah ihn mit großen Augen an.

»Wir haben nicht viel Zeit. Sabatier weiß sicher schon längst, dass ich weg bin. Die suchen bestimmt nach Ihrem Wagen und haben garantiert schon über Funk Straßensperren aufstellen lassen. Besser, Sie fahren allein weiter, und ich nehme den Bus oder ein Taxi.«

Chloé sah sich um. »Ein Lkw wäre besser. Gleich dort

drüben ist eine Tankstelle, da finden Sie sicher einen, der Sie nach Paris mitnimmt.«

Er sah hinüber und nickte. Neben den Lkws stand auch ein Traktor mit Anhänger.

»Sagen Sie, dass Sie ausgeraubt wurden oder einen Unfall hatten.« Chloé stellte den Sitz ein. »Alles Gute, *au revoir.*«

Er nahm seine Waffe aus dem Kofferraum, schlug den Deckel zu und klopfte auf den Wagen. *»Au revoir.«*

Im gleichen Moment trat sie aufs Gas. Er blickte ihr eine Sekunde lang nach, sah ihr Gesicht im Seitenspiegel, dann nahm er den Fußweg zur Tankstelle. Ein angepisster Gesichtsausdruck, als wäre ihm soeben die Karre eingegangen, würde ihm in seiner augenblicklichen Situation sicher nicht besonders schwerfallen.

32. Kapitel

Der Flughafen Paris-Orly lag nur knapp vierzig Autominuten von Versailles entfernt. Um halb eins lief Hogart durch die Ankunftshalle, wo die Leute mit Koffern und Trolleys aus dem Gebäude strömten. Gleich daneben gab es ein Infocenter, einen Taxistand, einen Kiosk und einige Bistros.

Die große Tafel zeigte an, dass der Austrian-Airlines-Flug aus Wien vor 40 Minuten gelandet war. Hogart warf noch einmal einen Blick auf sein Handy. *Sind im »Café au lait«*, lautete die SMS, die er vor fünf Minuten von Kohlschmied erhalten hatte.

Sind? Mehrzahl?

Er kämpfte sich zwischen den Menschen durch und fand schließlich das Café. Eine Warteschlange stand vor dem Tresen. Das Lokal war voll. Die meisten saßen mit ihrem Gepäck herum und warteten vermutlich darauf, abgeholt zu werden.

Nachdem Hogart sich umgesehen hatte, bemerkte er einen Arm, der nach ihm winkte. Es war Kohlschmied. Der Mann war nur einen Meter sechzig groß. Er saß in einer Nische, direkt neben einem Fenster, an dem die Leute in Richtung Bahnstation vorbeiliefen. Gesicht und Hände waren so weiß wie die Wand. Seine Flugangst musste ihn die letzten Nerven gekostet haben. Wenn Hogart Glück hatte, war Kohlschmied jetzt schon so fertig, dass er ihn mit etwas Nachdruck direkt wieder zum Heimflug überreden konnte.

In der momentanen Situation würde der Wiener bei seinen Ermittlungen mehr denn je im Weg herumstehen.

Langsam kam Hogart näher. Vor Kohlschmied auf dem Tisch standen zwei Kaffeebecher, und ihm gegenüber saß eine hochgewachsene Person im grauen Anzug, die Hogart den Rücken zukehrte. Neben den beiden standen ein normaler Koffer und ein fast mannshoher Riesentrolley.

O nein! Hogart näherte sich zögernd, als er erkannte, wer da noch mit Kohlschmied gekommen war. Kommerzialrat Helmut Rast. Der beste Freund seines verstorbenen Vaters, sein Mentor und der Geschäftsführer der Wiener Niederlassung von Medeen & Lloyd.

Wenn Rast persönlich herkommt, bedeutet das, dass sie sämtliche Geschütze auffahren.

Dabei war das Herz des alten Mannes schon außerordentlich angegriffen, und Hogart hätte ihm diese Reise gern erspart. Aber Rast war stur und hätte diesbezüglich ohnehin keinen Cent auf Hogarts Rat gegeben. Hoffentlich geriet er nicht in die Schusslinie. Andererseits hatte Rast jedoch gute Kontakte, die vielleicht nützlich sein konnten.

Rast stand auf, drehte sich um und gab Hogart mit einem gequälten Lächeln die Hand. Trotz seines hohen Alters war sein Händedruck immer noch fest. »Du siehst beschissen aus«, stellte er mit knarrender Stimme fest.

Wie immer trug der imposante Mann mit dem dünnen Haarkranz und der Statur einer breitschultrigen Vogelscheuche einen der feinsten Anzüge, die Hogart je gesehen hatte. Sein gepflegtes Äußeres konnte aber nicht darüber hinwegtäuschen, dass er sich große Sorgen machte. Und das sicher nicht nur um Elisabeth und das verschwundene Exponat, sondern auch um Hogart.

»*Beschissen* trifft es ziemlich gut – genauso fühle ich mich. Ich komme direkt aus Versailles«, erklärte Hogart. »Bin im Anhänger eines Traktors getrampt und die restlichen Kilometer mit dem Taxi gefahren.« Rast sah ihn neugierig an, Kohlschmied verwirrt. »Die Polizei ist hinter mir her, aber ich konnte abhauen.«

»Ach du meine Güte.« Kohlschmied warf die Arme in die Luft. »Ich habe es geahnt. Heißt das, Sie steigen aus dem Fall aus?« Für einen Augenblick setzte er das schadenfrohe Lächeln eines Kredithais auf, der sich daran erfreute, wenn sich sein Konkurrent in die Kacke geritten hatte. Langsam trat wieder Farbe in sein Gesicht.

Hogart schluckte seine Wut hinunter. »Bin ich schon jemals aus einem Fall ausgestiegen?«

»Nein, bist du nicht«, antwortete Rast an Kohlschmieds Stelle. Er setzte sich, Kohlschmied und Hogart ließen sich ebenfalls nieder.

»Unsere Zimmer im Jardin sind erst in zwei Stunden fertig«, sagte Rast. »Wir haben also Zeit. Reden wir in Ruhe über den Fall.« Seine Tränensäcke waren gerötet, und die Hände, mit denen er seine Bordkarte zu einem Röllchen knetete, waren mit Altersflecken übersät und so knorrig wie Wurzelholz. Sorgenfalten durchzogen sein Gesicht, aber der Mann sträubte sich seit vielen Jahren beharrlich, von der Chefetage in die Rente zu wechseln. Diese Branche war *seine* Branche, und er brauchte die Vorstandssitzungen wie ein alter Dampfkessel die Kohlen. Mit seiner Anreise war die Angelegenheit zur Chefsache geworden.

Nachdem Hogart alle Einzelheiten des Falls erzählt und nichts verheimlicht hatte – weder Elisabeths Fingerabdrücke an den Tatorten und Tatjanas Entführung noch die

Drohungen, die er erhalten hatte –, schwiegen sie eine Weile.

»Verflixt und zugenäht«, fluchte Rast schließlich. Seine Zähne knirschten. Hogart hatte ihn noch nie so verzweifelt gesehen.

Kohlschmied nahm die Hornbrille ab und massierte seine Nasenwurzel. Er sah so geschockt drein wie ein Laktoseintoleranter in einer Molkerei. »Immer wieder bringen Sie die Versicherung mit Ihrer Sturheit und Ihren Alleingängen in Schwierigkeiten.«

»Andererseits hat Hogart genau damit auch immer die kompliziertesten Fälle gelöst«, entgegnete Rast.

Hogart beugte sich zu Kohlschmied über den Tisch. »Und das ist das Einzige, was Sie dazu zu sagen haben?«, zischte er.

»Ja, verflucht!« Kohlschmied setzte die Brille auf. »Sie hätten sich verhaften lassen sollen, anstatt abzuhauen.«

»Dann würden Sie jetzt rein gar nichts über diesen Fall wissen und hätten möglicherweise morgen oder übermorgen die erste Gelegenheit, mich für zehn Minuten im Verhörraum der Polizei zu sprechen.«

»Es gibt über acht Milliarden Menschen, und Domenik musste ausgerechnet *Ihnen* begegnen«, knurrte Kohlschmied.

»Wie glücklich müssen diejenigen sein, die nie die Gelegenheit hatten, *Sie* kennenzulernen.« Hogart streifte ihn mit einem abfälligen Blick.

Nun hob Rast beschwichtigend die Hände. »Wir entspannen uns jetzt alle wieder und denken in Ruhe über die Sache nach.« Er winkte eine Kellnerin herbei und bestellte eine Runde Tonic Water – seines mit einem Schuss Gin.

Nachdem die Getränke serviert worden waren, griff Hogart in die Sakkotasche, holte das Etui heraus und klappte es auf dem Tisch auf.

Kohlschmied warf einen verächtlichen Blick darauf, nahm die Nadel heraus und drehte sie so lange, bis er unter der Vorwölbung die Prägung entdeckte. Dann setzte er sein herablassendes Vertreterlächeln auf, das hervorragend zur Pomade in seinem Haar passte. »Das ist das Duplikat. Im Vergleich zum Original ist es wertlos.«

»Das weiß ich«, knurrte Hogart. »Aber mehr hat Elisabeth uns nicht hinterlassen.«

»Glaubst du wirklich, dass Elisabeth hinter all den Morden steckt?«, fragte Rast ernst.

Hogart ließ die Nadel wieder verschwinden. »Am Montag hätte ich diese Frage mit einem klaren *Nein* beantwortet, gestern wäre ich ein wenig ins Grübeln gekommen, heute Morgen war ich noch ziemlich unsicher – aber mittlerweile könnte ich es mir sogar vorstellen.« Er kaute an der Unterlippe. Und diese Vorstellung brachte ihn zur Verzweiflung. »Doch letztendlich weiß ich es nicht mit absoluter Sicherheit.«

»Sie waren doch mit Domenik zusammen«, stellte Kohlschmied fest.

Waren? Ich bin es immer noch! »Mein Herz und mein Gefühl sagen mir, sie hat nichts damit zu tun«, murmelte er, »aber Logik und Fakten weisen auf das Gegenteil hin.«

»Und Fakt ist«, resümierte Rast, »dass die Einbrecher – wer immer sie sind – es ausschließlich auf bestimmte Stücke abgesehen haben, die irgendwo im Haus der Besitzer versteckt waren. Sie wollen nichts anderes. Sie gehen gezielt vor. Vermutlich gibt es einen Auftraggeber, der hinter allem steckt und genau das will und *nur* das.«

»Und warum töten sie die Besitzer?«

»Nachdem sie die Leute gefoltert hatten, mussten sie sie zum Schweigen bringen«, antwortete Rast, ohne lange zu überlegen.

Rast konnte sich genauso gut in Täter hineinversetzen wie Hogart. Immerhin war er seit über fünfzig Jahren in der Versicherungsbranche tätig und hatte wie Hogart schon jede Art von Gaunerei, Betrug und Versicherungsschwindel gesehen.

»*Falls* …«, betonte Hogart und hob die Hand, »… falls Elisabeth wirklich hinter all diesen Morden stecken sollte, frage ich mich, wer ihr Komplize ist. Leider habe ich ihr Handy nicht und kann weder ihre Telefonate noch ihre E-Mails checken, um herauszufinden, mit wem sie gesprochen und zuletzt Kontakt gehabt hat.« Er sah Kohlschmied an. »Gibt es einen zweiten Medeen & Lloyd-Mitarbeiter, der gerade in Paris ist?«

Als hätte Kohlschmied diese Frage erwartet, checkte er bereits die Infos seiner Medeen & Lloyd-Datenbank mit dem Tablet.

Die Minuten vergingen endlos langsam, und Hogart leerte sein Tonic Water. Ein Schuss Gin hätte ihm jetzt auch gutgetan. Während Kohlschmied arbeitete, spukte ihm wieder Tatjanas Frage durch den Kopf.

Wie gut kennst du Elisabeth wirklich?

Soviel er wusste, hatte Elisabeth die Sommerferien bis zu ihrem neunzehnten Lebensjahr stets bei ihrer Großmutter in Frankreich verbracht. Elisabeth beherrschte die Sprache fließend und hatte sich schon immer für die Kultur dieses Landes begeistert. Ständig rutschten ihr französische Floskeln raus, was Hogart süß gefunden hatte. Sie liebte das französische Flair, die Musik, das Essen und den Lebensstil.

Aber wenn sie dir nur die Hälfte der Wahrheit erzählt hat?

Hogart trommelte mit den Fingern auf dem Tisch und sah Kohlschmied an. »Und?«

»Nein«, sagte Kohlschmied schließlich. »Es sind zurzeit nur zwei Mitarbeiter in Frankreich. Einer in Toulouse, der andere in Marseille. Die Städte sind zu weit entfernt, außerdem hatten dort beide verbriefte Meetings mit Kunden.«

Shit!

Oder auch nicht! Vielleicht entlastet das Elisabeth ja sogar.

Kohlschmied sah auf. Als könnte er Gedanken lesen, machte er Hogarts neu aufkeimende Hoffnung gleich wieder zunichte. »Aber das beweist meiner Meinung nach gar nichts. Schließlich hätte sie sich auch hier vor Ort einen Komplizen suchen können. Sie hat französische Wurzeln und ist außergewöhnlich gut vernetzt. Also stehen wir immer noch am Anfang.«

Tja, der Pomadedackel hatte leider recht.

Rast sah Hogart mit müden Augen an. »Was schlägst du vor?«

»Du musst mir vertrauen und mich notfalls gegenüber der Polizei decken. Rousseaus Tochter und ich werden das Rätsel bis spätestens Freitag gelöst haben.«

»Und wenn nicht?«

»Dann ist Tatjana tot.« *Und Elisabeth womöglich ebenso.* Aber beides war für ihn einfach undenkbar.

»Und Madame Gorgovich-Medunjans Ultimatum?«, hakte Kohlschmied nach.

»Das ist im Moment mein geringstes Problem.« Hogart dachte an den Wahnsinnigen, der im Innenhof des Hotels eine leere Waffe auf ihn abgefeuert hatte. Möglicherweise würde das nächste Mal tatsächlich eine Patrone in der Kammer stecken, aber noch war es ja nicht so weit. »Dazu müssten die Schläger erst einmal herausfinden, wo ich bin.«

»Im Hotel?«, schlug Kohlschmied mit einem zynischen Unterton vor.

Das hättest du wohl gern! »Ich habe nicht vor, dort nochmals aufzutauchen.«

Rast blickte auf die Uhr. »Wir hingegen werden bald dort einchecken.«

»Wäre es nicht besser, wenn ihr wieder …?«

»Nein!«, unterbrach ihn Rast. »Wir finden heraus, ob die Polizei oder irgendwelche Unterweltganoven im Hotel nach dir suchen. Was hast du in der Zwischenzeit vor?«

»Ich brauche einen Kontakt zu jemandem, der mir endlich mehr über die Bíro-Werke erzählen kann. Das ist die einzige interessante Spur. Aber es scheint so, als sterben alle, die etwas darüber wissen.«

Kohlschmied schüttelte wenig begeistert den Kopf. »Also, ich weiß nicht … was für eine dünne Spur.«

Rast faltete die Hände vor dem Gesicht. »Okay. Wir machen es auf Hogarts Art und Weise …« Kohlschmied wollte protestieren, doch Rast würgte seinen Einwand mit einer unwirschen Geste ab. »Wenn wir dich dabei irgendwie unterstützen können, sag es.«

»Falls die Polizei meine Kredit- und Bankomatkarte gesperrt hat, brauche ich Geld.«

Rast griff in sein Portemonnaie und schob Hogart Bargeld und seine eigene Kreditkarte über den Tisch. »Der Code ist viermal die Vier. Einfach zu merken.«

»Und ich brauche ein Telefon, dessen Nummer die Polizei nicht kennt und deshalb nicht orten kann.«

Rast schnippte mit den Fingern, woraufhin Kohlschmied widerwillig sein Handy über den Tisch schob.

»Und dann bräuchte ich den Kontakt zu einer wahren Kulturkoryphäe, die sich mit französischen Legenden auskennt.«

»Internet, Wikipedia und Google?«, schlug Kohlschmied bissig vor. Hogart verzog missbilligend das Gesicht.

»Eine solche Person hast du eigentlich schon kennengelernt«, antwortete Rast.

Hogart sah ihn fragend an.

»Auf der Auktion«, erklärte Rast. »Frau Dr. Meyer-Lanski, die kulturelle Leiterin der Opéra Garnier.«

»Die?«, entfuhr es Hogart.

»Ja, die! Sie stammte ursprünglich aus Berlin, lebte danach viele Jahre in New York, war die Leiterin des Museum of Modern Arts …«

»Das MoMA, wow!«, sagte Hogart.

»… heiratete dann so einen Franzosen«, Rast wedelte abfällig mit der Hand, »ging nach Paris, leitete das Musée Rodin und nahm schließlich diese Stelle bei der Oper an.«

Hogart lächelte für einen Augenblick. »Klingt so, als wärst du früher mal mit ihr …«

»Ich will nicht darüber reden – war eine hässliche Geschichte.«

Oho! Hogart wurde wieder ernst. »Können wir ihr vertrauen?«

Kohlschmied übernahm die Antwort. »Seit sie die kulturelle Leitung der Oper übernommen hat, arbeitet Medeen & Lloyd mit ihr zusammen. Bisher gab es nie Probleme. Ich denke, sie ist loyal. Außerdem ist sie Deutsche.«

»Und?«, fragte Hogart. »Was hat das mit Loyalität zu tun?«

»In einer Stadt wie Paris müssen wir Deutschsprachigen doch zusammenhalten.«

Schon, aber sie hat einen Franzosen geheiratet, dachte er, *und nach der Auktion war sie nicht gerade gut auf mich zu sprechen.* Allerdings behielt er seine Zweifel für sich.

Rast griff zu seinem Telefon. »Ich kann ein Treffen mit ihr vereinbaren.«

»Wenn möglich noch heute. Je schneller ich die Informationen habe …«

»Ja, ja.« Rast schob die Unterlippe nach vorne. »Hoffen wir das Beste.« Er wählte eine Nummer, wurde zweimal verbunden und landete offenbar in Meyer-Lanskis Büro, da er wohl mit einem Sekretär französisch sprach – ziemlich flüssig, wie Hogart feststellte. Nach einer halben Minute Wartezeit und einem weiteren kurzen Gespräch beendete er das Telefonat. »Heute ist ihr freier Nachmittag. Sie besucht das Grab ihres Mannes – ich wusste gar nicht, dass er tot ist –, jedenfalls erwartet sie dich gegen halb drei auf dem Père Lachaise.« Rast hob die Augenbrauen. »Na?«

»Prima.«

»Bevor wir zum Hotel fahren, statte ich der österreichischen Botschaft einen Besuch ab, und Kohlschmied wird indessen versuchen, bei der Kripo Infos über den Fall zu bekommen – ist zwar eigentlich aussichtslos, aber wenn er dort ordentlich auf den Putz haut, wird er vielleicht sogar etwas erfahren.« Rast lächelte kalt. »Immerhin ist ein von uns versichertes Stück französischer Kulturgeschichte im Wert von über sieben Millionen spurlos verschwunden.«

Kohlschmied presste die Lippen zusammen und setzte seinen Kämpferblick auf. Dem Pomadedackel war es tatsächlich zuzutrauen, den Beamten so sehr auf die Nerven zu gehen, dass sie ihm aus purer Erschöpfung Einsicht in die Akten gewährten. »Können wir Sie mit dem Taxi irgendwohin mitnehmen?«, fragte Kohlschmied nun bemüht versöhnlich.

Hogart winkte ab und erhob sich. »Alles fein.« Er steckte Geld, Kreditkarte und sein neues Handy ein. »Ich melde mich.«

33. Kapitel

Hogart drängte sich aus dem Flughafen-Café und lief am Infocenter vorbei in Richtung Taxistand.

Nach wenigen Metern kamen ihm zwei Flughafenpolizisten mit einem Schäferhund an der Leine entgegen. Hogart hielt den Kopf unten und schielte aus dem Augenwinkel zu den beiden hinüber. Der Mann sprach über sein Funkgerät am Schulterteil, während die Frau auf ihrem Handy scrollte. Hogart wollte sich bereits abwenden, als er sah, dass nun auch der Mann sein Handy herauszog. Offenbar hatten sie gerade ein Foto erhalten, da sie immer wieder aufsahen, die Leute beobachteten und erneut auf ihr Handy blickten.

Vielleicht war er ja nur paranoid, andererseits konnte es durchaus sein, dass die Polizei ihn auf Sabatiers Veranlassung hin anhand seines Passfotos auf Bahnhöfen und Flughäfen suchte. Er schätzte Sabatier so ein, dass sie seine Flucht ziemlich persönlich nahm und ihn um jeden Preis in eine Zelle sperren wollte. Vielleicht vertrug sie es nicht so gut, dass er mit seiner Theorie bisher recht zu haben schien – oder sie glaubte wirklich, dass er mit Elisabeth gemeinsame Sache machte. Jedenfalls hatte er keine Lust, ihre näheren Beweggründe herauszufinden.

Hogart bog ab und drängte sich durch eine Drehtür nach draußen. Wenige Meter die Straße hinunter standen die ersten Taxis. Er ging an den Autos vorbei und blickte ins Innere. Die meisten waren modern ausgestattet, doch er entschied sich bewusst für das alte Taxi eines Nordafrikaners, der, wenn er das richtig erkennen konnte, kein Smartphone, sondern nur ein uraltes Handy mit Minidisplay zu besitzen schien. Zahlreiche Kettchen mit Anhängern baumelten am Rückspiegel, und aus dem Autoradio drang arabische Musik.

Wäre Hogart jetzt gleich eingestiegen, hätte der Mann sicher protestiert und nach vorne zum Anfang der Schlange gezeigt, da die Taxis der Reihe nach mit ihren Kunden abfuhren. Da hätte selbst ein sattes Trinkgeld nicht viel bewirkt, außer dass Hogart unnötig viel Aufmerksamkeit auf sich gelenkt hätte. Also wartete er in einer Nische neben der Drehtür, bis sein spezieller Taxifahrer an der Reihe war. Bei den vielen Leuten, die hier ein und aus gingen, sollte das nicht mehr lange dauern.

In der Zwischenzeit zog er sein eigenes Handy heraus und wollte gerade die Abdeckung abnehmen, um sicherheitshalber die SIM-Karte zu entfernen, als es in seiner Hand vibrierte. Die Nummer kannte er von Madame Gorgovich-Medunjans Visitenkarte.

Er atmete tief durch, dann nahm er das Gespräch an. »Was wollen Sie von mir? Ich habe noch bis Mitternacht Zeit.«

»Nervös, Hogart?« Aus dem Lautsprecher drang das blecherne Lachen einer älteren Frau.

In seiner Vorstellung sah er sie förmlich vor sich. Schlank, groß gewachsen, elegant, graue Haare und lange feingliedrige Finger mit vielen Ringen, den Hals mit Perlenketten behangen. Ein Fingerschnippen genügte, und ihre Lakaien würden alles tun, was sie ihnen befahl.

»Haben Sie das Exponat schon gefunden?«, fragte sie.

»Ich bin dran!« Hogart sah auf. Noch drei Taxis, dann

kam seines. »Aber die Sache ist noch viel größer und komplexer geworden.«

»Größer?«

Hogart sah, wie Rast und Kohlschmied mit ihrem Gepäck durch die Drehtür nach draußen kamen. Außer seinem Riesentrolley hatte Kohlschmied eine neue Schachtel aus dem Handyladen dabei.

Im selben Moment kamen zwei Polizistinnen – wie ihre Kollegen vorhin mit einem Schäferhund an der Leine – über die Straße und patrouillierten an der Autokolonne vorbei in seine Richtung.

»Es sind weitere Parteien mit unterschiedlichen Interessen an dieser Sache beteiligt«, erklärte Hogart und senkte die Stimme.

Kohlschmied entdeckte ihn und wollte etwas sagen, doch Hogart winkte mit einer knappen Geste ab. Als Kohlschmied und Rast die Polizistinnen bemerkten, verstanden sie sofort und gingen kommentarlos zum nächsten Taxi.

»Es ist mir … *scheißegal*«, betonte Madame, »wer noch alles daran interessiert ist und wie viele Verletzte und Tote es in Paris gibt und vielleicht noch geben wird. Ich will entweder mein Eigentum zurück oder den mir zugesagten Verkaufspreis, andernfalls gesellen *Sie* sich zu den Toten. Verstanden? Elisabeth Domenik ist *Ihre* Freundin – *Sie* bringen das wieder in Ordnung.«

Hogart löste sich aus der Nische und ging zu dem vorsintflutlichen Taxi des Nordafrikaners. »Was wissen Sie über die Morde?«

»Nur das, was in der Zeitung steht.«

In der Zeitung hatte jedoch nur etwas von *einem* Mord gestanden, nämlich dem an Rousseau. Pelletiers Tod und der seines Händlers waren stillschweigend übergangen worden, und von Madame Trebitschs Ermordung konnte noch kein Reporter erfahren haben. Trotzdem war seine mysteriöse Auftraggeberin bestens über alles informiert. Oder steckte sie selbst dahinter?

»Wer könnte noch ein überdurchschnittlich großes Interesse an der Knochennadel und anderen Bíro-Werken haben?«, fragte Hogart weiter.

»Ich hätte Sie für intelligenter gehalten.«

»Wie bitte?« Hogart stieg hinten ein, und noch bevor der Taxifahrer etwas sagen konnte, hielt er das Handy kurz weg und sagte in gebrochenem Französisch: »Ich habe kein Gepäck, fahren Sie bitte erst einmal aus dem Flughafengelände raus.«

»Wohin?«

»Sage ich Ihnen gleich.« Dann nahm er das Handy wieder zum Ohr. »Wie bitte?«, wiederholte er.

»Sie sind unkonzentriert«, stellte Madame fest. Ihr Ton wurde ungeduldig.

Mit einer Hand griff er zum Gurt und zog ihn zu sich herunter. Die Waffe hinten in seinem Hosenbund drückte unangenehm. »Ein wenig in Eile trifft es wohl eher.«

Die Polizistinnen gingen an seinem Taxi vorbei, und Hogart hielt den Arm mit dem Handy hoch, sodass sie sein Gesicht nicht sehen konnten.

»Ich sagte, jeder, der sich etwas mit der französischen Kulturgeschichte auskennt und über die richtigen Mittel verfügt, ist daran interessiert. Kämpfen Sie sich durch diesen Dschungel, Hogart. Ich will nur mein Eigentum wieder, mehr interessiert mich nicht. Danach können Sie abreisen. Und ich zahle Ihnen auch Ihr Ticket nach Wien in der ersten Klasse mit einem Glas Champagner und ein paar Erdbeeren.«

Wenn das so einfach wäre!

Der Taxifahrer drückte auf die Uhr, dann scherte er aus und überholte den Wagen vor ihm, wo der Fahrer soeben Rasts und Kohlschmieds Gepäck in den Kofferraum stopfte. Kohlschmied sah ihm besorgt nach.

»Und bleiben Sie erreichbar«, fügte Madame hinzu.

Ganz bestimmt!

»Au revoir.« Hogart legte auf, drehte das Handy um, entfernte die Abdeckung und zog die SIM-Karte heraus. Weder Arland noch Sabatier oder Madame Gorgovich-Medunjan brauchten zu wissen, wo er sich ab jetzt aufhielt.

Der Taxifahrer warf ihm über den Rückspiegel einen seltsamen Blick zu.

Vor ihnen teilte sich die Straße in drei Richtungen mit jeder Menge Überkopfanzeigen. »Nach Paris«, sagte Hogart. »Zum Père Lachaise.«

Der Fahrer setzte den Blinker.

Dass sein nächstes Ziel ausgerechnet ein Friedhof war, passte irgendwie.

34. Kapitel

Während der Fahrt informierte sich Hogart auf Kohlschmieds Smartphone über den *Cimetière du Père-Lachaise.* Der größte Friedhof von Paris war wie ein riesiger Park angelegt. Zwischen den knapp 70 000 Gräbern konnte man tagelang umherirren. Einen mieseren Treffpunkt konnte es kaum geben.

Wo GENAU finde ich Frau Dr. Meyer-Lanski?, lautete die SMS, die er an Rast schickte.

Die Antwort kam fünf Minuten später. *Hinter dem Kolumbarium. In 15 Minuten.*

Wenigstens ein bisschen hilfreich, dachte Hogart, aber da der Friedhof mehrere Eingänge hatte, kam es immer noch darauf an, aus welcher Richtung man sich dem Kolumbarium, jener großen Grabkammer, näherte. Hogart entschied sich für den Haupteingang am Boulevard de Ménilmontant, wo ihn der Taxifahrer aussteigen ließ.

»Jim Morrison«, sagte der Mann grinsend, während er das Geld für die Fahrt entgegennahm. »Oscar Wilde, Édith Piaf, Saint-Exupéry.«

Hogart zeigte ihm den erhobenen Daumen und gab ihm noch ein großzügiges Trinkgeld. Herzlich gern hätte er sich diese Grabstätten und die der zahlreichen Jazz-Legenden angesehen, die hier auch noch lagen, doch nicht unter diesen Umständen.

Das Eingangstor war ein wuchtiges Bauwerk, das an eine Burgmauer erinnerte, mit einem grünen Metalltor, zwei turmartigen Mauervorbauten und schweren Eisenketten rechts und links des Weges. Nachdem Hogart auf einer Infotafel nachgesehen hatte, wo sich das Kolumbarium befand, zerbiss er einen Fluch. Genau auf der gegenüberliegenden Seite des Friedhofs. In zehn Minuten würde er das nicht schaffen. Allerdings war der Weg dorthin nicht allzu kompliziert und verlief ziemlich geradlinig. Nach wenigen Metern konnte er zwischen den Baumwipfeln bereits die Kuppel des Gebäudes erkennen, in dem sich die Urnen befanden, und daneben die beiden Türme des Krematoriums mit ihren schwarzen Spitzen.

Am Ende musste Hogart noch einmal fast ganz um das Kolumbarium herumlaufen, das auf jeder Seite von Arkaden umgeben war, und fand schließlich einen schmalen Weg mit Kopfsteinpflaster, der zu beiden Seiten von Mausoleen umgeben war. Vor einer Grabstätte stand eine Frau in einem roten Kleid mit einem schwarzen Sonnenschirm, die ihm sehr bekannt vorkam.

Hogart ging auf Meyer-Lanski zu, und obwohl sie ihn bereits von weitem erkannte, blickte sie nur einmal kurz zu ihm und danach wieder starr geradeaus. Das Mausoleum der Familie ihres Mannes war kleiner als die anderen links und rechts davon, dafür hatte es einen schmalen Wiesenstreifen, der von einem schmiedeeisernen Zaun umgeben war, und einen Marmorengel mit gesenktem Haupt, der auf dem Dach thronte.

»Danke, dass Sie sich Zeit nehmen«, sagte Hogart, als er sie erreichte.

»Ich hätte die nächste Stunde ohnehin hier verbracht.« Sie blickte zur Marmortafel. »Morgen ist der Todestag meines Mannes.«

Hogart sah kurz zum Grabstein. Jacques Lanski war vor fünf Jahren im Alter von fünfundachtzig Jahren verstorben. Auch wenn Rast tatsächlich einmal vor vielen Jahren eine Affäre mit dieser Frau gehabt hatte – die ihm offenbar seither nicht mehr aus dem Kopf ging –, so hatte sie sich damals wohl für einen um viele Jahre älteren Franzosen entschieden. Das in Stein gefasste Foto über seinen Lebensdaten zeigte einen selbstbewusst wirkenden und robusten Mann, der Rast nicht unähnlich war. *J'ai vécu ma vie*, stand in kursiven Lettern daneben. *Ich habe mein Leben gelebt.* So viel konnte Hogart gerade noch übersetzen.

»Tut mir leid«, krächzte er.

»Ach, schon gut, danke, Sie kannten ihn ja nicht«, sagte sie. »Ich habe gerade eben mit Helmut Rast telefoniert. Er hat mir versichert, dass Sie einer der besten Detektive der Branche sind.« Sie blickte Hogart mit festem Blick an. »Wir hatten am Montag bei der Auktion keinen guten Start, und es tut mir leid, was ich Ihnen alles an den Kopf geworfen habe.«

Hogart schwieg im Angesicht des Grabes ihres verstorbenen Mannes.

»Ich weiß, was Sie jetzt denken, und ich möchte mich für mein unkooperatives Verhalten entschuldigen. Aber jedes Jahr um diese Zeit, wenn sich die Blätter verfärben, überkommt mich eine große Trauer. Ich stürze mich in meine Arbeit und muss alles so perfekt wie möglich machen.« Sie seufzte. »Mein Mann fehlt mir immer noch. Er hatte immer einen guten Rat für mich, war mir Stütze und Ansporn.«

Meyer-Lanski war eine imposante und autoritäre Person, umso mehr erstaunte ihn ihre offene und selbstkritische Haltung.

»Mag sein, dass auch ich ein wenig überreagiert habe«, gab Hogart zu.

»Aber letztendlich haben Sie recht behalten«, sagte sie. »Schließlich sind seither mehrere Überfälle und ein Mord passiert, und all das scheint mit der Auktion in Zusammenhang zu stehen.«

»*Vier* Morde«, korrigierte er sie, »wenn man den Händler dazuzählt, der im Krankenhaus gestorben ist.« *Und das auch nur bis jetzt!*

Sie sah ihn entsetzt an. »Gehen wir ein Stück«, schlug sie vor, nachdem sie sich wieder gefangen hatte, »und erzählen Sie mir mehr darüber.«

Während Meyer-Lanski ihn in einem großen Bogen durch das Areal mit den zahlreichen Grabstätten führte, erzählte er ihr alles, was nötig war, verschwieg jedoch Tatjanas Entführung und Madame Gorgovich-Medunjans Ultimatum, um sie nicht unnötig zu belasten.

»Das ist ja furchtbar«, sagte sie, nachdem er fertig war.

»Was können Sie mir über Bíro, die Knochennadel und seine anderen Werke erzählen?«

»Bíro hat im zwölften Jahrhundert gelebt …«

»Ich weiß, 1113 bis 1167, aber viel mehr konnte ich über ihn nicht herausfinden.«

»Das glaube ich Ihnen gern.« Sie bohrte die Spitze des Sonnenschirms in den Kiesweg. »Er hat an der nordfranzösischen Atlantikküste gelebt, in einem Ort, der heute Le Havre ist.«

Wo auch César lebt!

Sie sah ihn irritiert an. »Ist etwas?«

»Nein, erzählen Sie weiter.«

»Sein legendärer Knochenzyklus, der auch Bíro-Reihe

genannt wird, umfasst mehrere Werke: Angeblich gibt es neben der Knochennadel auch noch ein Knochenpferd, einen Knochenthron, einen Knochenturm und höchstwahrscheinlich auch noch eine Knochenkrone.«

»Also insgesamt fünf Stück?«

»*Mindestens* fünf Stück«, korrigierte sie ihn, »aber vermutlich sind es noch einige mehr.«

»Hat der Knochenturm etwa dieses Format?« Hogart formte mit den Fingern jene zwanzig Zentimeter großen Umrisse, die er in Madame Trebitschs Weinkeller im Staub der Mauervertiefung entdeckt hatte.

»Ja, vermutlich könnte das hinkommen.«

Dann hatte Trebitsch wohl den Knochenturm besessen. »Warum gibt es nur Legenden darüber, nichts Konkretes, und weshalb sind diese Stücke so wertvoll? Ist das nicht ein Widerspruch?«

Sie schüttelte den Kopf und stach dabei mit der Spitze ihres Sonnenschirms in die Rillen des Kopfsteinpflasters, das jetzt am Südeingang wieder begann. »Keineswegs. Es ist wie mit dem legendären Bernsteinzimmer. Es hat existiert, aber niemand weiß, wo es jetzt ist, wer es besitzt und ob es überhaupt noch in dieser Form besteht.«

»Aber das Bernsteinzimmer *hat* existiert, und man weiß, wie es ausgesehen hat. Es gibt Zeichnungen, Fotografien und Nachbildungen.«

»Richtig, es stammt ja auch vom Beginn des achtzehnten Jahrhunderts – aber der Knochenzyklus entstand etwa um 1150. Das ist zu lange her, als dass es verlässliche Quellen gibt. Zu jener Zeit des Mittelalters sind die Normannen wiederholt in der Normandie eingefallen, die seither diesen Namen trägt. Unter Ludwig VII. begann eine lange Serie kriegerischer Auseinandersetzungen mit England. Nach der Heirat von Ludwigs geschiedener Ehefrau mit dem König von England fiel die Hälfte des französischen Staatsgebiets an England.«

»Was hat das mit Bíro zu tun?«

»Der Legende nach symbolisieren seine Exponate den Kampf König Ludwigs gegen die Engländer. Es sind Reliquien.«

»Reliquien?«, wiederholte er. »Aber die Knochennadel ist doch aus Elfenbein.«

»Was?« Sie lachte auf. »Wer hat Ihnen das erzählt?«

Nun war Hogart irritiert. »Niemand, aber ich habe sie gesehen ... also das Duplikat, und es ...«

Meyer-Lanski schüttelte den Kopf. »Die blanken Knochen sehen zwar aus wie Elfenbein, aber tatsächlich besteht die Nadel aus den Knochen einer Handvoll gefallener französischer Soldaten. Innozenz III., einer der Gegenpäpste, hat sie heiliggesprochen.«

»Menschliche Knochen?«, fragte Hogart. *Deshalb also Reliquien.*

»Angeblich ist die Form des Knochenpferds leicht gebogen, weil Bíro es aus einem menschlichen Schädelknochen gefertigt hat.«

Wie makaber! Trotz der Mittagssonne erfasste Hogart ein gruseliger Schauer. Aus diesem Grund waren die spinnenartigen Beine des Knochenthrons, von dem er ein Foto in Pelletiers Wohnzimmer gesehen hatte, wohl auch so gebogen. Das konnte aus einem Beckenknochen, dem Brustbein, aus Rippen oder Teilen der Wirbelsäule entstanden sein. »Darf man menschliche Knochen überhaupt verkaufen?«, überlegte er laut.

»Wer sollte das verbieten? Immerhin haben diese Artefakte früher Königen gehört. Nach dem Mittelalter ging der gesamte Zyklus dann in Privatbesitz über.«

Er hatte noch so viele Fragen, und er war sicher, dass Meyer-Lanski ihm einen Großteil davon beantworten konnte, doch in diesem Moment sah er zwischen den Gräbern die Uniform eines Polizisten.

Herrgott, reiß dich zusammen! Du bist schon so paranoid, dass du beim Anblick einer Uniform zusammenzuckst. Vermutlich patrouillierten diese *Flics* ständig am Père Lachaise, weil es hier, wie in fast jeder anderen europäischen Stadt, leider auch Grabschändungen im jüdischen Teil des Friedhofs gab.

Allerdings ist das hier gar nicht der jüdische Teil.

Hogart orientierte sich an der Kuppel des Kolumbariums und sah, dass sie beinahe eine vollständige Runde gedreht hatten. Im Moment kamen sie am Grab von Honoré de Balzac vorbei. Er holte Kohlschmieds Handy heraus und begann eine SMS zu tippen. »Weiß man, wer den gesamten Knochenzyklus zuletzt besessen hat?«, fragte er und spähte aus dem Augenwinkel zu dem Polizisten.

»Ich fürchte, dass Ihnen diese Frage niemand beantworten kann. Jedenfalls waren die Stücke bis vor knapp zweihundert Jahren im Eigentum einer einzelnen Familie. Dann wurde der Zyklus auseinandergenommen, und die Artefakte wurden getrennt. Niemand weiß, wer sie jetzt hat.«

Rousseau, Pelletier und Trebitsch!

Und alle drei sind tot.

Die Frage war, woher der Killer das wusste.

Durch die Bäume erhaschte Hogart einen Blick auf ein Stück Zaun, das sich zwischen zwei Mauerteilen befand.

Dahinter lag die Straße, und dort parkte ein Streifenwagen. Ein zweiter näherte sich in Schritttempo.

Verdammt!

Das war schon ziemlich auffällig. Er rief sich den Plan des Friedhofs ins Gedächtnis und tippte seine SMS zu Ende.

Habe neues Handy. Bin am Père Lachaise. Können Sie mich abholen? Dringend! Seiteneingang: Porte Gambetta. Hogart.

Dann schickte er die Nachricht an Chloés Nummer, die er mittlerweile auswendig kannte.

Meyer-Lanski blickte auf sein Smartphone. »Müssen Sie schon weg?«

Hogart schielte zu den Streifenwagen. Besser, er blieb nicht lange an ein und demselben Ort, sondern stets in Bewegung. »Langsam wird es Zeit für mich.«

Meyer-Lanski runzelte die Stirn. »Aber Sie wissen noch längst nicht alles.«

»Und zwar?«

»Die wahre Besonderheit dieser Sammlung.«

35. Kapitel

Chloé erreichte den Parkplatz neben dem Hotel Jardin und drehte eine langsame Runde in ihrem Mini Cooper. Es gab drei freie Plätze. Im Schritttempo fuhr sie an einem kleinen Peugeot mit zwei Platten vorbei. Die Seitenscheibe war eingeschlagen und das Blech beim Kofferraumschloss verbogen. *Hogarts Mietwagen!* Sie entschied sich für den Parkplatz, der am weitesten von Hogarts Auto entfernt lag – für den Fall, dass der Wagen beobachtet wurde – und stieg aus.

Dann lief sie zum Hotel und betrat die Lobby. Hogarts Zimmer lag im dritten Stock. Vielleicht war sie ja schon zu spät, aber selbst wenn nicht, würde es nicht mehr lang dauern, bis die Leute von der Section d'intervention das Hotel nach Hinweisen auf Hogart oder Domenik durchsuchen würden. So wie Domenik wurde mittlerweile auch Hogart wegen mehrfachen Mordes gesucht, und dieses Hotel war im Moment eine der wenigen Spuren.

Chloé ging an der Rezeption vorbei, an der gerade lässig zwei Männer lehnten. Beide unrasiert, einer in legeren Jeans mit Lederjacke, der zweite im dunklen Anzug. Beide hatten eine sportliche Figur, und obwohl sie leise sprachen, hörte Chloé den Namen *Peter Hogart.*

Merde, sie sind schon hier! Das wird knapp.

Sie lief zur Aufzugkabine, die gerade offen stand, drückte den Knopf für die dritte Etage und betätigte den Schalter, damit sich die Tür schneller schloss. Im dritten Stock wollte sie einen Mülleimer in die Tür klemmen, sah jedoch den Wagen der Putzfrau, der, obwohl es bereits später Nachmittag war, immer noch da stand. *Noch besser!*

Sie schob den Wagen halb in die Fahrstuhlkabine, damit sie sich nicht schließen konnte, und lief in den Korridor. Sie kannte Hogarts Zimmernummer von ihrem gestrigen Besuch, als sie ihm die Waffe gebracht hatte. Sowohl hier als auch beim Nebenzimmer hing außen an der Klinke ein Schild. *Prière de ne pas déranger.* Das daneben war das Zimmer von Hogarts Nichte.

Chloé zog ihr Pickset, das sie immer für Notfälle dabeihatte, aus der Hosentasche. *Merde!* Die Türen hatten kein Schloss, nur einen elektronischen Mechanismus, durch den man die Magnetkarte ziehen musste. *Auch gut!*

Sie stach die Spitze des längsten und dicksten Dietrichs neben dem Lesegerät zwischen Hartplastik und Türrahmen und unterbrach so den elektrischen Kontakt. Die Tür sprang sofort auf, ohne dass das grüne Licht aufleuchtete. Musste sie ja, damit bei einem Stromausfall niemand unabsichtlich eingesperrt wurde.

Chloé drückte die Klinke mit dem Ellbogen hinunter und trat ein. In dem Zimmer herrschte immer noch ein gewisses Chaos von dem Einbruch; Hogart hatte es nur zum Teil aufgeräumt. Unter dem Bett lagen zwei Koffer, und im Badezimmer befanden sich Utensilien für einen Mann und eine Frau. Die Hosen, Shirts und Hemden im Schrank hatten Hogarts Größe.

Rasch zog sie einen Koffer unter dem Bett hervor. Darin befanden sich bereits Anzüge und Krawatten. Sie stopfte sämtliche Schuhe und die restlichen Herrenkleidungsstücke hinein, packte die Utensilien aus dem Badezimmer und dem

Nachtschrank dazu – immer darauf bedacht, keine Fingerabdrücke zu hinterlassen. In einer Schublade fand sie eine Klarsichtfolie mit Flugtickets, Hotel- und Mietwagen-Voucher. Daneben Adressbuch, Laptop und Ladekabel für ein Handy. Das alles stopfte sie noch in den Koffer, dann zog sie den Reißverschluss zu.

In Windeseile war sie fertig. Als sie mit dem Koffer zur Tür kam, hörte sie am Gang aufgebrachte Stimmen. Sie legte das Ohr ans Holz und lauschte.

»Wie kann die Putzfrau nur so dämlich sein!«, keuchte jemand.

»Es tut mir leid, aber ich war das gar nicht«, antwortete eine unterwürfige weibliche Stimme.

Im nächsten Moment klickte das Schloss. »Nanu?«

»Was ist los?«, rief der aufgebrachte Kerl.

»Einen Moment, das haben wir gleich.«

Chloé hatte bereits kehrtgemacht und stieg mit dem Koffer durch die offene Balkontür ins Freie. Der Wind fuhr ihr durchs Haar. Mit dem Fuß zog sie die Tür hinter sich zu.

Merde!

Hier draußen gab es keine Feuerleiter. Aber der Ausblick auf Sacré-Cœur war fantastisch. *Geschenkt!*

Sie hörte, wie die Tür im Zimmer aufging. Die Stimmen wurden lauter. Im gleichen Moment drückte sie sich an die Mauer. Im Nebenzimmer stand die Balkontür ebenfalls offen. Das Zimmer von Hogarts Nichte!

In diesem Moment summte Chloés Handy. Eine SMS! *Mist, nicht jetzt!*

Hastig schob sie den Vorhang zur Seite, trat ins Nebenzimmer, drückte mit der Schulter die Tür zu und schob mit dem Ellbogen den Griff nach unten. Dann zog sie den Vorhang zu und atmete tief durch.

Schnell weiter!

Vorsichtig öffnete sie die Zimmertür und spähte in den Gang. Er war leer, aber die Männer von der Section d'intervention hatten Hogarts Zimmertür offen gelassen. Sie hörte, wie sie untereinander sprachen. Schubladen und Schränke wurden geöffnet.

»Wo sind seine Sachen?«, fragte einer der Männer.

Zu spät, Schafsnase!

Chloé schob sich mit Hogarts Koffer aus dem Zimmer, ließ die Tür jedoch angelehnt, um kein Geräusch zu verursachen. Zum Fahrstuhl konnte sie nicht, denn dafür hätte sie an Hogarts Zimmer vorbeigemusst Also lief sie zum Treppenhaus und schleppte den Koffer ein Stockwerk tiefer, nahm dort den Lift und fuhr in die Kelleretage. Von dort nahm sie den Hinterausgang des Hotels, lief einmal halb um das Gebäude herum und erreichte den Parkplatz. Zum Glück hatte sie nicht neben Hogarts Mietwagen geparkt, denn von Hogarts Balkon aus hatten die Ermittler einen guten Ausblick auf dessen Stellplatz. Ihr Mini Cooper hingegen stand so, dass sich die Beamten schon über das Geländer hätten beugen müssen, um nach unten zu sehen.

Chloés Herz raste. Sie wuchtete den Koffer auf die Rückbank und zog ihr Handy aus der Tasche. Während sie einstieg und den Motor startete, las sie die Nachricht, die ihr eine ihr fremde Nummer geschickt hatte.

Habe neues Handy. Bin am Père Lachaise. Können Sie mich abholen? Dringend! Seiteneingang: Porte Gambetta. Hogart.

»Okay, Monsieur Hogart.« Sie legte den Gang ein und fuhr los.

Während sie sich in den Nachmittagsverkehr einreihte, öffnete sie ihr Navi und tippte die Adresse für die schnellste Route ein.

Nur sechs Kilometer, aber bei diesem Verkehr würde es länger dauern als gewöhnlich.

36. Kapitel

Hogart ging wieder zurück in Richtung des Mausoleums der Familie Lanski. »Und was ist die wahre Besonderheit dieser Sammlung?«, fragte er.

»Wenn ich alles zusammenfasse, was Sie mir erzählt haben«, überlegte sie, »sieht es doch so aus, als würden die Höchstbieter der Reihe nach überfallen werden, weil ihnen jemand etwas Spezielles aus ihrem Kunstbesitz stehlen will: einen Teil von Bíros Knochenzyklus.«

»Ja, sieht ganz danach aus.« Hogart blickte zu dem Polizisten, der ihnen – wie es schien – folgte. Oder hatte der zufällig den gleichen Weg? »Andererseits wäre das aber eine ziemlich vage und riskante Theorie. Denn wer sagt, dass alle, die bis zuletzt mitgesteigert haben, auch tatsächlich bereits ein Objekt von Bíro besitzen?«

»Theorie hin oder her – wie es aussieht, *hatten* alle drei Todesopfer zumindest eines dieser Objekte, richtig?«, überlegte Meyer-Lanski laut.

»Das könnte auch ein gewaltiger Zufall sein … obwohl ich eigentlich nicht an Zufälle glaube«, gab Hogart zu.

Meyer-Lanski schüttelte entschieden den Kopf. »Kein Zufall. Sie wissen zu wenig darüber, wie Kunstsammler denken – und genau darum geht es! Niemand würde sich mit nur *einem* Teil eines kostbaren Zyklus' begnügen, wenn er die Gelegenheit hätte, ein weiteres Stück zu ergattern. Koste es, was es wolle.«

»Mord inbegriffen?«

»In den entsprechenden Kreisen … schon möglich.«

»Könnten Sie das genauer erläutern?«

Sie hängte sich den Griff des Sonnenschirms auf den Unterarm und breitete die Arme aus. »Es würden nur jene Leute so hochpreisig mitsteigern, die bereits einen Teil des Zyklus besitzen – alle anderen würden diesen Preis niemals bezahlen.«

Hogart sah sie skeptisch an.

»Sehen Sie, der Besitz eines zweiten und dritten Exponats würde den Wert der Stücke vervielfachen. Früher war die *Knochenschlacht* – die *Bataille faite d'os*, wie Bíro sie genannt hat – ein einziges großes Kunstwerk. Dabei stand die Knochennadel in der Mitte. Sie war der zentrale Punkt, sozusagen das Herzstück, an dem die anderen Stücke hingen.«

»Hingen?«, wiederholte Hogart.

»Bíro hatte sein Werk so angefertigt, dass man es an bestimmten Stellen in mehrere Teile zerlegen konnte. Daraus ergaben sich dann Pferd, Turm, Thron und so weiter. Vor zweihundert Jahren wurde es tatsächlich auseinandergenommen und die Einzelteile gesondert verkauft.«

Hogart erinnerte sich an das Duplikat mit den Vertiefungen. Im Original konnten hier tatsächlich die Steckmechanismen verborgen liegen. »Wie viele Stücke es insgesamt sind, weiß niemand?«

»Ich fürchte, das stimmt.«

Er dachte an Chloé, die bisher nicht auf seine SMS geantwortet hatte. »Ich konnte im Internet kaum etwas darüber finden. Woher wissen Sie das alles?«

»Tja, es ist mein Beruf, solche Dinge zu wissen. Ich beschäftige mich bereits ein Leben lang mit Kunst und habe den einen oder anderen Kontakt.« Sie blinzelte in die Sonne.

»Angeblich gibt es eine – wenn auch ziemlich schlechte – Skizze aus dem 12. Jahrhundert, die sich leider ebenfalls in Privatbesitz befindet, falls sie nicht schon längst in den Wirren der letzten Kriege vernichtet worden ist.«

»Eine Werkskizze von Bíro?«

»Vielmehr einen Bauplan.« Sie nickte. »Allerdings weiß man nicht, ob sie authentisch ist. Jedenfalls ist diese Skizze der Ursprung aller Legenden, dass die *Bataille faite d'os* aus mindestens fünf Teilen besteht, eher noch mehr.«

Langsam begann Hogart zu begreifen. »Und was passiert, wenn alle Sammlerobjekte wieder vereint und zu einem Stück zusammengefügt werden?«

Meyer-Lanski lächelte. »Dann wäre erstens bewiesen, dass es Bíros Gesamtkunstwerk tatsächlich gibt, und zweitens würde dieses Werk ein Symbol der Normandiefeldzüge des berüchtigten Ludwig VII. darstellen und hätte damit – zumindest für Insider – einen unbezahlbaren kunsthistorischen Wert.«

»Wer könnte sich dafür interessieren?« Dieselbe Frage hatte er bereits Madame Gorgovich-Medunjan gestellt.

»Jeder, der ein Faible für Geschichte hat, ein Phantast und Träumer ist und genügend Geld besitzt.«

Ihre Antwort war ähnlich ausgefallen.

»Fällt Ihnen jemand Konkretes ein, der dafür in Frage käme?«

»O Gott!« Sie lächelte. »Der französische Ministerpräsident, das Ministerium für Kultur, der Louvre, ein Milliardär, der nichts mit seinem Geld anzufangen weiß, ein Archäologe, der von dieser Legende besessen ist.«

Das engte den Kreis der Verdächtigen zwar ein, machte es andererseits aber auch nicht gerade einfacher.

Mittlerweile standen sie wieder vor dem Familienmausoleum der Lanskis. Meyer-Lanskis Gesichtsausdruck änderte sich. Tatsächlich hatte er sie mit seinen Fragen innerhalb der letzten knappen Stunde auf andere Gedanken bringen können. Hogart blickte auf die Uhr, dann spähte er zum Ausgang Porte Gambetta, der nicht weit entfernt lag. Von Chloé oder ihrem Wagen waren keine Spur zu sehen. »Sie haben mir sehr geholfen.«

»Ich hoffe, Sie sind erfolgreich bei Ihrer Suche. Das wünsche ich mir aus tiefstem Herzen.« Sie blickte auf den Grabstein, als läge dort eine Verbindung zum Fall.

»Jetzt auf einmal?«, fragte Hogart geradeheraus.

Sie presste die Lippen aufeinander. »Die ganze Sache geht mir ziemlich an die Nieren, seit ich weiß, dass Monsieur Bonnet überfallen und Monsieur Rousseau ermordet worden ist.«

Hogart runzelte die Stirn. »Ich verstehe nicht …«

Meyer-Lanski sah ihn an. »Stimmt, können Sie auch nicht.« Sie seufzte. »Der alte griesgrämige Rousseau war ein guter Freund meines Mannes. Nach Jacques' Tod habe ich Rousseau öfters besucht. Sie waren sich so ähnlich, er erinnerte mich an Jacques. Beide Sternzeichen Stier – ausdauernde, kraftvolle Menschen, die immer selbstbewusst ihren Weg gegangen sind.«

Für einen Sekundenbruchteil blitzte eine merkwürdige Erinnerung in Hogart auf. Da war doch etwas. *Irgendetwas stimmt nicht!* Aber er konnte den Gedanken nicht fassen. Im nächsten Moment war dieses Gefühl verschwunden, denn da war wieder derselbe Polizist wie zuvor. Diesmal geduckt hinter einem Grabstein, ziemlich bemüht, nicht entdeckt zu werden.

Scheiße!

Das ist kein Zufall mehr.

Hogart sah Meyer-Lanski an, und vermutlich sprühte sein Blick Gift und Galle, da sie sofort einen Schritt zurückwich und rot wurde. Ihr Blick wanderte herum, vermutlich auf der Suche nach dem uniformierten Beamten. Offenbar hatte sie von Rast erfahren, dass die Polizei ihn suchte, und ihn ganz einfach verpfiffen. »Es tut mir leid«, hauchte sie.

Das mochte zwar stimmen, machte es aber auch nicht besser, dass sie ihn in eine Falle gelockt hatte. »Ich will den Fall aufklären!«, zischte er. »Und was machen Sie, verdammt …?«

»Es tut mir leid«, wiederholte sie.

»Sollten Sie für die Polizei herausfinden, hinter wem oder was ich her bin?«

Sie schwieg.

Er packte sie am Arm. »Haben Sie mich jetzt eine Stunde lang angelogen?«

Schmerzvoll verzog sie das Gesicht. »Nein, was Bíro betrifft, habe ich die Wahrheit gesagt.«

Wenn er jetzt zum Ausgang lief, könnte er es vielleicht vor den Polizisten dorthin schaffen. Und dann? Sie würden ihn trotzdem schnappen. Er packte Meyer-Lanski fester unter dem Arm und zog sie zu sich her. »Sie begleiten mich.«

37. Kapitel

Mit schnellen Schritten ging Hogart über den schmalen Kiesweg zum Ausgang. Ohne Rücksicht zog er Meyer-Lanski neben sich her, indem er sich mit einem Arm untergehakt hatte und mit der anderen Hand ihr Handgelenk umfasst hielt.

»Sie tun mir weh«, stöhnte sie, was er jedoch ignorierte.

Aus dem Augenwinkel sah er, wie ihnen der Polizist und zwei Männer in Zivil aus drei verschiedenen Richtungen im Schritttempo folgten.

Die sind also zu dritt. Vermutlich wartete vor dem Eingang auch jemand. Und falls nicht, würden sie über Funk rasch jemand herbeordern. Hogart beschleunigte seine Schritte, ohne zu rennen. *»Attention!«*, zischte er mehrmals, damit die Leute vor ihnen auseinanderwichen.

»Was haben Sie vor?«, keuchte Meyer-Lanski.

»Ist der Schirm ein Zeichen?«

»Was?«

»Sie haben mich schon verstanden! Sollten Sie ihn aufspannen oder fallen lassen, falls Sie in Gefahr sind?«

»Ich … ich …« Sie atmete hastig ein. »Ja, aber das hatte ich ganz vergessen.«

»Das ist nicht länger nötig. Ihre Bewacher verfolgen uns bereits.«

Sie versuchte, sich umzudrehen, doch Hogart zog sie weiter.

»Was haben Sie vor?«, wiederholte sie.

»Immer noch dasselbe wie vorhin. Die Knochennadel zurückholen, Elisabeth finden, den Fall aufklären.«

Sowie Tatjana finden und am Leben bleiben.

Nur noch wenige Meter trennten sie vom Ausgang. Hatte er erst mal das Friedhofsgelände verlassen, konnte er nur hoffen, dass sich direkt vor dem Ausgang eine Métro-Station befand oder eine gut besuchte Einkaufsstraße, in der er untertauchen konnte. Andernfalls würden sie ihn binnen Minuten erwischen.

»Ich kann nicht so schnell.«

Das glaubte er ihr gern, mit diesen Stöckelschuhen. Aber sie waren ohnehin schon am Eingang. Hogart ließ sie los und rannte durch das Tor. Auch ohne sich umzudrehen, wusste er, dass seine Verfolger nun ebenfalls laufen würden.

Er stand vor einer breiten Avenue, die am Friedhof entlangführte. Vor ihm befand sich eine Einbahnstraße mit einer 30-km/h-Zone. Keine Métro, keine Einkaufsstraße, keine Menschenmenge. *Das wäre ja auch zu schön gewesen!* Die gute Nachricht war, dass hier immerhin auch keine Streifenwagen standen.

Und dann sah er den gelben Mini Cooper, der mit überhöhter Geschwindigkeit gegen die Einbahn in seine Richtung fuhr. Das Fernlicht blitzte kurz auf.

Winkend lief Hogart dem Wagen entgegen. Chloé hielt mit quietschenden Reifen. Die Tür flog auf, und Hogart zwängte sich in den Wagen. Noch bevor er das zweite Bein in den Wagen ziehen und die Tür zuschlagen konnte, trat sie bereits aufs Gas.

»Drei Männer verfolgen Sie«, rief sie. »Einer ist uniformiert.«

»Ich weiß, lange Geschichte«, keuchte er. »Fahren Sie dort vorne rechts rein, weg vom Friedhof.«

Sie fuhr jedoch geradeaus und nahm erst die übernächste Straße rechts rein. Die Reifen quietschten. »Haben Sie gewusst, dass es in ganz Paris nur ein einziges Stoppschild gibt?«

Irritiert sah Hogart sie an. »Was?«

»Vorfahrt hat immer der, der von rechts kommt.«

»Okay, und warum fahren Sie diese Strecke?«

»Hier geht es schneller zur Autobahn.«

»Zur Autobahn?« Er griff zum Gurt und schnallte sich an.

»Ich war in Ihrem Hotel. Die Polizei durchsucht gerade Ihr Zimmer.«

»Sie waren … im Hotel?«, wiederholte er.

Sie warf einen Blick in den Rückspiegel. »Ich habe Ihren Koffer dabei.«

Er drehte sich um und sah nach hinten. Dort lag tatsächlich sein Koffer. »Und den Laptop?«

»Den auch und alles aus der Schublade.«

»Und warum?«

»Warum? Nach Ihnen wird gefahndet, Sie sind auf der Flucht! Damit die Polizei Ihre Spuren nicht so leicht findet, dachte ich, hole ich Ihre Sachen, bevor die auf dem Kommissariat landen.« Nachdem Chloé einige Quergassen genommen hatte, senkte sie die Geschwindigkeit, um nicht aufzufallen.

Hogart kannte die Gegend. Sie fuhren in Richtung Arc de Triomphe. »Die haben vorhin sicher Ihre Autonummer notiert. Und jetzt haben Sie mir schon zum zweiten Mal zur Flucht verholfen.«

Sie warf ihm einen kurzen Blick zu. Ihre Augen waren

eiskalt. »Erstens weiß ich offiziell gar nicht, dass Sie auf der Flucht sind, weil mir das niemand anvertraut hat. Und zweitens habe ich heute Vormittag in Madame Trebitschs Landhaus ein ausführliches Verhör genossen, während Sabatier mit Ihnen gesprochen hat.«

»Und?«

»Wie es aussieht, sind Sie im Moment der Einzige, der eine konkrete Spur und auch die Eier und den Willen hat, den Mord an meinem Vater aufzuklären.«

»Es geht nicht bloß um diesen Mord, sondern da steckt viel mehr hinter, als wir bisher dachten.«

»Das habe ich befürchtet«, seufzte sie. »Und Sabatier rennt in eine komplett falsche Richtung.«

»Woher dieser plötzliche Sinneswandel?« Gestern noch hatte sie den Tod ihres Vaters abgeschüttelt wie ein nasser Hund.

»Ich hasse es, wie eine Verbrecherin behandelt zu werden …«, sie warf ihm einen Blick zu, »… und dass man Sie so behandelt, finde ich auch nicht in Ordnung. Außerdem möchte ich wissen, wer hinter der ganzen Sache steckt.«

»Hinter dem Einbruch in die Villa Ihres Vaters?«

Sie nickte.

»Das ist doch nicht alles?«, hakte er nach. Immerhin hatte sie nicht gerade das beste Verhältnis zu ihrem Stiefvater gehabt.

»Natürlich nicht. Ich habe inzwischen etwas ausgiebiger recherchiert. Das Knochenpferd meines Vaters war nicht versichert. Die Versicherung wusste nicht einmal, dass es existiert. Es ist mehrere Millionen wert – und ich möchte es wiederhaben.«

Wenn jemand für die Knochennadel über sieben

Millionen Euro bot, dann war das Knochenpferd vermutlich mindestens genauso viel wert, wenn nicht sogar mehr. »Kann ich gut verstehen – und ich möchte die Knochennadel finden.«

»Dann sind wir an derselben Sache dran.« Sie nahm eine weitere Abzweigung und kam direkt am Kreisverkehr um den Arc de Triomphe raus, den sie in westlicher Richtung verließ.

Hogart betrachtete Chloé von der Seite. Sie hatte einen guten Job in Deutschland und würde demnächst ein Vermögen erben. »Geht es Ihnen tatsächlich nur um das Geld?«

Sie presste die Lippen aufeinander. »François wurde nicht einfach nur ermordet, sondern mit einem Dolch regelrecht abgeschlachtet«, sagte sie bitter. »Falls ich jemals sein Knochenpferd zurückbekommen sollte, schwebt mein Leben womöglich genauso in Gefahr.«

Darum ging es also. »Demnach müssen wir nicht nur seinen Mörder finden, sondern alle Hintergründe aufdecken«, schlussfolgerte er. Anscheinend stürzte sich Chloé auch aus Selbstschutz in die Ermittlungen. *Verständlich.*

»So ist es.« Sie sah ihn kurz an. »Haben Sie auf dem Friedhof etwas herausgefunden?«

»Meiner Meinung nach hat sich jemand die Auktion zunutze gemacht, um zu erfahren, wer die Interessenten an Bíros Knochennadel sind, um so die Identität der Besitzer der anderen Teile des Zyklus aufzudecken.«

»Die angebliche legendäre Knochenschlacht?«

Hogart zog eine Augenbraue hoch. »Gut recherchiert.«

»Ich habe eine Internetplattform gefunden, die etwas darüber geschrieben hat. Wie viel, glauben Sie, ist das alles wert?«, fragte sie.

»Alle Teile zusammen?« Er zog die Schultern hoch. »Vermutlich unbezahlbar.«

»Haben Sie noch die Waffe, die ich Ihnen gegeben habe?«

»Natürlich.«

»Gut, die werden wir brauchen.« Sie beugte sich zu ihm herüber und öffnete das Handschuhfach. Darin lag ein gebrauchtes Schulterholster aus hellem Leder.

»Für mich?«

»Oui.« Sie nahm eine weitere Abzweigung in Richtung Autobahn.

»Wohin fahren wir eigentlich?«

»Nachdem nicht der geringste Hinweis zu Granqvist führt und ich ihn immer noch nicht erreichen konnte, ist Victor César unsere einzige Spur.«

Der letzte der vier Mitbieter. »Wir fahren also nach Le Havre«, stellte er fest.

Sie nickte.

An die Atlantikküste. In die Normandie, wo einst die Kämpfe der Franzosen gegen die Engländer stattgefunden hatten. Bíros Heimat. Und direkt zu César, dem Verbrecherkönig der Normandie. Deshalb würden sie ihre Waffen brauchen. Entweder schwebte César selbst in Gefahr, oder *er* steckte hinter den Morden.

»Alles okay?«, fragte Chloé.

Er nickte, plötzlich musste er grinsen.

Sie schlug ihm gegen den Oberschenkel. »Warum lachen Sie?«

»Jetzt haben Sie den richtigen Biss, den Fall zu lösen.«

Nun lächelte auch sie. »*O mon Dieu*, ich bin eben ein Spät…, wie sagt man?«

»Spätzünder.«

Während sie das Radio einschaltete, bediente Hogart das Navi und gab Le Havre ein.

205 Kilometer, zweieinhalb Stunden Fahrt.

Kurz vor sieben Uhr abends würden sie ankommen. Es verging immer mehr Zeit.

Er nahm das Schulterholster heraus und dachte an Elisabeth und Tatjana. Wie erging es den beiden? Lebten Sie noch? Zugleich dachte er an Madame Gorgovich-Medunjans Drohung, dass er selbst Paris nicht lebend verlassen würde, falls er die Knochennadel nicht bis heute Nacht fand.

Möglicherweise war es für ihn ja die beste Entscheidung, jetzt aus der Stadt zu verschwinden.

38. Kapitel

Die Fahrt schien bereits endlos lang zu dauern. Das ewige Rütteln und Holpern tat Tatjana so weh, dass sie die Augen zusammenpresste. Doch das half nichts. Weder gegen das Rumpeln noch gegen die entsetzlichen Kopfschmerzen, die von Stunde zu Stunde schlimmer wurden. Sie sehnte sich mittlerweile eine lange erholsame Ohnmacht herbei, aber ihr Körper tat ihr diesen Gefallen nicht. Stattdessen spürte sie jede Bodenwelle in den aufgescheuerten Wunden an ihren Hand- und Fußgelenken, wo die Kabelbinder einschnitten.

Es war bestimmt schon später Nachmittag.

Endlich wurde der Wagen langsamer und kam schließlich zum Stehen. Nicht bloß kurz wegen einer Kreuzung oder eines Bahnübergangs. Nein, diesmal dauerte der Halt länger. Sie roch auch kein Benzin. Also war es keine Tankstelle.

Offenbar hatten sie ihr Ziel endlich erreicht. Am liebsten hätte sie sich aufgesetzt, die Arme und Beine gestreckt und die Gelenke ausgeschüttelt. Sie musste unbedingt etwas trinken und aufs Klo gehen. Und eine Dusche wäre fantastisch.

Die vordere Autotür krachte. Seit sie den Fahrer am Handy mit der Frau telefonieren gehört hatte, war kein weiteres Gespräch mehr erfolgt. Nun wurde die Hecktür geöffnet. Frische Luft drang in den Wagen. Es roch feucht, schwül und salzig.

Salzwasser!

Außerdem hörte sie das Kreischen von Möwen und das entfernte leise Brechen der Brandung. Sie war am Meer. An der Küste.

Danach hörte sie ein leises Plätschern und genüssliches Stöhnen.

Ihr Fahrer pinkelte an den Straßenrand.

Nur eine Pinkelpause.

Nachdem sie den Reißverschluss seiner Hose gehört hatte, kletterte der Mann zu ihr in den Wagen. Automatisch spannte sich ihr Körper an. Ihre Arme und Beine wurden steif. Sie hielt den Atem an, stöhnte laut auf und presste die Knie zusammen.

Doch der Mann tat ihr nichts.

Sie hörte, wie er eine Box öffnete, eine Folie von etwas abriss und mit dem Fingernagel auf einen Gegenstand klopfte. Im nächsten Moment roch sie den ekelhaft scharfen Geruch von Alkohol.

Noch eine Spritze, dämmerte es ihr.

Und dann spürte sie auch schon den Einstich durch ihre Hose in den Oberschenkel. Ohne Desinfektion, mitten durch den Stoff. Sie wollte mit dem Bein wegzucken, aber der Mann hielt sie fest. Im nächsten Moment war die Nadel auch schon wieder draußen. Die Stelle brannte wie Feuer. Ihr wurde übel. *Du darfst dich nicht übergeben*, schärfte sie sich ein. Mit dem Knebel im Mund würde sie womöglich an ihrem Erbrochenen ersticken.

Flach atmen! Ruhig bleiben! Zur Seite drehen!

Sie versuchte, sich zu entspannen. Tränen liefen ihr über die Wange.

Die Hecktür wurde zugeworfen. Im nächsten Moment startete der Motor. Während sie in einen Dämmerschlaf versank, merkte sie, wie die Fahrt zwar holprig, aber immer leiser werdend weiterging … auf einer in Watte gebetteten Straße, die direkt in eine abgrundtiefe Dunkelheit führte.

Fünf Jahre zuvor

Aimée beugte sich zum Taxifahrer nach vorne und verlangte nach einer Quittung. Vom Bahnhof aus, den sie vor einer halben Stunde mit dem TGV erreicht hatte, waren es nur wenige Kilometer bis hierher gewesen. Sie zahlte den Fahrer, gab aber kein Trinkgeld. Schließlich hatte er die letzten zehn Minuten ausgiebig genutzt, ihr über den Rückspiegel gierig auf den Busen zu starren. Das musste reichen.

»Soll ich Sie noch bis zum Tor bringen?«, fragte der Fahrer.

»Nein, danke, nicht nötig, bleiben Sie sitzen. Ich schaffe das allein.« Sie stieg aus, hob ihre Sporttasche aus dem Kofferraum, schlug die Klappe zu und sah dem Taxi nach, wie es sich vom Grundstück entfernte.

Dann ging sie zum massiven gusseisernen Tor. Jérôme, ihr Hausverwalter, hatte es bereits für sie geöffnet. Die Hecken waren geschnitten, die Rasenkantensteine zwischen Auffahrt und Wiese wirkten poliert, der Rasen selbst roch frisch gemäht. Tau glitzerte auf den Grünflächen, die noch im Schatten lagen, und die vielen Blumenbeete waren so gepflegt, als hätte er sie mit der Nagelschere faconiert. Sogar der Springbrunnen plätscherte. Einige Amseln badeten im Wasser. Soeben ging die Sonne seitlich hinter dem Haus auf.

Die Sommerferien hatten begonnen und mit ihnen ein völlig neuer Lebensabschnitt für Aimée. Endlich hatte sie das Internat hinter sich gebracht, das Baccalauréat mit

Auszeichnung abgeschlossen, die Aufnahmeprüfung an der *École nationale supérieure des beaux-arts de Paris* bestanden und würde an dieser renommierten Kunstuniversität im September ihr Studium beginnen.

Außerdem trug sie in ihrer Umhängetasche die Unterlagen des Notars, den sie gestern besucht hatte. Zwar hatte sie schon letztes Jahr die *majorité civile* erreicht, die Volljährigkeit, doch ihr Vater hatte in seinem Testament verfügt, dass sie das Vermögen erst mit Vollendung des neunzehnten Lebensjahres erhalten sollte. Also hatte sie nun an ihrem neunzehnten Geburtstag endlich das Erbe ihrer Eltern angetreten. Das war immerhin die Hälfte eines fünf Hektar großen Landsitzes mit Pferdeställen, Pool, Glashaus, Villa mit Wintergarten, kleinem Waldgebiet, Bootshaus und eigenem Zugang zum Strand. Die andere Hälfte, die David ebenfalls mit neunzehn erben würde, wurde im Moment noch vom Gericht für ihn verwaltet. Bloß drei Jahre noch, aber in dieser Zeit würde sie das Areal in Abstimmung mit ihrem Bruder auf Hochglanz bringen. Sie waren sich in jeder Hinsicht einig. Alles sollte so aussehen, wie es Vater und Mutter gefallen hätte.

Trotz ihrer extremen Härte und der emotionalen Kälte ihren Kindern gegenüber war ihre Mutter eine sehr kluge, elegante und kosmopolitische Frau gewesen. Als angesehene Kunstsammlerin hatte sie den Garten ums Haus mit Beeten, Wegen, Pavillons und Skulpturen zu einer Art Freilichtmuseum diverser antiker Epochen gemacht. Wie viele gemeinnützige Veranstaltungen und Spendenpartys hatte es auf diesem Landsitz schon gegeben – die mit Mutters Tod jäh aufgehört hatten?

Im Gegensatz dazu war Aimées Vater ein milliardenschwerer Baulöwe gewesen, der jede Minute in sein Geschäft gesteckt hatte. Zeit seines Lebens hatten Kritiker ihm vorgeworfen, in korrupte und zwielichtige Machenschaften verwickelt gewesen zu sein, ohne die er es nie bis ganz nach oben geschafft hätte. Aber konkret nachweisen hatte man ihm nie etwas können, und wichtig für ihn war nur, *dass* er in der Tat ganz oben gewesen war. Nach seinem feigen Selbstmord waren diese Stimmen dann rasch verstummt. Die Firma war verkauft worden und der Erlös in eine Stiftung geflossen, die ihr Vater schon zu Lebzeiten zugunsten seiner Kinder gegründet hatte. Auch die Hälfte dieses Vermögens hatte Aimée geerbt. Doch was nutzte ihr all das viele Geld? Ihre Mutter wurde dadurch nicht wieder lebendig.

Aimée atmete die salzige Meeresbrise ein, die über das Grundstück wehte, dann ging sie die Auffahrt zum Eingang der Villa hinauf. Dort stand Jérôme. Ihr *majordome*. Der treue Diener ihrer Eltern, der sich nach deren Tod stets um David und sie gekümmert hatte, hielt gerade ganz unzeremoniell Pinsel und Farbeimer in der Hand. Es roch nach Lack. Anscheinend mussten die Holzspaliere für die Rosenhecken entlang der Hausmauer neu gestrichen werden.

Aimée bewunderte die Hingabe des kräftigen Algeriers. Schon längst hätte er sich mit der finanziellen Abfindung, die Vater ihm vermacht hatte, ein schönes Leben machen können und nie wieder arbeiten müssen. Aber so war Jérôme nicht. Dazu verband ihn emotional zu viel mit Aimées Familie. Ihre Eltern hatten ihm nach einer ziemlich düsteren Vorgeschichte eine neue Chance geboten. Sie wusste nicht allzu viel darüber. Nur dass Jérôme nach einigen Monaten Jugendknast wohl längere Zeit bei der Fremdenlegion gedient, sich die Füße im Wüstensand blutig gelaufen und danach ihren Vater kennengelernt hatte. Seitdem arbeitete er hier. Dieser Landsitz war sein Leben, diese Familie – oder zumindest, was davon übrig geblieben war – *seine* Familie. Er würde bis zu seinem Tod hierbleiben, das wusste Aimée; und das war gut so. Ohne Jérôme würde sie die nächsten Jahre – jetzt, da sie die Herrin dieses Landsitzes war – nicht überstehen.

»Madame Aimée«, rief er erfreut, legte den Pinsel beiseite und wischte sich die Hände an der Schürze ab, sodass das Spiel seiner Muskeln zu sehen war. »Sie sind in den letzten Monaten ja richtig erwachsen geworden. Und so hübsch.«

»Ich weiß, danke.« Sie dachte an die Blicke des Taxifahrers. »Haus und Garten sehen fabelhaft aus.«

»Bleiben Sie den ganzen Sommer hier?«

»Jede freie Minute.« Sie nickte ihm zu. »Ist mein Zimmer fertig?«

»Natürlich, ich habe Sie schon gestern erwartet.«

»Bring bitte meine Tasche rauf. Und leg die Badetücher auf die Sonnenliege vor dem Pool. Ich will ein paar Bahnen schwimmen.«

Und über alles nachdenken, um das endlich zu realisieren.

»Selbstverständlich.« Jérôme verschwand mit ihrer Tasche ins Haus, drehte sich auf der Treppe aber noch einmal um. »Der Pool hat neunzehn Grad.«

Perfekt!

Sie wollte bereits nach hinten gehen, um das Poolhaus zu inspizieren, als sie das Knattern eines altersschwachen Motors hörte und zum gusseisernen Tor blickte.

Ein Motorrad kam die Auffahrt herauf.

Das gibt's doch nicht!

Das war David. Er trug Jeans, Stiefel, die alte Lederjacke

seines Vaters und einen uralten schwarzen Helm, der eher wie ein Topf wirkte.

Und diese Maschine! Sie sah aus wie ein Relikt aus den 50er oder 60er Jahren. Jede Wette, dass Alain Delon oder Jean-Paul Belmondo ein solches Ding gefahren hatten.

David hielt mit quietschenden Bremsen vor ihr und nahm den Helm ab. Sein Gesicht war von Sommersprossen übersät, seine blauen Augen strahlten, und seine blonden Haare standen wirr ab.

Sie hatten sich ein halbes Jahr lang nicht gesehen, und in dieser Zeit war er zum jungen Mann gereift, sah nicht mehr aus wie sechzehn, eher wie siebzehn oder achtzehn. Unwillkürlich musste sie an jene Nacht denken, in der sie sich in ihrem Bett nähergekommen waren. Dieses Erlebnis, über das sie nie gesprochen hatten, war eine Ausnahme geblieben.

Während Aimée sich mehrere Medaillen im Siebenkampf geholt hatte, spielte David Rugby, und zwar auf einem hohen Niveau. Davids Team an der Élite Mondaine war eines der besten in ganz Frankreich. Seit sein Sportlehrer, das Arschloch Monsieur Voclain, elendiglich an Krebs gestorben war, war David aufgelebt. Zusätzlich aufgeblüht war er, nachdem er an der Schule den Gastvortrag eines Sportmediziners gehört und unmittelbar danach beschlossen hatte, später selbst Arzt zu werden, was ihm erstmals im Leben eine Perspektive gab.

»Hast du überhaupt schon einen Führerschein dafür?«, fragte sie ihn.

»An der alten Küstenstraße ist um diese Uhrzeit kaum was los. Von hier bis zum Ort und den Strand entlang gibt es keine Polizeikontrollen.«

»Du bist schon länger hier?«

»Seit zwei Tagen.«

Da öffnete sich das Fenster von Aimées Zimmer im ersten Stock. »Wir haben Monsieur Davids Motorrad auf Vordermann gebracht«, rief Jérôme herunter.

»Hat fünfhundert Euro gekostet.« Stolz betätigte David die altertümliche Hupe, die ohrenbetäubend quäkte.

»Du schleuderst ganz schön herum mit meinem Geld.«

»Willst du eine Runde mit mir drehen?« Er drehte den Gashebel auf, dass der Motor röhrte, und strahlte sie an. In seinem Blick stand ganz deutlich geschrieben, dass er sie über alles liebte.

Und in diesem Moment wusste sie, dass es zwischen ihnen wieder passieren würde.

4. TEIL

LE HAVRE

Mittwoch, 16. September

39. Kapitel

Die Autofahrt an die Atlantikküste der Normandie nach Le Havre dauerte zweieinhalb Stunden. Die ganze Zeit über schlängelte sich die Autobahn entlang der Seine in Richtung Meer. Dreimal fuhren sie sogar über den Fluss – zweimal unmittelbar hintereinander in Tourville-la-Rivière und ein weiteres Mal kurz vor ihrem Ziel. Dort hatte die Seine schon eine beeindrucke Breite erreicht, und man konnte bereits das Meer riechen, da der Fluss in eine langgezogene Deltamündung überging.

Kurz vor 19 Uhr hatte sich Hogart trotz der Enge des Wagens das Schulterholster angelegt, die SIG Sauer darin verstaut und das Sakko darüber angezogen. Chloé lenkte den Mini Cooper durch die Vororte Le Havres und danach in die Stadt hinein. Diese Gegend war komplett anders als Paris: Alte Wohnhäuser reihten sich grau in grau aneinander, dazwischen lagen große Einkaufshallen. Es fehlte jeglicher Charme; Touristen verirrten sich sicher nur selten hierhin.

Hogart hatte das Fenster heruntergelassen und ließ den Arm raushängen. Neben dem betonierten Kai eines Kanals, in dem leicht heruntergekommene Segelboote lagen, spielten Kinder Fußball. Eine Mischung aus hell- und dunkelhäutigen Jungs. Hogart konnte keine Mannschaftsaufstellung erkennen, trotzdem lief der Ball geschmeidig zwischen ihnen hin und her. Vom Kanal drangen ihr Lachen und ihre Rufe zu ihnen.

Während im Autoradio die Nachrichten eines lokalen Senders liefen, durchquerten sie die Stadt und gelangten auf eine Küstenstraße. Vor ihnen lag das weite Meer. An dieser Stelle war der Ärmelkanal über zweihundert Kilometer breit. Schiffe glitten an der Küste entlang, Möwen tauchten im Sturzflug in die aufgewühlte See. Über dem Industriehafen mit den Kränen, Containern und Lagerhallen an den Docks hingen tiefe Wolken, die der Wind über den Atlantik vor sich hergeschoben hatte. Alles war in eine bleigraue Abenddämmerung getaucht.

Sie fuhren an Hochhäusern vorbei, die eine Mini-Skyline bildeten, danach folgten dichtgedrängte alte Häuser mit einer Art Fachwerk. Architektonisch war in Le Havre anscheinend alles vertreten.

Hogart räusperte sich. »Wegen Victor César …«

Chloé sah kurz zu ihm herüber, als ahnte sie, was er sagen wollte. »Die Polizei vermutet bestimmt, dass Sie zu ihm unterwegs sind, weil Sie bis jetzt alle Mitbieter abgeklappert haben.«

Hogart nickte. »Außerdem haben Sie Sabatier selbst um Polizeischutz für ihn gebeten.«

Chloé spähte in den Rückspiegel und in die Seitengassen. »Demnach müsste die Polizei in Le Havre bereits verständigt sein, um Sie zu verhaften, falls Sie auftauchen.«

»Oder sie suchen nach Ihrem Wagen.«

»Stimmt. Wir sollten uns so rasch wie möglich ein Hotel suchen.« Sie drückte auf die Wahlwiederholungstaste ihres Handys.

Hogart hörte das Läuten über die Freisprechanlage. Dann meldete sich ein Mann.

»Monsieur César, s'il vous plaît«, sagte Chloé und stellte

sich vor, während sie den Fuß vom Gas nahm und langsamer fuhr.

Es dauerte einen Moment, dann war die Stimme eines anderen Mannes zu hören. Viel tiefer, rauer und ungeduldiger. Hogart verstand nicht viel von dem Gespräch, bloß einige Wortfetzen. *Auktion, Knochennadel, Bíro, Mord, Polizei, Moustache* und seinen und Chloés Namen. Anscheinend wusste César bereits, dass sie nach Le Havre gekommen waren, um ihn zu sprechen. Allerdings klang er nicht sehr begeistert.

»*Merci beaucoup ... pas de problème ... oui, merci, au revoir!*« Chloé beendete das Gespräch.

»Er weiß, dass wir kommen?«, fragte Hogart skeptisch.

»*Oui* ... ich meine, ja«, antwortete Chloé. »Seine Leute haben Ihre und meine Daten überprüft.«

»Tatsächlich?«

Sie zuckte die Achseln. »Victor César ist an der Nordwestküste gleichzusetzen mit der Unterwelt. Er betreibt mehrere Import-Export-Geschäfte im Hafen, unter deren Deckmantel er Waffen, Drogen und Menschen schmuggelt. Jemand wie er empfängt nicht einfach zwei Leute, die er nicht kennt.«

»Aber jetzt empfängt er uns?«, hakte Hogart nach.

»Im Moment ist er noch beschäftigt, wird sich aber in einer Stunde ein paar Minuten Zeit für uns nehmen.«

Eine so lange Fahrt für ein paar Minuten? Na gut, falls die Informationen was taugen, soll es das wert gewesen sein.

»Und noch etwas hat er gesagt ...«, Chloé nahm den Fuß vom Gas und ließ den Wagen langsam in eine Seitengasse rollen, »... er hat mir bestätigt, dass die Polizei bereits bei ihm ist. Sie hat einen Wagen vor seinem Grundstück postiert.«

»Personenschutz?«

»Nicht nur. Vermutlich auch, um *Sie* abzufangen.«

»Und jetzt?«, fragte Hogart. »Kommt César zu uns ins Hotel?« Es sollte ein Scherz sein, doch Chloé lachte nicht.

»Das können Sie vergessen. Jemand wie César stattet niemandem einen Besuch ab; wenn man Glück hat, erhält man eine Audienz bei *ihm*! Sein Haus liegt übrigens nicht weit von hier entfernt.«

Sie fuhren eine schmale Gasse parallel zur Küste entlang. Immer wieder blitzte das Meer zwischen den Häusern durch. Die Gebäude wurden niedriger: charmante Hafenkneipen, ein Friseurgeschäft und mehrere Lebensmittelläden mit bunten Markisen, aus denen es nach frisch gebackenen Baguettes roch. Hundegebell hallte durch die Straße. An den Ecken standen Straßenmusiker und Schuhputzer mit ihren Holzkästen. *Schuhputzer! Dachte, dieser Beruf wäre längst ausgestorben.*

Zwei Straßen hinter der Strandpromenade hielt Chloé vor einer zweistöckigen Frühstückspension mit weißer Holzfassade und einer Parkgarage. Der ideale Platz, um ein Auto zu verstecken. Nachdem sie ein Ticket gezogen hatten, fuhren sie über eine gebogene Rampe hinunter ins Dunkel. Es roch nach Öl, Autoreifen und Auspuffgasen.

»César hat mir den Weg zum Hintereingang seiner Villa beschrieben«, erklärte sie. »Und ich habe ihm eingeschärft, bis dahin gut auf sich aufzupassen.«

Obwohl Hogart wusste, wie spät es war, blickte er auf die Uhr. *Noch eine knappe Stunde bis zum Treffen.* »Wie hat er reagiert, als Sie Bíro und die Knochennadel erwähnt haben?«

Chloés Blick blieb angespannt. »Er wusste bereits, dass sein Händler überfallen worden war und im künstlichen

Koma liegt.« Sie parkte den Wagen in einer Ecke neben einer Säule, wo das Deckenlicht ausgefallen war. »Vermutlich ist das auch ein Grund, weshalb er sich überhaupt die Zeit nimmt, mit uns zu sprechen … und außerdem …« Sie druckste herum.

»Was?« Hogart sah sie an. Da war noch etwas, das sie ihm bisher verschwiegen hatte. *Und zwar etwas Wichtiges!*

»… ich habe ihm gesagt, dass Sie nach der Knochennadel suchen und er eventuell die Möglichkeit hat, das Exponat zu bekommen.«

»Was?« Hogart fuhr hoch. »*Das* haben Sie ihm versprochen?«

Entschuldigend hob sie die Arme. »Ich musste ihm etwas bieten, sonst hätte er uns nicht einmal in seine Nähe gelassen.«

»Verdammt!«, knurrte er.

Wie sollten sie César etwas geben, das sie noch gar nicht besaßen und das er außerdem schon anderen Personen versprochen hatte?

Nachdem Hogart an der Rezeption zwei Zimmer für eine Nacht gebucht und bar bezahlt hatte, schaffte er seinen Koffer in den zweiten Stock.

Sein Zimmer lag mit einer abgesperrten Verbindungstür genau neben dem von Chloé. Sie teilten sich denselben Balkon. Die Konstellation erinnerte ihn an sein und Tatjanas Zimmer in Paris. Nur dass hier der Ausblick noch schöner war. Nicht auf Sacré-Cœur, sondern direkt über die Hausdächer aufs Meer hinaus, wo die Sonne gerade immer tiefer glitt, um bald im Meer zu versinken.

Hogart packte seinen Koffer gar nicht erst aus. Das konnte

er später genauso gut tun, und vielleicht war es nach dem Besuch bei César ja auch gar nicht mehr nötig. Bei seiner derzeitigen Glückssträhne wurden sie dann möglicherweise von der Polizei gejagt und mussten so rasch wie möglich aus Le Havre verschwinden.

Stattdessen setzte er sich auf den rustikalen Holzbalkon, die Beine auf dem Geländer, den Laptop auf dem Schoß. Er hatte sich in das Hotel-WLAN eingeloggt und suchte nach Victor César. Allerdings fand er nur französische Seiten, und soviel er davon verstehen konnte, war César ein einfacher Geschäftsmann, der regelmäßig für wohltätige Zwecke spendete. *Heutzutage ist gut funktionierende PR alles!*

Hogart fand sogar ein Foto von dem Mann, lässig mit weit offenem Hemd. Er schätzte ihn auf Mitte sechzig. César hatte ein markantes breites Gesicht, und sein Stiernacken ließ vermuten, dass er regelmäßig mit Gewichten trainierte. Der harte Blick, die dichten Augenbrauen, das massive Kinn, die ausgeprägten Backenknochen – César sah nicht so aus, als hätte er einen Leibwächter nötig. Dieser Mann war es gewohnt, seinen Willen durchzusetzen und allein auf sich aufzupassen. Falls dieses Duo, das sämtliche Mitbieter der Reihe nach überfiel und grausam ermordete, auch hier auftauchte, hatte es sich möglicherweise das falsche Opfer ausgesucht.

Nervös blickte Hogart auf die Uhr. Noch eine halbe Stunde. Laut Chloés Angaben waren sie zu Fuß in zehn Minuten dort. Er klappte den Laptop zu, stand auf und klopfte an Chloés geöffnete Balkontür. »Ich weiß, es ist noch zu früh, aber ich habe ein miserables Gefühl.«

Ihre Stimme drang durch den Vorhang nach draußen. »Wollen Sie jetzt schon los?«

»Ja.« Hogart hörte das Klicken, als sie das Magazin in ihre Waffe steckte. Anscheinend überprüfte sie ihre Glock.

»Falls bis jetzt niemand versucht hat, bei César einzubrechen«, überlegte sie laut, »könnte irgendwas an der Sache faul sein.«

»Stimmt.« Daran hatte Hogart auch schon gedacht. Wenn niemand bei César auftauchte, könnte das bedeuten, dass César selbst hinter der ganzen Sache steckte.

»Ich bin bereit«, sagte sie. »Treffen wir uns in einer Minute vor dem Hotel.«

40. Kapitel

Der Schweiß lief Victor César über die Schläfen und tropfte auf die Bank unter ihm, wo die Flüssigkeit sogleich vom Holz aufgesogen wurde.

Nur mit einem Handtuch bedeckt saß er in seiner Sauna. Während die Temperatur ständig nach oben kletterte, umklammerte er die Hantel fester und hob langsam den Arm. Sein Bizeps spannte sich, ebenso die Unterarmmuskeln. Die Schweißtropfen bahnten sich ihren Weg durch die schwarzen Härchen. Seine Haut glänzte im Deckenlicht.

Von draußen klopfte es an das getönte mannsgroße Thermoglasfenster in der Tür, das fast bis zum Boden reichte. Müde hob César den Kopf. Auch ohne Brille erkannte er Morels Gestalt, sein langgezogenes Gesicht mit der schiefen Nase, das wieder einmal so aussah, als wollte er jeden Moment jemanden umbringen. Morel war einzigartig. Er kümmerte sich nicht nur um alles im Haus, sondern erledigte auch sonst, womit immer César ihn beauftragte, selbst wenn noch so viele Jahre Knast darauf standen. Morel war loyal bis in den Tod.

»Was gibt es?«, knurrte César.

»Ich habe die beiden überprüft«, drang Morels dumpfe Stimme durch die Tür.

»Und?«

»Die Kleine ist Rousseaus Tochter.«

Seit gestern Vollwaise, wie César gehört hatte. Dem alten

Rousseau hatte jemand mit einem Dolch die Luft abgelassen. »Und der andere?«

»Ein Privatdetektiv aus Wien. Seine Lebensgefährtin hat die Auktion geleitet. Angeblich ist sie mit der Knochennadel verschwunden.«

Diese Bitch!

César trainierte weiter mit der Hantel. »Stimmt es, was in den Polizeiprotokollen steht?«

»Soviel ich in der kurzen Zeit über unseren Kontakt in Paris herausfinden konnte, ja.«

Rousseau, die alte Trebitsch und Pelletier, dieses ehemalige Polizei-Arschloch, sind tot. Einige Antiquitätenhändler liegen im Krankenhaus. Unter anderem auch Moustache, diese schleimige Kreatur, über die er bisher seine Kunstgeschäfte abgewickelt hatte.

»Gut, lass die beiden über den Hintereingang rein. Das übliche Procedere, keine Waffen, keine Mikrofone, keine Handys, dann führ sie in den Salon, gib ihnen was zu trinken. Aber nicht den ganz teuren Scotch. Ich bin in einer halben Stunde oben.«

Morel verschwand. César legte die Hantel beiseite. Er wischte sich den Schweiß von der Stirn und aus den Augen, ließ den Kopf langsam von links nach rechts kreisen, sodass die Wirbel knackten.

Und jetzt Halswirbelsäulengymnastik. Wann und wo sollte er sie sonst machen, wenn nicht hier? Die einzigen zwanzig Minuten am Tag, in denen niemand etwas von ihm wollte.

Während er den Kopf bewegte, fielen ihm die Augen zu. Die Müdigkeit griff nach ihm. *Schlafen!* Nach dem Pfefferminzaufguss würden ihn ein paar Bahnen in seinem Indoor-Pool wieder aufwecken. Ein Scotch, ein starker Mokka, dann war er wieder wie neu. Erneut fielen ihm die Augen zu.

Da schreckte ihn ein Geräusch hoch. Er legte den Kopf schief, lauschte. An der Tür war ein Schatten vorbeigehuscht. Irgendetwas hatte an der Holzwand geklappert.

»Morel?«, rief er.

Keine Antwort!

»Morel?«, brüllte er.

Merde!

Mühsam stemmte er sich von der Bank hoch und stieg nach unten. Er wollte die Tür aufdrücken, doch sie ließ sich nur einen halben Fingerbreit öffnen. Gerade mal so viel, dass ein schwacher kühler Luftzug hereinkam.

César rüttelte an der Tür. »Morel, verdammt! Was soll das?«

Er hörte, wie draußen etwas am Holz schabte. Jemand musste den Besen so durch den Türgriff geschoben haben, dass er sich zwischen den Bodenfliesen und dem Dachvorsprung der Sauna verkeilt hatte. Von allein war das Ding sicher nicht umgefallen und durch den Griff gerutscht.

César riss an der Tür. Erfolglos.

Da ging im Haus die Sirene der Alarmanlage los. Doch nur für den Bruchteil einer Sekunde. Im nächsten Moment war es wieder still. Nur die Blechwand des Ofens mit den heißen Kohlen knisterte, und die Holzbank hinter César knackte.

Was zur Hölle ist das gewesen? Hatte Morel etwa versehentlich die Alarmanlage im Haus ausgelöst und sofort wieder ausgeschaltet? Oder war sie lahmgelegt worden?

»Morel!«, brüllte César.

Wieder sah er einen Schatten am Ende des Raums.

Jemand war in Richtung Treppe zum oberen Stockwerk gelaufen. César presste das Gesicht so dicht an das heiße Glas, dass die Scheibe durch seinen Atem beschlug. Trotzdem sah er, wie im Gang ein Paar Beine hinter dem Türstock hervorragte. *Ist das etwa Morel?*

Merde! Da war tatsächlich jemand ins Haus eingedrungen! Falls das die Schlampe und dieser Detektiv waren, würde er ihnen höchstpersönlich und äußerst gründlich den Arsch aufreißen!

César blickte als Erstes zur Glasscheibe, dann zur Hantel. *Nein, so zerschneidest du dir nur die Finger!* Stattdessen wickelte er das Handtuch über den Ellbogen, dann atmete er tief durch, holte aus und stellte sich vor, wie er als Siebenjähriger voller Hass die Nase seines betrunkenen Vaters gebrochen hatte, als der zum wiederholten Male seine Mutter vergewaltigt und blutend auf dem Küchentisch liegen gelassen hatte.

Der Ellbogen krachte gegen die Scheibe. César biss die Zähne zusammen. Beim ersten Mal knackte es nur, beim zweiten Mal spritzten Scherben nach draußen. Kühle Luft wehte herein. César umwickelte die Faust mit dem Handtuch und schlug ein paar Splitter aus dem Rahmen, dann fasste er mit der anderen Hand durch die Öffnung und packte den Gegenstand, der sich draußen verkeilt hatte. Es war nicht der Besen gewesen, sondern die lange Stange aus seinem Fitnessraum, mit der er Gewichte stemmte. Das Scheißding war nicht zu lösen, so sehr hatte sich das Metall in die Bodenfugen gegraben.

Jetzt sah er deutlicher, wer dort im Gang lag. Es war tatsächlich Morel. Unverkennbar. Seine Hose, seine Schuhe!

Césars Herzschlag beschleunigte sich. Nicht vor Angst,

sondern vor Wut und Zorn. Es musste dieser Wichser sein, der die Kunstsammler kaltgemacht hatte. Der war nun auch bei ihm! Aber war dieser Idiot tatsächlich so blöd, in *sein* Haus einzubrechen und einen *seiner* Leute anzugreifen? Ein lebensmüder Verrückter! Jemand von außerhalb von Le Havre, der keine Ahnung hatte, mit wem er sich da anlegte.

Während César noch an der Hantelstange rüttelte, griffen plötzlich zwei Hände nach ihm, die ihn hart an den Gelenken packten. *Schwarze Handschuhe!* César wollte sich losreißen, doch er wurde durch das eingeschlagene Fenster nach draußen gezerrt.

»Nein, verf…!«, brüllte er, doch der Mann draußen war stärker.

Unbarmherzig riss er ihn durch die Öffnung.

Instinktiv zog César den Bauch ein. Trotzdem zerschnitten ihm die wenigen Glasscherben, die noch im Türrahmen hingen, Schulterblätter, Oberarme und Bauch. Er hörte, wie das Fleisch riss, spürte das warme Blut, das über seine schweißnasse Haut lief. Die Wunden brannten wie Feuer.

Es hatte keinen Sinn, sich gegen den Mann zu wehren, der ihn nach draußen zerrte. Er hätte sich selbst nur noch mehr Wunden zugefügt. Mit zusammengebissenen Zähnen rutschte und stolperte César durch die Öffnung. Dann stand er mit wackeligen Beinen draußen. Er ballte die Fäuste und war bereit zuzuschlagen. Wer immer das war – er würde dem Kerl die Scheiße aus dem Hirn prügeln. César würde es langsam machen, jede Minute davon genießen, die Leiche danach irgendwo in den Docks verschwinden lassen – und die Polizei würde nie davon erfahren.

Er wollte gerade ausholen und zuschlagen, doch der Mann war schneller. Ein Fausthieb traf César im Magen, er rutschte mit den schweißnassen Füßen auf dem von seinem eigenen Blut besudelten Boden aus und fiel seitlich in die Scherben. Als er sich herumdrehte, bohrten sie sich in seinen Rücken, den Arsch und die Waden.

Aus dem Augenwinkel sah er, dass der Mann eine schwarze Hose und einen schwarzen Rollkragenpullover trug. Er war groß, schlank und wendig. César hatte kaum die Gelegenheit, sich aufzurappeln, als von hinten ein zusammengedrehtes Badetuch um seinen Hals geschlungen und zugezogen wurde.

Röchelnd schlug er um sich. Im nächsten Moment wurde er über den Fliesenboden gezogen. Er wollte um Hilfe rufen, brachte jedoch nur ein Stöhnen heraus. Mit den Fingern versuchte er, das Badetuch von seinem Hals zu lösen, doch der *crétin* zerrte ihn aus dem Raum. Die Glasscherben bohrten sich tiefer in sein Fleisch, und er hinterließ eine rote Blutspur auf den weißen Fliesen.

Als er durch den Gang geschleift wurde, sah er, dass Morel mit eingeschlagenem Schädel in einer Blutlache lag. César wollte sich aufrappeln, doch seine Beine versagten. Kraftlos hing er mit der Gurgel in dem Badetuch. Er spürte, wie sein Schädel anschwoll und er knapp davor stand, bewusstlos zu werden.

Brutal wurde er durch den Gang in das nebenan liegende Fitnesscenter geschleift. Neben den Geräten lag der schmale Indoor-Pool. An der langen Spiegelwand sah er, dass der Mann noch ziemlich jung war. Wahrscheinlich ein durchgeknallter Junkie, der Geld brauchte und blöd genug war, diesen Job zu erledigen.

In der Halle roch es nach Chlor. Aber da lag auch noch ein zweiter Geruch in der Luft, der César irritierte. *Benzin.*

Der Gestank erinnerte ihn an den Motor seiner Jacht. *Oder fantasierst du schon, weil du nicht genug Sauerstoff kriegst?*

Neben den Geräten war die Reise zu Ende. Das Badetuch lockerte sich, und César knallte röchelnd und verzweifelt nach Luft schnappend mit dem Kopf auf den Boden. Kaum hatte sich seine Lunge mit Luft gefüllt, traf ihn ein Faustschlag mitten ins Gesicht. Seine Nase brach, so wie die seines Vaters vor vielen Jahren, und ein Schwall Blut ergoss sich über seine Lippen. Seine Augen tränten.

Erst jetzt wurde ihm bewusst, dass er völlig nackt auf dem Boden lag. Wehrlos und entblößt, erniedrigt, gedemütigt und zur Schau gestellt. Diesem Hurensohn blieb gar keine andere Wahl. Er musste César töten, hier und jetzt, denn sollte César das überleben, würde er alles daransetzen, ihn zu finden. *Das muss ihm doch klar sein!* So dumm konnte dieser Typ doch gar nicht sein.

»Wo ist dein Bíro?«, fragte der Mann.

Dachte ich es mir doch. Deswegen bist du also hier. »Fahr zur Hölle«, röchelte César.

Der Mann gab keine Antwort und verschwand kurz aus Césars Blickfeld. Hinter sich hörte er ein metallenes Klimpern.

Dann war der Mann wieder da und hielt eine fünfundzwanzig Kilogramm schwere runde Eisenscheibe in den Händen, die zur Hantelstange gehörte. »Wo ist dein Bíro?«

»Fahr zur …«

Der Mann ließ die Metallscheibe fallen.

César konnte das Bein nicht mehr rechtzeitig wegziehen. Die Scheibe krachte auf sein Schienbein, und mit einem hässlichen Knacken bohrten sich die Knochensplitter durch die Haut.

41. Kapitel

Da Hogart schneller als gewöhnlich ging, dauerte der Fußmarsch zu Césars Villa nicht ganz zehn Minuten.

»Wer weiß, ob er uns überhaupt früher empfängt«, keuchte Chloé.

»Ich habe ein schlechtes Gefühl.«

»Das habe ich, seit ich in Le Havre angekommen bin, aber César ist gewarnt, die Polizei informiert.«

»Das war sie bei Madame Trebitsch auch, und Sie wissen, wie das ausgegangen ist.«

Sie kamen auf eine kleine Anhöhe mit Blick aufs Meer und erreichten ein uneinsehbares Grundstück, das von Mauern, gusseisernen Zaunspitzen und meterhohen Hecken umgeben war.

Chloé starrte auf ihr Handy. »Hier müsste es eigentlich sein.« Sie wies mit einem Kopfnicken den Weg hinunter. »Dort vorne ist die Hauptstraße mit dem Haupteingang …«

»… und dem Polizeiwagen«, ergänzte Hogart und ging automatisch in die andere Richtung zur Hinterseite des Areals.

Mittlerweile verbarg sich die Sonne komplett hinter einer dunklen Wolkenbank. Sie würde ohnehin jeden Moment untergehen. Auf der Rückseite des Grundstücks, im Schatten der dichten Hecken, war es schon finster.

»Der Hintereingang liegt direkt hinter einem Lastwagen«, erklärte Chloé. »Hat er zumindest gesagt.«

Einem Lastwagen?

Die Grundstücksgrenze war so lang, dass sie sich ohne Unterbrechung von einer Querstraße zur nächsten erstreckte. Hier stand nur ein einziger Wagen: ein großer Lkw mit Anhänger von einer französischen Lebensmittelfirma. *Lebendvieh-Transporte*, übersetzte Hogart. Er ging näher. Weder der Wagen noch der Anhänger rochen nach Vieh. Außerdem – ein Viehtransporter mitten in der Stadt? *Der steht doch sicher nur zur Tarnung da.*

In dem Moment, als sich Hogart zwischen den Wagen und die Heckenreihe zwängte, gingen die Straßenlaternen an.

»Ist da etwas?«, fragte Chloé.

»Ja, kommen Sie, da ist eine Tür in der Hecke.« Zwischen dem Grünzeug befand sich, halb zugewuchert, eine Tür mit grünen Holzlatten. Praktisch für jemanden, der unbemerkt von seinem eigenen Grundstück abhauen musste, falls mal die Finanzbehörde oder die Polizeibeamten mit einem Durchsuchungsbeschluss an der Vordertür anklopften. Und falls das Haus umstellt war, konnte man direkt durch diese Tür ins Fahrerhaus des Lkws klettern, um von dort nach hinten in ein Versteck zu kriechen. Statt Lebendvieh enthielt der Lastwagen vermutlich Dusche, WC, Hausbar, Videoanlage und ein bequemes Bett.

Der Mann hatte für alle Eventualitäten vorgesorgt. Umso erstaunlicher war, dass er Chloé diesen Zugang verraten hatte. Entweder gab es mehrere davon, oder er war von der Aussicht, die Knochennadel doch noch günstig erwerben zu können, so besessen, dass er dieses Risiko einging.

Hogart klopfte an die Holztür. *»Bonsoir«*, sagte er laut genug, um nicht irrtümlich erschossen zu werden.

Keine Reaktion!

Er drückte die Klinke nieder und schob die Tür auf. Sie ließ sich gegen den schwachen Widerstand einiger Äste öffnen.

»Keiner da?«, wisperte Chloé, die bereits hinter ihm stand.

»Anscheinend nicht.«

Rasch sprudelte sie einige Sätze auf Französisch hervor, um ihren vorzeitigen Besuch anzukündigen, doch niemand reagierte. Nachdem Hogart die Tür einen Spaltbreit geöffnet hatte, klemmte sie. Er drückte fester dagegen, bis er durchschlüpfen konnte, und dann sah er den Grund. Auf dem Boden lag ein Mann.

Nicht schon wieder, verflucht!

Mittlerweile war es auffällig, dass die Sammler in derselben Reihenfolge überfallen wurden, in der Chloé und er sie aufsuchten. *Warum?* Lag das wirklich nur an der zunehmenden Entfernung dieser Wohnorte zu Paris?

»O merde!«, entfuhr es Chloé.

Hogart und sie bückten sich zu dem Mann hinunter. Es roch verbrannt. Der Geruch erinnerte ihn an Hector, den niedergestreckten Schäferhund in Pelletiers Apartment.

Elektroschocker!

Das würde zwar eine vorübergehende Ohnmacht erklären, aber der Mann lag immer noch völlig regungslos und mit starrem Blick im Gras. Chloé schob seinen Hemdkragen beiseite. Ein geröteter Einstich im Hals! Wie bei dem Beamten von der Section d'intervention im Auto vor Pelletiers Café. Der Körper des Mannes vor ihnen war noch warm, er konnte noch nicht lange tot sein.

Immer noch in geduckter Haltung sah sich Hogart um. Auf dem Grundstück stand eine Jacht auf einem Anhänger. Hinter einigen Bäumen lag die Villa.

»Gehen wir rein?«, wisperte Chloé.

Was für eine Frage! Hogart hatte bereits die Waffe aus dem Holster gezogen und wollte geduckt zum Haus laufen.

Chloé packte ihn am Arm. »Warten Sie noch einen Moment.« Sie sah sich um. »Ich kann die Polizei nicht verständigen. Wenn die herkommt, würde man Sie sofort festnehmen.«

Hogart hielt inne. *Richtig!* Sabatier würde ihn ohne mit der Wimper zu zucken für mehrere Wochen in einer Zelle schmoren lassen, ehe er einen Anwalt oder Haftrichter zu Gesicht bekäme.

Das ist doch alles zum Kotzen!

Doch Hogart wollte das Grundstück nicht verlassen. *Nicht jetzt!* Vielleicht befand sich der Killer noch im Haus! Andererseits mussten Kripo und Einsatzkommando so rasch wie möglich verständigt werden.

Chloé hielt bereits ihr Telefon in der Hand.

»Rufen Sie noch nicht an«, flüsterte er. »Gehen wir vorher rein!«

»Sicher?«, fragte sie.

In diesem Moment ertönte ein gequälter Schrei aus dem Haus. Hogart blickte auf. Wenn er sich nicht irrte, dann war der aus einem der gekippten Kellerfenster gekommen.

»Ganz sicher!« Er erhob sich und lief mit der Waffe in der Hand geduckt zum Haus. Chloé folgte ihm.

Wie zum Teufel konnte das schon wieder passieren? Trotz aller Vorsichtsmaßnahmen, die wir getroffen haben!

Allerdings war jetzt zumindest klar, dass César nicht hinter den Morden stecken konnte.

Hogart lief an einem Boccia-Sandplatz, einem Pavillon und einem Gewächshaus vorbei. Auf dessen anderer Seite stand die Jacht mit ausgebautem Motor, der wohl gerade überholt wurde. Sie erreichten die Terrasse. Die Tür war offen, der Vorhang wehte raus. Ein Bewegungsmelder ließ die Außenbeleuchtung angehen.

»Wollen Sie da rein?«, flüsterte Chloé.

Hogart hielt kurz inne. »Sie meinen wegen des Polizeiwagens, der vor dem Haus steht?«

Sie nickte.

Es wirkte nicht so, als wäre die Polizei bereits im Haus. »Ich glaube, wir haben keine andere Wahl. Wir müssen in den Keller.«

»Gut, ich folge Ihnen, geben Sie acht.«

Hintereinander betraten sie das Haus.

42. Kapitel

César brüllte sich die Seele aus dem Leib, als ihm der Schmerz des zersplitternden Schienbeins durch den Körper fuhr. Mehrere Gedanken schossen ihm gleichzeitig durch den Kopf.

Kann ich überhaupt jemals wieder normal laufen? Die OP, der Gips, die Reha. Die ganzen Pläne für die nächsten Wochen im Arsch! Dann wurde alles verdrängt. *Was werde ich mit diesem Hurensohn anstellen, wenn die ganze Sache vorbei ist?*

Der Mann beugte sich zu ihm herunter. »Dein Safe ist im Wohnzimmer im Schrank der Pendeluhr …«

César biss die Zähne zusammen und schluckte den Schmerz hinunter. *Woher weiß dieser Schwanzlutscher das?*

»Die Kombination!«, verlangte der Mann.

»Fahr zur Hölle, du kommst hier nicht lebend raus … und falls doch, dann …«

Der Mann hob die Gewichtscheibe auf.

»Das wagst du nicht!«, schrie César.

Doch der Mistkerl ließ sie ein zweites Mal fallen, diesmal auf das andere Bein. Das Knie knirschte, die Bänder rissen, die Knorpel waren nur noch eine breiige Masse. César heulte verzweifelt auf. *Nicht das andere Bein auch noch! Dieser verfluchte Mistkerl!* Tränen traten ihm in die Augen. Er drohte bewusstlos zu werden und sah verschwommen, wie sich der Mann zu ihm herunterbeugte und ihm kräftig ins Gesicht schlug.

»Nicht schlappmachen!«

Der Kerl hielt ihm etwas unter die Nase, das nach Ammoniak stank und Césars Sinne sogleich wiederbelebte. Dann sah er, wie das Schwein die Scheibe ein weiteres Mal hob.

»Sechs, neun, acht, sechs, neun, neun, sieben!«, keuchte César, bevor dieses Aas ihn vollends zum Krüppel machte.

Der Mann griff zu einem Funkgerät an seinem Gürtel und schaltete es ein. »Sechs, neun, acht, sechs, neun, neun, sieben«, wiederholte er die Kombination und sah zu César hinunter. »Und falls du dich geirrt hast, breche ich dir deine Handgelenke und sämtliche Fingerknochen.«

»Neun, neun, *fünf* sind die letzten drei Ziffern!«, schrie César. *Dieser miese Sohn einer Hündin!* »Neun, neun, *fünf*!«

Der Mann grinste und gab die Korrektur über Funk durch. Oben im Haus musste demnach auch jemand sein. Vermutlich derjenige, der die Alarmanlage ausgeschaltet und den Safe gefunden hatte. Entweder hatten die beiden das Haus schon seit längerer Zeit ausspioniert, oder sie arbeiteten verdammt schnell.

César versuchte, sich aufzusetzen und sein Knie abzutasten, was alles kaputt war und wo es besonders wehtat, aber es schmerzte überall, egal wohin er griff. Mehr Zeit blieb ihm nicht. César konnte gerade noch tief Luft holen, bevor ihm der Mann wieder das Badetuch um den Hals schlang und ihn weiter durch den Fitnessraum zerrte. Jetzt ging es zu den gefliesten Stufen, die in den Pool führten. Zum Glück war der Weg nicht weit, denn die Schmerzen in den Beinen, die kraftlos hinter ihm herschleiften, brachten César beinahe um.

Der Mann lockerte das Badetuch und ließ César neben dem Gestänge des Handlaufs liegen. Neben dem Chlor stieg auch wieder der Geruch von Benzin in Césars Nase.

Was zur Hölle?

Dann sah er es. Auf dem Beckenrand des Pools standen zwei der 40-Liter-Kanister aus der angrenzenden Garage. Braune Behälter mit dem *Inflammable*-Aufkleber. Da es die Bootszapfsäulen nur im Hafen gab und César sich dort nie anstellen wollte, bunkerte er das Benzin für seine Jacht im Haus.

Wozu hat der Mistkerl die hierhin geschleppt?

Nun schraubte der Mann den ersten Deckel ab und legte den Behälter um, sodass sich der Inhalt ins Becken ergoss und als bunt schillernder Film auf der Oberfläche verteilte.

»Was wird das?«, presste César hervor.

Während der Mann den Inhalt des zweiten Kanisters in den Pool kippte, knackte sein Funkgerät. »Es sind drei Stück.«

Natürlich sind es drei Stücke, fluchte César in Gedanken. *Mühsam im Lauf der Jahre zusammengesammelt.* Und nun kamen zwei Hosenscheißer daher und räumten seinen Safe einfach leer.

Der Mann sah erstaunt auf.

»Das Knochenschwert, die Knochentruhe und die Knochenkrone«, sagte die Stimme aus dem Funkgerät.

Diese Arschlöcher kannten sich anscheinend bestens aus.

»Perfekt.« Der Mann schaltete die Verbindung aus. Dann wandte er sich an César, während hinter ihm das Benzin ins Wasser gluckerte. »Zähne zusammenbeißen, das wird jetzt ein wenig brennen.« Er packte César an den Händen und stieß ihn über die Treppe in den Pool.

Das Wasser brannte wie Feuer in den offenen Wunden. Sogleich versank César unter der Oberfläche, da ihn seine lädierten Beine nicht tragen konnten. Er schlug mit den

Armen um sich und schnappte nach Luft. Bei jeder Bewegung fuhren ihm die Schmerzen wie Blitze durch den Leib. Dabei geriet ihm Benzin in die Augen. Die Schmiere verteilte sich über seinen Körper.

»Was wollen Sie von mir?«, brüllte César.

»Dass Sie sterben«, sagte der Mann. »Ich weiß bereits alles. Morel hat geredet, bevor er gestorben ist.«

César versuchte, sich die Benzinschmiere aus dem Gesicht zu wischen. »Was?«

Durch seinen verschleierten Blick sah er, dass der Mann eine Streichholzschachtel in der Hand hielt. In Gedanken hörte César schon das Anreißen des Schwefelkopfes auf der Reibfläche, spürte bereits die rasende Hitze und konnte sein verbranntes Haar riechen.

43. Kapitel

In Césars Villa brannten keine Lampen. Durch die Fenster fiel bloß das Licht der Abenddämmerung.

Hogart nahm sich nicht die Zeit, nach Lichtschaltern zu suchen, sondern durchquerte rasch das Wohnzimmer, gelangte in einen Salon und einen langen Gang. Jede Sekunde war er darauf gefasst, das Aufblitzen eines Mündungsfeuers zu sehen, den brennenden Schmerz eines Elektroschockers zu spüren oder den Stich in die Halsschlagader. Doch nichts davon geschah.

Chloé befand sich dicht hinter ihm, die Waffe im Anschlag. Normalerweise hätten sie laut nach César geschrien, doch keiner von ihnen wollte den Mörder im Haus auf sie aufmerksam machen. Möglicherweise war das die letzte Chance, ihn zu fassen.

Am Ende des Gangs stand eine Tür offen. Merkwürdig gelbes Licht schimmerte an den Wänden. Hogart sah, dass eine Treppe nach unten führte. Bereits auf der ersten Stufe erkannte er, dass unten ein Feuer brannte. Es knisterte, und zarte Rauchschwaden drangen nach oben.

»Es brennt!«, flüsterte er.

Chloé griff schon zum Handy. »Ich muss die Feuerwehr rufen. Außerdem alarmiere ich jetzt doch die Polizei, die vor der Tür steht. Die Sache ist mir zu gefährlich.«

Hogart nickte. »Okay, ich gehe inzwischen runter.«

Chloé wollte ihn aufhalten, doch ohne lange zu überlegen,

lief er die Treppe hinunter. Unten gelangte er in einem kleinen Vorraum mit kahlen Wänden, von dem mehrere Gänge abzweigten. Rohre verliefen an der Decke. Ein Weg führte in den Heizkeller, ein anderer in die Garage. Doch das Feuer kam aus einer anderen Richtung. Mittlerweile hörte Hogart deutlich, wie es prasselte und knisterte. Der Feuerschein wurde an die Wände geworfen und erhellte den Keller auf magische Weise.

Weiter den Gang hinunter wurde es wärmer. Er kam an einem Saunaraum vorbei und wäre dort beinahe über einen Mann gestolpert, der reglos mit eingeschlagenem Schädel auf dem Boden lag. Ein Griff zur Halsschlagader zeigte Hogart, dass er tot war. Hatte dieser Mann geschrien oder war es jemand anders gewesen?

Hogart lief weiter und gelangte in eine große Halle, vor der er zurückprallte. Vor ihm brannte ein etwa drei mal sieben Meter großer Swimmingpool. Die Flammen tanzten auf der Wasseroberfläche und schlugen bis zur Decke, die mittlerweile schwarz geworden war. Eine lange Spiegelwand reflektierte das Feuer, sodass der Brand doppelt so groß wirkte.

Hogart wollte bereits vor der Hitze zurückweichen, als er eine Blutspur auf dem Fliesenboden bemerkte, die an den Fitnessgeräten vorbei direkt zum Pool führte. Und dann hörte er die verzweifelten Schreie des Mannes.

Da ist jemand im Wasser!

Mit dem Arm schirmte Hogart die Augen vor den Flammen ab und starrte ins Feuer. Dort trieb tatsächlich jemand panisch um sich schlagend im Wasser. Rasch stopfte Hogart die Waffe ins Holster, schlüpfte aus dem Sakko und hielt es sich über dem Kopf, während er sich dem Schwimmbecken näherte. Da die schmalen Oberlichter in der Halle offen waren, wurde das Feuer ständig von frischem Sauerstoff genährt.

Hogart erreichte den Handlauf, der ins Becken führte. »Hierher!«, rief er und wiederholte seine Aufforderung auf Französisch. Ein nackter Mann ruderte mit den Armen durchs Wasser zu den Stufen. Hogart hielt die Luft an, benutzte sein Sakko als Schutz gegen Rauch und Hitze und näherte sich der Treppe. Mit der freien Hand griff er nach dem Arm des Mannes, packte ihn und zog ihn zu sich an den Rand. Der Mann schrie schmerzerfüllt auf.

Der Rauch brannte in Hogarts Augen und kratzte in seiner Lunge. Als er blinzelte, sah er, dass der Mann nicht nur Brandwunden hatte, sondern auch zahlreiche schlimme Schnittverletzungen, die heftig bluteten.

»Kommen Sie!«, schrie Hogart auf Französisch.

Doch der Mann fiel kraftlos auf die Knie und drohte wieder ins Wasser zu rutschen. Hogart schleuderte sein Sakko weg und zerrte ihn an beiden Armen über die Stufen heraus. Jetzt erst erkannte er, dass der Mann an beiden Beinen offene Knochenbrüche hatte und gar nicht gehen konnte. Sein Körper war ölig, und an einigen Stellen züngelten noch kleine Flammen. Doch darum konnte sich Hogart im Moment nicht kümmern.

»Chloé …!« Er hustete sich die Seele aus dem Leib.

Wo steckt die? Jetzt hätte er gut Hilfe brauchen können. Röchelnd zerrte er den auf dem Bauch liegenden Mann an den Armen hinter sich her in Richtung Ausgang, so weit wie möglich von dem brennenden Pool weg. Endlich erreichte er den Korridor, wo er zum ersten Mal wieder einigermaßen nach Luft schnappen konnte. Doch mittlerweile war auch hier so viel Rauch, dass er ständig husten musste.

Er warf einen kurzen Blick auf den Geretteten: Der Mann hatte keine Haare mehr, die Brandwunden im Gesicht, auf seinen Schultern, Armen und auf der Kopfhaut sahen schlimm aus. Hogart holte tief Luft, dann lief er noch einmal in die Halle und schnappte sich sein Sakko, um damit die Flammen auf der Haut des Mannes zu ersticken. Danach trat er die Tür zur Schwimmhalle zu. Augenblicklich wurde es dunkel im Gang. Erschöpft lehnte sich Hogart an die Wand und ließ die Schultern sinken.

Weiter!

Im trüben Dämmerlicht, das von oben in den Keller fiel, zog er den stöhnenden Mann zur Treppe, die nach oben führte. Hogart setzte sich auf die Stufen. »Ein Krankenwagen ist unterwegs«, sagte er, um dem Mann Hoffnung zu machen.

Wenn der das überlebt, grenzt es an ein Wunder.

Das Gesicht des Mannes war völlig verbrannt, seine Lippen waren aufgequollen, und an den Ohren schälte sich die Haut ab. Er starrte auf die Waffe im Holster, das Hogart über dem Poloshirt trug.

»Wer sind Sie?«, röchelte der Mann auf Französisch. »Der Detektiv?«

Hogart gab keine Antwort, presste nur die Lippen aufeinander.

»Alle Stücke sind weg«, keuchte der Mann mit schmerzverzerrtem Gesicht.

Wovon redet er? »Bíro?«, fragte Hogart.

Der Mann nickte schwach. Das konnte nur César sein. Und da er vermutlich die Knochennadel nicht besaß, konnte es sich nur um andere Objekte aus dem Bíro-Zyklus handeln.

Rousseau, Pelletier, Trebitsch und nun auch Victor César. Die anderen Besitzer der Kunstwerke waren zwar auch gefoltert und ermordet worden, aber César war besonders brutal gequält worden. Wie bei einer Hinrichtung. *Warum?*

Was macht dich so besonders?

Lag es daran, dass er anscheinend *mehrere* Stück besessen hatte?

»Hogart!«, drang Chloés Stimme von oben herunter. »Ich habe das Haus durchsucht, der Safe ist leer.«

Erschöpft blickte er die Stufen hinauf. Oben am Treppenabsatz sah er Chloés Silhouette. Sie bedeutete ihm raufzukommen. »Die Polizei ist gleich hier.«

»Ein Krankenwagen auch?«

»Ja, verdammt! Beeilen Sie sich, wir müssen weg! Jetzt!«

Wenn er jetzt abhaute und César starb, war er auch noch wegen unterlassener Hilfeleistung dran. Er konnte den Mann nicht allein zurücklassen.

»Hogart! Die Polizei!«

»Ja, ich komme gleich.« Hogart drehte den Mann in die stabile Seitenlage. »Hilfe ist unterwegs … ich muss weg!« Der Mann griff verzweifelt nach seinem Arm. Hogart hielt kurz seine Hand. »Ich finde denjenigen, der Ihnen das angetan hat.«

Dann löste er den Griff, erhob sich und rannte die Treppe hinauf. Oben angekommen betätigte Hogart den Lichtschalter im Keller, damit die Einsatzkräfte César schneller finden konnten. Im Schein der Lampe sah er, dass Chloés Brille verbogen war, sie ein rot-blau schimmerndes Auge und eine rote Wange hatte.

»Alles okay?«, fragte er.

»Ja, ich dachte, ich kriege den Einbrecher, aber sie waren zu zweit.« Sie fuhr sich mit der Hand über die blutige Lippe.

»Konnten Sie einen davon erkennen?«

Sie schüttelte den Kopf. »Einer war maskiert, den anderen habe ich nur gehört. Ich glaube, es war eine Frau.«

Mist!

Hogart sah verzweifelt zum Haupteingang. Im Schloss klimperte etwas. Es war höchste Zeit, durch den Hinterausgang abzuhauen.

44. Kapitel

Eineinhalb Stunden später stand Hogart im Bademantel auf dem Balkon seines Hotelzimmers und blickte in die Nacht Richtung Meer. Die aufgehende Mondsichel blinzelte zwischen den Wolken durch und brachte die Wellen zum Funkeln. Das Horn eines Ozeandampfers dröhnte weit draußen, vereinzelt kreischte noch eine Möwe, und wenn er sich konzentrierte, hörte er sogar das Rauschen der nahen Brandung. Doch das alles wurde immer mehr von dem Gläserklirren und der dumpfen Musik aus der Jukebox einer Kneipe neben dem Hotel übertönt, die minütlich lauter zu ihm heraufdrang.

Hogarts Hände zitterten noch immer. Seine Knie waren weich. Er fühlte sich elend. Er hatte einen schwer verletzten, möglicherweise sterbenden Mann allein zurückgelassen, nur um nicht verhaftet zu werden.

Besonders stolz war er nicht darauf. Andererseits hätte er sowieso nichts mehr für César tun können. Außerdem hatte er seine Prioritäten abwägen müssen. Und die lauteten: Tatjana und Elisabeth zu finden. Im Knast war er ihnen nicht behilflich. Doch auch wenn er sich seine Entscheidung schönredete und sie hundertmal vor sich selbst rechtfertigte, änderte das nichts an der Tatsache, dass er sich wie ein egoistischer Mistkerl verhalten hatte.

Nachdem Chloé und er durch Le Havre gerannt und über den Hintereingang der Pension unauffällig ins Treppenhaus geschlichen waren, hatte Hogart sich in seinem Zimmer heiß geduscht und vom Gestank des Rauchs befreit, um die Erinnerung rascher zu tilgen. Jeans und Poloshirt waren von Ruß, Benzin und Césars Blut so verdreckt gewesen, dass er sie gleich in einem zugeknoteten Plastiksack in die Seitentasche des Koffers gestopft hatte. Alles, was er im Moment besaß, beschränkte sich auf den Inhalt seines Koffers. Aber zum Glück hatte er noch genügend Ersatzkleidung mit. Sein geräuchertes und an der Innenseite versengtes Sakko, in das sich der Brandgeruch eingenistet hatte, hatte er ebenso entsorgt. Davor hatte er alles aus den Taschen in ein neues Sakko geräumt.

Als er das Gepäckstück vorhin geöffnet hatte, war ihm als Erstes ein Buch von Murakami in die Hände gefallen. Chloé musste gedacht haben, dass es ihm gehörte, als sie seine Sachen im Hotel hastig in den Koffer gestopft hatte. Tatsächlich aber gehörte es Elisabeth. Nun lag das Buch auf seinem Nachttisch. *Gefährliche Geliebte.* Die Seiten waren an den Ecken eingeknickt, wie Elisabeth es immer tat, da sie keine Lesezeichen verwendete. Sie las viel. Murakami, Eco, Gorki, Blixen, Allende und Márquez – ferne literarische Welten. Das war ihr Universum. Im Gegensatz zu ihr las er nur Sachartikel und Biografien, meistens über Musiker und Filmemacher. Mit anspruchsvoller Literatur hatte er nur wenig am Hut, umso mehr war er von Elisabeths Begeisterung dafür fasziniert gewesen.

Gewesen? Verdammt!

Er ertappte sich dabei, dass er von ihr bereits in der Vergangenheit dachte. *Tu das nicht! Glaub daran, dass sie noch lebt und unschuldig ist.* Sie hatte angekündigt, dass sie ihn, sobald sie wieder zurück in Wien waren, unbedingt zu einem

Besuch in die Nationalbibliothek mitnehmen wollte. Damals hatte ihn diese Vorstellung abgeschreckt, doch jetzt wollte er nichts lieber, als sich von Elisabeth durch die Gänge mit den hohen Bücherregalen führen zu lassen, während sie über ihre Lieblingsautoren erzählte. *Und wenn sie eine Mörderin ist?* Dann müsste er sie eigentlich dafür verdammen – aber er liebte sie trotzdem.

Also lös diesen verdammten Fall! Hogart steckte sich eine Zigarette an, machte zwei Züge, drückte sie aber gleich wieder aus. Dann kippte er den Inhalt einer Dose Pepsi aus dem Mini-Kühlschrank hinterher; vielleicht würde der Zucker seine Nerven beruhigen.

Er dachte an Chloés Verletzung, die sich auf dem Weg zum Hotel zu einem bösen dunkelblauen Fleck entwickelt hatte. Nun war sie auch noch verletzt worden. Einer der beiden Einbrecher hatte sie seitlich mit einem Schlagring oder dem Griff einer Waffe erwischt, sie war zu Boden gegangen und für mehrere Sekunden ausgeknockt gewesen. Zum Glück hatte der Unbekannte ihr Leben verschont. Genauso wie man seines verschont hatte, als Tatjana aus dem Hotel entführt worden war. Irgendjemand wollte anscheinend, dass sie am Leben blieben! Und diejenigen waren vermutlich genau wie sie hinter der Knochennadel her. Die Frage lautete bloß: Wer würde dieses verdammte Mistding als Erster in die Finger kriegen?

Hogart ballte die Faust, um das Zittern seiner Hand zu unterdrücken. Sie waren wieder einmal zu spät gekommen. Immerhin hatten sie möglicherweise Césars Leben retten können, aber trotzdem … irgendetwas stimmte an der ganzen Sache nicht.

Warum waren nicht mehr Polizeibeamte vor Ort gewesen,

um das Haus zu beobachten und Victor César zu schützen? Warum hatte niemand eingegriffen? Seit Tagen telefonierte Chloé doch ständig mit der Polizei! Selbst wenn César ein mieser Verbrecher war, den die hiesigen Ermittler am liebsten tot sehen würden, war das noch lange kein Grund, warum sie nicht das gesamte Grundstück umstellt hatten. Beinahe schien es so, als wollten die Behörden es den Mördern und Einbrechern leichter machen, indem sie keine gezielten Vorsichtsmaßnahmen trafen. *Aus welchem Grund?* Andererseits aber war Sabatier so hartnäckig und verbissen an der Aufklärung des Falls dran.

Irgendetwas ist da mächtig faul! Aber er kam nicht drauf. *Betrachte es wie einen großen Versicherungsschwindel! Da kennst du dich doch aus. Wer profitiert am meisten davon?* Etwas hakte und war unlogisch. Doch was war der Grund dafür?

Schließlich holte er sein eigenes Handy aus der Bademanteltasche, nahm das Cover ab und schob die SIM-Karte hinein. Während das Telefon die Verbindung aufbaute, tippte er eine SMS an Sabatier.

Mordanschlag auf Victor César. Konnte knapp sein Leben retten. Warum haben die Behörden vor Ort nichts unternommen? Alles hat mit Biro zu tun! Ich werde mich so lange nicht freiwillig stellen, bis Sie mit mir kooperieren. Bin genau wie Sie dran, den Fall zu lösen.

Er hielt inne, dachte an Tatjanas Entführung und fügte dann noch einen weiteren Satz hinzu.

Konnten Sie herausfinden, von wem der Drohbrief stammt? Handschrift? Spuren?

Peter Hogart.

Er schickte die SMS ab, wartete, bis sie durch war, und zog anschließend wieder die SIM-Karte raus – Sabatier würde bestimmt versuchen, das Handy zu orten. Aber er brauchte dringend eine ruhige Nacht.

Kaum hatte er das Handy in der Manteltasche verschwinden lassen, trat Chloé auf den Balkon. Sie sah genauso erledigt aus wie er. Inzwischen hatte sie den Bügel ihrer schmalen Stahlrahmenbrille wieder gerade gebogen. Allerdings hatte sie noch keine Dusche genommen und trug noch immer ihre Kleidung von vorhin.

Sie drückte sich eine kleine Bierflasche aus der Minibar an die Schläfe.

»Geschafft?«, fragte Hogart.

»Fix und alle.« Sie lehnte sich an die Balustrade. Es klang süß, wenn sie mit ihrem französischen Akzent Deutsch sprach. »Ich habe gerade wegen der Ermordung meines Vaters mit der Pariser Kripo telefoniert, dem Notar und danach mit Vaters Rechtsanwalt.« Sie seufzte.

»Um diese Uhrzeit?«

»Die haben auf einen dringenden Rückruf gewartet – da gibt es mittlerweile hundert bürokratische Dinge zu klären.«

»Es tut mir leid, dass ich Sie in diese Sache hineingezogen habe.«

Sie wehrte mit der freien Hand ab. »Immerhin haben wir heute ein Menschenleben gerettet.«

»Falls César es wirklich übersteht«, gab er zu bedenken.

Sie nickte. »Ich habe auch mit meiner Kontaktfrau in Paris telefoniert. Sie hat sich bei der Polizeidienststelle in Le Havre erkundigt. César ist noch am Leben. Wegen der schweren Brandwunden wurde er sofort mit dem Hubschrauber abtransportiert.« Sie zuckte mit den Achseln. »Keine Ahnung, wohin – aber es steht ziemlich schlecht um ihn. Jedenfalls ermittelt die Kripo wegen Einbruch, Mordversuch und zweifachem Mord in seinem Haus.«

Zum Glück hatte er bei ihrer Flucht durch die Tür in der Hecke noch seine Fingerabdrücke von der Klinke gewischt. Was die Sache jedoch nur ein wenig hinauszögern würde. Die Polizei hatte ihn sowieso auf dem Kieker. Seine SMS an Sabatier würde da wohl nicht viel ändern.

Chloé nahm die Flasche von der Stirn, legte die Hand auf den Kronkorken und riss ihn in einer raschen Bewegung mit ihrem Ring herunter. Dann nippte sie am Bier und seufzte erleichtert auf. »Was für ein mieser Tag.« Sie schaute ihn an. »Die Datenrückverfolgung von Elisabeth Domeniks Handy hat übrigens nicht viel gebracht: Zuletzt ist es in einen Masten in einem südlichen Vorort von Paris eingeloggt gewesen. Kurz danach war die Verbindung weg.«

Entweder hatten Elisabeths Entführer die SIM-Karte entfernt, oder sie hatte es selbst getan. »Danke, zumindest wissen wir, dass sie in Richtung Süden unterwegs war.« Die Villa von Madame Trebitsch lag südlich von Paris, in Versailles, aber das war nur ein schwacher Anhaltspunkt.

»Und noch etwas«, seufzte Chloé. »Ich konnte Granqvist immer noch nicht erreichen.«

»Nirgendwo in den Medien wurde von einem Überfall auf ihn berichtet. Haben *Sie* etwas entdeckt?«

Sie schüttelte den Kopf. »Nichts.«

Warum wohl? Hogart biss sich auf die Lippe. Er müsste doch genauso gefährdet sein wie all die anderen, die sich für die Knochennadel interessiert hatten. Nach den heutigen Vorfällen schieden Trebitsch und César als Täter aus. Granqvist blieb als Einziger übrig. *Steckt er hinter allem? Oder Madame Gorgovich-Medunjan, die Verkäuferin der Knochennadel?*, überlegte er.

Chloé leerte den Rest der Flasche in einem Zug. »Ich werde mir jetzt ein heißes Schaumbad gönnen.«

»Haben Sie Hunger? Wollen wir nachher etwas essen?«

»Unbedingt. Sagen wir in einer Stunde?«

»Alles klar.«

Sie ließ die leere Flasche am Balkon stehen und verschwand in ihr Zimmer.

Auch Hogart betrat sein Zimmer, schnappte sich Kohlschmieds Handy und wählte Rasts Nummer. Er brauchte dringend Kontakt zu Ole Granqvist.

45. Kapitel

Helmut Rast saß mit Kohlschmied an einem runden Korbtisch vor einem Café direkt auf den Champs-Élysées. Ein paar hundert Meter entfernt erstrahlte der Triumphbogen in orange-gelbem Licht. Durch die Straßenbeleuchtung, die Autoscheinwerfer und Leuchtreklamen war es beinahe taghell. Angeblich gab es zwei Tage im Jahr, an denen die Sonne genau zwischen den Säulen des Triumphbogens unterging und ihr letztes Licht auf die Champs-Élysées warf. Rast wusste nur, dass das ganz sicher nicht heute gewesen war.

Trotz der späten Stunde liefen immer noch zahlreiche Passanten an ihnen vorbei. Es war ja auch eine laue Nacht. Rast trug nur ein Sakko über dem Hemd, die Krawatte hatte er mittlerweile abgenommen, und er stärkte sich inzwischen mit einer fünften Tasse Kaffee. An Schlaf zu denken war ein Luxus, den er und Kohlschmied sich im Moment nicht leisten konnten.

Vor ihnen hielt ein Bus. Jede Menge Jugendliche stiegen aus und strömten lautstark an dem Café vorbei in Richtung Métro-Station.

»Wussten Sie, dass Ödön von Horváth auf dieser Straße von einem herabfallenden Ast erschlagen worden ist?«, fragte Rast.

»Nein.« Kohlschmied sah kurz auf. »War er bei uns versichert?« Dann arbeitete er wieder weiter.

Mein Gott! Rast schüttelte nur den Kopf. Kohlschmied

und er hatten beide ihre Laptops geöffnet. Bei dem Gewimmel um sie herum konnte Rast besser arbeiten als im Hotelzimmer, wo es totenstill war. Da sich hinter ihnen die Mauer des Cafés mit der Getränketafel befand, konnte ihnen auch niemand über die Schulter auf den Bildschirm starren.

Während Rast den Mauszeiger hin- und herschob, wartete er mit dem Handy am Ohr, bis sein Gesprächspartner wieder zum Telefon kam.

»Herr Rast?«, hörte er endlich Eisenbachs Stimme, ein kleiner Angestellter, der in der Wiener Filiale der *Banque de Paris* für die IT zuständig war.

»Ja, ich bin immer noch da«, knurrte Rast.

»Ich habe jetzt Zugriff auf die Daten des Zentralrechners in Paris und sehe das Konto von Monsieur Ole Granqvist.«

Erleichtert ließ Rast die Schultern sinken. *Wurde auch Zeit.* »Liegt das Geld noch auf seinem Konto?«

»Ich …«, zögerte Eisenbach.

O Gott, jetzt bekommt er kalte Füße. »Hören Sie«, sagte Rast, »Monsieur Granqvist hat fünfzig Prozent vom Schätzwert der Knochennadel auf das Treuhandkonto unseres Notars überwiesen. Da Granqvist das ersteigerte Exponat nicht erhalten hat, wurde der Betrag bereits von unserem Notar auf sein Konto zurücküberwiesen. Ist das Geld noch dort? Wir sprechen über 950 000 Euro!«

»Äh … nein, Granqvists Konto ist schon wieder leer«, murmelte Eisenbach. »Aber von mir haben Sie diese Information nicht.«

»Wohin wurde der Betrag gebucht?«, fragte Rast.

»Das darf ich Ihnen beim besten Willen nicht sagen.«

»Ich nehme an, es ist *kein* Konto in Schweden, richtig?«

Eisenbach sagte nichts.

»Es ist das Konto einer französischen Bank, richtig?«, bohrte Rast weiter.

»Woher wissen Sie das?«, fragte Eisenbach.

»Weil wir mittlerweile davon ausgehen, dass es einen schwedischen Milliardär namens Ole Granqvist möglicherweise gar nicht gibt.« Ganz sicher war er sich zwar noch nicht, aber alle Informationen, die ihm vorlagen, ließen nur diesen Schluss zu.

»Oh!«

Ja, oh! »Also, wohin ist der Betrag transferiert worden?«

»Das kann ich Ihnen nicht sagen … nicht übers Telefon.«

»Mann, ich sitze hier in Paris, wir können uns nicht treffen«, entfuhr es Rast. Er blickte zu Kohlschmied, der sich ein Ohr zuhielt und mit seinem neuen Smartphone telefonierte.

»Dann versuchen Sie es bei Mademoiselle Perrin von der Pariser Filiale«, schlug Eisenbach vor.

»Sehr witzig! Die verrät mir garantiert kein Wort!«

Eisenbach seufzte.

»Na gut«, Rast senkte die Stimme, »können Sie mir wenigstens sagen, welche Transaktionen es in letzter Zeit noch auf Granqvists Konto gegeben hat?«

»Herr Rast, ich bitte Sie, auch wenn ich Ihnen einen Gefallen schulde, die Abfrage von der IP-Adresse meines Rechners kann zu mir nach Hause zurückverfolgt werden.«

»Als Computerfachmann können Sie diese Spur doch sicher löschen.«

»Ja, aber das sind Informationen, die ich nicht weitergeben *darf*, sonst verliere ich meinen Job.«

»Nur, wenn jemand dahinterkommt.« Langsam wurde Rast ungehalten. »Wenn herauskommt, dass Ihre Bank womöglich ein Schwarzgeldkonto betreut, auf dem eine knappe

Million Euro gelegen hat, noch dazu von einer nicht existierenden Person, die vielleicht sogar in mehrere Mordfälle verwickelt ist, verlieren noch viel mehr Menschen ihren Job. Die Bank, in der Sie arbeiten, hat geschlampt! Im Moment versuchen wir die Fäden zu entwirren, um größeres Unheil abzuwenden … also?«

»Okay, warten Sie einen Moment, ich rufe Sie von meinem Handy aus an.« Eisenbach hatte aufgelegt.

Rast nahm das Telefon runter, leerte die Kaffeetasse und blickte zu Kohlschmied, der immer noch eifrig telefonierte und nebenbei auf seinem Laptop tippte.

»Haben Sie noch einen Wunsch?«, fragte der Garçon des Cafés auf Französisch.

»Non, merci«, sagte Rast und sah dem Kellner nach, wie er zum Nebentisch ging. Endlich klingelte sein Handy. Er nahm den Anruf entgegen. »Ja?«

»Ja, hallo«, meldete sich Eisenbach. Die Verbindung war deutlich schlechter als vorher. »Also, das besagte Konto des besagten Herrn bei der besagten Bank gibt es seit drei Monaten.«

Aha! Granqvist hatte also sein Konto bei der *Banque de Paris* erst kürzlich eröffnet. »Und welche Transfers gab es außer den 950 000 Euro noch?«

»Gar keine.«

»Gar keine?«, wiederholte Rast.

»Sie sagten doch selbst, dass es diese Person gar nicht gibt«, erinnerte Eisenbach ihn.

Rast überlegte. »Demnach wurde das Konto bei Ihrer Bank nur wegen der Anzahlung für die Auktion eröffnet.« Aber schon vor drei Monaten, obwohl die Knochennadel erst vor einem Monat im Louvre ausgestellt worden war? *Es wird immer mysteriöser.* »Und wohin wurden die 950 000 Euro überwiesen?«

»Ich … also …«

»Nun sagen Sie es schon. Es ist verdammt wichtig!«

»Auf eine Bankverbindung in Nizza. *Banque de Nice.* Mehr sehe ich hier nicht.«

Nizza? Definitiv nicht schwedisch. »Auch nicht, wem das Konto gehört?«

»Keine Chance. Nicht mit meinem Zugang aus Wien.«

»Gut, vielen Dank.«

»Sind wir quitt?«

»Ja, Sie schulden mir nichts mehr«, sagte Rast und legte auf.

Vor fünf Jahren hatte Eisenbach noch in der IT-Abteilung von Medeen & Lloyd gearbeitet und war selbst in einen Versicherungsschwindel verwickelt gewesen. Von einem gesicherten Parkplatz in Wien aus waren als gestohlen gemeldete nagelneue Fahrzeuge nach Ungarn und Polen weiterverkauft worden, und die Versicherung hatte den Neupreis bezahlen müssen. Hogart hatte den Schwindel und alle daran Beteiligten damals auffliegen lassen. Rast hatte die Angelegenheit so gedreht, dass Eisenbachs Name nicht beim Staatsanwalt aufschien, sondern er nur seinen Job verlor. Wie nützlich ihm dieser kleine Trickser mal werden würde, hatte er damals noch nicht ahnen können.

Im selben Moment beendete auch Kohlschmied sein Telefonat. Er wischte sich eine pomadisierte Haarsträhne aus der Stirn und legte genervt das Handy neben den Laptop. In seinen Brillengläsern spiegelte sich der blaue Bildschirm des Computers.

»Was gibt es Neues?«, fragte Rast.

»Unsere Vermutungen sind richtig«, flüsterte Kohlschmied mit gesenktem Kopf, obwohl am Nebentisch garantiert niemand Deutsch verstand. »Die Daten über Granqvist und seine Firmen reichen im Internet nur exakt fünf Jahre zurück. Davor gibt es nichts über ihn. Keinen einzigen Eintrag. Unser IT-Spezialist in Wien hat mir bestätigt, dass sämtliche Webseiten und Interneteinträge nicht älter als drei Monate sind. Scheint, als wäre tatsächlich eine Fake-Person erschaffen worden.«

Damit bestätigten sich ihre schlimmsten Befürchtungen.

»Außerdem ist Granqvists Telefonverbindung seit heute Morgen tot«, fuhr Kohlschmied fort. »Ein Prepaid-Handy. Ich könnte versuchen herauszufinden, wer es angemeldet hat.«

Rast stöhnte unglücklich auf. »Vergessen Sie das, der Ausweis für die Anmeldung war garantiert gefälscht.«

»Möglich.« Kohlschmied nickte zu Rasts Handy. »War Eisenbach gesprächig?«

»Es hat gedauert, aber ja, wir haben unsere Informationen. Granqvists Konto gibt es erst seit drei Monaten, und darauf sind nur die Anzahlungsbewegungen, sonst nichts.«

Kohlschmied ballte die Faust und ließ die Knöchel knacken. »Das passt ja alles wunderbar zusammen.«

»Fragt sich nur, wer sich hinter diesem Pseudonym verbirgt? Die Anzahlung wurde jedenfalls auf ein Bankkonto in Nizza transferiert.«

In diesem Moment läutete Rasts Telefon. Er sah auf die Nummer am Display, zog eine Augenbraue hoch und blickte zu Kohlschmied. »Ich bekomme soeben einen Anruf von Ihnen.«

»Hogart«, sagte Kohlschmied abfällig. »Bin neugierig, in welchem Schlamassel er diesmal steckt.«

46. Kapitel

»Helmut Rast«, hörte Hogart die erschöpfte Stimme seines ehemaligen Mentors.

Hogart trat auf den Balkon, klemmte sich das Telefon zwischen Wange und Schulter und stützte sich auf die Balustrade. »Ich bin es«, sagte er nur und blickte Richtung Meer.

»Wo steckst du?«

»Das ist unwichtig.« Er atmete tief durch, inhalierte die salzige Brise, die vom Strand herüberwehte. »Frau Dr. Meyer-Lanski war nicht so kooperativ, wie wir alle gehofft haben.«

Hogart hörte Rast fluchen, dann beruhigte er sich wieder und fragte: »Haben sie dich erwischt?« Seine Stimme klang besorgt.

»Nein, alles okay.« War es zwar nicht, aber Rast musste ja nicht unbedingt erfahren, wie knapp Chloé und er am Père Lachaise entkommen waren. »Allerdings hat es zwei Tote und einen weiteren Mordanschlag gegeben.«

Rast fluchte erneut. »Die ganze Sache wird ziemlich übel.«

»Können wir ungestört reden?«, fragte Hogart, da er im Hintergrund Stimmen, Lachen und Musik hörte.

»Ja, wir sind auf den Champs-Élysées … warte einen Moment …« Es raschelte in der Verbindung. »… auch Kohlschmied hört über Kopfhörer mit.«

»Wer ist tot?«, drang Kohlschmieds Stimme dumpf aus dem Hintergrund dazu.

»Die Leibwächter des vierten Interessenten bei der

Auktion«, erklärte Hogart. »Jemand hat diese Liste der Reihe nach konsequent abgearbeitet.«

»Vielleicht wussten die etwas?«, vermutete Rast.

»Nein, die haben etwas Bestimmtes besessen, hinter dem der Mörder her war«, sagte Hogart. Er dachte an das erste Mordopfer, François Rousseau, Chloés Vater. Danach schweiften seine Gedanken zu Meyer-Lanski ab, die ihn an die Flics verraten hatte. Bei der Erinnerung an ihr Treffen auf dem Friedhof blitzte wieder dieses verfluchte kleine Detail auf, das er fast schon mal gehabt hatte. Wie ein loses Puzzleteil, das durch den Raum schwebte und danach schrie, erwischt zu werden. *Irgendetwas stimmt nicht!* Aber er konnte es nicht richtig fassen. Was wollte ihm sein Unterbewusstsein sagen? *Meyer-Lanski und Rousseau!*

»Die Polizei war im Hotel«, rissen ihn Rasts Worte aus den Gedanken. »Die haben dein und Tatjanas Zimmer auf den Kopf gestellt. Besser, du lässt dich dort nicht mehr blicken.«

Besser, ich gehe überhaupt nicht mehr zurück nach Paris.

»Kohlschmied ist am Nachmittag auf dem Kommissariat gewesen«, erzählte Rast weiter. »Die haben ihm natürlich nichts verraten. Die übliche Floskel. Eine laufende Ermittlung!«

»Ich musste leugnen, dass wir uns getroffen haben!«, drang Kohlschmieds Stimme aufgeregt dazwischen, und es klang wie ein Vorwurf, weil Hogart ihn zu dieser Lüge genötigt hatte. »Ich hätte wegen meines schlechten Gewissens fast eine Panikattacke bekommen.«

Schlechtes Gewissen? Du? Hogart stöhnte auf. *Dazu fehlt dir der nötige IQ.*

»Jedenfalls fahndet die Kripo mittlerweile intensiv nach

dir«, fügte Rast hinzu. »Ich war indessen auf der österreichischen Botschaft. Der Botschafter selbst und seine Angestellten sind über deinen Fall informiert. Falls du dort auftauchen solltest, werden sie dich nicht den französischen Behörden ausliefern.«

Was für ein Trost.

Hogart ließ das Telefon in seine Hand fallen. Im Bademantel ging er auf dem Balkon auf und ab. Durch den Vorhang zu Chloés Zimmer hörte er das Rauschen des Wasserhahns. Er senkte die Stimme. »Ich blicke in diesem Fall ehrlich gesagt noch nicht ganz durch. Es gibt zu viele unterschiedliche Interessengruppen.« Er dachte an Dr. Meyer-Lanski, Madame Gorgovich-Medunjan, Ole Granqvist und die Leute, die Tatjana entführt hatten. »Ich brauche dringend Kontakt zu Granqvist. Die Nummer, die ich von Kohlschmied habe, ist nicht erreichbar. Wer immer dieser Granqvist ist, er scheint eine Schlüsselfigur in dem Ganzen zu sein.«

Rast räusperte sich. »Wir haben bereits Nachforschungen angestellt. Unterm Strich ist rausgekommen, dass Granqvist eine Person ist, die nicht existiert. Irgendjemand hat eine komplett falsche Identität erschaffen.«

Überrascht hielt Hogart einen kurzen Moment inne. »Das erklärt natürlich einiges«, überlegte er laut. »Aber wie kann das sein? Er war live über Video bei der Auktion zugeschaltet. Ich habe seine Silhouette selbst gesehen. Und er hat die Hälfte vom Schätzwert auf das Treuhandkonto eingezahlt. Es muss sowohl eine Kontoverbindung als auch eine IP-Adresse seines PCs geben.«

»Ja, das weiß ich alles«, knurrte Rast, der anscheinend genauso sauer war wie Hogart, dass man sie reingelegt hatte.

»Aber es ändert nichts an der Tatsache, dass diese Spuren allesamt sehr kunstvoll inszeniert worden sind. Ein Fake – wie wir jetzt wissen.«

»Jemand hat die Versicherung verarscht?«, fragte Hogart.

»Nicht nur. Auch die Verkäuferin der Knochennadel und die Opéra Garnier«, ergänzte Rast.

Prima!

Jetzt wusste er endlich, warum es bisher keinen Überfall auf Granqvist gegeben hatte. »Damit haben wir unseren Drahtzieher, der hinter allem stecken könnte«, schlussfolgerte Hogart. »Wir müssen diese Spuren zurückverfolgen.«

»Wir sind dran«, sagte Rast. »Allerdings haben wir nicht viele Anhaltspunkte. Die ursprünglich geleistete Anzahlung wurde von der *Banque de Paris* auf ein Konto in Nizza zurücktransferiert.«

Nizza? Unwillkürlich dachte er an Elisabeth. Hatte sie vielleicht, abgesehen von ihrer Großmutter in Paris, auch Verwandte in Nizza? *Wer weiß das schon? Möglich ist es.*

»Und Kohlschmied hat auf dem Kommissariat erfahren, dass nicht nur Elisabeth verschwunden ist, sondern auch ihre Mappe mit den Unterlagen der Auktion«, fuhr Rast fort. »Da die Mappe Eigentum von Medeen & Lloyd ist, wollten wir sie zurückhaben, doch offenbar ist sie ebenso unauffindbar wie die Nadel.«

Richtig, die rote Mappe!

Hogart massierte seine Schläfe. Elisabeths Handy, ihr Tablet und ihre Mappe. Alle Quellen auf eventuelle Hinweise waren weg. *Aber eine Sache gibt es noch!* Zuletzt hatte sich Elisabeth im Internet-Corner der Oper aufgehalten. Falls nicht *sie* hinter den Überfällen und Morden steckte, was Hogart immer noch hoffte, bestand die Möglichkeit, dass sie im Internet-Corner etwas Wichtiges herausgefunden hatte. Vielleicht, dass etwas an der ganzen Auktion faul gewesen war. Und danach war sie aus Angst und Panik untergetaucht und versteckte sich irgendwo ... *Die Hoffnung stirbt zuletzt.*

»Peter ...?«, fragte Rast.

»Ja, ich bin noch da«, murmelte Hogart. Er musste zurück nach Paris und morgen sofort ins Opernhaus in den Internet-Corner zu diesem PC. »Kohlschmied soll mir sämtliche Unterlagen schicken, die Medeen & Lloyd über Granqvist hat. Auch wenn es nicht viel ist.«

»Hast du eine Spur?«

»Möglicherweise.«

»Pass auf dich auf.«

»Mach ich.« Er beendete das Telefonat.

Aus der Kneipe nebenan stolperte ein Betrunkener, wankte über die Straße und urinierte an einen Laternenpfahl. Einige Gassen weiter kreischten zwei kämpfende Katzen, und es klang so, als würden sie sich gegenseitig das Fell über die Ohren ziehen.

Hogart hörte, wie in Chloés Zimmer immer noch das Wasser in die Badewanne rauschte. Er holte Madame Gorgovich-Medunjans schwarze Visitenkarte aus seinem Zimmer. Zwar hätte er sie auch von Kohlschmieds Handy oder dem Festnetz des Hotels aus anrufen können, aber dann würde sie ihn rasch gefunden haben. Also war er lieber vorsichtig, steckte noch einmal kurz die SIM-Karte in sein Privathandy und wählte ihre Nummer. Schon nach dem ersten Läuten meldete sich die Frau mit der rauchigen dunklen Stimme. *»Oui?«*

»Peter Hogart hier«, sagte er knapp.

»Ich habe Ihren Anruf bereits erwartet. Ihre Frist läuft in nicht ganz zweieinhalb Stunden ab.«

Beinahe hätte Hogart lauthals aufgelacht. *Wenn du wüsstest, dass ich mittlerweile ganz andere Probleme habe.* »Deswegen rufe ich an«, sagte er stattdessen ruhig. »Ich bin knapp davor, das Rätsel zu lösen, und brauche noch etwas Zeit.«

»Wie lange?«

Er dachte an Tatjana. Bis Freitagabend musste er spätestens alle Puzzleteile erfolgreich zusammengesetzt haben. Trotzdem pokerte er hoch. »Zweiundsiebzig Stunden.«

»Ich gebe Ihnen achtundvierzig, bis Freitagnacht«, entschied sie. »Aber dann muss ich Erfolge sehen, haben Sie das verstanden?«

Tatsächlich war das mehr, als Hogart erwartet hatte. »Ich werde die Knochennadel finden.« Er hörte ein Klacken im Hintergrund.

»Ich hoffe, dass Sie dann wissen, was zu tun ist«, sagte Madame Gorgovich-Medunjan. Es klang sanft, weder einschüchternd noch gefährlich, dennoch steckte eine subtile Drohung in ihrer Stimme. »Ich kann Ihr Handy jederzeit orten und weiß, dass Sie an der Atlantikküste sind. Wie gefällt Ihnen Le Havre? Etwas kühl um diese Jahreszeit, oder?«

Hogarts Kehle wurde trocken, er schluckte, gab aber keine Antwort. *Mann, das ging ja schnell!* Er hätte sich endlich mal über dieses neumodische Zeug schlaumachen sollen.

»Waren Sie bei César?«, fragte sie.

Wozu lügen? »Ja«, antwortete er, und die vorübergehende Erleichterung über den Aufschub war wie weggeblasen.

»Ist er noch am Leben?«

»Als ich ihn zuletzt gesehen habe, war er das noch.«

»Victor ist ein zäher Hund.«

Anscheinend kannte sie César und die Verbrecherszene recht gut. Hogart wechselte das Thema. »Was wissen Sie über Ole Granqvist?«

»Nur, dass er mir 7,3 Millionen schuldet. Sie haben bis Freitagnacht Zeit, Monsieur Hogart. *Bonsoir.*«

Die Verbindung war tot.

Hogart war klar, dass er soeben die Drecksarbeit für eine möglicherweise skrupellose Mörderin erledigte, die seine Interessen schamlos für sich ausnutzte. Aber das kümmerte ihn im Moment wenig. Er musste sowieso Elisabeth, Tatjana und die Nadel finden – und wer am Ende das Exponat oder die sieben Millionen bekam, war ihm völlig egal. Hauptsache, er erhielt über die österreichische Botschaft seinen Pass zurück und konnte mit den beiden Frauen unbeschadet das Land verlassen.

Er wollte die SIM-Karte soeben wieder entfernen, als der Ton einer eingehenden SMS ertönte. Das Display zeigte Sabatiers Nummer. Nach einem tiefen Atemzug öffnete er die Nachricht.

Sind Sie verrückt geworden? Was machen Sie bei César in Le Havre? Hören Sie auf, es ist sinnlos! Ich habe einen Haftbefehl gegen Sie ausstellen lassen. Auch wenn Sie Ihr Handy ständig ausschalten. Ich finde Sie trotzdem. Sie machen es nur schlimmer.

Kurz darauf piepte es ein zweites Mal. Wieder eine Nachricht von Sabatier.

PS: Die Analyse des Drohbriefs hat nichts ergeben.

Er hob den Blick zum Mond, der soeben ganz hinter den Wolken verschwand.

Fuck!

Das waren nicht die Antworten, die er sich erhofft hatte. Aber erwartet.

Kurz nach zehn Uhr stand Hogart in frischer Kleidung vor Chloés Balkontür und klopfte an den Holzrahmen. »Haben Sie Lust auf typisch französische Küche?«

Sie kam barfuß in einem langen T-Shirt und einer knappen Pyjamahose auf den Balkon. Um die Schultern hatte sie eine Decke geschlungen. »Für französische Küche haben wir nicht genug Zeit, außerdem sollten wir uns nicht mehr auf der Straße blicken lassen.«

Ja, das ist wohl besser. Vor allem jetzt, wo Sabatier und Gorgovich-Medunjan wussten, wo er sich aufhielt. »Außerdem weiß die Polizei, dass Sie mit mir unterwegs sind. Ich frage mich, wie lange es noch dauert, bis die Ihr Handy geortet haben, um mich zu finden.«

»Morgen verschwinden wir ohnehin von hier«, versuchte sie ihn zu beruhigen.

Er nickte. »Wie wäre es mit Pizza oder Kebab? Das könnte ich vorne an der Ecke holen, und wir essen hier auf dem Balkon?«

»Klingt romantisch«, sagte sie. »Bier ist in der Minibar, und ich habe im Badezimmerschrank Kerzen gefunden.«

Romantisch? Danach stand ihm so gar nicht der Sinn. Er dachte an Elisabeth. Sein schlechtes Gewissen meldete sich wieder.

»Was haben Sie?« Anscheinend bemerkte Chloé seine Zweifel. »Versuchen Sie mal, ein paar Minuten lang nicht an den Fall zu denken.«

Er blickte über die Hausdächer. Sie hatte ja recht. Was brachte es, sich ständig das Gehirn zu zermartern? Trotz des bewölkten Himmels war die Nacht mild. Mit genügend Decken würden sie es sicher ein oder zwei Stunden im Freien aushalten.

»Okay«, sagte Hogart schließlich. »Bin gleich wieder da.«

Doch sobald er nach Brieftasche und Zimmerschlüssel griff, kamen die düsteren Gedanken zurück. Gestern Abend hatte er noch in einem Sternerestaurant auf dem Eiffelturm gespeist, heute unter falschem Namen auf dem Balkon einer zweitklassigen Frühstückspension.

Und morgen vielleicht schon im Knast.

47. Kapitel

Tatjana wurde wach, als sie das Öffnen einer Tür hörte. *Die Hecktür des Lieferwagens*, sickerten die Gedanken träge in ihr Bewusstsein. Ihr Hirn war wie in Watte gepackt. Sie schmeckte Blut. Anscheinend hatte sie sich in die Wange gebissen. Dann kam die Erinnerung an die Spritze. Wie lange war sie wohl bewusstlos gewesen?

Der Fahrer kletterte in den Wagen. Trotz ihrer Benommenheit spürte sie seine Anwesenheit neben sich. Er beugte sich über sie, dann merkte sie, wie die Kabelbinder an ihren Handgelenken durchtrennt wurden. Sogleich bewegte sie die Finger, ballte die Faust und rieb sich die Gelenke, die wie Feuer brannten. Als Nächstes wurden die Kabelbinder an ihren Fußgelenken aufgeschnitten.

»Allez!«, befahl der Mann mit heiserer Stimme und zerrte sie brutal hoch. Ihre Beine rutschten von der Matratze. Da sie immer noch den Sack über dem Kopf trug, hatte sie absolut keine Orientierung. Alles drehte sich um sie. Als sie hochgezogen wurde, sackten ihre Beine sofort weg. Sie wollte sich abstützen, griff jedoch ins Leere und fiel zurück auf die Matratze. Ihre Glieder waren wie Gummi. Schließlich packte sie der Mann von hinten unter den Achseln und schleppte sie aus dem Wagen. Sie versuchte zu gehen, doch ihre Füße schleiften nur kraftlos hinter ihr her.

Du bist in keiner Garage, sondern im Freien. Sie spürte schwüle Luftfeuchtigkeit und Wind auf den Händen. *Fisch-*

geruch und Salzwasser! Dann hörte sie das Brechen der Brandung. Sie waren also immer noch am Meer. Irgendwo fuhr ein Auto vorbei, ein Hund bellte. Durch die untere Öffnung des Sacks sah sie, dass es Nacht war. Sie versuchte, den Kopf zu drehen, damit der Spalt größer wurde, sah aber nur den Kiesboden unter sich, über den sie gezogen wurde.

Nach einigen Metern hielt der Mann inne und ließ sie zu Boden gleiten. Tatjanas Schädel knallte gegen eine Mauer. Sie stöhnte auf, für einen lauten Schrei saß der Knebel zu fest. Gierig sog sie die Luft durch die Nase ein. Während sie hörte, wie der Mann neben ihr mit einem Schlüsselbund klimperte und ein Schloss aufsperrte, tastete sie zu dem Sack und versuchte, ihn sich vom Kopf zu ziehen.

Wieder wurde ihr schwindelig. Lag es am Wassermangel oder an der Spritze? Egal! Sie zerrte weiter an dem verdammten Jutesack, bis sie endlich frische Luft spürte und im nächsten Moment etwas sehen konnte. Ihre Augen brannten.

Es war tatsächlich Nacht. In der Dunkelheit konnte sie Palmen erkennen, deren Wedel sich im Wind bewegten. Eine Grundstückseinfahrt. Und seitlich davon lag ein von einer schmalen Mondsichel beschienener Sandstrand mit Holzsteg. Dahinter das dunkle Meer. Am Horizont befanden sich einige große beleuchtete Schiffe.

Die raue Atlantikküste war das garantiert nicht. Stattdessen deuteten die Palmen auf eine eher mediterrane Gegend, vielleicht die Côte d'Azur oder die Bucht vom Golfe du Lion. Aber wer weiß – genauso gut konnten sie auch in Spanien sein. Lang genug war sie ja unterwegs gewesen. Jedenfalls war es hier ziemlich einsam, bisher war noch kein anderes Auto vorbeigekommen. Vielleicht lag das aber auch an der Uhrzeit, schließlich konnte es schon weit nach Mitternacht sein.

Mit einem Quietschen öffnete sich eine schwere Metalltür neben ihr. Sie versuchte, den Kopf zu drehen.

»Merde!« Der Mann schlug ihr mit der Hand auf die Wange, dann zog er ihr wieder den Sack über den Kopf. Als Nächstes packte er sie, zerrte sie in das Gebäude und trat mit dem Fuß die Tür zu. Dann ging es eine Treppe hinab ins Dunkle, und ihr kleines bisschen Freiheit war schon wieder verloren …

48. Kapitel

Mitten in der Nacht fuhr Hogart aus dem Schlaf. Er saß aufrecht im Bett und spürte, wie ihm der Schweiß über den nackten Rücken hinunterlief.

Der Mond leuchtete ins Zimmer, das zusammengeknüllte Bettlaken und die Zimmermöbel glänzten silbern. Hogart blickte durch die Scheibe der Balkontür. Draußen war niemand. Ebenso war kein Geräusch im Flur zu hören. Aber irgendetwas hatte ihn geweckt. Ein Albtraum vielleicht?

Er sank zurück und ließ den Arm zur Seite fallen. Das Bett neben ihm war kalt und leer. Er dachte an Elisabeth. An ihren süßen leisen Atem, wenn sie neben ihm lag, mit der Schlafbrille über den Augen, sich im Schlaf das Kissen zwischen die Beine klemmte und hin und wieder zu ihm herübergriff. Als sie das erste Mal in seiner Wohnung übernachtet hatte, hatte er neben ihr wach gelegen und sie im Mondlicht einfach nur angesehen.

Hogart schluckte.

Wo bist du jetzt?

Wie geht es dir?

Und wo ist Tatjana?

Er spürte den Knoblauchgeschmack der Pizza, der seinen Mund hatte austrocknen lassen. Vorsichtig tastete er zum Nachtschrank. Dort in der Flasche war noch ein Schluck lauwarmes Bier, den er hinunterkippte. Nun dachte er an Chloé, mit der er sich bis kurz vor Mitternacht auf dem

Balkon Kebab und Pizza geteilt hatte. *Die coole und taffe Chloé!*

Er riss die Augen auf und fuhr erneut hoch. Jetzt wusste er auch, was ihn geweckt hatte.

Ein Albtraum!

Er hatte von Chloé geträumt. Mit ihren langen blonden Haaren und völlig nackt war sie dem Wasser eines brennenden Indoor-Pools entstiegen und ihm mit wiegenden Hüften über die Stufen entgegengekommen, während der Keller hinter ihr in einem Inferno aus Flammen aufging. Im nächsten Moment stand sie in einer brennenden Lagerhalle, in der der Reihe nach Dutzende Fässer explodierten. Er hatte Chloé nicht aus diesem Flammenmeer retten können. Es war die Chemiefabrik ihres eigenen Kunden in Frankfurt gewesen, der die Giftfässer durch Brandstiftung verschwinden lassen wollte, um die Entsorgungskosten zu sparen.

Warum hatte sein Unterbewusstsein das alles bloß miteinander vermischt? Und wieso hielt es sich überhaupt mit dieser Geschichte auf, die sie ihm auf dem Eiffelturm erzählt hatte?

Er versuchte, sich zu konzentrieren. Laut Chloés Angaben saß die Holding dieser Firma in Strasbourg, kam ihm in den Sinn. *Strasbourg?* Warum sollte die Holding eines Chemiekonzerns ausgerechnet dort sein, während die Fabriken und Lagerhallen in Deutschland waren? Wo lag da der steuerliche Vorteil? Luxemburg oder Liechtenstein, ja – aber Strasbourg?

Die Eindrücke des Albtraums verblassten langsam, aber die Fragen, die aus seinem Unterbewusstsein auftauchten, wurden immer drängender. Hogart saß aufrecht im Bett, starrte in die Nacht und massierte seine Schläfen. Chloés Firma bot auch Überwachungskameras an.

Der Akku einer unserer Überwachungskameras erhitzte sich, woraufhin eine Lagerhalle völlig niederbrannte.

Derartiges Equipment wurde normalerweise fremd zugekauft, und dann hätten sich entweder Leute der Zulieferfirma oder Sachverständige der Versicherung die Brandursache angesehen – aber doch nicht Chloé. *Nicht Chloé!*

Als er die Beine aus dem Bett schob, fiel ihm noch einmal ein, dass Madame LaFayette ihm, kurz bevor sie vor Erschöpfung eingeschlafen war, etwas hatte sagen wollen.

Chloé? Die ist …

Ist was?

Hogart blickte auf seine Armbanduhr, die auf dem Nachttisch lag. *Kurz nach drei.* Zu spät, um die alte Dame anzurufen.

Er stand auf, ging zum Schreibtisch, fuhr den Laptop hoch und stellte die Internetverbindung her. Zuerst suchte er nach der Securityfirma OPS. Die gab es tatsächlich. Die Typen hatten eine Webseite, und ihr Sitz war wirklich in Frankfurt. Unter den Rubriken *Kontakte* und *Über uns* erfuhr er zwar einiges über Geschäftsführer, Sekretariat und Mitarbeiter, konnte aber weder Chloés Foto noch ihren Namen entdecken.

Gut, alle Mitarbeiterinnen waren sicher nicht online aufgelistet – vor allem, wenn die Firma auch Observationen durchführte. Aber unter den Serviceleistungen wurde weder Hardware noch Überwachungsequipment angeboten, und unter Referenzen tauchte auch keine Chemiefabrik auf.

»Okay …« Er tippte weiter.

Eine neuerliche Suche zeigte ihm, dass es in Frankfurt

drei große Chemieunternehmen gab. Aber keines davon hatte den Sitz seiner Holding in Strasbourg. Und mit einigen weiteren Abfragen fand er heraus, dass es in Strasbourg gar keine Holding eines Chemiekonzerns gab.

Scheiße, verflucht!

Er lehnte sich zurück, massierte seine Augen und starrte auf den Bildschirm.

Chloé? Die ist …

Was, verdammt? Eine Lügnerin?

Ja, verflixt nochmal, Chloé *hatte* ihn angelogen.

Aber warum?

Ein Jahr zuvor

Aimée saß auf dem Balkon ihres Zimmers in einem Korbstuhl mit Ausblick auf ihr Grundstück. Sie trug einen knappen schwarzen Bikini, hatte die Füße auf ein Tischchen gelegt und blätterte nun schon zum zweiten Mal durch einen Auktionskatalog. Einige interessante Gemälde und Möbelstücke befanden sich darin.

Die Morgensonne strahlte ihr ins Gesicht. Nach einem durch und durch verregneten Juni begannen jetzt endlich die Sommerferien – für Aimée würden es die letzten sein. Ihre Masterarbeit war geschrieben und abgegeben. Sie hatte ein halbjähriges Praktikum an der Kunsthochschule Berlin-Weißensee absolviert, damit ihr Studium an der *École nationale supérieure des beaux-arts* abgeschlossen, das *Diplôme national d'art plastique* erhalten und durfte sich von nun an Master of Arts nennen. Nach einigen weiteren Monaten Praxis konnte sie entweder selbst eine Galerie eröffnen oder als Kunstsachverständige arbeiten, am liebsten mit Spezialgebiet für französische Historie des 11. bis 14. Jahrhunderts. Aber zunächst wollte sie abwarten, was das Leben so brachte.

Jetzt lagen erst mal drei Monate Sommer und Sonnenschein an der Côte d'Azur vor ihr. Eine Zeit, die sie nicht faulenzend am Strand verbringen wollte, sondern auf dem ehemaligen Anwesen ihrer Eltern, das David und sie geerbt hatten und nun auf Vordermann bringen wollten.

Einen Teil des Barvermögens hatte David in Aktien investiert und bisher ein glückliches Händchen bewiesen. Außerdem hatten sie mit dem Geld aus der Stiftung, das David und sie nun als Stiftungsräte verwalteten, weitere Ländereien gekauft, die an ihr Grundstück grenzten, und so das Anwesen ausgeweitet. Mittlerweile besaßen sie über sieben Hektar. Jérôme, der soeben damit begonnen hatte, an der Rückseite des Hauses die Hecken zu schneiden, kümmerte sich immer noch um Haus und Garten, allerdings gingen ihm mittlerweile zwei Arbeiter aus dem Senegal zur Hand, und sie hatten eine Putzfrau aus der Bretagne und einen Koch aus Marokko angestellt. Die beiden zankten sich zwar den ganzen Tag lang wie Hund und Katz, aber die Frau war eine wirklich treue Seele, und der marokkanische Koch zauberte unglaubliche Gerichte auf den Tisch. Also ignorierte sie das alberne Gehabe.

Aimée nahm einen Zug von der Zigarette und rekelte sich in der Sonne. Wenn jemals das Sprichwort zugetroffen hatte, zu leben wie Gott in Frankreich, dann auf dieses Fleckchen Erde.

Von ihrem Balkon aus hatte sie gesehen, wie David vor einer Viertelstunde von seiner Joggingrunde am Meer zurückgekommen war. Sie selbst wohnte nach wie vor im Haupttrakt der Villa, während ihr Bruder in den neugebauten Ostflügel eingezogen war.

David war mittlerweile zwanzig, hatte die Zeit am Internat mit Ach und Krach zu Ende gebracht und danach seine freiwillige Wehrpflicht beim Militär begonnen. Dort hatte er sich für zwei Jahre als Sanitäter verpflichtet und studierte nebenbei Medizin, um später Militärarzt zu werden. Nicht mit dem Ziel, Menschenleben zu retten, wie er Aimée einmal verraten hatte, sondern weil ihn seit seiner Kindheit die verschiedensten Ursachen des Schmerzes faszinierten.

Was auch immer seine Beweggründe waren – die Zeit beim Militär tat ihm gut, mit seiner trainierten Figur und den kurz geschorenen blonden Haaren war er ein richtiger Frauenschwarm geworden. Und er hatte auch eine Freundin – Aimée hatte ihren Namen vergessen –, eine wortgewandte und schlagfertige Brillenschlange mit langen blonden Haaren, die bei einer Securityfirma arbeitete und etwas älter war als er, was Aimée gar nicht verwunderte. Sie wusste aus eigener Erfahrung, dass er schon immer einen Hang zu reiferen Frauen gehabt hatte. Im Moment war seine Freundin jedoch nicht zu Besuch – ein guter Zeitpunkt, um mit ihm zu reden.

Aimée drückte die Zigarette im Aschenbecher aus, schlug den Auktionskatalog zu und schnappte sich ihren fast durchsichtigen Pareo aus Seide, den sie vor ihrer Brust verknotete. Sie verließ den Balkon, lief durch ihr Zimmer, dann die Treppe hinunter und ins Freie. Es war kurz nach zehn Uhr vormittags. David hatte nach seiner Joggingrunde sicher schon geduscht und hockte vermutlich gerade über einem seiner Anatomiebücher.

Als sie am Poolhaus vorbeilief, kam ihr marokkanischer Koch gerade mit einem Tablett heraus. Der Wind wehte Aimées Seidentuch hoch, und Sonu blickte verstohlen von ihren hochhackigen Stöckelschuhen über die langen gebräunten Beine bis zum knappen Bikinihöschen und ihrem flachen Bauch.

»Genug gesehen, Sonu?«, fragte sie ihn.

»Entschuldigung, Madame.« Rasch senkte er den Blick.

Wenn sie wollte, hätte sie Sonu haben können – jederzeit.

Madame Voclain, ihre Sportlehrerin an der Élite Mondaine, hatte ihr schon in jungen Jahren verraten, worauf Männer achteten. Sie war eine gelehrige Schülerin gewesen, hatte ihre Lehrerin bald in den Schatten gestellt, und heute konnte sie wirklich jeden haben. *Jeden!* Aber sie hatte kein Bedürfnis danach. Weder nach Sonu, so gut er auch aussah, noch nach sonst jemandem. Sie war sich nicht einmal sicher, ob nicht ein gut geformter Frauenkörper sie mehr antörnte.

Sie nickte zum Tablett. »Ist das für David?«

»Ja, Madame. Ein Smoothie mit Orange, Nektarinen und Kiwi.«

»Gib her, Sonu, ich bringe es ihm.« Sie nahm ihm das Tablett aus der Hand und marschierte am Poolhaus vorbei zum Ostflügel.

Die Tür zu Davids Wohntrakt stand offen. Neben der Eingangstür lehnte sein Mountainbike, unter einer Bank lagen seine Joggingschuhe und die Tennisschläger.

»Jemand zu Hause?«, rief sie, um die harte Rockmusik zu übertönen, die aus dem Haus drang.

»Bin im Wohnzimmer!«

Sie trat ein und stellte das Tablett auf die Kommode. Davids Haare waren noch nass, und er roch nach Aftershave. Nur mit einem Handtuch bekleidet stand er neben der Stereoanlage und dehnte die Wadenmuskeln. Die Boxen vibrierten, und David drehte die Lautstärke leiser. Auf dem Plattenteller drehte sich eine Scheibe, daneben lag die Hülle eines Whitesnake-Albums.

Englischer Rock. Typisch!

»Hast du Zeit?«, fragte sie ihn.

»Lang oder kurz?«

»Lang …«

Er lächelte. »Für dich immer.« Auf der Innenseite seines linken Unterarms war ein Tattoo mit dem Whitesnake-Schriftzug, auf dem rechten Unterarm prangte das Abzeichen einer amerikanischen Rugbymannschaft, auf seinem breiten Nacken das Harley-Davidson-Logo mit den breiten Adlerschwingen.

David begeisterte sich für anglo-amerikanisches Flair und verspürte im Gegensatz zu ihr wenig Faszination für die französische Kultur. Allerdings liebte er die Côte d'Azur genauso wie sie, und Aimée wusste, dass er niemals von hier wegziehen würde.

»Worüber willst du reden?«, fragte er, schnappte sich das Glas und nahm einen kräftigen Schluck von dem Smoothie.

»Über unsere Eltern.«

Sogleich wich sein Sunnyboylächeln einer ernsten Miene.

»Genauer gesagt über den *Tod* unserer Eltern«, präzisierte sie. Dieses Thema war seit vierzehn Jahren tabu gewesen. Nie hatten sie es angesprochen, doch nun war die Zeit gekommen. »Ich muss etwas mit dir besprechen.«

»Okay, ganz wie du willst.« Er stellte das Glas ab und wischte sich über den Mund.

Sie blickte unverhohlen auf seine Waden, die kräftigen Oberschenkelmuskeln, seine Bauch- und Brustmuskeln und die breiten Schultern.

»Gefällt dir, was du siehst, Schwesterherz?«, fragte er.

Aimée dachte an die Szene mit Sonu vorhin am Pool und musste lächeln. »Deine rasierte Brust interessiert mich nicht«, sagte sie, obwohl ihre Augen schamlos auf seinen Körper gerichtet blieben.

Er zog eine Augenbraue hoch. »Aber sie ist dir aufgefallen!«

Sie trat näher und strich ihm mit dem Fingernagel über den Bizeps. »Wie viele Kilometer bist du heute gelaufen?«

»Siebzehn.«

»Mmmhhh …«, schnurrte sie. »Bist du noch fit?«

»Wenn *du* mich fragst, immer.«

Sie hörte, wie das Handtuch zwischen ihnen zu Boden fiel. Davids intensiver Blick genügte, und ihr war völlig klar, was als Nächstes folgen würde. Offenbar war es ihm genauso egal wie ihr, ob er eine Freundin hatte oder nicht.

Während Aimée danach in seinem Wohnzimmer auf der Couch lag, nur bedeckt mit einem knappen Handtuch, ging David raus und mixte im Poolhaus zwei Drinks, einen für sich und einen für seine Schwester. Diesmal etwas Härteres als Smoothies, denn er wusste, Aimée würde so einen Früchteshake niemals trinken. *Übersäuernder Modequatsch*, wie sie behauptete. Er füllte Eiswürfel dazu und schwamm dann nackt einige Längen im Pool.

Er war innerlich aufgewühlt, und das lag nicht nur an der letzten halben Stunde, die Aimée und er gerade miteinander verbracht hatten. Sie wollte mit ihm über ihre Eltern sprechen. *Aber was gibt es da viel zu besprechen?* Ihr Vater hatte einen Einbrecher erschießen wollen, dabei versehentlich ihre Mutter getroffen und sich anschließend selbst das Leben genommen. Dieses feige Arschloch! Hätte er auch nur einen Augenblick gezögert oder einen Moment lang an seine Kinder gedacht, hätten sie ihn erreichen und ihn aufhalten können. Alles wäre anders gekommen, und möglicherweise wären sie nie aufs Internat gegangen.

Dort hatte er die Hölle durchlebt – andererseits wären Aimée und er sich nie so nahe gekommen wie jetzt und hätten nie miteinander geschlafen. Egal, was die Moral dazu sagte, er brauchte das – er brauchte *sie* und konnte nicht ohne sie leben. Auch wenn es zwischen ihnen immer verrückter wurde. Doch schließlich wollte sie es genauso wie er. Diesmal hatten sie es zum ersten Mal am helllichten Tag getrieben. Und es war gut gewesen, verdammt gut sogar. Er hatte gar nicht gewusst, dass Aimée so sehr drauf stand und es genauso brauchte wie er. Vielleicht waren sie ja beide geisteskranke Wichser.

Andererseits wusste er aber auch, dass er sein normales Leben davon trennen musste und diesen Gedanken in seinem Hirn keinen Raum geben durfte. Also schwamm er seine Bahnen und verdrängte einmal mehr, was soeben passiert war, um wieder in einen normalen Alltag hineinzukommen, der nicht darin bestand, seine eigene Schwester zu vögeln.

Als er aus dem Pool kletterte und sich abtrocknete, sah er ein rotes Corvette-Cabrio vor dem Haus. David blickte auf die Uhr. Schon Mittag. Henri, sein Kamerad vom Heer, der wie er Arzt werden wollte, war gekommen, um ihn mit seinem Wagen auf eine Spritztour über die Küstenstraße mitzunehmen. Er behauptete stets, dass man auf diese Art jede Menge Weiber aufreißen konnte – was David zum einen bezweifelte und zum anderen auch gar nicht wollte.

Nachdem der Fahrersitz der Corvette leer war, machte David sich auf die Suche nach Henri. Schließlich fand er ihn, wie er neben der offenen Tür von Davids Wohntrakt lehnte und ins Haus starrte.

»Henri, was ist los?« David ließ die Gläser stehen, wo sie waren, schlang sich das Handtuch um die Hüften und ging zum Haus.

»Mann, deine Schwester hat den geilsten Arsch, den ich je gesehen habe«, flüsterte Henri, ohne den Blick abzuwenden.

»Sei still!«, sagte David.

»Und diese kleinen festen Titten!«

Als David neben seinen Freund trat, erhaschte er gerade noch einen Blick auf Aimée, die nackt durch den Korridor lief und ins Badezimmer verschwand.

»Ich wusste gar nicht, dass Aimée so eine tolle …«

»Halt die Schnauze!«

Erst jetzt riss sich Henri von dem Anblick los. »He, sei doch kein Spielverderber. Du tust ja so, als dürfte deine Schwester nicht auch mal ein wenig Spaß haben …«

David zog die Augenbrauen zusammen, sein Unterkiefer mahlte.

»… oh, là, là.« Ein riesiges Grinsen lag auf Henris Gesicht. »Ich könnte ihr …«

»Ich sagte, du sollst die Schnauze halten!«

»He, weißt du, wie du gerade auf mich wirkst? Als ob …« Henri verstummte für einen Augenblick, sein Blick wurde ernst, dann angewidert. »… jetzt wird mir einiges klar!« Er senkte die Stimme. »Du und deine Schwester …«

Ansatzlos schlug David ihm die Faust ins Gesicht. Die Oberlippe platzte, und er hörte, wie die Nase brach. Der zweite Schlag ging seitlich in die Nieren und der dritte mit Schwung von oben hinunter auf die Wange, sodass der Kiefer knirschte. Henris Kopf flog zur Seite, und im nächsten Moment lag er stöhnend auf dem Boden. Blut floss auf die Kieselsteine, mühsam spuckte er einen Zahn aus.

Obwohl Henri genauso groß war wie David und ebenfalls die Nahkampfausbildung des Heers absolviert hatte, hatte er nicht die geringste Chance gehabt zu reagieren. Auch David war von sich selbst überrascht gewesen. Er hatte die Schmerzen in der Faust nicht einmal gespürt, die Schläge für den Bruchteil einer Sekunde sogar genossen.

Doch während er nun durchs gekippte Fenster hörte, wie die Dusche in seinem Trakt anging, kam die eiskalte Ernüchterung. Benommen taumelte er zurück. *So eine verdammte Scheiße!* Henri lag röchelnd da und hielt sich das Gesicht. Das würde David die Karriere beim Militär kosten. Aus der Traum vom Armeearzt.

In diesem Moment kam Jérôme angelaufen. Offenbar hatte er die Szene von der Hausecke aus beobachtet, wo er bereits seit einer Stunde die Hecken schnitt.

»Kümmere dich darum, dass er nicht redet«, sagte David, als Jérôme ihn erreichte. »Notfalls gib ihm zehntausend Euro. Er braucht das Geld, die Corvette ist nur geleast, er wird den Mund halten.«

Jérôme schüttelte den Kopf. »Nein, Monsieur David.«

»Was heißt *nein*?«, rief David außer sich. »Jérôme, ich habe dir gesagt …!«

»Ihre Karriere beim Militär steht auf dem Spiel. Und so reich, wie Sie sind, wird es nicht bei zehntausend bleiben«, unterbrach Jérôme ihn. »Sie wissen, wie sehr ich Geldverschwendung hasse.«

David kniff die Augenbrauen zusammen. »Was hast du vor?«

Jérôme antwortete nicht, putzte sich stattdessen die Schuhe auf der Türmatte ab, ging ins Haus, öffnete einen Schrank und kam mit einer vollen Flasche hochprozentigem Absinth Black Edition heraus. Indessen lag Henri immer noch benommen auf dem Boden.

»Was zum Teufel soll das? Die Flasche hat über hundert Euro gekostet.«

»Ich weiß – sie war ein Geschenk von mir. Fünfundachtzig Prozent Alkohol.« Jérôme hielt die Flasche in einer Hand, mit der anderen packte er Henri am Kragen und zerrte ihn hinter sich her zu seiner Corvette. Henri stöhnte auf und besaß nicht einmal die Kraft, die Arme zu heben.

David folgte ihm. »Jérôme, was, verdammt, hast du vor?«

»Was wohl?«

Davids Kehle wurde eng. »Übertreibst du es mit deiner Fürsorge nicht ein wenig?«

»Ich habe gehört, wie abfällig er über Madame Aimée gesprochen hat. Das hat er zum letzten Mal getan«, keuchte Jérôme. »Außerdem hat er etwas über Sie beide herausgefunden, was er besser nicht wissen sollte.«

Nachdem Aimée fertig geduscht hatte, verließ sie Davids Wohntrakt mit nassen Haaren und in ihren Pareo gehüllt. Vor dem Haus stand eine rote Corvette. Ein Mann saß fast bewusstlos auf dem Beifahrersitz. Nase und Kiefer waren arg zugerichtet, er blutete stark. Jérôme ging um den Wagen herum.

Mit pochendem Herzen lief Aimée näher. »Was machst du da?«

Statt zu antworten, legte Jérôme dem Verletzten den Gurt an und flößte ihm den Inhalt einer bereits fast leeren Flasche Absinth ein. Den Rest der schwarzen Flüssigkeit schüttete er ihm übers Gesicht.

»Jérôme, was zum Teufel soll das? Wo ist David?«

»Im Haus.« Jérôme hob nicht mal den Kopf. Hastig schloss

er das Faltdach des Cabrios. »Sie wissen nicht, was Sie Ihrem Bruder antun«, zischte er.

Was?

Sie betrachtete den jungen Mann durchs Seitenfenster. Ein- oder zweimal hatte sie ihn hier schon gesehen. Irgendeiner von Davids Militärkollegen. Sein Gesicht sah schrecklich aus. »Hat David das gemacht?«

Jérôme nickte. »Madame Aimée, Sie sollten in Zukunft nicht mehr mit ihm …«

»Jérôme!«, unterbrach sie ihn scharf. »Du bist nicht unser Vater, sondern nur der *majordome*«, wies sie ihn zurecht. »Halt den Mund und mach deinen Job!«

Jérôme presste die Lippen zusammen und nickte, dann winkte er Sonu zu sich und gab ihm ein Zeichen. Jérôme stieg in die Corvette, startete sie und fuhr weg, dass der Kies aufspritzte. Unmittelbar darauf folgte Sonu ihm mit Jérômes Pritschenwagen, auf dem sich Palmen und Säcke mit Erde befanden.

Aimée sah den beiden Autos nach. Ein dumpfes Gefühl breitete sich in ihrem Magen aus. Sie hatte überreagiert und hätte Jérôme nicht so hart anfahren dürfen. Seit dem Tod ihrer Eltern beschützte er sie wie seine eigenen Kinder. Und das würde er auch weiterhin tun. Aus Überzeugung – und aus schlechtem Gewissen, weil er in jener Nacht, als Aimées Eltern gestorben waren, nicht im Haus gewesen war und sich die Schuld an allem gab. Doch es überraschte sie, dass auch Sonu so ohne weiteres mitfuhr. Offenbar hatte Jérôme ihm das überzeugend *nahegelegt*.

Die Corvette und der Pritschenwagen verschwanden nach Osten in Richtung der alten Klippenstraße. Um die Mittagszeit war auf dieser Strecke fast nichts los. Aimée kannte Jérôme gut genug, um zu ahnen, dass er die Corvette über die Klippen schicken würde.

Merde!

Sie sah zum Haupthaus. Auf dem Balkon des Wohnzimmers stand David und blickte den Wagen hinterher, als gäbe es kein Problem. Dann wandte er sich an Aimée. »Alles okay?«

»Sicher.« Sie mussten jetzt wirklich miteinander reden.

5. TEIL

PARIS

Donnerstag, 17. September

49. Kapitel

Nach dem Frühstück in ihrem Hotel in Le Havre saßen Hogart und Chloé bei einer weiteren Tasse Kaffee auf ihrem Balkon. Sicherheitshalber spannte er den alten Sonnenschirm, der an der Wand gelehnt hatte, so auf, dass sie von der Straße aus nicht gesehen werden konnten.

Während sie über den Fall sprachen, versuchte Hogart, sich nichts von seinem Misstrauen gegenüber Chloé anmerken zu lassen. Sie blätterten sämtliche Tageszeitungen durch, wobei sich Hogart jedoch mehr auf die Schlagzeilen und Fotos beschränkte.

Keine Neuigkeiten.

Die Presse brachte nichts über die Vorfälle in Paris und Versailles und schon gar nichts über den Überfall auf Césars Villa. Lediglich im Radio, einem Lokalsender, war zu hören, dass es in einer Villa in Le Havre zu einem Unfall mit Todesfolge gekommen war. *Möglicherweise durch einen Bandenkrieg*, hieß es.

Chloé und er wollten noch so lange in der Stadt bleiben, bis die Polizei die erste Ermittlungsarbeit abgeschlossen hatte. Vielleicht erfuhren sie ja etwas Neues über César. Zwischendurch telefonierte Chloé immer wieder mit der Versicherung, dem Anwalt und der Bank ihres Vaters, dem Bestatter und dem Staatsanwalt, der die Leiche ihres Vaters für die Beerdigung freigeben musste.

Hogart blieb derweil in seinem Zimmer und telefonierte

seinerseits mit Rast und Kohlschmied, doch das brachte nichts. Sie hatten nichts Neues über »Granqvist« herausgefunden, bloß dass seine angeblichen Firmen genauso wenig existierten wie er selbst. Ein vor drei Monaten erschaffenes Phantom, das seinen letzten Auftritt als Schattenriss auf der Videowand der Pariser Oper gehabt hatte. *Wie passend.*

Danach versuchte Hogart mehrmals bei geschlossener Balkontür, Madame LaFayette in ihrem Antiquitätenladen zu erreichen, doch nie hob jemand ab. Und es gab auch keinen Anrufbeantworter, auf dem er eine Nachricht hätte hinterlassen können. Es wurde Zeit, diese Sache zu delegieren. Er tippte eine SMS an Kohlschmied.

Finden Sie heraus, was Madame LaFayette über François Rousseaus Stieftochter Chloé weiß.

Kurz nach Mittag wartete Hogart immer noch darauf, dass Chloé einen Weg finden würde, mehr über den Einbruch und die Morde zu erfahren. Die Untätigkeit zermürbte ihn, er musste dringend den Kopf freibekommen. Eigentlich wäre er gern an den Strand gegangen, um entlang der Küste in Richtung Hafen zu joggen, doch das Risiko, von einer Polizeistreife erkannt zu werden, war einfach zu groß. Also blieb er im Zimmer, machte stattdessen ein paar Einheiten Sit-ups und Liegestütze. Ständig gingen ihm dabei die Ereignisse der letzten Tage durch den Kopf. Irgendwann würde er seinem Bruder gestehen müssen, dass Tatjana bereits seit zwei Tagen verschwunden war. Und dann konnte er sich gleich eine gute Erklärung einfallen lassen, warum er erst jetzt damit herausrückte. Doch noch hatte er die Hoffnung, dass alles gut ausgehen würde.

Nachdem er sich geduscht und umgezogen hatte, rief er sein Reisebüro an und ließ ihre Flugtickets nach Wien sicherheitshalber auf einen späteren Termin umbuchen. Dann suchte er Girards Nummer aus dem Speicher seines Handys und rief ihn ebenfalls von Kohlschmieds Telefon aus an.

»Hallo, Girard.«

»Monsieur Hogart?« Girards Stimme klang überrascht.

»Sie wissen, ich habe nichts mit Elisabeth Domeniks Verschwinden zu tun«, sagte Hogart, »aber ich bin kurz davor, alles aufzuklären.«

»Ich glaube Ihnen. Weshalb rufen Sie an?«

»Ich brauche Ihre Hilfe.«

Pause. »Okay.« Girard senkte die Stimme. »Wo sind Sie gerade?«

»Das kann ich nicht sagen … noch nicht. Ist die Polizei noch in der Oper?«

»Mhm«, murmelte Girard.

»Gibt es verschärfte Sicherheitskontrollen?«

»Ja, das auch.« Girard machte eine Pause. »Unter uns … gestern waren eine Menge Leute hier. Nicht von der normalen Polizei, sondern von einer Sondergruppe. Man sucht nach Ihnen.«

»Die Section d'intervention?«

»Ja. Einige Beamte sind immer noch da, aber ich habe gehört, die ziehen heute Nachmittag ab.«

»Danke, Girard.« Er legte auf.

Das war alles, was er wissen wollte.

Nachdem er und Chloé eine Kleinigkeit zu Mittag gegessen hatten, fuhren sie schließlich kurz nach zwei Uhr mit Chloés Mini Cooper wieder zurück nach Paris. Diesmal saß Hogart am Steuer. Chloé hatte ihr Veilchen und die geschwollene

Lippe so gekonnt überschminkt, dass sich die Verletzungen nur erahnen ließen, wenn man wusste, wonach man suchen musste.

Hogart ließ sich vom Navi leiten, während Chloé mit ihrem Handy nach neuen Infos im Internet suchte und immer ratloser wurde. Langsam gingen ihnen die Ideen aus, und Hogarts einzige Anhaltspunkte blieben Liv Sabatiers Ermittlungen und der Computer im Internet-Corner.

Auf halber Strecke bekam Chloé endlich den lang ersehnten Anruf von der Pariser Polizistin, mit der sie befreundet war. Hogart schaltete das Radio aus und ließ sie in Ruhe telefonieren. Nach zehn Minuten beendete sie das Gespräch und packte das Handy weg.

Hogart sah zu ihr rüber. »Was gibt es Neues?«

Chloé starrte aus dem Seitenfenster und ließ die Landschaft an sich vorbeiziehen. »Ich fürchte, ich habe keine guten Nachrichten.«

»Alles andere hätte mich auch gewundert.«

Sie löste sich von dem Anblick und sah wieder nach vorne. »Von den Einbrechern in Césars Haus fehlt jede Spur, doch im oberen Stockwerk wurde wieder ein Fingerabdruck von Ihrer Freundin Elisabeth Domenik gefunden …«

Hogart biss sich auf die Lippen, sagte aber nichts.

»… und diesmal hat man am Tatort auch Spuren von ihrer DNA entdeckt«, fügte Chloé hinzu.

Hogarts Kiefermuskeln mahlten. Er merkte, wie er das Lenkrad fester umklammerte, sodass der Kunststoff knirschte. Anscheinend hatte die Kripo im Badezimmer seines Pariser Hotelzimmers Spuren von Elisabeths Haar- und Zahnbürste genommen.

»Es tut mir leid«, sagte Chloé.

»Schon okay«, murmelte er und lockerte den Griff. »Mir tut es leid, dass das alles passiert ist.«

»Sie können ja nichts dafür.« Sie drehte sich zu ihm. »Da ist noch etwas anderes, das Sie bedrückt, stimmt's?«

Richtig! Aber das kann ich nicht mit dir besprechen.

»Ich hätte César gestern Abend nicht allein zurücklassen dürfen«, sagte er stattdessen. »Ich bin abgehauen wie ein …«

»Machen Sie sich keine Vorwürfe. César ist ein Krimineller. Ich möchte nicht wissen, für wie viele Tote oder Verletzte er im Lauf der Zeit verantwortlich war.«

»Dennoch ist er ein Mensch. Und seine schweren Verbrennungen, die Schnittwunden und Knochenbrüche …«, seufzte Hogart.

»Meine Kontaktfrau in Paris hat mir erzählt, dass er noch gestern Nacht mit dem Helikopter nach Monaco geflogen worden ist.«

»Monaco?«, wiederholte er erstaunt. »Quer durch Frankreich?«

»Dort gibt es eine Spezialklinik für die Superreichen mit Fachleuten für Schönheitschirurgie, Rekonstruktion und Hauttransplantationen.«

Klang plausibel. Er dachte an Césars schwere Verbrennungen. Vermutlich hatten sie sich dort wegen der Rallye von Monte Carlo und dem Grand Prix von Monaco auch auf Brandwunden spezialisiert.

»César hat bis zu den Morgenstunden ums Überleben gekämpft«, erzählte Chloé weiter, »aber jetzt geht es ihm den Umständen entsprechend gut. Er ist stabil.«

»Hat ihn die Polizei vernommen?«

»Im Moment ist er noch nicht ansprechbar. Wären wir nicht gekommen, wäre er jetzt tot«, sagte sie. »Also was soll's?«

»Sie haben ja recht.«

Der Rest der Fahrt verlief schweigend. Hogart dachte an Chloés Securityfirma, die Holding in Strasbourg und Madame LaFayettes nicht beendeten Satz. Die Frau, die neben ihm saß und ihm eine Waffe besorgt hatte, hatte ihn angelogen. *Aus gutem Grund?* Das hoffte er. Jedenfalls hatte sie ihn bereits dreimal vor einer Festnahme bewahrt.

Was hat sie vor?

Was immer es war – ab jetzt würde er sie genauestens beobachten.

50. Kapitel

Am späten Nachmittag kamen Hogart und Chloé wieder in Paris an. In sein Zimmer im Hotel Jardin konnte er natürlich nicht mehr zurück. Ihrer aller Sachen hatte die Polizei ohnehin schon längst beschlagnahmt, untersucht und dann in der Asservatenkammer verschwinden lassen. Und offiziell auschecken musste er auch nicht mehr, das hatten die Fahnder der Kripo garantiert schon für ihn erledigt.

In der Villa von Chloés Vater konnte er ebenso wenig unterschlüpfen. Dort waren die Kripobeamten sicherlich noch mit den Ermittlungen zugange, abgesehen davon, dass sie das Haus bestimmt überwachten und Ausschau nach ihm hielten. Zudem gab es in Paris und Versailles wegen der Einbrüche, Folterungen, Diebstähle und der Morde gewiss ein verstärktes Polizeiaufgebot – zumindest was mögliche Ziele der Kunstszene betraf. Und dazu gehörte auch die Opéra Garnier. Aber genau da musste Hogart hin.

In Paris hatte Chloé wieder das Steuer des Wagens übernommen, und nun setzte sie Hogart in einer Seitengasse in der Nähe der Oper ab. »Soll ich Sie wirklich nicht begleiten?«

Hogart wehrte ab. »Ich fürchte, die Wahrscheinlichkeit, dass ich in der Oper der Polizei in die Hände laufe, ist ziemlich hoch.«

»Weil Sabatier damit rechnet?«

Hogart nickte.

»Aber genau aus diesem Grund müsste sie doch annehmen, dass Sie ausgerechnet dort *nicht* auftauchen. Würde Sabatier Sie wirklich für so verrückt halten?«

Er hob die Schultern. »Wir werden sehen. Jedenfalls möchte ich Sie da nicht mit reinziehen.« Insgesamt schätzte er seine Chancen, mehr herauszufinden und dabei noch unbemerkt davonzukommen, ziemlich gering ein. Aber dieses Risiko musste er eingehen. Außerdem wollte er die nächsten Ergebnisse nicht unbedingt gleich mit Chloé teilen, solange er nicht wusste, welches Spiel sie spielte.

»Gut, wie Sie wollen.« Sie nickte ihm zu. »Ich suche in der Zwischenzeit ein Hotelzimmer für uns beide.«

»Für *uns*? Aber …?«

»Ich halte es im Haus meines Vaters nicht aus … nicht nach dem, was passiert ist. Das habe ich gemerkt, als wir in Le Havre übernachtet haben. Dort habe ich endlich einmal ohne Albträume durchgeschlafen.«

»Verstehe.«

Hinter Chloés Wagen hupte ein Auto. »Ich bleibe am Handy erreichbar, falls ich Sie rausholen muss«, sagte sie. »Viel Erfolg.«

»Danke.« Hogart schlug die Autotür zu und klopfte aufs Dach. Chloé fuhr davon, und er machte sich mit einem flauen Gefühl im Magen auf den Weg Richtung Oper.

Mittlerweile saß Hogart bereits seit einer Stunde in einem Café an einem kleinen Einzeltisch. Er trank seinen dritten Espresso und betrachtete durch die Glasscheibe den Platz mit dem Haupteingang der Oper.

Es gab nur ein uniformiertes Polizistenpärchen, das im

Zwanzig-Minuten-Takt über den Platz schlenderte, einige Straßenmusiker, die üblichen Touristen, die kamen und gingen, und jede Menge Taxis, die regelmäßig vor- und auch wieder abfuhren. Hogart bemerkte niemanden, der in Zivil an ein und demselben Platz verharrte und – so wie er – die Oper beobachtete.

Da die Spielsaison mit der Aufführung von *Les Misérables* erst an diesem Samstag starten würde, war heute Abend immer noch spielfrei. Mit Kohlschmieds Handy hatte er herausgefunden, dass die letzte Führung für die Besucher auch heute um 18 Uhr enden und danach das Gebäude schließen würde. Ab dann waren weder Angestellte noch Schauspieler oder Sänger im Gebäude, sondern nur noch das Sicherheitspersonal.

Um 17.45 Uhr zahlte Hogart, verließ das Café und ging über den Platz zum Haupteingang der Oper. Obwohl das Wetter in den letzten Tagen mit warmen Temperaturen überrascht hatte, zogen sich jetzt Wolken über der Stadt zusammen. Wind kam auf, und die rötliche Abenddämmerung verhieß nichts Gutes.

Als Hogart die Vorhalle betreten wollte, stellte er fest, dass der Eingang bereits mit einer roten Kordel versperrt war. Einige Besucher gingen durch den Ausgang ins Freie. Er versuchte sich trotzdem in das Gebäude zu drängen, wurde jedoch von einem der Portiers mit einer eindeutigen Handbewegung aufgehalten. »Wir schließen in zehn Minuten«, sagte der auf Französisch.

»Oui, je sais.« Hogart zeigte dem Mann seine Eintrittskarte vom Montag, die er in seiner Brieftasche aufgehoben hatte. Dabei verdeckte er jedoch mit dem Daumen das Datum. »Ich habe meinen Mantel in der Garderobe

vergessen«, sagte er in holprigem Französisch. Was ja nicht einmal gelogen war, sein Mantel musste eigentlich immer noch dort hängen.

Tatsächlich hakte der Mann die Kordel los und winkte ihn durch. *»Allez, faites vite!«*

»Merci beaucoup.« Hogart lief die Treppe hinauf in Richtung Garderobe, bog davor jedoch ab. Bevor der Hauptstrom der Besucher zum Ausgang einsetzte und die Oper schloss, musste er noch ein paar Minuten Zeit überbrücken. Also nahm er die Stufen hinunter in den Keller. Eine Gruppe japanischer Touristinnen kam ihm aufgeregt kichernd entgegen.

Frau Dr. Meyer-Lanski hatte ihm am Montag von der Sonderausstellung im ersten Untergeschoss erzählt. Angeblich gab es dort den Briefwechsel zwischen Gaston Leroux und Lon Chaney zu sehen. Und tatsächlich! In dem schmalen Gang, beleuchtet von dunkelroten Glühbirnen und umrahmt von langen purpurnen Samtvorhängen, hingen Briefe und jede Menge Schwarz-Weiß-Fotos hinter Glas. Daneben befanden sich erklärende Texte auf Französisch, Englisch und sogar Deutsch. Im Hintergrund lief subtil die düstere Musik des Musicals *Le Fantôme de l'Opéra.*

Nur noch wenige Besucher hielten sich hier unten auf. Hogart begann die ersten Tafeln zu lesen. Reumütig dachte er an Tatjana. Möglicherweise hatte sie mit ihren Vermutungen über das Phantom doch nicht so unrecht gehabt – doch er hatte ihre Aussagen als naives Teenagergeschwätz abgetan. Wie er jetzt las, waren die realen Hintergründe von Leroux' Geschichte des Phantoms sowohl mysteriöse Geräusche aus dem Untergrund während der ersten Aufführungen als auch ein nie völlig aufgeklärter tödlicher Unfall gewesen.

Am 20. Mai 1896 stürzte der tonnenschwere Kronleuchter herab und erschlug eine 56-jährige Frau.

Seitdem kursierte die Angst vor dem unheimlichen Keller mit den labyrinthischen Gängen und dem Sammelbecken für das Grundwasser. Angeblich hatte Gaston Leroux den Operngeist 1907 tatsächlich mit eigenen Augen gesehen. Ein unscharfes Foto in Grautönen zeigte einen Schatten. Mit viel Fantasie konnte man darin einen Mann erkennen, der auf einer Barke stehend durch das unterirdische Gewässer fuhr. Die Aufnahme stammte von Leroux selbst, der eines Nachts mit einem Angestellten der Oper für sein Buch recherchiert hatte.

Der amerikanische Schauspieler Lon Chaney hatte 1925 das Phantom der Oper im gleichnamigen Stummfilm dargestellt und hatte für seine Rolle alles über diese Figur erfahren wollen. Anscheinend war es das erste Method Acting der Filmgeschichte gewesen. Also nahm Chaney Kontakt mit Leroux auf. Leroux starb zwei Jahre danach, im Frühjahr 1927 an der Côte d'Azur in Nizza.

Nizza.

Unwillkürlich dachte Hogart an das Bankkonto in Nizza, auf das die zurücküberwiesene Anzahlung für die Nadel transferiert worden war. *Was für ein Zufall.*

Fasziniert las er weiter, diesmal die englischen Originalbriefe von Chaney und die deutschen Übersetzungen von Leroux' Antworten.

Ich schwöre bei Gott, ich habe das Phantom während meiner nächtlichen Recherchen mit eigenen Augen gesehen. Der Anblick beschert mir noch heute einen Schauer. Unauslöschlich ist die Erinnerung an die dunkel umrahmten, schräg stehenden

Augen in mein Gedächtnis eingeprägt. Die dunklen Lippen, der schief verzerrte Mund, die hohe Stirn, die langen Arme. Einfach schrecklich.

Darunter befand sich Leroux' Skizze mit Tusche, die Lon Chaneys Darstellung des Phantoms verdammt ähnlich sah.

Ich danke Ihnen aus ganzem Herzen. Sie haben mich inspiriert. In aufrichtiger Verbundenheit – Lon Chaney

Hogart war fasziniert von diesem Zeitdokument. Vor allem, weil er den Film auf einer alten Videokassette besaß und sicherlich schon ein Dutzend Mal gesehen hatte.

Chaneys Brief würde sich prächtig an seiner Wohnzimmerwand machen neben dem eingerahmten Brief von Gustav Meyrink, den er vor drei Jahren in Prag gefunden hatte, und dem Brief von Tod Browning, auf den er vor zwei Jahren in Wien gestoßen war.

»*Excusez-moi!*«

Eine Stimme riss ihn aus seinen Gedanken. Aus dem Augenwinkel sah er einen Portier in Uniform und mit einem Schlüsselbund in der Hand, der diesen Trakt wohl zusperren wollte. *Jetzt ist es so weit!*

»*Bien sûr.*« Hogart löste sich von dem Anblick und ging die Treppe nach oben. Die letzten Besucher strömten zum Ausgang. Hogart schloss sich ihnen an, bog jedoch hinter einer Säule in einen Korridor Richtung Toiletten ab. Neben den Damentoiletten lag eine WC-Kabine mit automatischer Schiebetür für Rollstuhlfahrer. Unter dem Schalter hing ein Schild. *Hors-service – en panne*, was vermutlich *Außer Betrieb – defekt* hieß.

Hogart nahm das Schild ab, klemmte es sich unter den Arm und betrat die nebenan liegende Herrentoilette. Durch den Bewegungsmelder ging das Deckenlicht an. Zum Glück war niemand mehr im Waschraum, ebenso wenig am Pissoir. Die grünen Markierungen der Türschlösser ließen darauf schließen, dass sich auch niemand mehr in den Kabinen befand.

Hogart wählte die letzte Kabine aus. Er hängte das Schild außen an die Klinke, trat ein und sperrte von innen ab. Im Behälter, in dem die Klobürste steckte, befand sich ein Fingerbreit Wasser. Das genügte. Er leerte das Wasser auf den Fliesen aus. Dann klappte er den Klodeckel hinunter, setzte sich im Schneidersitz drauf und rückte herum. In der Gesäßtasche seiner Jeans steckte immer noch das Paar Handschellen, das Sabatier ihm in Madame Trebitschs Haus hatte anlegen wollen. Er zog es etwas heraus, damit es nicht drückte, und machte es sich bequem.

Sicherheitshalber schaltete er sein Handy auf Vibration und tippte eine SMS an Chloé. Die Verbindung war mies, das Display zeigte nur einen zitternden Balken an.

Hat alles geklappt. Bin in der Oper.

Er wartete. Nach einer Minute war die SMS endlich durch. Reglos saß er auf dem Deckel und starrte auf die nassen Fliesenfugen. Irgendwann erlosch das Licht.

Jetzt bloß nicht bewegen!

Zehn Minuten später öffnete sich die Tür zur Herrentoilette. Das Licht ging automatisch an. Jemand marschierte zügig durch den Waschraum, am Pissoir vorbei und kam zu den Kabinen. Vor der letzten Tür blieb die Person stehen.

Hogart hielt den Atem an. Wer immer dort draußen stand, drückte die Klinke herunter und rüttelte an der Tür.

Danach hörte Hogart, wie sich offenbar eine Frau seufzend hinkniete. Hogart sah einen Schatten vor dem Türspalt, lange Haare fielen auf die Kacheln. Außerdem roch er süßes Damenparfüm. Anscheinend blickte die Frau mit der Wange auf dem Boden in die Kabine, wo sie nur Fliesen und eine übel riechende verschmutzte Wasserlache zu sehen bekam. Ächzend erhob sie sich wieder und verließ die Toilettenanlage.

Hogart stieß die Luft geräuschvoll aus und atmete tief durch. Mittlerweile waren seine Beine eingeschlafen, und seine Pobacke kribbelte. Mühsam befreite er sich aus dem Schneidersitz, stand auf und schüttelte die Beine aus.

Jetzt noch lange genug warten, bis der Putztrupp seine Arbeit beendet hat und die letzten Angestellten verschwunden sind.

Hogart zog Kohlschmieds Handy aus der Sakkotasche. Er wollte sich die Zeit im Internet vertreiben und versuchen, etwas über Madame Gorgovich-Medunjan herauszufinden. Das Smartphone hatte zwar ein größeres Display als seines und ultramoderne Internetmöglichkeiten, doch die Verbindung in dem Gebäude war ein Jammer. Nach einer Weile gab er auf und steckte das Telefon genervt wieder weg.

Das Funkloch musste der Grund gewesen sein, weshalb Elisabeth unmittelbar vor ihrem Verschwinden den PC im Internet-Corner aufgesucht hatte. *Um dort was zu tun?*

Hogart wartete noch eine Stunde, bis der Putztrupp tatsächlich mit dem Reinigen der Toiletten fertig war, dann verließ er die Kabine. Er schloss die Tür der WC-Anlage hinter sich und schlich in der Dunkelheit des Korridors zur Eingangshalle.

51. Kapitel

Obwohl Hogart auf Zehenspitzen ging, hallte sein Tapsen durch die menschenleere Halle. Wenn er jetzt dem Nachtportier oder der Sicherheitsdame in die Arme lief, konnte er nicht einmal abhauen, da vermutlich bereits alle Ausgänge abgesperrt waren. Was ihn zum nächsten Problem führte.

Wie kommst du aus dem Gebäude raus, ohne den Alarm auszulösen?

Doch zunächst einmal musste er den Internet-Corner erreichen. Danach konnte er sich überlegen, wie es weiterging. Er kam an der Garderobe vorbei, dann an dem Souvenirshop, dessen Glastüren jetzt verschlossen waren. Er schlich über den Teppich in die dunkle Nische zum letzten Computer, wo der Kugelschreiber neben der Tastatur und Elisabeths Lesebrille auf dem Boden gelegen hatten. Dort setzte er sich auf den knarrenden Drehstuhl und schaltete Monitor und Computer ein. Das blaue Licht des Bildschirms erhellte den Platz, während der PC piepend hochfuhr.

Du hast so ein verdammtes Glück. In anderen öffentlichen Gebäuden wurde ab einer bestimmten Uhrzeit auf Nachtstrom umgestellt. Danach gingen keine PCs mehr, weil das System die Steckdosen von Geräten, die nicht mehr gebraucht wurden, einfach abschaltete. Offenbar war das hier nicht der Fall. *Noch nicht! Also beeil dich!*

Sekunden später starrte Hogart auf die Startmaske der

Suchmaschine. Wie er am Symbol in der Taskleiste erkennen konnte, funktionierte die Internetverbindung immer noch.

Prima! Jetzt blieb nur noch zu hoffen, dass hier nicht der Browserverlauf bei jedem Neustart automatisch gelöscht wurde, wie beispielsweise bei den Rechnern im Foyer von Medeen & Lloyd. Wenn das der Fall wäre, war die ganze nächtliche Aktion umsonst gewesen. Hogart atmete tief durch und klickte das Symbol für den Verlauf an. Ein Fenster öffnete sich.

»Da bist du ja«, flüsterte er.

Hogart scrollte durch den Browserverlauf. Am häufigsten waren Wikipedia und Google ausgewählt worden, danach Webmail, Busfahrpläne, die Web-Check-in-Seiten von Fluglinien, Facebook sowie die Webseite der Oper mit den Öffnungszeiten.

Neben den Einträgen standen Datum und Uhrzeit. Da er die Uhrzeit ziemlich genau kannte, zu der Elisabeth hier gesessen hatte, fand er recht bald ihre Einträge. Es waren die letzten vom Montagabend. Der Browser zeigte ihm zwar nicht, wenn Elisabeth von einer aufgerufenen Seite zu einer anderen geklickt hatte, aber er zeigte immerhin die Hauptseite.

Demnach hatte Elisabeth als Erstes Wikipedia geöffnet. Allerdings nicht die deutsche Version, sondern eine fremdsprachige.

https://sv.wikipedia.org/wiki/Portal:Huvudsida

Hogart klickte auf den Link und gelangte zur schwedischen Seite von Wikipedia.

Was hat dich an Schweden interessiert?

Hogart dachte unwillkürlich an Granqvist. Offenbar war Elisabeth genauso wie Rast, Kohlschmied und er auf eine

Ungereimtheit gestoßen und hatte vielleicht schon viel früher vermutet, dass Granqvist gar nicht existierte.

Aber falls Sabatier recht behielt und sich Elisabeths Fingerabdrücke und DNA-Spuren tatsächlich an allen Tatorten befanden, konnte das nur bedeuten, dass *sie* hinter den Einbrüchen und Morden steckte. Aus welchem Grund hätte sie sich also für Schweden interessieren und nach Granqvist suchen sollen?

Hogart scrollte weiter.

Als Nächstes hatte Elisabeth die Seite von Medeen & Lloyd geöffnet. Womöglich hatte sie sich dort mit ihrem Passwort eingeloggt, um Informationen aus der Datenbank abzurufen. Vielleicht hatte sie ja, ebenso wie Rast, herausgefunden, dass Granqvists Daten nur fünf Jahre zurückreichten, und befürchtet, dass die Auktion ein Fake war.

Zuletzt hatte Elisabeth jedenfalls eine Webseite geöffnet, die Schriftvergleich.at hieß.

Schriftvergleich?

Das ergab nun gar keinen Sinn und passte nicht ins Bild. Verblüfft lehnte sich Hogart zurück und starrte auf den Monitor. Irgendwie hatte er sich etwas anderes erhofft.

In diesem Moment brummte sein Handy in der Hosentasche. Eine SMS. Er zog es heraus und las die Nachricht. Sie stammte von Kohlschmied.

Habe Ihnen die gewünschten Daten über Granqvist gemailt.

Toll. Und wie sollte er die jetzt abrufen? Sein Laptop lag in seinem Koffer in Chloés Wagen, die auf der Suche nach einem Hotel war. Und mit dem Handy würde er in diesem Gefängnis aus dickem Marmor ein Jahr brauchen, um die Daten herunterzuladen. Frustriert blickte er auf den Browserverlauf.

Webmail!

Natürlich! Da die Internetverbindung in diesem Corner noch stand, konnte er Kohlschmieds E-Mail einfach per Webmail vom Server abrufen.

Er öffnete die Seite, loggte sich in seinen Account ein und rief die E-Mails ab. Spam-Mails und Werbungen der letzten Woche sowie Versandbestätigungen für aus dem Ausland bestellte Jazz-LPs reihten sich untereinander. Die jüngste Nachricht mit 8 MB stammte tatsächlich von Kohlschmied. Es waren sämtliche Unterlagen, die er über Granqvist und die Auktion gefunden hatte, insgesamt fünfzehn PDF-Files. Hier und jetzt würde sich Hogart garantiert nicht durch das gesamte Material lesen. Also öffnete er zunächst nur den Kaufvertrag zur abgeschlossenen Auktion. In einem PDF hatte Granqvist den Kauf der Knochennadel für 7,3 Millionen Euro bestätigt. Darunter befand sich seine eingescannte Unterschrift.

Hogart starrte auf die Signatur und kaute am Fingernagel.

Schriftvergleich.at

Elisabeth, wonach hast du gesucht?

Rasch überflog er die anderen Dokumente. Darunter befand sich neben Bankformularen und Versicherungspolicen auch der Vertrag über das Angebot von Madame Gorgovich-Medunjan, die Knochennadel zu verkaufen. Hogart öffnete auch dieses File. Am Ende des dreiseitigen Dokuments befand sich die Unterschrift der Verkäuferin, allerdings keine Adresse.

Wieder nagte er am Fingernagel.

Der Monitor war ziemlich klein, aber es gelang ihm, die Fenster so anzuordnen, dass er die beiden Signaturen von Käufer und Verkäuferin untereinander sah.

Ole Granqvist
Adela Gorgovich-Medunjan

Zwar waren die Unterschriften verschieden und mit anderen Stiften gemacht worden, allerdings sah die geschwungene Verbindung zwischen den Buchstaben v und i identisch aus. Ebenso ähnlich war das große G.

»Leck mich …«, entfuhr es ihm. Ein Schauder rieselte ihm über den Rücken.

Diese Ähnlichkeit musste auch Elisabeth aufgefallen sein, als sie die Auktion zum Abschluss gebracht hatte und alle Dokumente in ihrer roten Mappe verstauen wollte. Vermutlich hatte sie die digitalen Unterschriften auf den PDF-Files, die sie in der Datenbank gefunden hatte, mit Hilfe dieses Programms verglichen.

Was, wenn Ole Granqvist und Madame Gorgovich-Medunjan ein und dieselbe Person sind?

Er lehnte sich zurück und dachte nach. *Aber eigentlich kann das doch gar nicht sein!* Rast hatte mit Granqvist am Telefon gesprochen – und Granqvist war eindeutig ein Mann gewesen. Und er selbst hatte mit Madame Gorgovich-Medunjan telefoniert – und das war eindeutig eine Frau gewesen. Aber was bewies das schon? Da es Granqvist nicht gab, hätte einer von Madames Handlangern dieses Telefonat mit Rast führen können.

Hogart fuhr mit dem Drehstuhl zurück und legte die Füße auf den Tisch. Nachdenklich blickte er auf den Monitor. Es klang verrückt, aber Gorgovich-Medunjan musste eine Person namens Granqvist erfunden haben, um ihr eigenes Exponat zu ersteigern. *Aber warum?* Was für eine Erklärung konnte es dafür geben? *Geldwäsche? Zwischen einer echten und einer Tarnidentität?* Hogart begann zu grübeln … Und da wurde ihm auf einmal der ganze perfide Plan klar.

Einer von Madame Gorgovich-Medunjans Lakaien war bei der Auktion als Granqvist aufgetreten und hatte vorgetäuscht, das Objekt ersteigern zu wollen. Durch die Auktion und das Hochtreiben des Preises wollte sie die anderen Besitzer des Bíro-Zyklus aus ihrer Anonymität locken, um an deren Objekte zu gelangen. Und welcher Besitzer wäre nicht bestrebt gewesen, einen weiteren Teil der Sammlung zu erwerben?

Nachdem Madame Gorgovich-Medunjan ihr eigenes Exponat ersteigert hatte, war Elisabeth jedoch mit dem Original verschwunden.

»Oder …« Hogart setzte sich auf und blickte in den dunklen Gang hinter ihm, der nach draußen zum Café *L'Opéra* führte.

Oder Gorgovich-Medunjans Helfer hatten Elisabeth entführt, um sich so die Knochennadel zurückzuholen. Es sollte so aussehen, als hätte sich Elisabeth mit dem Objekt aus dem Staub gemacht. Somit musste Madame in ihrer Rolle als Granqvist die 7,3 Millionen Euro Kaufpreis für ihr eigenes Exponat nicht zahlen, und als bestohlene Besitzerin würde sie sogar noch die Versicherungssumme erhalten.

Langsam schien alles einen Sinn zu ergeben. Die Person, die als angeblicher Granqvist per Video live dazugeschaltet worden war, hatte nicht nur den Preis hochtreiben, sondern vor allem auch über die Webcam im Auktionssaal beobachten können, welche Händler bis zuletzt mitboten. Falls Elisabeth wirklich entführt worden war, hatte Madame Gorgovich-Medunjan zudem aus Elisabeths roter Mappe die Adressen der vier Händler erfahren. So war es zu den Diebstählen und Morden gekommen. Hogart massierte seine Schläfen.

So weit ergibt das alles einen Sinn.

Aber offensichtlich besaß Elisabeth die echte Knochennadel nicht mehr. Darum hatte Hogart eine Frist erhalten, die Nadel zu beschaffen. Vermutlich steckte Madame auch hinter Tatjanas Entführung. Um ihn noch mehr zu motivieren. *Wer soll es sonst sein?* Es blieb niemand anderer übrig.

Aber wo ist die Nadel?

Elisabeth konnte die echte Knochennadel nur kurz nach der Auktion und ihrer Erkenntnis, dass etwas faul war, an einem sicheren Ort versteckt haben. Ihr Zeitfenster, etwas zu verstecken, war ziemlich klein, da sie sich nach der Versteigerung nur zur Garderobe und danach gleich zum Internet-Corner begeben hatte.

Die Garderobe!

Hogart sprang auf. Er drehte sich um und wollte den Corner verlassen, als er zurückprallte. Eine groß gewachsene Person stand ihm gegenüber.

Im blauen Licht des Monitors sah er die Gesichtszüge von Frau Dr. Meyer-Lanski.

52. Kapitel

»Sie sind um diese Uhrzeit noch in der Oper?«, fragte er überrascht.

Sie sah ihn mit funkelnden Augen an. »Dasselbe sollte eigentlich ich *Sie* fragen!«, entfuhr es ihr. »Ich wollte gerade nach Hause gehen, als ich Licht im Corner gesehen habe.« Sie schaute sich um. »Was treiben Sie hier?«

»Diese Frage habe ich Ihnen bereits auf dem Friedhof beantwortet«, zischte Hogart. »Ich versuche, den Fall zu lösen, aber Sie wussten nichts Besseres, als unser Treffen der Polizei zu verraten – was Sie in gewisser Weise verdächtig macht.«

Sie presste die Lippen aufeinander und griff in ihre Handtasche. Hogarts Körper spannte sich an. Er rechnete mit allem, sogar damit, dass Meyer-Lanski eine kleinkalibrige Damenpistole herausziehen würde. Doch sie zückte nur ihr Handy.

»Was haben Sie vor?«, fragte er.

»Was soll ich schon vorhaben? Ich rufe den Sicherheitsdienst«, antwortete sie kühl.

»Stecken Sie das Handy weg!«

»Das ist wohl meine Entscheidung.«

Hogart lüftete das Sakko und zeigte ihr das Holster mit der Pistole. »Es geht auch anders, aber das liegt ganz bei Ihnen.«

Im Schein des Monitors sah er, wie sich ihre Augen weiteten. »Ich wusste doch, dass *Sie* hinter den Morden stecken.«

»Was für ein Blödsinn!«, fauchte er. »Finger weg vom Handy! Und jetzt setzen Sie sich hin und hören mir zu.«

Sie zögerte. »Sie werden nicht schießen. Nicht hier! Die Polizei sucht Sie!«

»Da Sie davon überzeugt sind, dass ich mit den Morden zu tun habe, hätte ich Ihrer Meinung sicher keine Skrupel, Ihnen mit dem Knauf der Waffe ins Gesicht zu schlagen.«

Sie erstarrte, legte das Handy neben die Tastatur und nahm auf dem Drehstuhl Platz. »Also gut!«

Hogart schob ihr Handy außer Reichweite und setzte sich so auf den Tisch, dass er sowohl den Eingang zum Internet-Corner als auch den Korridor zum Bistro im Auge behalten konnte. »Warum hat die Auktion ausgerechnet in der Oper stattgefunden?«

Sie streckte ihr Kreuz durch. »Um das herauszufinden, sind Sie hergekommen?«

»Beantworten Sie die Frage!«

Sie zuckte die Achseln. »Es gab in der Oper schon öfter Versteigerungen im großen Stil, manche zugunsten internationaler Kulturprojekte. Außerdem hat die Oper einen guten Ruf in der Kunstwelt.«

»Trotzdem gäbe es passendere Orte in Paris. Beispielsweise den Louvre, wo die Knochennadel ausgestellt war, das Musée Picasso oder das Musée d'Orsay«, hakte er nach. »Warum hier?«

»Dasselbe habe ich mich auch gefragt.« Meyer-Lanski stellte ihre Handtasche auf den Tisch. »Aber das war ein Herzenswunsch der Verkäuferin.«

»Kennen Sie Adela Gorgovich-Medunjan persönlich?«

Sie schüttelte den Kopf. »Wir haben nur zweimal miteinander telefoniert.«

»Wohnt sie in Paris?«

Wieder schüttelte sie den Kopf. »Soviel ich weiß, an der Côte d'Azur, in der Gegend von Nizza.«

Wieder Nizza.

Hogart hob eine Augenbraue, die Fäden liefen zusammen. »Und aus welchem Grund wollte sie, dass die Auktion in der Oper stattfindet?«

»Sie erklärte mir, sie sei schon immer eine Opern-Liebhaberin gewesen.«

Hogart lachte auf. »Das soll der Grund gewesen sein?«

»Letztendlich hat sie gemeint, ob diese Frage nicht gleichgültig wäre, bei einer Versteigerungssumme in voraussichtlicher Millionenhöhe.«

»Und da haben Sie natürlich sofort an die Raummiete, das Renommee und vor allem an Ihre Provision gedacht«, warf er ihr vor.

Falls Elisabeth tatsächlich entführt worden war – und daran bestand für Hogart mittlerweile kein Zweifel mehr –, konnte nur Gorgovich-Medunjan dahinterstecken. Sie musste die Räumlichkeiten der Oper so gut kennen, dass sie wusste, wie man eine Person in dem Gebäude unauffällig verschwinden lassen konnte.

»Weshalb ist das überhaupt so wichtig, warum die Auktion hier stattgefunden hat?«, wollte Meyer-Lanski wissen.

Hogart trommelte mit den Fingern auf den Tisch. »Ich sage Ihnen jetzt, wie alles abgelaufen ist.« Er sah nach oben und nickte. »Die Auktion ist zu Ende. Elisabeth übernimmt hinter der Bühne die echte Knochennadel und deponiert sie in dem tragbaren Safe. Da sieht sie die Unterlagen des Käufers und erkennt, dass Käufer und Verkäuferin eine teilweise identische Handschrift haben. Es handelt sich dabei um ein und dieselbe Person.«

Meyer-Lanski schnappte nach Luft, gab jedoch keinen Kommentar ab.

»Während Elisabeth nun mit Girard und Isabelle die Treppe zur Eingangshalle hinuntergeht, laufen ihre Gedanken auf Hochtouren. Sie weiß, sie hat nur wenig Zeit und muss die Wahrheit herausfinden, bevor sie zur Bank unterwegs ist.«

»Und wie?«

»Während Isabelle den Wagen holt, wird Elisabeth ihren Sicherheitsmann unter einem Vorwand los, tut bei der Garderobe so, als wolle sie etwas aus ihrer Jacke holen, steckt jedoch stattdessen das Etui mit der falschen Knochennadel in die Innentasche. Vielleicht zur Ablenkung oder als Hinweis. Und während die Garderobenfrau ihre Jacke wieder aufhängt, nimmt Elisabeth die echte Knochennadel unbemerkt aus dem Safe und versteckt sie irgendwo.«

»Warum sollte sie das getan haben?«

Hogart hob die Schultern. »Sie muss geahnt haben, dass etwas faul ist. Aber sie braucht Gewissheit. Also geht sie zum Internet-Corner. Vielleicht wollte sie auch eventuelle Beweise ausdrucken, bevor sie die Polizei einschaltet. Jedenfalls findet sie dort die Bestätigung, dass Granqvist und Gorgovich-Medunjan ein und dieselbe Person sind.«

»Und warum hat sie nicht gleich die Polizei geholt?«

»Vielleicht wollte sie das gerade tun, nachdem sie herausgefunden hat, worum es wirklich geht. Aber stattdessen wird sie im Internet-Corner betäubt. Ihre Entführer, verkleidet als Opernpersonal, tun so, als wollten sie einer Person mit

Kreislaufproblemen behilflich sein, und täuschen eine von Elisabeth inszenierte Flucht vor – übersehen allerdings den Medeen & Lloyd-Kugelschreiber und Elisabeths Lesebrille.«

Meyer-Lanski schnaufte lautstark. Deutlich war in ihren Augen zu sehen, was sie von dieser Theorie hielt. »Die Frau war schwarzhaarig, aber Domenik ist blond.«

»Nun, dafür gibt es schließlich Perücken. Jedenfalls schaffen sie Elisabeth an den Toiletten vorbei zum Seitenausgang und durchs Bistro auf die Straße«, fuhr er fort. »Dort verliert sich die Spur.«

»Das ist eine an den Haaren herbeigezogene Theorie«, behauptete sie.

Hogart ließ sich nicht irritieren. »Während der Entführung in südliche Richtung klingelt Elisabeths Handy, da ich sie mehrmals anrufe, woraufhin einer der Entführer die SIM-Karte entfernt, damit das Handy nicht geortet werden kann.«

Meyer-Lanskis Augen verengten sich. »Und wo soll sie die Nadel versteckt haben? Ihrer Theorie nach gäbe es nur eine Möglichkeit.«

Hogart erhob sich vom Tisch und ließ Meyer-Lanskis Handy in ihre Handtasche gleiten. »Nehmen Sie Ihre Handtasche mit. Wir gehen zur Garderobe.«

Eine Minute später standen sie hinter dem Tresen. Meyer-Lanski hatte das Licht eingeschaltet, und sie sahen sich mehreren Reihen leerer Kleiderstangen gegenüber, mit jeweils Dutzenden nummerierten Haken, die von eins bis siebenhundert reichten.

Hogarts Mantel war weg, ebenso Elisabeths Jacke.

Mist!

Er blickte zur Decke, wo sich eine Kameralinse befand. »Es gibt doch Überwachungsvideos von diesem Bereich.«

»Die *gab* es.« Meyer-Lanski schüttelte den Kopf. »Aber die werden nach achtundvierzig Stunden gelöscht.«

Hogart biss die Zähne zusammen. In diesem Moment hörte er den Hall von Schritten. Meyer-Lanski sah sofort zum Eingangsfoyer. Hogart packte sie von hinten am Arm. »Kein Wort.«

Sie schnappte nach Luft und hielt den Atem an. Eine Dame vom Sicherheitsdienst ging durch die Halle. Hogart erkannte Isabelle. Vermutlich war sie es gewesen, die sich zuvor auf den Boden der Toilette gekniet hatte.

»Madame Meyer-Lanski?«, fragte Isabelle verblüfft.

»Es ist alles in Ordnung«, antwortete Meyer-Lanski auf Französisch. »Monsieur Hogart und ich haben noch zu tun.«

Hogart drückte ihren Arm fester. »Wo kommen die Kleidungsstücke hin, wenn sie nicht abgeholt werden?«, zischte er.

Sie wiederholte die Frage mit lauter Stimme. Hogart verstand Isabelles ausführliche Antwort zwar nicht, hörte aber immerhin den Begriff *Lost & Found*.

»Merci«, sagte Meyer-Lanski.

Isabelle nickte Hogart zu und ging weiter ihre Runde. Hogart lockerte den Griff. Anscheinend hatte es sich noch nicht bis zu ihr rumgesprochen, dass nach ihm gefahndet wurde. Falls doch, würde es hier bald nur so von Polizei wimmeln. »Wo ist dieses Lost & Found?«, drängte er.

Meyer-Lanski deutete mit dem Kopf nach hinten, wo sich die letzten Garderobenständer befanden. Dort war eine Tapetentür in der weinroten Farbe der Wände. Sie gingen hin. Die Tür war abgesperrt, doch Meyer-Lanski öffnete sie mit ihrem Generalschlüssel, der an einem dicken Schlüsselbund hing.

Hogart schaltete das Licht ein, drängte Meyer-Lanski in den Raum und schloss die Tür hinter sich. Der Bereich war nicht größer als ein Abstellraum – eigentlich *war* es ein Abstellraum, der Begriff *Lost & Found* schien ihm etwas übertrieben. An den Wänden standen schwere Metallregale, die bis zur Decke reichten. Darin befanden sich einige Rucksäcke, Schals, Regenschirme, ein Fotoapparat, ein Hundehalsband und sogar Fäustlinge und eine Wintermütze. Die würde garantiert niemand mehr abholen.

Und hier fand Hogart auch seinen Mantel und Elisabeths Jacke. Letztere hatte er bereits durchsucht. Nun nahm er sich seinen Mantel vor. In der Seitentasche steckte noch seine Bordkarte nach Paris mit dem aufgeklebten Abschnitt seines Gepäckstücks. In der anderen Tasche der zusammengefaltete Vertrag für den Mietwagen und ein paar Münzen. Und in der Innentasche ein länglicher, harter, gerippter knöcherner Gegenstand.

Hogart wurde heiß, als er das Ding herauszog und die Knochennadel erblickte. Diesmal war es die echte. Sie wog leicht in seiner Hand und hatte dieselbe scharfe Schneide wie das Duplikat aus Keramik.

Meyer-Lanski bekam große Augen, unwillkürlich ging sie ein paar Schritte näher. »Darf ich sie anfassen?«

Ohne darauf zu reagieren, betrachtete Hogart die feinen Rillen und Einkerbungen. Er entdeckte auch die Vertiefung, in der sich der Mechanismus befand, über den man die Nadel mit den anderen Werken zusammenstecken konnte.

Elisabeth hatte sich an der Garderobe also nicht nur ihre Jacke von der Dame geben lassen, sondern auch seinen

Mantel. Aber warum zum Teufel hatte sie ausgerechnet ihm das echte Exponat zugesteckt? *Du meine Güte!* Offenbar hielt sie das für den sichersten Ort.

Meyer-Lanski stand atemlos neben ihm und betrachtete Bíros Werk. »Es sieht noch viel beeindruckender aus, als ich es für möglich gehalten habe«, japste sie.

»Wissen Sie, was es für Konsequenzen hat, wenn die echte Nadel hier ist?«, flüsterte Hogart.

Meyer-Lanski warf ihm einen verwirrten Blick zu.

»Elisabeths Entführer haben sie garantiert dazu gezwungen, den Safe zu öffnen. Doch der war leer. Ihr Plan hat also nicht funktioniert. Sie mussten rasch improvisieren. Daher haben sie mich im Hotel besucht, zusammengeschlagen, Tatjana entführt und mich gezwungen, die Nadel für sie zu finden.«

Allerdings fragte er sich erneut, wie Elisabeths Fingerabdrücke und DNA-Spuren an die Tatorte gekommen waren. Womöglich waren diese fingiert worden, weil man ihr die Taten in die Schuhe schieben wollte.

»Ihre Nichte wurde … *entführt*?«

Hogart nickte. Meyer-Lanskis Reaktion sah echt aus. Womöglich zweifelte sie zum ersten Mal daran, ob sie ihm nicht doch unrecht getan hatte.

»Aber wenn Ihre Theorie stimmt …«, wisperte sie und dachte nach, »… warum haben die Entführer Elisabeth nicht schon längst dazu gezwungen, das Versteck der Knochennadel zu verraten?«

Hogart atmete tief durch. Das fragte er sich in diesem Moment auch. *Warum ist die Knochennadel immer noch hier?* Wohl behütet in seiner Manteltasche in einer Abstellkammer der Oper – seit mittlerweile drei ganzen Tagen.

»Es gibt mehrere Erklärungen dafür.« Er sah auf. »Entweder schweigt Elisabeth trotz Folter, was ich mir bei der brutalen Vorgehensweise der Mörder nicht vorstellen kann. Oder sie konnte fliehen … oder sie ist bereits tot und hat ihr Geheimnis mit ins Grab genommen.« Der Gedanke ließ ihn vor Kälte erstarren. Sein Herz zog sich zusammen, und er spürte einen gewaltigen Druck in der Brust. *Elisabeth tot?* Falls das stimmte, würden diese Leute nicht zögern, auch Tatjana zu ermorden.

Meyer-Lanski streckte die Finger nach der Nadel aus. Offenbar war ihr Elisabeths Schicksal gleichgültig, sie schien einzig darauf versessen zu sein, unbedingt die Nadel zu berühren. Hogart zog das kostbare Kunstwerk weg und hob gleichzeitig die Hand.

»Was wird das?«, keuchte sie.

»Wonach sieht es denn aus?« Er holte das Etui aus der Sakkotasche, klappte es auf und nahm das Duplikat heraus. Stattdessen legte er nun die echte Knochennadel hinein, verschloss das Etui und ließ es in der linken Innentasche des Sakkos verschwinden. Das Duplikat steckte er lose in die rechte Innentasche.

»Sie müssen mir die echte Knochennadel geben!«, verlangte Meyer-Lanski. »Als kulturelle Leiterin der Oper bin ich dafür …«

»Stopp!«, unterbrach Hogart sie. Wenn es sein musste, würde er die Nadel gegen Tatjanas Leben eintauschen. Auch wenn sie über sieben Millionen Euro wert war; das juckte ihn nicht die Bohne. Der Tag, an dem er es allen recht machen konnte, war noch nicht gekommen.

Meyer-Lanski starrte ihn entsetzt an, als hätte sie bezüglich seiner kriminellen Veranlagung doch recht behalten.

»Sie müssen mir jetzt endlich vertrauen, ich bin kurz davor, alles aufzulösen«, schärfte Hogart ihr ein, betrachtete sie aber skeptisch. »Doch ehrlich gesagt waren Sie bis jetzt nicht gerade kooperativ. Also …« Er griff in die Gesäßtasche und zog das Paar Handschellen heraus.

»Das wagen Sie nicht!«

Er hielt ihr die Dinger hin. »Darf ich bitten?«, forderte er sie auf. »Hinten an das Regal, wenn es recht ist.«

»Sie Schuft!«

»Kommerzialrat Rast hätte seine Hand für Sie ins Feuer gelegt, allerdings haben Sie ihn bitter enttäuscht.«

Sie sagte nichts, presste nur die Lippen aufeinander.

»Wie lange waren Sie mit ihm zusammen?«, fragte er.

»Das geht Sie nichts an!«, schnappte sie, und Hogart ließ eine der Schellen um ihr Handgelenk einrasten.

»Um das Regal herum und die zweite ans andere Handgelenk«, befahl er.

Sie gehorchte.

»Sind die Fenster und Türen der Oper alarmgesichert?«, fragte er, nachdem er die Handschellen überprüft hatte.

Da sie jetzt ans Regal gekettet war, musste sie den Kopf drehen, um ihn anzusehen. »Ja«, fauchte sie. »Sie kommen nicht aus dem Gebäude.«

»Geht der Alarm los, wenn man einen der Ausgänge ordnungsgemäß öffnet?«

»Ja.«

Hogart fixierte sie mit seinem Blick. »Sie lügen!«

Daraufhin antwortete sie nicht, errötete jedoch leicht. *Also habe ich recht!* Er nahm ihre Handtasche, in der sich ihr Handy befand, und stellte sie außer Reichweite in ein Regal hinter ihr. Dann holte er ihren Schlüsselbund mit dem Generalschlüssel hervor.

»Sie Mistkerl!«, fluchte sie, als sie das Geklimper hörte.

»Au revoir.« Hogart schaltete das Licht aus und verließ die Kammer. Zwar hörte er sogleich Meyer-Lanskis dumpfe Hilfeschreie und ihr Rütteln am Regal, doch die Tapetentür verschluckte die Geräusche fast vollständig. Nachdem er zwischen den Kleiderständern durch die Garderobe gelaufen war und die Eingangshalle erreicht hatte, war kaum noch etwas davon zu hören.

Er sah sich um. Von Isabelle war nichts zu sehen. Rasch lief er in den Internet-Corner. Am hintersten Monitor lief mittlerweile der Bildschirmschoner mit einem Foto der Pariser Oper. Durch eine Berührung der Maus erschien Hogarts Webmail-Zugang. Er schloss das Fenster des Accounts, der sich mittlerweile automatisch abgemeldet hatte, fuhr den PC herunter und schaltete den Monitor aus.

Während er nun in den dunklen Gang zum Seitenausgang lief, der in den Hof und zum Bistro führte, rief er Girard an. Der hob sofort ab. Die Verbindung war zwar schlecht, aber er erkannte die Stimme des Sicherheitsmannes.

»Hier spricht Hogart. Sind Sie gerade im Dienst?«, fragte er.

»*Oui*, im Bürotrakt der Oper. *Pourquoi?*«, kam Girards Antwort unter großem Geknister.

Hogart erreichte die Tür und durchsuchte den Schlüsselbund nach dem Generalschlüssel. »Madame Meyer-Lanski hat sich irrtümlich selbst in der Abstellkammer bei der Garderobe eingesperrt.«

»Irrtümlich?«, wiederholte Girard, als hätte er sich verhört. »Eingesperrt?«

Hogart hörte Girards Schritte über das Telefon. Anscheinend lief er einen Gang oder eine Treppe hinunter. »Kennen Sie *Fifty Shades of Grey*?«, fragte Hogart, schob den richtigen Schlüssel ins Schloss und drehte ihn herum. Für einen Augenblick hielt er den Atem an. Der Alarm ging nicht los.

»Äh, ja …«, antwortete Girard noch verwirrter als zuvor. »Aber ich habe das Buch nie gelesen. Warum?«

»Na ja, Madame Meyer-Lanski wollte mich zu Fesselspielen in der Kammer überreden. Kümmern Sie sich bitte darum.« Grinsend legte er auf, öffnete die Tür und trat ins Freie. Dunkelheit und die Kälte der Nacht empfingen ihn. Der Himmel war bewölkt, kein einziger Stern war zu sehen.

Hogart ließ den Schlüssel innen stecken, warf die Tür hinter sich zu und ging quer über den Hof zum beleuchteten Eingang des Café *L'Opéra*.

53. Kapitel

Der Mond hing als schmale Sichel vor dem Fenster. Kohlschmied blickte durch die massive Dreifachverglasung auf die Stadt hinunter, die sich in einem blaugrauen Farbton aus Stahlbeton und Glas in jede Richtung ausbreitete. Nicht nur der Anblick ließ ihn frösteln, sondern auch die Klimaanlage, die kühle Luft von der Decke blies.

Der Pariser Stadtteil La Défense war ein modernes Hochhausviertel und angeblich die größte Bürostadt Europas, was er bei diesem Ausblick gern glaubte. Der *Grande Arche* sah aus wie ein riesiger utopischer Würfel, und davor spritzten die Wasserfontänen hoch in den Himmel. *Was für eine Verschwendung.* Ob die wohl die ganze Nacht durchliefen?

Er und Kommerzialrat Rast befanden sich in Liv Sabatiers Büro. Die Section d'intervention hatte gleich drei eigene Etagen in diesem Gebäude. *Hochsicherheitszone.* Ihre Personaldaten waren überprüft und ihnen waren die Fingerabdrücke abgenommen worden, dann hatten sie darauf warten müssen, bis ihre Identität vom BKA Wien bestätigt worden war, und schließlich hatte sie ein bewaffneter Mann durch graue Gänge an zahlreichen Kameras vorbei in Sabatiers Büro geleitet. Ein wenig wirkte alles wie in einem utopischen Film von Jean-Luc Godard. Hogart hätte sicherlich seine Freude daran gehabt.

Während Rast bereits seit einer Viertelstunde heftig mit Sabatier und ihrem Vorgesetzten diskutierte, einem Mann im dreiteiligen Anzug, der mit versteinerter Miene zuhörte und so tat, als würde er kein Wort Deutsch verstehen, schweiften Kohlschmieds Gedanken ab. Er hatte diesen Fall so satt, und inzwischen stapelten sich seine Akten in Wien immer höher.

Finden Sie heraus, was Madame LaFayette über François Rousseaus Stieftochter Chloé weiß, hatte Hogart ihm heute Vormittag geschrieben. Als ob das so einfach wäre!

Nachdem Kohlschmied Madame LaFayette telefonisch nicht hatte erreichen können, war er am Nachmittag im Taxi zu ihrem Antiquitätenladen gefahren. Aber der war geschlossen gewesen. Daraufhin hatte Kohlschmied alle Nachbarn aus dem Haus geläutet, bis er endlich jemanden gefunden hatte, der ihm Auskunft geben konnte. Angeblich war Madame LaFayette mit ihrem Sohn, einem arbeitslosen Taugenichts, für ein paar Tage nach Südfrankreich zu Verwandten gefahren. Vermutlich auf Erholung oder um nach dem Überfall auf andere Gedanken zu kommen. Einen Namen oder eine Telefonnummer gab es nicht. *Wunderbar!*

Also war Kohlschmied wieder zurück zu Rast, der ihn zuerst zur Botschaft, danach zur Pariser Kripo und schließlich zu Sabatier geschleppt hatte. Aber Sabatier erzählte ihnen erst recht nichts über Madame LaFayette oder Chloé Rousseau. Wie sie angenommen hatten, bekamen sie nur den üblichen Quatsch zu hören – Behinderung der Polizeiarbeit in einer laufenden Ermittlung und Gefahr im Verzug. Und plötzlich waren sie wichtige Zeugen in diesem Fall, da sie Hogart und Elisabeth Domenik persönlich kannten. Von nun an mussten sie sich ständig zur Verfügung halten und durften nur nach Absprache mit Sabatier die Stadt verlassen. *Doppelt wunderbar!*

Nachdem Sabatiers Chef einmal mit der Hand durch die Luft gefahren war und nun aus tiefer Kehle ein knappes *Non* herauspresste, war die Sache für ihn wohl gegessen. Er drehte sich um und verließ das Büro. Doch Rast folgte ihm und drehte im Korridor noch mal so richtig auf. Sabatier lief ihnen ebenfalls hinterher und wollte Rast besänftigen, doch das brachte den erst recht auf die Palme.

Nun stand Kohlschmied allein im Büro und hörte aus dem französischen Kauderwelsch vom Gang mehrmals die Worte *österreichischer Staatsbürger, Botschaft, Riesenskandal* und *Presse* heraus. Er sah nicht hin, sondern schielte stattdessen zu Sabatiers Schreibtisch. Daneben lag ein alter grauer Schäferhund auf dem Boden, die Schnauze auf den Vorderpfoten, und sah ihn erwartungsvoll an. An einer kahlen Stelle an der Seite war eine hässliche vernähte Wunde zu erkennen. Rundherum war das Fell vom Desinfektionsmittel noch orange. Neben dem Tier stand eine halb volle Wasserschüssel.

»Braver Junge«, flüsterte Kohlschmied. Während die drei im Gang weiterstritten, schob er sich langsam vom Fenster zum Schreibtisch und blickte über die Tischfläche. Er erwartete jeden Moment, den Hund knurren zu hören, doch der gab keinen Laut von sich.

Auf Sabatiers Monitor lief der Bildschirmschoner. Unauffällig stieß Kohlschmied die Maus an, und der Bildschirm war wieder da.

Mist … passwortgeschützt! Diese Typen sind ja so paranoid.

Neben der Tastatur und einer fast leeren Tasse mit kaltem Kaffee lagen acht Mappen mit beschriebenen Aufklebern, die Kohlschmied nun auseinanderschob. Bonnet, Flickenschildt, LaFayette und Moustache – die Namen der vier überfallenen Händler. Darunter Rousseau, Pelletier, Trebitsch und César – die vier Sammler.

Kohlschmied schielte zu Rast, der die Arme in die Luft warf und immer lauter wurde. Normalerweise war das gar nicht sein Stil. Dieser Mann blieb immer beherrscht und war sogar in den härtesten Verhandlungen die Ruhe selbst. Doch als Rast kurz zu Kohlschmied ins Zimmer blickte – einen Sekundenbruchteil länger als nötig –, verstand er.

Ein Ablenkungsmanöver!

Kohlschmied schnappte sich die Mappe mit Rousseaus Aufkleber und zog, während er sich in einen der beiden tiefen Ledersessel für Besucher fallen ließ, die einzige Zeitschrift dort vom Glastisch. Er blätterte das Magazin auf – eine aktuelle französische Ausgabe der *Gala*, mit einem Foto der immer noch gutaussehenden Catherine Deneuve auf dem Cover – und legte die Mappe hinein.

Der Hund beäugte ihn neugierig. Mit einem Bein über das andere geschlagen, begann Kohlschmied rasch zu blättern. Alles auf Französisch! Spurensicherungsbericht, Obduktionsbefund, technische Daten, Zeugenbefragungen und jede Menge Fotos vom Tatort. Ein wenig konnte er davon übersetzen.

Finde mehr über Chloé Rousseau heraus!

Warum war Hogart so interessiert daran? War er hinter einer heißen Spur her, oder interessierte er sich nur privat für diese Frau? Zu einem Zeitpunkt, wo seine Lebensgefährtin verschwunden war? Nein, für so geschmacklos hielt selbst Kohlschmied den Detektiv nicht. Da musste schon mehr dahinterstecken.

Kohlschmied stieß gegen Ende der Akte auf einen Ausdruck mit Namen, hinter denen Datum, Uhrzeit und

Telefonnummern standen. Offenbar war es eine Liste jener Personen, mit denen Rousseau entweder privat befreundet war oder beruflich zu tun gehabt hatte. Der Name Chloé schien kein einziges Mal auf. Doch er fand Frau Dr. Meyer-Lanski unter den Personen. Und es gab auch ein eigenes Blatt über ihren verstorbenen Mann. Anscheinend waren Meyer-Lanski, ihr Mann Jacques Lanski und Rousseau eng befreundet gewesen.

Kohlschmied prägte sich alle Informationen so gut wie möglich ein und blätterte weiter. *Schau an!* Hier stand endlich etwas über Chloé. Geboren vor 29 Jahren in Paris. Allerdings kein Wohnort. *Doch, hier!* Eine merkwürdige Adresse: *Hôpital Psychiatrique de Paris.* Arbeitete sie dort? Nein, soviel Kohlschmied verstand, lebte sie tatsächlich in der psychiatrischen Klinik.

In diesem Moment betraten Sabatier und Rast das Büro. Schweiß bildete sich sogleich auf Kohlschmieds Handflächen, sein Puls beschleunigte sich. Er klappte das Magazin mit der Mappe darin lächelnd zu, ließ es zurück auf den Glastisch fallen und erhob sich.

»Sie müssen jetzt gehen.« Sabatier blickte zum Glastisch, dann zu ihrem Hund. »Ich habe zu tun, aber bleiben Sie erreichbar.«

Kohlschmied vermied es, die Handflächen am Stoff seiner Hose trocken zu reiben. Außerdem versuchte er, normal zu atmen.

»Und wenn sich Hogart bei Ihnen meldet …«, sagte Sabatier.

»… teilen wir es Ihnen sofort mit«, vollendete Kohlschmied den Satz. »Darauf können Sie sich verlassen!«

»Merci.« Sabatier nickte zur Tür.

Rast gab Sabatier die Hand und verließ zähneknirschend das Büro, ohne etwas zu sagen. Kohlschmied nickte Sabatier nur zu und folgte Rast. Aus dem Augenwinkel sah er, wie der Hund den Kopf hob und ihnen nachblickte. Hinter ihnen knallte die Tür zu. Der bewaffnete Sicherheitsmann gab ihnen die Ausweise zurück und brachte sie zum Fahrstuhl. Er begleitete sie noch zum Ausgang, am Scanner vorbei bis vor das Haus. Dann drehte er sich grußlos um und verschwand wieder im Gebäude.

Die Nacht war kühl, und nicht weit entfernt plätscherten die Wasserfontänen. Kohlschmied und Rast standen auf einem Platz aus Marmorplatten. Ein paar Stufen weiter unten warteten die Taxis auf der Straße.

Rast sah Kohlschmied an. »Was haben Sie herausgefunden?«

Kohlschmied schaute ihn verwundert an.

»Ich habe in der Spiegelung der Tür gesehen, wie Sie am Schreibtisch vorbeigegangen sind«, erklärte Rast. Diesem alten Fuchs entging kaum etwas.

Kohlschmied verkniff sich ein Grinsen. »Chloé Rousseau ist anscheinend aus einer Nervenklinik ausgebrochen.«

Rast zog die Augenbrauen zusammen. »Ich kenne Hogart seit vielen Jahren, der lässt sich von keiner Irren täuschen.«

Kohlschmied hob die Schultern. *»Hôpital Psychiatrique de Paris.«*

Rast atmete tief durch. »Was bedeutet das?«

»Je ne sais pas«, antwortete Kohlschmied.

»Werden Sie jetzt bloß nicht witzig.« Rast verzog das Gesicht. »Was meinen Sie: Würde eine Ermittlerin der Section d'intervention so einen fatalen Fehler machen und Sie auch nur eine Minute lang allein in ihrem Büro lassen?«

Kohlschmied dachte nach. Ja, es war ziemlich leicht gewesen, einen Blick in die Unterlagen zu werfen. »Glauben Sie, sie hat absichtlich weggesehen?«

»Offenbar kommt sie in diesem Fall nicht voran. Offiziell darf sie uns natürlich keine Informationen geben, aber sie weiß ja, dass Hogart und wir ebenso an der Lösung des Falls arbeiten.«

»Und jetzt wartet sie ab, was wir damit anfangen.« Kohlschmied sah zur elften Etage des Gebäudes hinauf, wo noch alle Lichter brannten. Vielleicht blickte Sabatier sogar von dort oben auf sie herab. »Würde mich nicht wundern, wenn sie uns beschatten lässt.«

»Kann sie ruhig tun, wir haben nichts zu verbergen.« Rast sah ebenfalls nach oben. »Wer kann uns mehr über diese Klinik erzählen?«, murmelte er wie im Selbstgespräch.

»Ich hätte da eine Idee …« Kohlschmied setzte sein Vertreterlächeln auf und fuhr sich durch das pomadisierte Haar. »François Rousseau war mit Frau Dr. Meyer-Lanskis Mann befreundet. Das heißt, sie müsste etwas über Chloé wissen und auch, was es mit diesem *Hôpital Psychiatrique* auf sich hat.«

Rast schnalzte nachdenklich mit der Zunge und griff schließlich zum Handy.

54. Kapitel

Durch das Café *L'Opéra* würde Hogart direkt ins Freie gelangen. Er lief zwischen den Tischen hindurch. An den Wänden hingen jede Menge Aquarelle in psychedelischen Farben, die im Stil eines Marc Chagall gemalt waren. Lauter skurrile Figuren. Hogart erkannte einen merkwürdigen Löwen, einen Mann mit Pfeil und Bogen und eine nackte Frau mit schuppigem Fischschwanz. *Wer hängt sich bloß solche Gemälde auf?* Er hasste Meerestiere. Schon allein beim Gedanken an Muscheln oder Shrimps stellten sich ihm die Nackenhaare auf.

Da es an diesem Abend noch keine Vorstellung gab, war das Bistro ziemlich leer. Einige Stühle standen bereits verkehrt auf den Tischen, und die letzten Gäste zahlten gerade.

Einer der Kellner drehte sich zu Hogart und rief ihm etwas zu – anscheinend wollte er das Lokal schon schließen –, doch Hogart hörte nicht wirklich hin. Denn seine Haut begann beim Anblick eines der Gemälde zu kribbeln. Da war wieder dieses seltsame Gefühl, das ihn seit einiger Zeit heimsuchte. Gedankenverloren starrte er auf die anderen bunten Aquarelle an den Wänden. Jetzt erkannte er den Sinn dieser Galerie. Es waren insgesamt zwölf Bilder. Sie symbolisierten die Tierkreiszeichen. Jungfrau, Löwe, Schütze, Wassermann, Krebs, Stier …

Irgendetwas stimmt nicht!

Plötzlich war dieses Puzzleteil wieder greifbar nah, das

seinen Geist quälte und er nicht fassen konnte, seit er mit Meyer-Lanski auf dem Friedhof gesprochen hatte. Es lag ihm auf der Zunge. Unwillkürlich musste er wieder an Chloé Rousseau und ihren Vater denken. *Rousseau und Meyer-Lanski.*

Der Kellner und die letzten Gäste quasselten immer noch im Hintergrund. Hogart starrte auf das Gemälde des Stiers.

Stier.

Das ist es!

In diesem Moment bekam er die Botschaft, die ihm sein Unterbewusstsein seit gestern mitteilen wollte, endlich mit voller Wucht zu fassen.

In Rousseaus Villa hatte Chloé behauptet, dass sie deshalb nach Paris gekommen sei, weil ihr Vater nächste Woche Geburtstag gehabt hätte. Jedoch hatte Meyer-Lanski ihm am Père Lachaise erzählt, dass ihr verstorbener Mann, vor dessen Mausoleum sie sich getroffen hatten, und François Rousseau beide Sternzeichen Stier gewesen waren. *Ausdauernde, kraftvolle Menschen, die immer selbstbewusst ihren Weg gegangen sind,* hatten ihre Worte gelautet. Im Zeichen Stier Geborene hatten aber Mitte April bis Mitte Mai Geburtstag. Und jetzt war September!

Entweder hat Chloé gelogen oder Meyer-Lanski!

Irgendwie hatte er das Gefühl, beiden nicht über den Weg trauen zu können.

Der Kellner und die Gäste lachten laut auf. In diesem Moment läutete Hogarts Handy. Er ging sofort ran. Es war Kohlschmied. Er klang ziemlich aufgeregt, doch Hogart unterbrach ihn gedankenverloren: »Danke für die Daten, die Sie mir geschickt haben.«

»Äh … ja, haben die etwas gebracht?«

»Haben sie …«, bestätigte er, »… warten Sie einen Moment.« Er hielt das Telefon weg und sah zum Kellner, der gerade den letzten Tisch fertig kassiert hatte. *»Café au lait?«*, fragte er den Garçon.

Dieser schüttelte bedauernd den Kopf. Anscheinend hatten sie die Kaffeemaschine schon gereinigt.

Hogart hob die Hand. *»Merci.«* Er ging zum Fenster neben dem Ausgang, verbarg sich hinter dem Vorhang und blickte durch den Spalt auf die Straße. Jede Menge Autos fuhren um den Platz vor der Oper herum und brachten die Nacht zum Leuchten. Er führte das Handy wieder zum Ohr und senkte die Stimme. »Ich habe die Knochennadel.«

»Das Duplikat?«, fragte Kohlschmied.

»Die echte.«

Kohlschmied schwieg am anderen Ende. »Das ist großartig«, sagte er schließlich. »Wo war sie? Wer hatte sie?«

Hogart konnte förmlich hören, wie Kohlschmied eine schwere Last von den Schultern fiel. »Das ist eine lange Geschichte, aber sie ist noch nicht zu Ende. Chloé und ich arbeiten weiter an der Lösung und …«

»Genau deshalb rufe ich an!«, unterbrach Kohlschmied ihn. »Ich muss Ihnen etwas über Chloé sagen.«

Chloé. Hogart packte das Telefon fester.

»Ich konnte Madame LaFayette nicht erreichen«, erklärte Kohlschmied. »Also sind Kommerzialrat Rast und ich zu Sabatier aufs Kommissariat gegangen, um mehr über Chloé zu erfahren.«

»Und?«, drängte Hogart.

»Laut Akten der Kripo hatte François Rousseau zwar eine Tochter namens Chloé, die 29 Jahre alt ist, jedoch ist sie seit vielen Jahren in der Psychiatrie.«

»Aha!«, entfuhr es Hogart. Nun ergab vielleicht manches einen Sinn.

»Danach haben wir von Meyer-Lanski weitere Details erfahren. Kommerzialrat Rast hat soeben mit ihr telefoniert.«

»Gerade eben?«, fragte Hogart vorsichtig nach.

»Ja, gerade eben!«, antwortete Kohlschmied scharf. »Sie war nicht gerade begeistert – um es höflich zu formulieren –, dass Sie sie in einer Abstellkammer der Oper eingesperrt haben. Im Dunkeln!«

»Hat Girard sie befreit?«

»Ja, das hat er. Und Meyer-Lanski hat ihn angefahren, dass er nicht so dämlich grinsen soll. Wissen Sie, warum?«

»Nein.« Hogart hob sich die Schadenfreude für später auf. »Was weiß Meyer-Lanski noch über Chloé und die Psychiatrie?«

»Chloé Rousseau ist vor zwanzig Jahren bei einem Badeunfall in der Nähe des Ufers eines Sees fast ertrunken und konnte erst in letzter Minute reanimiert werden. Dabei wurde ihr Gehirn so schwer geschädigt, dass sie sich seitdem auf dem geistigen Niveau eines Kindergartenkindes befindet und im betreuten Pflegeheim einer Privatklinik lebt.«

Hogart dachte an Sabatier. »Und das wusste die Polizei nicht?«

»Anscheinend nicht oder zumindest erst seit kurzem.«

»Wie kann das sein?«

Kohlschmied räusperte sich. »Laut Meyer-Lanskis Aussage war es Rousseau peinlich, so ein Kind zu haben. Er und seine Frau haben den Aufenthalt ihrer Tochter in dem Heim so gut wie möglich vor der Öffentlichkeit geheim gehalten. Nur wenige Freunde wussten davon, wie eben Meyer-Lanski …«

»… und Madame LaFayette.« Hogart nagte an der Unterlippe. Jetzt wusste er, was die alte Dame ihm sagen wollte, bevor sie auf ihrer Couch eingeschlafen war.

Chloé? Die ist … doch in einer Nervenklinik.

In diesem Moment gingen die letzten Gäste an ihm vorbei und verließen das Lokal. Hogart wartete, bis sie draußen waren.

»Hogart, sind Sie noch dran? Ist alles okay?«, fragte Kohlschmied.

»Ja«, knurrte er. In Wahrheit war nichts okay. Er hatte es geahnt. *Chloé hat dich also belogen!* »Und Chloé hat nicht vielleicht eine Zwillingsschwester, oder?«, fragte er zynisch.

»Bedaure«, antwortete Kohlschmied.

Hogart blickte starr durch das Fenster in die Nacht. Hinter sich hörte er den Kellner etwas in seine Richtung murren. *Ich gehe ja schon. »Au revoir«*, murmelte er und verließ das Lokal, ohne sich umzusehen. Die Kühle der Nacht und der Lärm der Autos empfingen ihn. Ein Bus fuhr knapp an ihm vorbei. Als der vorüber war, sah Hogart auf der gegenüberliegenden Straßenseite einen gelben Mini Cooper. Der Anblick ließ ihn frösteln.

»Kohlschmied, ich muss Schluss machen. Wir reden später weiter.« Er beendete das Gespräch.

Chloé kam soeben über die Straße auf ihn zu.

55. Kapitel

»Was ist passiert? Sie sehen aus, als hätten Sie einen Geist gesehen«, begrüßte Chloé ihn.

»Alles okay«, log er.

»Was haben Sie in der Oper herausgefunden?« Sie stand erwartungsvoll vor ihm, die Hände in die Hüften gestemmt, das lange blonde Haar zu einem Zopf geflochten, der ihr vorne über die Schulter hing.

Wer ist diese Frau? Und warum macht sie das?

Hogart konnte zwar gut pokern, wenn es um einen hohen Einsatz ging, aber nicht besonders gut lügen. Also versuchte er, so nahe wie möglich an der Wahrheit zu bleiben. »Ich habe herausgefunden, warum Sie Granqvist nicht erreichen konnten. Er existiert nicht.«

Chloé bekam große Augen. »Aber …«

»Die Verkäuferin der Knochennadel – Madame Gorgovich-Medunjan – hat ihn erfunden. Er ist bloß eine virtuelle Person.«

Chloé runzelte die Stirn. »Aber aus welchem Grund?«

»Um an die anderen Exponate der Knochenschlacht zu gelangen.«

Nun klappte ihr Mund auf. Falls Chloé keine verdammt gute Schauspielerin war, war sie in diesem Moment echt überrascht. Doch solange er nicht wusste, wer sie wirklich war, würde er ihr verheimlichen, dass sich die echte Knochennadel bereits in seinem Besitz befand.

»Also steckt *sie* hinter allem …« Chloé verzog nachdenklich die Lippen. Hogart konnte förmlich sehen, wie die kleinen Zahnrädchen in ihrem Gehirn nun ineinandergriffen und sie zu kombinieren begann.

Hogart nickte über die Straße zu ihrem Wagen. »Setzen wir uns ins Auto?«

Sie nickte. »Ja, ist wohl besser, als hier herumzustehen.«

Er lief hinter ihr her, und gemeinsam stiegen sie in den Mini Cooper. Als er sich angurten wollte, bemerkte er aus dem Augenwinkel, dass sein Koffer immer noch neben ihrer Sporttasche auf der Rückbank lag. »Konnten Sie kein Hotel finden?«

»Ich … ich habe noch gar keines gesucht.«

Er drehte sich im Sitz zu ihr und sah sie fragend an.

»Es ist doch so …«, sie machte eine Pause und blickte in den Rückspiegel, als erwartete sie, dort etwas zu sehen, »… nachdem ich Granqvist immer noch nicht erreichen konnte, blieb von allen Personen nur noch die Verkäuferin übrig, deren Spur wir würden folgen können. Also habe ich versucht herauszufinden, wo Madame Gorgovich-Medunjan wohnt.«

Nun war es Hogart, der vollends überrascht war. Automatisch kamen ihm Meyer-Lanskis Bemerkungen über Nizza und Rasts Erwähnung des dortigen Bankkontos in den Sinn. »Und wo ist das?«, fragte er lauernd.

Sie zog eine Augenbraue hoch. »Sie besitzt ein großes Grundstück an der Côte d'Azur, zwischen Nizza und Monaco.«

Okay. Chloé schien die Wahrheit zu sagen. »Wo genau?«

»In einem kleinen Ort namens Loubet-sur-Mer.«

»Gut. Da muss ich hin. Wie lange braucht man mit dem Auto?«

»So um die zwölf Stunden. Das sind fast tausend Kilometer mit zahlreichen Baustellen.«

Verdammt! Seine Frist, Tatjana zu retten, lief morgen ab. Trotzdem blieb ihm keine andere Wahl, als nach Nizza zu fahren. Dort sah er seine einzige Chance, die Fäden fristgerecht zu entwirren. Und schließlich hatte er ohnehin keine Möglichkeit, Tatjanas Entführer zu kontaktieren.

»Schauen Sie nicht so verzweifelt«, versuchte Chloé ihn aufzumuntern. »Ich dachte mir ja schon, dass Sie dort als Nächstes hinwollen. Und ich weiß auch schon, wie wir das anstellen«, erklärte sie.

»Und wie?« Solange er noch nicht wusste, was diese Frau im Schilde führte, würde er bei ihrer Farce mitspielen – auch wenn er wusste, dass sie ihn benutzte. Immerhin war sie bis jetzt hilfreich gewesen.

»Mit dem TGV.« Sie beugte sich herüber, griff ins Handschuhfach und zog zwei Tickets heraus, die sie in die Höhe hielt. »Vom Gare de Lyon sind wir in knapp sechs Stunden an der Mittelmeerküste.«

»Wir?« Hogart tat überrascht. »Im Schlafwagen?«

Sie nickte. »Der Nachtzug fährt kurz vor Mitternacht ab.«

56. Kapitel

Der Gare de Lyon war ein riesiger Bahnhof, in dem sich sogar jetzt noch die Menschenmassen tummelten. Lautsprecherdurchsagen ertönten in der großen Halle, und regelmäßig fuhren Züge von den verschiedensten Bahnsteigen ab, als gäbe es keine Nachtruhe.

Sie mussten in die Halle 2. Der TGV über Marseille nach Nizza wartete auf Plattform 13 und würde in einer Stunde abfahren. Hogart folgte einer Dame, die in einem Wägelchen drei große Koffer vor sich herschob. Hogart hatte nur seinen Koffer dabei und Chloé ihre Sporttasche.

Chloé überholte die Frau. »Die erste Klasse ist ganz vorne.«

Sie gingen zum Anfang des Zugs, der mit seiner stromlinienförmigen Schnauze wie eine Rakete aussah. Erst nach dem Speisewagen kam ihr Waggon. Sie stiegen ein, warteten darauf, dass sich die automatische Glastür öffnete, marschierten durch den Gang und suchten ihr Abteil. Es lag am Ende des Waggons, war geräumig und roch nach Leder und frisch geschäumtem Teppichboden. Chloé hatte ein Businessabteil für zwei Personen gebucht, mit schnellem WLAN, Internet-Arbeitsplatz und ausklappbaren Sitzen, die man fast komplett flach stellen konnte.

»Wenn Sie mir die Rechnung für die Tickets und Sitzplatzreservierungen geben, nehme ich das in meine Spesenabrechnung«, schlug Hogart nebenbei vor, während er seinen Laptop aus dem Koffer nahm und das Gepäckstück anschließend in das obere Ablagefach hievte.

»Geht auf mich.« Chloé lächelte.

Hogart versicherte sich, dass niemand ins Abteil blickte. Dann hängte er das Sakko an den Haken neben dem Fenster, schlüpfte aus dem Holster und stopfte es oben in den Koffer. »Und warum?«

»Weil Sie mich begleiten. Ich wäre sowieso zu dieser mysteriösen Dame gefahren. Außerdem haben Sie das Hotel in Le Havre bezahlt.«

Auch wieder wahr. »Danke«, sagte er nur und ließ sich nichts anmerken.

Versuch gescheitert! Hätte Chloé ihm die Belege gegeben, hätte er gesehen, welchen Namen sie auf der Reservierung angegeben hatte. Doch so blieben die Belege in ihrer Brieftasche.

Zwei Stunden später hatte der TGV längst Paris und die vielen südlichen Vororte hinter sich gelassen und raste planmäßig mit Höchstgeschwindigkeit durch die Nacht. Hogart saß allein im Speisewagen an einem Tisch am Fenster, während die in Dunkelheit getauchte Landschaft schemenhaft an ihm vorbeiflog. Hinter dem Tresen räumte der Kellner den Geschirrspüler aus.

Hogart trank seinen dritten starken Mokka. Er hatte nichts gegessen. Ihm war nicht danach, obwohl sein Magen knurrte. Falls er jetzt etwas aß, und wäre es nur der in Folie verschweißte Keks zum Kaffee gewesen, hätte sein Magen rebelliert, so übel war ihm.

Sein Gefühl sagte ihm, dass die Fäden des Falls langsam zusammenliefen und er der Lösung näher kam. Er dachte an

Tatjana und Elisabeth. Aber vor allem auch an seinen Bruder Kurt, die Vorwürfe, die er zu hören bekommen würde, und sein schlechtes Gewissen, das ihn bis ans Ende seiner Tage verfolgen würde, falls es ihm nicht gelang, Tatjana heil nach Wien zurückzubringen.

Der Laptopbildschirm leuchtete vor ihm, und seine übermüdeten Augen brannten bereits. Jedes Mal, wenn der TGV in einen Tunnel raste, fiel das WLAN aus, war danach aber sofort wieder da. Unabhängig davon hatte seine Suche sowieso nichts ergeben. Er hatte keine Informationen über eine Adela Gorgovich-Medunjan finden können.

»Alte Familiensippe mit langer osteuropäischer Ahnenreihe, die seit über zwei Jahrhunderten in Paris lebt.« *Dass ich nicht lache!* Was war das wohl wieder für eine Geschichte gewesen? Zum Glück hatte Chloé herausgefunden, wo die Frau wohnte. Und im Morgengrauen würde er sie in ihrem Haus besuchen. Sie hatte ihm zwei Schläger ins Hotel geschickt und ihn gezwungen, die Knochennadel zu finden oder ihr die sieben Millionen von Granqvist zu beschaffen – der sie aber selbst war.

In wenigen Stunden kam der Prophet nun zum Berg. Übermüdet und mit einer SIG Sauer mit nur zwölf Schuss Munition. Immerhin hatte er diese dämliche Nadel gefunden, die sie zurückhaben wollte. Höchstwahrscheinlich war es zwar genau das, was Elisabeth hatte verhindern wollen, indem sie ihm das Ding zugesteckt hatte. Aber anstatt die Nadel in Sicherheit zu bringen, brachte er sie nun sogar zurück an die Côte d'Azur.

Was ist die richtige Entscheidung?

Als er durch die Glasscheibe der Tür sah, wie Chloé sich im Gang dem Speisewagen näherte, klappte er den Laptop zu. Sie tänzelte, stützte sich an der Wand ab. Dann zischte die Tür auf, und sie trat ein. Der Kellner setzte an, etwas auf Französisch zu sagen, doch Chloé wehrte ab. Anscheinend erklärte sie ihm, dass sie um diese Uhrzeit ohnehin nichts mehr essen oder trinken wollte.

Als sie bei ihm war, klopfte sie mit der Hand auf die Gesäßtasche ihrer schwarzen Jeans. »Ich war vorne beim Zugführer und habe ihm eine Schachtel Zigaretten abgekauft«, erklärte sie.

»Sie rauchen?«

»Eigentlich habe ich es mir abgewöhnt, aber im Moment gehen mir die Nerven etwas durch, weil ich nicht mit all dem gerechnet habe, als ich nach Paris zurückgekehrt bin ... Versailles, Le Havre und jetzt die Côte d'Azur.«

»Ja, ist ziemlich viel passiert in diesen paar Tagen«, seufzte er.

Sie deutete zum Laptop. »Fündig geworden?«

Er schüttelte den Kopf und senkte die Stimme. »Was weiß Ihre Kontaktfrau in Paris über Gorgovich-Medunjan?«

Chloé setzte sich zu ihm und beugte sich über den Tisch. »Nicht viel ... sie ist alter ungarischer, tschechischer oder rumänischer Adel ... irgend so etwas in diese Richtung. Die Familie kam vor über zweihundert Jahren nach Frankreich.«

»Womit verdient sie ihr Geld?«

Chloé zuckte die Achseln. »Keine Ahnung, vermutlich Verpachtung der Ländereien ... oder sie verkauft Stücke aus ihrer Kunstsammlung.«

»Immerhin hat sie genügend Geld, um Schläger zu engagieren, die nach Paris fahren und ihre Interessen vertreten.« Er zog die schwarze Visitenkarte mit der blutroten Schrift aus der Tasche und legte sie vor sich auf den Tisch.

Chloé starrte auf die Karte. »Woher haben Sie die?«

»Wie gesagt … ihre Schläger haben mich im Hotel besucht und mir nahegelegt, Elisabeth und die Knochennadel zu finden.«

»Oh, wow!« Chloés Mund klappte auf, doch im nächsten Moment hatte sie sich wieder gefangen. »Möglicherweise«, flüsterte sie, »waren das dieselben Typen, die danach Ihre Nichte entführt haben.«

Hogart nickte. *Ja, vielleicht.*

»Was haben Sie?«, fragte Chloé.

»Nichts«, antwortete Hogart und versuchte zu lächeln.

Er hatte bisher mit keinem Wort erwähnt, dass Tatjanas Entführung *danach* stattgefunden hatte.

Sie verließen den Speisewagen. Auf dem Weg zurück zu ihrem Abteil blieb Chloé vor der Toilette stehen. »Ich wasche mir noch die Hände … und vielleicht rauche ich noch heimlich eine, falls sich das Fenster öffnen lässt«, flüsterte sie ihm zu und klappte die Tür auf.

»Alles klar.« Hogart ging weiter und betrat ihr gemeinsames Abteil. Er öffnete den Koffer in der Gepäckablage und schob das Notebook hinein. Da rutschte ihm aus dem Seitenfach seine Waffe entgegen, die aus dem Holster geglitten war. Er wollte die SIG Sauer zurückstecken, hielt sie jedoch einen Moment lang erstaunt am Griff.

Bin ich schon so übermüdet, dass meine Sinne verrücktspielen?

Etwas stimmte nicht. Auch wenn die Pistole schwer in seiner Hand wog, war sie trotzdem leichter als vorhin.

Er versicherte sich, dass niemand im Gang stand und durch die Glastür ins Abteil sehen konnte, dann ließ er das Magazin aus dem Griff gleiten. Seine Vermutung, dass weniger

Patronen drin waren als vorher, bestätigte sich nicht – dafür hatten sämtliche der zwölf Patronen jetzt plötzlich eine blaue Spitze.

Verdammt!

Er wusste, was das bedeutete.

Platzpatronen!

Und die waren leichter als scharfe Munition. Jemand, vermutlich Chloé, musste seinen Koffer durchstöbert und die Patronen gegen Blindgänger ausgetauscht haben, während er im Speisewagen Kaffee getrunken hatte.

Dieses Miststück!

Nun war klar, auf wessen Seite sie stand. Rasch schob er die Waffe zurück ins Holster, stopfte alles in den Koffer und zog den Reißverschluss zu. Erneut starrte er durch die Glastür in den Gang. Chloé war noch nicht wieder zurück. Er zog das Handy aus der Hosentasche und rief trotz der späten Stunde Kohlschmied an.

Langsam baute sich die Verbindung auf. Es läutete. Hogart trat zur Glastür und blickte in den Gang. Endlich meldete sich Kohlschmied mit verschlafener Stimme. »Verdammt, Hogart … es ist … halb zwei!« Er gähnte. »Sie haben vorhin so rasch aufgelegt. Was ist passiert? Ist …?«

»Sie haben sich doch nicht etwa Sorgen um mich gemacht?«, unterbrach Hogart ihn.

»Sehr witzig, Hogart. Wo sind Sie gerade?«

»Mit Chloé im TGV nach Nizza«, flüsterte er.

»Oh!« Mehr sagte Kohlschmied nicht. Schließlich räusperte er sich. »Wer immer diese Chloé ist, Sie sollten gut auf sich aufpassen.«

»Deswegen rufe ich an«, sagte Hogart. »Ich brauche …«

In diesem Moment erschien ein Schatten im Gang.

Hogart nahm sofort das Telefon vom Ohr, blickte auf das Display und unterbrach die Verbindung. Chloé betrat das Abteil.

Er vernahm den Geruch von Zigarettenrauch und sagte ohne aufzusehen mit müder Stimme: »Noch viereinhalb Stunden Schlaf, bis wir ankommen. Soll ich den Wecker für zehn vor sechs stellen?«

»Nicht nötig. Bei dem Gerumpel kann ich sowieso nicht gut schlafen. Ich wecke Sie, bevor wir ankommen, *d'accord*?«

»Einverstanden.« Hogart ließ sich in den Sitz fallen und begann eine SMS an Kohlschmied zu tippen.

»Wem schreiben Sie jetzt noch?«

»Tatjanas Vater, er macht sich Sorgen. Ich versuche, ihn zu beruhigen und davon zu überzeugen, dass alles in Ordnung ist.«

»*O merde!* Der weiß noch gar nichts davon?«

»Nein, ich hatte gehofft, Tatjana schneller zu finden.«

»Vertrösten Sie ihn. Wir werden das Mädchen schon aufspüren.« Sie kehrte ihm den Rücken zu und kramte ihren Kulturbeutel aus der Sporttasche.

Indessen tippte Hogart die SMS an Kohlschmied fertig und schickte sie ab.

Benötige ein Foto von Adela Gorgovich-Medunjan! Wohnt in Loubet-sur-Mer. Dringend!

Danach richtete er eine Tastensperre ein, falls Chloé auf den Gedanken kommen sollte, während der Nacht heimlich das Handy zu durchsuchen.

»Mach mich nur frisch. Bin gleich wieder da.« Chloé warf sich ein schmales Handtuch über die Schulter und wandte sich zur Tür. »Warten Sie nicht auf mich, falls Sie schon schlafen wollen.«

»Bonsoir«, sagte Hogart.

»Bonne nuit«, korrigierte sie ihn lächelnd. Dann war sie draußen und ging in Richtung Toilettenraum.

Hogart wartete eine Weile, dann schob er die Tür auf, damit er hören konnte, falls sich jemand im Gang näherte. Danach durchwühlte er Chloés Sporttasche und fand ihre Waffe, die ebenfalls in einem Holster steckte. Die Glock mit siebzehn Schuss im Magazin und seine SIG Sauer verwendeten das gleiche Kaliber. *Parabellum, 9 x 19 Millimeter.*

Er ließ das Magazin aus der Glock gleiten, dann wollte er sich noch versichern, ob eine Patrone im Lauf war. Beim Zurückziehen des Schlittens wurde tatsächlich eine ausgeworfen. Er hielt sie zwischen den Fingern und drehte sie im Deckenlicht. Die Hülle war goldfarben, die Spitze bronzefarben. Es war ein echtes Projektil, kein Blindgänger mit blauer Spitze. Hogart drückte die erste Patrone aus dem Magazin, die wie auch die nächste darunter echt war.

Würde er sämtliche Patronen der Waffen austauschen, würde Chloé es – so wie er – am leichteren Gewicht merken. Aber nicht, wenn es nur die ersten drei Patronen waren. Rasch holte er seine SIG Sauer aus dem Koffer und tauschte die ersten Patronen aus. Nun waren seine ersten drei Schuss tödlich, den Rest aus dem Magazin konnte er vergessen. *Das muss reichen!*

Nachdem er seine Waffe wieder im Koffer verstaut hatte, nahm er Chloés Glock. Er drückte die drei Platzpatronen zuoberst ins Magazin und ließ es in den Griff gleiten. *Fertig!*

Im Gang hörte er, wie sich die Toilettentür öffnete.

Verdammt! Beil dich!

Er stand bereits über die Sporttasche gebeugt, als ihm einfiel, dass die erste Patrone ja in der Kammer gewesen war.

Verflixt! Hogarts Puls beschleunigte sich. Er beugte sich mit dem Oberkörper über die Waffe, um das Geräusch zu dämpfen, zog den Schlitten langsam nach hinten durch und lud den ersten Blindgänger in den Lauf. Dann stopfte er die Waffe ins Holster und zog den Reißverschluss zu.

Geschafft! Jetzt war *sie* die mit den Platzpatronen. Zumindest bei den ersten drei Schüssen.

Er drehte sich zum Fenster, zog das Rollo herunter und schaltete das Licht aus. Während Chloé das Abteil betrat, schlüpfte er aus den Schuhen. Es fiel noch genügend Licht vom Gang in den Raum, damit sie sich orientieren konnte. Hogart legte sich in Jeans und Poloshirt auf seinen ausgeklappten Sitz, legte den Arm unter den Kopf und deckte sich mit seinem Sakko zu.

»*Bonne nuit, cher collègue*«, flüsterte sie.

»*Bonne nuit*«, sagte er und wandte sich Richtung Fenster.

Er hörte, wie sie Handtuch und Kulturbeutel in ihrer Tasche verstaute. Der Geruch nach Zigarettenrauch war verschwunden, stattdessen duftete sie nach Seife und Zahnpasta.

Er selbst würde sich erst morgen früh im Bad frisch machen. Sein derzeitiger Zustand, unrasiert und nicht geduscht, passte perfekt zu seiner momentanen Stimmung. Was er dringend brauchte, war Schlaf.

Was immer Chloé mit den Platzpatronen vorgehabt hatte – er würde ihre Pläne durchkreuzen.

Die Sakkotasche mit der echten Knochennadel im Etui drückte gegen seine Brust. Er starrte durch den Spalt zwischen Rollo und Fensterrahmen in die Nacht und dachte an Elisabeth.

57. Kapitel

Als ihr jemand einen Schwall kalten Wassers ins Gesicht schüttete, erwachte sie. Elisabeth schnappte nach Luft und versuchte gleichzeitig, so viel wie möglich von dem Wasser zu erwischen, um ihren ausgetrockneten Mund zu befeuchten.

»Machen wir weiter«, sagte die tiefe raue Männerstimme auf Französisch.

Auf einmal war die Erinnerung wieder da. Elisabeth befand sich in einem riesigen abgedunkelten Raum. Trotzdem konnte sie sich nur zwei Meter in jede Richtung bewegen, da ihr Fußgelenk angekettet war. Auf dem Boden lag eine große schwarze Plastikplane, auf der sich nichts weiter befanden als eine Bettpfanne und der Eisenring, an dem die Kette hing.

»Wo ist die Knochennadel?«, fragte der Mann.

Elisabeth erinnerte sich wieder, wie der Mann sie gequält hatte.

»Ich weiß es nicht«, heulte sie. *Wie oft denn noch?* »Ich weiß es nicht!«, wiederholte sie auf Französisch. Ihre Stimme versagte. Mit letzter Kraft wollte sie sich aufsetzen und auf dem Boden rutschend vor dem Mann zurückweichen.

Dieser Kerl hatte sie kein einziges Mal sexuell missbraucht, obwohl er jede Möglichkeit dazu gehabt hatte. Er war nur an einer Sache interessiert: an der Knochennadel. Und deshalb hatte er sie zuerst blutig geschlagen, ihr danach die Finger gebrochen und sogar Daumen und Zeigefinger der rechten Hand mit einer Zange abgetrennt. Sie hatte so stark geblutet, dass er ihr die Gefäße mit einem Gasbrenner veröden musste – andernfalls wäre sie schon auf dem Weg hierher gestorben. Denn das alles war noch während der Autofahrt passiert.

Am Tag darauf hatte er sie mit Drähten misshandelt, in denen Strom floss, und schließlich mit einem Ding, das wie eine lange Injektionsnadel aussah, mit der man die Wirbelsäule infiltrieren konnte, verschiedene Nervenpunkte ihres Körpers bearbeitet, sodass sie fast wahnsinnig geworden war.

Tatsächlich wollte sie nur noch sterben, damit die Folter und die Schmerzen endlich aufhörten. Sie hatte sogar verzweifelt versucht, die Luft anzuhalten, um sich selbst zu ersticken, aber das hatte nicht funktioniert. Ebenso wenig wie ihr Versuch, sich mit der Kette zu strangulieren oder sich die Pulsadern aufzubeißen.

Sie hatte eigentlich keine Hoffnung mehr, dass sie jemand in diesem Kellerloch aufspüren würde. Es roch nach Öl und Benzin, vermutlich befand sie sich in einer Garage oder viel eher in einer unterirdischen Werkstatt. Zudem war die Luftfeuchtigkeit hoch, und durch ein gekipptes, aber abgedunkeltes Oberlicht hörte sie in weiter Ferne das Tosen der Brandung. Offenbar befand sie sich irgendwo an der belgischen oder französischen Küste. Mehr wusste sie nicht. Nur dass die Fahrt hierher in dem engen Raum eines Lieferwagens ewig lang gedauert hatte.

Nun kam der Mann ganz nahe heran, stellte einen kleinen schwarzen Hartschalenkoffer neben sich ab und ging vor ihr in die Hocke. Die Kette spannte sich bereits, weiter konnte sie nicht zurückweichen. Im schwachen Mondlicht, das durch den Spalt im Fenster fiel, sah sie seine graue Hose, die schweren Stiefel und seine kräftigen vernarbten Hände.

Sein Gesicht lag im Dunkeln. »Offenbar glauben Sie, dass Sie so lange am Leben bleiben, wie Sie das Geheimnis für sich behalten können. Sie wollen Zeit gewinnen, in der Hoffnung, dass Sie jemand findet.«

»Nein, so ist es nicht …«, keuchte sie schwach.

Er ignorierte ihre Worte. »Aber glauben Sie mir … *niemand* wird Sie finden. *Nicht hier!* Und Sie werden sterben. Sie sind schon so gut wie tot! Es geht nur noch darum, *wann* und *wie* Sie sterben.« Er machte eine Pause. »Rasch und schmerzlos, dann haben Sie es endlich hinter sich, oder Sie zögern es weiter hinaus. Glauben Sie mir, das kann lange dauern. Und es wird immer schmerzvoller für Sie.«

Ich will es doch gar nicht hinauszögern!

Elisabeths Atem beschleunigte sich, bis ihre Lunge prall mit Luft gefüllt war. Sie konnte vor Panik nicht mehr ausatmen. Der Druck in ihrer Brust wurde unerträglich.

»Dort, wo ich herkomme, gibt es viele Methoden, Menschen am Leben zu erhalten, um sie noch länger zu quälen. Adrenalin, Ammoniakkapseln und ein Mittel, das den Kreislauf aufrechterhält. Beenden Sie es! Sagen Sie mir, wo sich die Knochennadel befindet, bevor ich zur Säge und danach zur Säure greifen muss.«

Elisabeth schluckte verzweifelt. »Ich weiß es nicht …«, presste sie hervor.

»Wie Sie wollen.« Er öffnete den Koffer.

Nicht wieder die Injektionsnadel!, schrie eine Stimme in ihrem Kopf panisch auf. Ihr Körper verkrampfte sich. Doch in dem Koffer befand sich etwas anderes. Chirurgisches Werkzeug.

»Wo ist die Knochennadel?«, fragte der Mann.

»Ich weiß es nicht«, keuchte sie.

Sie erinnerte sich nur daran, dass sie vor einem Computer gesessen hatte, plötzlich von hinten gepackt und mit Chloroform betäubt worden war. Sie hatte sich gewehrt, hatte einen Schlag auf den Kopf erhalten und danach den Einstich einer eiskalten Nadel in der Haut gespürt. Als sie erwachte, hatte sie sich sogleich übergeben. Möglicherweise vom Chloroform, andererseits war das aber auch das typische Anzeichen einer schweren Gehirnerschütterung.

Jetzt holte der Mann eine schmale Säge mit rasiermesserscharfen Zacken heraus, die wie die Zähne eines Miniaturhais aussahen. »Wo ist die Nadel?«

Trübe Erinnerungsfetzen tauchten auf, doch in ihrer Panik setzte ihr Gedächtnis wieder aus.

»Wo ist die Nadel?«

»Ich kann mich nicht daran erinnern …«

Er kniete sich auf ihr Schienbein und setzte die Säge an ihrem Fußgelenk an. »Es hat keinen Sinn zu lügen.«

Sie spürte das eiskalte Metall, und ihr Brustkorb schnürte sich wie ein enges Korsett zusammen, das ihr den Atem raubte. »Wie oft denn noch? Ich weiß es nicht!«, schrie sie panisch heraus.

»Wo …?«

»Ich weiß es nicht …«, weinte sie.

»Ich glaube Ihnen nicht.«

Aber sie wusste es tatsächlich nicht. Sie konnte sich an nichts erinnern, was vor ihrer Entführung passiert war. Nicht einmal an den Ort, wo dieser verdammte Computer gestanden, geschweige denn, was sie dort gemacht hatte.

Ein Jahr zuvor

Während Jérôme in dem Cabrio Davids Armeekameraden zur Steilküste brachte, betrat Aimée das Foyer im Haupthaus. Über ihrem Bikini trug sie eines von Davids dunkelblau karierten Hemden, das ihr bis zu den Oberschenkeln reichte. Ihr langes schwarzes Haar hatte sie zu einem Zopf geflochten und den Hemdkragen aufgestellt.

David kam die Treppe herunter. »Wo willst du mit mir sprechen?«

»In Vaters Arbeitszimmer … und zieh dir was an.« Sie warf ihm einen Pullover zu. Er fing ihn auf, schlüpfte hinein. Dazu trug er nur Shorts, die ihr einen freien Blick auf seine kräftigen, braun gebrannten Beine gewährten.

Aimée öffnete die Tür zum ehemaligen Arbeitszimmer ihres Vaters. Nach seinem Tod hatte sie es zum ersten Mal vor zwei Jahren betreten. Damals war es in einem erbärmlichen Zustand gewesen, denn außer dem Notar und dem gerichtlichen Vormund hatte es nie wieder jemand benutzt. Mittlerweile hatte ihre Putzfrau das Zimmer wieder auf Vordermann gebracht.

Während Aimée sich in Vaters bequemen Ledersessel hinter dem Schreibtisch setzte, blieb David zögerlich im Türrahmen stehen.

»Komm herein und schließ die Tür. Das Zimmer beißt nicht.«

Wobei sie sich im Stillen eingestehen musste, dass der

Raum durchaus eine bedrohliche Ausstrahlung hatte. Das hohe Fenster war gekippt, die Vorhänge zur Hälfte zugezogen. Zwar drang von draußen der Duft frisch gemähter Wiesen herein, und längst war der Geruch von Vaters Pfeifentabak, der in Vorhängen, Teppich und Couchbezug genistet hatte, verschwunden. Aber es gab noch so viel anderes hier, das an ihn und Mutter erinnerte. Die gerahmten Fotos auf dem Tisch, die Porträts an den Wänden, die Bücher in den Regalen, seine Pantoffeln, der Gehstock und der ganze Schnickschnack, der überall herumstand.

»Hattest du eine Meinungsverschiedenheit mit deinem Freund?«, fragte Aimée.

David schloss die Tür und trat an den Tisch. »Ich dachte, du wolltest etwas Wichtiges besprechen.«

»Will ich auch. Nimm Platz.« Sie schlug ein Bein über das andere. »Du solltest deine Kräfte, die ganze Wut und die Aggressionen, die in dir stecken, für etwas Sinnvolleres nutzen.«

David zog einen Stuhl heran und setzte sich hin. »Was hast du vor?« Misstrauen und Beklemmung lagen in seiner Stimme.

Sie kaute an einer Haarsträhne. »Ich muss dir etwas sagen, was ich dir bisher vorenthalten habe, um dich nicht zu beunruhigen.«

Davids Kiefermuskeln mahlten, aber er schwieg und wartete ab. Ihr Blick wanderte von David zu den Fotos auf dem Schreibtisch, und auf einmal erkannte sie, wie ähnlich Vater und Sohn sich waren. Merkwürdig, dass ihr das erst jetzt auffiel. »In Vaters Nachlass habe ich einen Brief an mich gefunden.«

»Was stand drin?«

Sie wedelte mit der Hand. »Was er uns alles vermacht hat – Haus, Grundstücke, die Stiftung –, was mit seiner Firma zu geschehen hat und ein paar Worte über Mutters Kunstsammlung.« Sie öffnete die Schublade und reichte ihm ein mehrmals gefaltetes Blatt Papier.

Er öffnete den Zettel und las ihn aufmerksam durch. Mittendrin sah er einmal überrascht auf. »Vater hatte Krebs?«

»Bauchspeicheldrüse. Vielleicht hat er sich auch deshalb erschossen.« Sie hob die Schultern. »Er hätte sowieso nur noch höchstens ein halbes Jahr zu leben gehabt.«

David las den Brief zu Ende, dann blickte er wieder auf. »Was ist die *Bíro-Sammlung*?«

»Das habe ich mich auch gefragt.« Nun lehnte sie sich nach vorne über den Schreibtisch. »Daraufhin hatte ich ein langes Gespräch mit Jérôme. Er hat mir einiges erzählt, und die restlichen Dinge habe ich im Lauf der Zeit selbst herausgefunden.«

David faltete den Zettel zusammen und wollte ihn ihr zurückgeben, doch sie wehrte ab. »Behalte ihn, ich kenne ihn mittlerweile auswendig.«

Er steckte den Brief in die Hosentasche. »Wenn es um die Nacht des Einbruchs geht, will ich das nicht hören!«

»Ich weiß, aber diesmal kann ich leider keine Rücksicht nehmen.« Sie sah ihn mit einem entschuldigenden Blick an. »Ich habe lang genug damit gewartet.«

»Warum ausgerechnet jetzt?«

»Weil ich mein Studium beendet habe.«

Er runzelte die Stirn, als verstünde er den Zusammenhang nicht. »Also gut«, seufzte er. Anscheinend erinnerte er sich daran, dass sie einen furchtbaren Dickschädel hatte. »Worum geht es?«

Aimée griff noch einmal in die Schublade und holte eine alte VHS-Videokassette in einer gewellten und vergilbten Kartonhülle hervor. Sie erhob sich und ging zu dem alten Röhrenfernseher im Wandverbau, öffnete den Schrank darunter und legte die Kassette in den Videorekorder. Nachdem sie David die Fernbedienung für das TV-Gerät zugeworfen hatte, schaltete er das Ding ein.

»Was sehen wir uns an? Einen Crime noir?«

Aimée ging nicht auf den Witz ein. Sie stellte sich hinter David, der immer noch auf dem Stuhl saß, beugte sich zu ihm hinunter und schlang ihm die Arme um die Brust. »Warte es ab. Das ist eine vierzehn Jahre alte Aufzeichnung von einer Live-Talkshow auf irgendeinem TV-Kanal für Kunstgeschichte, die mitten in der Nacht gelaufen ist.« Sie betätigte die Play-Taste der VHS-Fernbedienung.

Das Studio war dunkel. Fünf Personen saßen auf bequemen Polstersesseln um einen niedrigen Glastisch herum. Teilweise sah man sogar die Kameras im Hintergrund auf und ab fahren. Es wurde getrunken und heftig diskutiert. Die Moderatorin, eine attraktive grauhaarige Dame im karminroten Kleid, hatte ein Bein über das andere geschlagen.

»Das ist ja Vater!«, rief David verblüfft. »Was macht der in einer … Kunstsendung?«

Aimée zuckte die Achseln. »Keine Ahnung, der Anfang der Sendung fehlt. Anscheinend hat ihn der Sender eingeladen, weil er Teile von Mutters Kunstsammlung finanziert hat.«

»Und weiter?«

»Hör zu!« Sie hatte das Band bereits zur entsprechenden Stelle vorgespult. Das Bild flimmerte zwar am oberen und unteren Rand, aber der Ton war einwandfrei.

»… und deshalb bin ich an dem Bíro-Zyklus interessiert«, sagte Aimées Vater.

»Aber woher wollen Sie wissen, dass es den wirklich gibt?« Die Moderatorin lächelte. »Vielleicht ist alles bloß Legende. So wie der Heilige Gral, die Bundeslade, die Eiserne Maske oder andere Artefakte in den verschiedensten Kulturkreisen …«

Aimées Vater beugte sich nach vorne und trank einen Schluck Wasser. »Ich habe Beweise dafür, glauben Sie mir, ich weiß es.«

»Sagen Sie bloß, Sie haben ein Stück davon zu Hause?«, kokettierte die Moderatorin.

Er schmunzelte, sagte aber nichts.

»Oder sind es sogar mehrere?«

»Ich kann Ihnen hier keine Details über die Sammlung meiner Frau nennen.«

»Ich verstehe. Aber woran würden Sie erkennen, dass die Stücke des Bíro-Zyklus überhaupt echt sind – wenn Sie selbst keines besitzen?«

»Man kann sie zusammenfügen.«

»Angeblich!«

»Ich bin davon überzeugt, dass es so ist.«

»Also besitzen Sie zumindest eines der Teile?«

Er schwieg.

»Dann lassen Sie mich die Frage anders formulieren: Auf welches Stück Ihrer Sammlung sind Sie und Ihre Frau besonders stolz?«

»Das kann ich Ihnen verraten, nachdem ich mich mit einem bestimmten Kunstsammler getroffen habe, zu dem wir schon Kontakt aufgenommen haben.« Er lächelte. »Jedenfalls geht es dabei in der Tat um den legendären Bíro-Zyklus.«

Das Bild erstarrte, während Aimées Vater in Großaufnahme gezeigt wurde. Aimée wedelte mit der VHS-Fernbedienung. »Der Rest ist uninteressant.«

David drehte sich zu Aimée. »Besaß Mutter tatsächlich ein Teil von …?«

»Bíros Knochenzyklus«, half Aimée ihm weiter. »Ja, das tat sie.« Sie stellte sich neben das TV-Gerät.

»Und mit wem wollte Vater sich treffen?«

Sie verzog den Mund. »Das konnte ich bis jetzt nicht herausfinden.«

»Und Jérôme?«

»Der weiß es auch nicht. Jedenfalls hat er mir erzählt, dass Vater diese Bíro-Sammlung für Mutter vor vierzehn Jahren vervollständigen wollte – solange er noch am Leben war. Allerdings wollte sie ihn überzeugen, es sicherheitshalber anonym über einen Händler zu machen und nicht selbst in Erscheinung zu treten. Aber du hast ja selbst gesehen, wie ernst Vater es mit der Anonymität genommen hat.« Sie deutete zum Fernsehgerät.

David starrte auf das Bild. »Er war zeit seines Lebens von seiner Macht und seinem Einfluss so überzeugt, dass er glaubte, alles erreichen zu können.«

Aimée nickte. »Und dann kam noch der Zeitdruck dazu. Darum hat er sich in der Kunstszene selbst als interessierter Käufer zu erkennen gegeben, was ihm schließlich zum Verhängnis wurde.«

»Du meinst …«, Davids Stimme wurde rau, »… den Einbruch?«

»Wie würde diese Talkshow auf dich wirken, wenn du selbst ein Kunstsammler wärst?«

David nickte, als begreife er langsam.

»Der Einbrecher muss vermutet haben, dass Mutter im Besitz eines Teils des Bíro-Zyklus war«, sagte Aimée. »Den Rest kennen wir ja.«

Vater überrascht den Dieb und wird niedergeschlagen, während Mutter durch den Lärm geweckt wird. Sie wird angeschossen und stirbt in Vaters Armen. Er gibt sich die Schuld daran und richtet sich noch in derselben Nacht selbst.

Anscheinend ging David gerade selbst die schreckliche Erinnerung durch den Kopf; sein Gesicht war wie versteinert.

»Hat die Polizei eigentlich je herausgefunden, wer der Einbrecher war?«, fragte er.

Aimée schüttelte den Kopf.

»Woher willst du dann so genau wissen, dass er Mutters Bíro-Stück und nicht bloß Bargeld stehlen wollte?«

Aimée ging zum Familienporträt ihrer Eltern – wunderschön in kräftigen Ölfarben gemalt. Sie schob den massiven Bilderrahmen beiseite und öffnete den dahinterliegenden Wandsafe. »In jener Nacht stand dieser Safe offen.«

»Und?« David hob die Schultern. »Soviel ich weiß, war er leer.«

»Richtig, aber ich habe draußen etwas gefunden.«

Die Erinnerung daran schmerzte David offensichtlich ganz besonders. »Während ich neben Vater und Mutter lag«, murmelte er, »bist du im Garten gewesen. Du wolltest den Einbrecher verfolgen.«

»Er war spurlos verschwunden … aber ich habe Mutters Bíro-Stück vor dem Haus gefunden. Damals wusste ich natürlich noch nicht, was es war. Ich wusste nur, dass der Dieb es in seiner Eile verloren haben musste, als er durchs Fenster geklettert war.«

»Das heißt, es ist immer noch in unserem Besitz?«

Sie nickte. »Ja, aber es liegt nicht mehr in diesem Safe, sondern wird in unserem Banktresor in Paris verwahrt.«

David atmete tief durch. »Okay, und wozu erzählst du mir das alles?«

»Rate mal, was ich damals noch in diesem Banktresor gefunden habe.« Sie holte ein uraltes Pergament aus dem zwölften Jahrhundert aus der Wandvertiefung. »Jemand ist offenbar ganz versessen auf das hier.«

6. TEIL

CÔTE D'AZUR

Freitag, 18. September

58. Kapitel

Am Morgen fuhr der TGV von Paris kurz nach sechs Uhr früh im Bahnhof von Nizza ein. Der Aufenthalt betrug fünf Minuten. Zeit genug für Hogart und Chloé auszusteigen.

Zuvor hatte sich Hogart im Waschraum frisch gemacht, ein neues Poloshirt und frische Unterwäsche angezogen, das Holster angelegt und das neue Sakko darüber zugeknöpft. Er hatte nicht gut geschlafen, war halbstündlich aufgewacht und hatte auf die Uhr gesehen. Jetzt ließ ihn die kalte Luft des Morgengrauens am Bahnsteig frösteln.

Chloé hatte ihre Sporttasche geschultert. Hogart zog seinen Koffer hinter sich her, und gemeinsam gingen sie in die Ankunftshalle. Dort erfuhren sie, dass der erste Mietwagenschalter erst um acht Uhr öffnen würde. Sie sperrten ihr Gepäck in ein Schließfach am Bahnhof ein und suchten sich fürs Frühstück ein Café in Strandnähe.

Das ist also die Côte d'Azur.

Hogart war noch nie hier gewesen und kannte gerade mal die TV-Beiträge von den Filmfestspielen in Cannes, den Ruf der vielen Kunstgalerien in Saint-Tropez, die Rallye von Monte Carlo und den Hitchcockfilm *Über den Dächern von Nizza* mit Grace Kelly.

Im Moment war allerdings von dem typischen sonnigblauen Flair der Côte d'Azur nicht viel zu spüren. Noch war alles grau in grau, Nizza erwachte gerade erst zum Leben. Sie saßen auf Korbstühlen an einem Rattantisch unter dem

Baldachin eines Cafés mit Ausblick auf die Küstenstraße und die Stadt. Trotzdem, es roch nach Meer, am Straßenrand bewegten sich die Palmwedel im Wind, und am Himmel kreisten ein paar Möwen.

Und spätestens die Höhe der Preise in der Speisekarte erinnerte Hogart daran, wo er sich befand, aber das war ihm egal. Er bestellte Orangensaft, einen Teller Rührei mit Schinken, ein Croissant mit Butter und Konfitüre sowie eine Kanne Kaffee, den er schwarz trank. Das Übelkeitsgefühl der gestrigen Nacht war zum Glück verflogen, und ihm knurrte herrlich der Magen.

Im Gegensatz zu ihm trank Chloé nur eine Tasse Tee und aß eine Schüssel Müsli mit frischen Früchten. »Sie haben einen gewaltigen Appetit«, stellte Chloé fest.

»Die Seeluft … außerdem waren die letzten Tage ziemlich kräfteraubend.« Hogart wunderte sich selbst darüber, aber die Hoffnung, die Fäden des Falls bald entwirren zu können, flößte ihm neue Kraft ein. Spätestens dann, wenn er Madame Gorgovich-Medunjan gegenüberstand, rechnete er fest damit, dass alle Masken fielen. Aber jetzt wartete er erst einmal auf Kohlschmieds Antwort auf seine letzte SMS aus dem Zug.

Dieser kleine Mann, der ihn bisher immer so genervt hatte, erwies sich zum ersten Mal tatsächlich als nützlicher Spürhund. Mittlerweile zweifelte Hogart nicht mehr an der Richtigkeit von Rasts Entscheidung, Kohlschmied zum Chef des Außendienstes ernannt zu haben. Sein bester Freund würde Kohlschmied wohl nie werden, dafür war zu viel zwischen ihnen vorgefallen, aber immerhin hatte Hogart mittlerweile Respekt vor der kurzbeinigen Erscheinung.

Der Garçon brachte ihnen die Morgenausgaben sämtlicher

Tageszeitungen, die Chloé sogleich durchblätterte. Allerdings erfuhren sie nichts Neues.

Nachdem Hogart den letzten Rest des Croissants verschlungen hatte, öffnete er auf Kohlschmieds Handy den Routenplaner. Von hier bis nach Monaco waren es entlang der Küste etwa zwanzig Kilometer. Die Straße verlief in vielen Kurven und Steigungen, und teilweise fielen die Klippen an die vierzig Meter tief bis zum Meer ab. Es war jene Strecke, kurz vor Monaco, auf der Fürstin Gracia Patricia damals ihren tragischen Autounfall gehabt hatte. Hogart dachte an das signierte Filmplakat von Grace Kelly und Cary Grant in seiner Wohnung, das ihn ein Vermögen gekostet hatte.

»Was beschäftigt Sie?«, fragte Chloé.

»Grace Kelly.« Gedankenverloren rührte er mit dem Löffel in der Tasse. Das Klimpern beruhigte ihn.

»Wir werden an der Stelle, wo sie gestorben ist, nicht vorbeikommen. Loubet-sur-Mer liegt kurz davor. Ich habe mir Madame Gorgovich-Medunjans Hausnummer auf Google-Maps angesehen.«

Hogart sah auf. »Satellitenansicht?«

Sie nickte. »Ein Grundstück direkt am Meer mit eigenem Steg.«

Er blickte zu seinem Handy. Immer noch keine Antwort von Kohlschmied. »Es wird Zeit. Holen wir uns einen Mietwagen?«

»Klar. Übernehmen Sie das?« Sie lächelte ihn an. »Ich lade Sie dafür zum Frühstück ein und hole unser Gepäck aus dem Schließfach.«

»In Ordnung.« Er lächelte ebenfalls und stand auf.

Wieder war sie geschickt der Situation ausgewichen, ihren Ausweis in seiner Gegenwart herzeigen zu müssen.

Die Fahrt auf der Küstenstraße in Richtung Monaco ging nur langsam voran. Tempolimits, Gegenverkehr und viele Touristen erschwerten ein rasches Vorwärtskommen. Dafür hatte der Wind die Wolken aufs Meer getrieben und dort regelrecht zerrissen. Die Sonne brach durch, es versprach ein warmer Tag zu werden. Sie fuhren in einem Peugeot mit 204 PS und Automatikschaltung, der einem Sportwagen glich. Es war das einzige sofort verfügbare Auto am Sixt-Stand gewesen. Aber Hogart hatte absolut nichts dagegen einzuwenden.

Das Fenster der Fahrerseite war unten, und er ließ den Ellbogen aus dem Wagen hängen. Mit einer Hand auf dem kleinen Lederlenkrad steuerte er den Wagen mit der Automatikschaltung. Das Navi zeigte ihnen an, dass sie Loubet-sur-Mer in einer knappen Stunde erreichen würden. Hogart amüsierte der französische Akzent der weiblichen Navi-Stimme, die wie aus einer Erotik-Hotline klang und ihn immer wieder dazu überreden wollte, eine alternative Route zu wählen. Aber die Strecke war trotz der vielen Baustellen in Ordnung. Nach der Halbinsel Saint-Jean-Cap-Ferrat fuhren sie direkt an der Küste der Sonne entgegen und kamen dabei der Lösung des Falls immer näher.

59. Kapitel

Loubet-sur-Mer war ein kleines Nest mit vielen bunten Häusern, das direkt am Meer lag und sich die Küste mit aufgeschütteten Kiesstränden und kleinen Felsvorsprüngen teilte. Über eine schmale Privatstraße, die von der kurvenreichen Küstenstraße abging, erreichten sie einen von Pinien umgebenen asphaltierten Wendekreis vor einer Grundstückseinfahrt. Hogart drosselte die Geschwindigkeit, fuhr vorsichtig näher und hielt nach einem Polizeiwagen Ausschau, der hier vielleicht postiert war, um ihn oder einen möglichen Killer abzufangen. Doch er sah keine Menschenseele. Bloß ein Eichhörnchen, das über die Straße sprang und auf einem Baum verschwand.

Also parkte er vor einem massiven gusseisernen Tor im Schatten eines Baumes und schaltete den Motor aus. Aufmerksam und auf alles gefasst drehte er sich zu Chloé. »Bereit?« Sie presste die Lippen zusammen und nickte.

Gleichzeitig stiegen sie aus und gingen zum Tor. Zwischen den Metallstreben sah Hogart über die Auffahrt zum Haus. Die Hecken waren sauber geschnitten, die Blumenbeete perfekt in Schuss gehalten, die Wiese war frisch gemäht, und kein Unkraut zeigte sich an den Rasenkantensteinen. Von weiter hinten hörte Hogart das Plätschern eines Springbrunnens. Hinter einer Reihe Palmen befand sich eine Villa mit Balkon. Nun presste er das Gesicht an die Gitterstäbe, um seitlich nach rechts zu sehen. Dort lag ein

Holzschuppen, von dem aus ein Steg ins Meer hinein führte. Die Wellen klatschten gegen den Pfahlbau.

Chloé läutete währenddessen an der Gegensprechanlage. Niemand meldete sich. Nicht einmal ein Knistern oder Krächzen drang aus dem Lautsprecher, woraufhin Chloé den Daumen eine halbe Minute lang auf die Taste presste.

Hogart starrte zum Grundstück. Nichts tat sich. »Ich glaube, Madame Gorgovich-Medunjan ist nicht zu Hause«, stellte er lakonisch fest. *Und falls doch, ignoriert sie uns – denn sie weiß schon längst, dass wir da sind.* Er sah zu den Überwachungskameras, die links und rechts vom Tor montiert die Straße überblickten und garantiert auch Aufnahmen vom Kennzeichen ihres Mietwagens gemacht hatten.

Chloé wollte etwas sagen, doch Hogart bedeutete ihr, still zu sein. Er machte einige Schritte zurück, und Chloé folgte ihm, bis sie außer Reichweite der Gegensprechanlage waren.

»Was wollten Sie sagen?«, flüsterte er.

»Wollen wir ins Haus … einsteigen?«

Ihre offene und direkte Art klang erfrischend, aber gleichzeitig beängstigend. »Die Villa ist bestimmt alarmgesichert«, sagte er. »Können Sie Alarmanalagen ausschalten?«

»Mein großes Pickset liegt in meinem Büro in Frankfurt, aber ich habe mein kleines von zu Hause mitgenommen. Ist im Auto.«

Dass Menschen, die *angeblich* in einer Securityfirma arbeiteten, nicht nur Häuser sichern, sondern in diese auch einbrechen konnten, war ja klar. »Okay«, murmelte er. »Aber wie kommen wir ungesehen aufs Grundstück? Wenn wir über den Zaun klettern, gibt es ein schönes Video von uns beiden.«

Chloé sah nach links zur Grundstücksgrenze hinunter. »Dort unten steht eine Reihe Pinien direkt am Zaun. Ich kann mir nicht vorstellen, dass dort auch überall Kameras sind. Ich könnte versuchen, da rüberzuklettern.«

Hogart verzog das Gesicht. Er hielt das für keine gute Idee. Möglicherweise gab es Bewegungsmelder auf dem Grundstück, die bei dem, was sie vorhatten, einen stummen Alarm im Haus auslösten.

»Was meinen Sie?«, fragte Chloé.

Er blickte auf die andere Seite zum Strand. »Ich würde es da drüben bei dem Steg versuchen, der vom Grundstück aufs Wasser führt.« Das ständige Auf und Ab der Wellen und die Seevögel würden Bewegungsmelder nutzlos sein lassen.

Chloé runzelte die Stirn. »Meinen Sie?«

Er nickte.

»Gut, versuchen Sie es dort. Ich nehme den Weg über den Zaun.«

»Sie wollen, dass wir uns trennen?«

Sie hob die Schultern. »Vielleicht hat ja einer von uns beiden Erfolg.«

»Okay«, meinte Hogart. »Aber schalten Sie Ihr Handy auf lautlos, und bleiben Sie erreichbar.«

Sie trennten sich. Während Hogart nach rechts marschierte, drehte er sich ein paarmal um und sah, wie Chloé ihr Pickset aus dem Wagen holte und danach im Schatten der Bäume verschwand. Er selbst erreichte nach wenigen Schritten den Sandstrand. Vermutlich war gerade Ebbe, denn die Hälfte des schmalen Sandstreifens war dunkel und nass. Hogart lief am Strand neben dem Zaun entlang. Der war hier zweieinhalb Meter hoch und endete in nach außen gebogenen Spitzen. Um da rüberzukommen, musste man schon ein Akrobat sein. Für einen älteren Privatdetektiv mit schiefer Hüfte war das weniger etwas.

Schließlich kam Hogart zum Ende des Sandstrands und stand am Wasser. Die Wellen umspülten seine Schuhspitzen. Gute zehn Meter von ihm entfernt lag der Holzsteg. An dessen Ende schaukelte ein vertäutes Boot mit Außenbordmotor. Nichts davon half ihm wirklich weiter. Denn auch hier war alles konsequent abgeriegelt, der Zaun verlief quer durchs Wasser und sogar mitten über den Steg, inklusive einer vergitterten Tür.

Prima. Hätte ich mir doch gleich denken können, dass die keine halben Sachen machen.

Er lauschte einen Moment, hörte aber weder Hundekläffen noch die Sirene einer Alarmanlage. Möglicherweise war Chloé bereits erfolgreich gewesen.

Hogart ging in die Hocke und spähte über die Wasseroberfläche zum Steg. Wie er vermutet hatte, gab es hier keine einzige Kamera, und er fand auch keine Sensoren für Bewegungsmelder. Er senkte den Kopf und betrachtete die Konstruktion unter dem Steg. An den vermoosten Pfählen ließ sich ablesen, dass tatsächlich Ebbe war, da der Meeresspiegel sicher zwanzig Zentimeter niedriger war als die höchsten Algen-, Muschel- und Salzwasserspuren auf dem Holz. Würde er am Zaun entlang durchs Wasser zum Steg waten, würde er vermutlich bis zu den Knien nass werden. Zum Glück war der Boden hier hart. Zwar kein Fels, aber immerhin zusammengepresster Sand, sodass er nicht im Schlamm versinken würde.

Okay, ist wohl die einzige Möglichkeit!

Er schlüpfte aus den Schuhen, stopfte die Socken hinein und warf sie über den Zaun auf das Grundstück. Dann schlug er sich die Hosenstulpen mehrmals um, stieg ins Wasser und ging weiter am Zaun entlang. Die Wellen reichten ihm sogleich bis zu den Knien. Das Meer war kälter als gedacht. Hastig ging er weiter, um so rasch wie möglich den Steg zu erreichen. Einmal sank er so tief im Sand ein, dass er sich am Zaun festklammern musste, während die Wellen bis zu den Oberschenkeln spritzten.

Großartig! Im Haus werde ich jede Menge Dreckspuren hinterlassen.

Dann kam er zum ersten Pfahl. Über ihm ragte der Zaun bis zur Höhe des Gittertors auf dem Holzsteg empor. Hogart bückte sich und kroch unter den Steg. An dieser Stelle gab es kein Gitter – diesen Bereich hatten die Besitzer zum Glück ungesichert gelassen.

Er stützte sich an den Querbalken ab und watete unter dem Steg durchs Wasser. Mittlerweile waren seine Beine eiskalt. Jetzt war er innerhalb des eingezäunten Grundstücks. Seine Füße suchten Halt auf dem glitschigen Boden, die Wellen klatschten gegen seine Hüfte. Als es wieder seichter wurde, spürte er die Nässe und die Kälte im Wind.

Was für eine ausgezeichnete Idee.

Rasch stapfte er weiter in Richtung Ufer. Bald reichte ihm das zunehmend schlammige Wasser nur noch bis zu den Knöcheln. Schließlich kroch er unter dem Steg hervor, richtete sich auf und betrat festen Boden.

Zuerst lief er innen am Zaun entlang zurück und schnappte sich Socken und Schuhe, in die er schlüpfte. Dann rannte er Richtung Haus. Der Sand ging in Gras über, und Hogart erreichte die Bretterwand des Schuppens, wo Sonnenschirme, Campingliegen, Klappstühle und ein Stapel Handtücher lagen. Mit einem davon rubbelte er sich die Hose, so gut es ging, trocken. Dann marschierte er weiter in Richtung Haus, wobei er sich entweder an der Heckenreihe entlangdrückte oder im Schatten der Bäume von einem Stamm zum nächsten lief. Schließlich lag die Villa vor ihm, rechts daneben ein Pavillon mit Pool. Dahinter befand sich ein bungalowartiger Gebäudetrakt.

In diesem Moment vibrierte sein Handy. Rasch ließ er sich neben dem Sockel einer griechischen Statue – einem Diskuswerfer, dem ein Arm fehlte – ins Gras fallen und kramte das Handy aus der Hosentasche. Zum Glück war es kaum nass geworden.

Hogart starrte aufs Display. Er hatte mit einer Nachricht von Chloé gerechnet, doch die SMS stammte von Kohlschmied. Sofort öffnete er sie.

Es gibt keine Madame Gorgovich-Medunjan, sondern nur eine Frau ähnlichen Namens. Die habe ich aber auch nur deshalb gefunden, weil ich in Loubet-sur-Mer nach ihr gesucht habe. Sie heißt Adela Medjan-Govich. Anbei ein interessanter Artikel über sie, der vielleicht einiges erklärt. Gruß, Kohlschmied.

Hogart sah auf. Hoffentlich brachte ihn das weiter und er würde endlich erfahren, wer hinter alldem steckte. Er hielt kurz inne, dann klickte er auf den Link, den Kohlschmied ihm geschickt hatte.

Langsam baute sich im Browser eine Seite auf.

60. Kapitel

Hogart starrte auf einen französischen Zeitungsartikel, der allerdings schon fünfzehn Jahre alt war. Er betrachtete das Schwarz-Weiß-Foto einer attraktiven Frau um die vierzig, die in die Kamera lächelte.

Das soll Adela Medjan-Govich sein?

Die dunkle, verzerrte und bedrohliche Stimme, mit der er am Telefon gesprochen hatte, passte überhaupt nicht zu dieser eleganten Dame. Er überflog den Text. Es ging um einen Einbruch und einen zweifachen Mord. Unter dem Foto befand sich der Name der Frau – Medjan-Govich –, und der klang tatsächlich so ähnlich wie Gorgovich-Medunjan.

Allerdings kam ihm das Aussehen der Frau irgendwie bekannt vor, obwohl er sie nie getroffen haben konnte – sie war schließlich schon seit fünfzehn Jahren tot. Wie hypnotisiert starrte er abwechselnd auf den Namen und das Foto. Wenn es sich bei Madame Gorgovich-Medunjan und dieser Frau tatsächlich um ein und dieselbe Person handelte, dann hatte sie die Knochennadel offenbar nicht unter ihrem richtigen Namen zur Auktion angeboten, sondern diesen leicht abgeändert. Beziehungsweise jemand, der die Identität der verstorbenen Frau angenommen hatte – falls man diesem Artikel glauben durfte. *Was zur Hölle geht hier vor? Und wem gehört die Villa?*

Nachdenklich kaute Hogart auf der Unterlippe herum. Auf wessen Grundstück befand er sich nun? Und wie hatte

Chloé diese Adresse ausfindig machen können, ohne den echten Namen der Frau zu kennen?

Das würde er später noch herausfinden. Anderes war im Moment wichtiger. Er tippte rasch eine Antwort.

Womöglich richtige Spur. Benötige mehr Details!

Dann steckte er das Handy ein und wollte sich aufrichten. In diesem Moment sah er, wie Chloé gebückt zwischen zwei Statuen über die Wiese zum Haus lief, und ging wieder hinter dem Sockel in Deckung.

An der seitlichen Front der Villa lagen nebeneinander zwei längliche Kellerfenster. Eines davon war gekippt, das andere geschlossen. Unbeirrt lief Chloé auf die Fenster zu, hockte sich an die Mauer und schob den Arm durch den Spalt des gekippten Fensters. So gelangte sie von innen an den Griff des geschlossenen Fensters, das im nächsten Moment aufschwang.

Zielsicher und raffiniert, dachte Hogart, *als hätte sie im Leben nie etwas anderes gemacht.* Er wartete einen Moment, ob ein Alarm losging, es blieb jedoch still. Also lief er geduckt los, betrat keuchend den Kiesweg, der ums Haus führte, und gelangte ebenfalls zu dem offenen Fenster. Nach einem kurzen Blick hinein ließ er sich auf dem Bauch liegend und mit den Beinen voran langsam ins Haus hinab, bis er mit den Zehenspitzen eine Kommode erreichte, die mit Deckchen, Blumenvase und Plastikrosen geschmückt war.

Er kroch ganz durchs Fenster und sprang von der Kommode auf den Boden. Dabei verschob er die Decke und stieß die Vase um, fing sie aber noch rechtzeitig auf.

Puuuh!

Mit angehaltenem Atem stellte er sie wieder hin. In dem Raum war es dunkel. Eine Art Kellerstübchen mit rustikaler

Sitzecke, Schrank und Glasvitrine, in der sich jede Menge Gläser und Zinnbecher befanden sowie eine Hausbar mit Theke, die L-förmig um die Ecke ging. *Ein Drink wäre jetzt nicht schlecht.* An der Decke hingen Lautsprecherboxen. Ideal, um Partys zu feiern.

Von Chloé fehlte jede Spur. Die einzige Tür, die es hier gab, war offen und führte vermutlich in einen Gang zu weiteren Kellerräumen. Mittlerweile hatten sich Hogarts Augen an die Dunkelheit gewöhnt. An den Wänden hingen Gemälde, und in der Spiegelung der Vitrine sah er, dass in der Ecke ein Mann reglos im Schatten des Schranks stand.

Hogart fuhr herum. »Verflucht!«, zischte er und ließ die Schultern sinken. Es war nur eine weitere Statue. Ein griechischer Speerwerfer, der mit angewinkeltem Arm ausholte.

Er zog wieder das Handy aus der Tasche, um Chloé eine SMS zu schicken, dass er mittlerweile ebenfalls im Haus war. Aber stattdessen summte sein Telefon mit einer zweiten Nachricht von Kohlschmied. In der Dunkelheit blendete ihn das Display, und er kniff die Augen zusammen. Während er über den Fliesenboden langsam zur Tür schlich, las er die SMS.

Adela Medjan-Govich war eine Kunstsammlerin …

Hogart dachte an die Gemälde und Statuen in Stube und Garten. Offenbar war er im richtigen Haus. Dann las er weiter.

… sie ist vor fünfzehn Jahren bei einem Einbruch irrtümlich von ihrem Mann erschossen worden, einem Baulöwen, der anschließend mit seiner eigenen Waffe Selbstmord begangen hat. Sie hinterließen zwei Kinder. Ein neunjähriges Mädchen namens Aimée und ihren jüngeren Bruder. Vor ihrem Tod wollte ihr Mann die Bíro-Sammlung für sie vervollständigen.

Der Text war zu Ende. Am Schluss befand sich ein weiterer Link, der zu einem YouTube-Video führte und den Hogart ebenfalls öffnete. Die Aufnahme stammte von einer alten TV-Sendung eines französischen Kultursenders und war mit einer französisch-englischen Überschrift betitelt: *Bataille faite d'os de Bíro – Fake or Reality?*

Rasch reduzierte Hogart den Ton auf ein Minimum. Die Qualität der Aufnahme war schlecht, das Bild unscharf. In einem Fernsehstudio saßen mehrere Personen an einem runden Tisch und unterhielten sich auf Französisch. Das Video stand seit zehn Jahren im Netz und hatte nur 751 Klicks. Wie immer Kohlschmied das gefunden hatte – er war ein Genie, denn einer der Gesprächsteilnehmer war laut eingeblendeter Bildunterschrift Adela Medjan-Govichs Mann.

Hogart erreichte die Tür und trat in den Gang, der nur von einem Fenster am Ende des Korridors erhellt wurde.

Vor ihm stand Chloé. Er erkannte sie an den Umrissen ihrer Figur.

»Da sind Sie ja«, flüsterte sie. Rasch steckte er das Handy weg. »Ist was?« Sie leuchtete ihm mit der Taschenlampe ihres Handys ins Gesicht.

»Nein«, log er, hatte dabei jedoch zu lange gezögert, denn in dem Moment, als er Chloé gesehen hatte, war ihm klar geworden, woran ihn das Foto von Madame Medjan-Govich die ganze Zeit erinnert hatte. Er versuchte, sich nichts anmerken zu lassen, doch Chloé hielt die Lampe immer noch in sein Gesicht gerichtet.

»Sie haben es herausgefunden, nicht wahr?«, stellte sie trocken fest und zog im gleichen Moment die Glock aus dem Holster.

Hogart blieb ruhig. Sie hatte ihn äußerst raffiniert in

dieses Haus gelockt. Bestimmt wartete hier ihr Komplize auf sie. Er drehte leicht den Kopf, lauschte, hörte aber kein verdächtiges Geräusch. »Da ich nicht annehme, dass Sie aus der Nervenklinik ausgebrochen sind, in der sich die echte Chloé Rousseau seit vielen Jahren befindet«, sagte er leise, »stellt sich mir die Frage … wer Sie wirklich sind. Adela Medjan-Govichs Tochter?«

»Was hat mich verraten?«

Letztendlich das falsche Geburtsdatum deines angeblichen Stiefvaters. Doch statt eine Antwort zu geben, zog Hogart die SIG Sauer aus dem Holster und lud sie durch, während er den Lauf auf Chloé richtete.

Gleichzeitig drückten sie ab. Der Knall beider Schüsse hallte wie ein Donner durch den engen Gang. Dumpf rauschte das Blut in Hogarts Ohren, Rauch brannte in seinen Augen. Unwillkürlich hatte sich sein Körper angespannt. Chloé hatte den Lauf im letzten Moment auf seinen Unterbauch gerichtet, er hingegen hatte auf ihren Oberschenkel gezielt.

Schmerzverzerrt versuchte sie nun ihre Waffe ruhig in der Hand zu halten, doch ihr Bein sackte weg, sie taumelte zurück und lehnte keuchend an der Wand.

Hogart hingegen spürte keinen Schmerz. Er stand nach wie vor aufrecht da und zielte weiterhin auf Chloé. Zwei scharfe Patronen waren noch in Kammer und Magazin. »Hören Sie auf! Es hat keinen Sinn.« Er hörte seine eigene Stimme wie durch ein Wattekissen.

Chloé hatte ihr Handy fallen lassen und presste sich nun die freie Hand auf die Wunde an der Innenseite des Oberschenkels. Im Licht des Displays sah er, wie zwischen ihren Fingern dunkles Blut hervorquoll. Anscheinend hatte er nicht den Knochen getroffen. Ein sauberer Durchschuss.

»Echte Patronen?«, keuchte sie.

Er hörte sie nur undeutlich. »Ich war so frei und habe die …« Da spürte er die Anwesenheit einer anderen Person, doch noch bevor er reagieren konnte, wurde ihm von hinten ein Sack über den Kopf gezogen. In einer Abwehrreaktion fuhr er mit dem Ellbogen nach hinten, schlug jedoch ins Leere. Stattdessen wurde er gepackt, schwungvoll zur Seite gerissen und knallte mit dem Schädel gegen die Wand.

Erneut feuerte er seine Waffe in die Richtung ab, wo er Chloé vermutete, doch diesmal ging der Schuss in die Wand. Also drehte er die Waffe und schoss die letzte scharfe Kugel über seine Schulter nach hinten, wo er seinen Angreifer vermutete.

Ein Schrei. Seine Ohren waren fast taub.

»Merde!«, hörte er gedämpft.

Getroffen!

Dann wurde er noch einmal kraftvoll gegen die Wand geschleudert. Vor seinen Augen flimmerte es. Der Mief des Jutesacks hüllte ihn ein. Aber da war noch ein zweiter Geruch. *Tatjanas Parfüm!*

Gleichzeitig traf ihn ein harter Schlag an der Schläfe. Er bekam nur noch mit, wie er gerade wie ein Brett nach vorne umfiel.

61. Kapitel

Als Hogart die Augen öffnete, war ihm kotzübel. Sein Magen rebellierte, und sein Gaumen war so trocken, als hätte er tagelang nichts getrunken. Vorsichtig tastete er mit der Zunge über die Lippe und zuckte zurück. Er spürte eine harte Blutkruste im Mundwinkel, seine Backe war geschwollen, ebenso ein Auge, das Lid zuckte nervös. Mit dem anderen Auge sah er sich um, konnte aber die Dimensionen des Raums nicht so richtig ausmachen.

Er saß aufrecht auf einem Metallstuhl. Soviel er erkennen konnte, waren die Stuhlbeine mit Eisenwinkeln auf dem Boden festgeschraubt. Seine Füße waren zwar frei, aber seine Arme waren mit Handschellen an die Rückenlehne gefesselt. Um ihn herum lag eine schwarze Plastikplane ausgebreitet. *O verdammt*, das sah gar nicht gut aus! Was immer sie mit ihm vorhatten, sie würden darauf achten, keine Spuren zu hinterlassen.

Hogart versuchte, sich zu bewegen. Er trug zwar noch sein Sakko, allerdings war sein Holster leer. Doch am Druck und am Gewicht spürte er, dass sich das Etui mit der echten Knochennadel noch immer in der Innentasche befand. Dort hatte er es in der Oper hineingepackt.

Die haben mich gar nicht durchsucht!

Als er den Kopf zur Seite drehte, glaubte er, sein Schädel würde platzen. Der Schmerz schoss ihm von den Schläfen über die Stirn bis in die Haarspitzen. Wer immer auf ihn eingeprügelt hatte, musste ihm mehr als eine Gehirnerschütterung verpasst haben.

»Peter! Wie geht es dir?«

Die Stimme kam ihm angenehm vertraut vor. Im nächsten Moment erkannte er, von wem sie stammte. *Tatjana!* Langsam drehte er den Kopf in die andere Richtung. *Verdammt!* Ihm war so übel. Andererseits fiel ihm vor Erleichterung ein Stein vom Herzen, als er im Dämmerlicht seine Nichte erkannte.

Tatjana kauerte einige Meter neben ihm auf dem Boden. In der Kleidung, in der er sie zuletzt auf dem Parkplatz ihres Hotels vor Sacré-Cœur gesehen hatte. Vor drei Tagen – aber ihm schien es wie eine halbe Ewigkeit. Ihr Gesicht sah eingefallen aus, die Haare waren borstig, die Augenlider dunkel und schwer. Viel zu essen oder zu trinken hatte sie in dieser Zeit bestimmt nicht bekommen. Allerdings wirkte sie nicht so, als hätte man sie geschlagen. Soviel er erkennen konnte, sah sie bis auf ihren desolaten Allgemeinzustand körperlich unversehrt aus.

»Geht es dir gut?«, presste er hervor. Seine Backe schmerzte. Er versuchte, sich nach vorne zu beugen, um den grässlichen Geschmack in seinem Mund auszuspucken, traf jedoch sein Sakko statt des Bodens. *Ist auch schon egal!*

»Mir geht es gut«, sagte sie. Plötzlich begann sie zu weinen. »Ich habe mir solche Sorgen gemacht, ob du mich findest«, schluchzte sie los. Ihre Worte überschlugen sich. »Ich dachte, ich sehe dich nie wieder und die lassen mich in diesem Loch verrecken.« Tränen liefen ihr übers Gesicht. Sie wischte sie mit der freien Hand weg. Die andere Hand war mit einem Paar Handschellen an einen schweren ölverschmierten Motorblock gekettet, der auf dem Boden lag. Drei Meter entfernt. Unerreichbar für ihn.

Was ihm noch mehr die Kehle zuschnürte, war jedoch die Tatsache, dass auch sie auf einer großen schwarzen Plastikfolie saß. Also hatte man für sie beide die gleiche Behandlung vorgesehen – und die würde sicher nicht aus einem gemütlichen Kaffeekränzchen mit Croissants bestehen.

Und wo ist Elisabeth?

Hogart zerrte an seiner Fessel. Am liebsten hätte er sich losgerissen und Tatjana umarmt.

Offenbar erging es ihr ähnlich. »Ich wusste nicht, ob du lebst oder tot bist«, schluchzte sie weiter. »Dein Gesicht sieht so schrecklich aus …«

»Ich bin okay.« Er bewegte die Beine, seine Hose war nicht mehr nass. Seine Ohren waren auch nicht mehr taub von den Schüssen. Das bedeutete, dass sicher schon mindestens eineinhalb oder zwei Stunden vergangen waren. Vielleicht sogar mehr. Offenbar befanden sie sich in einem großen Kellerraum, möglicherweise in einer Werkstatt. Es roch nach Öl und Benzin, der Raum war mit Gerümpel vollgeräumt, und an der Decke verliefen Rohre. Das einzige, längliche Fenster in Deckenhöhe war verdunkelt.

»Seit wann bin ich schon hier?«, fragte er.

»Weiß ich nicht.« Tatjana wischte sich schniefend übers Gesicht. »Ich wurde in einer Art Kammer gefangen gehalten und erst vor einer halben Stunde hergebracht.«

»Wie spät ist es jetzt?«

»Ich habe keine Uhr, aber ich habe vorhin in der Ferne Mittagsglocken schlagen hören.«

Dann war es jetzt wahrscheinlich halb eins.

»Sie haben diese Plane ausgebreitet und mich an diesen Block gekettet«, heulte sie.

Sie? Er dachte nach. Sein Hirn dröhnte. »Wer hat dich hergebracht?«

»Dieser Kerl, der uns nachts im Hotelzimmer besucht und dich in den Innenhof mitgenommen hat, und Rousseaus Tochter, die wir in der Villa ihres Vaters kennengelernt haben.«

»Verstehe … aber diese Frau ist nicht Chloé.« Er dachte an den Zeitungsartikel. »Ihr Name ist Aimée Medjan-Govich. Und der Typ könnte vielleicht ihr Bruder sein.«

»Aha … und *wo* sind wir?«

Hogart drehte den Kopf und sah Tatjana an. Am liebsten hätte er bei ihrem Anblick selbst losgeheult. Sie war vor drei Tagen verschleppt worden und wusste nicht einmal, wo sie war. »An der Mittelmeerküste. In Loubet-sur-Mer, einem Kaff an der Côte d'Azur.«

»Und was wollen die von uns?«

»Die Knochennadel.«

»Hast du sie mittlerweile gefunden?«

»Nein«, sagte Hogart, ohne zu zögern. Instinktiv ahnte er, dass Tatjana und er vielleicht irgendwie beobachtet, zumindest aber ganz sicher belauscht wurden. Sobald Aimée die echte Knochennadel in Händen halten würde, wären sie so gut wie tot. Es war bloß einem riesengroßen Glück zu verdanken, dass bisher niemand in seine Sakkotasche gegriffen hatte.

»Warum halten sie uns dann hier fest?«, fragte Tatjana.

Weil wir ihre einzige Chance sind, das Ding zu bekommen. So verzweifelt sind die. Beinahe hätte er in einem Anfall von Galgenhumor lauthals aufgelacht, aber er riss sich zusammen. »Ich weiß es nicht«, sagte er stattdessen.

Er hob den Kopf. Die Werkstatt reichte noch weiter nach

hinten. Wie er jetzt sah, schien am anderen Ende eine zusammengekrümmte Gestalt reglos auf dem Boden zu liegen, doch es war zu dunkel, um genaue Details zu erkennen. Dahinter befanden sich noch die Umrisse eines großen … Hogart blinzelte und kniff die Augen zusammen … Behälters? *Was zum Teufel ist das?*

»Hallo?«, rief er laut. Er versuchte es noch ein paarmal, doch es kam keine Reaktion.

»Das habe ich auch schon probiert«, sagte Tatjana.

»Okay …« Er verstummte, doch in diesem Moment begann sich die Gestalt zu bewegen. Er hörte ein leises Stöhnen. Zugleich schaltete sich ein grelles Deckenlicht ein, als wäre es von einem Bewegungsmelder aktiviert worden. Der Spot beleuchtete die Gestalt auf dem Boden. Sie lag ebenfalls auf einer Plane, ein Bein war mit einer langen Kette an einem Ring befestigt. Außerdem war sie halbnackt, trug nur eine fleckige Unterhose, die bestimmt einmal blütenweiß gewesen war, und einen ebenso grau gewordenen Büstenhalter.

Obwohl die Frau ihm den Rücken zukehrte, wusste Hogart sofort, wer das war. Sein Herz machte einen Satz.

Elisabeth!

Erleichtert atmete er auf. *Du bist am Leben! Ich habe dich endlich gefunden.* Doch im nächsten Moment kamen sowohl die Ernüchterung als auch der Schock.

»Elisabeth …!«, schrie Tatjana. So gut es ging, richtete sie sich auf, um zum anderen Ende der Werkstatt zu spähen.

Elisabeth drehte sich langsam von ihrer Seitenlage auf den Rücken. Sie war anscheinend so schwach, dass sie kraftlos auf dem Boden liegen blieb. Ihre Brust hob und senkte sich nur leicht, die Atmung war flach, ihr Kopf fiel zur Seite.

»Elisabeth!«, rief nun auch Hogart, doch sie reagierte nicht. Ihr Gesicht war von zahlreichen Schlägen verunstaltet, blau, rot und aufgequollen. Der Fußknöchel, der nicht an der Kette hing, war blutig. Das Bein sah schrecklich aus. Einige ihrer Finger standen unnatürlich weg, als wären sie gebrochen worden, und an der anderen Hand fehlten, wie Hogart jetzt erkennen konnte, Daumen und Zeigefinger. Stattdessen waren dort nur noch dunkle blutige Stümpfe zu sehen.

O Gott!

Ihre Wunden waren weder vernäht noch bandagiert worden. Womöglich hatten sie sich schon entzündet. Bestimmt waren ihr die Finger abgetrennt worden, um ihre Spuren an den Tatorten zu hinterlassen. Hogarts Herz zog sich zusammen. Offenbar wurde sie bereits seit Tagen hier gefangen gehalten und gequält. *Und du hast an ihrer Unschuld gezweifelt!* Er fühlte sich unsagbar schlecht. Zumal sie anscheinend trotz der tagelangen Folter und Demütigung das Versteck der Knochennadel nicht verraten hatte. Was für ein seelischer Kraftakt. Vermutlich hatte sie verzweifelt gehofft, dass er sie rechtzeitig finden würde. Leider nützte ihr das jetzt überhaupt nichts.

Hogart hörte, wie Tatjana leise neben ihm weinte. Und auch ihr konnte er nicht helfen.

Was für eine Familienzusammenführung!

Erst jetzt erkannte er im harschen Deckenlicht, was dieser Behälter hinter Elisabeth war. Es handelte sich um eine Industriewanne aus Kunststoff von der Größe eines riesigen Whirlpools. Unten kam ein armdicker Schlauch heraus, der in einem Loch im Betonboden verschwand.

»Elisabeth«, rief er wieder.

Jetzt drehte sie den Kopf in seine Richtung. Im Licht des Deckenspots sah er ihre trüben Augen. Leblos, absolut willenlos und so voller Verzweiflung, wie er es noch nie zuvor bei ihr erlebt hatte, als wollte sie sich nur noch wegdrehen, um endlich erlöst zu werden und sterben zu können.

Dann jedoch klärte sich plötzlich ihr Blick, war nicht mehr ins Leere gerichtet, sondern schien ihn zu erfassen. »Peter …?«, murmelte sie. »Was …?« Sie versuchte, sich aufzurappeln.

»Es tut mir so leid«, sagte Hogart, dem bei ihrem Anblick das Herz zersprang. »Du brauchst unbedingt einen Arzt.« Gleichzeitig wurde ihm klar, wie unerfüllbar dieser Wunsch war.

Elisabeth richtete den Oberkörper auf. »Was tust du …«, sie blickte zu Tatjana, »… tut ihr beide hier?« Ihr Gesichtsausdruck war verwirrt.

Hogart und Tatjana warfen sich einen Blick zu. »Wir waren gemeinsam in Paris«, sagte Tatjana. Verzweiflung und Angst lagen in ihrer Stimme. »Die Auktion … die Opéra Garnier! Was haben sie mit dir gemacht?«

Nun saß Elisabeth aufrecht auf der Plane und versuchte sich mit der Hand abzustützen. »Die Knochennadel …«, murmelte sie wie im Selbstgespräch, als würde bruchstückhaft eine verschüttete Erinnerung zurückkehren. »Die Auktion hat in der Oper stattgefunden.« Es klang wie eine Erkenntnis.

»Was haben sie dir angetan?«, fragte nun auch Hogart. Entsetzliche Dinge spielten sich in seiner Vorstellung ab.

Elisabeth antwortete nicht. Ihre Stirn lag in Falten. Hogart konnte förmlich sehen, wie sie sich das Gehirn zermarterte. »Der Computer …«, murmelte sie, »… das war in der Oper. Im Internet-Corner!« Ihr Blick hellte sich auf. »*Du* warst dort. *Tatjana* war dort. Dr. Meyer-Lanski! Girard! Seine Kollegin! O Gott, ich weiß es wieder.«

»Du hattest eine Amnesie«, stellte Hogart verblüfft fest.

»Der Schlag auf den Kopf, das Chloroform …«

Und der Schock und die Panik, ergänzte er in Gedanken.

»Ich weiß es wieder … ich bin im Internet-Corner betäubt worden … habe gerade noch mitbekommen, wie sie mir eine Perücke aufgesetzt und mich durch den Seitenausgang des Cafés hinausgeschafft haben … in einen großen Wagen.«

»Einen Lieferwagen mit Hecktür?«, fragte Tatjana nach.

»Ich … weiß es nicht … ich kann mich danach an nichts mehr erinnern. Sie müssen mir ein Schlafmittel gegeben haben.«

»Es *war* derselbe Wagen«, stellte Tatjana mit überzeugter Stimme fest. »Ich konnte dein Parfüm riechen. Sie haben auch mich betäubt. Wir waren im selben Transporter, vermutlich nur durch eine Wand getrennt. Sie haben uns an die Côte d'Azur gebracht.«

Elisabeth sah verwirrt auf. Sogleich warf Hogart Tatjana einen warnenden Blick zu. Sie verstand und verstummte. Elisabeth konnte das in ihrem elenden Zustand sicher nicht begreifen, aber zumindest wusste Tatjana nun, dass sie von ihren Entführern höchstwahrscheinlich abgehört wurden.

Dass Elisabeth ihr Kurzzeitgedächtnis verloren hatte, war die Erklärung für all seine offenen Fragen. Aimée und ihr Begleiter hatten Elisabeth entführt, um ihr die Knochennadel abzunehmen und ihr sämtliche Morde in die Schuhe zu schieben. Danach war vermutlich geplant gewesen, Elisabeth sofort verschwinden zu lassen, weil sie für Aimée ebenso nutzlos wie gefährlich gewesen wäre. Doch die Tatsache, dass sie die Knochennadel versteckt hatte, sich aber nicht an den Ort erinnern konnte, hatte ihr das Leben gerettet.

»Wo ist die Knochennadel?«, flüsterte Elisabeth nun schwach. »Weißt du es …?«

»Ich habe keine Ahnung«, sagte er und hoffte, dass ihr der Rest der Erinnerung verborgen bleiben würde. Zumindest so lange, bis er sich einen Fluchtplan überlegt hatte. Denn sobald Elisabeth sich wieder an alles erinnern konnte und es verraten würde, wäre Aimée am Ziel angelangt – und das hätte für sie alle den sofortigen Tod bedeutet.

Als hätte diese Frau nur auf das Ende dieser kurzen Konversation gewartet, öffnete sich eine schwere Metalltür, und »Chloé« betrat die Werkstatt.

»Hallo, *Aimée*«, empfing Hogart sie mit verächtlichem Tonfall. Es war an der Zeit, endlich alle Spielchen sein zu lassen.

62. Kapitel

Ein junger Mann, Dreitagebart und tätowiert, mit aufgerollten Hemdsärmeln und locker geknoteter Krawatte stürzte mit einem Tablet in der Hand in Sabatiers Büro. Aufgebracht redete er auf Französisch auf sie ein, während er über das Display wischte.

Kohlschmied verstand kein Wort. Rast saß neben ihm im zweiten Besuchersessel, legte den Kopf schief und lauschte konzentriert. Vielleicht konnte er etwas heraushören, denn bislang hatten sie kaum etwas erfahren. Obwohl sie wichtige Infos zum Fall beigesteuert hatten, wurden sie immer noch wie Fußabstreifer behandelt.

Gleich nach ihrer Ankunft in Sabatiers Büro, kurz vor Mittag, hatte Kohlschmied einen Blick in die Ausgabe der *Gala* geworfen, während ihn der graue Schäferhund auf dem Boden neugierig beäugte. Die Akte Rousseau war nicht mehr dort, wo er sie gestern versteckt hatte. Anscheinend hatte Sabatier sie gefunden, aber trotzdem kein Wort darüber verloren. Rast hatte also richtig vermutet, dass sie das alles bewusst inszeniert hatte.

Nachdem der junge Mann wieder verschwunden war, ergriff Rast das Wort. »Sie konnten Hogarts Handy inzwischen nicht zufällig orten, oder?«

Sabatier lehnte mit verschränkten Armen an ihrem Schreibtisch und schüttelte den Kopf. »Nein, leider nicht.«

»Und das andere?«, murrte Rast. »Ich habe Ihnen doch

erklärt, dass er auch noch Kohlschmieds Firmenhandy hat.«

»Die Info kam leider zu spät.« Wieder schüttelte Sabatier den Kopf. »Anscheinend hat er inzwischen auch daraus die SIM-Karte entfernt.«

»Das ist ein modernes Smartphone. Er hat bestimmt keine Ahnung, wie das geht«, mischte sich nun Kohlschmied in das Gespräch.

»Dann hat er es dabei wohl zerstört.«

»O Gott.« Kohlschmied stöhnte bei dem Gedanken auf, all seine Firmendaten verloren zu haben.

»Und das Handy dieser Chloé können wir auch nicht orten.«

Der Hund lag inzwischen zusammengerollt auf Kohlschmieds teuren Lederschuhen, während sein Schwanz wie ein Staubwedel über Kohlschmieds Hose wischte. Der versuchte erst gar nicht, das Tier beiseitezuschieben, da es immer noch die orangefarbene Wunde an der kahlen Stelle an der Seite hatte und er nicht wusste, wie es reagieren würde.

»Ich denke eher, dass ihm jemand das Telefon abgenommen hat, um sicherzugehen, dass er nicht gefunden werden kann«, sagte Rast.

Sabatier zog die Schultern hoch. »Wie auch immer. Wir haben keine einzige Spur von ihm.«

»Irgendetwas auf meiner Kreditkarte?«, schlug Rast vor.

»Die Kollegen sind noch dabei, das zu prüfen.«

Nun rückte Kohlschmied nach vorne auf die Stuhlkante. Es wurde Zeit, Farbe zu bekennen. »Entsprechend den letzten Informationen, die wir von ihm haben, ist er mit dem Nachtzug von Paris nach Nizza gefahren.«

Sabatier stemmte sich vom Tisch ab. »*Gestern* Nacht?«

Kohlschmied nickte. Sabatier starrte ihn mit einem kalten Blick an. Der passte wirklich hervorragend in dieses sterile herunterklimatisierte Gebäude. »Sie wussten also die ganze Zeit über, wo er sich befand«, stellte sie fest.

»Nicht die *ganze* Zeit«, korrigierte Kohlschmied sie und hob den Finger. »Wir …«

»Natürlich wussten wir das!«, unterbrach Rast ihn ungeduldig. »Aber Sie dachten doch nicht wirklich, wir würden ihn verraten und damit der Polizei ausliefern? Noch dazu in diesem Land!«

»Aber nach diesem Mann wird gefahndet!«

»Ja, verdammt tolle Idee von Ihnen. Er war unsere einzige Chance, Licht in diesen verworrenen Fall zu bringen. Und jetzt ist er weg.«

»Vielleicht«, widersprach Sabatier, »hat er ja doch etwas mit den Morden …«

»Papperlapapp!« Rast wischte aufgebracht mit der Hand durch die Luft. »Ist doch völlig egal, ob wir wussten, wo Hogart ist oder nicht. Beschränken wir uns lieber auf die Fakten: Er war mit dem Zug auf dem Weg an die Côte d'Azur.«

»Und zwar mit dieser Chloé …«, ergänzte Kohlschmied.

Sabatier beugte sich über den Schreibtisch, blätterte Rousseaus Akte auf und zog ein Blatt daraus hervor. »Die haben wir mittlerweile überprüft. Die echte Chloé Rousseau ist nach wie vor im betreuten Wohnheim einer psychiatrischen Anstalt und hat den Trakt in den letzten Tagen kein einziges Mal verlassen. Ihr *tuteur* …«, sie schnippte mit den Fingern.

»Gesetzlicher Vormund?«, half Rast ihr weiter.

»Danke … war bei ihr, um ihr vom Tod ihres Vaters zu berichten. Rousseau ist übrigens ihr *leiblicher* Vater und nicht ihr Stiefvater, wie Hogart behauptet hat.«

»Nicht *Hogart* hat das behauptet, sondern diese Frau, die sich für Chloé ausgegeben hat«, stellte Kohlschmied richtig. Er konnte Hogart zwar nicht besonders gut leiden, aber in dieser Hinsicht musste er ihn tatsächlich verteidigen.

»Von mir aus.« Sabatier verdrehte die Augen. »Was wissen Sie noch?«

Rast nickte Kohlschmied auffordernd zu. Der öffnete seine Aktentasche und holte eine Kopie des Zeitungsartikels heraus, den er in der Lobby ihres Hotels ausgedruckt hatte. Sabatier nahm ihm das Blatt aus der Hand, las es, dann sah sie auf. »Und?«

»Daran war Hogart interessiert«, erklärte Kohlschmied. »Adela Medjan-Govich wurde in Loubet-sur-Mer an der Côte d'Azur ermordet. Von ihrem Mann.«

»Vor fünfzehn Jahren! Na und?«

»Die Frau sammelte die Werke Bíros! Und sie hatte zwei Kinder.«

»Wenn man die Namensähnlichkeit mit Gorgovich-Medunjan berücksichtigt«, schlussfolgerte Sabatier, »könnte es vielleicht sein, dass eines ihrer mittlerweile erwachsenen Kinder die Knochennadel jetzt versteigern wollte. Und?«

»Beispielsweise ihre Tochter Aimée«, schlug Kohlschmied vor. »Wir sollten uns diese Frau näher ansehen. Wir selbst konnten zwar nicht viel über sie in Erfahrung bringen, aber Sie haben bestimmt ganz andere Möglichkeiten.«

»Na schön.« Sabatier bellte einen Befehl in die Freisprechanlage ihres Telefons, den Kohlschmied diesmal sogar verstand. »Ich brauche alles über eine Aimée Medjan-Govich aus Loubet-sur-Mer!«

Während sie warteten, schmiegte sich der Hund immer enger an Kohlschmieds Bein, woraufhin der sich nun gar nicht mehr zu bewegen wagte. Endlich öffnete sich die Tür, der Hund sah auf, und Kohlschmied zog den Fuß zurück. Der junge Mann von vorhin trat wieder ins Büro und reichte Sabatier erneut das Tablet.

Sabatier scrollte über das Display. »Wir haben tatsächlich eine Akte über Aimée.« Ihre Lippen bewegten sich lautlos, während sie las. »Sie hat einen jüngeren Bruder, David«, sagte sie schließlich. »Die beiden haben das Vermögen der Eltern geerbt. Sie hat Kunst studiert, er ist Medizinstudent und angehender Militärarzt. Sind beide unauffällig. Keine Vorstrafen. Kamen lediglich einmal mit der Polizei in Berührung, als einer von Davids Studienkollegen, ein gewisser Henri Etienne, vor einem Jahr einen tödlichen Autounfall wegen Trunkenheit am Steuer hatte.«

»Was hatte dieser Unfall mit Aimée und ihrem Bruder zu tun?«, fragte Rast.

»Er war in der Nähe ihres Landsitzes.« Sabatier scrollte durch die digitale Akte. »Henri Etienne wollte die Geschwister besuchen, doch die waren zu diesem Zeitpunkt mittagessen. In einem Restaurant namens *Chez Noël,* der Besitzer hat das bezeugt. Offenbar war das wichtig, denn der Rechtsmediziner war unsicher, ob es ein echter oder inszenierter Unfall war. Anscheinend hatte Henri bei dem Sturz über die Klippen einen Schneidezahn verloren. Aber der konnte nirgends im Wagen gefunden werden.«

»Und?«, fragte Rast.

Sie zuckte mit den Achseln. »Die Sache wurde als Unfall

abgeschlossen.« Nun sah sie auf. »Tja, es ist nicht strafbar, einen Kunstgegenstand unter falschem Namen zu versteigern, vor allem, wenn es um Millionen geht und man nicht in der Öffentlichkeit bekannt werden möchte.«

»Aber …!«, wollte Rast protestieren, doch Sabatier hob die Hand.

»Ich bin noch nicht fertig, Monsieur!«, unterbrach sie ihn und hob die Augenbrauen. »Aber wenn Hogart glaubt, dahintergekommen zu sein, dass diese Aimée mit dem Mord an Raphaël Pelletier und allen weiteren Personen zu tun hat, und sie ihn jetzt deshalb hat verschwinden lassen – eventuell in Zusammenarbeit mit dieser dubiosen falschen ›Chloé‹ …« Sie schnalzte leise mit der Zunge und sah ihren Hund an, der sich nun erhob und zu ihr trottete, woraufhin sie ihm über die Schnauze strich. »… dann juckt uns beide das schon. *N'est-ce pas, Hector?*«

Der Hund bellte einmal kurz auf.

Sabatier drückte ihrem Kollegen, der immer noch neben ihr stand, das Tablet in die Hand. »Nimm Kontakt mit der Kripo in Nizza auf«, sagte sie auf Französisch. »Wir kommen nach Loubet-sur-Mer.«

Rast erhob sich, richtete seine Krawatte und knöpfte das Sakko zu. Nach seinem Gesichtsausdruck zu schließen, war er mehr als zufrieden.

»Ein Kollege bringt Sie raus«, sagte Sabatier.

»Das können Sie vergessen!«, sagte Rast mit fester Stimme.

Sabatier sah ihn verwirrt an. *»Excusez-moi?«*

»Wir kommen mit«, entschied Rast.

»Ah, non!« Sabatier setzte ein herablassendes Lächeln auf und wehrte mit der Hand ab.

Doch auch Rast konnte äußerst herablassend lächeln. »Sie

glauben doch nicht wirklich, dass wir hier in Paris Däumchen drehen, während Sie aufgrund *unserer* Informationen den Fall lösen?«

»Ehrlich gesagt, habe ich genau das angenommen.«

Rast schüttelte den Kopf. »Keine Chance!«

»Was versprechen Sie sich davon?«

»Ich möchte nur sichergehen, dass Sie Hogart als Zeugen behandeln und nicht als Verdächtigen verhaften – andernfalls würde das der österreichischen Botschaft gar nicht gefallen.«

»Die österreichische Botschaft kann mich mal«, sagte Sabatier und lachte kurz auf. »Aber selbst *wenn* Sie mitkämen – wie sollte ich das vor meinem Chef rechtfertigen?«

»Ziehen Sie Kohlschmied und mich als externe Berater hinzu. Beim derzeitigen Stand der Ermittlungen haben Sie die sowieso mehr als dringend nötig.«

Einen Moment lang sah Sabatier ihn stumm an; es wirkte fast, als hätte er sie in ihrem Stolz gekränkt. Dann verzog sie plötzlich amüsiert das Gesicht. »Wie Sie wollen, Monsieur. Auf eigene Gefahr dürfen Sie mich gern begleiten, aber ich hoffe für Sie, dass Sie gesundheitlich fit sind.«

»Laufen wir zur Côte d'Azur?«, fragte Kohlschmied.

»*Ah, non!* Wir werden mit einem unserer schnellsten Helikopter fliegen.«

63. Kapitel

»Hallo, Hogart.« Aimée durchquerte humpelnd die Werkstatt.

Diese Frau hatte nichts mehr mit der Chloé zu tun, die er in Rousseaus Villa kennengelernt hatte. Sie trug Wildlederstiefeletten, graue Jeans mit ausgefransten Rissen und einen schwarzen engen Rollkragenpullover. Straff darüber gezogen saß ihr Holster. Darin befand sich jedoch nicht die Glock, sondern eine andere Waffe. Eine Heckler & Koch, wie er am breiteren Ende des Griffs erkannte. Unter der Hose bemerkte Hogart einen fest angelegten Druckverband am Oberschenkel. Ihr Make-up war weg, ebenso die langen Wimpern. Um Chloé endgültig von der Bildfläche verschwinden zu lassen, hatte sie sich die langen Haare zu einem burschikosen Pagenkopf zurechtgeschnitten. Zudem trug sie keine Brille mehr.

»Haben Sie jetzt Kontaktlinsen?«

Aimée blieb schwer atmend vor ihm stehen und schüttelte den Kopf. »Ich habe Augen wie ein Luchs, in Chloés Brille war nur Fensterglas.«

Und ich Idiot habe es nicht bemerkt!

Unabhängig von der fehlenden Brille war auch ihr Blick jetzt völlig anders. Abwechselnd kalt und berechnend, dann wieder wütend und hasserfüllt. Beinahe psychopathisch.

Beinahe? Nein, sie ist *eine Psychopathin!*

Wenn das ihr wahres Ich war, dann hatte sie sich in den

letzten drei Tagen erstklassig verstellt, um in eine andere Rolle zu schlüpfen. Wie ein Chamäleon, das es gewohnt war, sich zu tarnen, um zu überleben und so schnell wie möglich an sein Ziel zu kommen.

»Übrigens danke, Hogart!«, zischte sie und stützte sich mit den Händen auf den Knien ab, als wollte sie das verletzte Bein entlasten.

Er sah sie mit emotionslosem Blick an. »Tut es weh?« Sie antwortete nicht. »Sie sollten reichlich Wundalkohol über die Schusswunde kippen«, schlug er ihr vor.

Aimée funkelte ihn hasserfüllt an. »Danke für den tollen Tipp. Wollen Sie mich verarschen?«, giftete sie ihn an. Der süße kleine französische Akzent in ihrer Stimme war verschwunden. Ihr Deutsch war nun fast makellos – wenn überhaupt, dann hatte es einen leichten berlinerischen Einschlag.

»Keineswegs«, log er, »ich wollte nur …«

Aimée beugte sich nach vorne. »Mein Bruder hat mich schon erstklassig versorgt. Hat die Wunde mit Desinfektionsmittel ausgespült und sofort vernäht. Antibiotikum, ein steriler Verband und eine Tetanus-Auffrischung. Sie müssen sich also keine Sorgen um mich machen.«

Ihr Bruder! Er hatte es ja bereits geahnt, aber nun hatte sie es selbst bestätigt, dass der Mann an ihrer Seite – der blonde Kraftprotz, der ihn sowohl hier als auch in Paris zusammengeschlagen hatte – der kleine Junge aus dem Zeitungsartikel war.

»Anscheinend kennt er sich mit solchen Sachen aus.«

»Er ist in der Ausbildung zum Militärarzt.« Es klang, als wäre sie tatsächlich stolz auf ihn.

Unbewusst zog Hogart eine Augenbraue hoch. Und

deshalb hatte er auch gewusst, wie er den Polizisten der Section d'intervention und Césars Leibwächter mit einer Spritze effizient ausschalten konnte. »Na, dann wird ja zum Glück nur eine kleine Narbe zurückbleiben«, sagte Hogart.

Sie funkelte ihn an. »Wissen Sie eigentlich, dass ich mir in diesem Hotel in Le Havre fast überlegt hatte, mit Ihnen zu schlafen?«

Hogart lächelte sie an. »Machen Sie mich los, dann können wir immer noch …«

Sie schlug ihm mit der flachen Hand ins Gesicht. Hogarts Kopf flog zur Seite. *O Mann!* Er spuckte aus, der Speichel war blutig. »Als Chloé haben Sie mir besser gefallen.«

Sie kam ganz nah an ihn heran. »Ich hasse Chloé. Sie ist eine dumme blonde Schlampe. Wenn die ganze Sache vorbei ist, habe ich endlich wieder schwarze Haare.«

Eine andere Frisur, keine Brille mehr, und niemand wird je vermuten, dass sie *es war, die Elisabeth aus der Oper entführt hat. Denn bestimmt hat sie sich ursprünglich nur aus diesem Grund die Haare gefärbt.*

Hogart sah kurz zu Tatjana, die verstört und völlig reglos neben dem Motorblock hockte. »Elisabeth und meine Nichte brauchen dringend einen Arzt«, sagte er so ruhig wie möglich.

Aimée blickte zum anderen Ende der Werkstatt. »Elisabeth wird dort elend verrecken.«

So etwas hatte er befürchtet. Wie konnte jemand nur so durch und durch emotionslos und kalt sein, wenn es um das Leben eines anderen Menschen ging? Entsprechend Kohlschmieds letzter Nachricht war Aimée beim Tod ihrer Mutter erst neun gewesen. »Sind Sie tatsächlich erst vierundzwanzig?«, stellte er überrascht fest. Sie antwortete nicht.

Anscheinend hatte er recht. Diese durchgeknallte Verrückte war nur wenige Jahre älter als Tatjana.

Hogart merkte, wie sein Gehirn allmählich wieder zu arbeiten begann und die einzelnen Puzzlestücke langsam an ihren richtigen Platz fielen. »In Wahrheit haben Sie natürlich weder jemals einen der Sammler angerufen und gewarnt noch mit Arland oder Sabatier telefoniert.« Und so hatte ihr Bruder – während Aimée mit Hogart unterwegs gewesen war – in aller Ruhe die Morde begehen können. »Und natürlich haben Sie auch keine Kontaktfrau bei der Pariser Polizei, die Sie mit Infos über die Morde versorgt hat.«

»Très intelligent«, stellte sie sarkastisch fest.

Schönen Dank! Nur nutzte ihm all seine Intelligenz nichts, wenn sie erst jetzt zutage trat, während er gefesselt auf einem Stuhl saß und Ohrfeigen kassierte. »Wer hat Ihnen geholfen? Nur Ihr Bruder?«

Sie richtete sich auf. »David!«, rief sie durch den Raum.

Hogart hörte Schritte. Dann betrat der junge Mann die Werkstatt, den Hogart bereits von ihrer Begegnung im Hotel kannte. Er trug schwarze Designerjeans, ein schwarzes Rippshirt und eine breite Taucheruhr am Handgelenk. Hogart entdeckte mehrere Tattoos. Bizeps, Schultern, Bauch- und Unterarmmuskeln waren sauber definiert. Außerdem klebte ein Pflaster auf seiner Wange, anscheinend von einem Streifschuss. Wie Hogart erkennen konnte, fehlte das Ohrläppchen.

Schade, dass ich dich nicht besser getroffen habe, du Bastard!

David, wie Aimée ihn genannt hatte, trat an ihre Seite, umarmte sie an der Hüfte und küsste sie unter dem Ohr im Nacken. Der Kuss dauerte etwas länger, als Hogart angenommen hatte. Aimée ließ es sich gefallen und schloss sogar für einen Moment die Augen. *Ist das tatsächlich ihr Bruder?* Die Szene hatte etwas Verstörendes. Falls Aimée tatsächlich darüber nachgedacht hatte, Hogart im Hotel in Le Havre zu vögeln, so schien sie jetzt kurz davor, dasselbe mit ihrem Bruder zu tun – und zwar gleich hier, direkt vor ihm auf der Plane.

»Elisabeth braucht dringend einen Arzt«, wiederholte Hogart, diesmal an David gerichtet.

»Der wird ihr nichts mehr nützen.« David löste sich von seiner Schwester und blickte sie an. »Weiß er, wo die Knochennadel ist?«

»Nein«, antwortete sie.

Davids Brauen schoben sich zusammen. »Aber irgendjemand von diesen dreien *muss* es wissen!«

Fieberhaft suchte Hogart nach einem Ausweg. Da fiel ihm ein, wer am Abend der Auktion noch in Elisabeths Nähe gewesen war. *Girard und Isabelle!*

»Was hätten Sie eigentlich mit den Sicherheitsleuten gemacht, wenn die beiden Elisabeth in der Oper nicht allein gelassen hätten?«, fragte Hogart. Einerseits war die Frage ein verzweifelter Versuch, die beiden hinzuhalten. Andererseits würde ihm die Antwort darauf vielleicht helfen, die Zusammenhänge zu verstehen und mehr über die Psyche der Geschwister zu erfahren, bevor sie darangingen, ihn endgültig zu erledigen.

»David hätte sie ausgeschaltet«, sagte Aimée völlig emotionslos. »Unser Glück, dass Isabelle den Wagen geholt hat und Girard von Elisabeth fortgeschickt wurde. Das hat uns zwei Morde erspart.«

»Erzähl nicht so viel!«, mahnte ihr Bruder.

Doch Aimée sah Hogart nur mitleidig an, während sie

weiter zu ihrem Bruder sprach. »Er hat so lange verbissen versucht, die Zusammenhänge zu entwirren und den Fall zu lösen … meinst du nicht, dass er es verdient hat, die Wahrheit zu erfahren?«

»Ich frage mich, auf wessen Seite du stehst.« David griff in die Hosentasche und holte einen massiven Schlagring hervor. »Es wird Zeit, dass *wir* die Wahrheit erfahren.«

Hogart schluckte. Er dachte an die schwarzen Plastikplanen. Gleich würde es hässlich werden. »Nachdem Sie und David in der Nacht nach der Auktion der Reihe nach die Händler und zuletzt in der Früh Monsieur Bonnet besucht hatten, waren Sie in François Rousseaus Villa, haben ihn ermordet und sein Knochenpferd gestohlen«, stellte er fest. »Auch wieder gemeinsam?«

Aimée nickte.

»Aber nach dem Mord mussten Sie sich rasch umziehen, um gegenüber der Polizei in Rousseaus Haus glaubhaft als seine Tochter aufzutreten.«

»Nicht nur der Polizei, sondern vor allem *Ihnen* gegenüber.«

Mir gegenüber? Darum ging es also die ganze Zeit. »Woher wussten Sie überhaupt, dass ich dort auftauchen würde? Haben Sie mich zuvor an der Pont Neuf bei Bonnets Laden gesehen?«

»Genau, und da wusste ich, dass Sie der Spur unnachgiebig weiter folgen würden und ich Sie nicht mehr loswerden würde.«

Aber die Sache war immer noch nicht ganz rund. »Warum haben Arland und die anderen Beamten nicht durchschaut, dass Sie gar nicht Rousseaus Tochter sind?«

Lächelnd neigte Aimée den Kopf. »Da bin ich ein

ziemliches Risiko eingegangen. Viele wussten zwar, dass Rousseau mit seiner verstorbenen Frau eine Tochter hatte, aber niemand kannte Chloé persönlich. Es hat sicher gedauert, bis die Polizei herausgefunden hat, dass Chloé in der Psychiatrie sitzt.«

»Und Arland wollte nicht einmal Ihren Ausweis sehen?«

»Wozu? Ich kannte die Räume der Villa, die Kombination des Safes und wusste sogar, was daraus gestohlen worden war. Manchmal muss man die Dinge nur überzeugend genug darstellen, damit die Menschen einem glauben.«

Clever! »Und dann haben Sie sich an mich rangemacht.« *Und ich Idiot habe sie sogar noch darum gebeten, mir zu helfen!*

»Sie waren die einzige hilfreiche Spur zur echten Knochennadel«, sagte sie.

»Die wir aber immer noch nicht haben, wenn ich euer lauschiges Tête-à-Tête unterbrechen darf«, erinnerte David sie sichtlich gereizt, während er in einer monotonen Bewegung wiederholt mit dem Schlagring in die offene Hand klatschte.

Hogart versuchte, ihn zu ignorieren. Diese Schlange hatte es so angestellt, dass sie seine Recherchen aus nächster Nähe beobachten, überwachen und sogar steuern konnte. »In der Zwischenzeit hat Ihr Bruder mein und Tatjanas Hotelzimmer durchsucht, Sie haben mich niedergeschlagen, und gemeinsam haben Sie Tatjana entführt, als zusätzliches Druckmittel …«

»… für den Fall, dass Madame Gorgovich-Medunjans Drohung nicht ausreichen würde«, vollendete Aimée seine Gedanken.

»Übrigens ein netter Trick, mich mit einem Stimmverzerrer als Madame anzurufen«, stellte er fest.

»Nicht wahr?« Plötzlich wurde sie ernst. »Aber jetzt ist es genug mit den Erklärungen!«

Und während er mit Aimée versucht hatte, den Fall zu lösen, hatte David all die Besitzer der anderen Bíros aufgesucht. Dabei hatte er ständig in telefonischer Verbindung mit seiner Schwester gestanden. Mein Gott, all die Gespräche, die Chloé angeblich mit dem Notar, dem Beerdigungsinstitut, dem Staatsanwalt, ihrer Kontaktfrau in Paris, der Polizei wegen des Personenschutzes und mit all den Auktionsteilnehmern geführt hatte, um sie zu warnen. Nichts davon hatte stattgefunden – es waren alles Telefonate mit David gewesen. Und Hogart hatte sich gewundert, warum die Polizei so lax arbeitete.

Man musste nicht Psychologie studiert haben, um zu erkennen, dass Aimée die Intelligentere der beiden Geschwister war und hinter diesem Plan steckte. Aber sie war auch eindeutig die Härtere und Rücksichtslosere der beiden. Auch wenn David die Morde begangen hatte, Aimée war viel gefährlicher als er. Sie schien ihren Bruder, der sie, wie es aussah, abgöttisch liebte, nach Belieben zu benutzen und zu manipulieren. So, wie sie es auch mit Hogart getan hatte – eine ihrer ganz persönlichen Spezialitäten.

Aber warum mussten sie jeden einzelnen Kunstsammler ermorden? Noch dazu so brutal? Allen voran Victor César, der mit zerschnittenem und zerschmettertem Körper beinahe bei lebendigem Leib in seinem Pool verbrannt wäre. Und wer hatte Elisabeth und Tatjana eigentlich in der Zwischenzeit hergebracht und Elisabeth gefoltert?

Ein paar Puzzlestücke fehlen noch!

Nun erinnerte sich Hogart, dass David in jener Nacht bei seinem Besuch im Hotelzimmer nicht allein gewesen war.

Ein kräftiger dunkelhäutiger Mann mit Ringerstatur hatte sich zu Tatjana aufs Bett gesetzt und mit ihr ferngesehen.

Als hätte Aimée seine Gedanken erraten, drehte sie sich zur Tür und erhob die Stimme. »Jérôme!«, rief sie, gefolgt von einigen französischen Befehlen. Hogart hörte erneut Schritte im Gang, diesmal ziemlich schwerfällige, und merkte, wie Elisabeth am anderen Ende des Raums aufstöhnte, wie sie versuchte, so weit wie möglich wegzurutschen, und sich dann zusammenkauerte.

Nun tauchte tatsächlich der Kerl mit der Ringerstatur auf. Wieder fielen Hogart seine großen, vernarbten Hände auf. Allerdings trug er diesmal statt eines Anzugs hohe Gummistiefel und einen gelben Schutzoverall, und sein Gesichtsausdruck war außerordentlich finster.

Elisabeth wandte sich angsterfüllt ab und zog die Knie zum Kinn. Ihr ganzer Körper vibrierte, während sie in leises resignierendes Jammern verfiel.

Da wurde Hogart klar, wer die Folter durchgeführt hatte. Und er wusste auch, was als Nächstes in diesem Keller passieren würde.

64. Kapitel

Wie ein ergebener Diener stellte sich Jérôme neben Aimée. Für einen Moment wurde er dabei von dem Licht, das vom Gang hereinfiel, angeleuchtet. Seine Silhouette kam Hogart ziemlich bekannt vor. Er dachte an die Auktion. Er hatte zwar nur einen kurzen Blick durch die geöffnete Tür in den Saal werfen können, und dort war auf der Videowall auch nur ein Schattenriss zu sehen gewesen – aber diese Erinnerung reichte völlig aus. Es war Jérômes Silhouette gewesen! *Er* war als Granqvist aufgetreten.

Jetzt legte Aimée die Hand vertraut auf Jérômes sehnigen Stiernacken. »Nachdem bisher niemand irgendetwas Nützliches gesagt hat«, sagte sie auf Französisch, aber so betont langsam, dass Hogart alles verstehen konnte, »ziehen wir jetzt andere Saiten auf.« Sie deutete mit dem Kopf zu Tatjana. »Sie zuerst!«

Jérôme setzte sich sofort in Bewegung, ging zu Tatjana, löste ihre Fessel vom Motorblock, packte sie am Arm und zerrte sie zur großen Wanne. Indessen schob David eine Metalltreppe auf Rollen zum Rand des Beckens.

Was haben die vor? Wollten sie Tatjana im Wasser ersäufen? Anscheinend bemerkte Aimée seinen fragenden Gesichtsausdruck. »In der Wanne ist kein Wasser«, erklärte sie.

Tatjana versuchte, sich loszureißen, und schlug mit der Faust auf Jérôme ein, doch der reagierte kaum, packte sie nur noch fester und zerrte sie weiter in Richtung Becken.

Dort drehte er ihr die Arme auf den Rücken und drängte sie über die Treppe nach oben.

»Peter«, flehte Elisabeth plötzlich, die bis dahin geschwiegen hatte, und wandte den Kopf ab. »Sag es ihnen, wenn du es weißt. Bitte!« Anscheinend wusste sie, was in dem Becken war.

Beim Anblick von Tatjanas angsterfülltem Gesicht verkrampfte sich Hogarts Körper. Was, wenn er ihnen die Knochennadel gab? Sie würden Elisabeth, Tatjana und ihn sofort töten. Daran bestand kein Zweifel.

»In dieser Wanne befindet sich ein Gemisch aus Fluorwasserstoffsäure und konzentrierter Salpetersäure«, erklärte Aimée.

O Gott! Hogart starrte zum Becken. Ihm gefror das Blut in den Adern. Nun wurde ihm klar, dass die Wanne aus Polyethylen bestehen *musste*. Je nachdem, wie hoch konzentriert diese Säure war, reichte sie aus, um einen Menschen innerhalb eines halben Tages mit allen Knochen und Organen komplett aufzulösen. Er versuchte, sich seine Panik nicht anmerken zu lassen. Auf der verzweifelten Suche nach einem Ausweg glitt sein Blick über das Rohr, das zum Ausguss im Boden führte. Ob die Säure von hier direkt ins Meer abfloss?

»Peter!«, kreischte Elisabeth mit letzter Kraft.

Gehetzt blickte er zu Tatjana. Ihr Körper war steif wie ein Brett. Sie lag auf der obersten Treppenstufe, Jérôme kniete über ihr, drückte sie mit seinem Gewicht nieder und hielt ihren Arm über das Säurebecken. Nun begann Tatjana zu kreischen.

»Sie wird den Arm nicht gleich verlieren«, sagte Aimée. »Zuerst wird die Säure von der Haut aufgenommen und sinkt tief ins Gewebe. Dort wird der chemische Prozess in

Gang gesetzt. Kein schönes Erlebnis. Jérôme hat bereits versehentlich Bekanntschaft damit gemacht.«

Dann stammten die Narben an den Händen des dunkelhäutigen Mannes also von der Säure. Anscheinend hatte Aimée diesen Teil ihres Plans – einen Menschen verschwinden zu lassen – sorgfältig vorbereitet und zu Jérômes Leidwesen auch schon getestet.

»Offenbar kennen Sie jemanden aus der Metallveredelungsbranche, der Ihnen bei der Beschaffung der Säure behilflich gewesen ist«, versuchte Hogart nun doch Zeit zu gewinnen.

Ihr Mundwinkel verzog sich zu einem kurzen Lächeln. »Da spricht der Versicherungsdetektiv!« Hogart kannte tatsächlich ähnliche Fälle. Internetorder, Barzahlung, Selbstabholung – und schon war das Zeug einsatzbereit. »Aber jetzt ist Schluss mit dem Gerede!«, rief Aimée. »Sagt mir endlich jemand, wo sich die verdammte Knochennadel befindet?«

An ihrem Blick merkte Hogart, dass sie in höchstem Maße ungeduldig wurde – und Ungeduld gepaart mit unberechenbarem Wahnsinn war eine explosive Mischung.

Elisabeth starrte zum Becken hoch. »Ich kann mich wirklich nicht daran erinnern«, schrie sie verzweifelt.

Hogart schwieg. Sein Gehirn lief auf Hochtouren, doch diesmal gab es einfach keinen Ausweg mehr.

Jérôme drückte Tatjanas Arm hinunter, das Mädchen schrie auf. In Gedanken hörte Hogart das Zischen der Säure, sah in seiner Vorstellung, wie die Oberfläche Blasen schlug, ähnlich einem Becken, in dem Piranhas über ihr Opfer herfielen, und glaubte bereits, den stechend ätzenden Gestank verbrannter Haut und Haare zu riechen.

Die Knochennadel ist in meinem Sakko!, schrie er in

Gedanken. Doch damit würde er ihr aller Todesurteil unterschreiben. Aimée *konnte* niemanden von ihnen gehen lassen!

Tatjana schrie unaufhörlich weiter.

»Die Nadel …«, setzte er nun trotzdem an, denn ihre Schreie waren unerträglich für ihn. Doch Elisabeth kam ihm zuvor.

»In der Oper!«, rief sie. »Sie ist in der Damentoilette. Im Spülkasten.«

Irritiert sah Hogart zu Elisabeth. Da sie sich immer noch nicht erinnern konnte, log sie in ihrer Verzweiflung, um Zeit zu gewinnen.

»Im Spülkasten also, wie ausgesprochen einfallsreich«, sagte Aimée mit einer furchteinflößenden Kälte in der Stimme. »Aber dort haben wir bereits nachgesehen. Wir haben gleich am nächsten Morgen alle öffentlichen Toiletten im Gebäude durchsucht.«

Elisabeth bäumte sich mit letzter Kraft auf. »Im Souvenirshop«, presste sie mit heiserer Kehle hervor.

Aimée lächelte genervt. »Auch dort waren wir schon.« Sie nickte David zu. Der ging auf Elisabeth zu und brachte sie mit einem Schlag zum Schweigen. Beim Knacken des Kieferknochens zuckte Hogart zusammen. Seine Muskeln spannten sich an. Obwohl Elisabeth bereits das Bewusstsein verloren hatte, wollte David zu einem weiteren Schlag ausholen. Im Hintergrund kreischte Tatjana.

»Aufhören!«, rief Hogart. »Ich weiß, wo sie ist.«

David hielt inne. Auch Jérôme richtete sich auf und blickte zu ihm.

»*Sie* wissen es?«, entfuhr es Aimée.

»Ja, sie ist …«

»Sag es nicht!«, heulte Tatjana auf, die anscheinend genau wusste, dass er damit ihr Todesurteil unterschrieb. Und er ahnte, wie viel Überwindung und Kraft sie diese Aussage kosten musste.

Was für ein tapferes Mädchen!

Hätte er sie doch schon viel früher heimgeschickt, dann wäre ihr das alles erspart geblieben.

»Sag es ni…!«, wiederholte Tatjana. In diesem Moment drückte Jérôme ihre Hand in die Säure.

Nun hörte Hogart tatsächlich das Zischen und roch verbranntes Fleisch. »Aufhören, verdammt!«, rief er erneut und stemmte sich hoch, bis sich die Handschellen in seine Haut eingruben. »Sie ist in meinem Sakko.«

Aimée sah ihn verdutzt an. »Was soll dieser Schwachsinn? Ich war die ganze Zeit bei Ihnen …« Plötzlich weiteten sich ihre Augen. Sie richtete den Finger auf ihn. »Bis auf Ihren nächtlichen Besuch in der Oper!«

Endlich hörte Tatjana auf zu schreien. Im Deckenlicht sah Hogart, dass ihre Hand so krebsrot war wie bei einem schrecklichen Sonnenbrand. Sie lag schwer atmend auf der Metalltreppe.

»Aufhören«, keuchte Hogart erneut. »Waschen Sie ihr die Säure von der Haut, und dann sehen Sie in der rechten Innentasche meines Sakkos nach.«

Aimée nickte Jérôme zu. Dieser rieb Tatjanas Hand mit einem Tuch trocken. Indessen kam Aimée auf Hogart zu. »Sie haben sie also tatsächlich gefunden. Wo war sie?«

»Hast du ihn denn nicht gefilzt?«, rief David.

»Wozu?«, erwiderte Aimée, ohne sich nach ihrem Bruder umzudrehen. »Ich wusste, dass er nur eine Waffe bei sich trug und nicht verwanzt war.« Sie riss die beiden Seiten von Hogarts Sakko auseinander.

Er nickte zur Innentasche. »Im Etui.«

Sie griff in die Tasche. Dabei kam sie ihm so nahe, dass er sie hätte treten und vielleicht sogar zu Fall bringen und außer Gefecht setzen können. Aber was hätte das gebracht? Dann hätte David erst recht auf Elisabeth eingeprügelt, und Jérôme wäre zu ihm heruntergestürmt und hätte ihm seine kräftigen Arme um den Hals gelegt.

Von nun an war es nur mehr eine Frage der Zeit, bis sie alle ihren letzten Atemzug tun würden.

Aimée zog das Etui heraus, öffnete es und nahm vorsichtig die in dunkelroten Samt eingebettete Knochennadel heraus. Ehrfürchtig betrachtete sie den zugespitzten und verzierten Knochen. Sie wog ihn in der Hand, dann atmete sie tief durch.

»Aber in dem Etui ist doch nur das Duplikat«, rief David. »Oder nicht? Ist es die echte?«

An Aimées geradezu euphorischem Gesichtsausdruck sah Hogart, dass sie nun endlich wieder in der Hand hielt, wonach sie so verzweifelt gesucht hatte. »Ja!« Sie legte die Knochennadel in die Vertiefung zurück und schloss das Etui.

Hogart sah zu ihr auf. »Und wie geht es jetzt weiter?«

Wissend lächelte sie auf ihn herab. Indessen legte David die Hände in die Hüften und forderte lautstark: »Ich bin dafür, dass wir sie alle drei in die Wanne werfen.«

Hogarts Kehle wurde eng, bis er kaum noch Luft bekam. Langsam, mit leicht seitlich geneigtem Kopf, ging Aimée auf ihren Bruder zu. »Komm mit! Wir besprechen das unter vier Augen.« Sie machte kehrt, und David folgte ihr. Gemeinsam verließen sie den Raum, hinter ihnen knallte die Tür zu.

Jérôme, der immer noch auf der Metalltreppe kniete und mit einem Bein Tatjanas Rücken niederdrückte, grinste Hogart an. Anscheinend wusste er, was passieren würde.

65. Kapitel

Aimée schloss die Tür zur Werkstätte, marschierte durch den Gang in die nebenan liegende Garage und schloss auch diese Tür, damit Hogart nichts von dem mitbekam, was sie mit ihrem Bruder besprechen wollte.

»Wir haben, was wir wollten«, drängte David. »Werfen wir sie in die Säure und Schluss!«

»Bist du verrückt?«, zischte sie. *David ist ja süß, aber so naiv!*

»Was denn sonst?« Davids Stimme klang etwas genervt. »Das war schließlich der Plan: Elisabeth die Diebstähle und Morde in die Schuhe zu schieben und ihre Leiche anschließend spurlos verschwinden zu lassen.«

»Bien sûr, pas de panique«, beruhigte Aimée ihn. »Das machen wir auch so.«

»Bon.« David wirkte wieder erleichtert. Er strich ihr zärtlich über den blauen Fleck unter dem Auge und die geschwollene Lippe. »Tut mir leid, dass ich in Césars Haus so hart zugeschlagen habe.«

»Das war notwendig«, wehrte sie ab. »Sonst hätte Hogart mir meine Rolle nicht abgenommen.«

»Ja, aber dank deines großartigen Plans sind jetzt auch dieser *Clochard* und seine Nichte in die Sache verwickelt. Ich bin dafür, dass wir sie genauso …«, er schnippte mit den Fingern, »… verschwinden lassen.«

Aimée tippte ihrem Bruder gegen die Schläfe. »Denk

doch mal logisch. Alle drei spurlos verschwinden zu lassen wäre zu auffällig.«

»Du willst die beiden doch nicht am Leben lassen?«

»Natürlich nicht.« Aimée drehte das Etui zwischen den Fingern.

David breitete die Arme aus. »Und wo willst du ihre Leichen hinschaffen? Egal wohin, die Spur wird immer zu uns führen.«

»Ja, das wird sie. Und deshalb müssen wir die Sache eben anders angehen. Statt die Morde zu vertuschen und zu versuchen, die Spuren zu verwischen, müssen wir pro-aktiv vorgehen.«

»Und wie willst du das anstellen?« Davids Unterarmmuskeln spannten sich an, während er ungeduldig die Faust ballte.

Aimée zog die Schultern hoch, ging leicht in die Knie und wirkte in der nächsten Sekunde schmal und kraftlos. Sie spürte, wie ihre Gesichtszüge weicher wurden. *»Monsieur Commissaire …«*, sagte sie mit verstellter Stimme und imitierte dabei den nervösen Ton einer völlig naiven und unschuldigen Frau. *»Ja, Peter Hogart und seine Nichte waren hier bei uns. In diesem Haus. Er wusste, dass die Knochennadel ursprünglich in meinem Besitz war, und hat mir erzählt, dass er hinter Madame Domeniks mörderischen Plan gekommen ist. Dieser Frau ist es auf brutale Art und Weise gelungen, die Bataille faite d'os zu vervollständigen.«* Aimée breitete die Handflächen aus. *»Er meinte, er hätte einen Weg gefunden, wie wir unsere Knochennadel zurückbekommen könnten.«*

Sie lächelte. Schade, dass Hogart sie jetzt nicht sehen konnte. Bestimmt wäre er von ihren schauspielerischen Fähigkeiten fasziniert gewesen. Diese dritte, neue Persönlichkeit kannte er noch gar nicht an ihr.

»Ich war skeptisch, Monsieur le Commissaire«, fuhr sie fort. *»Mein Bruder und ich haben ihm nicht geglaubt, aber zum Beweis hat er Elisabeth Domenik angerufen. Ja, von diesem Telefonapparat aus.«*

»Und wie hat er das gemacht?«, unterbrach David sie. »Ihr Handy hat schon lange keine SIM-Karte mehr.«

»Guter Einwand«, sagte Aimée, um dann mit verstellter Stimme weiterzusprechen. *»Hogart hat ihr von seinem Laptop aus eine E-Mail geschickt* – die ich natürlich noch schreiben muss –, *und danach hat Domenik ihn angerufen. Von Le Havre aus. Hogart hat ihr gedroht, dass er wisse, was sie getan habe, und dass er ihren Aufenthaltsort der Kripo in Le Havre verraten würde. Dann hätte sie keine Chance mehr, mit ihrer Beute das Land zu verlassen.«*

Davids Blick bestätigte ihr, dass die Geschichte bislang überzeugend klang. Sie überlegte kurz. Dann wurde ihre Stimme leiser. *»Ich wollte Monsieur Hogart davon abhalten, doch er hat nicht auf mich gehört. Stattdessen hat er Madame Domenik überredet, zu ihm an die Côte d'Azur zu kommen, um in Ruhe über alles zu sprechen. Wir haben ihm für dieses Treffen unser Haus zur Verfügung gestellt. Sie ist tatsächlich hergekommen. Wie bitte? Nein, an diesem Abend waren wir nicht zu Hause. Fingerabdrücke? Ja, soweit ich das beurteilen kann, hat sie möglicherweise diese Vase angefasst. Ein sehr wertvolles Sammlerstück meiner Mutter. Als wir heimkamen, stand die Vase an einem anderen Ort. Offenbar war sie davon fasziniert. Sie ist ja schließlich Kunstexpertin. Jedenfalls sind Hogart und seine Nichte danach mit ihr fortgefahren, um etwas zu besprechen, während mein Bruder und ich abendessen waren – mehr weiß ich nicht.«* Sie machte eine Pause. *»Wie bitte? Tot? Auch seine Nichte? O Gott!«* Sie machte eine Pause, ihre Lippen bebten.

»Wenn ich geahnt hätte, was diese Frau vorgehabt hat, hätte ich sofort die Polizei verständigt. Aber Monsieur Hogart klang so überzeugend. Zum Glück wusste diese Frau nichts von uns, andernfalls wären wir jetzt vielleicht auch tot. Warum sie tatsächlich hergekommen ist?« Sie hob die Schultern. *»Vielleicht dachte sie, sie könnte von hier aus besser fliehen als von Le Havre aus – beispielsweise nach Tunis, Kairo oder Istanbul. Konnten Sie sie finden? Bis jetzt nicht? O mon Dieu!«* Aimée richtete sich auf und war prompt wieder ihr kaltes, hartes Selbst.

David starrte sie an, erschrocken, aber gleichzeitig fasziniert. Sie packte ihn an der Hüfte, schmiegte sich an ihn und spürte, wie ihm ein Schauer durch den Körper lief. Seine Stimme klang belegt. »Du willst dieser Frau auch Hogarts und Tatjanas Tod in die Schuhe schieben?«

Sie spitzte die Lippen. »Einem Phantom, das mit allen sieben Exponaten der Bíro-Sammlung für alle Zeiten spurlos und unauffindbar untergetaucht ist.«

»Und wie willst du die beiden töten?«

»Mit der Waffe, mit der du den Polizisten in Madame Trebitschs Haus erschossen hast – und die Elisabeth Domeniks Fingerabdrücke vorweisen wird.«

»Ziemlich clever, aber trotzdem …«, David wirkte nicht sehr überzeugt, »… wo willst du sie erledigen? Auf unserem Grundstück? Egal, wo wir es machen – im Keller oder am Strand –, jemand wird den Schuss hören. Die Polizei wird unser Haus durchsuchen. Spürhunde werden die Blutspritzer finden oder die Beamten die Schmauchspuren der Waffe entdecken. Und wer weiß, worauf die Polizisten noch stoßen.«

»Glaubst du, das weiß ich nicht?«, unterbrach sie ihn. »Aber an der Côte d'Azur, rauf in Richtung Monaco, gibt es viele Buchten mit alten Bootsanlegestellen, die längst nicht mehr in Betrieb sind.« Aimée lächelte. »Hogarts Leiche und die seiner Nichte werden im Meer treibend mit einer Kugel im Kopf gefunden werden.«

David räusperte sich. Seine Kehle war trocken. »Trotzdem wird dein Plan nicht funktionieren.«

»Ach, und warum nicht?«

»Ich habe in Hogarts Hosentasche zwei Mobiltelefone gefunden, sie entsperrt und untersucht. Er stand mit einem gewissen Rast von Medeen & Lloyd in Verbindung. Der weiß bestimmt schon, was Hogart herausgefunden hat. Womöglich steht Rast bereits mit Kommissar Arland oder Sabatier in Verbindung. Und über den Chip des Mietwagens wird die Polizei herausfinden, dass Hogart hierhergefahren ist.«

Aimée lächelte. »Gut, dann müssen wir uns eben beeilen, um dem zuvorzukommen.«

David verzog das Gesicht. »Das ist riskant. Man wird uns überführen.«

Aimée lachte auf. »Wie denn? Was können Arland und Sabatier schon beweisen? Dass ich die Knochennadel meiner Mutter unter dem Namen unserer alten osteuropäischen Vorfahren versteigern wollte? Was für ein Verbrechen!«

»Dass du dich als Chloé ausgegeben und unter diesem Vorwand in Rousseaus Haus geschwindelt hast, um Ermittlungsergebnisse zu erfahren«, rief David. »Ich war von Anfang an dagegen!«

»Wie will Arland das beweisen? Von dieser Chloé gibt es weder Fotos noch Fingerabdrücke.«

David sah sie unschlüssig an.

»Wenn ich mir die Haare wieder schwarz färbe, dann bin ich ohne Brille, mit den kurzen Haaren und anderer Stimme kaum mehr als Chloé zu erkennen.« Diesmal widersprach David nicht mehr. Anscheinend gingen ihm die Argumente aus. Aimée sah ihn herausfordernd an. »Noch etwas?«

»Dein dämlicher Plan ist schon wieder so abgedreht, dass er tatsächlich funktionieren könnte.«

»Fein«, sagte sie, »wenn du also jetzt endlich damit einverstanden bist, würde ich gern weitermachen.«

»Gut.« David seufzte tief. »Werfen wir als Erstes die Schlampe ins Säurebecken.«

66. Kapitel

Die Tür flog auf, und Aimée kam wieder in die Werkstatt, gefolgt von David. Hogart fiel auf, dass David ein wenig unglücklich aussah, indessen hielt Aimée das Zepter fest in der Hand. Sie fischte Nylonhandschuhe aus der Hosentasche, schlüpfte hinein und zog anschließend die Heckler & Koch aus dem Holster. Da waren garantiert keine Platzpatronen drin.

Während Aimée zu Elisabeth ging, rieb sie Lauf und Griff der Waffe am Hosenboden ihrer Jeans ab, um alle Fingerabdrücke darauf zu verwischen. Dann beugte sie sich zu der bewusstlosen Elisabeth hinab, nahm ihre unversehrte Hand und presste ihre Fingerabdrücke sowohl auf den Griff der Waffe als auch auf den Lauf, das Magazin, das sie herausnahm, und sogar auf jede einzelne Patrone.

Dieses Miststück dachte an alles. Die Hülsen würden bei den Schüssen ausgeworfen werden, die Spurensicherung würde sie finden, Elisabeths Fingerabdrücke darauf feststellen und daraus schließen, wer geschossen hatte.

Hogart hatte inzwischen Zeit genug gehabt, um über alles nachzudenken. Es gab nur eine Lösung für alle Probleme – und deshalb ahnte er, wer jeweils ein Projektil aus dieser Waffe in den Kopf bekommen würde: Tatjana und er. Und Elisabeth würde als ihre Mörderin dastehen. Möglicherweise würde man sogar die Waffe in irgendeiner Mülltonne oder am Ufer einer Bucht im Schlamm finden – gut, aber nicht allzu gut versteckt.

Aimée richtete sich auf. »Ich bin fertig.« Sie gab David ein Zeichen. Während ihr Bruder Elisabeth am Handgelenk zum Becken schleifte, packte Jérôme Tatjana am Arm und zerrte sie von der Metalltreppe herunter.

»Nein!«, kreischte Tatjana. *»Neeeiiin!«* Sie strampelte mit den Beinen und bäumte sich auf.

Ihre Stimme fuhr Hogart durch Mark und Bein. Er zerrte an seinen Fesseln und versuchte, den Stuhl aus der Verankerung zu reißen. Doch der war so gründlich am Boden fixiert, dass er sich nur die Gelenke blutig scheuerte. Indessen schrie Tatjana panisch weiter. Während David das Mädchen festhielt, packte Jérôme Elisabeth und trug sie die Treppe hoch.

O Gott! Tränen liefen Hogart über die Wangen. Seine Muskeln erschlafften. »Aimée, tun Sie das bitte nicht!«, flehte er sie an. Er hatte sich noch nie in seinem Leben so erbärmlich gefühlt. In diesem Moment hätte er alles getan, um diesem Albtraum ein Ende zu setzen. »Bitte nicht!«, heulte er. »Wir finden eine andere Lösung.«

»Das *ist* die Lösung«, sagte Aimée unbeeindruckt und nickte Jérôme zu, der bereits am oberen Ende der Treppe stand. Tatenlos musste Hogart zusehen, wie Jérôme Elisabeths Körper mit den Beinen voran langsam ins Becken gleiten ließ, darauf bedacht, dass nichts von der Säure auf seine Arme spritzte. David hielt Tatjana unterdessen mit eisernem Griff fest, sodass sie den Blick nicht abwenden konnte. Mit weit aufgerissenen Augen schrie sie sich die Seele aus dem Leib.

»Mach die Augen zu!«, rief Hogart noch, dann fiel er in eine apathische Starre. Für Elisabeth hoffte er, dass sie in diesen letzten Minuten ihres Lebens nicht mehr zu Bewusstsein kommen würde.

Ein entsetzlicher toxischer Gestank breitete sich aus und erfüllte den Raum.

Hogart glaubte, einen erstickten Schrei zu hören, kurz darauf versank Elisabeths Körper vollends im Säurebecken.

67. Kapitel

Eigentlich hätten sie ziemlich spät am Abend mit dem Helikopter in Nizza landen sollen, wo ein Wagen der Kripo auf sie gewartet hätte, doch während des Flugs hatte sie die Polizeidirektion nach Monaco umdirigiert.

»Warum landen wir nicht hier?«, rief Rast in das Mikrofon seines Kopfhörers und deutete hinunter. Einige hundert Meter unter ihnen lag der Hafen von Nizza, wie er an der typisch geschwungenen Bucht mit den vielen Jachten an den Anlegestellen erkannte.

»Wir haben eine Überfluggenehmigung und eine Landeerlaubnis für Monaco erhalten«, erklang Sabatiers Antwort in seinem Kopfhörer.

Er blickte zu Kohlschmied, der ebenfalls Kopfhörer aufhatte und das Gespräch mitverfolgen konnte. Ziemlich blass, mit einer Hand am Haltegriff über dem Kopf, schloss der für einen Moment die Augen und atmete tief durch. Seine Lippen waren aufeinandergepresst. Nach einer längeren Wartezeit, die sich über den ganzen Nachmittag gezogen hatte, waren sie vor zwei Stunden endlich in Paris gestartet – seither hatte Kohlschmied kein einziges Wort mehr gesagt.

Innerlich grinste Rast. Kohlschmied war noch nie in einem Helikopter geflogen, und dann erwischte er beim ersten Mal gleich so einen, der wie eine Turbomaschine beschleunigen und sich schräg in den Wind legen konnte. Manche Manöver waren selbst für Rast eine Herausforderung gewesen, der in seiner Jugend die Pilotenlizenz für Leichtflugzeuge gemacht hatte, aber schon seit vielen Jahren nicht mehr geflogen war.

Monaco also!

Kohlschmied würde auch das überleben. Das bedeutete zwar einen um etwa knapp fünf Minuten längeren Flug, dadurch ersparten sie sich aber die lange Autofahrt über die kurvige Küstenstraße.

»Von dort sind wir rascher in Loubet-sur-Mer«, erklärte Sabatier. »In Monaco wartet bereits die Polizei mit einem Wagen auf uns.«

Rast bemerkte, wie Kohlschmied erleichtert aufatmete. Anscheinend beruhigte ihn der Gedanke, bald wieder festen Boden unter den Füßen zu spüren. Für den Rückweg nach Paris würde er garantiert den Zug nehmen, und wenn es auf einer schmalen Pritsche des Gepäckwagens war.

»Haben Ihre Kollegen schon Kontakt mit der Familie Medjan-Govich aufgenommen?«, fragte Rast.

Sabatier schüttelte den Kopf. »Es soll ein Überraschungsbesuch werden. Wir wollen keine Esel scheu machen.«

Auch wenn ihre Sprichwörter eher kreativ waren, wusste Rast, was sie meinte. »Aber wenn sie in der Zwischenzeit …«

Sabatier winkte mit der Hand ab. »Wir haben einen Mann in der Nähe des Grundstücks postiert. Im Moment ist alles ruhig. Machen Sie sich keine Sorgen. Er kontaktiert uns, sobald dort etwas Verdächtiges vor sich geht.«

Machen Sie sich keine Sorgen! Das war leichter gesagt als getan.

Vier Minuten später erreichten sie das Fürstentum Monaco. Der Pilot drosselte die Maschine und kreiste über der

Landeplattform eines großen, modernen Gebäudes. Rast spähte nach unten. Soeben donnerte ein Rettungswagen eine Rampe hinunter und verschwand in einer Tiefgarage.

»Das Princess Grace Hospital«, erklärte Sabatier.

Der Pilot sprach in sein Headset, dann flammten die Positionslichter der Plattform auf und sie gingen hinunter. Kaum stand der Helikopter auf festem Boden, löste Kohlschmied die Gurte. Schweiß perlte auf seiner Stirn.

»Wir haben es gleich geschafft«, beruhigte Rast ihn. Es wäre besser gewesen, ihn in Paris zu lassen. Aber dafür war es zu spät. Nun hörte er, wie die Rotorblätter langsamer wurden, und nahm die Kopfhörer ab.

»Einen Moment noch«, bat Sabatier.

Ein uniformierter Polizist lief auf sie zu. Der Pilot gab ein Kommando über die Kopfhörer durch, woraufhin Sabatier die Tür öffnete. Der Reihe nach stiegen sie aus. Sogleich spürte Rast den Wind der Rotorblätter und roch das Salzwasser der nahen Küste. Auch das Klima war anders als in Paris, wärmer und fast etwas tropisch. Wenn er den Hals reckte, sah er sogar die Mastspitzen der Boote, die in den Buchten lagen.

»Folgen Sie uns!« Sabatier lief voraus, während sie hastig auf den Mann einredete, der sie abgeholt hatte. Sie erreichten einen gläsernen Fahrstuhl, dessen Kabine groß genug war, um mehrere Krankenbetten auf einmal zu transportieren. Damit fuhren sie nach unten. Obwohl Rast vom Flug noch ein dumpfes Dröhnen in den Ohren hatte, verstand er, was der uniformierte Polizist sagte.

»Wer sind die beiden?« Der Mann musterte ihn und Kohlschmied.

»Externe Berater«, antwortete Sabatier. *»D'Autriche.«* Es

klang nett, wie sie das betonte. Der Mann hatte etwas zu ihnen sagen wollen, brach jedoch sogleich ab. Offenbar sprach er kein Deutsch und versuchte es gar nicht erst auf Französisch.

Danach unterhielten er und Sabatier sich ziemlich schnell, und Rast verstand nur noch Wortfetzen. Mehrmals hörte er den Namen Medjan-Govich.

Als die Fahrstuhltüren sich wieder öffneten, lagen vor ihnen die grauen Betonsäulen der Tiefgarage. Eine Polizistin führte sie über die Rampe nach draußen. Rasch folgten sie ihr. Generell war alles straff organisiert und klappte wie am Schnürchen. Keine bürokratischen Hürden, keine Verzögerungen, keine Revierstreitigkeiten. Beinahe zu perfekt – denn immer, wenn etwas zu glatt lief, traute Rast der Sache nicht.

»Was hat der Mann gesagt?«, fragte er, während sie ins Freie liefen.

»Die Kripo in Nizza hat einen Anruf von Aimée Medjan-Govich erhalten«, erklärte Sabatier.

Rast zog die Augenbrauen zusammen. »Wann?« Kohlschmied ging neben ihnen her und hörte ebenfalls aufmerksam zu.

»Vor einer Viertelstunde«, sagte Sabatier. »Angeblich hat sich Hogart bei ihr blicken lassen.«

»*Das* hat sie erzählt?« Rast konnte das gar nicht glauben. »Und was wollte er dort?«

»Angeblich weiß er, wo Elisabeth Domenik ist.«

»So ein Blödsinn!«, entfuhr es Kohlschmied. Sie sahen sich kurz an. *Ganz meine Meinung!*

Sabatier hob die Schultern. »Ich wiederhole nur das, was mir gesagt wurde.«

»Aus welchem Grund hätte Hogart uns das verschweigen sollen?«, fragte Rast. »Da ist doch etwas faul.« Wiederum sah er zu Kohlschmied.

Der nickte. »Nachdem Hogart die Knochennadel gefunden hat, hat er uns sofort informiert, aber seit heute Morgen ist er nicht mehr erreichbar. Wenn er tatsächlich wüsste, wo Domenik sich aufhält, hätte er uns längst verständigt.«

»Wie gut kennen Sie Hogart?«, fragte Sabatier.

Rast hatte keine Lust, sich jetzt auf eine Diskussion über Loyalität und Menschenkenntnis einzulassen. »Gut genug, um zu wissen, dass er alles tun würde, um diesen Fall zu lösen.«

»Würde er sich bestechen lassen?«

»Bestechen? Hogart?«, entfuhr es Rast. *Was ist denn das für eine dämliche Frage?*

»Höchstens für eine handsignierte Originalausgabe der ersten Schallplatte von John Lee Hooker«, sagte Kohlschmied trocken.

»Die hat er schon«, knurrte Rast.

»Wie auch immer«, seufzte Sabatier. »Wir haben Leute von der Spurensicherung dabei. In Kürze sind wir in Loubet-sur-Mer, dann wissen wir mehr.«

Sie kamen ins Freie. Im Licht der kunstvoll gestalteten Straßenlaternen sah die Gegend makellos sauber aus. Einzig die drei Polizeiwagen, die unter dem Vordach der Rampe auf sie warteten, störten das Bild vom märchenhaften Luxusparadies. Mit den französischen Polizisten aus Nizza, zwei Damen in Zivil, Sabatier, deren Kollegen von der Section d'intervention sowie Kohlschmied und ihm würde es ziemlich kuschelig in den Autos werden.

Rast sah zwischen den Häusern aufs Meer hinaus. Soeben

wich der letzte graue Streifen am Horizont einer beängstigenden Schwärze. Die Palmwedel bogen sich, starker Wind kam auf. Obwohl es nichts brachte, schlug Rast den Kragen seines Sakkos hoch und rieb sich die Hände. Dann ging er in Begleitung eines Polizisten zum letzten Wagen und nahm auf dem Rücksitz Platz.

68. Kapitel

Viele Stunden lang saßen Hogart und Tatjana, die wieder an den Motorblock gefesselt worden war, in der Werkstatt. In dieser Zeit betrat Jérôme im Viertelstundentakt den Raum und rührte mit einer Plastikstange kräftig in dem Bottich um. Hogart wollte sich gar nicht vorstellen, warum er das tat, weil er sonst verrückt zu werden drohte. Stattdessen versuchte er, an etwas anderes zu denken, was ihm aber nicht gelang, denn jedes Mal, wenn er Jérôme kommen hörte, drehte es ihm erneut den Magen um. Auch Tatjana begann immer wieder zu weinen. Selbst wenn sie diesen Tag irgendwie überleben sollten: Würde das Mädchen dieses Trauma jemals überwinden?

Jedes Mal, wenn Jérôme die Werkstatt verließ, schaltete er das Licht wieder aus, und Hogart konnte durch das abgedunkelte Fenster mitverfolgen, wie sich der Tag langsam gegen Abend neigte und es schließlich Nacht wurde.

Mittlerweile hockte Tatjana völlig apathisch auf dem Boden und starrte ins Nichts. Mehrmals versuchte Hogart, mit ihr zu reden, doch sie reagierte nicht ein einziges Mal auf seine Worte. Als Jérôme wieder einmal kam – diesmal, um zwei zusätzliche Kanister der stinkenden Flüssigkeit in den Bottich zu leeren –, ließ er die Tür zum Gang offen. Dadurch bekam Hogart mit, dass Aimée und ihr Bruder im Nebenraum über Elisabeths Fingerabdrücke redeten. Aimée hatte sie auf einer Vase hier im Haus hinterlassen und dafür

Elisabeths abgetrennte, tiefgekühlte Finger verwendet. Bei diesem Gedanken drehte sich Hogart abermals der Magen um. Vor allem, weil diese Finger mittlerweile das Einzige waren, das von Elisabeth übrig geblieben war.

Ein Mensch war einfach spurlos verschwunden.

Bei der Erwähnung von Elisabeths Namen sah Tatjana plötzlich auf. Sie blickte sich um, erkannte Jérôme und starrte ihn an. »Wo ist Elisabeth?«

Jérôme schüttelte nur den Kopf und verließ die Werkstatt. Wieder ging das Licht aus. Hogart bemerkte im Dämmerlicht, wie Tatjana ihn anstarrte.

»Wo ist Elisabeth?«, wiederholte sie ihre Frage dumpf. Dabei wiegte sie ihren Kopf langsam nach vorne und wieder zurück. Die Schmerzen ihres verätzten Handrückens schienen ihr gar nicht mehr bewusst zu sein.

»Oh, mein Schatz …«, murmelte Hogart.

»Wo ist Elisabeth?«, rief Tatjana nun lauter, als wollte sie mit Nachdruck Elisabeths Anwesenheit erzwingen. Anscheinend hatte ihr Geist Elisabeths Anblick in der Wanne völlig verdrängt. Auch Hogart hätte am liebsten einfach daran geglaubt, dass Elisabeth noch am Leben war. Dass sie irgendwo existierte und alles nur ein böser Traum gewesen war.

Der Gedanke, dass es nichts mehr von ihr gab und sie mit Ausnahme von zwei Fingern völlig ausgelöscht worden war, drückte immer fester auf seinen Brustkorb. Keinen Laut gab es mehr von Elisabeth, keinen Geruch, kein Lachen, keine Wärme. Bloß noch Erinnerungen und letzte Fotos auf der Speicherkarte seiner Kamera, die vermutlich noch ganz unten in seinem Koffer lag. Nach seinem Tod würde dieser Koffer in die Asservatenkammer der französischen Polizei wandern und Wochen, vielleicht sogar erst Monate später mit seiner Leiche nach Wien überstellt werden.

Und dann?

Dann gab es nur noch Hogarts Bruder Kurt, dessen Frau – und Erinnerungen an Tatjana, Elisabeth und ihn. Wie viele Stunden würden Tatjana und er noch existieren?

Hogarts Gedanken drehten sich im Kreis. Was blieb ihm noch? Er konnte sich in diesem Kellerloch die Stimmbänder völlig sinnlos wundschreien, oder er konnte noch sinnloser an seinen Metallfesseln reißen.

Oder du akzeptierst die momentane Situation und wartest ab.

Und so beschloss er, weder der Trauer noch der Verzweiflung nachzugeben, sondern beides nach besten Kräften zu verdrängen. Auch um Tatjanas willen.

Er atmete einmal tief durch, versuchte in seinem Inneren ganz kalt und hart zu werden – und wartete auf seine Gelegenheit.

Nachdem es draußen völlig dunkel geworden war, kam Jérôme noch einmal in die Werkstatt. Das Deckenlicht ging wieder an, und Hogart erkannte Aimée an Jérômes Seite.

Ihr Anblick hatte etwas komplett Verstörendes, denn sie hatte ihre Ankündigung wahr gemacht und sich die Haare schwarz gefärbt. Mit der kurzen dunklen Pilzfrisur und ohne Brille wirkte sie wie ein völlig anderer Mensch. Außerdem trug sie wieder Latexhandschuhe. Doch egal, was sie vorhatte, Hogart schenkte ihr erst einmal keine weitere Aufmerksamkeit. Stattdessen spähte er zu Jérôme.

Der stieg über die Treppe zum Becken rauf und blickte hinein. Nachdem er noch einmal mit der Kunststoffstange in der Säure herumgestochert hatte – diesmal zwang sich

Hogart, den Blick nicht abzuwenden –, nickte er. *»Fini!«*, sagte er schließlich zufrieden.

Was sind das für eiskalte Monster!

Jérôme kletterte herunter und drehte an der Unterseite der Wanne an einer Handkurbel. Anscheinend betätigte er damit den Abfluss, denn auf der Säureoberfläche zerplatzten Luftblasen, zudem hörte Hogart ein Rauschen. Der Inhalt des Beckens floss durch das Rohr in die Vertiefung im Boden – und verschwand genauso spurlos wie zuvor Elisabeth.

»Wo ist Elisabeth?«, flüsterte Tatjana.

Bei der Frage zog sich Hogarts Herz zusammen.

Aimée betrachtete sie interessiert, dann sah sie zu Hogart. »Es wird Zeit.« Sie trat hinter ihn, und er spürte, wie sie ihm einen Kabelbinder um die Handgelenke legte und straff zuzog. Ein vertrautes Gefühl, das in diesem Land für ihn mittlerweile zur Gewohnheit geworden war. Danach löste sie seine Handschellen von der Stuhllehne.

»Bleiben Sie sitzen, sonst muss ich Sie gleich hier erschießen«, warnte sie ihn.

Gleich hier? So wollte sie ihn also erledigen. »Warum tun Sie es nicht einfach?«

Aimée lächelte. »Ich will mir die Sauerei ersparen.«

»Lassen Sie uns noch einmal vernünftig miteinander reden. Lassen Sie zumindest das Mädchen gehen. Sie haben jetzt die Knochennadel. Das war es doch, was Sie wollten.«

»Ich war so fair und habe Ihnen erzählt, was mit Ihnen passieren wird. Jetzt seien *Sie* so tapfer und ertragen es wie ein Mann, ohne zu betteln, zu flehen und zu flennen. Ersparen Sie uns beiden diese Peinlichkeit.«

Dieses entwürdigende Gefühl hatte er bereits hinter sich, als er darum gefleht hatte, Elisabeths Leben zu verschonen.

Eigentlich hatte er gewusst, dass ein weiterer Versuch nichts an Aimées Plan ändern würde – aber für Tatjana hatte er es versuchen müssen.

Und nun beschloss Hogart, es auf eine ganz andere Tour zu versuchen. Er begann damit, sich die Handgelenke absichtlich an den straff gezogenen Kabelbindern wund zu reiben.

»Was wird das?«, fragte Aimée. »Ein weiterer erbärmlicher Versuch, mich von meinem Vorhaben abzubringen?«

»Man wird die aufgescheuerten Stellen bemerken.«

»Hören Sie auf, meine Intelligenz zu beleidigen.«

»Der Rechtsmediziner wird …«

»Nichts wird er finden!«, unterbrach sie ihn. »Ich werde Ihre Leiche ins Meer werfen. Bis die an Land gespült und gefunden wird, haben Ihre Gase Sie wie einen Ballon aufgebläht, das Salzwasser hat Ihre Haut vom Körper gelöst, und die Fische haben Ihnen das Fleisch von den Knochen genagt. Es wird weder Blut noch einen Mageninhalt zum Analysieren geben. Von Ihnen wird nicht viel mehr als ein vergammeltes Skelett übrig bleiben, das man keiner Spurensuche mehr unterziehen kann.«

Man würde ihn lediglich anhand seines Gebisses oder der DNA seines Knochenmarks identifizieren können.

Zumindest wird mehr übrig bleiben als von Elisabeth.

Jérôme trat an Tatjana heran, löste die Handschellen vom Motorblock und fesselte sie danach ebenfalls mit Kabelbindern. Dann kam Jérôme zu Hogart herüber.

»Ihr brauchst du nur die halbe Dosis zu geben«, sagte Aimée zu ihm. »Aber ihm gibst du die volle.«

Die volle Dosis?

Hogart wollte sich wegdrehen, spürte jedoch im gleichen

Augenblick einen Piekser im Oberarm. Er zuckte zusammen. »Was … Mist … war das …?«

»Ein rasch wirkendes Hypnotikum, damit Sie nicht auf dumme Gedanken kommen«, erklärte Aimée.

»Welches … Hypnotikum?«, keuchte er.

»Ein starker Date-Rape-Cocktail«, sagte sie.

Verflucht! Er hatte die Wirkung dieses Zeugs zwar noch nie am eigenen Leib verspürt, wusste jedoch, was diese Benzodiazepine machten.

Aimée wartete einige Minuten, in denen sie herumging, auf ihre Armbanduhr blickte und ihn beobachtete. »Das genügt – und jetzt hoch!«, befahl sie schließlich.

Während Hogart aufstand und gleich einen ziemlichen Schwindel verspürte, als würde der Boden unter ihm wie auf einem Schiff wanken, betrat David die Werkstatt. Mit einer unendlichen Langsamkeit, die Hogart ihm gar nicht zugetraut hätte – oder lag das nur an seiner neuen verzerrten Wahrnehmung? –, ging David zu dem Eisenring im Boden und begann mit fließenden Handgriffen, die schwarze Plane einzurollen. *Wow! Das Zeug wirkt schnell. Wie bei einem Opium-Trip.*

»Drei Polizeiwagen nähern sich dem Grundstück«, sagte David. Die Worte kamen zeitverzögert wie in Wellenform bei Hogart an. »Sonu hat sie vom Turmzimmer aus gesehen. Ich hätte nicht gedacht, dass die noch vor Mitternacht auftauchen.«

Wer zum Teufel ist Sonu?

Vielleicht hatte dieser Sonu David bei den Morden geholfen. In Césars Villa waren sie bestimmt zu zweit gewesen. *Sonu? Klingt wie ein asiatisches Gericht.*

Fast hätte Hogart lauthals aufgelacht – um im nächsten

Moment schockiert innezuhalten. Schweiß trat auf seine Stirn. *Dieses Mittel macht dich völlig willenlos. Und müde. Aber das geht nicht. Du musst wach bleiben! Tief durchatmen! Du musst dich konzentrieren!*

Jérôme näherte sich Tatjana. Ebenfalls mit seltsam zerfließenden Bewegungen. Es sah aus wie bei einem in Watte gepackten Trip. *Wahnsinn, dieses Zeug!*

»Tatjana … nein …«, murmelte Hogart. »Du musst …« Sie wehrte sich nicht, als Jérôme auch ihr eine Nadel in den Oberarm stach.

Während Jérôme Hogart und Tatjana nun gemeinsam zur Tür führte, rollte Aimée die anderen beiden Plastikplanen zusammen. »Sonu soll Wanne und Rohr mit Bleichmittel ausspritzen und zerlegen«, sagte sie.

»Hab ich ihm schon gesagt, er ist gleich unten.«

Hogart bekam nicht einmal mit, ob die beiden Deutsch oder Französisch sprachen. Jedenfalls verstand er die Bedeutung des Gesagten. Im nächsten Moment wurden er und Tatjana aus dem Raum geschoben. »Wohin … bringen … Sie … uns?«, murmelte Hogart, wobei ihn der Satz eine unendliche Kraftanstrengung kostete. Nachdem Jérôme keine Antwort gab, wiederholte er die Frage schließlich bruchstückhaft auf Französisch.

»Zum Hinterausgang«, antwortete Jérôme knapp. »Dort wartet der Kühlwagen.«

»Nicht der Kühlwagen …«, presste Tatjana gequält hervor.

Jérôme schob sie weiter. Bei jedem Schritt merkte Hogart, wie seine Knie weicher wurden, die Reaktionen langsamer. Trotzdem ging er ohne sich zu wehren voran.

Was tust du? Bleib zumindest wach!

Es ging eine Treppe hinauf, durch einen Torbogen in einen dunklen Gang, wieder eine kurze Treppe hinauf und zu einer massiven Tür. Dann waren sie im Freien. Hogart spürte den Wind im Gesicht. Er sah die Wolken, den Schein des Mondes, der sich dahinter verbarg, und das Funkeln vereinzelter Sterne.

Wow! Das ist alles so nah!

Jérôme stieß ihn in den Rücken. *»Allez!«*

Ja, du Arschloch! Da sah Hogart den Schein von reflektierendem Blaulicht über das Grundstück fallen. *Sind das die Drogen? Nein!* Auf der anderen Seite musste ein Polizeiauto vor dem Eingang stehen. Im nächsten Moment war das Blaulicht wieder verschwunden. *Oder hast du dir das nur eingebildet?* Er wollte etwas sagen, aber seine Zunge hing völlig schlaff in seinem Mund. Seine Lippen fühlten sich unendlich dick an, und plötzlich spürte er seinen rechten Fuß nicht mehr, als wäre er weg.

Die haben dir zu viel von dem Zeug gegeben.

Oder war das Absicht?

Lass dich einfach hier auf den Boden fallen!

Irgendwer wird dich schon finden.

Schon wollte er mitten auf dem Schotterweg zwischen den Statuen zu Boden sacken, als Jérôme ihn unter den Achseln packte, hochzerrte und weiter in Richtung eines Lieferwagens stieß, der an der Rückseite des Grundstücks geparkt war. Tatjana wankte von allein weiter.

Wenn du jetzt nicht schreist, dann steckt er dich mit Tatjana in diesen Wagen! Die Polizei ist schon da. Also mach den Mund auf! Gerade wollte er den Mund öffnen, als Jérôme ihm eine mächtige Pranke ins Genick legte. Gleichzeitig spürte er die spitze Klinge eines Messers durch den Stoff des Sakkos.

»*Vite!*«, flüsterte Jérôme mit heiserer Kehle.

Jetzt ein Messer – oder später eine Kugel.

Such es dir aus.

Was ist dir lieber?

Ich nehme die Kugel!

Während Hogart noch darüber nachdachte, ging er weiter und spürte, wie die Droge von Schritt zu Schritt immer noch intensiver zu wirken begann. Tatjana schlich träge vor ihm her und erreichte als Erste den Lieferwagen. Hogarts Blick fiel auf ihre Arme. Sie waren ebenfalls hinter ihrem Rücken mit Kabelbindern gefesselt, die ihr in die Haut schnitten.

Kabelbinder, dachte er.

Plötzlich musste er grinsen.

Aber seine schlagartige Heiterkeit lag diesmal nicht an der Substanz.

Aimée, du hast einen Fehler begangen!

Die Kabelbinder!

Nun wusste er, wie er sich befreien konnte. Allerdings musste er schnell sein, denn das Mittel trieb ihn in einen immer intensiver werdenden Dämmerzustand.

69. Kapitel

Die drei Polizeiwagen hielten hintereinander vor dem Haupteingang des Grundstücks. Laut Befehl eines Polizisten musste Rast noch im Auto sitzen bleiben, woraufhin er Kohlschmied neben ihm mit einer knappen Geste bedeutete, es ihm gleichzutun.

Besser, wir halten uns an die Anweisungen und sind so unauffällig wie möglich. Vorerst zumindest!

»Hat Hogart sich bei Ihnen gemeldet?«, fragte Rast, nachdem die Beamten ausgestiegen waren und sie allein waren. Kohlschmied checkte sein Handy und schüttelte den Kopf.

Mist!

Rast sah, wie die Ermittler in alle Richtungen ausschwärmten, entweder telefonierten oder in ihre Funkgeräte sprachen. Das Blaulicht des ersten Polizeiwagens flackerte auf, sodass Rast für einen Moment geblendet die Augen schloss. Sofort unterband Sabatier das mit einer eindeutigen Handbewegung, indem sie sich mit den Fingern über die Kehle fuhr. Das Blaulicht ging aus.

»Sehr unauffällig«, flüsterte Kohlschmied.

Rast verzog nur das Gesicht. Aber durch diese kleine Episode wurde ihm endgültig klar, wer hier das Sagen hatte.

Indessen hatten sich einige Polizisten vor einem leer stehenden Wagen versammelt, der neben dem Eingang parkte. Ein schnittiger Peugeot, der einem Sportwagen glich. Rast kurbelte das Fenster zur Hälfte herunter. Er hörte französisches Gemurmel, von dem er aber kein Wort verstand, unterbrochen vom Knacken einiger Funkgeräte.

Ächzend beugte sich Rast nach vorne und erwischte mit den Fingerspitzen die Schalter der Deckenarmaturen zwischen Fahrer- und Beifahrersitz. Er deaktivierte die Innenbeleuchtung. »Steigen wir aus«, flüsterte er. Ganz langsam und leise öffneten sie die Tür und verließen das Fahrzeug.

Während sich Kohlschmied unauffällig im Hintergrund hielt, schlich Rast im schwachen Schein einiger runder Solarleuchten, die am Wegesrand in der Wiese steckten, die Auffahrt zum Grundstück hinauf. Er wartete, bis sich die Beamten von dem Peugeot entfernt hatten, dann näherte er sich dem Wagen. Mit der Taschenlampe seines Handys leuchtete er ins Wageninnere. Das Licht wurde von einem orangefarbenen Anhänger, der am Rückspiegel hing, reflektiert. Rast erkannte das Logo von Sixt.

Ein Mietwagen also.

Er presste das Gesicht an die Scheibe der Fahrerseite. Der Autoschlüssel steckte sogar noch. Anscheinend hatte der Fahrer nur kurz anhalten wollen. Am Schlüssel baumelte ein Plastikanhänger mit dem Kennzeichen. Darunter stand *Sixt – Nice.*

Da blendete Rast eine grelle Taschenlampe. Er fuhr herum.

Sabatier kam telefonierend auf ihn zu. *»Merci beaucoup, au revoir«*, hörte er nur noch, dann steckte sie das Handy weg. »Hatte man Ihnen nicht gesagt, dass Sie im Wagen bleiben sollen?«

Rast überging die Frage. »Ein Mietwagen aus Nizza«, stellte er fest.

Sabatier nickte. »Hogart hat in Nizza einen Wagen

gemietet.« Sie senkte die Taschenlampe und warf einen Blick auf das Kennzeichen. »*Diesen* Wagen.«

Kohlschmied hatte also richtig kombiniert, als er sie aufgrund von Hogarts letzter SMS nach Loubet-sur-Mer geführt hatte.

»Nehmen Sie wieder im Wagen Platz!«, zischte Sabatier.

»Warum? Ich könnte …«

»Seien Sie still! Ich trage die Verantwortung für Sie, und wenn wir gleich ins Haus gehen, möchte ich nicht, dass Ihnen etwas passiert.«

»Sie rechnen also damit, *dass* etwas passiert«, stellte Rast kühl fest. »Das heißt, Sie sind mittlerweile auch davon überzeugt, dass wir auf der richtigen Spur sind.«

Sie presste die Lippen aufeinander. »Steigen Sie in den Wagen!«, wiederholte sie.

»Ich mache Ihnen einen Vorschlag«, sagte Rast. »Ich achte darauf, dass mir nichts passiert – und Sie achten darauf, dass Hogart nichts passiert. Einverstanden?«

Einer der Polizisten rief etwas, es klang dringend. Sabatier drehte sich kurz um und wandte sich dann sichtlich genervt wieder an Rast. »Nein! Ich verhandle nicht mit Ihnen …«

»Das hier ist sowieso keine legale Aktion«, unterbrach er sie. »Niemand wird je davon erfahren. Zumindest nicht von mir«, betonte er langsam.

Sie atmete tief durch. »Von mir aus. Vorher geben Sie ja doch keine Ruhe.« Sie schaltete die Taschenlampe aus. »Bleiben Sie hinter dem letzten Beamten, fassen Sie nichts an, halten Sie den Mund und geben Sie ja keinen Ton von sich. *Compris?*«

Rast nickte und winkte Kohlschmied zu sich, der im Schatten einer vom Mondlicht beschienenen Palme stand.

Sabatier rief ihren Kollegen einen gedämpften Befehl zu. »Wir gehen rein!« Gleichzeitig hob sie die Hand und machte eine Geste, woraufhin sich einer ihrer Kollegen mit einer Tasche vor das Tor kniete und es binnen Sekunden leise öffnete. Mit der Hand am Holster drangen die ersten einheimischen Polizisten ein und liefen neben einem Schotterweg über die Wiese zur Villa. Sabatier und ihre Kollegen aus Paris folgten ihnen, danach betrat Rast das Grundstück. Kohlschmied befand sich dicht neben ihm.

»Sollte Hogart verhaftet werden und mir etwas zustoßen«, flüsterte Rast, »rufen Sie unverzüglich die Botschaft an.«

»Ich glaube nicht, dass wir Hogart hier finden werden«, wisperte Kohlschmied.

Das glaube ich auch nicht.

Und genau dieser Gedanke bereitete ihm Sorgen.

70. Kapitel

Während der kurvenreichen Fahrt im Heck des Kühlwagens, in dem Hogart auf einer Matratze lag, verlor er immer wieder für einige Momente das Bewusstsein. Bei dem sinnlosen Versuch, sich aufzurappeln, bekam er mit, dass er von Tatjana durch eine längsseitig durchgehende große Zwischenwand aus Blech getrennt war.

Irgendwann hielt der Wagen. Kies knirschte unter den Reifen, der Motor erstarb. Eine Minute verging, dann wurde die Hecktür geöffnet. Als er von Jérôme an den Beinen gepackt und unsanft aus dem Wagen gezerrt wurde, kam er endlich wieder ein bisschen zu sich, vermutlich wegen der kühlen und feuchten Nachtluft.

Er bemerkte, dass Jérôme seinen Overall gegen dunkle Kleidung getauscht hatte. Wie durch Ohropax gedämpft nahm er das Tosen der nahen Brandung wahr. Sein Schädel dröhnte. Er fühlte sich wie nach einer durchzechten Nacht, wenn sich der Alkohol verflüchtigte und einem klar wurde, dass man zu viel gesoffen hatte und einen der Kater am nächsten Morgen umbringen würde. Mit dem kleinen Unterschied, dass es für ihn keinen nächsten Morgen geben würde.

Gib nicht auf!

Er biss sich heftig in die Wange. Schmerz durchfuhr ihn, und Adrenalin strömte belebend durch seinen Körper. Er machte sich richtig schwer, um Jérôme zu behindern.

Während er über einen schmalen felsigen Pfad, der zu beiden Seiten von Büschen begrenzt war, zur Küste hinuntergeschleppt wurde, gelang es ihm, einen seiner Schuhe abzustreifen. Vielleicht würde ihn ja jemand finden. Vermutlich nicht mehr rechtzeitig, um ihn zu retten, aber möglicherweise würde die Spur zu Aimée führen. Wenn er schon in dieser Nacht starb, dann sollte sie wenigstens dafür in den Knast wandern.

Aber du musst noch nicht sterben! Ein halb fertiger Gedanke tauchte in seinem Unterbewusstsein auf. *Du hast doch eine Idee gehabt, wie du dich befreien kannst.* Und zwar noch auf dem Grundstück, bevor er von Jérôme in den Transporter geworfen worden war. *Was verdammt nochmal ist das gewesen?*

Er zermarterte sich das Gehirn.

Versuch die Abläufe zu rekonstruieren. Was ist da passiert? Was hast du gesehen? Woran hast du gedacht?

Er biss sich noch einmal in die Wange, schmeckte Blut und kostete den belebenden Schmerz aus. Indessen erreichte Jérôme einen breiten Bootssteg, der weit aufs Wasser hinausführte. Die Planken waren speckig und teilweise weggebrochen. Hier draußen war schon lange kein Mensch mehr gewesen. Jérôme ließ ihn am Ende des Stegs auf einer großen Holzplattform, die viele Meter breit war, einfach hinfallen. Hogarts Kopf knallte auf den Boden. Instinktiv rollte er sich zur Seite. Das Holz roch moderig, nach Algen und Muscheln. *Ist das der letzte Geruch, den du in deinem Leben wahrnehmen wirst?* Er hörte, wie unmittelbar unter ihm das Wasser gegen die Planken schlug. Anscheinend war gerade Flut.

Langsam kehrten seine Sinne vollends zurück. Er merkte, wie sich sein Blick scharf stellte. Der Himmel war bewölkt, sodass mittlerweile kein einziger Stern mehr zu sehen war;

nur weit draußen über dem Meer leuchtete die untere dünne Spitze der schmalen Mondsichel zwischen den Wolken hindurch. Sonst war weit und breit kein Licht zu erkennen. Keine Boote, keine Häuser an der Küste. Offenbar befand er sich am Arsch der Welt in einer verlassenen Bucht, die von Steilhängen umgeben war. In absoluter Dunkelheit.

In dieser Bucht hatten Aimée und David also alles für ein letztes angebliches Zusammentreffen mit Elisabeth vorbereitet. Hier sollten Tatjana und er erschossen werden, und von hier sollte Elisabeth anschließend mit einem Boot flüchten.

Bei dem Gedanken an Elisabeth und der Erinnerung an sie spürte er ein Brennen in den Augen, und ihm kamen die Tränen.

Konzentrier dich! Du hattest doch eine Idee.

Hogart versuchte sich zu erinnern und seine Gedanken zu rekonstruieren. Jérôme hatte Tatjana und ihn vorhin in die separaten Bereiche des Lieferwagens gestoßen. Danach waren Aimée und David aufgetaucht. David hatte den Kühllaster gelenkt, wobei Aimée ihn daran erinnert hatte, ohne Licht loszufahren. Sie selbst war ihnen in einem Sportwagen gefolgt, wie Hogart aus dem Motorengeräusch geschlossen hatte. Sie hatten das Grundstück an der Rückseite verlassen. Danach konnte er sich an nichts mehr erinnern.

Und wo ist nun dein verdammter Plan?

Jérôme hatte sie beide zum Wagen geschoben. *Nein, falsch!* Jérôme hatte nur *ihn* zum Wagen geschoben. Vor ihm war Tatjana, durch die Substanz ebenso willenlos und halb betäubt wie er, selbst zum Auto gewankt. Ihre Hände waren genauso wie seine hinter dem Rücken gefesselt gewesen.

Und plötzlich wusste er es wieder.

Die Kabelbinder! Mein Gott! Das ist es!

Hogart richtete sich auf. Er hatte eine Idee gehabt, wie er sich befreien konnte, und nun wusste er es wieder. *Okay, ganz ruhig jetzt.* Er atmete tief durch und konzentrierte sich. Seine Idee würde funktionieren, doch er brauchte Zeit. Wertvolle Zeit, die ihm vielleicht nicht mehr blieb.

Dann beeil dich besser!

»Keine Bewegung!«, befahl Jérôme auf Französisch und wartete.

»Oui«, murmelte Hogart und täuschte immer noch völlige Benommenheit vor. Gleichzeitig schob er sich mit den Beinen nach hinten, bis er sich mit dem Rücken an einen Holzpfahl lehnen konnte. Er saß an einer der äußersten Ecken der Plattform, links und rechts von ihm klatschte das Meer an den Steg. Sie befanden sich so weit draußen, dass er in seinem immer noch anhaltenden Lähmungszustand jämmerlich ersaufen würde, wenn er sich jetzt einfach herumrollen und ins Wasser fallen lassen würde.

Vom oberen Ende der Klippen näherte sich ein auf und ab hüpfendes Licht. Vermutlich schleppten Aimée und David gerade Tatjana herunter. Hogart blieb nur noch wenig Zeit. Er zog die Schulter hoch, neigte den Kopf nach unten und versuchte, mit dem Kinn die Stelle seines Sakkos zu erreichen, wo sich innen die Brusttasche befand. Dort spürte er etwas Hartes: das Duplikat der Knochennadel.

Denn nachdem Aimée ihm das Etui mit der echten Knochennadel abgenommen hatte, hatte sie ihn nicht weiter durchsucht. Wozu auch? Das Duplikat steckte lose in der Tasche – und zwar mit der Spitze nach unten. Er spürte das obere Ende, zog die Schulter weiter hoch und drückte gleichzeitig das Kinn nach unten.

In diesem Moment tauchten David und Aimée auf. Mit

schweren Schritten polterten sie auf die Plattform. Wie vermutet schleppten sie Tatjana zwischen sich her. Sie zerrten sie über die Holzkonstruktion und warfen sie zwei Meter neben Hogart achtlos auf die Bretter. Hogart hörte ihr leises Stöhnen. Obwohl Tatjana nur die halbe Dosis der Substanz abbekommen hatte, befand sie sich immer noch in einem Dämmerzustand. Doch langsam schien auch sie wach zu werden. Er drückte weiter mit dem Kinn auf das Ende der Nadel und machte zusätzlich einen Rundrücken, damit er näher herankam.

»Was ist los mit dir?«, fragte David. »Schmerzen?«

»Ja, du Mistkerl …«, presste Hogart hervor.

Er blieb in dieser Stellung und krümmte sich weiter zusammen. Dann spürte er, wie der Widerstand nachgab. Die Spitze der Nadel bahnte sich durch die Naht der Sakkotasche ihren Weg ins Freie.

Er drückte weiter. Zum Glück rutschte die Nadel nicht in das Innenfutter des Sakkos – dort wäre sie für ihn völlig wertlos gewesen –, sondern glitt durch die Tasche nach unten raus. Dort blieb sie auf der Spitze stecken, angelehnt an seinem Oberschenkel.

Hogart sah kurz auf. Weder Jérôme noch Aimée oder David hatten etwas bemerkt. Er rückte mit dem Gesäß herum und hob den Oberschenkel leicht an, sodass die Nadel nach hinten umfiel. Für einen Moment blieb Hogart das Herz stehen, da er schon befürchtete, das Ding würde im Spalt zwischen den Holzbohlen verschwinden und ins Wasser fallen, aber er hatte Glück, und es blieb auf den Brettern liegen.

O Mann!

Mit seinen hinter dem Rücken gefesselten Händen tastete

er danach und bekam ein Stück der Nadel mit den Fingerspitzen zu fassen. Rasch nahm er sie an sich.

»Was machen Sie da?«, fragte Aimée.

»Ich habe Schmerzen«, presste Hogart hervor und bemerkte erst jetzt, wie sehr er sich zusammengekrümmt hatte.

»Die Dosis war wohl zu hoch.« Aimée lächelte herablassend. »Oder täuschen Sie das etwa nur vor, Monsieur Hogart?« Sie wartete keine Antwort ab. »Sehen Sie mal, was ich dort oben gefunden habe.« Sie griff hinter ihren Rücken und hielt plötzlich seinen Schuh in der Hand. »Sehr clever.« Dann holte sie aus und schleuderte den Schuh in hohem Bogen ins Meer. »Wird Tage später irgendwo an Land gespült werden.«

Verdammt! Hogart biss die Zähne zusammen, um sich seine Enttäuschung nicht anmerken zu lassen. Nun war er ganz allein auf sich angewiesen.

»Ich finde, du hast schon zu viel mit ihm geredet.« David griff in seinen Hosenbund und zog eine Waffe hervor. Im matt glänzenden Schein sah Hogart, dass er Latexhandschuhe trug.

David machte zwei Schritte auf ihn zu und richtete den Lauf der Heckler & Koch, auf der sich Elisabeths Fingerabdrücke befanden, aus nächster Nähe auf Hogarts Gesicht. Davids Finger lag am Abzug. »Wie viel von seinem Gebiss muss übrig bleiben?«

71. Kapitel

Ganze drei Minuten nach ihrem Eindringen in die Villa wussten die Polizisten, dass Hogart nicht im Haus war. Ebenso wenig wie Aimée Medjan-Govich oder ihr Bruder David. Die Beamten hatten sich aufgeteilt und die gesamte Villa auf den Kopf gestellt. Dabei waren sie ziemlich rigoros und rücksichtslos vorgegangen.

Im Haus selbst und im Wohntrakt daneben befanden sich bloß zwei Gartenarbeiter aus dem Senegal, eine französische Putzfrau und ein marokkanischer Koch. Soviel Rast verstanden hatte, hieß der Mann Sonu und übernahm das Reden, da er anscheinend das Sagen hatte, wenn seine Arbeitgeber nicht zu Hause waren. Die befanden sich seiner Aussage zufolge beim Abendessen in ihrem Lieblingslokal, landeinwärts in einer dreißig Kilometer entfernten Stadt.

Während einer der Ermittler das überprüfte, ging die Durchsuchung von Villa und Grundstück weiter. Kohlschmied und Rast trennten sich. Kohlschmied begleitete das Team im Haus, und Rast folgte den Beamten, die Keller, Garage und angrenzende Werkstatt auf den Kopf stellten.

Wie die Polizisten trug auch Rast Latexhandschuhe und Plastiküberzieher für die Schuhe. Damit ging er die Stufen hinunter, durchschritt auf einem abgesteckten Pfad den Keller und erreichte die Garage, in der sich ein Motorrad und ein schöner schwarzer Pontiac Trans Am befanden. An den

Reifenspuren auf dem Boden erkannte er, dass hier normalerweise ein zweites Auto stand. Anscheinend jenes, mit dem die Besitzer zum Abendessen gefahren waren.

Aus der Werkstatt nebenan war aufgebrachtes Gemurmel zu hören. Rast spähte in den Raum. Es war dunkel. Soviel er erkennen konnte, lehnten an der Mauer einige große, leicht gebogene Plastikwände, die man zu einer Art Becken oder Whirlpool zusammenstecken konnte. Daneben lagen gebogene Rohre. Ansonsten schien sich eher klassisches Werkstattzubehör in dem Raum zu befinden, alte Motorblöcke, Werkzeug und andere Dinge, die Rast in der Dunkelheit nicht genau erkennen konnte.

Die zwei Frauen von der Spurensicherung leuchteten alles in dem Raum mit einer UV-Schwarzlichtlampe aus. Doch aus ihren Kommentaren folgerte Rast, dass sich auch nach fünf Minuten intensiver Suche keine nennenswerten Hinweise fanden.

Rast stand immer noch im Türrahmen, als er ein Rascheln hinter sich hörte. Kohlschmied, ebenfalls mit Überziehern über den Schuhen, trat zu ihm. Er keuchte, sein Gesicht war rot.

»Sieht nicht so aus, als ob die etwas finden würden«, knurrte Rast.

»Ich war oben im Haus«, sprudelte es aus Kohlschmied hervor. »Aimées und Davids Alibi wurde soeben überprüft. Der Chef des Restaurants hat bestätigt, dass sie bei ihm essen waren, gerade bezahlt haben und unterwegs nach Hause sind.«

Rast sah Kohlschmied an, der das Gesicht verzog. »Und das glauben Sie nicht?«

»Nein«, sagte Kohlschmied immer noch völlig aufgebracht.

»Der Chef war auf Lautsprecher. Ich habe gehört, wie er erwähnt hat, dass sie *bar* bezahlt haben.«

»Was ist daran merkwürdig?«

»Dass er es so ausdrücklich erwähnt hat«, sagte Kohlschmied. »Mittlerweile ist es doch üblich, dass man in vornehmen Restaurants mit Karte bezahlt.«

»Und was schließen Sie daraus?«, hakte Rast nach, da er noch immer keine Ahnung hatte, worauf Kohlschmied hinauswollte.

»Eine Kartenzahlung könnte man überprüfen, Bargeld nicht.«

Rast hob eine Augenbraue. »Verstehe. Sie vermuten also, dass das Alibi der beiden arrangiert wurde?«

»Ja. Zumal es wohl derselbe Restaurantbesitzer war, der den beiden schon mal ein Alibi gegeben hat.«

»Damals bei dem verdächtigen Autounfall, den Sabatier erwähnt hat?«

Kohlschmied nickte. »Und deshalb habe ich mich im Haus etwas genauer umgesehen, speziell in Aimées und Davids Arbeitszimmer. Dort haben die Ermittler sämtliche Dokumentenmappen in den Schreibtischschubladen durchsucht, die Zulassungspapiere der Autos überprüft und festgestellt, welcher Wagen in der Garage fehlt. Ein dreitüriges Mercedes-Sportcoupé. Es gehört Aimée.«

»Und?«

Kohlschmied senkte die Stimme und lüftete das Sakko. »Ich habe diese Rechnung gefunden.« Der Briefkopf zeigte das Logo einer Autospenglerei. »Für Umlackieren und Schweißerarbeiten.«

Rast betrachtete die Auflistung des Materials und übersetzte die einzelnen Punkte. »Trennwand und Eisengestänge … hm.« Dann hob er den Kopf. »Was könnte das bedeuten?«

»Schauen Sie sich das an.« Kohlschmied zeigte auf einen weiteren Punkt.

»Das Kühlaggregat des Wagens wurde ausgebaut«, übersetzte Rast. »Könnte sich um einen ehemaligen Kühllaster handeln. Aber auf dem Grundstück steht kein Lieferwagen.«

»Ich weiß, aber ich denke, die haben trotzdem einen gekauft und umbauen lassen, weil …«

»Leise!« Rast drängte Kohlschmied zurück in die Garage, wo sie in einer Nische ungestört weiterreden konnten. »Was denken Sie?«

Kohlschmied senkte die Stimme auf ein kaum hörbares Flüstern. »Ich war draußen. Hinter dem Haus gibt es einen zweiten Ausgang mit eigener Zufahrt.«

»Habe ich gesehen. Er führt auf die Hauptstraße.«

»Und dort auf der Wiese …«, flüsterte Kohlschmied weiter, »… haben die Polizisten frische Vertiefungen von Autoreifen entdeckt. Sie entsprechen dem langen Radstand eines Lieferwagens.« Er ließ die Rechnung wieder im Sakko verschwinden. Man merkte, dass Kohlschmied als Außendienstleiter einer Versicherung Erfahrung mit Betrugsfällen jeglicher Art und ein äußerst geschultes Auge für Details hatte.

Rast dachte nach. »Der Beobachtungsposten vor Ort hat aber gesagt, dass sich seit Stunden nichts vor dem Haus getan hat«, murmelte er wie im Selbstgespräch. »Demnach müssten die Geschwister, wenn sie tatsächlich mit dem Sportcoupé zum Abendessen gefahren sind, die hintere Ausfahrt genommen haben.«

»Und einer von ihnen muss mit dem Kühlwagen weggefahren sein.«

»Sie glauben, dass Hogart da drin steckt?«

»Wo sonst?«, fragte Kohlschmied. »Denken Sie an die Blechwand und das Eisengestänge – ideal, um jemanden im Wagen gefangen zu halten. Die Frage ist, wohin sind sie damit gefahren?«

Wohin sind sie gefahren? Rast strich sich gedankenversunken übers Kinn. Die Zeit lief ihnen davon. »Nachdem Aimée …«, begann er, verstummte jedoch, da ein Beamter mit einem Funkgerät in der Hand eilig an ihnen vorbeilief. »Nachdem Aimée die Polizei in Nizza verständigt hat, dass Hogart bei ihr war«, begann er von neuem, als sie wieder allein waren, »lässt sie ihn vielleicht gerade in diesem Moment verschwinden.«

»Oder bereits seine Leiche«, ergänzte Kohlschmied.

Rast verspürte ein Ziehen im Magen. *Dieses verdammte Magengeschwür!* »Dieser Henri Etienne …«, murmelte er, »… wie und wo ist der noch gleich verunglückt?«

Kohlschmied sah auf. »Bei einem Sturz über die Klippen in der Nähe dieses Landsitzes.«

Mist! »Klippen gibt es in dieser Gegend ohne Ende.«

»Sie vermuten, dass sie dorthin unterwegs sind?«, fragte Kohlschmied.

»Vielleicht haben die beiden ja doch etwas mit Henri Etiennes Tod zu tun, und es war gar kein Autounfall wegen Trunkenheit«, überlegte Rast laut. »Und wer einmal an einem bestimmten Ort gemordet hat …«

»… und dabei nicht erwischt wurde …«, ergänzte Kohlschmied.

»… der macht das vielleicht ein zweites Mal.«

In diesem Moment betrat Sabatier die Garage, und sie sah aus, als hätte sie gute Lust, jemanden umzubringen – offenbar hatten weder sie noch einer ihrer Kollegen irgendetwas Belastendes gefunden. Und die Entdeckung von Hogarts Mietwagen war jetzt nicht gerade der große Durchbruch in diesem Fall gewesen, zumal Aimée der Polizei in Nizza ja gesagt hatte, dass Hogart hier gewesen war. Was das für ein peinliches Nachspiel bei der Staatsanwaltschaft haben würde, konnte er sich gut vorstellen.

Sabatier wollte an ihnen vorbeilaufen, doch Rast stoppte sie mit einer Handbewegung.

»Was?«, zischte sie.

»Wo, sagten Sie nochmal, ist dieser Henri Etienne umgekommen?«

»Ich sagte gar nichts.« Sie sah ihn verwirrt an, als verstünde sie die Zusammenhänge zu diesem Fall nicht. »In der Akte stand etwas von der Bucht von Douaniers. Warum?«

»Wo liegt die?«

»Etwa vier Kilometer von hier entfernt.«

»Wie sieht es dort aus?«

Sabatier hob ahnungslos die Schultern, dann winkte sie einen der ortsansässigen Kollegen aus Monaco zu sich und stellte ihm die gleiche Frage.

»Eine einsame Felsenbucht, zu der nur eine kurvenreiche Straße führt«, antwortete der Polizist auf Französisch. »Deswegen und wegen der starken Strömung wird sie eigentlich kaum noch genutzt. Es gibt dort nur ein paar stillgelegte Bootsanlegestellen.«

»*Merci.*« Sabatier schickte den Kollegen mit einem kurzen Nicken wieder weg. Anscheinend hatte sie genug gehört, denn sie runzelte die Stirn und wandte sich wieder an Rast. »Sie glauben …?«

»Wir glauben gar nichts«, beeilte sich Rast zu sagen.

Sabatier musterte ihn, während sie an der Unterlippe nagte. »Sie glauben, Hogart wurde dorthin gebracht?«

»Ihr Kollege sagte selbst, die Strömung ist stark«, wiederholte Rast.

Sabatier zog ihr Handy aus der Hosentasche, und Rast erkannte, dass sie eine App öffnete, mit der man sich über die gerade vorherrschenden Gezeitenkräfte informieren konnte.

»In diesem Moment setzt die Ebbe ein ...«, murmelte sie, »... das bedeutet, dass sich die Wassermassen aufs Meer hinausbewegen. Sog und Rückfluss sind gewaltig. Außerdem ist der Wind günstig, sodass man dort auf Nimmerwiedersehen abgetrieben wird.«

Rasts Magengeschwür begann auf Hochtouren zu arbeiten. Mit *man* meinte Sabatier vermutlich eine Leiche, die ins Wasser geworfen wurde.

Sabatier steckte das Handy weg. »Wir kümmern uns gleich darum. Ich muss vorher nur noch ein paar Dinge mit meinen Leuten klären.« Sie lief davon und betrat die Werkstatt, in der die Spurensicherung immer noch mit dem UV-Licht zugange war.

»Kommen Sie!«, flüsterte Rast. »Wir suchen diese Bucht.«

Kohlschmied bekam große Augen. »Und wie kommen wir dorthin? Zu Fuß?«

»Vor der Eingangstür steht Hogarts Mietauto. Es hat ein Navi, und der Schlüssel steckt.«

Kohlschmied zögerte. »Ob das schlau ist?«

»Sobald Sabatier merkt, dass wir weg sind, wird sie uns suchen«, antwortete Rast. »Und sie weiß, wo wir zu finden sind.«

72. Kapitel

Hogarts Herzschlag setzte einen Moment lang aus, als er in den Lauf von Davids Waffe blickte.

»Halt!«, zischte Aimée. »Wir können nicht riskieren, dass jemand den Schuss hört.« Sie wandte sich an Jérôme. »Geh rauf und ruf mich an, sobald die Straße frei und kein Wagen in der Nähe ist.« Jérôme setzte sich in Bewegung.

David hielt immer noch die Waffe auf Hogart gerichtet.

Hogart atmete tief durch. Langsam drehte er die Knochennadel hinter seinem Rücken zwischen den Fingern, sodass er nun die Spitze zwischen Handgelenk und Kabelbinder schieben konnte. Dann fing er an, mit der scharfen Seite der Keramik am Plastik zu schneiden.

In diesem Moment begann sich Tatjana neben ihm zu bewegen. Sie stöhnte leise auf und hob benommen den Kopf. Irritiert sah sie ihn an, dann starrte sie auf die Hände hinter seinem Rücken. »Was … was machst du da?«, murmelte sie.

Halt den Mund und schlaf weiter!, hätte er am liebsten zu ihr hinübergezischt, doch stattdessen antwortete er so ruhig wie möglich. »Ich wurde hierhergebracht. Im Lieferwagen.«

»Was? Aber das meine ich nicht. Ich …«, murmelte sie und verstummte plötzlich. Anscheinend hatte sie gerade begriffen, dass er sich zu befreien versuchte und sie besser die Klappe halten sollte, bevor es jemand bemerkte.

Aimée kam näher. »Was meinst du, Schätzchen?«

»Was … machen wir hier?«, murmelte Tatjana geistesgegenwärtig und sah sich um.

Aimée gab keine Antwort. Hastig säbelte Hogart weiter, aber dieses Plastik war so stabil, dass es noch einige Zeit dauern würde, bis er den Kabelbinder durchbekam. Sofern die Knochennadel nicht vorher abbrechen, ihm aus der Hand gleiten oder David bemerken würde, was er hinterrücks trieb.

Die Zeit verging zäh. Mittlerweile hatte sich Hogart mehrmals ins eigene Fleisch geschnitten, was alles auch noch extrem glitschig machte. Die Kante der Knochennadel rutschte hin und her. Jeden Moment würde Aimées Handy klingeln, und dann würde dieser verrückte Bastard abdrücken.

Diese Schnapsidee ist verdammt nochmal zum Scheitern verurteilt!

»Wir können nicht so lange warten! Lass es uns jetzt tun«, rief David. »Noël hat bereits vor zehn Minuten angerufen, gleich nachdem er der Polizei erzählt hat, dass wir im Restaurant bezahlt haben und unterwegs nach Hause sind. Jérôme muss den Laster verstecken, und wir müssen heim!«

»Wir warten auf Jérômes Anruf!«, entschied Aimée.

Indessen säbelte Hogart mit minimalen Handbewegungen weiter, damit keinem der beiden etwas auffiel. Als Aimées Handy schließlich klingelte, zuckte Hogart zusammen. *Mist!* Er war noch nicht so weit. *Alles umsonst.*

Sie ging sofort ran, sprach nur kurz und steckte das Telefon anschließend weg. Dann gab sie David ein Zeichen. »Fang mit ihr an, ich will, dass er zusieht. Beeil dich!«

»Du bist so krank, Schwesterherz! Aber gut, wie du willst.« David ging zu Tatjana und richtete die Waffe mit ausgestrecktem Arm auf sie. Tatjana begann zu kreischen und versuchte verzweifelt, über den Boden nach hinten zu robben.

Mist! Hogart schnitt wie verrückt in die Kerbe hinein und nahm mittlerweile keine Rücksicht mehr auf die offenen Wunden an seinen Unterarmen. Bevor David abdrücken konnte, hob Hogart die Stimme: »Ich habe deine Schwester gefickt, als ich mit ihr in Le Havre war.«

David drehte den Kopf in seine Richtung.

»Hör nicht auf den Mistkerl!«, rief Aimée. »Drück ab!«

»Endlich hatte Aimée einmal einen richtigen Mann!«, setzte Hogart noch eins drauf. »Auf der Balustrade des Balkons unsers Zimmers ging sie ab wie eine Rakete.«

»Halt's Maul!«, rief Aimée.

»Alle konnten sie hören. Die Schlampe hat so laut geschrien, dass in den gegenüberliegenden Häusern die Lichter angingen. Ich musste ihr tatsächlich den Mund …«

»Nein! Nicht!«, schrie Aimée.

Doch David stürmte bereits wütend auf Hogart zu. Hogart packte die Nadel und drehte sie mit voller Kraft im Uhrzeigersinn. Endlich riss die Fessel.

Da war David schon über ihm. Erst in letzter Sekunde richtete sich Hogart mit weichen Knien auf, riss den Arm hoch und rammte David die blutverschmierte Knochennadel seitlich in den Hals.

73. Kapitel

Rast lenkte den Mietwagen, während Kohlschmied neben ihm auf dem Beifahrersitz saß. Laut Navi war die Bucht von Douaniers nur noch einen Kilometer vor ihnen. Kohlschmied hatte zusätzlich Wikipedia geöffnet.

»Es gibt sogar einen Artikel über diesen alten Hafen. Wobei *Hafen* übertrieben ist«, sagte Kohlschmied. »Mittlerweile sind fast alle Stege abgerissen worden. Bloß ein paar Bojen markieren noch die Stellen, wo sich einst die betonierte Mole befand.«

»Schon verrückt, ausgerechnet hier eine Bootsanlegestelle einzurichten.« Rast sah sich um. Sie hatten vor einigen Minuten die Hauptstraße verlassen und befanden sich nun auf einem schmalen asphaltierten Weg, auf dem außer ihnen kein anderes Auto fuhr. Waren sie tatsächlich richtig? Er sah nur abschüssige Felswände, die noch nicht mal durch Leitplanken gesichert waren. »Wer sollte hier mit einem Schiff anlegen?«

»Die Bucht von Douaniers war früher ein beliebter Ankerplatz von Piraten«, erklärte Kohlschmied.

»Piraten?« Rast sah kurz rüber. »Im Ernst?«

»Später war es ein Umschlagplatz für diverse Schmuggler, und danach wurde der Hafen bis zum Ende der 90er Jahre von Touristenbooten genutzt. Hauptsächlich für Tauchfahrten. Dann wurde er wegen der gefährlichen Strömungen dichtgemacht. Anscheinend gab es ein paar Unfälle.«

Rast strengte die Augen an. »Hier ist absolut nichts.« Er

schielte auf das Navi. Unmittelbar vor ihnen begann die Bucht.

»Wir sollten uns vielleicht nicht so auffällig nähern«, schlug Kohlschmied vor. »Falls sie hier doch irgendwo sind.«

»Hm … ja«, grummelte Rast und schaltete die Scheinwerfer aus. Kohlschmied steckte sein Handy weg und schaltete das Autoradio aus. Damit erlosch auch das Display des Navis. Rast reduzierte die Geschwindigkeit und ließ die Scheiben der beiden Seitenfenster herunter. Kühle Nachtluft strömte in den Wagen. Von weitem hörten sie das Brechen der Wellen. Mit nur noch zwanzig Stundenkilometern fuhren sie weiter. Der grobkörnige Asphalt knirschte unter ihren Reifen. Die Straße machte eine Biegung und schlängelte sich weiter an der Schlucht entlang.

Kohlschmied rutschte auf dem Sitz herum. »Hier ist wirklich absolut nichts. Der Gedanke war zwar gut, aber …«

»Dort vorne!«, flüsterte Rast und nahm den Fuß vom Gaspedal. Er lenkte den Wagen an den Straßenrand und machte die Zündung aus. Jetzt ging auch das Licht der Armaturen aus.

Kohlschmied beugte sich so weit wie möglich nach vorne. »Dort steht ein Bus im Straßengraben.« Nur knapp hundert Meter vor ihnen stand tatsächlich ein Wagen. Das Dach und die Seitenwand schimmerten im matten Mondlicht.

»Das ist kein Bus«, murmelte Rast. »Ich werd verrückt. Das ist ein …«

»… Lieferwagen«, krächzte Kohlschmied. »Sieht verlassen aus.« Er wollte bereits die Tür öffnen und aussteigen, doch Rast hielt ihn zurück.

»Einen Moment.« Er deaktivierte die Innenbeleuchtung. »Rufen Sie Sabatier an!«

Kohlschmied schirmte das Display mit der Hand ab und wählte ihre Nummer. Dann nahm er das Telefon ans Ohr. Noch bevor er etwas sagen konnte, hörte Rast die fuchsteufelswilde Stimme der Frau durch den Lautsprecher. *»Wo verdammt nochmal sind Sie?«*

»Wir haben möglicherweise Aimées und Davids umlackierten Kühlwagen gefunden«, flüsterte Kohlschmied. »In der Bucht von Douaniers.«

»Dachte ich es mir doch. Bleiben Sie dort! Ich komme mit einem Wagen hin …« Rast hörte noch, wie sie einige rasche Befehle durchgab, dann wurde die Verbindung unterbrochen.

Kohlschmied sah ihn an. »Und jetzt?«

»Hol mich der Teufel, wenn ich hier tatenlos herumsitze und darauf warte, bis die Polizei kommt.«

»Aber die sind zu zweit«, entfuhr es Kohlschmied.

»Wir auch.« Rast öffnete die Tür ganz sachte und leise. »Sehen Sie im Kofferraum nach, ob Sie einen Wagenheber finden.«

»Das ist jetzt aber nicht Ihr Ernst, oder?«

»Sehe ich so aus, als würde ich Witze reißen?« Er stieg aus, lehnte die Tür nur an und überquerte die Straße. Von hier fiel die Felswand ziemlich steil abwärts zum Meer. Die Schaumkronen schimmerten hell. Unter ihm lag die Bucht. Im schwachen Mondschein erkannte er einen Steg, der weit aufs Wasser hinausführte und in einer großen dunklen Plattform endete, aber keine weiteren Details. Dort, wo der Lieferwagen stand, führte vermutlich ein schmaler Pfad zwischen den Felsen zum Meer hinunter.

Während er versuchte, sich auf die Plattform zu konzentrieren, sah er aus dem Augenwinkel, wie Kohlschmied den Kofferraum öffnete, und hörte, wie er vorsichtig die Bodenabdeckung abnahm. Kurz darauf stand Kohlschmied neben ihm.

»Hinten liegt Hogarts Koffer«, flüsterte Kohlschmied. »Es ist also tatsächlich sein Wagen.«

Erleichtert atmete Rast durch. Allerdings war die Sache noch nicht überstanden. »Sind wir bewaffnet?«, fragte er.

»Bewaffnet, ängstlich und ungefährlich.« Kohlschmied hielt einen Wagenheber in der Hand und reichte Rast einen massiven Kreuzschlüssel. »Mehr gibt es nicht … wir werden das bereuen.«

»Nur wenn wir nichts unternehmen«, flüsterte Rast.

Der Wind blies ihnen einen feinen Sprühregen von der Küste entgegen. Gegenwind war gut. Man würde sie nicht so rasch bemerken, wenn sie sich dem Lieferwagen näherten.

»Gehen wir.«

74. Kapitel

Die Spitze der Knochennadel glitt wie durch Butter in Davids Hals. Hogart hörte, wie die Knorpel knirschten, und er drückte die Nadel so tief, bis es nicht mehr weiterging.

David gab gurgelnde Laute von sich, als ihm das Blut in einem Schwall aus dem Mund drang. Seine Augen waren ungläubig weit aufgerissen. Er ließ die Waffe fallen, woraufhin sie über die Holzbohlen polterte. Hogart wollte sich nach ihr bücken, aber David packte ihn mit der Hand an der Gurgel und drückte kraftvoll zu. Dieser Mistkerl wollte nicht sterben, ohne ihn zumindest mit sich in den Tod zu reißen.

Aus dem Augenwinkel sah Hogart, wie Aimée auf ihn zustürzte und sich dabei nach der Waffe bückte. Doch Hogart trat die Pistole mit dem Fuß beiseite, sodass sie über die Bretter schlitterte und über die Kante ins Wasser fiel.

»*Non!*«, kreischte Aimée auf und fuhr herum. »*Merde,* du Scheißkerl!«

Nun bekam niemand die Waffe, und die Sache mit Elisabeths Fingerabdrücken würde auch nicht mehr funktionieren. Beinahe hätte Hogart lauthals aufgelacht, wenn David ihm nicht die Luftröhre zugedrückt hätte. Stattdessen holte er röchelnd Luft und drehte dann noch einmal kraftvoll das Ende der Knochennadel herum. Die Luft pfiff aus der Wunde, und Davids Griff erschlaffte. Endlich sank er vor Hogart in die Knie, wobei die blutige Knochennadel mit einem schmatzenden Geräusch aus der Wunde glitt. Dann fiel David rücklings nach hinten.

Hogart warf einen kurzen Blick auf sein blutbesudeltes Sakko, dann umgriff er die Nadel und streckte sie wie ein Messer aus. Aimée zögerte, näher zu kommen. Anscheinend hatte sie ihre Glock nicht mitgenommen – oder sie hatte sie Jérôme gegeben, der oben am Straßenrand auf sie wartete. »Was ist das?«, fragte sie, während sie auf die Nadel starrte.

Hogart gab keine Antwort, stattdessen stieg er über Davids zuckenden Körper und machte mit weichen Knien einen Schritt auf Aimée zu. Diese erkannte endlich, *was* er da in der Hand hielt, und blickte, statt zurückzuweichen, seltsam reglos auf ihren Bruder hinunter. Offenbar wurde ihr erst jetzt bewusst, dass er mit dieser tiefen Wunde im Hals jeden Moment sterben würde. Und dass er danach nie wieder aufstehen, reden, atmen, lachen oder sie in die Arme nehmen konnte. Einfach nicht mehr existieren würde.

Wie Elisabeth! Und wie Madame Trebitsch, Pelletier, Rousseau und zu viele andere.

Kurz war Hogart abgelenkt. Und das genügte, dass Aimée ihn wieder einmal kalt erwischte. Denn statt Hogart in ihrer Wut zu attackieren oder sich selbst zu retten und die Flucht zu ergreifen – wie Hogart es eigentlich angenommen hatte –, stürzte sie zu Tatjana, packte das Mädchen an den Beinen und zerrte sie mit einem kräftigen Schwung über die Bretter.

Tatjana kreischte laut auf, konnte sich aber mit den gefesselten Händen nirgendwo festhalten. Ihr Kopf schlug einmal gegen die Bohlen, dann fiel sie mit einem lauten Klatschen ins Wasser.

»Und jetzt zu dir!«, fauchte Aimée. Ihr schien es völlig

egal zu sein, ob er die Nadel in der Hand hielt oder nicht. Wütend ging sie auf ihn los. Kurz blickte er zu der Stelle, wo Tatjana ins Wasser gefallen war. Ihr Kopf war nirgends zu sehen. Die schwarze Oberfläche, auf der sich das Mondlicht spiegelte, kräuselte sich noch kurz, danach schlugen die Wellen wieder ans Holz, als wäre nichts passiert.

In einem Bruchteil von Sekunden überschlugen sich Hogarts Gedanken. Wenn er sich jetzt auf einen Kampf mit Aimée einließ, würde Tatjana ziemlich sicher sterben. Denn durch ihre gefesselten Arme konnte sie nur mit den Beinen Wasser treten, und je länger er wartete, umso weiter würde sie die Strömung aufs offene Meer hinaustreiben, wo sie letzten Endes jämmerlich ertrinken würde. Also schlüpfte Hogart aus dem Sakko. In diesem Moment erreichte ihn Aimée und holte zu einem Faustschlag aus. Aber er tauchte unter ihrem Arm hindurch und hechtete mit einem Kopfsprung ins Wasser.

Durch den plötzlichen Schock, wie kalt das Meer war, verflog auch der letzte Rest seiner Benommenheit. Schlagartig war sein Bewusstsein wieder voll und glasklar da. Er spürte, wie sich seine Kleidung vollsog. Die Hose, das Poloshirt und der verbleibende Schuh machten ihn schwer. Er spürte nun auch die starke Unterwasserströmung, die an ihm zog.

Zudem war unter der Oberfläche rein gar nichts zu sehen. Bloß unendliche Schwärze. Also tauchte er mit zwei kräftigen Schwimmbewegungen in die Richtung, wo er Tatjana vermutete, und breitete die Arme aus. Doch er griff immer wieder ins Leere. Panik erfasste ihn. Wenn er Tatjana nicht in den nächsten Sekunden finden würde, war sie verloren. Er tauchte tiefer, verlor völlig die Orientierung. Selbst wenn er sie jetzt fand, würden sie es nicht mal mehr zurück zur Holzplattform schaffen, falls nicht irgendwo ein Licht am Strand anging.

Verzweifelt bewegte er weiter die Arme durchs Wasser. Und bekam tatsächlich etwas zu fassen, einen Kragen oder einen Teil der Hose. Ja, es war ein Bein. Und zwar über ihm. Er war viel zu weit hinuntergetaucht. Er kämpfte sich nach oben. Tatjana strampelte waagerecht unter Wasser. Er grub seine Hände von hinten unter ihre Achseln und zog sie mit kräftigen Beinbewegungen mit sich nach oben. Nach wenigen Sekunden durchstießen sie die Wasseroberfläche. Gierig schnappte er nach Luft. Die Wellen schlugen über seinem Kopf zusammen, und vor sich hörte er Tatjana husten, röcheln und ebenfalls nach Luft schnappen.

»Alles okay«, keuchte er. »Ich hab dich.«

Tatjana atmete hektisch ein. Sie drehte sich um. Verzweifelt versuchte sie sich auf seine Schultern zu stützen, und er hatte alle Hände voll zu tun, damit sie sich aufrecht im Wasser hielt, nicht wegkippte oder abgetrieben wurde.

»Beweg dich nicht!«, ermahnte er sie. Es dauerte einige Sekunden, dann hatte er die Lage schließlich unter Kontrolle.

»Ich spüre etwas an den Beinen«, prustete Tatjana.

»Was? Ich …« Da spürte er es auch. Ein Stahlseil. Während er Tatjana immer noch mit einer Hand von hinten unter der Achsel hielt, schlug er mit dem anderen Arm um sich. Und dann bekam er die glitschige Boje zu fassen, die mit dem Stahlseil am Grund des Meeres befestigt war.

Er zog Tatjana zu sich, packte sie an den Armen und drückte ihr von hinten das Seil in eine Hand. »Hast du's?«

»Ja«, keuchte sie und spuckte Wasser aus.

Hogart bekam von einer Welle einen Schwall Salzwasser in den Mund und hustete es aus. »Halt dich daran fest!«

Er spürte, wie die Strömung gnadenlos an ihnen zog. Tatjanas Oberkörper fiel zwar immer wieder vornüber ins Wasser, während sie sich am Seil festhielt, aber wenn sie kräftig mit den Beinen trat, konnte sie den Kopf über Wasser halten.

Die Frage ist nur, wie lange?

Bald würde ihnen die Kraft ausgehen, sie würden immer mehr Wasser schlucken. Und sobald einem von ihnen das Seil aus der Hand glitt, würden sie mitten hinaus in die Schwärze des offenen Meeres getrieben werden. Er konnte Tatjana nicht einmal die Fesseln aufschneiden, da er die Knochennadel hatte fallen lassen, bevor er ins Wasser gesprungen war.

Verzweifelt sah er sich nun in der Dunkelheit um. Schwach konnte er den Mond erkennen, der die Wasseroberfläche in einem kleinen Kreis um sie herum zum Glitzern brachte. Also musste das Festland auf der gegenüberliegenden Seite liegen. Aber auch dort war nur abgrundtiefe Schwärze. Und auf gut Glück allein loszuschwimmen und Tatjana hierzulassen, war zu gefährlich. In der Zwischenzeit würde sie ertrinken.

Verdammt!

»Da… ha!«, prustete Tatjana. Ihre Zähne schlugen vor Kälte aufeinander.

Er strampelte im Wasser und sah sich um. Oben auf einem Hügel – vermutlich war es die Küstenstraße – entdeckte er das matte Scheinwerferlicht eines langsam dahinschleichenden Gefährts. Eigentlich hätte er das Festland ganz woanders vermutet, aber nun hatte er einen Anhaltspunkt. Rasch prägte er sich die Position des Mondes und in Relation dazu die der Scheinwerfer ein.

»Komm! Wir schwimmen.« Er schob seinen Körper unter den von Tatjana, packte sie mit einer Hand unter dem Kinn und wollte losschwimmen.

»Nein!«, kreischte sie und klammerte sich noch verzweifelter an das Stahlseil.

»Lass los!«, befahl er.

»Ich ka… hann nicht«, heulte sie.

»Ich habe dich … und jetzt komm!« Er packte sie fester und machte mit den Beinen Schwimmbewegungen.

Auf dem Rücken schwamm er in die Richtung, aus der er die Scheinwerfer gesehen hatte. Immer die untere Spitze der dünnen Mondsichel im Blickfeld kämpfte er gegen die Strömung an, die ihn aufs Meer hinausziehen wollte.

Und dann spürte er, wie Tatjana ebenfalls mit den Beinen mithalf und Tempo machte.

Er spuckte Wasser, sie spuckte Wasser, dennoch hatte er das Gefühl, dass sie gemeinsam vorankamen. Und schon bald arbeiteten sie im Gleichklang.

75. Kapitel

Leise schlichen Kohlschmied und Rast auf der von der Bucht abgewandten Straßenseite über den körnigen Asphalt zum Lieferwagen, peinlichst darauf bedacht, kein Geräusch zu machen.

Das Auto stand nur noch knapp zehn Meter von ihnen entfernt am Straßenrand, da blitzten schwache Autoscheinwerfer hinter ihnen auf. Rast erstarrte in der Bewegung. Das Dröhnen eines klapperigen Motors näherte sich. Sabatier konnte das noch nicht sein. Vermutlich nur ein Wagen auf dem Weg zu einem der sehr vereinzelt liegenden Häuser, die sie auf der Herfahrt gesehen hatten.

»In den Graben«, flüsterte Rast, packte Kohlschmied am Arm und schob ihn zur Seite. Gleichzeitig rutschten sie nebeneinander über das nachtfeuchte Gras in den Straßengraben.

»Oh, verdammt«, fluchte Kohlschmied, während er sich auf den Bauch rollte. »Mein Anzug …«

»Leise!« Rast hatte sich das Steißbein angeschlagen. Er biss die Zähne zusammen, drehte sich ächzend auf den Bauch und blickte mit eingezogenem Kopf zur Straße.

Der Wagen näherte sich. Das Tuckern klang wie ein Traktor. Die Zeit verging wie im Schneckentempo. Während das Gefährt näher kam, erkannte Rast, dass es tatsächlich ein Traktor mit Anhänger war, der nach Jauche stank. Langsam fuhr das Vehikel auf sie zu. In dessen Scheinwerferlicht sah Rast nun ganz deutlich, dass der Lieferwagen auf der anderen Straßenseite stand, dort, wo vermutlich der Pfad hinunterführte. Er war in unauffälligem Grau neu lackiert worden, und außen sah man noch die Anschlüsse für ein Kühlaggregat.

»Das ist garantiert der Wagen aus der Spenglerei!«, zischte Kohlschmied.

»Wenn der Traktor auf unserer Höhe ist«, keuchte Rast, »laufen wir über die Straße.«

»Man wird uns sehen …«, gab Kohlschmied zu bedenken.

»Wer immer dort steht – falls überhaupt jemand dort *ist* –, wird für ein paar Sekunden vom Licht des Traktors geblendet sein. In dieser Zeit laufen wir zum Lieferwagen!«

Kohlschmied stöhnte auf.

Der Traktor erreichte nun ihre Höhe, tuckerte an ihnen vorbei.

»Jetzt!« Rast rappelte sich keuchend hoch, wobei er sich auf den Kreuzschlüssel stützte. Kohlschmied stand bereits oben, reichte ihm die Hand und zog ihn aus dem Graben. Auf wackeligen Beinen tastete sich Rast über den Straßenrand und richtete sich vollends auf. Er hatte das Gefühl, als würden ihm gleich sämtliche Bandscheiben rausspringen. *Was für eine sportliche Leistung in meinem Alter! Hogart, Junge, wenn ich das geahnt hätte!*

Hinter dem Anhänger des Traktors überquerten sie die Straße und erreichten die Rückwand des Kühlwagens, wo sie sich keuchend anlehnten. Rast legte den Finger über die Lippen. Dann bedeutete er Kohlschmied, dass er vorhatte, um den Wagen herumzugehen. Kohlschmied nickte und folgte ihm zögerlich.

Als sie die Fahrerkabine erreichten, blieb Rast stehen und

warf einen Blick hinein. Fahrer- und Beifahrerseite waren leer. Durch die Scheiben sah er, dass neben dem Kühllaster noch ein Wagen stand. Der Form nach zu urteilen ein Mercedes-Sportcoupé. *Aimées Wagen.* Er wollte schon um den Kühlwagen herum auf den Sportwagen zugehen, als Kohlschmied ihn am Ärmel zurückhielt.

Rast erstarrte. Das war Rettung in letzter Sekunde gewesen, denn jetzt sah er neben dem Coupé die dunklen Umrisse eines Mannes. Der stand mit verschränkten Armen da und wandte ihnen den Rücken zu.

Jetzt bewegte er sich, der Kies knirschte unter seinen Schuhen. Der Mann war zwar nur wenig größer als Kohlschmied, doch hatte er die kräftige und robuste Figur eines Ringers. In diesem Moment klingelte sein Handy. Die Melodie der *Marseillaise* erklang. Er zog das Telefon aus der Hosentasche und nahm das Gespräch entgegen. Seine Stimme klang tief und heiser. Im Licht des Displays sah Rast, dass der Mann kurz geschorenes Haar hatte, fast schon eine Glatze, einen Stiernacken und von dunkler Hautfarbe war.

»Und jetzt?«, flüsterte Kohlschmied.

Rast presste die Lippen aufeinander. Dieser Kerl war sicher nicht David. Das bedeutete, dass sie es mit mindestens drei Gegnern zu tun hatten. »Wir unternehmen vorläufig nichts«, sagte Rast kaum hörbar. Er spürte, wie Kohlschmied erleichtert die Schultern sinken ließ.

Der Mann neben dem Coupé beendete das Telefonat und blieb weiterhin auf seinem Platz stehen. Nach einer Minute kam eine Frau keuchend den Weg heraufgelaufen. Sie gab dem Mann, den sie Jérôme nannte, auf Französisch in barschem Ton einige Befehle und ging zum Sportwagen.

Du kannst nichts mehr für ihn tun oder so ähnlich hatte sie gesagt, falls Rast das richtig übersetzt hatte. *Warte hier, ob der Scheißkerl auftaucht! Und dann gib ihm den Rest!*

Wen meinte sie damit? Rast zog den Kopf ein und ging in Deckung. Das musste Aimée sein. Ihrer Gestik nach zu urteilen, war sie mordswütend. Und Rast kannte nur einen, der Frauen so wütend machen konnte.

Hogart!

Was bedeuten würde, dass Hogart noch am Leben war. Neue Hoffnung keimte in ihm auf.

Die Frau stieg in den Wagen und fuhr los, sodass der Kies davonspritzte. Rast sah den Rücklichtern nach. Nachdem sich die Staubwolke im rasch verblassenden roten Dunst wieder gelegt hatte, blickte Rast sich um – und hielt schockiert inne. Sein Herz schlug ihm bis zum Hals. *Verdammt!* Der Mann war weg! Er reckte den Hals. *Nichts.* War dieser Jérôme zum Meer hinuntergegangen, um wem auch immer den Garaus zu machen? Rast zog den Kopf ein und wandte sich zu Kohlschmied. »Wo ist der Mann?«, flüsterte er so leise wie möglich.

Kohlschmied riss die Augen auf. Das Weiße schimmerte vor Panik im Mondlicht. »Ich gehe zurück zum Wagen und rufe Sabatier an, damit sie eine Straßensperre einrichten lässt …« Er drehte sich um und wollte bereits über die Straße laufen.

Da sah Rast, dass Jérôme sich hinter Kohlschmied versteckt gehalten hatte und nun aus der Dunkelheit heraus auf ihn zukam.

»Kohlschmied!«, rief Rast und hob instinktiv den Kreuzschlüssel.

Jérômes Hand fuhr nach vorn, als wollte er mit einem Messer auf Kohlschmied einstechen, doch der tauchte so wendig wie ein Wiesel rechtzeitig weg.

Mehr Glück als Verstand, dachte Rast und sah sich dann auch schon selbst Jérôme gegenüber. Und noch bevor er den Kreuzschlüssel auf Jérômes Kopf heruntersausen lassen konnte, stieß dessen Hand wieder mit einer blitzschnellen Bewegung nach vorn. Darin hielt der Franzose tatsächlich ein Messer, und fassungslos spürte Rast, wie die dünne Klinge durch den Stoff seines Sakkos in seinen Körper eindrang.

Zuerst war es noch erstaunlich schmerzlos, doch kurz nachdem Jérôme das Messer wieder herausgezogen hatte, durchfuhr ein höllisches Brennen Rasts Bauch und sein Hemd tränkte sich mit warmem Blut.

76. Kapitel

Als Hogart wieder einmal mit dem Arm ausholte, um zu rudern, schlug er mit der Hand gegen einen festen Gegenstand. Im nächsten Moment knallte er mit dem Hinterkopf gegen eine harte Kante. Er tastete mit der freien Hand über das speckige Holz. Ja, das musste der Steg mit der großen Plattform sein. Allerdings hatte er keine Ahnung, an welcher Ecke sie sich befanden. Und wo Aimée war.

»Leise!«, warnte er Tatjana. »Wir sind da.«

Das langsame Gefährt von vorhin war längst verschwunden, und auf der Küstenstraße herrschte wieder völlige Dunkelheit. Er verharrte auf der Stelle, wartete und lauschte. Indessen hielt er Tatjana mit einer Hand über Wasser und klammerte sich mit der anderen an das Holz. Da er keinen Grund unter den Füßen spürte, würde er Tatjana nicht auf die Plattform hieven können, ohne selbst unterzugehen.

»Ich muss dich kurz loslassen.«

»Nein!«, kreischte sie sofort panisch los.

»Klammere dich mit den Beinen an diesen Holzpfosten. Achtung … jetzt!« Er ließ sie los, legte die zweite Hand auf die Kante und stemmte sich aus dem Wasser.

Nachdem er mit dem Oberkörper auf den Brettern lag, hievte er sich ganz heraus. Sofort drehte er sich um und tastete nach Tatjana. Er hörte sie verzweifelt prusten, packte sie mit beiden Händen unter den Achseln und zog sie zu sich hoch. Hätte sie mit den Beinen nicht mitgeholfen, hätte er sie niemals auf die Plattform bekommen. Aber so schaffte er es, und kurz darauf lagen sie keuchend und hustend nebeneinander, während das Wasser an ihnen herablief. Er spürte, wie Tatjana zitterte. Ihm selbst war nicht mehr kalt. Nicht nach dieser Anstrengung. Dafür ging sein Puls auf hundertachtzig.

Tatjana rollte sich herum. »Wo ist Aimée?« Sie bibberte vor Kälte.

Gute Frage! Er sah sich um, konnte sie aber nirgends entdecken. »Bleib hier liegen!«, flüsterte er. Er kroch auf allen vieren über die Plattform zu der Stelle, wo er sein Sakko vermutete. Das würde Tatjana wenigstens etwas wärmen. Dabei war er immer darauf gefasst, dass Aimée ihn plötzlich attackieren würde. Doch nichts passierte.

Stattdessen stieß er mit den Händen auf einen Körper. *David!* Das war die richtige Stelle. Er wollte weiter über dem Boden nach dem Sakko tasten, als er merkte, dass David noch atmete. Ein leises Röcheln, gepaart mit einem Pfeifen, drang aus seiner Kehle. Verzweifelt rang er nach Luft, völlig geschwächt vom Blutverlust und langsam an seinem eigenen Blut erstickend.

In diesem Moment schoben sich die Wolken auseinander, und der Mond spendete wieder mehr Licht. Hogart sah, wie sich immer mehr blutige Luftbläschen auf Davids Mund bildeten, die langsam zerplatzten. Er hauchte soeben im wahrsten Sinne des Wortes sein Leben aus.

Und deine Schwester hat dich hier allein zum Verrecken zurückgelassen!

Nur einen Meter von David entfernt entdeckte Hogart jetzt auch sein Sakko. Während er danach griff, fiel sein Blick auf das Duplikat der Knochennadel. Es lag einige Meter weit entfernt am Rand der Plattform.

Nun öffnete sich doch noch Davids Mund. Mit letzter Kraft presste er zwei Wörter hervor. »… hilf … mir …!«

Hogart kroch zu ihm, beugte sich über ihn und flüsterte ihm ins Ohr. »Nein.«

Dann überließ er David seinem Schicksal und kroch zu Tatjana, die immer noch am ganzen Leib zitterte. Hogart half ihr, sich aufzurichten, legte ihr das Sakko um die Schultern und begann sie trockenzureiben. Von der Straße oben auf den Klippen ertönte das Röhren eines Sportwagens. Hogart hob den Blick und sah das Aufleuchten von Autoscheinwerfern.

»Was … ist … mit David?«, fragte Tatjana bibbernd.

»Tot …«, Hogart rubbelte ihr über Schultern und Arme, »… David ist tot.«

77. Kapitel

Rast spürte, wie sich immer mehr warmes klebriges Blut auf seinem Unterbauch ausbreitete.

Wirklich? Das war es jetzt? Hier auf dieser einsamen Landstraße am Meer sollst du sterben?

Er kippte mit dem Rücken an die Wand des Kühlwagens und rutschte langsam zu Boden. Die Hand, in der er den völlig nutzlos gewordenen Kreuzschlüssel hielt, sank hinunter. Während ihm das Blut ungehindert aus dem Körper lief, dachte er völlig zusammenhangslos an die Piraten, von denen sicherlich einige in dieser Bucht ihr Leben gelassen hatten.

Aus dem Augenwinkel sah er, wie Jérôme ihn musterte und ausholte, um ein zweites Mal auf ihn einzustechen. Da traf Jérôme plötzlich ein Wagenheber seitlich an der Stirn. Kohlschmied musste das schwere Ding ziemlich zielsicher aus einiger Entfernung geworfen haben.

Jérôme stöhnte auf, presste sich die flache Hand auf die Stirn und taumelte laut fluchend zurück. Er ließ von Rast ab und drehte sich zu Kohlschmied, der sofort die Flucht ergriff, jedoch nach einigen Metern stolperte und neben der Straße in den Kies fiel.

Das alles ist meine Schuld! Rast presste sich die zitternde Hand auf die Stichwunde. Als er das warme klebrige Blut bereits durch das Sakko spürte, wurde ihm schlecht. Der Magen drehte sich ihm um. *Ich werde heute, hier und jetzt sterben.*

Aber das war nicht das Schlimmste. Viel schlimmer war, dass auch Kohlschmied sterben würde. Obwohl er deutlich jünger war als Rast, war dieser schmächtige Büroheini jemandem vom Schlage eines Jérôme völlig wehrlos ausgeliefert. Kohlschmieds einzige Waffe war sein bissiges Mundwerk – und diesen bulligen, skrupellosen Franzosen würde er wohl kaum totquatschen können. Sogar den Wagenheber hatte Kohlschmied geopfert, um Rast zu verteidigen.

Aber du hast noch immer den Kreuzschlüssel! Rast biss die Zähne zusammen und stemmte sich auf wackeligen Beinen hoch. *So ein zäher alter Hund ist nicht so schnell totzukriegen!*, redete er sich ein.

Einige Meter entfernt lag Kohlschmied auf dem Rücken und versuchte von Jérôme fortzurobben. »Hau ab, verpiss dich!« Unbeeindruckt stand der Franzose breitbeinig über ihm und war kurz davor, erneut zuzustechen.

Rast war zu weit von den beiden entfernt. Also holte er mit dem Kreuzschlüssel aus und warf ihn, so fest er konnte, von sich. Das Ding drehte sich in der Luft und streifte Jérôme an der Schulter.

Was für ein Wurf! Als wollte man einem alten Puma mit einer Zahnbürste den Rücken kraulen. Jérôme wankte nicht einmal. Doch während er wütend herumfuhr, rappelte Kohlschmied sich auf. Rast fiel auf die Knie. Schweißgebadet und immer noch die Hand auf die Wunde gepresst, roch er sein eigenes Blut und musste sich übergeben. Als er wieder den Blick hob, sah er, wie Kohlschmied ausholte und Jérôme schwungvoll mit dem Bein in die Hoden trat.

»Kohlschmied …«, keuchte Rast, während sich Jérôme stöhnend krümmte, »… dort!«

Und der kleine Mann verstand. Er hob den Kreuzschlüssel

vom Boden auf und ließ ein Ende gegen Jérômes Schläfe knallen. Und zwar immer und immer wieder. Rast hörte Kohlschmieds wildes und panisches Keuchen, die dumpfen Schläge und Jérômes Stöhnen.

»Es reicht … der hat genug«, presste Rast hervor. »Ich hätte nicht gedacht, dass Sie …«

»Ich habe früher hobbymäßig Fußball gespielt«, erklärte Kohlschmied. »Regionalliga!«

»Alle Achtung …« Rast fiel seitlich um. Wie durch einen Schleier sah er Kohlschmied zum Handy greifen, hörte ihn telefonieren.

»Sie schicken einen Notarztwagen«, erklärte Kohlschmied, nachdem er das Gespräch beendet hatte. »Das nächstgelegene Krankenhaus ist in Monaco.«

Dort, wo wir hergekommen sind, dachte Rast. Seine Augenlider flatterten, er versuchte, wach zu bleiben, spürte, wie Kohlschmied kurz darauf neben ihm saß und die Hand auf seine Wunde presste.

Dann blendeten ihn grelle Scheinwerfer, und er schreckte aus einer halben Ohnmacht hoch.

Aimée, dachte er voller Entsetzen. *Die Wahnsinnige kehrt zurück!*

Aber es war nicht Aimée. Stattdessen drangen Sabatiers besorgte Worte zu ihm durch, und zum ersten Mal, seit er diese Frau kannte, freute er sich, ihre Stimme zu hören.

78. Kapitel

Hogart rubbelte Tatjana immer noch über die Arme, um sie zu wärmen, während sie mit der Schulter an ihm lehnte, ihr Gesicht an seiner Brust vergrub und leise weinte.

Er wusste nicht, was schlimmer für sie war. Die Entführung im Kühlwagen, der Anblick von Elisabeths Tod, Davids Ermordung oder die Tatsache, dass sie fast ertrunken wäre. Vermutlich war das alles zusammen einfach viel zu viel gewesen.

Und wie sollte er dieses Schreckensszenario, in dem ihr kleiner Urlaubstrip nach Paris geendet hatte, je Tatjanas Mutter und seinem Bruder beibringen?

Hogart sah zur Straße hinauf. Er hatte nicht den geringsten Schimmer, wo Aimée und Jérôme steckten, fürchtete aber immer noch, dass plötzlich einer der beiden hier auftauchen könnte. Tatjana weinte noch immer. Hogart strich ihr übers Haar. Die Rastalocken waren durch das Salzwasser noch steifer und verfilzter geworden. »Gehen wir rauf«, flüsterte er.

»Nein!« Ihr Körper spannte sich an, sie presste sich an ihn. »Was ist, wenn Aimée da oben ist?«

»Wir *müssen* raufgehen«, sagte er sanft. »Der Kühlwagen steht noch oben.« Zumindest hatte er ihn nicht wegfahren sehen. »Dort finde ich sicher etwas, womit ich dir die Fesseln aufschneiden kann.«

»Und dann?«, schluchzte sie.

»Schließe ich den Wagen kurz, und wir fahren ins nächste Krankenhaus.«

»Du kannst einen Lastwagen kurzschließen?«

»Sicher«, behauptete er. »Ich bin Versicherungsdetektiv. Wenn nicht ich, wer dann?«

Sie lachte kurz auf, allerdings klang es immer noch sehr verzweifelt.

»Komm!« Er stand auf und zog sie hoch. Dann legte er einen Arm um sie und führte sie behutsam über die Plattform. Dabei wurde er sich bewusst, wie erschöpft und zerschlagen auch er selbst war. Zudem fehlte ihm immer noch ein Schuh, und jetzt merkte er, dass ihm im Meer auch noch der dazugehörige Socken abhandengekommen war.

Nach nur wenigen Schritten sah er, wie sich auf der Küstenstraße ein Wagen mit überhöhter Geschwindigkeit näherte. Hogart hielt instinktiv inne. Der Wagen hielt tatsächlich genau an der Stelle, wo der Pfad herunterführte. Wer immer das war – Hogart schaute sich schon mal sicherheitshalber nach einem Versteck um. Aber bis auf ein paar Büsche und Felsvorsprünge gab es hier nicht viel, wo sie sich hätten verkriechen können.

Im Scheinwerferlicht sah er nun, dass der Kühlwagen tatsächlich noch dort oben stand. Dann hörte er die aufgebrachten Stimmen mehrerer Personen. Aimée und Jérôme konnten das nicht sein. Langsam schöpfte er Hoffnung.

»Komm, gehen wir weiter.« Er führte Tatjana über den Steg zum Ufer.

Nun raste ein zweiter Wagen heran. Diesmal mit Blaulicht, ein Kastenwagen. Offenbar ein Rettungsfahrzeug. Was immer da oben passiert war oder wer immer die Sanitäter geholt hatte, war jetzt egal, denn Tatjana brauchte dringend einen Arzt.

Sie erreichten den Pfad und gingen hinauf. Nachdem

sie den ersten Teil des Anstiegs bewältigt hatten, hörte Hogart, wie ihnen jemand keuchend entgegenlief. Panisch hielt er für einen Moment inne, doch dann erkannte er bereits am Schnaufen und Fiepen, wer das war. *Kohlschmied! Was macht der denn hier?* Erleichtert ließ Hogart die Schultern sinken. Noch nie zuvor hatte er sich so gefreut, diesen kleinen Mann zu treffen, an dem er nie ein gutes Haar gelassen hatte. Am liebsten hätte er ihn an sich gedrückt und ihm die Pomadenfrisur mit den Fingern verstrubbelt.

»Stopp!«, rief Hogart. »Sonst rennen Sie uns noch über den Haufen!«

Kieselsteine rollten den Weg herunter. »Hogart?« Kohlschmied kam rutschend zum Stehen. »Sind Sie es wirklich? Ich fasse es nicht. Geht es Ihnen gut?«

»Ja, mir geht es gut. Tatjana ist bei mir. Ihr geht es auch gut. Aber ihre Hand muss behandelt werden.«

»Ha!«, entfuhr es Kohlschmied erfreut, als wäre das für ihn die beste Nachricht des Jahres.

»Sie haben nicht zufällig ein Messer oder eine Schere bei sich?«, fragte Hogart.

»Sind Sie gefesselt?« Nun stand Kohlschmied keuchend vor ihnen und starrte sie an. Er sah ziemlich ramponiert aus, doch an seinem entsetzten Blick erkannte Hogart, dass sie beide nicht wesentlich besser wirkten.

»Ich nicht«, antwortete er, »aber meine Nichte.«

»Äh, nein …«, stammelte Kohlschmied, »… ein Messer habe ich nicht, nur einen Nagelknipser.«

»Wirklich?«, rief Hogart. »Sie haben einen Nagelknipser bei sich?«

»Ja, von meiner Mutt…«, er brach abrupt ab. »Woher ich den habe, geht Sie gar nichts an!«

Angesichts der absurden Situation hätte Hogart beinahe lauthals aufgelacht, aber dann übermannte ihn wieder die Erschöpfung. Er nahm Tatjana das Sakko von den Schultern und drehte sie so, dass ihr Rücken vom Mond beschienen wurde. »Wenn Sie so nett wären?«

Kohlschmied kniete sich bereits hin und machte sich an die Arbeit.

»Für wen ist der Krankenwagen?«, fragte Hogart.

»Für Kommerzialrat Rast.«

»Der ist auch hier? Was ist passiert? Geht es ihm gut?«

»Dieser Jérôme hat ihn mit einem Messer attackiert. Schwerer Blutverlust, aber der Notarzt meint, er kommt durch.«

Hogart schnürte es die Kehle zu. »Und Ihnen hat Jérôme nichts getan?«

»Nein … ich …«, Kohlschmied sah kurz auf, »… ich habe Jérôme erledigt.«

Erledigt? »Reden wir über *denselben* Jérôme?«, fragte Hogart.

»Ich denke schon.« Kohlschmied war es endlich gelungen, den Kabelbinder durchzuknipsen. Während Tatjana ihre Arme ausstreckte und die Schultern kreisen ließ, richtete sich Kohlschmied auf.

»Wie sind Sie überhaupt hierhergekommen?«, fragte Hogart.

»Mit Sabatier im Helikopter über Monaco.«

Nun lachte Hogart lauthals auf. »*Sie* sind geflogen? Wahnsinn! Sie wachsen wirklich über sich hinaus.«

Tatjana rieb sich die Handgelenke. »Danke«, murmelte sie schließlich und sah Hogart an. »Ist das …?«

»Ja, Magister Kohlschmied, einer der besten Männer von

Medeen & Lloyd«, sagte Hogart und ließ sogar ein klein wenig Stolz in der Stimme mitschwingen.

»Echt? Der Außendienstleiter?«

»Ja.«

»Der … *Pomadedackel*, den du nicht leiden kannst?«, fragte Tatjana unsicher.

»Äh … ja.« Hogart zuckte entschuldigend mit den Achseln.

»Ist okay, ich kann Sie übrigens auch nicht leiden«, sagte Kohlschmied. »Aber eigentlich sind Sie gar nicht so übel, Hogart.«

»Hören Sie bloß auf, sonst werden wir noch Freunde«, unterbrach Hogart ihn.

Kohlschmied unterdrückte ein Grinsen. »Stimmt, ein schrecklicher Gedanke.«

Ihr Gespräch wurde von Sabatier unterbrochen, die ebenfalls zu ihnen heruntergerannt kam. »Kommerzialrat Rast ist stabil«, rief sie von weitem. »Haben Sie David gesehen?«

Hogart nickte über die Schulter. »Den können Sie dort unten auf der Plattform einsammeln. Ebenso das Duplikat der Knochennadel.«

»Und wo ist Aimée?«, fragte sie.

Kohlschmied räusperte sich. »Mit ihrem Wagen abgehauen.«

Ein Jahr zuvor

David saß vor dem TV-Gerät, auf dem das Antlitz seines Vaters immer noch als Standbild eingefroren war. *Du hast gewusst, dass du bald sterben würdest. Die Zeit saß dir im Nacken.*

Dann starrte er auf das uralte Pergament. Vorsichtig zog er es aus der Klarsichthülle und strich sachte mit den Fingern über die großteils verblassten Farben.

Er hatte sich – im Gegensatz zu seiner Schwester – noch nie für Kunst interessiert. Seine Welt bestand aus Rockmusik, Motorradfahren, Rugby, Medizin und dem Militärdienst. Kunst war Aimées Domäne. Trotzdem erfasste ihn ein Schauder, als er ehrfürchtig das brüchige Papier berührte. »Das stammt aus dem zwölften Jahrhundert?«, fragte er ungläubig.

»Für die Welt existiert diese Zeichnung nur der Legende nach – aber wie du siehst, gibt es sie tatsächlich«, erklärte Aimée.

David betrachtete die zahlreichen Details der Skizze, die wie ein filigraner Bauplan wirkte. »Wie sind unsere Eltern da rangekommen?«

»Sie war schon im Besitz unserer Großmutter, ohne dass irgendjemand davon wusste«, erklärte Aimée. »Aber das wirklich Faszinierende daran ist, dass es ein reales Pendant zu Bíros Skizze gibt: Mutters Knochennadel und sechs weitere Teile. Diese Knochenschlacht besteht aus den Reliquien sieben gefallener Soldaten.«

David sah auf. Nun wurde ihm einiges klar. »Deshalb hast du nach dem Internat Kunstgeschichte studiert. Eigentlich wolltest du nur die Szene kennenlernen, die nötigen Kontakte knüpfen und herausfinden, was es mit Mutters Knochennadel und dieser Zeichnung auf sich hat, richtig?«

Sie nickte.

»Warum hast du mir nie etwas darüber erzählt?«

Sie amtete tief ein. »Du wolltest nie über die Nacht des Einbruchs reden.«

Stimmt! Er hatte das Thema komplett verdrängt und vor allem versucht, den Anblick seiner Eltern zu vergessen. Mutters blutüberströmtes Nachthemd und Vaters schrecklich verzerrtes Gesicht mit dem fehlenden Hinterkopf, der über den gesamten Wohnzimmerteppich verspritzt worden war. Selbst jetzt, vierzehn Jahre später, schnürte die Erinnerung seinen Brustkorb ein und nahm ihm die Luft zum Atmen.

Er spürte, wie Aimée hinter ihn trat und ihm die Hand auf die Schulter legte. Am liebsten hätte er seinen Kopf an ihren Busen gedrückt und sich von ihr umarmen lassen. Aber er riss sich zusammen und schluckte den bitteren Geschmack der Erinnerung hinunter.

»Stimmt, das war der Grund für mein Studium«, erklärte sie sanft, »aber ich habe nicht viel über Bíro erfahren – außer Legenden.«

David blinzelte eine aufkommende Träne weg. »Du hast mir immer noch nicht gesagt, warum wir dieses Gespräch ausgerechnet jetzt führen.« Seine Zunge war belegt.

»Ich möchte nicht, dass unsere Mutter umsonst gestorben ist.«

»Umsonst?«, wiederholte er. »Sie ist tot! Das lässt sich

nicht rückgängig machen. Du kannst dem Tod nachträglich keinen Sinn verleihen.«

Aimée kam herum, hockte sich vor ihm auf den Boden und legte ihre Hände in seinen Schoß. »Ich will Mutters Lebenswerk vollenden – nachdem unser Vater ihre Anstrengungen damals mit seiner Ungeduld zunichtegemacht hat.«

»Bíros Knochenzyklus zusammenführen?«

»Und zu einem Stück vereinen.«

»Warum, verdammt? Was soll das bringen?« Er schob Aimées Hände weg, stand auf und baute sich vor ihr auf.

»Warum?«, wiederholte sie fassungslos. Nun erhob sie sich ebenfalls. »Diese sieben Artefakte haben früher einmal unserer Familie gehört. Unserer Ur-Ur-Ur-Ur-Großmutter, um genau zu sein! Bis sie in den Wirren der französischen Julirevolution 1830 auseinandergerissen, zerteilt und verstreut wurden.«

»Woher weißt du das?«

»Aus ihrem Tagebuch. Sie hat geschrieben, dass mehrere Familien dafür verantwortlich waren, dass wir enteignet wurden, unsere Grundstücke und unseren gesamten Besitz verloren haben. Sie hatte damals nur die Knochennadel retten können. Die war schmal genug, um sie in ihrem Hemdsärmel verstecken zu können.«

David hörte nur noch mit einem Ohr hin – tatsächlich interessierte ihn etwas ganz anderes. »Welche Familien?«

Aimée hob die Schultern. »Das weiß ich nicht – und Großmutter hat das nie herausgefunden. Fakt ist jedoch: Die Knochenschlacht gehört uns! Sie ist *unser* Familienerbe.«

David deutete auf den alten Röhrenfernseher mit Vaters erstarrtem Gesicht. »Wenn er es damals nicht geschafft hat – wie willst du es heute schaffen?«

»Wir bieten unser Stück auf einer Auktion an. Damit locken wir die anderen Besitzer aus dem Schatten der Anonymität.«

David lachte auf. »Ich nehme an, mit einer *getürkten* Auktion, denn du willst die Knochennadel doch nicht wirklich verkaufen?«

»Natürlich nicht. Wir legen nur einen Köder aus. Die anderen Besitzer werden mitbieten.«

David schüttelte den Kopf. »Der Plan ist ziemlich gewagt – nein, er ist *verrückt*! Das klappt niemals.«

»Es war klar, dass du das sagst.« Ihr Ton beruhigte sich, trotzdem glänzten ihre Augen fiebrig. »Aber es ist so: Der Besitz eines zweiten und dritten Exponats vervielfacht den jeweiligen Wert. Niemand würde sich mit nur einem Teil begnügen, wenn er die Möglichkeit hätte, einen weiteren zu erlangen – oder gar alle wieder zu vereinen.«

David blickte zu der Skizze, die auf dem Stuhl lag. Dann atmete er tief durch und hob die Arme. »Okay, von mir aus, du bist die Kunstexpertin von uns beiden. Dieser Scheiß kostet sicher extrem viel, aber du hast schließlich genug Geld in der Stiftung.« Er wurde skeptisch. »Oder willst du etwa auch noch meinen Anteil dafür?«

Sie schüttelte den Kopf. »Nein, den brauche ich nicht.«

O Gott, nun ahnte er, was sie vorhatte. Sie hatte Vaters verschlagenen Blick, und sie würde nicht zulassen, dass der Rest der Sammlung sie viel kosten würde.

»Du willst die Dinger klauen? Na gut, von mir aus. Trotzdem verstehe ich nicht, warum du mit mir darüber reden musst. Mach es doch, wenn du der Meinung bist, dass …« Er verstummte. Jetzt wurde ihm einiges klar. »In Wirklichkeit geht es dir nicht *nur* um diese Stücke, richtig?« Nun brach die Erinnerung an jene Nacht, die er so lange unter Verschluss gehalten hatte, mit voller Wucht über ihn herein. Wie sie am Mittelstück der Treppe gesessen und zwischen den Stäben des Geländers ins Wohnzimmer gestarrt hatten. Wie danach alles anders geworden war zwischen ihnen. Und wie Aimée sich verändert hatte. »Du bist von der Idee besessen, dass Mutters Geist in dieser Sammlung weiterlebt und sie dich über das Grab hinaus anerkennt … *und liebt*, weil du es geschafft hast!«

Aimée neigte den Kopf und starrte ihn mit kaltem Blick an. »Ich werde die Knochenschlacht vereinen – und ja, verdammt, dadurch werde ich die Erinnerung an unsere Mutter aufrechterhalten. Was ist daran so schlimm?«

»Es ist … es …« Das wusste er im Moment selbst nicht. Vermutlich ging ihm nur gegen den Strich, dass sie ihn für ihre eigenen Pläne einspannen wollte. »Wozu erzählst du mir das alles? Es ist mir doch scheißegal, ob du Kunst studierst, Mutters größten Wunsch nach ihrem Tod erfüllen möchtest oder zu einem Psychologen gehst. Was habe ich damit zu tun?«

»Es gibt einen Grund, warum ich dir das alles erzähle.« Sie sah ihn schweigend an. Ihre Brust hob und senkte sich.

Nun zog sich sein Brustkorb gefühlt auf die Größe eines Steins zusammen. Er bekam kaum noch Luft. »Und zwar?«, presste er hervor.

Aimée warf einen Blick auf die Pergamentzeichnung. »Ich bin nicht die Einzige, die alle Stücke vereinen will.«

David dachte an den Einbrecher. Dann begriff er endlich, worum es wirklich die ganze Zeit ging. »Wenn du die Person findest, die damals so verbissen hinter Mutters Knochennadel her war, hast du auch denjenigen entlarvt, der schuld am Tod unserer Eltern ist, richtig?«

Aimée sah ihn an, ihre Augen funkelten, und er wusste, er war endlich auf der richtigen Spur.

»Du willst nicht nur die Sammlung vereinen, sondern auch den Tod unserer Eltern aufklären.«

Sie schüttelte den Kopf. »Nicht aufklären … rächen!«

»Rächen?«, wiederholte er. »Wozu? Mutter war immer so hart zu dir. Sie hat dich sogar geschlagen.«

Aimée presste die Lippen aufeinander. »Sie war immerhin unsere Mutter.« Tränen traten in ihre Augen. »Zum zweiten Mal in der Geschichte wollte uns jemand die Knochennadel wegnehmen – wie schon vor zweihundert Jahren. Wiederum ist es schiefgegangen. Aber dank dieser Missgeburt, die in unser Haus eingedrungen ist, haben wir keine Familie mehr … Es gibt nur noch uns.«

Er schluckte. »Und du gehst davon aus, dass dieser Kerl unter den Mitbietern ist? Was, wenn der gar nicht mitsteigert?«

»Dann finde ich eben auf anderem Wege heraus, wer die Knochennadel seinerzeit haben wollte. Jedenfalls muss ich erst einmal den Kontakt zur interessierten Kunstszene herstellen.«

In Davids Kopf überschlugen sich die Gedanken. »Und wenn der Einbrecher schon längst tot ist?«

»Das ist ein Risiko, das ich eingehen muss.«

»Und was willst du mit ihm machen, falls du ihn findest?«

»Er soll in der Hölle brennen«, sagte Aimée mit erbarmungsloser Kälte in der Stimme. »Wir übergießen ihn mit Benzin und zünden ihn an.«

»*Wir?*«

»Ich mache es nur, wenn du dabei bist.« Sie sah ihn mit Nachdruck an. »Zwinge mich nicht, jemand anderen dafür zu suchen.«

David überlegte. Aimée sprach da ganz unverblümt von Diebstahl und Mord. Was für eine Frau. Sie hatte das Skrupellose ihres Vaters und die Härte und Intelligenz der Mutter geerbt.

»Okay, ich mache mit, aber wir beide haben zu wenig Erfahrung mit so etwas …«, überlegte er laut.

Bisher hatte er seine Schwester stets vergöttert, und instinktiv wusste er, dass er alles für sie tun würde – egal, was sie von ihm verlangte. Sowohl jetzt als auch in Zukunft. »Rächen wir ihren Tod«, sagte er schließlich, »aber nur, wenn auch Jérôme dabei ist.«

»Ich habe gewusst, dass du das sagen würdest.« Sie lächelte. »Und ich habe bereits mit ihm gesprochen. Natürlich ist er dabei.«

David war über Aimées Antwort nicht einmal überrascht. Er hatte schon immer gewusst, dass Grausamkeit für ihren Geist dasselbe war wie Gymnastik für seinen Körper. Diese durchtriebene Bosheit schreckte ihn einerseits zwar ab, erregte ihn jedoch auf der anderen Seite. »Und du weißt sicher auch schon, wo wir Mutters Stück zur Auktion anbieten, nicht wahr?«

Aimée nickte. »In der Opéra Garnier. Dort haben wir einen Verbündeten.«

7. TEIL

MONACO

Samstag, 19. September

79. Kapitel

Um fünf Uhr nachmittags verließ Hogart endlich das *Commissariat de la Condamine* in jenem Stadtteil Monacos, zu dem auch der Hafen gehörte.

Er stand neben einer Parkbank unter einer Palme, drückte das Kreuz durch und ließ die linke Schulter kreisen. Die Nacht im Hotel war kurz gewesen, und Hogart hatte weder das große Bad noch das weiche Bett der luxuriösen Singlesuite eine Sekunde lang genießen können, da er die ganze Zeit an Elisabeth hatte denken müssen und ihm immer wieder die Tränen gekommen waren. Das Hotel war eines der feinsten von Monaco – umso verlorener hatte er sich dort gefühlt.

Die Kosten hatte Medeen & Lloyd übernommen – Kohlschmied hatte ohne mit der Wimper zu zucken alle Belege unterschrieben. Allerdings war Hogart ohnehin komplett abhängig von ihm, da er weder ein Handy noch Kreditkarte oder irgendwelche Unterlagen besaß. Zudem hatte die Polizei einen Beamten vor seiner Tür postiert, da er immer noch als Verdächtiger galt.

Tags darauf hatten bereits im Morgengrauen die endlosen Verhöre im Kommissariat begonnen. Auf dem Weg dorthin hatte Hogart unter Aufsicht kurz mit seinem Bruder telefonieren dürfen, ihm knapp erklärt, was in den letzten Tagen alles vorgefallen war und dass es Tatjana gut ging. Naja … bis auf die Verätzung der Hand und ein schweres Trauma. Im Gegensatz zu Hogart hatte sie die Nacht zur Kontrolle im Princess Grace Hospital verbracht und war den ganzen darauffolgenden Tag von einem deutschsprachigen Kriseninterventionsteam betreut worden. Er selbst hatte auf diese psychologische Hilfe verzichtet.

Helmut Rast hatte die Nacht ebenfalls im Krankenhaus verbracht, zuerst im Operationssaal, danach im Aufwachzimmer und später zur Beobachtung auf der Intensivstation. Sein Zustand war zum Glück stabil, und mittlerweile war er in ein Privatzimmer verlegt worden und erholte sich.

Hogart stand jetzt vor dem Kommissariat und inhalierte die salzige Nachmittagsluft, die warm vom Meer heraufwehte. In einer Hand hielt er einen Pappbecher mit heißem Kaffee, in der anderen drehte er gedankenverloren seine Zigarettenschachtel.

»Tun Sie es nicht!«

Hogart drehte sich zur Seite. Kohlschmied, in einem frischen Anzug wie aus dem Ei gepellt, kam auf ihn zu, stellte seinen Riesentrolley ab und wartete auf sein Taxi. Ihr Hotel in Paris hatte sein und Rasts Gepäck vor einer Stunde mit einer Expresslieferung zugestellt.

»Was?«, fragte Hogart. »Den Kaffee trinken?«

Kohlschmied deutete zur Zigarettenpackung. »Tun Sie es nicht, es sei denn, Sie wollen doch noch verhaftet werden.«

Wie wahr! Hier gab es weit und breit keinen einzigen Aschenbecher. Beinahe wäre Hogart tatsächlich wegen der ganzen Sache in den Knast gewandert, aber Sabatier hatte mehrfach seine Mitwirkung zur Lösung des Falls erwähnt. Ein Wort mehr aus ihrem Mund und der Staatsanwalt hätte vermuten müssen, dass sie ein Verhältnis hatten.

Hogart steckte die Schachtel in die Hosentasche und nippte am Becher. In diesem Moment patrouillierten zwei uniformierte Streifenpolizisten an ihnen vorbei. Braun gebrannt und gut gelaunt. Konnten sie auch sein, denn wie Hogart heute nebenbei erfahren hatte, hatte Monaco eine der niedrigsten Kriminalitätsraten weltweit. Der Preis dafür war ein ausgeklügelter kleiner Überwachsungsstaat mit einer Vielzahl verschiedener Polizeiapparate und jeder Menge öffentlicher Sicherheitskameras. Ob hier jemand wie Aimée jemals eine Chance gehabt hätte?

Hogart wurde jäh aus diesen Überlegungen gerissen, als nun auch Liv Sabatier telefonierend aus dem Gebäude kam und sich zu ihnen stellte. »*Merde*, schon so spät.« Sie reckte den Hals, dass die Wirbel knackten, dann sah sie zum Meer. »Ich denke, wir sind fürs Erste fertig.«

Fürs Erste? Hogart seufzte tief. In einer Marathonsitzung, die mit Ausnahme einer kurzen Pause bis jetzt gedauert hatte, hatte er mit Staatsanwalt, französischer Polizei, Kripo und den Leuten von Sabatiers Abteilung endlos Behördenkram abgewickelt. Das Fürstentum hatte der Section d'intervention sämtliche Ressourcen zur Verfügung gestellt, unter anderem auch einen Dolmetscher für Hogart, damit es rascher ging. Der war allerdings von Minute zu Minute blasser geworden, bis er Hogart mit schweißnassen und zitternden Händen zugeflüstert hatte, dass er noch niemals so schreckliche Dinge gehört hatte.

Während des Verhörs hatte Hogart noch einmal Elisabeths Tod durchlebt und kämpfte seitdem damit, die Bilder aus dem Kopf zu bekommen. Nun sah er Sabatier an. Ihre grünen Augen funkelten in der Nachmittagssonne, die offenen roten Haare wehten im Wind. Endlich konnte er ihr eine private Frage stellen, ohne dass die gleich mitprotokolliert wurde. »Wie geht es Hector?«

»Besser.« Sabatier nickte, ohne Hogart anzusehen. »Im Moment ist er bei meinem Vater in Paris. Dort hat er Auslauf im Garten, und der Tierarzt sieht nach ihm.«

Kohlschmied war kurz zusammengezuckt.

»Was?« Hogart verzog den Mund zu einem Lächeln. »Mögen Sie etwa keine Hunde?«

»Muss nicht unbedingt sein«, raunte Kohlschmied.

Flugangst und Hundephobie!

»Da wir gerade von Tieren sprechen«, sagte Sabatier und sah Hogart nun doch an. »Die Katze Joujou ist wieder bei Monsieur Bonnet im Laden. Beiden geht es gut.«

»Und Chloé Rousseau?«, fragte Hogart. »Ich meine die echte …«

Sabatier nickte. »Die wird weiterhin im Heim betreut. Ihr Vormund kümmert sich um das Vermögen ihres Vaters.«

»Wie lange bleiben Sie noch in Monaco?«

Sabatier seufzte. »Zuerst muss Davids Leiche obduziert werden. Auch die Durchsuchung von Aimées Grundstück ist noch nicht beendet. Wir haben uns den Abfluss in der Werkstatt näher angesehen und festgestellt, dass er direkt zum Meer führt. Jetzt werden wir das gesamte System aufreißen und nach Spuren suchen. Und einige Verhöre sind noch zu führen. Mit Jérôme, Sonu, Aimées anderen Angestellten und dem Restaurantbesitzer, der den Geschwistern ein falsches Alibi gegeben hat. Henri Etiennes Tod wird erneut aufgerollt. Und natürlich fahnden wir nach Aimée.«

»Was wird aus Bíros Werken?«, wechselte Kohlschmied das Thema. Typisch Versicherungsmensch; er dachte nur an die Warenwerte.

Sabatier presste die Lippen aufeinander.

Das werden wir wohl kaum erfahren, dachte Hogart, doch

dann gab sich Sabatier offenbar einen Ruck und begann zu erzählen. »Im Safe von Aimées Villa wurden alle sechs gestohlenen Objekte gefunden. Wiedervereint – und das nach einem Zeitraum von zweihundert Jahren.«

»Und die Knochennadel?«, fragte Kohlschmied.

»Bleibt weiterhin spurlos verschwunden.«

Wie Aimée!

»Kunst war zwar noch nie mein Ding«, sagte Sabatier geradeheraus und zuckte die Achseln, »aber trotzdem war der Anblick beeindruckend. Sogar für einen Laien wie mich. Eine Historikerin aus Nizza hat die Teile zusammengefügt, und obwohl in der Mitte nur das Duplikat der Nadel eingebaut worden ist, sieht die Knochenschlacht imposant, aber zugleich auch beängstigend aus.«

»Aber sie wird nicht lange so erhalten bleiben«, vermutete Kohlschmied.

Sabatier nickte. »Drei der Stücke gehen an die Erben der ehemaligen Besitzer: Rousseau, Pelletier und Trebitsch. Und Victor César erhält seine drei Stücke zurück.«

»Viel hat er aber nicht mehr davon.« Soviel Hogart heute bei einem Gespräch zwischen Tür und Angel aufgeschnappt hatte, lag César nach einigen Not-OPs immer noch mit schweren Verbrennungen auf der Intensivstation.

»Die Verhörspezialisten der Section d'intervention haben ihn vernommen«, erklärte Sabatier.

Hogart drehte den Kopf. »Er ist ansprechbar?«

»Zwischendurch hat er immer wieder wache Momente.«

»Und die Ärzte erlauben, dass er befragt …?« Als Hogart an Sabatiers Gesichtsausdruck erkannte, wie egal ihr und ihren Kollegen das war, verstummte er. Natürlich scherte sich niemand um das Wohlbefinden eines Unterweltbosses.

»César hat zugegeben, dass er vor fünfzehn Jahren den Einbruch in Medjan-Govichs Villa angeordnet hat – in jener Nacht, als Aimées Eltern gestorben sind.«

»Letzten Endes waren Aimée und David also hinter ihm her«, vermutete Hogart.

»Sieht tatsächlich so aus. Und ironischerweise ist ausgerechnet er, der indirekt schuld am Tod ihrer Eltern war, immer noch am Leben.« Sie sah Hogart an.

Weil ich ihn in letzter Sekunde aus dem brennenden Pool gezerrt habe. »Lassen Sie ihn bewachen?«, fragte er.

»Natürlich.«

Schlagartig wurde ihm klar, warum alle Besitzer der Bíro-Stücke sterben mussten. Aimée und David hatten es sich nicht erlauben dürfen, Zeugen zu hinterlassen, denen sie eine konkrete Frage gestellt hatten: *Wer ist vor fünfzehn Jahren in Medjan-Govichs Villa eingebrochen?* Hätte auch nur einer von ihnen überlebt und der Polizei von dieser Frage erzählt, hätte die Spur direkt zu ihnen geführt. Wäre César allerdings zufällig ihr erstes Opfer gewesen, hätte bei den anderen Sammlern nur ein Diebstahl stattgefunden und sie hätten vermutlich überlebt. Pech, dass ausgerechnet César am weitesten von Paris entfernt lebte.

»Deshalb wurde César brutaler als die anderen gefoltert«, überlegte Hogart laut. »Allerdings hat er den Einbruch nur in Auftrag gegeben. Das muss ziemlich unbefriedigend für Aimée gewesen sein.«

»Mittlerweile haben wir herausgefunden, dass Césars Vertrauter und rechte Hand den Einbruch begangen hat«, erklärte Sabatier. »Ein gewisser Morel. Wir haben seine Leiche im Haus gefunden.«

»Ich hab sie gesehen.« Hogart erinnerte sich an den Mann

mit dem eingeschlagenen Schädel, über den er beinahe vor Césars Hallenbad gestolpert wäre.

Er trank den Kaffee aus, zerdrückte den Becher und warf ihn in einen Mülleimer. Aimée war eindeutig verrückt. Bei ihrer Suche nach der Wahrheit hatte sie den Tod so vieler Menschen in Kauf genommen. Und das, obwohl letztlich nur einer für den Tod ihrer Eltern verantwortlich sein konnte. »So viele Unschuldige mussten sterben«, sinnierte er.

»Nicht aus Aimées Sicht«, bemerkte Sabatier. »Wir haben Unterlagen in ihrem Safe gefunden, die belegen, dass die Knochenschlacht ihrer Familie vor knapp zweihundert Jahren unrechtmäßig weggenommen worden ist.«

Sie hätten noch stundenlang über Schuld und Vergeltung philosophieren können, aber es brachte nichts. Fakt war, dass Aimée von der Bildfläche verschwunden war und mit viel Glück eines Tages einer Polizeikontrolle in die Hände fiel.

Als ein Taxi vorfuhr, räusperte sich Kohlschmied. *»Au revoir.«* Er gab Sabatier die Hand. Dann drehte er sich zu Hogart.

»Jetzt geht's nach Wien?«

Kohlschmied nickte. »Das Taxi bringt mich zum Flughafen nach Nizza.« Schweiß bildete sich auf seiner Stirn. »Ein Direktflug. Eine Stunde vierzig. Danach werde ich nie wieder in einen Flieger, geschweige denn in einen Helikopter steigen.«

Hogart gab Kohlschmied die Hand.

»Versprechen Sie mir, dass Sie nie wieder für Medeen & Lloyd arbeiten werden«, sagte Kohlschmied, während er Hogarts Hand drückte. »Meine Nerven halten das nicht aus.«

»Das Versprechen gebe ich Ihnen gern.« Hogart nickte.

»Sobald Rast wieder gesund ist, wird er seinen Posten vermutlich abgeben und sich in den Aufsichtsrat zurückziehen, dann gibt es nichts mehr, das mich mit Medeen & Lloyd verbindet.«

»Es war mir trotzdem eine Ehre, einen letzten Fall mit Ihnen abgeschlossen zu haben – nur schrecklich, dass es für Frau Domenik so geendet hat.«

Hogart hob Kohlschmieds Trolley in den Kofferraum des Wagens. Ohne weiteren Kommentar stieg Kohlschmied ein, das Taxi fuhr los. Hogart sah dem Wagen nach, bis er nach einer Kurve zwischen den Palmen verschwand.

Nun griff Sabatier in die Hosentasche und reichte ihm sein Handy. »Haben wir in Aimées Haus gefunden. Die SIM-Karten von diesem und Kohlschmieds Handy waren entfernt worden. Wir haben beide Telefone geklont und behalten uns vor, die Daten im Zuge der Ermittlungen auszuwerten.«

»Ich nehme nicht an, dass Sie dazu meine Zustimmung brauchen.«

Sie lächelte, dann gab sie ihm seinen Reisepass und den Personalausweis. »Sind heute mit dem Expresskurier aus Paris gekommen. Sie sind ein freier Mann, Hogart. Bringen Sie sich nicht wieder in Schwierigkeiten, okay?«

»Versprochen … und danke.« Er steckte alles ein.

»Was machen Sie jetzt?«, fragte sie ihn.

»Tatjana und Helmut Rast im Krankenhaus besuchen.«

»Richten Sie den beiden meine Grüße aus. Ich würde Sie gern begleiten, aber auf mich wartet noch jede Menge Arbeit.«

»Klar.«

Hogart verstand das. Und eigentlich war er froh darüber.

Zum einen wollte er jetzt allein sein, um emotional ein wenig zur Ruhe zu kommen, zum anderen brauchte er Zeit, um alle Details dieses Falls von Grund auf zu überdenken.

Denn sein Gefühl sagte ihm, dass sie alle zusammen irgendetwas übersehen hatten.

80. Kapitel

Das Princess Grace Hospital war ein riesiger moderner Gebäudekomplex, der lang gezogen auf einer Anhöhe stand. Von den begrünten Plattformen, die die gigantische Glasfassade durchbrachen, wucherten Hängepflanzen mehrere Meter weit zu den unteren Etagen hinunter. Hinter dem Spital befand sich ein kleines älteres Gebäude, das teilweise in den Fels hineingebaut worden war und das regelrecht im Schatten des Krankenhauses lag.

Helmut Rasts Zimmer im Neubau war klinisch weiß und stylisch kalt mit indirekter LED-Beleuchtung. Einzig und allein ein modernes Gemälde und ein Strauß Blumen in einer Vase brachten etwas Farbe in den Raum.

Hogart saß auf einem Stuhl neben dem Bett und blickte aus dem Fenster. Die große Glasfront mit der Jalousie reichte fast bis zum Boden. Vom sechsten Stockwerk aus hatte man eine gigantische Aussicht auf die Stadt, die geschwungene Hafenbucht und die Sonne, die soeben im Meer versank. Ein dunkler orangefarbener Schimmer lag über den Häusern. Generell war es eher ruhig: Im Zimmer piepte monoton eine Maschine, draußen auf dem Gang schob hin und wieder jemand einen Wagen vorbei, und vom Ende des Flurs ertönte das Klingeln des Fahrstuhls. Abgesehen davon waren nur Rasts regelmäßige Atemzüge zu hören, die beruhigend auf Hogart wirkten.

Der große grauhaarige Mann schlief tief und fest. Hogart

betrachtete Rasts eingefallene Gesichtszüge. Die letzten Tage hatten ihn schwer gezeichnet. Dabei wusste Rast noch nicht einmal von Elisabeths Tod. Hogart hatte keine Ahnung, wie er ihm das beibringen sollte. Wieder dachte er an Elisabeth, wieder kamen ihm Tränen, die er sofort wegwischte.

Er hielt Rasts Hand, sie war warm. Plötzlich drückte Rast seine Hand unbewusst im Schlaf, und Hogart war froh, dass noch so viel Kraft und Lebenswillen in diesem Mann steckten.

Je dunkler es draußen wurde, umso klarer spiegelte sich das Zimmer in der Fensterscheibe, inklusive des Fernsehers. Hogart hatte ganz vergessen, dass der Apparat lief. Der Ton war abgedreht. Als er nach der Fernbedienung griff, um das Gerät ganz auszuschalten, hielt er inne. Sein Blick fiel auf eine Reporterin, die im Foyer der Opéra Garnier stand und in die Kamera sprach. Hinter ihr zogen Dutzende Gäste vorbei.

Klar, es ist Samstag! Das war eine Live-Übertragung aus der Oper anlässlich der Saisoneröffnung. In wenigen Minuten würde *Les Misérables* beginnen. Zum Glück ohne ihn. Hogart ließ den Ton weg, er wusste auch so, worum es ging. Gedankenverloren betrachtete er die Bilder vom Inneren der Oper.

Aimée und David mussten sich aus einem bestimmten Grund entschieden haben, die Versteigerung in der Opéra Garnier abzuwickeln, ebenso wie die Entführung jener Person, die die Knochennadel anschließend abtransportieren würde. Dass es ausgerechnet Elisabeth treffen würde, musste ein Zufall gewesen sein, denn die ganze Auktionsplanung hatte stattgefunden, lange bevor Medeen & Lloyd hinzugezogen worden war.

Warum ausgerechnet die Oper?

Weil sie sie gut kennen mussten.

Aber woher?

Von Loubet-sur-Mer nach Paris war es ein weiter Weg. Hogart lehnte sich im Stuhl zurück.

Warum *ausgerechnet* die Pariser Oper?

Meyer-Lanski hatte ihm erzählt, dass die Verkäuferin der Knochennadel schon immer eine Opern-Liebhaberin gewesen sei. Mittlerweile kannte er Aimée ziemlich gut, auch in ihrer Rolle als Chloé – aber für eine große Opern-Liebhaberin hätte er weder Aimée noch Chloé gehalten. Also musste es andere Gründe für diese Wahl gegeben haben.

Verdammt!

Das war es, was ihn die ganze Zeit gestört hatte.

Plötzlich saß er aufrecht auf dem Stuhl. Ein logischer Grund für die Wahl dieses großen labyrinthischen Gebäudes, in dem man sich nur zu leicht verirren konnte, war möglicherweise, dass Aimée einen Insider gehabt hatte. *Aber wen?*

Es konnte nur jemand sein, der Zugang zu allen Bereichen der Oper hatte und alles organisieren konnte, was für eine unauffällige Entführung notwendig war. Hogart starrte auf den TV-Monitor. Soeben kam Dr. Meyer-Lanski ins Bild – mit einem Abendkleid schick in Schale geworfen – und gab der Reporterin ein Interview. Rasch machte er den Ton an. Durch das Gemurmel der Leute und den Hall im Foyer war sie nur schwer zu verstehen, aber anscheinend ging es um die Inszenierung. Hogart hörte nur mit einem Ohr hin, als ihm plötzlich klar wurde, dass die Antwort auf seine Frage ganz klar vor ihm lag.

Sie hatte Aimée geholfen!

Ein verrückter Gedanke, der allerdings gar nicht so abwegig war. Mit ihrem Knowhow über die Räumlichkeiten der Oper wäre Meyer-Lanski Aimées ideale Verbündete gewesen. Was nicht hieß, dass sie von Anfang an auch von den geplanten Morden gewusst hatte. Sicherlich nicht – und als sie davon aus den Medien gehört hatte, war ihr bestimmt der Arsch auf Grundeis gegangen.

Aber woher kannten Aimée und sie sich?

Wie er mittlerweile wusste, konnte Aimée deshalb so gut Deutsch, weil sie ein halbjähriges Praktikum an der Kunsthochschule Berlin-Weißensee absolviert hatte. Hogart kniff die Augen zusammen. Meyer-Lanski hatte doch auch in Berlin gelebt, und zwar bevor sie in New York Leiterin des MoMA geworden war. Das wusste er von Rast.

Okay, aber aus welchem Grund hätte Meyer-Lanski Aimée helfen sollen?

Bestimmt war es um eine Menge Geld gegangen, aber Hogart erinnerte sich darüber hinaus, wie fasziniert Meyer-Lanski gewesen war, als er gemeinsam mit ihr die echte Knochennadel entdeckt hatte. Vielleicht war sie von der Wiedervereinigung der Knochenschlacht ebenso besessen gewesen wie Aimée.

Was für eine verrückte Idee!

Hogart schaltete den Ton wieder aus und betrachtete Meyer-Lanskis Gesten und ihre Lippen, die sich tonlos bewegten. Natürlich war es riskant gewesen, aber vielleicht hatte sie ihm bei ihrem Treffen auf dem Friedhof ja deshalb die Polizei auf den Hals gehetzt, um seine Ermittlungen zu forcieren und ihn indirekt in Aimées Arme zu treiben. Schließlich hatte sie sich nur halbherzig gewehrt, als er mit ihr die Flucht ergriffen hatte.

Doch irgendwie erschien ihm sein ganzes Gedankenkonstrukt noch etwas wackelig. Wer konnte ihm mehr über diese Frau erzählen? Hogart betrachtete den schlafenden Mann neben sich, dessen Brustkorb sich regelmäßig hob und senkte. Zwischen Rast und Meyer-Lanski war irgendetwas vorgefallen, aber darüber würde er jetzt nichts weiter erfahren. Dafür fiel Hogart ein, wer ihm möglicherweise sonst weiterhelfen konnte.

Girard! Der Sicherheitsmann aus der Oper.

In der Gewissheit, eine heiße Spur zu haben, griff er zum Handy und wählte Girards Nummer. Als der endlich nach dem fünften Klingelton abhob, atmete Hogart erleichtert auf. »*Bonjour*, Girard«, sagte er.

»Monsieur Hogart!« Der Mann klang überrascht. »Was gibt es? Machen Sie schnell! In der Oper ist heute Abend die Hölle los.«

Hogart hörte es an den Hintergrundgeräuschen. »Frau Dr. Meyer-Lanski hat früher in Berlin gelebt, richtig?«

»Ja, und?«

»Wissen Sie, ob sie später auch noch Kontakte zu jemandem in Berlin gehabt hat? Es ist wirklich wichtig!«, drängte Hogart.

»Sie ist regelmäßig nach Berlin geflogen und hat dort Vorträge an der Kunsthochschule gehalten.«

»Wo genau?«

»Berlin-Weißenbach oder so …«

»Weißen*see*!«, korrigierte Hogart ihn, während ihn ein Schauer erfasste. Er umschloss das Handy fester. *Langsam fügen sich die Teile zusammen.* »Kam der Vorschlag, dass nur Sie und Isabelle für den sicheren Transport der Knochennadel zur Bank sorgen sollten, direkt von Meyer-Lanski?«

»Monsieur Hogart, Sie machen mich nervös. Worum geht es?«

»Beantworten Sie bitte meine Frage!«

»Ja, die Anweisung kam von ihr.«

»Danke, Sie haben mir sehr weitergeholfen.« Hogart beendete das Gespräch und starrte zum Monitor. Meyer-Lanski war verschwunden. Jetzt blickte man von einer Loge aus auf den Orchestergraben und den Bühnenvorhang, der sich jeden Moment heben würde. Möglicherweise befand sich die Kamera sogar in der Loge des Phantoms der Oper.

Hogarts Gedanken kehrten wieder zu Meyer-Lanski zurück. Sie musste alles eingefädelt und dafür gesorgt haben, dass an diesem Abend in der Oper lediglich zwei Sicherheitsleute zur Verfügung standen, die bei Bedarf ausgeschaltet werden konnten.

Er drückte Rasts Hand. »Ich glaube, wir beide haben soeben den Fall gelöst«, flüsterte er und wählte Sabatiers Nummer.

Sie ging sofort ran. »Hogart, was ist passiert? Ich …«

»Ich muss Ihnen etwas Dringendes sagen«, unterbrach er sie und erzählte ihr von seinen Schlussfolgerungen.

Danach herrschte einige Sekunden lang Stille. »Es ist fast schon unheimlich, denn auch ich bin zu dem Schluss gekommen, dass Aimée einen Insider in der Oper gehabt haben muss – nur war ich mir nicht sicher, wen.«

»Es muss Meyer-Lanski sein!«

»Wie sicher sind Sie?«

»Absolut! Möglicherweise weiß Meyer-Lanski sogar, wo Aimée sich gerade aufhält … und wo die Knochennadel ist.«

»Gut, ich kümmere mich darum. Meine Kollegen werden sie gleich zum Verhör holen.«

»Jetzt?« Er dachte an die Aufführung. »Sie ist gerade in der Oper.«

»Das weiß ich. Wir werden vorgeben, ihr noch dringend ein paar ungeklärte Fragen stellen zu müssen.« Im nächsten Moment war die Verbindung weg.

Hogart sah aus dem Fenster. Die Lichter der Häuser und Autos funkelten in der Nacht. In der Spiegelung sah er, wie sich auf dem TV-Monitor der Vorhang hob.

81. Kapitel

Eine Stunde später betrat er zwei Etagen höher im achten Stockwerk schon zum zweiten Mal an diesem Abend Tatjanas Zimmer.

Zwar waren die offiziellen Besuchszeiten längst vorbei, aber die Pfleger und Schwestern wussten mittlerweile, dass Hogart an der Wiederbeschaffung der Bíro-Werke beteiligt gewesen war, was ihn – zumindest für die Franzosen – zu einer Art Volkshelden machte. Und so drückte man auch hier, in Monaco, ein Auge zu.

Hogart schob Tatjanas Koffer zur Tür herein. Sie lag wach, aber erschöpft in einem weißen Nachthemd im Bett. Ihre Hand war bis übers Gelenk bandagiert. Auch sie hatte den Fernseher eingeschaltet, wohl in dem verzweifelten Versuch, sich ein wenig abzulenken.

Hogart stellte ihren Koffer neben dem Nachtschrank ab. »Die Pariser Polizei hat mir soeben deine Sachen ausgehändigt.«

Tatjana sah ihn mit müden Augen an und griff nach seiner Hand. Auf ihrem Handrücken steckte eine Braunkanüle in der Vene. Obwohl sie vorhin ein starkes Beruhigungsmittel bekommen hatte, wie die Schwester Hogart erzählt hatte, kämpfte sie dennoch gegen den Schlaf an. »Ich freue mich auf die Dusche morgen, das Frühstück und dass ich endlich eigene frische Sachen anziehen kann«, murmelte sie. Jedes Wort schien sie unendlich viel Kraft zu kosten.

Er setzte sich zu ihr ans Bett, hielt ihre Hand und strich ihr mit der anderen die Rastalocken zur Seite. »Wie geht's dir?«

»Ich habe mit Papa telefoniert. Du solltest lieber fragen, wie es ihm und Mama geht. Sie fliegen morgen her.«

»Ich weiß«, gab er zu. »Unser Kurzurlaub ist nicht gerade gut verlaufen.«

Sie begann zu weinen. »Elisabeth ist tot …«

Er beugte sich zu ihr und nahm sie in die Arme. Sie weinte minutenlang, während er sie einfach nur hielt.

Schließlich löste sie sich von ihm. »Danke«, schniefte sie und wischte sich die Tränen weg. Ihr Gesicht war feuerrot. »Das ist besser als das ganze Gefasel der Therapeuten.« Plötzlich lachte sie auf. »Ich habe mir gerade die Live-Übertragung aus der Oper angesehen.«

»Was ist daran so lustig?«

»Die Reporter haben aus der Loge des Phantoms gefilmt, in der Meyer-Lanski saß. Plötzlich ging die Tür auf und Polizisten kamen herein. Das Bild hat wie in einem schlecht gemachten Dokumentarfilm gewackelt, und Meyer-Lanski wurde vor laufender Kamera abgeführt. Voll peinlich!«

Hogart schluckte. Sabatier hatte das von Monaco aus ziemlich rasch organisiert.

»Sie hat sich sogar gewehrt …« Tatjana stutzte, dann runzelte sie die Stirn. »Du weißt doch etwas darüber, oder?«

Hogart schüttelte den Kopf. Tatjana brauchte jetzt vor allem Ruhe und keine weitere Aufregung. »Die Premiere findet offenbar ohne sie statt«, sagte er nur. Mit viel Glück konnte sich Meyer-Lanski den Saisonbeginn in der Verhörzelle auf einem Monitor anschauen.

Eine halbe Stunde später verließ er Tatjanas Zimmer und ging leise durch den Flur, um keine Patienten aufzuwecken. Außer ihm befand sich niemand im Gang, nur hinter der Glasscheibe des Infoschalters neben dem Schwesternzimmer saß noch jemand.

Hogart ging am Fahrstuhl vorbei und nahm die Treppe. Im hellen Treppenhaus roch es nach Desinfektions- und Scheuermittel – vollkommen klinisch. Kalte Leuchtstoffröhren beleuchteten die Etagen, und durch die Spiegelung in den Fenstern sah man hinunter zum Hafen.

Möglicherweise hatte Meyer-Lanski gedacht, sie käme ungeschoren davon, obwohl sie Aimée geholfen hatte, die Knochennadel zu …

Abrupt blieb er auf den Stufen stehen.

Sein Herz raste.

Verdammt!

Er hatte einen unglaublichen Denkfehler begangen.

Du Idiot! Meyer-Lanski ist doch dabei gewesen, als du die echte Knochennadel in der Oper gefunden hast. Und dann hast du sie in dieser Abstellkammer eingesperrt.

Er umklammerte das Treppengeländer, bis seine Knöchel weiß wurden. Hätte sie tatsächlich mit Aimée unter einer Decke gesteckt, hätte sie Aimée natürlich vom Fund der Knochennadel erzählt. Aber die hatte nichts davon gewusst.

Verdammt!

Hogart wurde plötzlich heiß. Etwas stimmte nicht an seiner Theorie. Möglicherweise war Aimée zwar bei einem Vortrag von Meyer-Lanski in Berlin-Weißensee auf die Idee gekommen, die Knochennadel in der Pariser Oper versteigern zu lassen, aber trotzdem konnte Meyer-Lanski nicht ihre Verbündete gewesen sein. Die Frau saß völlig umsonst seit einer Stunde im Verhör.

Aber wer hat Aimée dann geholfen?

Während er nun wieder weiter nach unten lief, wählte er Sabatiers Nummer.

»Hogart, was ist?«, bellte sie ins Telefon. »Ich habe zu tun. Meine Kollegen in Paris haben bereits …«

»Ja, das weiß ich. Gerade deshalb rufe ich an«, unterbrach er sie.

Sabatier lachte. »Sagen Sie bloß, wir haben uns geirrt?«

Er schwieg.

»O merde, non!« Ihr Lachen verstummte. »Bitte sagen Sie mir jetzt nicht, dass …«

»Doch, wir haben uns geirrt. Sie müssen Meyer-Lanski wieder gehen lassen. Sie kann es nicht gewesen sein.«

»O mon Dieu, Hogart! Heute ist die Premiere von *Les Misérables*. Wenn sich herausstellt, dass wir die Frau völlig umsonst herausgeholt haben …«

»Sie sind die Section d'intervention – Ihnen fällt schon etwas ein.«

»Und was, bitte schön?«

»Mein Gott, sagen Sie ihr, dass die Polizei sie vor einem möglichen Angriff von Aimée schützen wollte.« Hogart erreichte das Erdgeschoss und stieß die Tür zum Flur auf. Mit raschen Schritten lief er in Richtung Eingangshalle und steuerte den Kaffeeautomaten an. Er brauchte jetzt dringend einen starken Mokka, um seine Gedanken neu zu sortieren.

»Gut, aber wer ist dann der Komplize?«, rief Sabatier. »Wir sind doch beide überzeugt davon, dass die drei das alles nicht allein durchgezogen haben können.«

»Ich weiß es nicht«, gab er zu, klemmte sich das Telefon

zwischen Wange und Schulter und kramte seine letzten Münzen aus der Brieftasche.

»*O merde!*«, fluchte Sabatier erneut. »Und warum kann Meyer-Lanski es nicht gewesen sein?«

»Sie wusste, dass ich die echte Knochennadel hatte«, sagte Hogart. In der Spiegelung des Automaten sah er, wie eine dunkelhaarige Frau das Gebäude betrat und quer durch die futuristische Eingangshalle ging.

»Das erklärt einiges«, sagte Sabatier. »Also gut …«

Die Frau mit Hut, pechschwarzen Haaren und burschikoser Pagenfrisur lief jetzt direkt hinter Hogart vorbei. Ihr Anblick erinnerte ihn an Aimée.

Aber das kann nicht sein! Bist du schon paranoid?

Er drückte sich neben dem Automaten an die Wand und schielte hinter der Kante hervor. Nun sah er die Frau nur noch von hinten. Sie ging zu den Fahrstühlen.

»Hogart, sind Sie noch dran?«

»Ja«, flüsterte er und hielt sich die Hand schützend vor das Telefon. »Ich habe …«

»Gut, Hogart, ich muss Schluss machen …«, unterbrach Sabatier ihn.

»Warten Sie einen Moment!«, zischte er.

»Später! Ich muss die Sache mit Meyer-Lanski geradebiegen.«

»Sie ist hier!«, flüsterte er, doch Sabatier hatte bereits die Verbindung unterbrochen.

Mist! Hogart starrte auf die Frau beim Fahrstuhl. Größe und Figur stimmten. *Und sie humpelt!* Konkret versuchte sie, das rechte Bein so wenig wie möglich zu belasten. *Hast du immer noch Schmerzen von deinem eigenen Projektil?*

Während sie in die Kabine stieg und sich die Tür hinter

ihr mit einem Klingeln schloss, lief Hogart bereits zurück zum Treppenhaus. Er riss die Tür auf und rannte die Stufen hinauf. *Was willst du hier?* Er musste ins sechste Stockwerk zu Rast, denn Rast und Kohlschmied hatten Jérôme erledigt. Es war absurd, aber falls diese Frau tatsächlich Aimée war, plante sie womöglich, ihren treuen Diener zu rächen. Oder ging es um Tatjana?

Während er keuchend eine Etage nach der anderen nahm, drückte er auf die Wahlwiederholungstaste seines Handys und aktivierte die Lautsprecherfunktion. Sabatier musste sofort eine Polizeieinheit ins Krankenhaus schicken.

Aber es läutete nicht! Sabatiers Telefon war besetzt.

Fuck!

Die telefonierte vermutlich gerade sämtliche Leitungen heiß, um Meyer-Lanski aus dem Verhör rauszubekommen.

Dutzende Gedanken schwirrten ihm durch den Kopf. Etwas beschäftigte ihn dabei vor allem anderen. *Wer ist dein Verbündeter in der Oper gewesen?*

Und bist du alleine hier?

82. Kapitel

Hogart keuchte weiter die Treppe hinauf. Nach all den Strapazen der letzten Tage musste er sich jetzt nur noch darauf konzentrieren, nicht umzukippen – und wie daheim beim Joggen war es, als würde sein Gehirn auf einmal automatisch ohne sein Zutun alle Details zusammensetzen. Und plötzlich wusste er es.

Girard!

Er hat Aimée geholfen! Nur so kann es gewesen sein.

Das erklärte auch, warum er Elisabeth allein zur Garderobe gehen ließ. Hogart hielt sich kurz am Geländer fest, dann rannte er weiter. Schnaufend erreichte er den fünften Stock. Ihm war es sowieso schon von Anfang an merkwürdig vorgekommen, dass ein erfahrener Sicherheitsbeamter wie Girard, der einige Medaillen im Siebenkampf besaß, die Person, die er schützen sollte, aus den Augen gelassen hatte.

Außer Puste gelangte er in den sechsten Stock, stieß die Tür auf und sah sich im Gang um. Bis auf eine Schwester mit einem leeren Infusionsbeutel in der Hand war hier niemand. »Ist eine Frau aus dem Fahrstuhl gestiegen?«, keuchte Hogart in gebrochenem Französisch.

Die Frau schüttelte den Kopf. *»Non.«*

Verflixt!

Er starrte auf die Anzeige des Lifts. Die Kabine, mit der die vermeintliche Aimée hinaufgefahren war, hatte im *achten*

Stock gehalten. Aimée wollte gar nicht zu Rast – sondern tatsächlich zu Tatjana! *Natürlich!* Er hatte Aimées Bruder auf der Plattform erledigt. Es klang gar nicht so abwegig – anscheinend wollte Aimée sich an *ihm* rächen, indem sie Tatjana etwas antat.

»Verständigen Sie die Polizei!«, rief er auf Französisch. Er wollte bereits wieder ins Treppenhaus laufen, als sein Handy klingelte. *Endlich!*

Es war Sabatier. »Hogart, Sie haben angerufen?«

»Ich weiß, wer Aimées Kontaktmann in der Oper war«, rief er immer noch außer Atem. »Girard!«

»Wie bitte?«

»Aber das ist im Moment unwichtig. Aimée ist im Krankenhaus! Schicken Sie ein paar Streifenwagen her …« Er raste bereits weiter die Treppe hoch. »… achter Stock, Trakt D, zu Tatjanas Zimmer. Nummer neun.« Er legte auf.

Schnaubend erreichte Hogart den achten Stock, riss die Tür auf und rannte in den Gang. Die Fahrstuhlkabine stand immer noch hier. Die Tür war geschlossen. Hogart sah sich im Flur um. Weit und breit war niemand zu sehen. Er rannte durch den Gang in Richtung Tatjanas Zimmer und kam an dem beleuchteten Infoschalter vorbei. Jetzt saß niemand mehr hinter der Glasscheibe.

Mist!

Er rannte weiter, erreichte Tatjanas Zimmer, riss die Tür auf und platzte in den Raum.

Tatjana fuhr vom Bett hoch und starrte ihn mit vor Entsetzen geweiteten Augen an.

»Bist du allein? Geht's dir gut?«, rief er.

»Ja, bis auf den Herzinfarkt, den du mir gerade beschert hast.«

Er sah sich um. Außer Tatjana war hier tatsächlich niemand. Die Vorhänge waren zugezogen, und das Fernsehgerät lief immer noch. Tatjana hatte auf einen anderen Sender umgeschaltet.

Verdammt, du hast dich getäuscht!

Sicherheitshalber riss er auch die Tür zum Badezimmer auf. Dort stand ein Mann, der ihm mit einem gehetzten Blick entgegenstarrte. Er selbst! Aus dem Spiegel über dem Waschbecken. Tatsächlich war das Bad leer.

»Was ist passiert?«, rief Tatjana.

»Nichts, alles okay«, murmelte er. »War jemand hier?«

»Nein, aber was …?«

Er fuhr sich mit dem Handrücken über den Mund. »Ich habe jetzt keine Zeit für lange Erklärungen, also hör mir gut zu …«, er schnappte nach Luft, »… die Polizei wird gleich hier sein. Wenn sie anklopft, öffnest du. Aber bis dahin klemmst du den Stuhl unter die Türklinke und machst niemandem auf.«

»Aber …«

»Hast du verstanden?«, herrschte er sie an.

»Ja«, antwortete sie ängstlich. »Und du?«

»Ich muss weg. Bin am Handy erreichbar.« Er drückte den Notrufknopf über Tatjanas Bett und verließ ihr Zimmer. Nachdem er gehört hatte, wie sie den Stuhl unter die Klinke geklemmt hatte, lief er zum Schalter zurück. Von dort kam ihm bereits eine Schwester entgegen.

»*Excusez-moi*, ich habe nach Ihnen geläutet, Schwester«, stammelte er auf Französisch. »Es ist dringend. Haben Sie eine junge Frau mit Hut und schwarzer Pagenfrisur gesehen?« Mit Gesten beschrieb er Aimées Frisur.

»Non, pourquoi?«

Er presste die Lippen aufeinander. *Verflixt, aber sie muss doch hier ausgestiegen sein!* »Was gibt es noch auf dieser Etage?«

»Nur die psychologische Beobachtungsstation.«

»Sonst nichts?«

Sie nickte in die andere Richtung den Gang hinunter. »Dort ist der Verbindungsgang zu Trakt E.«

»Trakt E?«, wiederholte er.

»Das alte Gebäude.«

Verwirrt runzelte er die Stirn. »Was?«

»Die Reste des ehemaligen Krankenhauses aus den 60er Jahren.«

Hogart erinnerte sich. Er hatte es gesehen, als er mit dem Taxi vom Kommissariat hergefahren war. Der alte Trakt war aus grauem Ziegelstein, lag hinter dem Krankenhaus und war teilweise in die Felswand gebaut worden – nur hatte er nicht geahnt, dass dieses Gebäude mit dem modernen Komplex verbunden war. »Und was gibt es dort?«

»Die Intensivstation für Brandopfer.«

Brandopfer! Er dachte nach. *Natürlich!*

»*Merci*!«, rief er und rannte los. Aimée wollte weder zu Rast noch zu Tatjana, sondern in die Spezialklinik für Schönheitschirurgie, Rekonstruktion und Hauttransplantationen.

Victor César liegt in diesem Krankenhaus!

83. Kapitel

Hogart erreichte den Verbindungskorridor. Ein Glastunnel in schwindelerregender Höhe, der das neue mit dem alten Gebäude verband.

Durch den beleuchteten Glasboden sah er, dass die alte Klinik nur vier Stockwerke hoch war, da sie weiter oben auf der steil ansteigenden Anhöhe lag. Die Front des alten Spitals, die Hogart jetzt deutlich erkennen konnte, erinnerte ihn an die klassischen Gebäude alter Monarchien: Erker, Stuckaturen und hohe Fenster mit Rundbögen. Um das Gebäude herum befand sich ein hoher schmiedeeiserner Zaun mit Spitzen. Möglicherweise hatte Aimée es dort unten beim Haupteingang versucht, war aber nicht reingekommen und hatte sich daher für den Weg über diesen Verbindungstunnel entschieden.

Am Ende des Glaskorridors gelangte Hogart in die alte Klinik, und es war, als würde er eine andere Welt betreten. Hohe Räume, die Böden teilweise aus Fliesen oder knarrendem Parkett. Es roch nach Holz, Kalk und Medikamenten, manche davon schienen sich schon über Jahrzehnte hinweg im Mauerwerk eingenistet zu haben. Lediglich die Flachbildschirme an den Wänden, auf denen Besuchszeiten angezeigt wurden und für verschiedene Behandlungen geworben wurde, ließen ahnen, dass man sich im 21. Jahrhundert befand.

Hogart erreichte einen Infoschalter, hinter dem ein junger

Mann mit Leuchtstift in ein Manuskript malte und ziemlich gelangweilt wirkte. Schwer atmend stützte sich Hogart auf das Pult und wartete, bis der Junge von seinem Skript aufsah. »In welchem Zimmer liegt Victor César?«

Der Bursche sah ihn verwirrt an, dann griff er zu einem Formular, das er vor Hogart aufs Pult legte. »Sind Sie ein Angehöriger? Falls ja, Ihren Ausweis sowie Name und Adresse«, murmelte er. »Allerdings ist es jetzt ...« Er blickte zur Wanduhr.

»Schon gut!«, unterbrach Hogart ihn. »Wo ist die Abteilung für Brandopfer?«

Der Mann schüttelte den Kopf, dann deutete er zur Uhr. *»Excusez-moi, mais ...«*

»Vergiss es!«, knurrte Hogart und lief zu einer Tafel an der Wand, auf der die einzelnen Stationen mit farbig markierten Wegen beschrieben waren. Natürlich nur auf Französisch. Allerdings erinnerte er sich, wie die Schwester im Trakt D die Brandstation bezeichnet hatte, und fand sie tatsächlich. Sie lag im gleichen Stockwerk. Hogart orientierte sich kurz anhand des roten Punktes – *vous êtes ici* – und lief dann rechts den Flur hinunter.

Er hörte, wie der junge Mann ihm hinterherrannte und mehrmals aufgebracht *Attendez!* rief. Jetzt auf einmal zeigte der Kerl Initiative. *Zu spät, Junge!* Keuchend erreichte Hogart einen Seitengang, vor dem ein bewaffneter Polizist mit einem Funkgerät am Hemdkragen stand. Erleichtert blieb er stehen und stützte sich mit den Händen auf den Knien ab. Mittlerweile lief ihm der Schweiß über den Rücken in den Hosenbund.

»Je m'appelle ... Peter Hogart ... je suis ... détective privé«, erklärte er und zog vorsichtig und langsam seinen Ausweis

aus der Tasche. Der Polizist warf einen Blick darauf, und im nächsten Moment war auch schon der Bursche vom Schalter bei ihnen. Die beiden Männer unterhielten sich auf Französisch, wobei einmal der Name *Victor César* fiel. Dabei blickte der Polizist in den Gang, vor dem er stand.

Offenbar war er hier postiert worden, um César zu bewachen oder darauf zu achten, dass der nicht verduftete. Immerhin war César nicht nur Opfer, sondern auch Zeuge und Verdächtiger zugleich und musste vermutlich mit einer Anklage wegen Einbruchs rechnen.

»Sind Sie der einzige Polizist hier?«, unterbrach Hogart das Gespräch der beiden in holprigem Französisch.

»Mein Kollege patrouilliert auf der anderen Seite«, antwortete der Polizist. *»Pourquoi?«*

»Kam hier jemand vorbei?«

»Nur eine Ärztin. Worum geht es?«

»Kurze schwarze Haare, etwa so groß?« Hogart streckte die Hand in Kopfhöhe aus.

»Oui.«

»Das war keine Ärztin«, widersprach Hogart.

»Doch!«, beharrte der Polizist entschieden. »Mein Kollege hat mich angefunkt und mir gesagt, dass eine Ärztin kommt, um nach César zu sehen.«

»Aber …« Hogart war verwirrt. »Funken Sie Ihren Kollegen noch mal an.«

Der Polizist sah Hogart abfällig an, als dächte er nicht im Traum daran, Befehle von einem Zivilisten anzunehmen.

»Jetzt machen Sie schon!«

Widerwillig griff der Polizist zum Funkgerät und sprach hinein. Sie warteten, aber bis auf statisches Knacken war nichts zu hören.

»In welchem Zimmer liegt César?«, fragte Hogart.

»Fünfzehn E, aber Sie dürfen nicht zu ihm! Ich muss zuerst Ihren Ausweis überprüfen.« Er griff erneut zum Funkgerät.

Hogart suchte kurz nach den richtigen Worten. »Ihr Kollege ist ziemlich sicher tot. Holen Sie Verstärkung! Aimée Medjan-Govich ist hier. Nach ihr wird gefahndet!«, rief er und rannte los.

»Sie dürfen da nicht rein!«, brüllte der Mann.

»Rufen Sie Liv Sabatier von der Section d'intervention an!«, rief Hogart und lief weiter in den Gang.

»Merde!«

Er sah, dass der Mann ihm folgte, statt zu telefonieren. *So ein Mist!* Warum hörte niemand auf ihn? Bestimmt hatte Aimée den anderen Polizisten überwältigt und ihn gezwungen, diesen Funkspruch zu schicken, bevor sie ihn irgendwie außer Gefecht gesetzt hatte.

Hogart rannte weiter, bog in einen Seitenkorridor und lief an mehreren Zimmern vorbei. Vor der Nummer fünfzehn bremste er rechtzeitig ab, riss die Tür auf und stürzte ins Zimmer.

Es war dunkel, nur die blinkenden Displays der Maschinen spiegelten sich in der großen fast bodentiefen Fensterscheibe. Auf dem Bett lag eine bandagierte Person. Das musste César sein.

Da knallte Hogart von hinten ein harter Gegenstand mit voller Wucht gegen den Schädel. Er hörte den Klang des dumpfen Metalls, fiel der Länge nach hin und rutschte über den Boden. *Nicht schon wieder!* Der Schlag fühlte sich an, als hätte es ihm den Kopf von den Schultern gerissen.

Benommen drehte er sich auf den Rücken. Hinter der

Tür stand Aimée. Sie trug einen weißen Arztkittel, um ihren Hals hing ein Stethoskop. In der Hand hielt sie einen schweren Feuerlöscher. Mit der anderen Hand warf sie die Tür zu, zog einen Metallstuhl heran und klemmte die Rückenlehne unter die Klinke. Dann trat sie mit dem Fuß so fest zu, dass sich die Stuhlbeine verbogen und tief in den brüchigen Linoleumboden gruben.

»Wusste ich es doch, dass du mich bemerkt hast«, fauchte sie, humpelte zwei Schritte näher heran und holte erneut schwungvoll mit dem Feuerlöscher aus. Hogart konnte gerade noch rechtzeitig die Arme hochreißen. Der Feuerlöscher knallte gegen seine Unterarme, was sich anfühlte, als würden Elle und Speiche brechen. Dann ließ sie den Feuerlöscher einfach auf sein Gesicht fallen. Er hob zwar geistesgegenwärtig die Hand, konnte den Aufprall aber nur noch teilweise abfangen.

Sein Kopf dröhnte. Er schmeckte Blut im Rachen, etwas davon lief ihm über die Wangen bis zu den Ohren. Die Nase war sicher gebrochen. Aus weiter Ferne hörte er gedämpft, wie draußen jemand an der Tür rüttelte.

Bleib wach!

»Du kommst hier nicht raus«, krächzte er nasal und rollte sich unter Schmerzen zur Seite.

»Will ich das überhaupt?«, fragte sie.

Er sah, wie sie sich über den einbandagierten Mann im Bett beugte, und hörte, wie sie die Geräte der Reihe nach abschaltete. Ein Piepen nach dem anderen verstummte, und schließlich war es in dem Zimmer bis auf das Rufen vom Gang und Rütteln an der Tür völlig ruhig.

Hogart tastete nach seiner Nase, sie stand schief. Mit den Füßen schob er sich seitlich nach hinten, bis er an die Wand stieß. Er versuchte, sich aufzurappeln, aber seine Hände zitterten. Sein ganzer Körper schmerzte und vibrierte, als stünde er im Inneren einer riesigen Glocke.

Im Licht des letzten leuchtenden Monitors sah er Aimées Silhouette, die sich über César beugte. Sie schlug ihm mit der flachen Hand kräftig auf die Wange, bis der Mann leise aufstöhnte. Im nächsten Moment öffnete sie ein Etui und hielt einen langen schmalen Gegenstand in der Hand, dessen Spitze leichenblass glänzte. »Die wolltest du vor fünfzehn Jahren haben!«, zischte sie auf Französisch.

Die echte Knochennadel.

Während sich draußen jemand mit voller Wucht gegen die Tür warf, rappelte sich Hogart an der Wand hoch. Bis zur Tür waren es drei Meter. Allerdings bezweifelte er, dass er den verkeilten Stuhl hätte losbekommen können. In seinem Zustand wäre es Aimée mühelos gelungen, ihn wieder davon wegzuzerren. Auf der gegenüberliegenden Seite der Tür befand sich Césars Bett. Hogart bemerkte, dass die Feststellbremsen der Räder nicht nach unten gekippt waren. Daneben stand Aimée. Einen Meter hinter ihr bauschte sich der zur Seite geschobene Vorhang des gekippten Fensters im Wind.

César versuchte, den Kopf zu drehen. »Wer …?«, röchelte er.

»Ich bin es, Aimée«, flüsterte sie, beugte sich über sein Gesicht und näherte sich mit der Spitze der Knochennadel seinem Auge.

Indessen schob sich Hogart mit wackeligen Knien an der Wand entlang.

Zur Tür oder zu Aimée?

Sie setzte die Nadelspitze unter Césars Auge an und legte ihren Handballen auf das andere Ende.

In diesem Moment stürzte Hogart zum Bett, stemmte sich seitlich mit voller Kraft dagegen und schob es vor sich her. Aimée schrie auf, als sie rücklings in Richtung Fenster geschoben wurde. Sie riss die Arme hoch. Die Schläuche und Kabel spannten sich, aber Hogart drängte Aimée weiter nach hinten. Hinterkopf und Schultern knallten gegen die Scheibe.

Dann brach das Glas, und die Scherben flogen raus. Schlagartig drang von draußen die kühle Nachtluft herein. Der Vorhang wirbelte hoch.

»Du Bastard!«, kreischte Aimée und ruderte mit den Armen, als wollte sie die Knochennadel in letzter Sekunde doch noch in Césars Körper rammen. Sie fiel zurück. Dabei bekam sie Übergewicht und hing nun rücklings mit dem Oberkörper aus dem Fenster. Dass sie bis zu den Knien zwischen Bett und Mauer eingeklemmt war, verhinderte einen völligen Sturz. Im Freien versuchte sie verzweifelt, mit den Händen den Fensterrahmen zu erreichen, schnitt sich jedoch nur mehrmals an den Glassplittern.

Hogart hätte nur zwei Schritte zurückweichen und das Bett loslassen müssen, dann wäre es durch den Druck weggerollt und Aimée in die Tiefe gestürzt.

Allerdings wäre das kaltblütiger Mord.

Während Aimées Flüche durch die Nacht hallten, hörte er, wie hinter ihm die Tür schon so in den Angeln knarrte, dass sie jede Sekunde aus dem Rahmen fliegen musste. Kurz bevor sie vollends aufgestoßen wurde, kam Hogart ein einziger Gedanke in sein völlig taubes Hirn.

Elisabeths Lächeln.

Er sah sie vor sich. Glücklich und strahlend. Und dann der Moment, als ihr Körper ins Säurebecken glitt und verschwand. Tränen traten in seine Augen. *»Au revoir, chère collègue«*, flüsterte er und machte zwei Schritte zurück.

Die Tür wurde aufgerissen, und gleichzeitig rutschte das Bett weg. Während Hogart in der Spiegelung des verbleibenden Fensterglases sah, wie der Polizist mit gezückter Waffe hereinstürmte, hob er instinktiv die Arme. Aimées Beine schnellten hoch, glitten durch den Fensterrahmen, und ihr Körper verschwand in der Dunkelheit.

Mit erhobenen Armen ging Hogart langsam zum Fenster und warf einen Blick nach unten.

Aimée war viele Meter in die Tiefe gestürzt. Reglos und mit verdrehtem Becken lag sie neben dem schmiedeeisernen Zaun. Im Licht einer Straßenlaterne schimmerte ein schmaler weißer Gegenstand, den sie immer noch fest umklammert hielt.

EPILOG

Wien … zwei Wochen später

Es war ein richtig hässlicher Oktobertag. Milchig diffuser Nebel kroch über die Hügel und Grabsteine am Wiener Zentralfriedhof, und leichter Nieselregen sorgte dafür, dass einige Trauergäste ihre Regenschirme aufspannten.

Hogart hatte bloß seinen Kragen aufgestellt und die Hände in den Manteltaschen vergraben. Er stand neben Tatjana, seinem Bruder und seiner Schwägerin. Auch Kommerzialrat Helmut Rast, schwer gezeichnet auf einen Gehstock gestützt, war anwesend, ebenso wie sein Außendienstleiter Kohlschmied sowie Dutzende von Elisabeths Freunden und Arbeitskollegen.

Hogart hatte während der Verabschiedung die vorwurfsvollen Blicke einiger von Elisabeths Freunden stillschweigend über sich ergehen lassen – auch als er am Grab vorbeigegangen war und eine Rose niedergelegt hatte. Die Medien hatten zwar ausführlich über Elisabeths Tod berichtet, und es gab auch eine offizielle Pressemitteilung von Medeen & Lloyd, die vieles erklärte, aber trotzdem streiften ihn einige missbilligende Blicke.

Schau mal, dort drüben steht er.

Das muss er sein, nicht wahr?

Einen Moment lang dachte er, dass er sich das alles vielleicht nur eingebildet hatte, dass sich sein schlechtes Gewissen wieder einmal zu Wort meldete, aber Tatjana empfand das offenbar genauso. Sie stieß ihn unauffällig in die Seite und raunte ihm zu: »Ignorier die Blicke dieser Idioten einfach.« Dabei strich sie sich die Rastalocken aus dem Gesicht. Auf ihrem Handrücken waren noch einige Narben zu sehen. Sie griff nach seiner Hand und drückte sie fest.

»Danke«, murmelte er. Er wusste nicht, was in den Köpfen dieser Menschen vorging – aber das war ihm eigentlich auch egal. Er hatte nicht vor, sich für irgendetwas zu rechtfertigen. Und so ging er stumm an den anderen trauernden Menschen vorbei.

Da Elisabeth keine Verwandten mehr hatte, hatte Rast beschlossen, dass Medeen & Lloyd sämtliche Kosten für Grab und Trauerfeier übernehmen würde. Zwar gab es weder einen Aushub noch einen Sarg, aber einen Grabstein, auf dem Elisabeths Name und ihr Geburts- und Sterbedatum eingraviert worden waren sowie ein Spruch, den Hogart und Rast ausgesucht hatten.

Wirklich tot sind nur jene,
an die sich niemand mehr erinnert.
Wir vergessen dich nie.

Darunter befand sich ein in den Stein eingelassenes Foto, das Elisabeth und ihr bezauberndes Lächeln zeigte.

Du hast Murakamis »Gefährliche Geliebte« nie zu Ende gelesen und weißt nicht, wie es ausgegangen ist, dachte er. *Ich werde es für dich lesen und die Seiten für dich einknicken.*

Nachdem der grauhaarige Pfarrer, der Elisabeth einst

getauft hatte, die Messe gelesen und letzte Worte gesprochen hatte, löste sich die kleine Trauergemeinde auf. Jenseits der Grabreihe standen einige Reporter und fotografierten. Zumindest besaßen sie so viel Anstand, nicht näher zu kommen und die Leute zu interviewen. Zweimal hörte Hogart seinen Namen aus dem Gemurmel heraus, ignorierte aber auch das. Vermutlich würde er in der nächsten Morgenausgabe der Presse ein Foto von sich sehen, im dunklen Mantel mit einem langsam abschwellenden Bluterguss unter dem Auge und einem Pflaster über der gebrochenen Nase. Im Vergleich zu Elisabeth war er glimpflich davongekommen. Aber niemand von denen hatte eine Ahnung, wie es war, untätig zusehen zu müssen, wie ein geliebter Mensch vor den eigenen Augen auf so bestialische Weise ermordet wurde.

Hogart nahm Tatjana an der Schulter, drückte sie und führte sie zu einem großen knorrigen Baum, wo Rast, Kohlschmied und ein paar von Elisabeths Arbeitskollegen standen. Es roch herbstlich, matschiges Laub lag auf dem Boden.

Kurt und Sabina verabschiedeten sich von ihnen, und Sabina sah ihre Tochter an. »Kommst du gleich mit?«

Tatjana schüttelte den Kopf. »Ich bleibe noch ein bisschen.«

Sabina warf Hogart einen giftigen Blick zu, dann wandte sie sich zu ihrer Tochter. »Wenn du in Schwierigkeiten kommst, ruf uns sofort an, wir holen dich ab. Verstanden?«

»Ja, Mama.«

Nun gab auch noch Kurt seinen Senf dazu. »Das letzte Mal, als wir dich mit ihm allein gelassen haben, ist das nicht so gut ausgegangen …«

»Papa! Bitte!«

»Ich bringe sie nachher heim«, sagte Hogart versöhnlich. Er wusste, warum sie noch bleiben wollte. Während der Pfarrer die Messe gelesen hatte, war Hogart aus dem Augenwinkel heraus aufgefallen, dass sich eine dunkel gekleidete Frau mit roten Haaren in die letzte Reihe dazugestellt hatte. Und Tatjana hatte sie bestimmt auch bemerkt.

Bei der Verabschiedung hatte er die Frau dann aus den Augen verloren, aber nun, nachdem Kurt und Sabina gegangen waren, kam sie auf ihre kleine Gruppe zu. *Liv Sabatier.* Ihre grünen Augen leuchteten.

»Bonjour.« Zögerlich trat sie näher und gab jedem von ihnen die Hand. Außerhalb ihres zuständigen Reviers sah sie gar nicht mehr so hart und unnahbar aus.

»Danke, dass Sie es einrichten konnten, meiner Einladung zu folgen«, sagte Rast mit sanfter Stimme. »Ich weiß diese Geste sehr zu schätzen.«

»Bien sûr!« Sie lächelte zuerst Rast, dann Hogart und Tatjana an. »Meine Vorgesetzten haben mich sogar offiziell als Vertreterin Frankreichs nach Wien geschickt.«

»Wie lange bleiben Sie?«, wollte Hogart wissen.

»Mein Heimflug geht morgen Abend.«

Rast nickte. »Kommen Sie, gehen wir ein Stück. Ich habe in einem Restaurant einen Tisch für uns reserviert.«

Es begann heftiger zu nieseln. Tatjana spannte ihren Schirm auf, und Sabatier stellte sich bei ihr unter. Hogart trat neben sie. Gemeinsam folgten sie Rast, Kohlschmied und den anderen in Richtung Ausgang.

»Wie macht sich Hector?«, fragte Hogart.

»Er ist wieder völlig gesund und jagt bereits Eichhörnchen hinterher.«

»Erwischt er sie?«

»Natürlich nicht, aber er versucht es.« Sabatier erzählte ihm, dass Aimée, die den Sturz aus dem alten Trakt des Krankenhauses wie durch ein Wunder überlebt hatte, bereits aus der Intensivstation entlassen worden war. Allerdings ab der Hüfte gelähmt und an den Rollstuhl gefesselt.

Die ist so zäh, dass sie nicht einmal ein Sturz aus dem vierten Stock umbringen kann.

»Nach der Verhandlung ist so gut wie sicher, dass sie lebenslänglich bekommt«, sagte Sabatier. »Allerdings hat die französische Generalstaatsanwaltschaft einen Deal mit Aimées Anwalt ausgehandelt. Ihre Knochennadel wird im Louvre ausgestellt, und sie kommt statt in den normalen Strafvollzug in eine Anstalt für geistig abnorme Rechtsbrecher.«

Tatjana warf Hogart einen vielsagenden Blick zu. *Hoffentlich ist die auch ausbruchssicher.*

»Und die Stücke von Rousseau, Trebitsch und Pelletier?«

»Nachdem öffentlich bekannt wurde, wer die Bíro-Stücke besitzt, fürchteten die Erben, dass auch bei ihnen eingebrochen werden könnte. Also haben sie zugestimmt, ihre Teile ebenfalls im Louvre auszustellen.«

Damit sind es bereits vier!

»Und wie geht es Victor César?«, fragte Hogart.

»Der hat Aimées Angriff im Krankenhaus überlebt.«

Wenigstens hatte er mit seiner Aktion, Aimée aus dem Fenster zu drängen, dieses Menschenleben gerettet. Bereits zum zweiten Mal!

»Und was passiert mit ihm?«, fragte Tatjana.

»Der Staatsanwalt will César wegen des Einbruchs in die Villa Medjan-Govich vor fünfzehn Jahren anklagen«, erklärte Sabatier. »Césars Anwalt plädiert zwar auf Verjährung und wendet ein, dass sein Mandant den Einbruch nur angestiftet hat, aber der Staatsanwalt meint, dass es dadurch immerhin zu einem Einbruch mit zweifacher Todesfolge gekommen ist. Eine vertrackte Situation.«

»Und worauf wird es hinauslaufen?«, fragte Hogart.

Sie erreichten die Straße, und an Sabatiers Schmunzeln erkannte er, dass es bereits eine für sie zufriedenstellende Lösung gab.

»Die Generalstaatsanwaltschaft hat auch César einen Deal angeboten«, fuhr sie fort. »Die strafrechtlichen Ermittlungen gegen ihn werden eingestellt, dafür muss er seine drei Bíro-Stücke als Dauerleihgabe auf Lebenszeit im Louvre ausstellen.«

»Und damit war César einverstanden?«, platzte es aus Hogart heraus.

Sabatier grinste. »Die Generalstaatsanwaltschaft hat dafür gesorgt, dass César das Angebot annimmt, andernfalls …« Sie lächelte.

Er verstand. *Für die Section d'intervention gelten nun mal andere Regeln! Und damit ist die Knochenschlacht wieder vereint.*

Sie überquerten die Straße. Von weitem sah Hogart bereits das Restaurant – ein Steakhouse –, Elisabeths Lieblingslokal, weil es eine fantastische Küche hatte und etwas abseits von den Gourmettempeln der Innenstadt lag.

»Übrigens hat Girard tatsächlich gestanden«, sagte Sabatier. »Für fünfzehntausend Euro hat er Aimée über die Abläufe vor und nach der Auktion, das Duplikat, die Räumlichkeiten und den geplanten Transportweg informiert.«

»Und woher kannten sich die beiden?«

»Aus dem Élite Mondaine, einem Elite-Sportinternat in

Paris. Girard hat dort früher neben seinem Job als Sicherheitsmann die Damen im Siebenkampf trainiert.«

Das ist also die Verbindung gewesen. Anscheinend hatten sich Aimée und Girard dort näher kennengelernt, und womöglich war sogar etwas zwischen ihnen gelaufen. »Ermittlungen abgeschlossen!«, sagte er.

»Oui.« Sabatier sah Hogart an. »Arbeiten Sie schon an Ihrem nächsten Fall?«

Hogart deutete auf sein Gesicht. »Wer würde so einen ramponierten Privatdetektiv engagieren? Im Moment habe ich mich noch selbst beurlaubt. Außerdem muss ich abwarten, bis sich die Presseberichte beruhigen.«

»Aber die sind doch gute Werbung.«

»Diese Art von Werbung kann ich nicht brauchen. Wenn Gras über die Sache gewachsen ist, sehen wir weiter.«

»Wir?«, fragte Sabatier neugierig.

Tatjana räusperte sich und übernahm die Antwort. »Nach meiner Ausbildung bei der Polizei steige ich in Peters Büro als Trainee und Junior-Versicherungsdetektivin ein.«

»Nach allem, was vorgefallen ist?«, fragte Sabatier überrascht.

Tatjana nickte, hob die Hand und zeichnete ein imaginäres Firmenschild in die Luft. *»Hogart & Partner.«*

»Moment!«, widersprach Hogart. »Davon war nie die Rede. Außerdem müssen wir das noch schonend deinen Eltern beibringen.« Er grinste.

»Passen Sie in Zukunft jedenfalls besser auf Ihre Nichte auf«, sagte Sabatier und klang diesmal sogar richtig nett. »Dr. Meyer-Lanski lässt Ihnen übrigens ausrichten, dass es für sie die schrecklichste Opernsaisoneröffnung aller Zeiten war.«

Hogart presste die Lippen aufeinander.

Sabatier schielte wieder zu ihm herüber. »Schlechtes Gewissen?«

»Ein wenig«, gab er zu.

»Müssen Sie nicht haben. Meyer-Lanski ist Ihnen trotzdem dankbar, dass Sie den Fall gelöst haben. Dadurch ist der gute Ruf der Oper wiederhergestellt, und zum ersten Mal nach knapp zweihundert Jahren wurde die Knochenschlacht wieder vollständig zusammengefügt. Außerdem sind Bíros Skizzen in Aimées Safe aufgetaucht und werden demnächst der Öffentlichkeit präsentiert.«

Und damit würden die französischen Reliquien für immer untrennbar mit der Opéra Garnier verbunden sein.

Als sie das Restaurant erreichten, erfasste Hogart ein Kribbeln. In diesem Lokal war es gewesen, dass Elisabeth und er vor über drei Monaten ihr erstes gemeinsames romantisches Abendessen gehabt hatten – und sie ihn mit der roten Rose überrascht hatte.

Während die anderen ins Lokal gingen, blieb Hogart noch draußen unter dem Dachvorsprung des Eingangs stehen. Auch Sabatier wartete, bis alle drinnen waren, dann griff sie in ihre Handtasche und holte ein steifes Kuvert mit dem schwarz-goldenen Logo der Opéra Garnier heraus. »Das soll ich Ihnen von Frau Dr. Meyer-Lanski geben.«

Hogart nahm es. »Wissen Sie, was drin ist? Ein Brief mit vergifteten Ecken?«

Sabatier lächelte. »Ja, ein Brief. Aber nicht vergiftet. Geben Sie gut darauf acht.«

Sie betrat das Lokal, Hogart blieb allein zurück und blickte in den Nieselregen. Dann trocknete er seine Handflächen am Hemd ab und öffnete das Kuvert. Zwischen zwei

Kartons, die zur Versteifung dienten, befand sich eine Klarsichthülle. Darauf klebte eine Nachricht.

Mit den besten Grüßen von der Opéra Garnier.
Dr. Meyer-Lanski

In der Hülle steckte tatsächlich ein Brief. Handgeschrieben auf Englisch mit blasser Tinte.

Hogart kannte die Handschrift. Er hatte sie erst kürzlich gesehen. Sein Puls beschleunigte sich. Es war einer der Originalbriefe von Gaston Leroux an Lon Chaney. Die kurze Nachricht war mit Mai 1925 datiert.

Ein Satz stach ihm besonders ins Auge.

»Ich habe das Phantom gesehen.«

Hogart dachte an Elisabeth, schob den Brief wieder ins Kuvert und betrat das Lokal.

DANKSAGUNG

Nach Peter Hogarts ersten beiden Fällen »Die schwarze Dame« und »Die Engelsmühle« entstanden die Rache-Reihe mit Ermittler Walter Pulaski und die Todes-Reihe mit Profiler Maarten S. Sneijder. Trotzdem hatte ich über all die Jahre die Idee der »Knochennadel« als Hogarts dritten Fall in der Schublade, wo sie lange Zeit geduldig gewartet hat. Allerdings hatte ich seinerzeit geplant, dass dieser dritte Fall diesmal, nach Hogarts ersten beiden Einsätzen in Prag und Wien, in Budapest spielen sollte.

Als ich jedoch vor zwei Jahren eine Lesung in Tirol hielt, bei der mich die beiden Musiker Renate und Klaus Streiter mit Harfe und Akkordeon begleiteten, kam mir – während ich auf der Bühne saß, das Publikum beobachtete und mit Gänsehaut der Musik lauschte – die spontane Idee, dass mein nächster Roman »Die Knochennadel« doch auch in Paris spielen könnte. Renate und Klaus Streiter hatten nämlich Stücke aus dem wunderbaren Film »Die fabelhafte Welt der Amélie« gespielt, einem meiner Lieblingsfilme, und in diesen wenigen Minuten hatte ich die passende Stimmung für meinen nächsten Roman gefunden. Darum entstanden ein Jahr später auch einige Teile der »Knochennadel«, während ich Amélies Musik über Kopfhörer am Laptop hörte.

Das ist auch der Grund, warum Aimée im Roman einen ähnlich klingenden Namen hat wie Amélie. Die familiäre Psychologie von ihr und ihrem Bruder David habe ich übrigens gemeinsam mit der Psychologin Mag. Eva Gruber entwickelt.

Den fertigen Roman haben danach meine treuen Testleser mit mir überarbeitet, bei denen ich mich ebenfalls bedanken möchte: Heidemarie Gruber, Robert Froihofer, Günter Suda, Roman Schleifer, Daniel Weber, Veronika A. Grager, Jürgen Pichler, Gaby Willhalm, Barbara Krussig, Yves Schaden, Dagmar Kern, Markus Leshem, Sebastian Aster, Lothar Löser, Ulrike Schießer, Stefanie Schauer und Barbara Karlich.

Wie immer danke ich auch meiner großartigen Lektorin Vera Thielenhaus und meinem Literaturagenten Roman Hocke, die mich nun schon seit so vielen Jahren begleiten und in allen Belangen stets gut beraten. Was wäre ich ohne euch?

Obwohl ich schon zweimal in Paris war, hat mir meine Autorenkollegin Karin Rick wertvolle Informationen zu Paris und Frankreich geliefert.

Andreas Lechner hat mich in Sachen IT beraten, Mag. Benedikt Straßer in Bezug auf die finanzielle Abwicklung von Auktionen in Frankreich und Gerhard Simon über die Möglichkeiten diverser Versicherungsbetrügereien, die schiefgehen.

Für medizinische und medikamentöse Beratung bedanke ich mich bei Dr. med. Jochen Reuss, Oberarzt der Neurologie am Landesklinikum Amstetten, für chemische Beratung bei Lothar Szych sowie für rechtliche Beratung bei Rechtsanwältin Dr. Gerda Mahler-Hutter aus Berndorf.

Zuletzt möchte ich mich noch bei Mag. Dr. Johannes Leitner dafür bedanken, dass er für diesen Roman mit den begabten Kindern der Talenteschmiede Hernstein bei einem

Experiment herausgefunden hat, wie viel Liter Benzin man braucht, um einen Swimmingpool von bestimmter Größe in Brand zu setzen. Zum Glück ist dabei niemand zu Schaden gekommen, glaube ich zumindest – anders als in diesem Roman.

Und deshalb bleibt mir zuletzt nur noch, mich bei Ihnen, liebe Leserinnen und Leser, dafür zu bedanken, dass ich ein weiteres Mal für Sie morden durfte. Es war mir wie immer ein großes Vergnügen.

Andreas Gruber im Goldmann Verlag:

Die Reihe um Maarten S. Sneijder
Todesfrist. Thriller
Todesurteil. Thriller
Todesmärchen. Thriller
Todesreigen. Thriller
Todesmal. Thriller

Die Reihe um Walter Pulaski und Evelyn Meyers
Rachesommer. Thriller
Racheherbst. Thriller
Rachewinter. Thriller

Die Reihe um Peter Hogart
Die schwarze Dame. Thriller
Die Engelsmühle. Thriller
Die Knochennadel. Thriller

Außerdem lieferbar:
Herzgrab. Thriller

(alle auch als E-Book erhältlich)

GOLDMANN
Lesen erleben